圖書在版編目(CIP)數據

歐陽修選集 / 陳新，杜維沫選注. —上海：上海古籍出版社，2016.8（2022.8 重印）
（中國古典文學名家選集）
ISBN 978-7-5325-8032-3

Ⅰ.①歐… Ⅱ.①陳… ②杜… Ⅲ.①宋詩—詩集②宋詞—選集③古典散文—散文集—中國—北宋 Ⅳ.①I214.412

中國版本圖書館 CIP 數據核字(2016)第 055520 號

中國古典文學名家選集
歐陽修選集
陳新　杜維沫　選注
上海古籍出版社出版發行
（上海市閔行區號景路 159 弄 1-5 號 A 座 5F　郵政編碼 201101）
（1）網址：www.guji.com.cn
（2）E-mail：guji1@guji.com.cn
（3）易文網網址：www.ewen.co
江陰市機關印刷服務有限公司印刷
開本 890×1240　1/32　印張 14　插頁 5　字數 390,000
2016 年 8 月第 1 版　2022 年 8 月第 5 次印刷
印數：7,001—8,100
ISBN 978-7-5325-8032-3
I·3036　定價：66.00 元

出版説明

上海古籍出版社及其前身中華書局上海編輯所一向重視中國古典文學的普及工作，早在二十世紀六十年代，在出版《中國古典文學作品選讀》等基礎性普及讀物的同時，又出版了兼顧普及與研究的中級選本。該系列選本首批出版的是周汝昌先生選注的《楊萬里選集》和朱東潤先生選注的《陸游選集》。

一九七九年，時值百廢俱舉，書業重興，我社爲滿足研究者及愛好者的迫切需要，修訂重印了上述兩書，并進而約請王汝弼、聶石樵、周振甫、陳新、杜維沫、王水照等先生選輯白居易、杜甫、李商隱、歐陽修、蘇軾等唐宋文學名家的作品，略依前書體例，加以注釋。該套選本規模在此期間得以壯大，叢書漸成氣候，初名"古典文學名家選集"。此後，王達津、郁賢皓、孫昌武等先生先後參與到選注工作中來，叢書陸續收入王維、孟浩然、李白、韓愈、柳宗元、杜牧、黄庭堅、辛棄疾等唐宋文學名家的選本近十種，且新增了清代如陳維崧、朱彝尊、查慎行等重要作家的作品選集，品種因而更加豐富，并最終定名爲"中國古典文學名家選集"。

本叢書的初創與興起得到學界和讀者的支持。叢書作品的選注者多是長期從事古典文學研究的名家，功力扎實，勤勉嚴謹，選輯精當，注釋、箋評深淺適宜，選本既有對古典文學名家生平、作品特色的總論，又或附有關名家生平簡譜或相關研究成果，所以推出伊始即深受讀者喜愛，很快成爲一些研究者的重要參考用書，在海内外頗獲好評。至上世紀九十年代，本叢書品種蔚然成林，在業界同類型選集作品中以其特色鮮明而著稱：既可供研究者案頭參閲，也可作爲古典文學愛好者品評賞鑒的優秀版本。由於初版早已售罄，部分品種雖有重印，但印數有限，不成規模，應讀者呼籲，今特予改版，重新排印，并稍加修訂。此叢書將以全新的面貌展現在讀者面前。

上海古籍出版社

二〇一二年十二月

前　言

在我國文化學術史上，北宋的歐陽修是開一代風氣的人物。他參與的活動多，涉及的方面廣，除政事外，在經學、史學、文學、金石學、目録學等學科中都有創獲。其中以文學的成就最高，是繼承唐代古文運動而有所創新的北宋文壇盟主，影響深遠。

歐陽修，字永叔，號醉翁，晚年又號六一居士，廬陵（今江西吉安市）人。生于宋真宗景德四年（一〇〇七），卒于神宗熙寧五年（一〇七二）。一生經歷了真宗、仁宗、英宗、神宗四朝。于仁宗天聖八年（一〇三〇）中進士入仕，至神宗熙寧四年（一〇七一）退休，“居三朝數十年間，以文章道德爲一世宗師”（吴充撰歐陽修《行狀》）。中間雖因贊助和參與范仲淹主持的“慶曆新政”，受過兩次貶斥，而從仁宗朝後期始，官位不斷升遷。嘉祐六年（一〇六一）官參知政事（副宰相），在相位將近十年，政治上居于領導地位，然而也同樣不能實現他“慶曆新政”時所持的政見。正如他在《歸田録序》中自疚的那樣：“備位朝廷，與聞國政”，“既不能因時奮身，遇事發憤，有所建明，以爲補益；又不能依阿取容，以徇世俗。使怨疾謗怒叢于一身，以受侮于羣小”，“宜乞身于朝，退避榮寵，而優游田畝，盡其天年”。所以《宋史》本傳評爲“（韓）愈不獲用，（歐陽）修用矣，亦弗克究其所爲，可爲世道惜也哉”！

歐陽修從政時，距宋朝立國雖僅七十年，由于統治者因循苟且、驕奢淫佚，國勢已日趨衰落。當時，不僅北方有强鄰契丹（遼）壓境，而且西北李德明的夏國亦乘時崛起，南方少數民族也不斷動亂。宋王朝除了鎮壓南方民族外，對契丹和夏國衹有每年增輸歲幣，苟且偷安。而國内却因横徵暴斂而民窮財盡。苦難最深重的是農民，他們"一歲之耕，供公僅足，而民食不過數月；甚者場功甫畢，簸糠麩而食秕稗，或采橡實、蓄菜根以延冬春"（歐陽修《原弊》），紛紛起義反抗。歐陽修嚮仁宗率直地指出了這種岌岌可危的形勢："從來所患者夷狄，今夷狄叛矣；所惡者盗賊，今盗賊起矣；所憂者水旱，今水旱作矣；所賴者民力，今民力盡矣；所須者財用，今財用乏矣。"（《准詔言事上書》）并進而比之爲混亂的五代："財不足用于上而下已弊，兵不足威于外而敢驕于内，制度不可爲萬世法而日益叢雜，一切苟且，不異五代之時。"（《本論》）

改變宋王朝積貧積弱的政治局面，是歐陽修一生爲之奮鬥的理想，也是他不避危難參與"慶曆新政"的動力。然而由于他晚年在青州任上下令停止散發青苗錢，和王安石政見不合，因此對他的評價便容易産生困難和混亂。

歐陽修爲政，主張寬簡。他不務高論，不慕浮譽，注重實際，强調"爲政所以安民也，無擾之而已"（《江休復墓志銘》）。《宋史》本傳記他景祐三年（一〇三六）"方貶夷陵時，無以自遣，因取舊案反復觀之，見其枉直乖錯不可勝數，于是仰天嘆曰：以荒遠小邑且如此，天下固可知。自爾，遇事不敢忽也。學者求見，所與言未嘗及文章，唯談吏事，謂文章止于潤身，政事可以及物"。嘉祐三年（一〇五八）知開封府，"承包孝肅公（拯）之後。包公以威嚴爲治，名震京師，而公爲治循理，不事風采。或謂公曰：前政威名震動都下，真得古京兆尹之風采，公未有動人者，奈何？公曰：人材性各有短長，豈可舍己所長，勉强其所短，以徇俗求譽。但當盡我所爲，不能則止”(歐陽發《先公事迹》)。他認識到衹有求得民生安定，政治上纔能有所作爲。

對待制度的改革，歐陽修一貫持慎重態度。他信奉儒家“徒法不能以自行”的觀點，認爲不講人才，專講制度，徒滋紛擾，無助實際。他早在“慶曆新政”前的《准詔言事上書》中提出“三弊五事”，首先强調的是“慎號令”。文章説：“夫言多變則不信，令頻改則難從。今令出之初，不加詳審，行之未久，尋又更張。以不信之言，行難從之令，故每有處置之事，州縣知朝廷未是一定之命，則官吏或相謂曰：且未要行，不久必須更改；或曰：備禮行下，略與應破指揮。旦夕之間，果然又變。”“慶曆新政”失敗後，他從實際上進一步瞭解改革的不易，皇祐二年(一〇五〇)田況由蜀調開封判三司使，他在《與田元均論財計書》中指出：“弊乏之餘，諒煩精慮。建利害、更法制甚易，若欲其必行而無沮改，則實難；裁冗長、塞僥幸非難，然欲其能久而無怨謗，則不易。爲大計既遲久而莫待，收細碎又無益而徒勞。凡相知爲元均慮者，多如此説，不審以爲如何?”這是當時主張改革者面臨的不能回避、無法解决的現實矛盾。我們從歐陽修晚年修訂的《本論》，可以看到他比較完整成熟的政治綱領：

> 今之務衆矣，所當先者五也。其二者有司之所知，其三者則未之思也。足天下之用，莫先乎財；繫天下之安危，莫先乎兵，此有司之所知也。然財豐矣，取之無限而用之無度，則下益屈而上益勞；兵强矣，而不知所以用之，則兵驕而生禍。所以節財、用兵者，莫先乎立制。制已具備，兵已可使，財已足用，所以共守之者，莫先乎任人。是故均財而節兵，立法以制之，任賢以守法，尊名以厲賢，此五者相爲用，有天下者之常

務，當今之世所先，而執事者之所忽也。

所以，如果僅僅根據青苗法上的分歧，來判斷歐陽修晚年趨嚮保守、反對變革，證據是不充分的。青苗法問題，梁啓超在《王安石評傳》中論析甚詳，評歐陽修爲王安石的“諍臣”，這裏無須重複。對于方田均税法，尤能見出歐陽修的政治風度。

慶曆三年(一〇四三)，當新政推行時，歐陽修首先提出方田均税法，較之熙寧五年(一〇七二)王安石推行方田均税早三十年，在方法上前後并無二致。隨着“慶曆新政”的失敗，方田均税法廢止。嘉祐五年(一〇六〇)重又推行，當時歐陽修官樞密副使，上《論均税札子》，指出：“朝廷特置均税一司，差官分往河北、陝西均税。始聞河北傳言，人户虚驚，斫伐桑棗，尚不爲信；次見陝西州郡有上言歲儉民飢，乞罷均税，稍已疑此一事果爲難行；……近者又見河北人户凡千百人聚訴于三司。然則道路傳言與州郡上言雖爲不足信，其如聚集千人于京師，此事不可掩蔽，則民情可知矣。”原來爲減少貧苦農民賦税負擔的意圖，在實際執行中成爲横徵暴斂的害民措施。歐陽修于是説：“澶、衛去京師近，偶可聞知者如此，其餘遠方謂所均税悉便于民，其可得乎？以此見朝廷行事至難，小人希意承旨者，言利而不言害；俗吏貪功希賞，見小利忘大害，爲國斂怨于民。朝廷不知則已，苟已知之，其可不爲救其失哉！”并提出“且均税一事，本是臣先建言，聞今事有不便，臣固不敢緘默，今取進止”。

方田法于熙寧五年再次推行，至元豐八年(一〇八五)廢止，前後十四年，方量全國田畝不足半數，且史有“官吏奉行多致騷擾”的明文，這不能簡單地看作對新法反對者的污蔑。因爲徽宗崇寧三年(一一〇四)蔡京當政後，又一次推行方田法，至宣和二年(一一二〇）廢止，中間大觀四年（一一一〇）的詔書説："方田官吏非特妄增田税，又兼不食之山方之，俾出芻草之值，民户因時廢業失所。"宣和元年臣僚上書説："方量官憚于跋履，并不躬親，行纏拍埄，一付之胥吏。致御史臺受訴，有二百餘畝方爲二十畝者，有二頃九十六畝方爲一十七畝者，虔之瑞金縣是也；有租税十有三錢而增至二貫二百者，有租税二十七錢則增至一貫四百五十者，虔之會昌縣是也。"（見《宋史・食貨志》）由于執行者非人，方田均税搞得人民流徙，田土荒閑，宣和二年所以廢止，决不是因反對者的議論，而是民不聊生，難以爲繼了。

這實際是動機和效果的關係問題。改革的理想，不等于改革的實效。歐陽修政治上可貴之處，是時時注意實際效果，能够否定自己早年提出的主張，這自然不是保守的表現。然而歐陽修的思想作風，前後期確有明顯不同，前期踔厲風發，一往無前，後期畏譏憂讒，徘徊瞻顧。慶曆五年（一〇四五）滁州之貶，是其分界綫。在滁州他自稱醉翁，有詩曰："四十未爲老，醉翁偶題篇，醉中遺萬物，豈復記吾言。"（《題滁州醉翁亭》）已透露出隱退的思想。尤其是晚年，政治上居于當權地位，深知保持現狀則日趨因循，改革舊章則徒滋紛擾，一直處于無法解决的矛盾和苦悶之中。他時時自疚，如嘉祐八年（一〇六三）作《夜宿中書東閣》："白首歸田徒有約，黄扉論道愧無功。"治平二年（一〇六五）作《秋陰》："國恩慚未報，歲晚念餘生。"《秋懷》："感事悲雙鬢，包羞食萬錢。"甚至自比爲竊食官倉糧食的老鼠（《歸田録》）。熙寧四年獲准退休，作有《余昔留守南都，得與杜祁公唱和，詩有答公見贈二十韻之卒章云：報國如乖願，歸耕寧買田，期無辱知己，肯逐利名遷。逮今二十有二年，祁公捐館亦十有五年矣，而余始蒙恩得遂歸休之請，追懷平昔，不勝感涕，輒爲短句，置公祠堂》："掩涕發陳編，追思二十年，門生今白首，墓木已蒼烟。報國如乖願,歸耕寧買田,此言今始踐,知不愧黄泉。”這種棄軒冕如脱屣的思想,反映了當時社會中有志改革之士不能實現抱負的痛苦,其中有個人的因素,但時代和環境的因素更是主要的。

歐陽修一生的活動,大多反映在他的詩文中。瞭解歐陽修的政治思想,有助于閱讀他的作品;同時,閱讀歐陽修的作品,也能加深理解宋代這個變革時期(從“慶曆新政”到“王安石變法”)複雜多變的社會矛盾和鬥争。以上概略的介紹,希望多少有助于本書的閱讀。

歐陽修的文學活動,開始于入仕初期官西京留守推官時,和他的政治活動密切結合。《宋史》本傳記載:“舉進士,試南宫第一,擢甲科,調西京推官。始從尹洙游,爲古文,議論當世事,迭相師友;與梅堯臣游,爲歌詩相倡和,遂以文章名冠天下。”

宋代的古文運動,是唐代古文運動的繼續。唐代由韓愈、柳宗元倡導的古文運動,没有最終完成戰勝駢文的任務;宋代古文運動,纔結束了駢文獨霸文壇的歷史,使古文走上了順利發展的康莊大道。唐宋古文、駢文之别决非僅僅在于形式,因爲古文家都强調文章必須有益教化,即爲文必須能陶冶心靈,扶翼政治;而駢文却“忘于教化之道,以妖豔爲勝”,甚至專門“綴風月,弄花草”,成爲文字游戲。所以,改革文風,是和改革政治和社會風氣聯繫在一起的。

唐代古文運動,自韓、柳去世後,後繼乏人。宋代科舉以文章取士,駢文重新擡頭。歐陽修在《記舊本韓文後》中回憶他童年時初獲見韓文的感受:“是時,天下學者楊(億)劉(筠)之作,號爲時文,能者取科第、擅名聲,以誇榮當世,未嘗有道韓文者。”宋初,雖有柳開等起來倡導古文,但未能轉移風氣;尹洙、穆修、蘇舜欽、歐陽修等興起，是宋代古文運動的又一次浪潮。范仲淹爲尹洙作《河南文集序》，説："五代文體薄弱，皇朝柳仲涂（開）起而麾之。洎楊大年（億）專事藻飾，謂古道不適于用，廢而不學者久之。師魯（尹洙）與穆伯長（修）力爲古文，歐陽永叔從而振之，由是天下之文一變而古。"歐陽修自己也説，他學爲古文，是受蘇舜欽和尹洙的影響。"子美（蘇舜欽）之齒少于予，而予學古文反在其後。天聖之間，予舉進士于有司，見時學者務以言語聲偶擿裂，號爲時文，以相誇尚。而子美獨與其兄才翁及穆參軍伯長作爲古歌詩雜文，時人頗共非笑之，而子美不顧也"（《蘇氏文集序》）。"官于洛陽，而尹師魯之徒皆在，遂相與作爲古文"（《記舊本韓文後》）。邵伯温《邵氏聞見録》還記載説，錢惟演（當時官西京留守）在府第起雙桂樓，"命永叔、師魯作記。永叔文先成，凡千餘言。師魯曰：某止用五百字可記。及成，永叔服其簡古，永叔自此始爲古文"。

值得研究的是，歐陽修學古文既晚，爲什麽影響最大，成爲宋代古文運動的主將？原因主要有三。

一是創作實績。歐陽修著作繁富，且下筆不苟，宋何薳《春渚紀聞》説他"作文既畢，貼之牆壁，坐卧觀之，改正盡善，方出之示人"，類此記載有不少，該是可信的。因之他的作品，無論内容和形式，都經得起咀嚼和推敲。後世談古文，都推韓柳歐蘇爲巨擘，宋王十朋《讀蘇文》即説"唐宋文章，未可優劣，唐之韓、柳，宋之歐、蘇，使四子并駕而争馳，未知孰後孰先"。與南宋對立的金代作家趙秉文《竹溪先生文集引》也説："亡宋百餘年間，唯歐陽公之文，不爲尖新艱險之語，而有從容閑雅之態，豐而不餘一言，約而不失一辭，使人讀之者娓娓不倦。蓋非務奇古爲尚，而其勢不得不然之爲尚也。"的確，無論歐陽修的抒情文、記事文、議論文，都舒徐流暢、從容不迫，而感情熾烈，能振撼讀者心靈。這是宋初古文家所無法企及的。

其次是理論建樹。歐陽修好汲引後進,循循善誘,誠懇地介紹他自己從學爲文之道。歸納他對創作的見解,大體有五點值得注意:一、簡而有法。這是《尹師魯墓志銘》中的一句話,由于尹洙以文學著稱,而志文對此衹説了這一句,因而被人責難,歐陽修在《論尹師魯墓志》中强調這句話的份量,説:“此一句在孔子六經惟《春秋》可當之,其他經非孔子自作,文章故雖有法而不簡也。修于師魯之文不薄矣,而世之無識者不考文之輕重,但責言之多少,云師魯文章不合衹著一句道了。”歐陽修認爲,《春秋》是“謹一言而信萬世”的,“及後世衰,言者自疑于不信,始繁其文”(《薛塾墓表》)。因此文章必須簡,纔能信,纔能傳。至于這個“法”,是褒貶的標準,作文者更必須忠實掌握。二、反對爲文而文。他説:“蓋文之爲言,難工而可喜,易悦而自足。世之學者往往溺之,一有工焉,則曰:吾學足矣。甚者棄百事不關于心,曰:吾文士也,職于文而已。此其所以至之鮮也。”進而認爲如果僅以學文爲目的,則“愈力愈勤而愈不至”(《答吴充秀才書》)。三、强調内容信實。例如,他于皇祐末年作《范仲淹神道碑銘》,范仲淹和吕夷簡是政敵,他和富弼等也一嚮反對吕夷簡,但在碑文中客觀地叙述了范吕結怨及和解的經過。此事曾引起富弼及范仲淹子范純仁的不滿。徐無黨轉達了富弼的意見,歐陽修答覆説:“述吕公事,于范公見德量包宇宙,忠義先國家,于吕公事各紀實,則萬世取信。非如兩讎相訟,各過其實,使後世不信,以爲偏詞也。”信而實,是他始終堅持的寫作標準。四、肯定文相對于道的獨立地位,主張爲文不拘一格。他説:“言以載事,而文以飾言,事信言文,乃能表見于後世。《詩》、《書》、《易》、《春秋》,皆善載事而尤文者,故其傳尤遠。”(《代人上王樞密求先集序書》)“古之學者非一家,其爲道雖同,言語文章未嘗相似。”(《與樂秀才書》)這便糾正了宋初古文家文道合一或道即是文説的偏頗。五、重視作者的學習和修養。他在《與樂秀才書》中説:"然聞古人之于學也,講之深而信之篤,其充于中者足,而後發乎外者大以光。"在《答祖擇之書》中又説:"道純則充于中者實,中充實則發爲文者輝光,施于世者果致。"否則,"文章麗矣,言語工矣,無異草木榮華之飄風,鳥獸好音之過耳也"(《送徐無黨南歸序》)。

第三是政治地位。宋初的古文家官位都不高,如柳開不過爲殿中侍御史,穆修僅爲參軍,蘇舜欽、尹洙被貶謫後不久即去世,這無疑影響了古文運動的號召力。而歐陽修自至和元年(一〇五四)始,由翰林學士、樞密副使到參知政事,前後十年,在政治上有舉足輕重的地位。特别是嘉祐二年(一〇五七)知貢舉,他用行政力量來改變考試制度,按他自己的標準録取進士,重視古文派的經世議論,壯大了古文運動的聲勢。《宋史》本傳記載此事説:"時士子尚爲險怪奇澀之文,號'太學體',修痛排抑之,凡如是者輒黜。畢事,嚮之囂薄者伺修出,聚噪于馬首,街邏不能制,然場屋之習從是遂變。"可知還由此引起了風潮。但這次科舉,蘇軾、蘇轍、曾鞏等都入選,事實勝于雄辯,風潮很快平息,此後"五六年間,文格遂變而復古"(歐陽發《先公事迹》),這就促進了古文運動的徹底勝利。

對于宋詩的發展,歐陽修也有承先啓後之功。宋劉克莊《江西詩派序》説:"國初詩人如潘閬、魏野,規規晚唐格調,寸步不敢走作。楊、劉則又專爲崑體,故優人有撏撦義山之誚。蘇、梅二子稍變以平淡豪俊,而和之者尚寡。至六一、坡公,巍然爲大家數,學者宗焉。"歐陽修十分稱譽蘇舜欽和梅堯臣,認爲他們的作品"本人情,狀風物",超邁横絶、深遠閑淡,各極其長。但他于一再表示自己的詩作不及蘇、梅的同時,字裏行間多少也透露出他能囊括兩人之所長的意思。歐詩多受唐人李白、杜甫、韓愈、孟郊等的影響,以氣格爲主,形成不事雕飾、自然清新的風格。故蘇軾以爲"似李白",王安石更譽之爲"居太白之上"。

在《六一詩話》中,歐陽修引梅堯臣的話説:"詩家雖率意,而造語亦難。若意新語工,得前人所未道者,斯爲善也。必能狀難寫之景如在目前,含不盡之意見于言外,然後爲至矣。"這也可以看作爲他自己論詩歌藝術的觀點。關于詩與社會生活之關係,他就梅堯臣的遭遇,得出結論説:"凡士之蘊其所有而不得施于世者,多喜自放于山顛水涯,外見蟲魚草木風雲鳥獸之狀類,往往探其奇怪;内有憂思感憤之鬱積,其興于怨刺,以道羈臣寡婦之所嘆,而寫人情之難言,蓋愈窮則愈工。然則非詩之能窮人,殆窮者而後工也。"(《梅堯臣詩集序》)這個見解,對後世影響極大。

宋詩在歐陽修之後有長足發展,流派衆多,蔚爲大觀。元袁桷《書顧仲華詩後》概括宋詩發展情況説:"宋太宗、真宗時,學詩者病晚唐萎苶之失,有意于玉臺文館之盛,飾組彰施,極其麗密,而情思流蕩,奪于援據,學者病之。至仁宗朝,一二巨公浸易其體,高深者極凌厲,摩雲決川,一息千里,物不能以逃遁,考諸《國風》之旨,則蔑有餘味矣。歐陽子出,悉除其偏而振挈之,豪宕悦愉悲慨之語,各得其職;今之言文者皆其門人,而于詩則不復有同焉。"由于歐陽修的詩名爲其文名所掩,後世對他在詩歌革新上的貢獻,很少論及。但就其創作成就而言,高出于同時諸詩人,奠定一代詩風的形成,則不能説是虛譽。

歐陽修的詞,歷來議論紛紜,毁譽不一。因爲他在大部分詞作中所表現的情感,既不是散文中的莊重嚴肅,也不是詩歌中的激越豪宕,而是回腸蕩氣,纏綿悱惻。所以有人認爲《六一詞》以外編入《醉翁琴趣外編》中的作品,皆爲僞作。

詞,宋人稱詩餘,認爲是詩的别調,用來表達詩中不宜表達的内容和情感。與歐陽修同時的晏殊、晏幾道父子,宋祁、宋庠兄弟等不必説,即使素以方正著稱的范仲淹、韓琦、司馬光等,也不免作豔詞。宋初詞家,嚮來歐晏并稱,而歐詞却多受責難,其原因一定程度上和他的生活作風有關。歐陽修詩酒放達,早在洛陽時就受到西京留守王曙的戒敕;他兩次被政敵攻擊、誣陷,有人便也把他的豔詞扯到男女曖昧之事。如宋錢愐《錢氏私志》説:"歐爲人言其盗甥表云:喪厥夫而無托,攜孤女以來歸。張氏此時年方七歲,内翰伯見而笑曰:年七歲,正簸錢時也。歐詞云:江南柳,葉小未成陰。人爲絲輕那忍折,鶯憐枝嫩不堪吟。留取待春深。十四五,閑抱琵琶尋。堂上簸錢堂下走,恁時相見已留心。何况到如今。"錢愐是錢惟演之子,錢惟演官西京留守時,待歐陽修甚厚,後錢因阿附后族落職,歐在文字中對他有微詞,錢愐以爲負恩,極讎視歐,這個記載是帶有攻擊性的。

仔細分辨,歐詞實有兩種不同風格的作品。主要部份是所謂豔詞,還没有擺脱花間派的影響。但這類詞常被認爲不是單寫男女戀情,所以清張惠言在《詞選》序中説:"男女哀樂,以道賢人君子幽約悲悱不能自言之情,低徊要眇,以喻其致。"其選歐陽修《蝶戀花》詞:"庭院深深深幾許,楊柳堆煙,簾幕無重數。玉勒雕鞍游冶處,樓高不見章臺路。雨横風狂三月暮,門掩黄昏,無計留春住。淚眼問花花不語,亂紅飛過秋千去。"評曰:"雨横風狂,政令暴急也。亂紅飛去,斥逐者非一人而已。殆爲韓(琦)、范(仲淹)作乎?"把它解釋爲寫"慶曆新政"失敗後作者的心情,這是歷來論詞的人深求隱微的慣例。然而清代著名詞家納蘭性德作有《填詞》詩,以爲詞中的比興超過詩,詞家論詞,自是甘苦之言,亦可供參考:

詩亡詞乃盛,比興此焉托。往往歡娱工,不如憂患作。冬郎(韓偓)一生極憔悴,判與三閭(屈原)共醒醉。美人香草可憐春,鳳蠟紅巾無限淚。芒鞋心事杜陵(杜甫)知,衹今唯賞杜陵詩。古人且失風人旨,何怪俗眼輕填詞。詞源遠過詩律近,擬古樂府特加潤。不見句法參差三百篇,已自换頭兼换韻。

歐詞中還有一類風格清麗明快的作品,已開蘇軾、辛棄疾一派新興詞的先路,是值得注意的。這裏引二首爲例。如《朝中措》:“平山欄檻倚晴空,山色有無中。手種堂前垂柳,别來幾度春風。文章太守,揮毫萬字,一飲千鍾。行樂直須年少,尊前看取衰翁。”又如《漁家傲》:“十二月嚴凝天地閉,莫嫌臺榭無花卉。惟有酒能欺雪意。增豪氣,直教耳熱笙歌沸。隴上雕鞍惟數騎,獵圍半合新霜裏。霜重鼓聲寒不起。千人指,馬前一雁寒空墜。”這類詞所取得的成績,應該看作是歐陽修所領導的宋代詩文革新運動的組成部份。

對于歐陽修詩文總的成就,蘇軾在《居士集序》中概括爲:“論大道似韓愈,論事似陸贄,記事似司馬遷,詩賦似李白”,并説“此非予言也,天下之言也”。這在當時是極高的評價。

歐陽修的著作,在南宋紹熙、慶元年間由周必大、孫謙益、胡柯、羅泌等編定爲《歐陽文忠公集》一百五十三卷,約百萬言。其中包括《居士集》五十卷,《外集》二十五卷,《易童子問》三卷,《外制集》三卷,《内制集》八卷,《表奏書啓四六集》七卷,《奏議集》十八卷,《雜著述》十九卷,《集古録跋尾》十卷,《書簡》十卷。另外,尚有史學專著《新五代史》七十四卷,並有與宋祁合著《新唐書》。本書選歐陽修詩一百八十五首,詞四十四首,散文四十六篇,入選作品按體裁分體編年。選目照顧到作者的思想、活動和文學特色,希望通過這個選本能反映出作者生平和創作的概貌。書後附《歐陽修簡譜》,供讀者參考。選本的文字,主要依據四部叢刊影印元刊本《歐陽文忠公集》。

南宋魏了翁有《裴夢得注歐陽公詩集序》,其中提到裴夢得受當時工部侍郎何叔岳命箋釋歐詩,並稱贊説:"今披味裴釋,益知公(歐陽修)貫融古今,所以蓄德者甚弘,而非及卿(裴夢得字)博見强志,精思而篤踐焉,亦不足以發之也。"這個注本,今已不存。此外,除零章散句的一些論述,亦未見有完整的歐集注本。因此,整理歐陽修的著作,苦無舊注依傍。本選集中的題解和注釋,疏誤和罣漏自所難免,懇望讀者多加批評,以匡不逮。

選注者

一九八三年十月

目　録

詞選

文選

詩選

七交七首(選一)

自敘

余本漫浪者，兹亦漫爲官；胡然類鴟夷，託載隨車轅〔一〕？時士不俯眉，默默誰與言；賴有洛中俊，日許相躋攀〔二〕。飲德醉醇酎，襲馨佩春蘭〔三〕。平時罷軍檄〔四〕，文酒聊相歡。

天聖九年(一〇三一)作。歐陽修于天聖八年中進士後，被任命爲西京留守推官，于九年三月到洛陽赴任。《宋史》本傳："調西京推官，始從尹洙游，爲古文議論當世事，迭相師友；與梅堯臣游，爲歌詩相倡和。遂以文章名冠天下。"《續資治通鑑·宋紀》三十九："始，錢惟演留守西京，修及尹洙爲官屬，皆有時名，惟演待之甚厚。修等游飲無節。惟演去，(王)曙繼至，數加戒敕，常厲色謂修等曰：'諸君知寇萊公(準)晚年之禍乎，正以縱酒過度耳。'衆客唯唯，修獨起對曰：'寇公之禍，以老不知止耳。'曙默然，終不怒，更薦修及洙置之館閣，議者賢之。"《七交七首》分咏"河南府張推官(堯夫)"、"尹書記(師魯)"、"楊户曹(子聰)"、"梅主簿(聖俞)"、"張判官(太素)"、"王秀才(幾道)"六人，他們和富弼等都是歐陽修在洛陽時的知己。"自敘"是《七交七首》的最末一首。

〔一〕四句意謂自己本是散漫之人，爲官也散漫不拘，猶如裝在車子上的牛皮口袋，隨車東西。漫浪：散漫不拘。胡然：爲何。《詩·鄘風·君子偕老》："胡然而天也，胡然而帝也。"鴟夷：《史記·越世家》索隱："鴟夷，革囊也。"

〔二〕四句意謂自己和當時名流不相往來，幸而洛陽的才俊不棄下交。歐陽修明道元年致梅堯臣書："某本以寒鄉下流，後進初學，諸君子不知其駑下，業已致之交游，一旦坐評賢否，欲求純雅沉實之名，終不可得，而乃特以輕儁裁之，是知善譽者不能美無鹽矣。"不俯眉：眼界高，瞧不起人。洛中俊：推崇張堯夫等人。躋攀：攀登高處，這裹是自謙之詞。

〔三〕二句比喻獲得友人良好的誘掖和熏陶。飲德：受人不言之惠。語出《漢書·朱家傳》。醇酎(zhòu 宙)：美酒。《三國志·吴志·周瑜傳》注引《江表傳》："與周公瑾交，若飲醇醪，不覺自醉。"襲馨：指接受好的影響。佩春蘭：喻志趣高潔。屈原《離騷》："紉秋蘭以爲佩。"

〔四〕軍檄：西京留守兼領軍政，故以在幕府中草擬的文稿爲軍檄。

答楊辟喜雨長句

吾聞陰陽在天地，升降上下無時窮，環回不得不差失，所以歲時無常豐〔一〕。古之爲政知若此，均節收斂勤人功，三年必有一年食，九歲常備三歲凶，縱令水旱或時遇，以多補少能相通〔二〕。今者吏愚不善政，民亦游惰離于農，軍國賦斂急星火，兼并奉養過王公，終年之耕幸一熟，聚而耗者多于蜂〔三〕。是以比歲屢登稔，然而民室常虚空，遂令一時暫不雨，輒以困急號天翁〔四〕。賴天閔民不責吏，甘澤流布何其濃，農當勉力吏當愧，敢不酌酒澆神龍〔五〕！

天聖九年作。歐陽修于康定元年(一〇四〇)作致論《原弊》,強調"農者天下之本也,而王政所由起也,古之爲國者未嘗敢忽;而今之爲吏者不然,簿書聽斷而已矣,聞有道農之事,則相與笑之曰鄙。夫知賦斂移用之爲急,不知務農爲先者,是未原爲政之本末也;知務農而不知節用以愛農,是未盡務農之方也"。這首詩表現了作者一貫的重視改善吏治、節用愛民的政治思想,與《原弊》一文參對,如合符契。楊辟:字子静,楊愈(子聰)之弟,時在洛陽。長句:指七言古詩。杜甫《簡薛華》:"近來海内爲長句,汝與山東李白好。"

〔一〕四句可參《原弊》:"夫陰陽在天地間,騰降而相推,不能無愆伏;如人身之有血氣,不能無疾病也。故善醫者不能使人無疾病,療之而已;善爲政者不能使歲無凶荒,備之而已。"陰陽:古人認爲天地萬物是陰陽二氣所構成,二氣不斷運動,造成氣候的變化、年成的豐歉。

〔二〕《原弊》:"堯、湯大聖,不能使無水旱,而能備之者也。古者豐年補救之術,三年耕必留一年之蓄,是凡三歲期一歲以必災也。此古之善知天者也。"《禮記・王制》:"三年耕必有一年之食,九年耕必有三年之食。"

〔三〕《原弊》:"今乃不然,耕者不復督其力,用者不復計其出入。一歲之耕,供公僅足,而民食不過數月。甚者場功甫畢,簸糠麩而食秕稗,或採橡實、蓄菜根以延冬春。"又:"今以不勤之農,贍無節之用故也。非徒不勤農,又爲衆弊以耗之。"并指出當時有誘民之弊、兼并之弊、力役之弊等,重重壓榨,使農民無法生活。游惰:游蕩懶惰,不務正業。《南史・孔靖傳》:"釐整浮華,剪罰游惰,由是境内肅清。"此指以做和尚和當兵等方式來逃避務農。《原弊》:"然民盡力乎南畝者,或不免乎狗彘之食;而一去爲僧、兵,則終身安佚而享豐腴,則南畝之民不得不日減也。"賦斂:據《原弊》,當時"有支移之賦,有和糴之粟,有入中之粟,有和買之絹,有雜料之物,茶鹽山澤之利有榷(專買)有徵;制而不足,則有司屢變其法,以争毫末之利”。兼并：通過經濟手段掠奪強佔土地，這裏指兼并土地的豪富。

〔四〕比歲：連年。登稔：豐收。號天翁：嚮天呼號求救。天翁，天公。

〔五〕甘澤：及時雨。濃：多、密。澆：祭獻。神龍：古人有“龍騰致雨”的説法，這裏有不要貪天之功，應嚮神龍致謝的意思。

秋郊曉行

寒郊桑柘稀，秋色曉依依〔一〕。野燒侵河斷〔二〕，山鴉嚮日飛。行歌採樵去，荷鍤刈田歸〔三〕。秫酒家家熟，相邀白竹扉〔四〕。

天聖九年作。

〔一〕柘(zhè)：亦名黄桑。葉可飼蠶。依依：隱約可辨貌。陶潛《歸田園居五首》：“曖曖遠人村，依依墟里烟。”

〔二〕野燒：秋後平原上燃燒的枯草，也指燃燒後留下的黑色痕迹。侵：近。

〔三〕荷：背負。鍤：鐵鍬。刈(yì 藝)：割草。《説文》：“獲，刈穀也。”

〔四〕二句寫豐收後農民熱誠好客。秫(shú 熟)酒：用粘高粱釀的酒。白竹扉：指農家茅舍院落中用竹編成的門窗。

和梅聖俞杏花

誰道梅花早，殘年豈是春？何如豔風日，獨自占芳辰。

明道元年(一〇三二)作。梅聖俞,梅堯臣,字聖俞,梅作有《初見杏花》詩:“不待春風遍,烟林獨早開。淺紅欺醉粉,肯信有江梅。”此詩爲和作。

游龍門分題十五首(選五)

上　山

躡蹻上高山〔一〕,探險慕幽賞。初驚澗芳早,忽望巖扉敞〔二〕。林窮路已迷,但逐樵歌響〔三〕。

石　樓〔四〕

高灘復下灘,風急刺舟難〔五〕。不及樓中客,徘徊川上山。夕陽洲渚遠,唯見白鷗翻。

自菩提步月歸廣化寺〔六〕

春巖瀑泉響,夜久山已寂。明月浄松林,千峰同一色。

八節灘〔七〕

亂石瀉溪流,跳波濺如雪。往來川上人,朝暮愁灘闊。更待浮雲散，孤舟弄明月。

鴛　　鴦

畫舷鳴兩槳〔八〕，日暮芳洲路。泛泛風波鳥，雙雙弄紋羽。愛之欲移舟，漸近還飛去〔九〕。

明道元年作。歐陽修于是歲春游龍門，據作者《送陳經秀才序》，同游者有楊愈（子聰）、張谷（應之）和陳經。序中說："夜宿西峰，步月松林間，登山上方，路窮而返。明日，上香山石樓，聽八節灘，晚泛舟，傍山足夷猶而下，賦詩飲酒，暮已歸。"此十五首詩即爲記游之作。龍門：山名。在河南省洛陽縣南，亦名闕塞山。《水經注》："伊水東北過伊闕。昔大禹疏龍門以通水，兩山相對，望之如闕，伊水歷其間，謂之伊闕。"石樓、八節灘都是龍門的名勝，由唐代詩人白居易所構築、開鑿。《新唐書·白居易傳》："構石樓香山，鑿八節灘，自號醉吟先生。"

〔一〕躡蹻：穿着草鞋。《史記·平原君虞卿列傳》："躡蹻擔簦。"注："蹻，草履。"

〔二〕初驚二句寫登山時俯仰之間景色宜人。澗芳：山澗邊的花草。因温暖濕潤，生長茂盛，花開得早，所以說"驚"。巖扉敞：指龍門兩山間的空闊。龍門有兩山，爲伊水分隔，西名龍門山，東名香山。

〔三〕林窮二句寫山路曲折，走出森林時即已迷路，衹有循着樵歌的方嚮尋路。窮：盡。

〔四〕此詩寫登石樓下瞰，并就所見情景發抒人生勞閑苦樂不同的感慨。

〔五〕刺舟：撑船。

〔六〕此詩寫月夜山行的清幽静謐。菩提：菩提寺。廣化寺：北魏所建，龍門八寺之一。

〔七〕八節灘：白居易《開龍門八節石灘詩序》："東都龍門潭之南，有八節灘、九峭石，船筏過此，例及破傷，舟人楫師，推挽束縛，大寒之月，裸跣水中，饑凍有聲，聞于終夜。予嘗有願，力及則救之。會昌四年（八四四），有悲智僧道遇，適同發心，經營開鑿，貧者出力，仁者施財。於戲！從古有礙之險，未來無窮之苦，忽乎一旦盡除去之。"

〔八〕畫舷：畫船、游艇。舷，原注："一作船。"鳴：指船槳擊水，發出聲響。

〔九〕愛之二句：因愛鴛鴦，準備移舟靠近觀賞，但當臨近時，鴛鴦却飛走了。

嵩山十二首（選三）

二　室　道〔一〕

二室對岧嶤，羣峰聳峭直〔二〕。雲隨高下起，路轉參差碧〔三〕。春晚桂叢深，日下山烟白。芝英已可茹，悠然想泉石〔四〕。

玉　女　窗〔五〕

玉女不可邀，蒼崖鬱岧直。石乳滴空竇，仰見沉寥碧〔六〕。徙倚難久留，桂樹含春色。

中　峰〔七〕

望望不可到，行行何屈盤〔八〕。一徑林杪出，千巖雲下看〔九〕。烟嵐半明滅，落照在峰端〔一〇〕。

明道元年作。是歲歐陽修曾兩度游嵩山，春末一次與梅堯臣、楊愈等同游，秋九月一次與尹洙、謝絳等同游。這組詩是第一次游嵩的記游詩，梅堯臣有和作《同永叔子聰游嵩山賦十二題》。嵩山在河南登封縣北，又名嵩高山、中嶽。有東西二山，東名太室，西名少室，相隔十七里，岧嶤相對。

〔一〕二室道：太室、少室山間的道路。梅堯臣和詩："度嶺失羣山，千峰出天際，方欣左右看，屢改縈迴勢。勝事誰與同，芬然有蘭蕙。"

〔二〕岧嶤(tiáo yáo)：山高峻貌。羣峰：太室有二十四峰，少室有三十六峰，峰勢峭拔。崷(qiú)直：高峻壁立。

〔三〕雲隨二句意謂山峰雲霧回繞，山路林木茂密。

〔四〕芝英二句意謂山色奇麗，仿佛步入仙境，油然而生超俗出世之思。芝：靈芝。英：花。茹：食。相傳仙人食芝。庾信《和趙王游仙詩》："白石香新芋，青泥美熟芝。"泉石：指隱居。《南史・陶弘景傳》："有時獨游泉石，見者以爲仙人。"

〔五〕玉女窗：《嵩高志》："玉女窗在太室，石洞幽潔，上通日月，朗然如窗。"梅堯臣和詩："玉洞倚霞壁，天窗微露明，驂鸞去不返，啼鳥空相驚。萬木自虧蔽，捫蘿誰復情。"

〔六〕石乳：石鐘乳。竇(dòu)：孔穴。泬寥碧：指空曠碧藍的天空。宋玉《九辯》："泬寥兮天高而氣清。"

〔七〕中峰：《嵩高志》："太室中峰，即嵩頂，端正而中居，四面諸峰環擁。上有天池、玉井，下有石室。"梅堯臣和詩："日夕望蒼崖，嶄嶄在天外。及來步其顛，下見河如帶。半壁雲樹昏，山根已滂沛。"

〔八〕望望二句意謂遥望嵩頂不可幾及，攀登的道路曲折盤旋。

〔九〕一徑二句謂仰視見山徑在樹梢上出没；俯瞰見千巖於雲霧間隱現。

〔一〇〕烟嵐：山中霧氣。落照：夕陽餘輝。

雨後獨行洛北

北闕望南山，明嵐雜紫烟〔一〕。歸雲嚮嵩嶺，殘雨過伊川〔二〕。樹繞芳堤外，橋横落照前。依依半荒苑，行處獨聞蟬〔三〕。

明道元年作。刻劃洛陽夏日雨後景色。

〔一〕南山：指龍門山和香山，在洛陽南部。二句寫在洛北眺望南山，雨過天晴，山色蒼翠，霧氣明滅，氣象萬千。

〔二〕嵩嶺：嵩山，在洛陽東南。伊川：伊水，源出河南熊耳山，東北流經嵩縣、伊陽、洛陽、偃師，入洛水。二句寫雨勢已移嚮東南，是夏雨特有的景象。

〔三〕依依二句寫洛北環境的幽寂。荒苑：荒廢的古代苑囿。

被牒行縣因書所見呈僚友

周禮恤凶荒，軺車出四方〔一〕。土龍朝祀雨〔二〕，田火夜驅蝗。木落孤村迥，原高百草黄〔三〕，亂鵶鳴古堞，寒雀聚空倉〔四〕。桑野人行饁，魚陂鳥下梁〔五〕。晚烟茅店月，初日棗林霜〔六〕。墐户催寒候，叢祠禱歲穰〔七〕。不妨行覽物，山水正蒼茫。

明道元年作。是歲夏秋,洛陽地區發生旱蝗災害,歐陽修受命視察河南府屬縣的災情。作者在《六一詩話》中,曾贊賞梅堯臣以爲詩"必能狀難寫之景如在目前,含不盡之意見于言外,然後爲至矣"的話,此詩如"亂鴉鳴古堞,寒雀聚空倉",寫荒年;"晚烟茅店月,初日棗林霜",寫農村景色,殆已近之。從中可見出作者倡導宋詩革新的努力。被牒:接受任務。牒:公文。

〔一〕二句意謂官府派員視察災情,加以救濟,是《周禮》所規定。《周禮·地官·大司徒》:"以荒政(救災措施)十有二聚萬民。"其措施包括散利、薄徵、緩刑、弛力、舍禁等,以免荒年人民流離逃亡。凶荒:荒年。軺(yáo)車:古代一種一馬駕駛的輕便車輛,使者所乘。

〔二〕土龍:泥土塑的龍,古代用來求雨。《淮南子·説林》:"旱則修土龍。"

〔三〕孤村迥:由樹木圍護的遠處村莊因枝葉凋落而顯露。原:高而平的土地。

〔四〕堞:城上的女牆。寒雀聚空倉:歐陽修《陪府中諸官游城南》詩寫豐年,有"禾熟雀聲喧"之句,與此句適成對照。

〔五〕饁(yè):往田間送飯。魚陂(bēi):魚池。梁:捕魚堵水的堨堰。《詩·邶風·谷風》"毋逝我梁"注:"梁,魚梁。"

〔六〕二句寫早晚景色,由唐温庭筠《商山早行》"鷄聲茅店月,人迹板橋霜"化出。

〔七〕墐户:在冬天到來前用泥土填塞門窗孔隙。《詩·豳風·七月》:"塞向墐户。"叢祠:荒野叢林間的小廟宇。歲穰:豐收年。

和謝學士泛伊川,浩然無歸意,因詠劉長卿佳句作欲留篇之什

久不見南山,依然已秋色,悠哉川上行,復邀城中客。

木落山半空，川明潦尤積〔一〕。飛鳥鑑中看，行雲舟中白〔二〕。夷猶白蘋裏，笑傲清風側。極浦追所遠，回峰高易夕〔三〕。觴詠共留連，高懷追昔賢〔四〕。惟應謝公興，不減嚮臨川〔五〕。

明道元年作。是歲秋九月，歐陽修與謝絳等于游嵩山後回洛陽時，曾泛舟伊川。謝絳《游嵩山寄梅殿臣(堯臣)書》："十七日，宿彭婆鎮，遂緣伊流，陟香山，上上方，飲于八節灘上。"宋邵伯温《邵氏聞見録》："謝希深、歐陽永叔官洛陽時，同游嵩山，自潁陽歸，暮抵龍門香山，雪作。忽于烟靄中有策馬渡伊水來者，既至，乃錢相送廚傳歌妓至。吏傳公言：山行良苦，當少留龍門賞雪，府事簡，無遽歸也。"謝學士：謝絳，字希深，時官河南府通判。因曾以祠部員外郎直集賢院，所以稱學士。劉長卿：字文房，中唐詩人，擅長五言詩，有"五言長城"之稱。佳句：指劉長卿詠伊闕和伊水的《龍門八詠》。什：《詩經》的《雅》《頌》，每十篇稱什，如《小雅・鹿鳴之什》、《周頌・清廟之什》，後世轉而泛指詩篇。

〔一〕木落二句寫深秋山景。川明：河水清澈明净。潦(lǎo)尤積：山間尚有積水。潦：雨後積水。劉長卿《龍門八詠・下山》："木落羣峰出，龍宫蒼翠間。"宋玉《九辯》："寂寥兮收潦而水清。"

〔二〕二句承上"川明"句，寫秋天伊川水面平静如鏡，飛鳥和行雲均倒映水中。鑑：鏡。劉長卿《龍門八詠・水西渡》："伊水摇鏡光，纖鱗如不隔。"

〔三〕四句寫伊水泛舟的豪興雅趣。夷猶：從容貌。極浦：遥遠的水邊。南朝宋謝靈運《山居賦》："入極浦而邅回，迷不知其所適。"回峰：指伊闕峰巒回繞。劉長卿《龍門八詠・水東渡》："千峰秋色多。""極浦"二句意謂游興甚濃，把船划到了極遠的水邊，高聳回繞的峰巒遮掩夕陽，所以傍晚來得早。

〔四〕二句寫飲酒賦詩，流連忘返。昔賢：指劉長卿等。晉王羲之《蘭亭序》："一觴一詠，亦足以暢叙幽情。"

〔五〕二句照應題目“和謝學士泛伊川”。謝公：本指以山水詩著名的南朝宋詩人謝靈運，曾官臨川内史，謝絳與他同姓，故借以作比。臨川：郡名，郡治在今江西臨川縣西。

黄河八韻寄呈聖俞

河水激箭險，誰言航葦游〔一〕。堅冰馳馬渡，伏浪卷沙流〔二〕。樹落新摧岸，湍驚忽改洲〔三〕。鑿龍時退鯉，漲潦不分牛〔四〕。萬里通槎漢，千帆下漕舟〔五〕。怨歌今罷築，故道失難求〔六〕。灘急風逾響，川寒霧不收。詎能窮禹迹，空欲問張侯〔七〕。

明道元年作。梅堯臣于天聖九年秋由河南縣主簿調任河陽縣主簿，在河陽作有《黄河》詩八韻寄歐陽修，這首詩是和作。古詩每兩句一用韻，八韻是十六句。歐梅唱和的詩歌，氣象宏大，語言清新，反映了宋詩改革倡導者的業績。

〔一〕二句意謂黄河水激流如箭，怎能説“一葦可渡”！航葦游：《詩·衛風·河廣》“誰謂河廣，一葦可渡”疏：“言一葦者，謂一束也，可以浮之水上而渡，若浮栰然，非一根葦也。”

〔二〕二句寫黄河冬夏的不同情狀：冬天可驅馬踐冰而渡，夏天則濁浪滔天。伏：伏天，夏季。梅堯臣《黄河》詩：“誰當大雪天，走馬堅冰上。”

〔三〕宋時黄河不斷决口，據《宋史·河渠志》：天聖六年（一〇二八）八月，河在澶州（今河南濮陽縣）王楚埽决口。

〔四〕鑿龍：《尚書·禹貢》：“導河積石，至于龍門。”《水經·河水注》引《魏土地記》：“梁山北有龍門山，大禹所鑿，通孟津河，口廣八十步,巖際鑿迹遺功尚存。"時退鯉:《三秦記》:"江海魚集龍門下,登者化龍,不登者點額暴腮。"即傳説的鯉魚跳龍門。不分牛:《莊子·秋水》:"秋水時至,百川灌河,涇流之大,兩涘渚崖之間不辨牛馬。"此謂河面寬闊。

〔五〕二句寫黄河源頭之遠、漕運之利。通槎漢:《博物志》載,漢代有人從海上乘槎(木筏)到達天河。漢:銀漢、天河。漕舟:運輸糧食的船隻。黄河在唐宋時代是從東南往關中運糧的水上通道。

〔六〕據《宋史·河渠志》:黄河自天聖六年決口後,一直未能封堵,明道元年停止封堵努力,第二年,"徙大名之朝城縣于杜婆村,廢鄆州之王橋渡、淄川之臨河鎮以避水"。築:指築堤堵口。故道:決口前的舊河道。

〔七〕詎能二句意謂黄河源遠流長,無法窮其底蘊。禹迹:大禹治水,足迹遍九州。《左傳》襄公四年:"茫茫禹迹,畫爲九州。"張侯:漢代張騫,《漢書·張騫傳》載其曾受命探求河源。

早春南征寄洛中諸友

楚色窮千里,行人何苦賒〔一〕。芳林逢旅雁,候館噪山鴉〔二〕。春入河邊草,花開水上槎〔三〕。東風一樽酒,新歲獨思家〔四〕。

明道二年(一〇三四)作。是歲正月,歐陽修因公事至開封,事畢後往隨州(今湖北隨縣)探望叔父歐陽曄。此詩即作于離開封南行時。

〔一〕楚色:楚地的景色。隨州在春秋戰國時是楚國的領地。窮:盡。賒:遠。

〔二〕芳林：春天的樹林。後漢張衡《東京賦》："濯龍芳林，九谷八溪。"候館：旅舍。

〔三〕二句寫早春景色。槎：木筏。

〔四〕思家：當時歐陽修的家眷在洛陽。

緑竹堂獨飲

夏篁解籜陰加樛，卧齋公退無喧囂，清和况復值佳月，翠樹好鳥鳴咬咬。芳尊有酒美可酌，胡爲欲飲先長謡〔一〕？人生暫别客秦楚，尚欲泣淚相攀邀，况兹一訣乃永已，獨使幽夢恨蓬蒿〔二〕。憶予驅馬别家去，去時柳陌東風高。楚鄉留滯一千里，歸來落盡李與桃〔三〕。殘花不共一日看，東風送哭聲嗷嗷〔四〕。洛池不見青春色，白楊但有風蕭蕭。姚黄魏紫開次第，不覺成恨俱零凋，榴花最晚今又拆，紅緑點綴如裙腰。年芳轉新物轉好，逝者日與生期遥〔五〕。予生本是少年氣，瑳磨牙角争雄豪：馬遷班固洎歆向，下筆點竄皆嘲嘈；客來共坐説今古，紛紛落盡玉麈毛；彎弓或擬射石虎，又欲醉斬荆江蛟〔六〕。自言剛氣貯心腹，何爾柔軟爲脂膏？吾聞莊生善齊物，平日吐論奇牙聱，憂從中來不自遣，强叩瓦缶何嘵嘵〔七〕。伊人達者尚乃爾，情之所鍾况吾曹〔八〕。愁填胸中若山積，雖欲强飲如沃焦，乃判自古英壯氣，不有此恨如何消〔九〕。又聞浮屠説生死，滅没謂若夢幻泡。前有萬古後萬世，其中一世獨蚼蟧〔一〇〕。安得獨灑一榻淚，欲助河水增滔滔〔一一〕。古來此事無可奈，不如飲此樽中醪。

明道二年作。是歲三月，歐陽修由隨州返洛陽。其時夫人胥氏已病逝，剛生的孩子還未滿月，作者因而十分悲痛，以此詩抒發了自己深厚的悼念之情。緑竹堂，當以堂前種竹得名。洛陽當時盛産竹子，歐陽修《戕竹記》："洛最多竹，樊圃棋錯。"

〔一〕六句以環境、時令都好，爲何有酒不飲，先要長歌當哭引起全詩。篁：竹。解籜(tuò)：笋脱壳長成竹。籜：笋壳。樛(jiū)：竹木梢下垂，此指竹蔭濃密。清和：農曆四月稱清和月。咬咬：鳥鳴聲。長謡：即長歌。謡：《爾雅·釋樂》：徒歌謂之謡。晉劉琨《答劉諶》："何以叙懷，引領長謡。"

〔二〕四句意謂人們暫時離别，尚且流淚不舍，何况這次一别(指是歲正月離洛陽去開封、隨州，與夫人胥氏告别)竟成永訣，徒使我夢魂怨惆生死之隔。梁江淹《别賦》："黯然銷魂者，唯别而已矣。况秦吴兮絶國，復燕宋兮千里。"蓬蒿：野草。此指胥氏塋地。

〔三〕楚鄉留滯：指在隨州耽擱。

〔四〕二句謂返洛時夫人已去世，殘花再不能共賞，惟東風伴送哭聲。

〔五〕八句寫回洛後人亡物在的悲哀。白楊：古人墳墓上多種白楊。《古詩十九首》："白楊多悲風，蕭蕭愁殺人。"姚黄、魏紫：名貴的牡丹品種，花期在穀雨前後。次第：猶言一一。白居易《花下對酒》："梅櫻與桃杏，次第城上發。"拆：開花。

〔六〕八句寫自己秉性好勝，諸事不願落人之後。少年氣：少年盛氣。瑳磨：同磋磨。牙角：比喻鋒芒。韓愈《月蝕》："東方青色龍，牙角何呀呀。"馬遷：司馬遷；歆向：劉歆、劉向，與班固同爲漢代著名的史學家、文學家。洎：及，到。點竄：指修整字句。《三國志·魏書·武帝紀》："公又與(韓)遂書，多所點竄。"嘲嘈：譏評。落盡玉麈毛：形容議論風生。《名苑》："鹿之大者曰麈，羣鹿隨之，皆視麈所往、麈尾所轉爲準。于文主鹿爲麈，古之談者揮焉。"

玉麈，玉柄麈尾。即拂麈，用麈尾製成。晉代人好清談，多手執麈尾指授。《太平御覽》卷七〇三引《郭子》："孫安國往殷中軍(浩)許共語，左右進食，冷而復暖者數四，彼我奮擲麈尾，悉墮落滿飯中。賓主遂至暮而忘餐也。"射石虎：《史記・李將軍列傳》："(李)廣出獵，見草中石，以爲虎，射之，中石没鏃。"醉斬荆江蛟：指晉人周處，曾斬義興水中蛟。義興，今江蘇宜興縣，古屬楚地，故曰"荆江"。事見《世説新語・自新》。

〔七〕吾聞四句：《莊子・至樂》："莊子妻死，惠子吊之，莊子方箕踞鼓盆而歌。"成玄英疏："盆，瓦缶也。莊子知生死之不二，達哀樂之爲一，是以妻亡不哭，鼓盆而歌。"此謂達觀如莊子者亦不免因喪妻而悲痛。齊物：《莊子》有《齊物論》篇，主張泯人我，齊是非。奇牙聱：《莊子》文章以汪洋恣肆著稱，此指議論恢譎奇倔。

〔八〕伊人：指莊子。吾曹：吾輩。

〔九〕沃焦：《史記・田敬仲世家》："且救趙之務，宜若奉漏甕沃焦釜也。"又《玄中記》曰："天下之強者，東海之沃焦焉。沃焦者，山名也，在東海南，方三萬里，海水灌之而即消。"二句謂愁積胸中如沃焦山，非強飲所能解脱。判：斷定。

〔一〇〕浮屠：梵語音譯，即佛，也指和尚。"滅没"句謂佛教以爲人的生命如夢幻泡影，本屬虚無。蛁蟧：即蟪蛄，蟬的一種。《莊子・逍遥遊》："蟪蛄不知春秋。"這裏慨嘆人生的短促。

〔一一〕《太平御覽》卷四八八引《孔叢子》："費子陽謂子思曰：吾念周室將滅，涕泣不可禁也。子思曰：然今一人之身憂世之不治，而涕泣不禁，是憂河水濁而泣清也。"後世詩人用眼淚增益江水、河水來形容内心的悲愁，似源于此。

代書寄尹十一兄楊十六王三

并轡登北原，分首昭陵道，秋風吹行衣，落日下霜草〔一〕。昔日憩鞏縣，信馬行苦早，行行過任村，遂歷黄河隩〔二〕。登高望河流，洶洶若怒鬧。予生平居南，但聞河浩渺，停鞍暫游目，茫洋肆驚眺〔三〕。并河行數曲，山坡亦縈繞，罌子與山口，呀險乃天竈，秤鈎真如鈎，上下欲顛倒〔四〕。虎牢吏當關，譏問名已告，滎陽夜聞雨，故人留我笑〔五〕。明朝已高塵，輤車引旌纛，傳云送主喪，窀穸詣墳兆。後乘皆輜軿，輪轂相輝照，辟易未及避，廬兒已呵嗷〔六〕。午出鄭東門，下馬僕射廟，中牟去鄭遠，記里十餘堠，抵牟日已暮，僕馬困米稿〔七〕。漸望閶闔門，崛若中天表，趨門争道入，羈靮不及掉〔八〕。浪墥游九衢，風埃嘆何浩，京師天下聚，奔走紛擾擾，但聞街鼓喧，忽忽夜復曉，追懷洛中俊，已動思歸操〔九〕。爲別未期月，音塵一何杳〔一〇〕，因書寫行役，聊以爲君導。

明道二年作。據宋胡柯《廬陵歐陽文忠公年譜》，是歲"九月，莊獻劉后、莊懿李后祔葬定陵，公至鞏縣陪祭"。但未載此後的開封之行，此詩寫從洛陽到開封的旅途經過，可補年譜之缺。代書：以詩代替書信，唐人詩中已多這類體裁，宋人更習用。尹十一：尹洙；楊十六：楊愈；王三：王復。當時都在洛陽，姓下數字是他們的排行。

〔一〕并轡(pèi)：并馬。北原：指洛陽北部的邙山，那裏是當時出入洛陽的要道。昭陵：宋仁宗陵墓，在鞏縣真宗定陵西北五里，當時尚在營建中。四句寫與尹洙等人在洛陽分手時的情景。

〔二〕任村：在鞏縣西北。隩：河岸曲折處。

〔三〕六句寫初見黄河，驚嘆黄河的茫洋。作者同時有《鞏縣視黄河》詩，可參看。

〔四〕六句寫黄河沿岸山勢曲折峥嶸。罌子、秤鈎：都是山谷名，在鞏縣境内。呀：大、空貌。班固《兩都賦》："呀周池而成淵。"天竈：《吴子·治兵》："天竈者，大谷之口。"

〔五〕虎牢：虎牢關，在汜水縣西北。譏問：查詢。《禮記·王制》"關執禁以譏"注："譏，苛察也。"名已告：謂已説明自己身份。滎陽：縣名，位于汜水至鄭州途中。

〔六〕八句寫在滎陽遇公主葬車。高塵：應上"夜雨"，指晴朗。輤（qiàn）車：裝載棺材的車子。《禮記·雜記》"其輤有裧"注："輤，載柩將殯之車飾也。"旌纛：旗幟。主：公主。窀穸：墓穴。輜軿：有篷的車。辟易：驚退、躲避。廬兒：奴僕、侍從。《漢書·蕭望之傳》"（王仲）翁出入，從蒼頭廬兒"注："皆官府之給賤役者也。"呵噭（jiào）：斥責。

〔七〕六句寫從鄭州抵中牟，缺乏供應。下馬：休息。僕射（yè）廟：李衛公廟，奉祀唐李靖（官尚書右僕射，封衛國公）。中牟：縣名，在鄭州與開封之間。堠（hòu 後）：古代大道上記里程的土堆，五里單堠，十里雙堠。韓愈《路傍堠》詩："堆堆路傍堠，一雙復一隻。"困米稿：人馬得不到飲食和飼料。稿：禾稈。

〔八〕四句寫離中牟後從望見京城宫闕到進入開封。閶闔：傳説中的天門，此指宫門。漢張衡《西京賦》："正紫宫于未央，表嶢闕于閶闔。"表：外。羈鞅不及掉：形容進城時的擁擠。鞅（yāng 央），套在馬上的皮帶。掉，整理。掉鞅比喻悠閑或從容執筆。唐柳宗元《送苑論登第後歸覲詩序》："觀其掉鞅于術藝之場，游刃乎文翰之林。"

〔九〕八句寫在開封生活的不適，抒懷友思歸之情。浪墥：即浪疃，漫步。九衢：四通八達的道路。風埃：即風塵。晉陸機《爲顧彦先贈婦》："京洛多風塵，素衣化爲緇。"浩：大。街鼓：更鼓。《大唐新語》："舊制，京城内金吾曉暝傳呼，以戒行者。馬周獻封章，始建街鼓，號咚咚鼓，公私便焉。"思歸操：琴曲有《思歸引》，相傳春秋時衛侯女爲邵王太子所拘，思歸不得，作此曲，自縊。操，琴曲體裁名。《後漢書·曹褒傳》"歌詩曲操"注引劉向《别録》："君子因雅琴之適，故從容以致思焉。其道閉塞悲愁，而作者名其曲曰操。”

〔一〇〕期月：一個月。音塵：信息。李白《憶秦娥》：“樂游原上清秋節，咸陽古道音塵絶。”

曉　詠

簾外星辰逐斗移，紫河聲轉下雲西〔一〕。九雛烏起城將曙〔二〕，百尺樓高月易低。露裛蘭苕惟有淚，秋荒桃李不成蹊〔三〕。西堂吟思無人助，草滿池塘夢自迷〔四〕。

此詩與以下《送趙山人歸舊山》、《寄張至秘校》、《早夏鄭工部園池》、《柳》、《小圃》、《高樓》諸首，《歐陽文忠公文集》定爲“未第時及西京作，天聖、明道間”，具體時間已難考，故仍按文集順序。

〔一〕斗：北斗星。紫河：銀河，拂曉銀河西落，此謂其如車輪，仿佛轉動有聲。

〔二〕九雛烏：即烏鴉。晉司馬彪《續漢書》：“桓帝時童謡曰：城上烏，尾畢逋，一年生九雛。公爲吏，兒爲徒，一徒死，百乘車。”

〔三〕裛(yì)：沾濕。秋荒句：《史記·李將軍列傳贊》：“諺曰：桃李不言，下自成蹊。”索隱：“按姚氏云：桃李不能言，但以華實感物，故人不期而往，其下自成蹊徑也。”此謂秋深，桃李之下已無蹊徑。

〔四〕南朝宋謝靈運《登池上樓》詩，有名句“池塘生春草，園柳變鳴禽”，據説是他在西堂夢見其族弟謝惠連而得，以爲“此有神助，非吾語也”。

送趙山人歸舊山

屈賈江山思不休，霜飛翠葆忽驚秋，吟抛楚畹蘭苕老，歸有淮山桂樹留〔一〕。聒耳春池蛙兩部，比封秋塢橘千頭〔二〕。嗔條怒穎真堪愧，莫染衣塵更遠游〔三〕。

山人，山野之人，隱士。唐宋時代的隱士，多以詩文爲媒介，奔走權門，邀取名利，趙山人當亦爲這類人物。舊山即舊居、故鄉。

〔一〕屈賈：屈原、賈誼，著名的楚辭作家。"屈賈江山"泛指楚地。翠葆：青翠的草木。唐杜牧《華清宫》："嫩嵐滋翠葆，清渭照紅妝。"楚畹蘭苕：屈原《離騷》："余既滋蘭之九畹兮，又樹蕙之百畝。"畹：王逸注："十二畝曰畹。"淮山桂樹：漢淮南小山《招隱士》："桂樹叢生兮山之幽。"此趙山人當係楚人，出游不得意，歸山，時間在秋天。

〔二〕蛙兩部：《南齊書·孔稚圭傳》記孔稚圭家居荒僻，蛙聲聒耳，他説："此以當兩部鼓吹。"鼓吹是官府儀仗隊中的樂隊。橘千頭：《史記·貨殖列傳》："蜀、漢、江陵千樹橘，……此其人皆與千户侯等。"意謂在長江流域有千棵橘樹，其收入可與千户侯相比。又《襄陽記》記丹陽太守事，對橘有"千頭木奴"之稱。

〔三〕嗔條怒穎：孔稚圭《北山移文》寫鍾山山神呵斥託名隱士曰："叢條瞋膽，疊穎怒魄，或飛柯以折輪，乍低枝而掃跡。請迴俗士駕，爲君謝逋客。"莫染衣塵：陸機《爲顧彦先贈婦》："辭家遠行游，悠悠三千里。京洛多風塵，素衣化爲緇。"

過張至秘校莊

田家何所樂，簦笠日相親〔一〕。桑條起蠶事，菖葉候耕辰〔二〕。望歲占風色，寬徭知政仁〔三〕。樵漁逐晚浦，鷄犬隔前村。泉溜塍間動，山田樹杪分〔四〕。鳥聲梅店雨，野色柳橋春。有客問行路，呼童驚候門。焚魚酌白醴，但坐且歡欣〔五〕。

秘校爲秘書省校書郎的簡稱。此詩着重寫田莊四圍的農家景色，以襯出主人的不俗。

〔一〕簦(tái)，笠的一種。簦笠亦作臺笠。《詩・小雅・都人士》"臺笠緇撮"毛傳："臺所以禦暑，笠所以禦雨也。"日與簦笠相親，即無論晴雨都需下地勞動之意。

〔二〕二句意謂桑葉初生準備養蠶，蒲葉緑時開始耕種。菖：菖蒲，一種多年生草本植物，多生水中石間，葉狹長如劍，亦稱蒲劍。

〔三〕望歲：祈望年成豐稔。《左傳》昭公三十二年："閔閔焉如農夫之望歲。"占風色：觀測氣象以測吉凶。《周禮・春官・保章氏》："以五雲之物辨吉凶、水旱降豐荒之祲象。"寬徭：減輕徭役。古代人民每年於規定時限内爲官府服役，稱徭。

〔四〕泉溜二句寫山泉在田溝中流動，層層梯田高出樹梢。塍(chéng)：田埂。

〔五〕焚魚：指煮魚。荀悦《漢紀・高祖贊》："焚魚斬蛇，異功同符，豈非精靈之感哉！"白醴：白酒。二句寫主人殷勤好客。

寄張至秘校

關山一里一重愁,念遠傷離兩未休。南陌望窮雲似帳,西樓吟斷月如鈎〔一〕。柳綿飛後春應減,蘭徑荒時客倦游〔二〕。擬寄東流嚮溝水,亦應溝水更東流〔三〕。

此詩寫懷友之情,其時張至當已離洛,出游開封。

〔一〕四句寫送别時的依戀和離别後的思念。"窮"和"斷"互文見義,極言思戀之切。西樓句係概括後主李煜《烏夜啼》"無言獨上西樓,月如鈎……剪不斷,理還亂,是離愁"詞意而成。

〔二〕張至出游在春天,作者希望他秋後能返歸。柳綿:柳絮。倦游:指游覽已倦,萌動歸鄉之思。唐獨孤及《將赴京答李紓贈别》:"膠漆常投分,荆蠻各倦游。"

〔三〕開封在洛陽之東,故云。

早夏鄭工部園池

夜雨殘芳盡,朝輝宿霧收。蘭香纔馥徑〔一〕,柳暗欲翻溝。夏木繁堪結,春蹊翠已稠〔二〕。披襟楚風快,伏檻更臨流〔三〕。

洛陽宋時多園林池苑。鄭工部未詳。

〔一〕蘭香：魏曹植《豔歌行》："夏節純和天清涼，百草滋殖舒蘭芳。"

〔二〕繁堪結：形容樹蔭濃密。蹊：原注："一作畦。"

〔三〕披襟句：宋玉《風賦》："楚襄王游于蘭臺之宫，宋玉、景差侍。有風颯然而至，王乃披襟而當之，曰快哉此風！寡人所與庶人共者邪？"快：暢快。流：與上"檻"，均指納涼佳處。

柳

緑樹低昂不自持，河橋風雨弄春絲。殘黄淺約眉雙斂，欲舞先誇手小垂〔一〕。快馬折鞭催遠道，落梅横笛共餘悲〔二〕。長亭送客兼迎雨，費盡春條贈别離〔三〕。

〔一〕殘黄：柳葉新生，芽色嫩黄，稱爲柳眼，由于眉葉未成，所以曰"斂"。手小垂：即小垂手，舞名。樂府雜曲歌辭有《大垂手》、《小垂手》，《樂府解題》："皆言舞而垂其手也。"

〔二〕樂府横吹曲辭有《折楊柳》、《落梅花》，其曲皆爲傷離苦辛之辭。《唐書・樂志》："梁樂府有胡吹歌云：'上馬不捉鞭，反拗楊柳枝，下馬吹横笛，愁殺行客兒。'此歌辭元出北國，即鼓角横吹曲《折楊柳枝》是也。"

〔三〕古人有折柳送别的習俗，驛館、津亭多植柳樹。李白《勞勞亭》："天下傷心處，勞勞送客亭，春風知别苦，不遣柳條青。"

小　圃

桂樹鴛鴦起，蘭苕翡翠翔〔一〕。風高絲引絮，雨罷葉生光〔二〕。蝶粉花沾紫，蜂茸露濕黄〔三〕。愁酲與消渴，容易爲春傷〔四〕。

此詩寫小圃春色，體物細膩，文字綺妮，有晚唐李商隱、唐彦謙等人的風格。和下面《高樓》、《宿雲夢館》等作相類，見出歐陽修早期也受西崑體的影響。

〔一〕翡翠：一種羽毛美麗的水鳥。晉郭璞《游仙詩》："翡翠戲蘭苕，容色更相輝。"

〔二〕絲：指春日晴空中飛舞的昆蟲游絲。絮：柳絮。二句寫小圃晴雨時的不同景色。

〔三〕茸：細毛。

〔四〕酲：《詩·小雅·節南山》"憂心如酲"疏："《説文》云：酲，病酒也，醒而覺。"消渴：即糖尿病。《史記·司馬相如列傳》："相如口吃而善著書，常有消渴疾。"二句謂人於酲時病中，最易傷春。

高　樓

六曲雕欄百尺樓，簾波不定瓦如流〔一〕。浮雲已映樓西北，更嚮雲西待月鈎〔二〕。

〔一〕簾波：謂簾影摇曳如波。李商隱《燒香曲》："簾波日暮衝斜門。"瓦如流：謂碧瓦起伏如水波流轉。李商隱《陳後宫》："茂苑城如畫，閶門瓦欲流。"

〔二〕《古詩十九首》："西北有高樓，上與浮雲齊。交疏結綺窗，阿閣三重階。上有弦歌聲，音響一何悲。"

晚過水北

寒川消積雪，凍浦漸通流。日暮人歸盡，沙禽上釣舟〔一〕。

景祐元年(一〇三四)早春作。

〔一〕沙禽：沙灘上的水鳥。梁何遜《答丘長史》："漁舟乍回歸，沙禽時獨赴。"

徽安門曉望

都門收宿霧，佳氣鬱葱葱〔一〕。曉日寒川上，青山白霧中。樓臺萬瓦合，車馬九衢通〔二〕。恨乏登高賦，徒知京邑雄〔三〕。

景祐元年作。徽安門在洛陽城北。

〔一〕都門：即徽安門，宋代以洛陽爲西京，因也稱"都"。佳氣：《後漢書・光武帝紀》："氣佳哉，鬱鬱葱葱然。"

〔二〕四句寫洛陽山川環抱，城市繁榮。洛陽城面龍門，背邙山，東、西、南面有洛水、伊水、瀍水、澗水，清晨都在薄霧籠罩之中。霧：原注："一作露。"萬瓦合：屋舍櫛比。九衢：註見前。

〔三〕東漢班固《兩都賦》、張衡《二京賦》，晉左思《三都賦》，都描寫了京邑洛陽的雄偉壯觀。二句謂自己缺乏"登高能賦"之才,徒知洛陽雄壯而不能把它寫出來,是作者的自謙之詞。

答錢寺丞憶伊川

之子問伊川,伊川已春色〔一〕:緑芷雜芳浦〔二〕,青溪含白石。山阿昔留賞,屐齒無遺迹。惟有巖桂花,留芳待歸客〔三〕。

景祐元年作。錢寺丞指錢暄,字載陽,錢惟演之子。寺丞,光禄、大理、鴻臚等寺的輔佐官。錢暄曾歷光禄卿等職,在洛陽時曾和歐陽修等交游,明道二年十二月,與其父同離洛陽。

〔一〕之子:這人,指錢暄。唐韋應物《贈丘員外》:"每一睹之子,高詠遂起予。"

〔二〕芷:香草名。生於水邊澤地,此處以"緑芷"泛指雜生於浦邊之芳草。

〔三〕四句意謂舊時游踪已無跡可尋,惟巖桂盛放,似待歸客欣賞。山阿:山中曲處。魏嵇康《悲憤詩》:"采薇山阿,散發岩岫。"屐齒:《宋書・謝靈運傳》記謝靈運好山水,尋山涉嶺必造幽峻,巖嶂數十重,莫不備盡登躡,常着木屐,上山則去其前齒,下則去其後齒。此指游踪。巖桂:《本草》:"巖桂,乃蘭桂之類。"歐陽修《集古録・唐德州長壽寺舍利碑》:"余屢嘆文章至陳、隋,不勝其弊,而怪唐家能臻致治之盛,而不能遽革文弊。以爲積習成俗,難于驟變。及讀斯碑有云'浮雲共嶺松張蓋,明月與巖桂分叢',乃知王勃云'落霞與孤鶩齊飛,秋水共長天一色',當時士無賢愚,以爲警絶,豈非其餘習乎。”

遠　山

山色無遠近,看山終日行。峰巒隨處改,行客不知名。

景祐元年作。歐陽修晚年在青州作《留題南樓二絶》,有句云:“須知我是愛山者,無一詩中不説山。”可見他對自然山水的愛好。

書懷感事寄梅聖俞

相别始一歲,幽憂有百端,乃知一世中,少樂多悲患〔一〕。每憶少年日,未知人事艱,顛狂無所閡,落魄去羈牽〔二〕。三月入洛陽,春深花未殘,龍門翠鬱鬱,伊水清潺潺。逢君伊水畔,一見已開顔,不暇謁大尹,相攜步香山〔三〕。自兹愜所適,便若投山猿,幕府足文士,相公方好賢〔四〕。希深好風骨,迥出風塵間;師魯心磊落,高談羲與軒;子漸口若訥,誦書坐千言;彦國善飲酒,百盞顔未丹;幾道事閑遠,風流如謝安;子聰作參軍,常跨破虎韉;子野乃禿翁,戲弄時脱冠;次公才曠奇,王霸馳筆端;聖俞善吟哦,共嘲爲閬仙;惟予號達老,醉必如張顛〔五〕。洛陽古郡邑,萬户美風烟,荒凉見宫闕,表裏壯河山〔六〕。相將日無事，上馬若鴻翩，出門盡垂柳，信步即名園。嫩籜筠粉暗，渌池萍錦翻，殘花落酒面，飛絮拂歸鞍〔七〕。尋盡水與竹，忽去嵩峰巔，青蒼緣萬仞，杳靄望三川。花草窺澗竇，崎嶇尋石泉，君吟倚樹立，我醉欹雲眠。子聰疑日近，謂若手可攀，共題三醉石，留在八仙壇〔八〕。水雲心已倦，歸坐正杯盤，飛瓊始十八，妖妙猶雙環。寒篁暖鳳嘴，銀甲調雁弦，自製白雲曲，始送黄金船。珠簾卷明月，夜氣如春烟，燈花弄粉色，酒紅生臉蓮。東堂榴花好，點綴裙腰鮮，插花雲髻上，展簟緑陰前〔九〕。樂事不可極，酣歌變爲嘆，詔書走東下，丞相忽南遷，送之伊水頭，相顧淚潸潸〔一〇〕。臘月相公去，君隨赴春官，送君白馬寺，獨入東上門〔一一〕。故府誰同在，新年獨未還。當時作此語，聞者已依然〔一二〕。

景祐元年作。歐陽修于是歲三月西京留守推官任滿歸襄城，五月抵開封，由王曙推薦參加學士院考試，閏六月任命爲館閣校勘，參與編纂《崇文總目》。梅堯臣于明道二年十二月離河南府赴開封應禮部試落選，改官德興縣令知建德縣事，時在建德。此詩反映了歐陽修在洛陽時的生活和交游。

〔一〕四句寫與梅堯臣别後一年中的失意。洛陽的交游已星散，作者懷有知遇之感的原西京留守錢惟演亦于是歲七月病逝隨州，所以説“幽憂有百端”。

〔二〕顛狂：放蕩不羈，亦即《七交》詩中“漫浪”之意。閡：阻礙。落魄：同落拓。《北史·楊素傳》：“素少落拓，有大志，不拘小節。”

〔三〕八句寫初到洛陽，先遇梅堯臣，同游香山。君：指梅堯臣。大尹：和下文的“相公”都指以同平章事判河南府兼西京留守的錢惟演。

僚屬赴任應該先謁見長官，這裏反映詩人和梅堯臣一見如故。

〔四〕四句意謂在洛陽受到府尹的青睞和同僚的誘掖，自己像猿猴歸山一樣愜意舒適。宋魏泰《東軒筆録》："錢文僖(惟演)晚年以使相留守西京，時通判謝絳、掌書記尹洙、留守推官歐陽修，皆一時文士，游宴吟詠未嘗不同。"

〔五〕以上諸句分寫洛陽朋友的才能、特色。希深：謝絳字，《宋史》本傳謂其"以文學知名一時，爲人修潔醖藉"。師魯：尹洙字，《宋史》本傳稱其"内剛外和，博學有識度，尤深于《春秋》……爲文簡而有法"。又《文苑傳》："洙議論明辨，果于有爲。"羲與軒：伏羲和軒轅，傳説中上古帝王。子漸：尹源字，尹洙之兄。《宋史·文苑傳》稱其"少博學強記"，並謂"源自晦，不矜飾，有所發即過人"。訥：出言遲鈍。坐：猶"自"。鮑照《蕪城賦》："驚砂坐飛。"彦國：富弼字，《宋史》有傳。幾道：王復字。謝安：東晉名臣。《晉書》本傳謂其"神識沈敏，風宇條暢"。子聰：楊愈字。參軍：官名。韉：襯托馬鞍的墊子。《木蘭詩》："西市買鞍韉。"子野：張先字，時爲河南府法曹參軍。次公：孫延仲字，時爲河南府判官。王霸：此指治世之道。《世説新語·品藻》："論王霸之余策，覽倚杖之要害。"閬仙：賈島字，以苦吟著稱，由于梅堯臣善詩，故以賈島作比。達老：據歐陽修明道元年致梅堯臣書，當時洛陽文士互相品題，有"八老之名"，如"師魯之辯"爲辯老，"子聰之俊"爲俊老等。歐陽修初品爲"逸"，書中争辯説："前承以逸名之，自量素行少岸檢，直欲使當此稱然，伏内思平日脱冠散髮、傲卧笑談，乃是交情已照，外遺形骸而然爾，諸君便以輕逸待我，故不能無言。今若以才辯不窘爲逸，又不足以當之也。"于是改品爲"達"。張顛：指唐代書法家張旭。張旭喜飲酒，其草書逸勢奇狀，連綿回繞，與懷素有"顛張狂素"之稱。

〔六〕四句寫洛陽地處中原，爲周、秦以來古都，多古宫闕遺跡。表裏壯山河：指洛陽有山河作爲屏障。《左傳》僖公二十八年："若其不捷，表裏山河，必無害也。"

〔七〕八句寫在洛陽游賞之樂。洛陽多池苑,盛竹樹;當時風俗,池苑雖屬私家,主人不在時他人亦可入内游息。相將:相隨。若鴻翩:曹植《洛神賦》:"翩若驚鴻。"嫩籜:新竹。筠粉:指剛脱殼的新竹竿上的白粉。唐李賀《昌谷北園新笋》:"斫取青光寫楚辭,膩香春粉黑離離。"翻:動。

〔八〕以上十二句寫城中游遍,遂登嵩山。歐陽修于明道元年春與梅堯臣、楊愈同游嵩山,參見《嵩山十二首》及注。緣:攀登。萬仞:形容嵩山高峻。八尺爲仞。三川:東周以伊水、洛水、黄河爲三川。《戰國策·秦策》:"今三川周室,天下之市朝也。"此指洛陽地區。三醉石、八仙壇:皆嵩山名勝。《嵩山十二首·三醉石序》:"三醉石,在八仙壇上,南臨巨崖,峰岫迤邐,蒼烟白雲,鬱鬱在下,物外之適,相與酣酌,坐石欹醉,似非人間。因索筆目梅聖俞書'三醉'字于石上,而三人者又各題名而刻之。"

〔九〕以上十六句總結游踪及宴飲之樂。唐宋時代官府宴飲,常召官妓侑酒。歐陽修早年生活放縱,游飲無節,宋人筆記中多有記載,他自己在《答孫正之第二書》中也説:"僕知道晚,三十以前尚好文華,嗜酒歌呼,知以爲樂不知其非也。及後識聖人之道,而悔其往咎。"水雲:指遨遊山水。飛瓊:女仙名,借指官妓。雙環:古代未婚女子的髮式。寒篁暖鳳嘴:謂吹奏管樂。《宋書·樂志》:"列其管爲簫,聚其管爲笙。鳳皇于飛,簫則象之,鳳皇戾止,笙則象之。"銀甲調雁弦:指彈奏弦樂。銀甲,銀製彈奏用的指套。杜甫《陪鄭廣文游何將軍山林》:"銀甲彈筝用。"雁弦,言弦柱排列整齊如雁行。白雲曲:即白雲謡。相傳穆天子與西王母宴于瑶池,西王母爲其謡,首曰"白雲在天,山陵自出"。黄金船:即金船。《海録碎事》:"金船,酒器中大者。"庾信詩:"玉節調笙管,金船代酒巵。"珠簾卷明月:《拾遺記》:"越貢二美人于吴,吴處于椒華之房,貫細珠爲簾幌,朝下以蔽景,夕卷以待月。"宋錢愐《錢氏私志》:"歐陽文忠任河南推官,親一妓。時先文僖罷政爲西京留守,梅聖俞、謝希深、尹師魯同在幕下。一日宴于後園,客集,歐與此妓不至,移時方來,在坐相視以目。公責妓曰:'末至何也?'妓云:'中暑在涼堂睡著,覺失金釵,猶未見。'公曰:'若得歐推官一詞,當爲償汝。'歐即席云:'柳外輕雷池上雨,雨聲滴破荷聲。小樓西角斷虹明,闌干倚遍,待得月華生。燕子飛來棲畫棟,玉鈎垂下簾旌,涼波不動簟紋平。水晶雙枕,傍有墮釵橫。'坐皆稱善,遂命妓滿酌賞歐,而令公庫償釵,戒歐公當少戢。"

〔一〇〕明道二年九月,錢惟演因御史中丞范諷奏劾落平章事,解西京留守,赴隨州崇信軍節度使本任。東下:洛陽在開封西。南遷:隨州在洛陽南。

〔一一〕四句寫錢惟演于十二月離洛陽,梅堯臣亦即赴開封應禮部試。春官:即禮部。白馬寺:在洛陽東。《大清一統志》:"漢明帝時,摩騰、竺法蘭初自西域以白馬馱經而來,舍于鴻臚寺,遂取寺爲名,創置白馬寺,此僧寺之始也。"東上門:即上東門。《文選》阮籍《詠懷》注引《河南郡圖經》:洛陽"東有三門,最北頭曰上東門"。

〔一二〕故府二句當爲梅堯臣别離時的詩句,但今《宛陵先生集》中不存。依然:感戀之意。《晉書·華廙傳》:"帝登陵雲臺,望見廙苜蓿園,阡陌甚整,依然感舊。"

送子野

四時慘舒不可調,冬夏寒暑易鬱陶,春陽著物大軟媚,獨有秋節最勁豪〔一〕。金方堅剛屏炎瘴,兑氣高爽清風飆,烟霞破散灝氣豁,山河震發地脈摇〔二〕。天開寶鑑露寒月,海拍積雪卷怒潮,光輝通透奪星耀,蟠潛驚奮鬥蜃蛟〔三〕。高樓精爽毛髮竦,壯懷直恐衝斗杓,欲飛輕衣上拂漢,擬乘王氣戲鷺濤〔四〕。念時文法密于織,羈縻束縛不自聊，豈無策議獻人主，扼持舌在口已膠，當秋且幸際軒豁，誰能兒女聽蟪蛁〔五〕。君方壯歲襟宇快，名聲樂與家聲高，輕舟從游山川底，詩酒合興皆翹翹〔六〕。堪嗟宋玉自悲攬，可并張翰同逍遥，功名富貴有時到，忍把壯節良辰消〔七〕。

景祐二年（一〇三五）秋，歐陽修在開封。子野，張先字。張先是歲河南法曹參軍任滿，赴開封聽調，被任命爲監鄭州酒税，此詩即爲送别之作。詩中對秋天作了盡情贊美，和後來所寫悲秋的詩文氣氛完全不同，這反映了歐陽修當時積極嚮上的思想。唐劉禹錫《秋詞二首》："自古逢秋悲寂寥，我言秋日勝春朝，晴空一鶴排雲上，便引詩情到碧霄。""山明水净夜來霜，數樹深紅出淺黄，試上高樓清入骨，豈如春色嗾人狂。"可與此詩合讀。

〔一〕四時慘舒：張衡《西京賦》："夫人在陽時則舒，在陰時則慘。"薛綜注："陽，謂春夏；陰，謂秋冬。"《文心雕龍·物色》："春秋代序，陰陽慘舒。"調：調和，調節。鬱陶（yáo）：《尚書·五子之歌》"鬱陶乎予心"傳："言哀思也。"四句謂一年四季，唯有秋季最振奮人心。

〔二〕四句寫秋來暑氣消退，天朗氣清。金方：金爲五行之一，古人把五行和四方、四時等相配，四方西爲金，四時秋爲金。唐陳子昂《感遇》："金天方肅殺，白露始專征。"兑氣：秋氣。兑係八卦卦名，《易》"四象生八卦"疏："震木、離火、兑金、坎水，各主一時。"灝：通"浩"。

〔三〕四句寫秋月明朗和秋潮洶涌。寶鑑：寶鏡，形容秋月的明亮。蟠潛：指深藏海底的龍。蜃蛟：明李時珍《本草綱目·鱗部》："蛟之屬有蜃，其狀似蛇而大，有角，能呼氣成樓臺城郭之狀，將雨即現，名蜃樓，亦名海市。"

〔四〕四句寫秋來人的精神奮發。斗杓：北斗星。輕衣：即五銖衣，傳說係神仙所服。李商隱《聖女祠》:"無質易迷三里霧,不寒長著五銖衣。"漢: 霄漢、天空。王氣: 古代認爲王者興起有氣相應,此指宋王朝的氣運。戲鷺濤:《禽經》"寀寮雝雝,鴻儀鷺序"注:"鷺,白鷺也。小不逾大,飛有次序,爲百官縉紳之象。"

〔五〕宋代士大夫言事之風,主要始于仁宗康定、慶曆之時,并和歐陽修的倡導有關。這裏即抒寫作者對當時下情無由上達的憤慨。人主: 指皇帝。舌在:《史記·張儀列傳》: 張儀游説楚國,被辱歸家,其妻嘻之。"張儀謂其妻曰:'視吾舌尚在否?'其妻笑曰:'舌在也。'儀曰:'足矣。'"際: 值。軒豁: 開朗空闊。螗蜩(táng tiáo): 蟬的一種。《詩·大雅·蕩》:"如蜩如螗,如沸如羹。"馬瑞辰《毛詩傳箋通釋》:"按詩意蓋爲時人悲嘆之聲,如蜩螗之鳴;憂亂之心,如沸羹之熱。"

〔六〕贊譽張先之氣度名聲,回憶與其同游洛陽。襟宇: 胸襟氣宇。名聲樂與家聲高: 張先祖官樞密副使,父張敏中官尚書比部郎中,是仕宦世家。《七交詩·張判官》"人將孰君子,盍視其友執",即譽張先的交游都爲名士。翹翹: 高貌。

〔七〕宋玉: 著名的楚辭作者,他的《九辯》有"悲哉秋之爲氣也"之句,因此説他徒自悲秋。張翰: 字季鷹,晉吴人,曾因秋風起思故鄉菰菜、蒓羹、鱸魚膾,辭官歸吴,所以説逍遥。壯節良辰消: 年華虚度之意。張先所任參軍、監税,均爲末秩,地位卑微,故作者于詩末予以寬慰。

仙　草

世説有仙草,得之能隱身,仙書已怪妄,此事況無文〔一〕。嗟爾得從誰,不辨僞與真。持行入都市,自謂術通神,白日攫黄金,磊落揀奇珍。旁人掩口笑,縱汝暫歡欣,汝方矜所得,謂世盡盲昏。非人不見汝,乃汝不見人〔二〕。

景祐三年(一〇三六)作。時天章閣待制、權知開封府范仲淹因主張改革朝政,與宰相吕夷簡衝突,吕責范“越職言事,離間君臣,引用朋黨”,并以辭職要脅,由是范貶饒州知州。歐陽修對此事十分憤慨,因諫官高若訥在事件發生時依違不言,事後又在余靖家詆諆范仲淹,所以在《與高司諫書》中對高加以譴責:“昔漢殺蕭望之與王章,計其當時之議,必不肯明言殺賢者也;必以石顯、王鳳爲忠臣,望之與章爲不賢而被罪也。今足下視石顯、王鳳果忠邪,望之與章果不賢邪? 當時亦有諫臣,必不肯自言畏禍而不諫,亦必曰當誅而不足諫也。今足下視之,果當誅邪? 是直可欺當時之人,而不可欺後世也。今足下又欲欺今人,而不懼後世之不可欺邪? 況今之人未可欺也。”即爲此詩本事。

〔一〕仙草:傳説中的一種隱身草,不見書本記載。

〔二〕以上十二句用魏邯鄲淳《笑林》故事:楚地有人在《淮南方書》上讀到“得螳螂捕蟬自障葉,可以隱形”,于是在樹下待螳螂捕蟬時摘葉。不料葉落樹下,樹下先有落葉,不能分别,衹有掃取數斗而歸,然後一一以葉自障,問妻子能不能見到他。妻子被問得不勝其煩,就説已見不到他。其人大喜,便帶此葉到市場去,公然取别人的東西,結果自然被抓住了。磊落:公然無忌之意。

江行贈雁

雲間征雁水間棲,矰繳方多羽翼微〔一〕。歲晚江湖同是客,莫辭伴我更南飛。

景祐三年作。歐陽修因致書高若訥得罪朝廷,被貶爲峽州夷陵(今湖北宜昌市)令。由開封乘船溯江而下,于十月二十六日到達貶所。此詩引南飛的鴻雁爲同調,抒寫危機四伏的遷謫之情。

〔一〕征雁:雁爲候鳥,秋季南飛時稱征雁。南朝梁江淹《赤亭渚》:"遠心何所類,雲邊有征鴻。"矰繳:射鳥的工具。《淮南子·説山》"好弋者先具矰與繳"注:"矰,短矢;繳,所以繫者。"微:指力弱。唐虞世南《秋雁詩》:"日暮霜風急,羽翮轉難任。"

琵琶亭上作

九江烟水一登臨,風月清含古恨深。濕盡青衫司馬淚,琵琶還似雍門琴〔一〕。

景祐三年作于貶謫途中。琵琶亭在江西九江西長江東南岸。唐白居易謫官江州司馬,送客于此,曾作《琵琶行》,後人因築亭紀念。

〔一〕白居易《琵琶行序》記其送客湓浦口,聞船中商婦夜彈琵琶,經交談獲知其身世後,始覺有遷謫意,因作《琵琶行》贈之。詩中有"同是天涯淪落人,相逢何必曾相識"與"座中泣下誰最多,江州司馬青衫濕"等句。雍門琴:漢劉向《説苑·善説》:"雍門子周嘗爲孟嘗君鼓琴,徐動宫徵,微揮羽角,切終而成曲。孟嘗君涕浪汗增,欷而就之曰:'先生之鼓琴,令文(孟嘗君名田文)立若破國亡邑之人也!'"

晚泊岳陽

卧聞岳陽城裏鍾，繫舟岳陽城下樹。正見空江明月來，雲水蒼茫失江路〔一〕。夜深江月弄清輝，水上人歌月下歸，一闋聲長聽不盡，輕舟短楫去如飛〔二〕。

景祐三年作。歐陽修《于役志》九月"己卯（初四日），至岳州，夷陵縣吏來接，泊城外。"岳陽即今湖南岳陽市，爲長江水路交通要衝，宋時係岳州州治。

〔一〕四句寫傍晚繫舟岳陽城外，江上月華初上，暮靄與水氣相接，一片蒼茫朦朧，視綫不能及遠。

〔二〕一闋（què）：歌曲一首叫一闋。楫：船槳。末二句化用李白《早發白帝城》"兩岸猿聲啼不住，輕舟已過萬重山"句意。

宿雲夢館

北雁來時歲欲昏，私書歸夢杳難分〔一〕。井桐葉落池荷盡，一夜西窗雨不聞〔二〕。

景祐三年作于貶謫途中。此詩題下原注："未及第時西京作，天聖、明道間。"按，歐陽修未第時，行蹤未嘗至雲夢一帶，此注爲後人編集時所加，疑誤，詩當作於貶夷陵時。雲夢館當指雲夢驛館。宋玉《高唐賦序》："楚襄王與宋玉游于雲夢之臺。"此雲夢爲縣名，在今湖北省孝感專區。

〔一〕二句寫秋晚聞雁，更增旅人愁懷。舊傳雁能傳書，故著"私書"字。

〔二〕井桐：古人多在井邊植桐。魏明帝《猛虎行》："雙桐生空井，枝葉自相加。"李商隱《宿駱氏亭寄懷崔雍崔衮》："秋陰不改霜飛晚，留得枯荷聽雨聲。"又《夜雨寄北》："何當共剪西窗燭，却話巴山夜雨時。"二句本此。

和丁寶臣游甘泉寺

江上孤峰蔽緑蘿，縣樓終日對嵯峨〔一〕。叢林已廢姜祠在，事迹難尋楚語訛〔二〕。空餘一派寒巖側，澄碧泓渟涵玉色〔三〕。野僧豈解惜清泉，蠻俗那知爲勝跡〔四〕。西陵老令好尋幽〔五〕，時共登臨繫此游。攲危一徑穿林樾，盤石蒼苔留客歇。山深雲日變陰晴，澗柏巖松度歲青，谷裏花開知地暖，林間鳥語作春聲〔六〕。依依渡口夕陽時，却望層巒在翠微。城頭暮鼓休催客，更待横江弄月歸〔七〕。

景祐三年作。題下原注："寺在臨江一山上，與縣廨相對。"宋陸游《老學庵筆記》："歐陽修謫夷陵時，詩云'江上孤峰蔽緑蘿'，孤峰者，即甘泉寺山，有孝女泉及祠，在萬竹間，幽邃可喜。"丁寶臣字元珍，時爲峽州判官，名義上是歐陽修的上級。

〔一〕縣樓：即題注中的"縣廨"，夷陵衙署。嵯峨：高峻貌。此指山。

〔二〕二句原注："寺有清泉一泓，俗傳爲姜詩泉，亦有姜詩祠。案詩廣漢（今四川梓潼縣）人，疑泉不在此。"《後漢書·姜詩妻傳》："廣漢姜詩妻者，……姑嗜魚膾，又不能獨食，夫婦常力作供膾，呼鄰母共之。舍側忽有涌泉,每旦輒出雙鯉魚,常以供二母之膳。"叢林:寺院別稱。《大智度論》:"僧聚處得名叢林。"此指甘泉寺。訛:此謂難解、不好懂。

〔三〕一派:一條水流。唐羅隱《上雲川裴郎中》:"一派水清疑見膽,數重山翠欲留人。"泓渟:深水潭。

〔四〕蠻俗:夷陵人民的習俗。古代中原地區稱南方少數民族爲蠻,夷陵在中古時爲"五溪蠻"所居之地。

〔五〕西陵老令:作者自稱。《三國志·吴書·吴主傳》:黄武元年,"改夷陵爲西陵"。

〔六〕攲危:崎曲傾斜。林樾:茂密的樹林。樾,樹蔭。六句寫山嶺嶮巇,林木茂密,雲霧出没,氣候宜人,雖在冬季,仍有花香鳥語。

〔七〕暮鼓:古代城中擊鼓報時,傍晚擊鼓稱暮鼓。李賀《官街鼓》:"曉聲隆隆催轉日,暮聲隆隆催月出。"

夷陵歲暮感事呈元珍表臣

蕭條鷄犬亂山中,時節崢嶸忽已窮〔一〕。游女髻鬟風俗古,野巫歌舞歲年豐〔二〕。平時都邑今爲陋,敵國江山昔最雄〔三〕。荆楚先賢多勝跡,不辭攜酒問鄰翁〔四〕。

景祐三年作。題下原注:"一本作'元珍判官表臣推官'。"元珍姓丁,表臣姓朱。

〔一〕崢嶸:原意爲高峻,引申爲變化繁富。宋秦觀《阮郎歸》詞:"鄉夢斷,旅魂孤,崢嶸歲又除。"

〔二〕二句原注:"夷陵俗樸陋,惟歲暮祭鬼,則男女數百相從而樂飲,婦女競爲野服,以相游嬉。”

〔三〕二句原注:“三國時吴蜀戰争于此。”案即吴蜀彝陵之戰。陋:狹小、簡陋。歐陽修《夷陵縣至喜堂記》:“地僻而貧,故夷陵爲下縣而峽爲小州。州居無郭郛,通衢不能容車馬。”

〔四〕原注:“處士何參,居縣舍西,好學,多知荆楚故事。”

戲答元珍

春風疑不到天涯,二月山城未見花〔一〕。殘雪壓枝猶有桔,凍雷驚笋欲抽芽〔二〕。夜聞歸雁生鄉思,病入新年感物華〔三〕。曾是洛陽花下客,野芳雖晚不須嗟〔四〕。

景祐四年(一〇三七)作。元珍是丁寶臣的字。歐陽修《筆説·峽州詩説》:“‘春風疑不到天涯,二月山城未見花。’若無下句,則上句何堪;既見下句,則上句頗工。文意難評,蓋如此也。”可見他對此詩是頗自負的。題下原注:“一本下云‘花時久雨之什’。”

〔一〕天涯、山城:均指夷陵。

〔二〕凍雷:春天的雷聲。《禮記·月令》:“仲春之月,日夜分,雷乃發聲;仲秋之月,雷乃收聲。”歐陽修《初至夷陵答蘇子美見寄》:“野篁抽夏笋,叢桔長春條,未臘梅先發,經霜葉不凋。”同寫夷陵風物,可參看。

〔三〕二句一作“鳥聲漸變知芳節,人意無聊感物華”。歸雁:春季雁嚮北飛,稱歸雁。隋薛道衡《人日思歸》:“人歸落雁後,思發在花前。”物華:美好的景物。杜甫《曲江陪鄭南史飲》:“自知白髮非春事,且盡芳樽戀物華。”

〔四〕二句意謂自已曾在洛陽觀賞過牡丹,對夷陵野花的遲開,並不介意。花:指牡丹。作者《洛陽牡丹記》:"洛陽亦有黄芍藥、緋桃、瑞蓮、千葉李、紅鬱李之類,皆不減它出者,而洛陽人不甚惜,謂之果子花,曰某花某花,至牡丹則不名,直曰花。"清陳衍《宋詩精華録》:"案:結韻用高一層意自慰。又《黄溪夜泊》云'行見江山且吟詠,不因遷謫豈能來'亦是。"

千葉紅梨花

峽州署中舊有此花,前無賞者;知郡朱郎中始加欄檻,命坐客賦之〔一〕。

紅梨千葉愛者誰,白髮郎官心好奇,徘徊繞樹不忍折,一日千匝看無時〔二〕。夷陵寂寞千山裏,地遠氣偏時節異,愁烟苦霧少芳菲,野卉蠻花鬥紅紫〔三〕。可憐此樹生此處,高枝絶艷無人顧,春風吹落復吹開,山鳥飛來自飛去〔四〕。根盤樹老幾經春,真賞今才遇使君,風輕絳雪樽前舞,日暖繁香露下聞〔五〕。從來奇物産天涯,安得移根植帝家,猶勝張騫爲漢使,辛勤西域徙榴花〔六〕。

景祐四年作。梨花一般都爲白色單瓣,千葉紅梨花是特異的品種,因生長在夷陵偏僻地區,故感嘆其湮没不彰。

〔一〕峽州署:峽州州府衙門,夷陵爲其州治。朱郎中:朱慶基,當時以尚書駕部員外郎知峽州,是歐陽修的上級。

〔二〕以朱慶基愛賞紅梨花領起全詩。郎官:即郎中,指朱官駕部員外郎。匝:環繞一周稱一匝。無時:不時、經常。

〔三〕夷陵地遠氣偏，風物多異，歐陽修在詩文中屢有描寫。芳菲：指名貴的花草樹木。

〔四〕四句即詩序中“前無賞者”之意。

〔五〕使君：漢代稱州刺史爲使君，其地位、職務與宋代知州相等。絳雪：一般用來形容杏花、薔薇、海棠等紅色的花，如宋王禹偁《杏花》：“雙成灑道迎王母，十里蒙蒙絳雪飛。”此因梨花紅色，故借以作比。

〔六〕四句意謂從古以來奇異之物都出自邊地，紅梨花這樣的珍品，應該像石榴花一樣移植到中原去。帝家：指京城。張騫：漢武帝時曾兩次出使西域，因功封博望侯。《博物志》：“張騫使西域，得安石國榴種以歸，故名安石榴。”

春日西湖寄謝法曹歌

西湖春色歸，春水緑于染，羣芳爛不收，東風落如糝〔一〕。參軍春思亂如雲，白髮題詩愁送春〔二〕，遥知湖上一樽酒，能憶天涯萬里人〔三〕。萬里春思尚有情，忽逢春至客心驚，雪消門外千山緑，花發江邊二月晴。少年把酒逢春色，今日逢春頭已白，異鄉物態與人殊，惟有東風舊相識〔四〕。

景祐四年作。謝法曹即謝伯初，時在許州官法曹參軍。歐陽修《六一詩話》：“閩人有謝伯初者，字景山，當天聖、景祐間，以詩知名。余謫夷陵時，景山方爲許州(今河南省許昌市)法曹，以長韻見寄，頗多佳句。有云：‘長官衫色江波緑，學士文華蜀錦張。’余答云：‘參軍春思亂如雲，白髮題詩愁送春。’蓋景山詩有‘多情未老已白髮，野思到春如亂雲’之句，故余以此戲之也。”“歌”爲近體歌行，由樂府流變而成。

〔一〕四句寫想象中的許州西湖暮春景色。原注“西湖者,許昌勝地也”。緑于染:謂水比染過的還要緑。唐白居易《憶江南》有“春來江水緑如藍”句。爛不收:指落花委地,不可挽留。不收,《後漢書·光武紀》:“反水不收。”東風:春風。糝(sǎn):飯粒,引申爲花瓣飛散。宋周邦彦《大酺》詞:“紅糝鋪地,門外荆桃如菽。”

〔二〕原注:“謝君有‘多情未老已白髮,野思到春亂如雲’之句。”參軍:州的輔佐官。

〔三〕天涯萬里人:被貶夷陵的作者自稱。

〔四〕四句寫在夷陵生活的落寞。頭已白:歐陽修時年三十一歲,頭白之説恐半係事實,半係誇張。惟有東風舊相識:唐羅鄴《賞春》:“年年點檢人間事,唯有春風不世情。”

古瓦硯

碑瓦賤微物,得廁筆墨間,于物用有宜,不計醜與妍〔一〕。金非不爲寶,玉豈不爲堅,用之以發墨〔二〕,不及瓦礫頑。乃知物雖賤,當用價難攀,豈惟瓦礫爾,用人從古難〔三〕。

景祐四年作。據歐陽修《與謝景山書》、《答謝景山遺古瓦硯歌》,此硯係謝伯初在許昌獲魏銅雀臺瓦當鐫成,贈給作者,爲作者所寶重,因有“走官南北未嘗舍,緹襲三四勤緘包”之句。“古瓦”即指銅雀臺瓦當。

〔一〕四句寫碑瓦雖賤,但一製成硯,即可使用。廁(cè):置、列。用有宜:即有宜于用。

〔二〕發墨:硯石磨墨易濃曰發墨。歐陽修《硯譜》:“凡瓦皆發墨。”

〔三〕此詩借物取喻,發爲自古以來人才難以量材而用的感慨。攀:援引,引申爲根據。難:原注:"一作'然'。"

三 游 洞

漾楫泝清川,捨舟緣翠嶺。探奇冒層嶮,因以窮人境〔一〕。弄舟終日愛雲山,徒見青蒼杳靄間,誰知一室烟霞裏,乳竇雲腴凝石髓〔二〕。蒼崖一徑横查渡,翠壁千尋當户起。昔人心賞爲誰留,人去山阿跡更幽〔三〕。青蘿緑桂何岑寂,山鳥嘐嘐不驚客〔四〕。松鳴澗底自生風,月出林間來照席。仙境難尋復易迷,山回路轉幾人知。惟應洞口春花落,流出巖前百丈溪〔五〕。

景祐四年作。《三游洞》爲作者《夷陵九詠》之一,詠夷陵山水名勝。《荆州府志》:"在州治西北二十里,唐白居易與弟行簡及元稹三人游此,作記刻石,因名爲三游洞。"白居易《三游洞序》:"平淮西之明年冬,予自江州司馬授忠州刺史,微之(元稹)自通州司馬授虢州長史。又明年春,各祗命之郡,與知退(白行簡)偕行。三月十日,參會于夷陵。翌日,微之返棹,送予至下牢戍。又翌日,將别未忍,引舟上下者久之。酒酣,聞石間泉聲,因捨棹進策,步入缺岸。初見石,如疊如削,其怪者如引臂,如垂幢;次見泉,如瀉如灑,其奇者如懸練,如不絶綫。遂相與維舟岩下,率僕夫芟蕪刈翳,梯危縋滑,休而復上者,凡四五焉。仰睇俯察,絶無人跡;但水石相薄,磷磷鑿鑿,跳珠濺玉,驚動耳目。自未訖戌,愛不能去。俄而峽山昏黑,雲破月出,光氣含吐,互相明滅,晶瑩玲瓏,象生其中,雖有敏口,不能名狀。……"

〔一〕四句即白居易《三游洞序》“維舟岩下”、“梯危縋滑”、“絶無人跡”之意。漾楫：蕩槳、泛舟。泝：逆流而上。緣：攀登。層巘：重疊險峻的峰巒。窮：謂尋至盡頭。

〔二〕四句寫耽游夷陵山水，不意雲烟中有此神奇之洞。室：指石洞。乳竇雲腴：指洞中鍾乳石潤滑瑰奇。

〔三〕四句寫三游洞的幽僻。横查渡：以斷木爲橋。“查”通“槎”。《漢書·貨殖傳》注：“槎，邪斫木也。”千尋：形容高峻，八尺爲尋。昔人：指白居易等。

〔四〕岑寂：清静。杜甫《樹間》：“岑寂雙甘樹，婆娑一院香。”嘐（jiāo）嘐：象聲詞。元稹《江邊》：“犬驚狂浩浩，鷄亂響嘐嘐。”不驚客：見人不驚。

〔五〕仙境四句暗用晉陶潛《桃花源記》漁人重尋桃花源，迷不得路的故事。唐張旭《桃花溪》：“桃花盡日隨流水，洞在清溪何處邊。”百丈溪：原注：“即下牢溪也。”下牢溪亦夷陵名勝，歐陽修有《下牢溪》詩：“隔谷聞溪聲，尋溪度横嶺。清流涵白石，静見千峰影。巖花無時歇，翠柏鬱何整。安能戀潺湲，俯仰弄雲景。”

黄牛峽祠

大川雖有神，淫祀亦其俗〔一〕。石馬繫祠門，山鴉噪叢木。潭潭村鼓隔溪聞〔二〕，楚巫歌舞送迎神。畫船百丈山前路，上灘下峽長來去，江水東流不暫停，黄牛千古長如故〔三〕。峽山侵天起青嶂，崖崩路絶無由上，黄牛不下江頭飲，行人惟嚮舟中望〔四〕。朝朝暮暮見黄牛，徒使行人過此愁，山高更遠望猶見，不是黄牛滯客舟〔五〕。

景祐四年作。黄牛峽祠也稱黄牛廟、黄陵廟。此詩也是《夷陵九咏》之一。《荆州府志》:“在州西九十里,相傳神嘗助禹治水有功,漢諸葛武侯祠之,今黄陵廟是其遺構也。”宋蘇軾《黄陵夢跋》:“昔軾嘗聞之歐陽公曰:予昔以西京留守推官爲館閣校勘時,同年丁寶臣元珍適來京師,夢與予泝江入一廟中,拜謁堂下,予班元珍下,既出門,見一馬隻耳。覺而語予,固莫識也。已而,元珍出峽州判官,余亦貶夷陵令,一日,與元珍同泝峽謁黄牛廟,入門惘然,皆夢中所見。予爲縣令,固班元珍下。出門外,鐫石爲馬,缺一耳,相視大驚。乃留詩廟中,蓋私識其事也。”

〔一〕大川:指長江。古代祭四瀆,長江是四瀆之一。《初學記》卷六引衛弘《漢舊儀》:“祭四瀆者,江、河、淮、濟。”淫祀:《禮記·曲禮》:“非其所祭而祭之,名曰淫祀。祀淫祀無福。”又《漢書·地理志》:“楚人信巫鬼,重淫祀。”

〔二〕潭潭:擊鼓聲。

〔三〕黄牛:黄牛山。明雷思霈《荆州方輿書》:“又東爲黄牛山,灘曰黄牛灘,江中有三石磥砢,南岸重嶺疊起,最外高崖間有石,如人負刀牽牛,人黑牛黄,成就分明。既人跡罕至,莫得究焉。”

〔四〕四句寫黄牛峽之險峻。

〔五〕原注:“語曰:‘朝見黄牛,暮見黄牛,一朝一暮,黄牛如故。’言江惡難行,久不能過也。”《水經·江水注》:“峽中有灘,名曰黄牛,巖石既高,江流紆回,雖途經信宿,猶望見之。故行者謡云:‘朝見黄牛,暮見黄牛,三朝三暮,黄牛如故。’”

金鷄五言十四韻

蠻荆鮮人秀,厥美爲物怪。禽鳥得之多,山鷄稟其粹〔一〕。衆綵爛成文,真色不可繪。仙衣霓紛披,女錦花綷縩。輝華日光亂，眩轉目睛憊〔二〕。高田啄秋粟，下澗飲寒瀨。清唳或相呼，舞影還自愛〔三〕。豈知文章累，遂使網羅掛。及禍誠有媒，求友反遭賣〔四〕。有身乃吾患，斷尾亦前戒。不羣世所驚，甚美衆之害〔五〕。稻粱雖云厚，樊縶豈爲泰。山林歸無期，羽翮日已鎩〔六〕。用晦有前言〔七〕，書之可爲誡。

景祐四年作。金鷄即錦鷄、山鷄。宋范成大《桂海虞衡志》："錦鷄又名金鷄，形如小雉。"

〔一〕四句意謂南方邊遠地區人才少見，天地的靈氣都表現在奇特的物產上，其中以山鷄最特出。此與唐柳宗元貶永州時，作《小石城山記》，謂"其氣之靈，不爲偉人，而獨爲是物，故楚之南少人而多石"含義相同。蠻荆：《春秋》書楚國爲"荆蠻"，此指夷陵地區。鮮：稀少。厥：代詞，其。稟：承受。粹：精華。

〔二〕六句寫山鷄羽毛彩色繽紛，如披霓裳仙衣，飛翔時耀日炫彩，令觀者目眩。爛：燦爛。綷縩(cuì cài)：行動時衣裙磨擦聲。漢班倢伃《自悼賦》："紛綷縩兮紈素聲。"此指羽毛相擦聲。

〔三〕四句寫山鷄在自然界的自由生活。瀨：湍水。舞影：《異苑》："山鷄愛其毛，映水則舞。"

〔四〕四句意謂山鷄爲美麗的羽毛所累，被人用鳥媒誘捕。文章：錯雜的色彩或花紋。媒：鳥媒。用經過訓練的鳥引誘他鳥，伺機捕捉。求友：《詩·小雅·伐木》："嚶其鳴矣，求其友聲。"

〔五〕四句爲詩人借山鷄遭遇所發的人生感慨。有身：《老子》："吾有大患者，爲我有身；及吾無身，吾有何患。"斷尾：《左傳》昭公二十二年："賓孟適郊，見雄鷄自斷其尾，問之。侍者曰：自憚其犧也。"不羣：不平凡。屈原《九章·惜誦》："行不羣以顛越兮，又衆兆之所咍也。"甚美：《左傳》昭公二十八年："吾聞之，甚美必有甚惡。”

〔六〕四句寫山鷄被捕獲後所食雖精，但失去了自由，日見瘦損。樊縶(zhí)：拘囚籠中。泰：安寧。鎩(shā)：摧折、傷殘。

〔七〕用晦：《易・明夷》“用晦而明”正義：“藏明用晦，反得其明。”

新營小齋鑿地爐輒成五言三十七韻

霜降百工休，居者皆入室。墐户畏初寒，開爐代温律。規模不盈丈，廣狹足容膝。軒窗共幽廞，竹柏助蒙密〔一〕。辛勤慚巧宦，窮賤守卑秩。無術政奚爲，有年秋屢實。文書少期會，租訟省鞭抶。地僻與世疏，官閑得身佚〔二〕。荆蠻苦卑陋，氣候常壹鬱。天日每陰翳，風飆多凛溧。衰顔慘時晚，病骨知寒疾。蠻床倦晨興，籃輿厭朝出〔三〕。南山近樵採，童僕免呵叱。禦歲畜蹲鴟，饋客薦包橘。霜薪吹晶熒，石鼎沸啾唧。披方養丹砂，候節煎秋朮〔四〕。西鄰有高士，坎坷卧蓬蓽。鶴髮善高談，鮐背便灸熨。披裘屢相就，束緼亦時乞。傳經伏生老，愛酒揚雄吃。晨灰暖餘杯，夜火爆山栗。無言兩忘形，相對或終日〔五〕。微生慕剛毅，勁強早難屈。自從世俗牽，常恐天性失。仰兹微官禄，養此多病質。省躬由一言，無枉慕三黜〔六〕。因知吏隱樂，漸使欲心窒。面壁或僧禪，倒冠聊酒逸。螟蛉輕二豪，一馬齊萬物。啓期爲樂三，叔夜不堪七〔七〕。負薪幸有瘳，舊學頗思述。興亡閲今古，圖籍羅甲乙。魯册謹會盟，周公象凶吉。詳明左丘辯，馳騁馬遷筆。金石互鏗鏘，風雲生倏忽。豁爾一開卷，慨然時掩帙。浮沉恣其間，適若遂聱耴〔八〕。吾居誰云陋，所得乃非一。五斗豈須慚，優游歲將畢〔九〕。

景祐四年作。是歲十二月，歐陽修由夷陵令調任光化軍乾德（今湖北襄陽專區光化與均縣間）令，于次年三月到任。此詩爲詩人在夷陵一年多的生活寫實，全詩可分三部份，自開始至"籃輿厭朝出"二十四句，寫夷陵的風物和官況；自"南山近樵採"至"相對或終日"，述生活的清苦和交游的落寞；自"微生慕剛毅"至篇末，作放達語，抒失志的憤慨。

〔一〕霜降：《淮南子・時則》："季秋之月，霜始降，百工休。"墐户：用泥土塗塞門窗孔隙。《詩・豳風・七月》："穹窒熏鼠，塞向墐户。"温律：漢王充《論衡・變動篇》："傳曰：燕有寒谷，不生五穀，鄒衍吹律，寒谷復温。"律，音律。古人認爲音樂的律吕和氣候相應。容膝：僅能起坐的小屋。陶潛《歸去來辭》："審容膝之易安。"窳（yǔ）：器物粗陋曰窳。蒙密：樹蔭茂密。以上寫霜降後人們停止了生産活動，準備過冬，自己也在小齋中置備地爐防寒。

〔二〕《宋史》本傳："方貶夷陵時，無以自遣，因取舊案反復觀之，見其枉直乖錯不可勝數，于是仰天嘆曰：'以荒遠小邑且如此，天下固可知。'自爾，遇事不敢忽也。學者求見，所與言未嘗及文章，惟談吏事，謂文章止于潤身，政事可以及物。"歐陽修後來在政治上主張寬簡、愛民、求實，和夷陵令的經歷有很大關係。巧宦：擅長鑽營的官吏。《史記・汲黯列傳》記汲黯姑姊子司馬安"文深巧善宦"。卑秩：低下微賤的官職，此指縣令。奚爲：何爲，怎麼能有作爲。有年：豐收年。鞭抶（chì）：鞭笞。佚：通"逸"，閑適。

〔三〕以上八句寫夷陵風俗樸野，氣候潮濕，自己多病。壹鬱：同"氤氲"，雲烟繚繞貌。唐張九齡《湖口望廬山瀑布》："靈山多秀色，空水共氤氲。"衰顔：指病容。時晚：一年將盡，指冬季。病骨知寒疾：病軀能迅速感知氣候變化。蠻床：指夷陵當地簡陋的床。

輿：起。籃輿：竹轎。

〔四〕八句寫日常生活。免呵叱：指小齋近山，便于樵採，對童僕無須訓斥催促。禦歲：備歲節之需。猶《詩·邶風·谷風》："我有旨蓄，亦以禦冬"意。蹲鴟：《史記·貨殖列傳》"吾聞汶山之下沃野，下有蹲鴟"正義："芋也……《華陽國志》云：汶山郡都安縣有大芋，如蹲鴟也。"薦：進。包橘：《南唐近事》："鍾傅鎮江西，以曆日(曆書)包一橘致袖中，有客覆謝曰：太歲當頭立，諸神莫敢當，其中有一物，常帶洞庭香。"霜薪：經霜後砍的木柴。晶熒：指火苗旺盛。石鼎：指瓦罐。啾唧：細碎之聲，此指水沸聲。丹砂：道家煉丹砂服食，以爲可以養生。秋朮：即蒼朮。《本草》："蒼朮服之可成仙，故有山精仙朮之號。"

〔五〕以上十二句寫與西鄰隱士的交往。坎坷：喻生活艱辛。宋玉《九辯》："坎坷兮貧士失職而志不平。"蓬蓽：蓬門蓽户，簡陋的草屋。鶴髮：老年白髮。鮐(tāi)：河豚魚。鮐背指皮膚上有黑色老斑。《爾雅·釋詁》："鮐背，耇老壽也。"郭璞注："鮐背，背皮如鮐魚。"便炙熨：喜歡烤火。緼：亂麻。束緼，《漢書·蒯通傳》："里婦夜亡肉，姑以爲盜，怒而逐之。婦晨過所善諸母，語以事而謝之。母曰：'汝安行，我今令而家追汝矣。'即束緼請火于亡肉之家，曰：'昨暮夜犬得肉争鬥相殺，請火治之。'亡肉家遽追呼其婦。"後即以"束緼請火"謂求援于人。伏生、揚雄：喻西鄰高士博學而嗜酒。《史記·儒林列傳》：伏生名勝，秦時博士，始皇焚書，伏生將《尚書》藏屋壁中，至漢文帝時，伏生已九十歲，文帝派晁錯從學，伏生口授《尚書》。《漢書·揚雄傳》："揚雄字子雲，……少而好學，不爲章句訓詁通而已，博覽無所不見。爲人簡易佚蕩，口吃不能劇談。"又："家素貧，嗜酒，人希至其門，時有好事者載酒肴從游學。"忘形：《莊子·讓王》："養志者忘形。""相對"句：《世説新語》稱王安北相對不厭，去後人亦不思。

〔六〕以上八句寫自己的志趣、抱負。微生：猶言生平。世俗牽：指爲官場陋習所影響。仰：依仗。省躬：反省自己的行爲。《論語·

學而》:“曾子曰:吾日三省吾身:爲人謀而不忠乎,與朋友交而不信乎,傳不習乎。”一言:一字。《論語·衛靈公》:“子貢問曰:有一言可以終身行之者乎?子曰:其恕乎。”三黜:多次被罷官。《論語·微子》:“柳下惠爲士師,三黜。人曰:子未可以去乎?曰:直道而事人,焉往而不三黜;枉道而事人,何必去父母之邦。”

〔七〕八句寫謫官以來的情懷。吏隱:作小官,隱居下位。杜甫《院中晚晴懷西郭茅舍》:“浣花溪裏花含笑,肯信我兼吏隱名。”欲心:指名利之心。窒:阻塞。面壁:面對墻壁默坐静修。《神僧傳》:梁武帝時,菩提達摩止嵩山少林寺,“終日面壁而坐,九年,形入石中”。倒冠:晉山簡鎮守襄陽時,常出游飲酒,有民歌説:“日暮倒載歸,酩酊無所知,復能騎駿馬,倒着白接䍦(冠)。”螟蛉輕二豪:晉劉伶《酒德頌》:“二豪侍側,如蜾蠃之與螟蛉。”注:“謂貴介公子、縉紳處士。”一馬齊萬物:《莊子·齊物論》:“天地一指也,萬物一馬也。”啓期爲樂三:榮啓期,春秋時人,《列子·天瑞》:“孔子游于泰山,見榮啓期行乎郕之野,鹿裘帶索,鼓琴而歌。孔子問曰:‘先生所以樂,何也?’對曰:‘吾樂甚多。天生萬物,唯人爲貴,我得爲人,是一樂也;男女之别,男尊女卑,故以男爲貴,吾既得爲男矣,是二樂也;人生有不見日月、不免襁褓者,吾既已行年九十矣,是三樂也。貧者士之常,死者人之終也,處常得終,當何憂哉。’”叔夜不堪七:魏嵇康,字叔夜,不願出仕爲官。他在《與山巨源絶交書》中提出“有必不堪者七,甚不可者二”。

〔八〕以上十四句寫縱情於典籍之樂。負薪:疾病。《漢書·公孫弘傳》:“臣弘行能不足以稱,加有負薪之疾。”瘳(chōu):病愈。述:《禮記·樂記》:“作者之謂聖,述者之謂明,明聖者述作之謂也。”羅:陳列。甲乙:次序。魯册:指《春秋》。《文心雕龍·祝盟》:“周衰屢盟,以及要契,始之以曹沬,終之以毛遂。”晉杜預《春秋左氏經傳集解》有“盟會圖”。周公:周文王的兒子姬旦。《周易》是古代占卜吉凶的書,演繹八卦,每卦六畫,稱六爻,彖辭是解釋爻義的。《周易正義》:“伏犧重卦,周公作爻辭。”左丘:左丘明,傳爲孔子同時人,著有《左氏春秋》,也稱《春秋左氏傳》,簡稱《左傳》,文字以明晰犀利見著。馬遷:司馬遷,《史記》的作者,我國著名的歷史學家。金石、風雲:喻史書所述内容擲地有聲,風雲變幻。《世説新語·文學》:"孫興公作《天台賦》成,以示范榮期,曰:'卿試擲地,要作金石聲。'"鏗訇(kēng hōng):鐘鼓并作聲。漢班固《西都賦》:"鐘鼓鏗訇,管弦燁煜。"聱耴(yǐ):《文選》左思《吴都賦》"魚鳥聱耴"注:"聱耴,衆聲貌。"二句意謂精神沉浸書中,耳不旁聞。

〔九〕四句用劉禹錫《陋室銘》室雖陋而人有德,"何陋之有"之意。五斗:晉陶潛爲彭澤令,在官八十餘日,歲終,郡遣督郵至縣,吏白應束帶見之。潛曰:"吾豈能爲五斗米折腰嚮鄉里小兒。"即日棄官歸家。這裏反用其意。優游:《左傳》襄公二十一年:"詩曰:優哉游哉,聊以卒歲。"

離峽州後回寄元珍表臣

經年遷謫厭荆蠻,惟有江山興未闌〔一〕。醉裏人歸青草渡,夢中船下武牙灘〔二〕。野花零落風前亂,飛雨蕭條江上寒。荻笋時魚方有味,恨無佳客共杯盤〔三〕。

景祐五年(一〇三八)作,是歲十一月改元寶元。三月,歐陽修離夷陵赴乾德任。

〔一〕二句意謂貶謫夷陵已一年,祇有當地江山景色令人留戀。闌:盡。

〔二〕歐陽修這次仍沿長江東行,溯漢水至乾德。詩從行者角度寫餞别和別後登程。唐許渾《謝亭送别》:"日暮酒醒人已遠,滿天風雨下西樓",則是從送者的角度寫别離之情。青草渡:夷陵餞别之處。武牙灘:即虎頭灘,唐避諱改"虎"爲"武"。《明史·地理志》:夷陵"有西陵、明月、黄牛三峽,峽中有使君、虎頭、狼尾、鹿角等灘,皆江流至險處也"。

〔三〕二句寫對丁元珍、朱表臣的憶念之情。荻:禾本科,與蘆同類,生水邊及原野,萌芽可食,略如竹笋。時魚:可能指河豚,不是鰣魚。《六一詩話》:"梅聖俞嘗于范希文席上賦河豚魚詩云:'春洲生荻芽,春岸飛楊花,河豚當是時,美不數魚蝦。'河豚常出于春暮,羣游水上,食絮而肥,南人多與荻芽爲羹,云最美。故知詩者謂止破題兩句,已道盡河豚好處。聖俞平生苦于吟咏,以閑遠古淡爲意,故其構思極艱。此詩作于樽俎之間,筆力雄贍,頃刻而成,遂爲絶唱。"

聽平戎操

西戎負固稽天誅,勇夫戰死智士謨;上人知白何爲者,年少力壯逃浮屠〔一〕?自言平戎有古操,抱琴欲進爲我娱。我材不足置廊廟,力弱又不堪戈殳,遭時有事獨無用,偷安飽食與汝俱〔二〕。爾知平戎竟何事,自古無不由吾儒:周宣六月伐玁狁,漢武五道征匈奴,方叔召虎乃真將,衛青去病誠區區,建功立業當盛日,後世稱詠于詩書〔三〕。平生又欲慕賈誼,長纓直請繫單于,當衢理檢四面啓,有策不獻空踟躕〔四〕。慚君爲我奏此曲,聽之空使壯士吁,推琴置酒恍若失,誰謂子琴能起予〔五〕。

寶元二年(一〇三九)作。是歲歐陽修在乾德令任,六月遷升權武成軍節度判官廳公事,于次年二月赴任。詩寫國家多難,自己有志不能施展的慨嘆。《平戎操》,琴曲名。

〔一〕四句意謂國家多難,文武都在爲國出力,知白年少力壯,爲何出家做和尚? 西戎: 指西夏。寶元元年,西夏元昊稱帝,與宋開戰,宋兵屢敗。負固:《周禮・夏官・大司馬》"負固不服則侵之"注:"負,猶恃也。固,險可依以固者也。"稽天誅: 指尚未受到朝廷懲罰。稽: 遲、待。上人: 對和尚的敬稱。知白: 曾學琴于夷中,得夷中真傳。歐陽修同時作有《送琴僧知白》詩,介紹他到襄城見梅堯臣。梅亦有《贈琴僧知白》詩。浮屠: 梵語音譯,指佛教。

〔二〕我材四句感慨自己不用于世,與知白無異。廊廟: 指朝廷。《戰國策・秦策》:"今君相秦,計不下席,謀不出廊廟,坐制諸侯。"戈殳(shū): 兵器。《詩・衛風・伯兮》:"伯也執殳,爲王前驅。"俱: 同。

〔三〕八句列舉歷史上平戎故事推揚儒者。周宣: 周宣王,西周的中興之主。《詩・小雅・六月》:"玁狁孔熾,我是用急,王于出征,以匡王國。""薄伐玁狁,至于太原,文武吉甫,萬邦爲憲。"玁狁: 古代北方民族,商周之間稱獯鬻,周稱玁狁,秦漢稱匈奴。漢武: 漢武帝。武帝曾多次派兵出擊匈奴。元光二年六月,曾命護軍將軍韓安國、驍騎將軍李廣、輕車將軍公孫賀、將屯將軍王恢、材官將軍李息將兵三十萬伏擊匈奴。又《漢書・常惠傳》記宣帝伐匈奴,"大發十五萬騎,五將軍分道出"。唐王維《老將行》:"節使三河募年少,詔書五道出將軍。"方叔、召虎: 都是周宣王時將領。《小雅・采芑》:"蠢爾蠻荆,大邦爲仇,方叔元老,克壯其猶。方叔率止,執訊獲醜。"《詩・大雅・江漢》:"江漢之滸,王命召虎,式辟四方,徹我疆土,匪疚匪棘,王國來極。"衛青、去病: 衛青和霍去病,都是漢武帝時的名將,曾多次出征匈奴。區區: 微不足道。

〔四〕四句寫平生抱負未遂。賈誼: 漢文帝時人,歐陽修有《賈誼不至公卿論》一文,慨嘆賈誼未受重用,説:"誼指陳當世之宜,規畫億載之策,願試屬國以繫單于之頸,請分諸子以弱侯王之勢,上徒善其言而不克用。”長纓直請:《漢書·終軍傳》:“軍自請,願受長纓,必羈南越王而致之闕下。”意謂自請擊敵。單(chán)于:匈奴君主之稱。當衢,當路,指秉政者。啓:泛指文件。有策不獻:歐陽修于景祐三年作有《原弊》,分析宋王朝積貧積弱的根源及改革的辦法,由于當時言禁未開,一直未送朝廷。後來他把《原弊》中的意思寫入了慶曆二年作的《准詔言事上書》。

〔五〕慚:羞愧,引申爲感謝之意。起予:《論語·八佾》:“子曰:起予者,商也,始可與言詩已矣。”疏:“起,發也;予,我也;商,子夏名。孔子言能發明我意者,是子夏也。”

贈杜默

南山有鳴鳳,其音和且清,鳴于有道國,出則天下平〔一〕。杜默東土秀,能吟鳳凰聲,作詩幾百篇,長歌仍短行〔二〕。攜之入京邑,欲使衆耳驚。來時上師堂,再拜辭先生,先生頷首遣,教以勿驕矜,贈之三豪篇,而我濫一名。杜子來訪我,欲求相和鳴,顧我文字卑,未足當豪英;豈如子之辭,鏗鍠間鏞笙〔三〕。淫哇俗所樂,百鳥徒嚶嚶,杜子卷舌去,歸衫翩以輕〔四〕。京東聚羣盜,河北點新兵,饑荒與愁苦,道路日以盈〔五〕。子盍引其吭,發聲通下情,上聞天子聰,次使宰相聽,何必九包禽,始能瑞堯庭。子詩何時作,我耳久已傾,願以白玉琴,寫之朱絲繩〔六〕。

康定元年(一〇四〇)作。是歲六月,歐陽修由滑州武成軍節度判官廳公事調回開封,復官館閣校勘,修《崇文總目》。題下原注:"一本注云:默師太學先生石守道介。"蘇軾《志林》:"石介作《三豪詩》,其略云:'曼卿豪于詩,永叔豪于文,而杜默師雄豪于歌也。'永叔亦贈默詩云:'贈之三豪篇,而我濫一名。'默之歌少見于世,初不知之,後聞其一篇云'學海波中老龍,聖人門前大蟲',皆此等語。甚矣,介之無識也。永叔不欲嘲笑之者,此公惡争名,且爲介諱也。吾觀杜默豪氣,止是京東學究飲私酒,食瘴死牛肉,醉飽後所發者也。作詩狂怪至盧仝、馬異極矣,若更求奇,便作杜默矣。"歐陽修的贈詩,仍能見出對杜的針砭之意,且能見出歐陽修主張作詩要反映民生疾苦的正確觀點。

〔一〕《山海經》:"丹穴之山,有鳥名曰鳳凰,是鳥自歌自舞,見則天下大安寧。"

〔二〕東土秀:杜默是石介設教山東徂徠山時的學生。長歌、短行:即長短歌行體詩。

〔三〕鏗鍠:象聲詞,鍾和琴瑟發出的聲音。鏞:大鍾。《尚書·益稷》:"笙鏞以間。"

〔四〕四句寫杜默不遇歸去。淫哇:邪僻的詩歌。《文心雕龍·諧隱》:"蠶蟹鄙諺,狸首淫哇。"徒:原注:"一作方。"卷舌:不言。庾信《哀江南賦》:"猛士嬰城,謀臣卷舌。"

〔五〕四句寫當時内憂外患頻仍,社會動亂,災民流離。京東:宋置京東東路、京東西路,約當今山東和河南東部、江蘇北部地區。河北:宋置河北東路、河北西路,約當今河北南部、山西東部地區。點新兵:徵兵。《木蘭辭》:"昨夜見軍帖,可汗大點兵。"

〔六〕以上十句對杜默提出規誡。盍:"何不"二字合音。引其吭:指吟詩歌唱。唐韓愈《燕河南府秀才》:"引吭吐鏗轟。"通下情:班固《兩都賦序》:"抒下情以通諷諭。"聰:聽,聽覺。九包禽:即九苞禽,指鳳凰。《初學記》卷三十引《論語摘襄聖》:"鳳有六像、九苞。"瑞堯庭:《尚書中候》:"堯即政七十年,鳳皇止庭。"朱絲繩:琴弦。期望杜默能寫出反映民瘼的詩歌來,以便被之管弦。

哭曼卿

嗟我識君晚，君時猶壯夫，信哉天下奇，落落不可拘。軒昂懼驚俗，自隱酒之徒，一飲不計斗，傾河竭崑墟〔一〕。作詩幾百篇，錦組聯瓊琚，時時出險語，意外研精粗。窮奇變雲烟，搜怪蟠蛟魚。詩成多自寫，筆法顔與虞，旋棄不復惜，所存今幾餘，往往落人間，藏之比明珠〔二〕。又好題屋壁，虹蜺隨卷舒，遺踪處處在，餘墨潤不枯〔三〕。朐山頃歲出，我亦斥江湖，乖離四五載，人事忽焉殊。歸來見京師，心老貌已癯，但驚何其衰，豈意今也無〔四〕。才高不少下，闊若與世疏〔五〕。騂騮當少時，其志萬里途，一旦老伏櫪，猶思玉山芻〔六〕。天兵宿西北，狂兒尚稽誅，而今壯士死，痛惜無賢愚〔七〕。歸魂渦上田，露草荒春蕪〔八〕。

康定二年(一〇四一)作，是歲十一月改元慶曆。曼卿，石延年的字，宋城(今河南商丘市)人，當時有“天下奇才”之譽，死于康定二年二月四日。歐陽修對石延年十分欽慕，集中有《石曼卿墓表》、《祭石曼卿文》，都寫得感情深摯。

〔一〕歐陽修于景祐元年(一〇三四)和石延年同官館閣校勘，開始結識，時石四十歲。《石曼卿墓表》：“曼卿少亦以氣自豪，讀書不治章句，獨慕古人奇節偉行、非常之功，視世俗屑屑，無足動其意者。自顧不合于時，乃一混于酒，然好劇飲大醉，頽然自放。由是益與時不合，而人之從其游者，皆知曼卿落落可奇，而不知其才之有以用也。”信哉：確信無疑。落落：《後漢書・耿弇傳》“常以爲落落難合”注:“猶疏闊也。”軒昂:謂人舉止氣度不凡。崑墟:《初學記》卷六引《山海經注》:“河源出崑崙之墟。”此句形容石延年酒量之大,能飲乾黄河,枯竭其源。

〔二〕以上十二句贊美石延年的詩歌與書法。《宋史·石延年傳》:“于詩最工而善書。”錦組:梁明山賓《薦朱异表》:“珪璋新琢,錦組初構。”瓊琚:唐韓愈《祭柳子厚文》:“玉佩瓊琚,大放厥辭。”錦組、瓊琚皆形容曼卿詩作的華麗。雲烟:杜牧《李長吉歌詩叙》:“雲烟綿聯,不足爲其態也。”蛟魚:《南史·陳武帝受禪文》:“蛟魚并見,謳歌攸屬。”顔與虞:唐代顔真卿和虞世南,都是著名的書法家。人間:民間。

〔三〕石延年好題壁,游踪所及,均留有墨迹。宋僧文瑩《湘山野録》即載有石與僧秘演題繁臺寺閣壁的故事。虹蜺:形容書法的遒麗飛動。

〔四〕朐(qú)山:又名馬耳山,在今江蘇東海縣東南,宋時屬海州。頃歲:不到一年。癯:瘦削。八句叙石延年于景祐元年末因范諷事牽連,出爲海州通判;歐陽修亦于景祐三年出爲夷陵令,至康定元年始回開封,分别四五年後,兩人重又相晤。當時已驚其衰弱,現在又不料其謝世,作者爲之感慨係之。

〔五〕《石曼卿墓表》:“其視世事蔑若不足爲,及聽其施設之方,雖精思深慮不能過也。”闊:疏曠。

〔六〕四句用曹操《步出夏門行》“老驥伏櫪,志在千里;烈士暮年,壯心不已”之意。驊騮:駿馬。《史記·秦本紀》:“造父以善御幸于周穆王,得驥、温驪、驊騮、騄耳之駟,西巡狩,樂而忘歸。”玉山芻:玉山的草料。《穆天子傳》:周穆王駕八駿,往訪西王母,“至于羣玉之山”。

〔七〕四句意謂當時宋正與西夏作戰,石延年死,國家損失有用之才,無論賢與不肖都感痛惜。天兵:指宋兵。狂兒:指西夏元昊。稽誅:有待誅戮。《石曼卿墓表》:“曼卿上書言十事,不報。已而元昊反,西方用兵,始思其言,召見,稍用其説。……天子方思盡其才,而且病矣。”

〔八〕石延年葬河南永城縣太清鄉,在渦水北部。《祭石曼卿文》:“奈何荒烟野蔓,荆棘縱横,風凄露下,走磷飛螢。”

憶山示聖俞

吾思夷陵山,山亂不可究,東城一堠餘,高下漸岡阜,羣峯迤邐接,四顧無前後〔一〕。憶嘗祗吏役,巨細悉經覯:是時秋卉紅,嶺谷堆纈綉,林枯松鱗皴,山老石脊瘦;斷徑履頹崖,孤泉聽清溜,深行得平川,古俗見耕耨;澗荒驚麏奔,日出飛雉雊;盤石屢欹眠,緑巖堪解綬,幽尋嘆獨往,清興思誰侑〔二〕。其西乃三峽,險怪愈奇富:江如自天傾,岸立兩崖鬥;黔巫望西屬,越嶺通南奏〔三〕。時時縣樓對,雲霧昏白晝。荒烟下牢戍,百仞寒溪漱;蝦蟆噴水簾,甘液勝飲酎〔四〕。亦嘗到黄牛,泊舟聽猿狖,巉巉起絶壁,蒼翠非刻鏤;陰巖下攢叢,岫穴忽空透,遥岑聳孤出,可愛欣欲就〔五〕。惟思得君詩,古健寫奇秀〔六〕。今來會京師,車馬逐塵瞀,頹冠各白髮,舉酒無蒨袖。繁華不可慕,幽賞亦難遘,徒爲憶山吟,耳熱助嘲詬〔七〕。

康定二年作。梅堯臣于康定元年解襄城令任,赴京待調,與歐陽修會于開封。

〔一〕堠:古代記里程的土堆,五里一堠。阜:土山。迤邐:連綿不斷。六句寫夷陵山勢。

〔二〕以上十六句回憶初至夷陵時所見之山區秋色，及後來在夷陵的游踪，惋惜當時没有知友伴游。衹吏役：指官縣令。經覿：親見、親歷。是時：歐陽修于景祐三年十月下旬到達夷陵，其時已初冬。纈綉：彩色的絲織品。此形容花草的美豔。石脊瘦：謂冬天樹木凋落，山石裸露。履：踐踏、經過。清溜：清徹的澗水，此指水聲。耕耨：此指刀耕火種。作者另有《寄梅堯臣》詩："邀龜卜雨趁燒畬"，故稱"古俗"。麏：獐。雊（gòu）：雄雉鳴聲。解綬：指辭去官職。綬，繫官印的絲帶。清興：指詩興。侑：酬答，此指唱和。

〔三〕六句寫上游風光及夷陵地望。夷陵係長江水路交通要衝，江水西來，爲兩岸千丈峭壁所阻，湍急如瀑，景色奇險。《水經・江水注》引袁山松《宜都山川記》："常聞峽中水疾，書記及口傳常以臨懼相戒，曾無稱山水之美也。及余來踐躋此境，既至欣然，始信耳聞之不如親見矣。其疊嶂秀峯，奇構異形，固難以辭叙。林木蕭森，離離蔚蔚，乃在霞氣之表。仰矚俯映，彌習彌佳，流連信宿，不覺忘返，目所履歷，未嘗有也。既自欣得此奇觀，山水有靈，亦當驚知己于千古矣。"三峽：《明史・地理志》夷陵"有西陵、明月、黄牛三峽，峽中有使君、虎頭、狼尾、鹿角等灘，皆江流至險處也"。岸立兩崖門：寫峽中峭壁隔江對峙。歐陽修慶曆四年作《登絳州富公嵩巫亭示同行者》有句云："其後竄荆蠻，始識峽山惡，長江瀉天來，巨石忽開拓。始疑茫昧初，渾沌死鐫鑿，神功夜催就，萬仞成一削。"黔巫：黔州、巫郡，今四川一帶地，在夷陵西。唐元稹《酬樂天東南行詩一百韻》："鯨吞近溟漲，猿鬧接黔巫。"越嶺：越州、五嶺，今廣東、廣西地區（宋時越州爲今浙江紹興），在夷陵南。唐宋之問《過蠻洞》："越嶺千重合，蠻溪十里斜。"奏：通"輳"，南奏即南方輻輳之地。

〔四〕四句寫夷陵名勝。下牢戍：《明史・地理志》："大江在南，西北有關曰下牢關，夾江爲險。"歐陽修《下牢津》詩："依依下牢口，古戍鬱嵯峨，入峽江漸曲，轉灘山更多。"蝦蟆：蝦蟆碚，在湖北宜昌西北石鼻山下，有泉自巖腹洞中流注蝦蟆口鼻間，下注于江。歐陽修《蝦蟆碚》詩:"石溜吐陰崖,泉聲滿空谷,能邀弄泉客,繫舸留巖腹。陰精分月窟,水味標茶録,共約試春芽,槍旗幾時緑。"甘液:指泉水。

〔五〕八句紀游黄牛峽所見,參見《黄牛峽祠》詩及注。猿狖(yòu):《淮南子·覽冥》"猿狖顛蹶而失木枝"注:"狖,猿屬,長尾而昂鼻。"三峽兩岸多猿,《水經·江水注》:"每至晴初霜旦,林寒澗肅,常有高猿長嘯,屬引凄異,空谷傳響,哀轉久絶。"

〔六〕古健:歐陽修對梅堯臣詩歌風格的評價,參見《水谷夜行寄子美聖俞》。

〔七〕八句寫兩人在開封的不得意。瞀(mào):昏暗。南朝宋顔延年《北使洛》詩:"陰風振涼野,飛雪瞀窮天。"頮冠:脱帽。蒨袖:指歌妓。宋代官府飲宴可招官妓侑酒。難遣:難遇,指開封没有好風景。耳熱:酒酣耳熱。嘲詬:戲謔、排遣。

聖俞會飲

傾壺豈徒強君飲,解帶且欲留君談,洛陽舊友一時散,十年會合無二三〔一〕。京師旱久塵土熱,忽值晚雨涼纖纖。滑公井泉釀最美,赤泥印酒新開緘,更吟君句勝啖炙,杏花妍媚春酣酣〔二〕。吾交豪俊天下選,誰得衆美如君兼〔三〕。詩工鑱刻露天骨,將論縱横輕玉鈐。遺編最愛孫武説,往往曹杜遭夷芟〔四〕。關西幕府不能辟,隴山敗將死可慚。嗟余身賤不敢薦,四十白髮猶青衫〔五〕。吴興太守詩亦好,往奏玉琯和英咸〔六〕。杯行到手莫辭醉,明日舉棹天東南〔七〕。

康定二年作。是歲秋,梅堯臣被任命監湖州酒税,此詩即送别之作。梅亦作有《醉中留别永叔子履》。此詩題下原注:“時聖俞赴湖州,一本作送梅堯臣赴湖州。”

〔一〕四句以洛陽友情勸酒慰留。解帶:古人脱帽解帶,是不拘禮節的意思。洛陽舊友一時散:指當時謝絳、楊愈已死,尹洙等人亦天各一方。

〔二〕六句意謂時值晚涼,有滑州美酒,且有梅堯臣的好詩相佐,應該開懷痛飲。滑公井泉:歐陽修于康定元年任武成軍(滑州)節度判官,同年冬回開封。滑州著名的井有江井、八角井、豢龍井等,但未見有名酒的記載。赤泥:指酒壜上的泥封,一般多加釀造酒坊的印記。緘:封閉。炙:烤肉。杏花句原注:“君詩有‘春風酣酣杏正妍’之句。”

〔三〕原注:“一本有‘鏗鏘文律金玉寫,森羅武庫戈戟銛’兩句。”

〔四〕四句贊美梅堯臣才兼文武,詩作能深入造化底蘊,韜略勝過兵書戰策。鑱:通“劖”,鑿。玉鈐:兵書。唐沈珣《授契苾通振武節度使制》:“挺鶚立鷹揚之操,知玉鈐金匱之書。”遺篇最愛孫武説:梅堯臣曾注《孫子》,歐陽修爲之作《孫子後序》,有句云:“吾知此書當與三家(曹操、杜牧、陳皥都有《孫子注》)并傳,而後世取其説者,往往于吾聖俞多焉。”芟夷(shān):删削。

〔五〕康定元年,范仲淹任陝西經略安撫副使,歐陽修曾嚮范推薦梅堯臣,未被接受。康定二年二月,環慶路副都部署任福與西夏戰于好水川,兵敗死難。四句即叙此事。辟(bì):《文選》阮籍《詣蔣公奏記辭辟命》“辟書始下,下走爲首”注:“辟,猶召也。”山:原注:“一作西。”隴西,指好水川,在今甘肅隆德縣。四十:梅堯臣時年四十歲。青衫:低級官員的服色。

〔六〕湖州治所吴興,時吴宿爲湖州知州,歐陽修《送胡學士知湖州》,有“寄詩無憚煩,以慰離居念”之句,見出其能詩。此謂梅去湖州可以和吴唱和。玉琯:琯同“管”,泛指笳笛等管樂器。宋徐鉉《柳枝詞》:"人間欲識靈和態,聽取新詩玉琯聲。"英咸:《樂緯》:"黄帝之樂曰咸池,帝嚳之樂曰六英。"

〔七〕天東南:湖州在開封東南。

送曇穎歸廬山

吾聞廬山久,欲往世俗拘〔一〕。昔歲貶夷陵,扁舟下江湖,八月到湓口,停帆望香爐;香爐雲霧間,杳靄疑有無,忽值秋日明,彩翠浮空虚〔二〕。信哉奇且秀,不與灊霍俱〔三〕,偶病不時往,中流但踟躕〔四〕,今思尚彷彿,恨不傳畫圖。曇穎十年舊,風塵客京都,一旦不辭訣,飄然卷衣裾,山林往不返,古亦有吾儒〔五〕。西北苦兵戰,江南仍旱枯,新秦又攻寇,京陝募兵夫;聖君念蒼生,賢相思良謨〔六〕。嗟我無一説,朝紳拖舒舒,未能膏鼎鑊,又不老菰蒲,羨子識所止,雙林歸結廬〔七〕。

康定二年作。歐陽修反對佛教,但也常和他所看重的和尚來往,特别是詩僧,總認爲他們是"遺賢",希望他們還俗。集中反映有詩文往來的和尚除曇穎外,還有秘演、惟儼、鑒聿、慧勤等人。《六一詩話》:"國朝浮屠以詩名于世者九人,故時有集號《九僧詩》。"

〔一〕世俗拘:指爲世務所拘,未能實現游廬山之願。

〔二〕以上八句回憶往年貶夷陵時,于八月舟行過九江,遥望廬山香爐峯在雲霧中隱現出没。當時適逢秋日晴朗,廬山彩翠鮮明,倒映水中,蔚爲奇觀。湓口:湓水入長江處,在今江西九江市西。香爐:廬山香爐峯,以瀑布著稱,經年雲霧繚繞。李白《望廬山瀑布》："日照香爐生紫烟，遥望瀑布挂前川。"杳靄：深遠貌。唐韋應物《往雲門郊居塗經迴流作》："明滅泛孤景，杳靄舍夕虚。"

〔三〕潛：潛山，即皖公山，最高峯名天柱，在今安徽潛山縣西北，與霍山縣接界；霍：霍山，在今安徽省霍山縣南，西北接大別山。

〔四〕偶病：《于役志》："八月丁巳（十四日），在江州約陳侍禁游廬山，余病呼醫者，不果往。"踟躕：躊躇不前。

〔五〕以上六句意謂自己和曇穎是舊交，如今他厭倦風塵，决心離開封歸去，這與古來儒家之徒因不遇而遁世的情况一様。十年舊：由康定二年上推十年爲景祐二年，作者當在洛陽時即和曇穎結識。山林：隱居之地，此指廬山。晉張華《招隱二首》："隱士托山林，遁世以保真。"

〔六〕以上六句寫時事。是歲二月宋兵敗于好水川後，"夏人再寇劉王尋堡"，宋仁宗下詔，于"京東、西等九路增募鄉兵，置宣毅軍，大州兩指揮，小州一指揮，爲就糧禁軍，合十餘萬人"。秦：指陝西地區。謨：計謀。

〔七〕以上六句慨嘆自己居官坐食俸禄，進不能犯顔直諫，退不能歸耕田野。説：指上書言事。朝紳：官服。舒舒：寬緩、安閑貌。膏鼎鑊：就鼎鑊烹煮之酷刑。《史記・廉頗傳》："臣知欺大王之罪當誅也，臣請就鼎鑊。"此句意爲居官未能克盡厥職，爲國宣勞，又不領罪就罰。歐陽修《與尹師魯書》："往時砧斧鼎鑊，皆是烹斬人之物，然士有死不失義，則趨而就之，與几席枕藉之無異。"老菰蒲：指歸田。菰蒲：水生植物。子：指曇穎。雙林：廬山有東林、西林二寺。

洛陽牡丹圖

洛陽地脈花最宜，牡丹尤爲天下奇，我昔所記數十種，于今十年半忘之〔一〕。開圖若見故人面，其間數種昔未窺，客言近歲花特異，往往變出呈新枝；洛人驚誇立名字，買種不復論家貲〔二〕，比新較舊難優劣，争先擅價各一時。當時絶品可數者，魏紅窈窕姚黄妃；壽安細葉開尚少，朱砂玉版人未知；傳聞千葉昔未有，祇從左紫名初馳；四十年間花百變，最後最好潛溪緋〔三〕。今花雖新我未識，未信與舊誰妍媸，當時所見已云絶，豈有更好此可疑。古稱天下無正色，但恐世好隨時移。鞓紅鶴翎豈不美，斂色如避新來姬；何况遠説蘇與賀，有類異世誇嬙施〔四〕。造化無情宜一概，偏此著意何其私，又疑人心愈巧僞，天欲鬥巧窮精微；不然元化樸散久，豈特近歲尤澆漓，争新鬥麗若不已，更後百載知何爲〔五〕？但應新花日愈好，惟有我老年年衰。

慶曆二年(一〇四二)作。牡丹以洛陽最著，歐陽修景祐元年在洛陽作有《洛陽牡丹記》。

〔一〕四句追述十年前譜寫洛陽牡丹事。《洛陽牡丹記》:“洛陽城方圓數十里，而諸縣之花莫及城中者，出其境則不可植焉。”又説在錢惟演雙桂樓屏上見記牡丹名九十餘種，“然余所經見而今人多稱者，纔三十許種”。

〔二〕買種：唐宋時皆以牡丹爲貴，愛花者不惜多金買之。唐李賀《牡丹種曲》:“蓮枝未長秦蘅老，走馬馱金劚春草。”王琦注：“春草即指牡丹，謂亦是春草之類。走馬馱金而往者，祇掘此春草而歸，以見一時好尚之奢。”《洛陽牡丹記》:“洛陽之俗，大抵好花，春時，城中無貴賤皆插花，雖負擔者亦然。”

〔三〕魏紅、姚黄、壽安、朱砂、玉版、左紫、潛溪緋：均係《洛陽牡丹記》

所記牡丹名品。魏紅，“魏家花者，千葉肉紅花，出于魏相仁溥家”。“姚黄者，千葉黄花，出于民姚氏家”。壽安“細葉、粗葉壽安者，皆千葉肉紅花，出壽安縣錦屏山中，細葉者尤佳”。“朱砂紅者，多葉紅花，不知其所出”。“玉版白者，單葉白花，葉細長如拍板，其色如玉而深檀心，洛陽人家亦少有”。“左花者，千葉紫花，出民左氏家，葉密而齊如截，亦謂之平頭紫”。“潛溪緋者，千葉緋花，出于潛溪寺”。

〔四〕以上十句謂古人與今人的愛好不一，花的新舊妍媸難辨。《洛陽牡丹記》：“初，姚黄未出時，牛黄爲第一；牛黄未出時，魏花爲第一；魏紅未出時，左花爲第一；左花之前，唯有蘇家紅、賀家紅、林家紅之類，皆單葉花，當時爲第一。自多葉、千葉花出後，此花黜矣，今人不復種也。”天下無正色：《莊子·齊物論》：“毛嬙、驪姬，人之所美也，魚見之深入，鳥見之高飛，麋鹿見之决驟，四者孰知天下之正色哉。”白居易亦有“人間無正色，悦目即爲姝”的詩句。鞓紅、鶴翎，皆牡丹名品。《洛陽牡丹記》：“鞓紅者，單葉深紅花，出青州，亦曰青州紅。”“鶴翎紅者，多葉花，其末白而本肉紅，如鴻鵠羽色。”蘇與賀：即蘇家花、賀家花。嬙施：王嬙（即王昭君）、西施，古代著名的美女。

〔五〕八句慨嘆人心與天鬥巧，窮極機變，未有盡時。造化：大自然，此指天地之和氣。《洛陽牡丹記》：“又况天地之和氣，宜遍被四方上下，不宜限其中（指洛陽）以自私。”元化樸散，自然變化不正常。樸通“撲”。《洛陽牡丹記》又云：“物之常者，不甚美亦不甚惡。及元氣之病也，美惡隔并而不相和入，故物有極美與極惡者，皆得于氣之偏也。”澆漓：浮薄。

答朱寀捕蝗詩

捕蝗之術世所非，欲究此語興于誰？或云豐凶歲有數，天孽未可人力支，或言蝗多不易捕，驅民入野踐其畦；因之奸吏恣貪擾，户到頭斂無一遺，蝗災食苗民自苦，吏虐民苗皆被之〔一〕。吾嗟此語衹知一，不究其本論其皮；驅雖不盡勝養患，昔人固已决不疑；秉蟊投火况舊法，古之去惡猶如斯，既多而捕誠未易，其失安在常由遲〔二〕。詵詵最説子孫衆，爲腹所孕多蝝蚳，始生朝畝暮已頃，化一爲百無根涯；口含鋒刃疾風雨，毒腸不滿疑常饑，高原下濕不知數，進退整若隨金鼙〔三〕。嗟兹羽孽物共惡，不知造化其誰尸〔四〕。大凡萬事悉如此，禍當早絶防其微，蠅頭出土不急捕，羽翼已就功難施，衹驚羣飛自天下，不究生子由山陂〔五〕。官書立法空太峻，吏愚畏罰反自欺，蓋藏十不敢申一，上心雖惻何由知；不如寬法擇良令，告蝗不隱捕以時，今苗因捕雖踐死，明歲猶免爲蝝菑〔六〕。吾嘗捕蝗見其事，較以利害曾深思：官錢二十買一斗，示以明信民争馳，斂微成衆在人力，頃刻露積如京坻；乃知孽蟲雖甚衆，嫉惡苟鋭無難爲，往時姚崇用此議，誠哉賢相得所宜〔七〕。因吟君贈廣其説，爲我持之告采詩〔八〕。

慶曆二年作。宋仁宗時連年旱蝗，據《續資治通鑑·宋紀》，景祐元年三月，"開封府判官謝絳言：蝗亘四野，坌入郛郭，跳擲官寺，井匽皆滿，而使者數出，府縣監捕驅逐，民不聊生"。從景祐元年至作此詩時相距六七年，蝗害依舊，可見蝗災嚴重。此詩和朱寀所作《捕蝗》詩，提出改變官府强迫人民捕捉爲鼓勵人民捕捉，在當時實爲可取的辦法。

〔一〕以上十句論析從來有人反對捕蝗，或謂年歲豐歉由天定，人力無法抗拒，或謂捕蝗踐壞禾苗，且奸吏借端擾民，其害甚於蝗災。户到頭斂：指官府借捕蝗擾民，按户按人責收蝗蟲。頭斂：《漢書·

陳餘傳》:"頭會箕斂,以供軍費,財匱力盡。"

〔二〕以上八句指出捕蝗所以不見成效,在于捕捉失時。論其皮:謂祇看表面現象。養患:養虎遺患。比喻寬容禍害,自留後患。語出《史記・項羽本紀》。秉蟊投火:《詩・小雅・大田》:"去其螟螣,及其蟊賊,無害我田穉。田祖有神,秉畀炎火。"毛傳:"食心曰螟,食葉曰螣,食糧曰蟊,食節曰賊。"

〔三〕八句意謂蝗蟲繁殖既多且速,齒牙銛利,食量巨大,叢生遍地,成羣往來。詵詵(shēn):衆多貌。《詩・周南・螽斯》,《詩序》解釋爲"后妃子孫衆多也",其中有"螽斯羽,詵詵兮;宜爾子孫,振振兮"之句。螽斯是略同于蝗的昆蟲。多蝝蚳:指蝗腹中的卵多于蟻卵。蝝蚳:螞蟻卵。頃:一百畝地爲一頃。高原下濕:高地和沼澤地。金鼙:軍隊中指揮進退的鑼鼓,指蝗蟲成羣往來。

〔四〕羽孽:指蝗蟲。物共惡:爲萬物所共同厭惡。尸:主。《詩・召南・采蘋》:"其誰尸之?有齊季女。"

〔五〕防其微:防微杜漸,防患于未然。蠅頭:喻剛出土的蝗蝻。羽翼已就:《史記・留侯世家》:"彼四人(指商山四皓)輔之,羽翼已成,難動矣。"

〔六〕八句指出治蝗關鍵在于慎選官吏,捕捉及時,不必過份顧惜禾苗。官書:公文、公告。蓋藏:隱瞞。申:報告。上心:皇帝的心情。歐陽修于景祐三年作《送王聖紀赴扶風主簿序》,就官吏匿災不報的事實,分析了緣由,指出:"前二三歲旱蝗相連,朝廷歲歲隨其災之厚薄,蠲其賦之多少,至兵食不足,則歲糴或入粟以爵而充之。是在上者之愛人,而仁人之心易惻也。"惻:惻隱,同情、憐恤。蝝:蝗的幼蟲。菑(zī):田地。

〔七〕以上十句以實踐經驗提出官府應以錢物鼓勵人民捕蝗,并指出唐代姚崇採用此法曾收到成效。據《宋史・孫覺傳》,孫覺亦提出類似建議:"歲旱,州課民捕蝗輸之官。覺言:'民方艱食,難督以威;若以米易之,是爲除害而享利也。'守悅,推其説下他縣。"露積:

露天堆積。京坻：《詩·小雅·甫田》："曾孫之庾，如坻如京。"京：高丘。坻：水中高地。姚崇：唐玄宗時宰相。據《開天傳信記》，開元時山東大蝗，姚崇提出分遣使捕蝗埋之，玄宗開始不同意，姚崇引《詩·大田》"秉畀炎火"爲證，"遂行之。中外以爲不可，上謂左右曰：'吾與賢相討論已定，捕蝗之事敢議者死。'是歲，有司結奏捕蝗蟲凡百餘萬石，時無饑饉，天下賴焉。"

〔八〕君贈：即指朱寀的捕蝗詩。采詩：《漢書·藝文志》："古有采詩之官，王者所以觀風俗，知得失，自考正也。"

立秋有感寄蘇子美

庭樹忽改色，秋風動其枝，物情未必爾，我意先已悽〔一〕。雖恐芳節謝〔二〕，猶欣早涼歸，起步雲月暗，顧瞻星斗移。四時有大信，萬物誰與期〔三〕？故人在千里，歲月令我悲。所嗟事業晚，豈惜顏色衰，廟謀今謂何，胡馬日以肥〔四〕。

慶曆二年作。蘇子美，蘇舜欽的字。蘇于是歲離開封去江淮，歐陽修《答蘇子美離京見寄》有"惜哉三十五，白髮今已生，近者去江淮，作詩寄離情"之句。

〔一〕宋玉《九辯》："悲哉秋之爲氣也，蕭瑟兮草木摇落而變衰。"四句謂時方交秋，樹木或未必即凋謝，而自己的心境却已覺悽清。

〔二〕芳節謝：指草木凋零。唐于濆《戍卒傷春》："連年戍邊塞，過却芳菲節。"

〔三〕二句意謂四時的推移有定，而萬物的盛衰則難以逆料。四時：晉潘岳《秋興賦》:“四時忽其代序兮,萬物紛以回薄。覽華蒔之時育兮,察盛衰之所托。感冬索而春敷兮,嗟夏茂而秋落。”大信:《禮記・學記》:“大德不官,大道不器,大信不約,大時不齊。”

〔四〕所嗟四句嘆息蘇舜欽遭遇蹭蹬,不能爲多難的國家出力。《答蘇子美離京見寄》有云:“羣臣列丹陛,幾位缺公卿,使之束帶立,可以重朝廷,況令參國議,高論吐峥嶸。”是歲,西夏與契丹聯合,契丹主頒南征之詔,宋形勢危急。廟謀:朝廷的謀略。《後漢書・光武帝紀》:“明明廟謀,赳赳雄斷。”胡馬:借指北方民族的部隊。

滑州歸雁亭

長河終歲足悲風〔一〕,亭古臺荒半倚空〔二〕。惟有歸雁時最早,柳含微緑杏黏紅。

慶曆三年(一〇四三)作。歐陽修于慶曆二年五月嚮朝廷上萬言書,痛切指陳宋王朝積貧積弱之弊的由來及其改革辦法,未受重視,于是請求出任地方官。九月,被任命爲滑州(今河南滑縣)通判,十月到達滑州。歸雁亭一般記載都以爲是歐陽修所建,此詩云“亭古臺荒半倚空”,當舊時已有,不過因歐詩而獲“歸雁”之名。

〔一〕長河:指黄河。滑州臨近當時的黄河。悲風:魏曹植《雜詩》:“高臺多悲風,朝日照北林。”

〔二〕臺荒:滑縣是西周以來的古城,縣西北有滑臺,相傳周公測日影于此,又名測影臺。宋時已荒廢。

歸 雁 亭

荒蹊臘雪春尚埋，我初獨與徐生來。城高樹古禽鳥野，聲響格磔寒毰毸〔一〕。頽垣敗屋巍然在，略可遠眺臨傾臺〔二〕，高株唯有柳數十，夾路對立初誰栽？漸誅榛莽辨草樹，頗有桃李當墻隈，欣然便擬趁時節，斤斸日夕勞耘培〔三〕。新年風色日漸好，晴天仰見雁已回，枯根老脈凍不發〔四〕，繞之百匝空徘徊。頑姿野態煩造化，勾芒不肯先煦吹，酒酣幾欲撾大鼓，驚起龍蟄驅春雷〔五〕。偶然不到纔數日，顔色一變由誰催？翠芽紅粒迸條出，纖趺嫩萼如剪裁，卧槎燒枿亦强發，老朽不避衆豔咍〔六〕。姹然山杏開最早，其餘紅白各自媒，初開盛發與零落，皆有意思牽人懷〔七〕。衆芳勿使一時發，當令一落續一開，畢春應須酒萬斛，與子共醉三千杯〔八〕。

此詩與《滑州歸雁亭》作于同時。前半部分先寫早春初游歸雁亭的荒涼；後半部分由“偶然不到纔數日”至末句，寫春色已濃。

〔一〕蹊：小路。徐生：徐無黨，永康人。皇祐中進士，曾從歐陽修學古文辭，並注《五代史》。格磔：鳥鳴聲。唐錢起《江行無題》：“衹知秦塞遠，格磔鷓鴣啼。”毰毸（péi sāi）：指鳥因寒冷而羽毛蓬鬆。劉禹錫《飛鳶操》：“毰毸飽腹蹲枯枝。”

〔二〕晉時南燕慕容德曾于滑臺建都，北魏時建有滑臺宫。這時已廢圮。

〔三〕誅：誅伐，芟除。榛莽：雜亂叢生的草木。墻隈：墻角。斤：斧。

〔四〕枯根老脈：指被砍伐後留下的樹樁。

〔五〕頑姿四句意謂枯瘠的樹木感春較遲，不禁想擊鼓催春，促使其早日開花。勾芒：春神。勾亦作“句”，《禮記・月令》，“（孟春之月）其帝大皞，其神句芒”。煦吹：謂拂送温暖的春風。掮（hóng）：敲擊。驚起龍蟄：昆蟲冬眠曰“蟄”，春天驚蟄動雷後重新出土。

〔六〕翠芽四句寫春天的蓬勃生機。宋梅摯《歸雁亭》：“東風楊柳杏花飛，曾伴先生酒一卮。”亦作于同時。翠芽：指柳眼。紅粒：指杏蕊。趺：花萼。晉束晳《補亡詩》：“白華絳趺。”剪裁：梅堯臣《東城送運判馬察院》：“春風騁巧如剪刀，先裁楊柳後杏桃。”槎：通茬，砍倒的樹木。枿：樹木被砍伐後新抽出的枝條。咍（hāi）：嗤笑。杜甫《秋日荊南述懷》：“任受衆人咍。”

〔七〕四句意謂杏花開得最早，以後桃李亦將開放，但無論初開、盛放、凋落，都能牽動人的情懷。姹然：豔麗貌。

〔八〕歐陽修《謝判官幽谷栽花》：“淺深紅白宜相間，先後仍須次第栽，我欲四時携酒去，莫教一日不花開。”表現了同樣的情趣。子：似指梅摯。

送楊辟秀才

吾奇曾生者，始得之太學，初謂獨軒然，百鳥而一鶚〔一〕。既又得楊生，羣獸出麟角，乃知天下才，所識慚未博〔二〕。楊生初誰師，仁義而禮樂，天姿樸且茂，美不待追琢〔三〕。始來讀其文，如渴飲醴酪，既坐即之談，稍稍吐鋒鍔，非惟富春秋，固已厚天爵〔四〕。有司選羣材，繩墨困量度，胡爲謹毫分，而使遺磊落〔五〕？至寶異常珍，夜光驚把握，駭者棄諸途，竊拾充吾橐，其于獲二生，厥價玉一珏〔六〕。嗟吾雖得之,氣力獨何弱,帝閽啓巖巖,欲獻前復却,遽令扁舟下,飄若吹霜籜〔七〕。世好競辛鹹,古味殊淡泊,否泰理有時,惟窮見其確〔八〕。

慶曆三年作。是歲三月,歐陽修由滑州回開封,轉官太常丞知諫院。此詩作于開封。楊辟于慶曆二年春應禮部試下第,歐陽修作詩贈别。

〔一〕首四句以稱譽曾鞏才能入題。曾生:曾鞏,字子固,建昌南豐(今江西省東部)人。《宋史》本傳謂其"年十二,試作《六論》,援筆而成,辭甚偉。甫冠,名聞四方。歐陽修見其文,奇之"。後爲"唐宋八大家"之一。慶曆二年鞏由太學選拔參加禮部試,亦下第,歐陽修有《送曾鞏秀才序》寫其事。軒然:高翥出衆貌。一鶚:《漢書·鄒陽傳》:"臣聞鷙鳥累百,不如一鶚。"鶚,鳥名,即魚鷹。

〔二〕四句意謂又發現楊辟這樣傑出的人才,纔知道自己所識人物極爲有限。麟角:《爾雅·釋獸》:"麟,麋身牛尾,一角。"古人認爲是瑞獸。《太平御覽》卷四九六引《蔣子·萬機論》:"學如牛毛,成如麟角。"

〔三〕四句贊美楊辟學道誠篤,資質樸茂,不待雕琢。歐陽修强調學道師經,認爲經是仁義禮樂的根柢。他在《答祖擇之書》中説:"夫世無師矣,學者當師經,師經必先求其意。意得則心定,心定則道純,道純則充于中者實,中充實則發爲文者輝光、施于世者果致。"并在《易童子問》中提到自己的治學經驗説:"若余者,可謂不量力矣!邈然遠出諸儒之後,而學無師授之傳;其勇于敢爲而决于不疑者,以聖人之經尚在,可以質也。"

〔四〕醴酪:指甜美的乳漿。醴,原注:"一作湩。"富春秋:《史記·李斯列傳》:"且陛下富于春秋,未必盡通諸事。"天爵:《孟子·告子》:"仁義忠信,樂善不倦,此天爵也。公卿大夫,此人爵也。"

〔五〕四句意同《送曾鞏秀才序》:"有司斂羣材、操尺度,概以一法,考其不中者而棄之;雖有魁壘拔出之材,其一累黍不中尺度,則棄不敢取。”有司：此指試官。繩墨：木工正曲直的工具，此指科舉考試的程式。磊落：俊偉超羣。庾信《長孫儉碑》：“風神磊落。”

〔六〕四句意亦如《送曾鞏秀才序》：“曾生橐其文數十萬言來京師，京師之人無求于曾生者，然曾生亦不以干也。予豈敢求生，而生辱以顧予。是京師之人既不求之，而有司又失之，而獨余得也。”至寶、夜光均喻奇才。夜光：傳説有夜光珠、夜光璧，古人認爲是至寶。《後漢書·西域傳》：大秦國“土有金銀奇寶，有夜光璧、明月珠”。厥：其。珏(jué 决)：合在一起的兩塊玉。

〔七〕以上六句嘆息自己雖知曾、楊兩人之才，却無力嚮朝廷推薦，衹能使他們像霜後的落葉一樣失意歸去。帝閽：皇帝的宫門。巖巖：高峻貌。籜：竹殼。

〔八〕四句意謂當時流行時文，内容深刻的古文不受歡迎，但時運變化自有一定，衹有經受困窮，纔見信仰堅定。辛鹹：即五味，喻時文。歐陽修《記舊本韓文後》：“是時，天下學者楊(億)劉(筠)之作，號爲時文，能者取科第、擅名聲，以誇榮當世。”古味：喻古文。《左傳》桓公二年“大羹不致”注：“大羹，肉汁，不致五味。”否泰：《周易》的兩個卦名，指命運的好壞、事情的順逆。確：同“堅”。《易·乾·文言》：“確乎其不可拔。”唐王勃《滕王閣序》：“窮且益堅，不墜青雲之志。”

讀張李二生文贈石先生

先生二十年東魯，能使魯人皆好學，其間張續與李常，剖琢珉石得天璞〔一〕。大圭雖不假雕琢，但未磨礱出圭角，二生固是天下寶，豈與先生私褚橐〔二〕。先生示我何矜誇，手携文編謂新作，得之數日未暇讀，意欲百事先屏却。夜歸獨坐南窗下，寒燭青熒如熠爚，病眸昏澀乍開緘，燦若月星明錯落〔三〕。辭嚴意正質非俚，古味雖淡醇不薄，千年佛老賊中國，禍福依憑羣黨惡；拔根掘窟期必盡，有勇無前力何犖，乃知二子果可用，非獨詞堅由志確〔四〕。朝廷清明天子聖，陽德彙進羣陰剥，大烹養賢有列鼎，豈久師門共藜藿〔五〕。予慚職諫未能薦，有酒且慰先生酌。

慶曆三年作。題下原注："一本作謝張續李常寄石先生。先生，石介也。"石介，字守道，又稱徂徠先生，兖州奉符(今山東泰安縣)人。著名的古文家，著有《怪説》等，激烈抨擊佛、老、時文。慶曆革新時官直集賢院學士，革新失敗後自請通判濮州，未赴任卒。歐陽修爲之作《徂徠石先生墓志》。參看《重讀〈徂徠集〉》。

〔一〕首四句謂張、李二人師事石介。《宋史·儒林傳》："石介有名山東。"又記其"丁父母憂，耕徂徠山下，……以《易》教授于家，魯人號介徂徠先生"。珉石：似玉之石。天璞：天然美玉之胚。

〔二〕四句言張續、李常雖係美材，但仍須磨煉陶冶，非石介所能私蓄。大圭：佩玉。《周禮·冬官·玉人》："大圭長三尺，杼上終葵首，天子服之。"礱(lóng)：磨礪。圭角：猶言鋒芒。韓愈《石鼎聯句》："磨礱去圭角，浸潤著光精。"這裏改"去"爲"出"，強調二人仍天璞未雕。褚橐：書囊。

〔三〕夜歸四句寫讀二人文章及感受，目光爲之一亮。熠爚(yí yuè)：光明貌。晉何晏《景福殿賦》："光明熠爚。"這裏形容微光閃爍。病眸：歐陽修有眼病，詩文中多提及。開緘：打開封口，指展讀文編。錯落：參互紛雜。

〔四〕以上八句贊揚文章的形式和内容，以爲二人不僅文詞堅實而且志趣卓越。質非俚：樸質而不流于鄙俗。古味：《禮記·樂記》記古代祭祀"尚玄酒而俎腥魚,大羹不和,有遺味者矣"。此指文章不用駢驪而内容充實。佛老:佛教和道教。《宋史·儒林傳》:"介爲文有奇氣,嘗患文章之弊,佛老爲蠹,著《怪説》《中國論》,言去此三者,乃可以有爲。"歐陽修亦著有《本論》等斥佛老。道教奉老子爲祖師,佛教在漢明帝時由西域傳入中國,已達千年。賊:侵害。禍福依憑:佛老都以能使人避禍趨福爲教義。犖(luò):明顯。

〔五〕當時朝廷正醞釀慶曆新政,范仲淹、韓琦、富弼、杜衍等相繼進用,所以此四句説張、李二人將有機會出仕。陽德:指正直的臣僚。羣陰:指邪惡的臣僚。剥:削弱。大烹:豐盛的食物。《易·鼎卦》:"而大烹以養聖賢。"列鼎:指陳列盛饌。劉向《説苑》:"累茵而坐,列鼎而食。"藜藿:野菜。其下原注:"一本有'先生在魯魯皆化,苟用于朝其利博'兩句。"

再至西都

伊川不到十年間,魚鳥今應怪我還〔一〕。浪得浮名銷壯節,羞將白髮見青山〔二〕。野花向客開如笑,芳草留人意自閑。却到謝公題壁處,嚮風清淚獨潺潺〔三〕。

慶曆四年(一〇四四)作。是歲四月,歐陽修奉命巡視河東路,途經洛陽。西都,即西京,指洛陽。題下原注:"一作《寄謝希深》。"

〔一〕歐陽修自景祐元年西京留守推官任滿離洛陽後,至此時已逾十年。當年在洛陽常游伊川、龍門,集中有《伊川泛舟》、《伊川獨游》等作,所以説十年後重游,當年相親的魚鳥亦應爲之驚喜。

〔二〕當時慶曆新政已推行,歐陽修在政治上受仁宗信任,文壇上名聲亦大著,但十多年來經歷亦多波折,二句曲折地反映了這種矛盾的心情。浪:徒然。壯節:壯烈的節操。《三國志·魏書·臧洪傳》:"陳登、臧洪,并有雄氣壯節。"

〔三〕謝公:謝絳,字希深,曾任河南府通判,已于康定元年去世。潺潺:水流不斷貌。

登絳州富公嵩巫亭示同行者

羣峯擁軒檻,竹樹陰漠漠,公胡苦思山,規構自心作〔一〕。惟予愛山者,初仕即京洛,嵩峯三十六,終日對高閣;陰晴無朝暮,紫氣常浮泊,雄然九州中,氣象壓寥廓;亦嘗步其巔,培塿視四嶽〔二〕。其後竄荆蠻,始識峽山惡,長江瀉天來,巨石忽開拓;始疑茫昧初,渾沌死鐫鑿,神功夜催就,萬仞成一削〔三〕。尤奇十二峯,隱見入冥邈,人踪斷攀緣,異物宜所託,顧瞻但徘徊,想像逢綽約〔四〕。嵩山近可愛,泉石吾已諾,終期友幽人,白首老雲壑;荆巫惜遐荒,詭怪杳難貌,至今清夜思,魂夢輒飛愕〔五〕。偶來玩茲亭,塵眼刮昏膜,況逢秋雨霽,濃翠新染濯,峯端上明月,且可留幽酌〔六〕。

慶曆四年作。富公即富弼。仁宗明道二年,范仲淹因諫阻廢郭皇后事被貶;時富弼亦上書争諫,因此出爲絳州(州治今山西新絳縣)通判。嵩巫亭在絳州絳守居園池内,係富弼所創建,以其地兼有嵩山、巫山之美而得名。此詩當作于歐陽修視察河東路任務完成後經絳州時。

〔一〕寫嵩巫亭建在叢山竹林中,見出富弼構築的苦心。

〔二〕歐陽修愛山,晚年在青州作《留題南樓二絶》也説:“須知我是愛山者,無一詩中不説山。”以上十句追述初官洛陽時對嵩山的傾倒。紫氣:祥瑞之氣,此指山嵐,意謂無論陰晴早晚,嵩山常爲山嵐籠罩。九州:指中國。《白虎通》:“中央之岳獨加嵩高字者何?中央居四方之中而高,故曰嵩高山。”壓寥廓:《詩・大雅・嵩高》:“嵩高維嶽,峻極于天。”步其巔:歐陽修于明道元年春秋兩次登嵩山。培塿:土堆。《晉書・劉元海載記》:“當爲崇岡峻阜,何能爲培塿乎。”四嶽:指東嶽泰山、西嶽華山、南嶽衡山和北嶽恒山。嵩山爲中嶽,此處極言其高,故視其他四嶽如土堆。

〔三〕八句寫巫山險惡雄奇,天造地設,鬼斧神工。竄荆蠻:指景祐三年貶謫夷陵,始見巫山及長江三峽。開拓:指三峽兩岸峭壁似爲從天而下的長江水所劈開。茫昧初:指天地開始形成之時。渾沌:清濁未分,喻洪荒時期。死鐫鑿:《莊子・應帝王》:“南海之帝爲儵,北海之帝爲忽,中央之帝爲渾沌。儵與忽時相遇于渾沌之地,渾沌待之甚善。儵與忽謀報渾沌之德,曰:人皆有七竅,以視聽食息,此獨無有,嘗試鑿之。日鑿一竅,七日而渾沌死。”此喻巫山、三峽爲天地開辟時鬼神所造。

〔四〕六句盛誇巫山奇險。巫山有十二峯,在瞿唐峽和巫峽之間,西陵峽的上游。歐陽修在夷陵實際上見不到巫山,這裏是想象之辭。陸游《入蜀記》:“過巫山凝真館,謁妙用真人祠,真人即世所謂巫山神女也。巫山峯巒上入霄漢,山脚直插江中,太華、衡、廬皆無此奇。然十二峯者不可悉見,所見八九峯,唯神女峯最爲纖麗奇峭,宜爲仙真所托。”宋玉有《高唐賦》,説楚懷王曾在這裏夢見神女。隱見:同“隱現”。冥邈:幽遠。異物:指鬼神。綽約:姿態柔美。白居易《長恨歌》:“樓閣玲瓏五雲起,其中綽約多仙子。”此指神女。

〔五〕以上八句比較嵩山、巫山的優劣,以爲嵩山地處中原,巫山遠在荒僻之地,故决定將來歸老嵩山。泉石:指嵩山的山水。梁沈約

《齊太尉徐公墓志》:"愛重琴棋,流連泉石。"諾: 以言許人曰諾。幽人: 隱士。齊孔稚圭《北山移文》:"或嘆幽人長往,或怨王孫不游。"白首: 晉潘岳《金谷集作詩》:"投分寄石友,白首同所歸。"

〔六〕結六句寫秋雨新晴,偶然登亭遠眺,周圍濃緑如經染洗,目光爲之豁然,遂欲留連至晚,在亭中飲酒賞月。

絳守居園池

嘗聞紹述絳守居〔一〕,偶來登覽周四隅。異哉樊子怪可吁,心欲獨出無古初,窮荒搜幽入有無,一語詰曲百盤紆,孰云己出不剽襲,句斷欲學《盤庚》書〔二〕。荒煙古木蔚遺墟,我來嗟祗得其餘: 柏槐端莊偉丈夫,蒼顔鬱鬱老不枯;靚容新麗一何姝,清池翠蓋擁紅蕖;胡髯虎搏豈足道,記録細碎何區區〔三〕。虙氏八卦畫河圖,禹湯臯陶暨唐虞,豈不古奥萬世模,嫉世姣巧習卑污,以奇矯薄駭羣愚,用此猶得追韓徒〔四〕。我思其人爲躊躇,作詩聊謔爲坐娱〔五〕。

此詩與《登絳州富公嵩巫亭示同行者》作于同時。題下原注:"一本上有'留題'字。"絳守居園池,據《平陽府志》,"在州治北,引鼓堆泉爲大池,中建洄漣亭,旁植竹木花柳。唐刺史樊宗師刻石記之。宋通判孫冲重刻記于石,仍爲之序。"園池因樊宗師《絳守居園池記》得名。樊記作於唐長慶三年(八二三)五月十七日,孫冲重刻石於宋景祐元年(一〇〇四)九月五日。歐陽修對樊宗師爲文險怪,是反對的。其《集古録・唐樊宗師絳守居園池記》云:"右《絳守居園池記》,唐樊宗師撰,或云此石宗師自書。嗚呼! 元和之際,文章之盛極矣,其怪奇至于如此。"

〔一〕紹述：樊宗師字。

〔二〕唐李肇《國史補》："元和(唐憲宗年號)之後文章，則學奇于韓愈，學澀于樊宗師。退之作樊墓志，稱其爲文不剽襲，觀《絳守居園池記》，誠然亦太奇澀矣。"樊宗師文奇澀險怪，殆不能讀，而韓愈在樊墓志中稱爲"不煩繩削而自合"，且在銘中說："惟古于詞必己出，降而不能乃剽賊，後皆指前公相襲，從漢迄今用一律。寥寥久哉莫覺屬，神徂聖伏道絶塞。既極乃通發紹述，文從字順各識職，有欲求之此其躅。"此很可能爲矯當時文弊而發。歐陽修對其"己出不剽襲"的評價殊不爲然，以上六句說樊苦求高古，實不過學《尚書·盤庚》的詰曲聱牙而已。句斷：即句逗。《盤庚》書：《尚書》有《盤庚》篇，序曰："盤庚(商朝的帝王)五遷，將治亳殷，民咨胥怨，作《盤庚》三篇。""《盤庚》書"下原注："一本有'《方言》《爾雅》不訓詁，幾欲舌譯從象胥'兩句。"

〔三〕八句寫廢園殘餘的景物，并譏《絳守居園池記》之不足稱道。樊記曾述及園中槐柏和牆上畫的虎搏豕、胡人馴豹等，原文爲："西南有門曰虎豹。左畫虎搏立。萬千力氣。底發。彘匿地。努肩腦口牙快抗。雹火雷風黑山震將合。右胡人鬅。黄帑累珠。丹碧錦襖。身刀囊靴撾綹。白豹玄斑。掌胛。意相得。東南有亭曰新。前舍曰槐。有槐屓護。蔚鬱蔭後頤。渠決決緣地西直。南折。廡赴。可宴可衙。又東騫渠曰望月。又東騫窮角池。研云曰柏。有柏蒼官青士。擁立與槐朋友。巉陰滄色……"(斷句據沈裕注本，樊文之不能卒讀，于此可見)靚(jīng)容：經過刻意打扮的容貌。翠蓋、紅蕖：指荷葉、荷花。胡：胡人，古代對西、北方少數民族的貶稱。鬅(péng)：髮亂貌。

〔四〕六句意謂八卦、河圖、《尚書》，雖然古奥，仍爲萬世楷模；而樊宗師由于痛恨當時浮靡的文風，却用險怪奇澀來矯正淺薄，以驚世駭俗，雖然不足爲訓，但仍得韓愈的稱賞。虙氏：即伏羲氏。八卦、河圖：《尚書·顧命》"天球河圖"傳："河圖、八卦，伏羲王天下，龍馬出河，遂則其文以畫八卦，謂之河圖。"禹：指《大禹謨》；湯：指

《湯誓》、《湯誥》;臯陁:指《臯陶謨》。陁,原注"一作'陶'。"唐:即陶唐氏,傳説中的遠古部落,堯乃其首領。此借指《堯典》。虞:即有虞氏,傳説中的遠古部落,舜乃其首領。此借指《舜典》。以上諸文均爲《尚書》篇章,文字極古奥。

〔五〕爲坐娱:爲座客娱樂。

水谷夜行寄子美聖俞

寒鷄號荒林,山壁月倒掛,披衣起視夜,攬轡念行邁〔一〕。我來夏云初,素節今已届,高河瀉長空,勢落九州外,微風動凉襟,曉氣清餘睡〔二〕。緬懷京師友,文酒邈高會,其間蘇與梅,二子可畏愛,篇章富縱横,聲價相磨蓋〔三〕。子美氣尤雄,萬竅號一噫,有時肆顛狂,醉墨灑滂沛;譬如千里馬,已發不可殺,盈前盡珠璣,一一難柬汰〔四〕。梅翁事清切,石齒漱寒瀨,作詩三十年,視我猶後輩;文詞愈清新,心意雖老大,譬如妖韶女,老自有餘態;近詩尤古硬,咀嚼苦難嘬,初如食橄欖,真味久愈在〔五〕。蘇豪以氣轢,舉世徒驚駭;梅窮獨我知,古貨今難賣〔六〕。二子雙鳳凰,百鳥之嘉瑞,雲煙一翱翔,羽翮一摧鎩,安得相從游,終日鳴噦噦〔七〕。問胡苦思之,對酒把新蟹〔八〕。

慶曆四年作。水谷:水谷口,在今河北完縣西北。歐陽修巡視河東路,歸途經水谷。題下原注:"一本題上有'補成'字。"是歲,梅堯臣解湖州監税任,至開封待調;蘇舜欽由范仲淹推薦,以集賢校理監進奏院。歐陽修在《六一詩話》中論及此詩,并謂:"聖俞、子美齊名于一時,而二家詩體特異：子美筆力豪俊，以超邁横絶爲奇；聖俞覃思精微，以深遠閑淡爲意。各極其長，雖善論者不能優劣也。”但也有人專爲蘇梅分高下，如宋魏泰《隱居詩話》：“蘇子美以詩得名，學書亦飄逸，然其詩以奔放豪健爲志；梅堯臣亦能詩，雖乏高致，而平淡有工。世謂之‘蘇梅’，其實正相反也。子美嘗自嘆曰：‘平生作詩被人比梅堯臣，寫字比周越，良可笑也。’周越爲尚書郎，在天聖、景祐間以書得名，輕俗不近古，無足取也。”

〔一〕四句寫旅途中天明前登程的景况。月倒掛：指月落。攬轡（pèi）：手挽韁繩，指乘馬。邁：遠。

〔二〕歐陽修于四月奉使離開封，回程時爲七月。六句寫秋日曉色。素節：秋天。梁元帝《纂要》：“秋節曰素節、商節。”高河：水谷口近唐河，但没有詩中描寫的氣勢，這裏似指天上銀河。

〔三〕邈：屈原《九章·懷沙》：“邈而不可慕。”畏愛：《禮記·曲禮》：“賢者狎而敬之，畏而愛之。”磨蓋：相磨相蓋，難分高下之意。

〔四〕子美：蘇舜欽字。《宋史·文苑傳》謂其“少慷慨有大志，狀貌怪偉。……好爲古文、歌詩，一時豪俊多從之游”。又謂其“時發憤懣于歌詩，其體豪放，往往驚人。善草書，每酣酒落筆，争爲人所傳”。宋龔明之《中吴紀聞》並記其佚事一則，頗能見其性格：“子美豪放，飲酒無算，在婦翁杜正獻（衍）家，每夕讀書，以一斗爲率。正獻深以爲疑，使子弟密察之。聞讀《漢書·張子房傳》，至良與客狙擊秦皇帝，誤中副車，遽撫案曰：‘惜乎擊之不中！’遂引一大白。又讀至良曰：‘始臣起下邳，與上會于留，此天以臣授陛下。’又撫案曰：‘君臣相遇，其難如此！’復舉一大白。正獻公知之，大笑曰：‘有如此下酒物，一斗誠不爲多也。’”萬竅號一噫：語出《莊子·齊物論》：“大塊噫氣，其名爲風，是唯無作，作則萬竅怒號。”殺：停頓。柬汰：選擇、淘汰。

〔五〕梅翁：梅堯臣，字聖俞，宣州宣城人。《宋史·文苑傳》謂其“工爲詩，以深遠古淡爲意，間出奇巧，初未爲人所知。……歐陽修與爲詩友，自以爲不及”。石齒漱寒瀨：形容梅詩“清切”，仿佛寒泉漱石，沁人心脾。妖韶：同"妖嬈"，嬌豔嫵媚。

〔六〕四句對比蘇、梅詩風。意謂蘇詩氣勢雄豪，快字凌紙，陵轢古今，屑屑于雕章琢句者不能領略，空自駭怪；梅詩古樸淡雅，仿佛珍貴的古代文物，衹有歐陽修能領會，而不爲世人賞識。

〔七〕六句並贊二人標格。意謂蘇梅二人才華相埒，而遭遇窮達不一，自己希望經常和他們一起詩酒唱和。雲煙一翱翔：指蘇舜欽當時官居清要。羽翮一摧鎩：指梅堯臣沉淪下僚、失職待調。噦噦(huì)：鸞鳳鳴聲。《詩·魯頌·泮水》："鸞聲噦噦。"此指歌詩唱和。

〔八〕説明寫此詩是對酒把蟹時對知友的思念。

讀蟠桃詩寄子美

韓孟于文詞，兩雄力相當〔一〕。篇章綴談笑，雷電擊幽荒，衆鳥誰敢和，鳴鳳呼其皇〔二〕。孟窮苦累累，韓富浩穰穰，窮者啄其精，富者爛文章；發生一爲宫，揫斂一爲商，二律雖不同，合奏乃鏘鏘〔三〕。天之産奇怪，希世不可常，寂寥二百年，至寶埋無光〔四〕。郊死不爲島，聖俞發其藏，患世愈不出，孤吟夜號霜；霜寒入毛骨，清響哀愈長，玉山禾難熟，終歲苦饑腸〔五〕。我不能飽之，更欲不自量，引吭和其音，力盡猶勉強，誠知非所敵，但欲繼前芳〔六〕。近者蟠桃詩，有傳來北方，發我衰病思，藹如得春陽。欣然便欲和，洗硯坐中堂，墨筆不能下，恍恍若有亡。老鷄嘴爪硬，未易犯其場，不戰先自却，雖奔未甘降〔七〕。更欲呼子美，子美隔濤江，其人雖憔悴，其志獨軒昂〔八〕。氣力誠當對，勝敗可交相，安得二子接，揮鋒兩交鋩；我亦願助勇，鼓旗噪其旁，快哉天下樂，一釂宜百觴〔九〕。乖離難會合，此志何由償〔一〇〕！

慶曆五年(一〇四五)作。慶曆四年八月，歐陽修受命任河北都轉運按察使，駐北京(故治即今河北大名縣)，由詩中“近者蟠桃詩，有傳來北方”句，可知此詩作于使河北時。《蟠桃詩》，梅堯臣的原詩和蘇舜欽的和詩，都已失傳。今《宛陵先生集》卷二十四有《讀蟠桃詩寄子美永叔》，文字與歐詩同，顯係編梅集者誤收。《歸田録》曾記此事謂：“聖俞自天聖中與余爲詩友，余嘗贈以蟠桃詩，有韓孟之戲，故至此(指嘉祐二年同知禮部貢舉)梅贈余云：‘猶喜共量天下士，亦勝東野亦勝韓。’”詩題“讀”字下原注：“一本有‘聖俞’字。”

〔一〕謂韓愈、孟郊才力匹敵，兩人唱和，必字字争勝，不肯稍讓。二句下原注：“一本有‘偶以怪自戲，作詩驚有唐’兩句。”

〔二〕長篇聯句創自韓愈，對後世影響很大。今韓愈集中有《同宿》、《納涼》、《秋雨》、《征蜀》、《城南》、《鬥鷄》等聯句詩，係韓孟二人所作。韓愈有《雙鳥詩》，喻自己和孟郊一鳴，萬物皆不敢出聲，歐陽修因以比之爲鳳凰和鳴。

〔三〕孟窮、韓富：韓愈有詩云“有窮者孟郊，受才實雄驁”；孟郊亦有詩云“詩骨聳東野(孟郊字)，詩濤涌退之(韓愈字)”。此謂二人稟賦、風格不同，合作即爲全美，實際借喻梅堯臣和蘇舜欽。宫、商：五音中的二音。《漢書·律曆志》：“宫，中也。居中央，暢四方，唱始施生，爲四聲綱。”故曰“發生”；又《禮記·月令》：“孟秋之月，其音商。”《禮記·鄉飲酒義》“秋之爲言愁也”注：“愁，讀爲揫；揫，斂也。”故曰“揫斂”。合奏：《易林》：“宫商既和，聲音相隨。”

〔四〕四句意謂奇才不世出，以致韓孟以後斯文寂寥二百餘年。歐陽修《蘇氏文集序》：“予嘗考前世文章政理之盛衰，而怪唐太宗致治幾乎三王之盛，而文章不能革五代之餘習。後百有餘年，韓(愈)李

(翱)之徒出,然後元和之文始復于古。唐衰兵亂,又百餘年而聖宋興,天下一定,晏然無事,又幾百年,而古文始盛于今。"至寶:喻韓孟文章。

〔五〕以上八句謂梅堯臣能繼承孟郊,但世無韓愈,不獲知音,故不遇于世。梅堯臣寄歐陽修詩有"竊比于老郊,深愧言過實"之句。島:賈島,和孟郊同時詩人,亦爲韓愈賞識。蘇軾曾評兩人的詩風爲"郊寒島瘦"。孤吟:歐陽修《梅聖俞詩集序》:"奈何使其老不得志,而爲窮者之詩,乃徒發于蟲魚物類羈愁感嘆之言?世徒喜其工,不知其窮之久而將老也。可不惜哉!"玉山禾:韓愈《駑驥》:"饑食玉山禾,渴飲醴泉流。"此句暗喻梅堯臣仕途多蹇。

〔六〕歐陽修曾多次薦舉梅堯臣,未獲成功;六句自歉詩才不敵,仍勉強唱和。"力盡猶勉強"下原注:"一本有'嗟我于韓徒,足未及其牆,而子得孟骨,英靈空北邙'四句。"前芳:指韓孟唱和的先例。

〔七〕老鷄四句以鬥鷄喻和詩。意謂梅堯臣《蟠桃詩》如老鷄嘴爪堅硬,非輕易能敵,自己雖然怯力退避,却不肯投降,借以引出下文希望蘇舜欽和作之意。韓愈《贈崔立之評事》:"子時專場誇觜距,余始張軍嚴韅靷。"場:鬥鷄場。奔:奔北、退避。

〔八〕以上由韓孟引入梅堯臣,此四句由梅引入蘇舜欽。慶曆四年秋,蘇舜欽在進奏院循例賽神宴會,以賣拆封廢紙錢充宴會費。由于他是慶曆新政主持者之一杜衍的女婿,被反對新政的御史王拱辰、劉元瑜所糾。十一月獄具,以監主自盜減死一等科斷,削職爲民,同時被黜的有十餘人,都是當時知名之士。這實際是反對慶曆革新的一場政治鬥争,所以當時舊黨有"一網打盡"之説。蘇舜欽被廢後,定居蘇州。蘇州在江南,故詩曰"隔濤江"。憔悴:指失意。

〔九〕以上八句意謂蘇梅才力匹敵,高下難分,希望蘇能和梅詩,自己亦可從旁助興。交相:指互有勝負。接:接戰,指和詩。鋩:刃。釂(jiào):乾杯。《禮記·曲禮》注:"盡爵曰釂。"

〔一〇〕乖離:指三人天各一方。二句慨嘆無由實現上述願望。

鷺　鷥

激石灘聲如戰鼓，翻天浪色似銀山。灘驚浪打風兼雨，獨立亭亭意愈閑〔一〕。

慶曆五年作。鷺鷥，即白鷺，一種捕食魚類的水鳥。此詩詠物，寓意很可能和當時的政治形勢有關。是歲正月，范仲淹、富弼、杜衍相繼罷相，慶曆新政的失敗已成定局。詩末或有故作寬慰意。作者慶曆八年並作有同題絶句一首，詩云："風格孤高塵外物，性情閑暇水邊身。盡日獨行溪淺處，青苔白石見纖鱗。"可與此詩合讀。

〔一〕亭亭：孤峻高潔貌。《後漢書・蔡邕傳》："和液暢兮神氣寧，情志泊兮心亭亭。"

寄秦州田元均

由來邊將用儒臣，坐以威名撫漢軍〔一〕。萬馬不嘶聽號令，諸蕃無事著耕耘〔二〕。夢回夜帳聞羌笛，詩就高樓對隴雲。莫忘鎮陽遺愛在，北潭桃李正氛氲〔三〕。

慶曆五年作。田元均，田況，字元均。是歲三月，田況由真定帥調任秦州（今甘肅天水市）知州，由歐陽修權知真定府事。

〔一〕宋代多以文人主持軍政，如寇準、范仲淹、韓琦等，都很著名。田況在任真定帥前官陝西宣撫副使，秦州亦係邊區，知州兼領軍政。《宋史》本傳謂“況寬厚明敏，有文武材。與人若無不可，至其所守，人亦不能移也。”

〔二〕諸蕃：指歸附定居的羌族。

〔三〕鎮陽：真定府治所，今河北正定縣。遺愛：指以仁政遺惠後人。《晉書·樂廣傳》：“廣所在爲政，無當時功譽，然每去職，遺愛爲人所思。”北潭：真定府著名的池苑。宋沈括《夢溪筆談》：“鎮陽池館之盛，冠于諸鎮，乃王鎔時海子園也。鎔嘗館李正威于此，亭館尚是舊物，皆甚壯麗。鎮人喜大言，矜大其池，謂之潭園，蓋不知昔嘗謂之海子矣。”氛氲：盛貌。二句頌田況政績。

自　　勉

引水澆花不厭勤，便須已有鎮陽春〔一〕。官居處處如郵傳，誰得三年作主人〔二〕。

慶曆五年作。歐陽修接任知真定府事後，自知不能久守其位，此詩題作“自勉”，實兼自嘲。詩以引水澆花爲喻，表示即使在任難久，也要勤于政事，盡力爲地方上做些好事。

〔一〕便須：時間副詞。

〔二〕郵傳：旅舍。三年：宋代地方官任期三年。

後潭游船見岸上看者有感

喧喧誰暇聽歌謳，浪繞春潭逐綵舟〔一〕。争得心如汝無事，明年今日更來游〔二〕。

慶曆五年作。題下原注："河朔之俗，不知嬉游。大名與真定以三月十八日爲行樂之日，其俗頗盛。"後潭即北潭、潭園，見《寄秦州田元均》詩注。

〔一〕二句寫岸上看者。謂人多聲雜，充耳不聞船上歌聲，衹是隨舟繞潭趕熱鬧而已。浪：不拘、任意。

〔二〕争得：同"怎得"。二句抒發慶曆新政失敗後詩人内心的焦慮。

班班林間鳩寄内

班班林間鳩，穀穀命其匹，迨天之未雨，與汝勿相失；春原洗新霽，緑葉暗朝日，鳴聲相呼和，應答如吹律〔一〕。深棲柔桑暖，下啄高田實，人皆笑汝拙，無巢以家室；易安由寡求，吾羡拙之佚，吾雖有室家，出處曾不一〔二〕。荆蠻昔竄逐，奔走若鞭抶，山川瘴霧深，江海波濤颶；跬步子所同，淪棄甘共没；投身去人眼，已廢誰復嫉；山花與野草，我醉子鳴瑟，但知貧賤安，不覺歲月忽〔三〕。還朝今幾年，官禄沾兒侄，身榮責愈重，器小憂常溢〔四〕。今年來鎮陽，留滯見春物，北潭新漲渌，魚鳥相聱耴；我意不在春，所憂空自咄，一官誠易了，報國何時畢〔五〕。高堂母老矣，衰髮不滿櫛，昨日寄書言，新陽發舊疾，藥食子雖勤，豈若我在膝；又云子亦病，蓬首不加髴〔六〕，書來本慰我，使我煩憂鬱。思家春夢亂，妄意占凶吉，却思夷陵囚，其樂何可述〔七〕。前年辭諫署，朝議不容乞，孤忠一許國，家事豈復恤，横身當衆怒，見者旁可慄〔八〕。近日讀除書，朝廷更輔弼，君恩優大臣，進退禮有秩；小人妄希旨，議論争操筆，又聞説朋黨，次第推甲乙〔九〕。而我豈敢逃，不若先自劾，上賴天子聖，未必加斧鑕；一身但得貶，羣口息啾唧，公朝賢彦衆，避路當揣質〔一〇〕。苟能因謫去，引分思藏密，還爾禽鳥性，樊籠免驚怵；子意其謂何，吾謀今已必。子能甘藜藿，我易解簪紱，嵩峰三十六，蒼翠争聳出，安得攜子去，耕桑老蓬蓽〔一一〕。

慶曆五年作。是時慶曆新政已失敗，反對者造爲朋黨擅權之説，于是范仲淹、富弼、杜衍、韓琦等相繼引嫌罷去。歐陽修曾上《論杜衍范仲淹等罷政事狀》，爲他們辨誣，更引起反對者的嫉恨。歐陽修亦自知不免，故在詩中表現了自劾歸田的思想。内，妻子。歐陽修先于天聖九年娶胥偃女，明道二年去世；景祐元年續娶楊大雅女，景祐二年去世；景祐四年又娶薛奎女，此即指薛氏夫人。

〔一〕八句以斑鳩鳴聲相和喻夫妻融洽起興。宋陸佃《埤雅》："鳩，陰則逐其婦，晴則呼之。語曰：天欲雨，鳩逐婦，既雨，鳩呼婦。"歐陽修《鳴鳩詩》："鳩呼婦歸鳴且喜，婦不亟歸鳴不已。"班：通"斑"。穀穀：斑鳩鳴聲。命其匹：呼其婦。匹：匹配，指雌鳩。吹律：樂聲相和。《尚書·舜典》："聲依永，律和聲。"

〔二〕八句因自己經歷，羨慕班鳩的安拙。拙：《禽經》"鳩拙而安"注："鳩，鳲鳩也。《方言》云：蜀謂之拙鳥，不善營巢，取鳥巢居之，雖拙而安處也。"佚：通"逸"，安樂。"不一"下原注："一本有'豈如鳴鳩樂，天性免乖咈'兩句。"

〔三〕以上十二句回憶貶夷陵時的生活，言當時雖然處境險惡，但遠離朝廷，無人嫉妒，家人團聚，不覺歲月迅速。竄逐：指被貶謫。奔走若鞭抶:《與尹師魯書》:“臨行,臺吏催苛百端,不比催師魯人長者有禮,使人惶迫不知所爲。”即可見當年被貶夷陵離開封時的狼狽情況。颶(yù):大風。跬(kuǐ)步:半步。子:指薛氏夫人。此句意謂與薛氏寸步不離。去人眼:謂不受人注意。廢:放廢,貶黜。忽:快,迅速。按:歐陽修貶夷陵時,還未娶薛氏,奉母同行;第二年三月,纔至許昌迎娶,九月同赴夷陵。

〔四〕歐陽修于慶曆元年調回開封,此後迅速升遷,官階由正七品宣德郎升至從五品上階朝散大夫,職務由館閣校勘升至河北都轉運按察使。宋代文官正六品朝奉郎以上,子侄可蔭補出仕。器:喻才器。魏吴質《與太子箋》:“器小易盈,先取沉頓。”憂常溢:“常憂溢”的倒語。以上四句敘還朝後心境。

〔五〕慶曆五年春,歐陽修至鎮陽接田況任,知真定府事。八句謂憂心國事,無暇顧及鎮陽春色。北潭:注見前。聱耴:《文選》左思《吴都賦》“魚鳥聱耴”李善注:“衆聲也。”咄(duō):嘆息。易了:易辦,指真定地方上的事務。報國:歐陽修是慶曆新政的積極參與者,想通過政治上的革新,改變宋朝積貧積弱的局面,所以爲新政失敗而憂心。

〔六〕以上八句寫收到家書,得悉母、妻均病,心中煩擾。不滿櫛:指年老頭髮稀疏,難以梳理。櫛:梳篦總稱。新陽:春天。《文選》謝靈運《登池上樓》:“初景革緒風,新陽改故陰。”李善注引《神農本草》:“春夏爲陽,秋冬爲陰。”藥食:藥品與食物,此指侍奉病人。在膝:謂子女在父母身邊。髴:婦女首飾。《易·既濟卦》“婦喪其茀”釋文:“子夏作髴。”

〔七〕二句謂今日公私憂迫,反不及被謫遠居夷陵時之樂。

〔八〕歐陽修十分重視諫職,在《與高司諫書》中説:“今足下家有老母,身惜官位,懼饑寒而顧利禄,不敢一忤宰相以近刑禍,此乃庸人之常情,不過作一不才諫官爾。”并在《與尹師魯書》中説:“師魯又云非忘親,此又非也。得罪雖死,不爲忘親。”歐陽修于慶曆三年始任諫官,韓琦在祭文中説:“公之諫諍,務傾大忠,在慶曆初,職司帝聰，顔有必犯，闕無不縫。”《神宗舊史本傳》也説：“執政皆修素所厚善，而修所言事，一意徑行，不以形迹嫌疑顧避。”六句自陳任諫職時公而忘私之狀。乞：乞身、辭職。慄：恐懼。

〔九〕新政失敗，范仲淹等罷相，賈昌朝等起用，諫官劉元瑜、錢明逸等更乘機紛紛上書言事，株連朋黨，攻擊參與新政人士。此八句指斥小人希旨生事。除書：任命官員的詔書。《漢書·景帝紀》“初除之官”注：“凡言除者，除故官就新官也。”輔弼：宰相。禮有秩：宋代宰相罷免後一般都出任地方官。當時范仲淹知邠州，富弼知鄆州，杜衍知兖州，韓琦知揚州。小人：指新政反對者章得象、陳執中、劉元瑜等。希旨：迎合在上者的意圖。次第：順序、依次。

〔一〇〕其時歐陽修自知不免，準備自劾罷官，八句即寫此種心情。但實際上他還是上了《論杜衍范仲淹等罷政事狀》，史稱“疏入不報，指修爲朋黨者益惡焉”。自劾：自己彈劾自己。斧鑕：鐵椹，古代一種處死的刑具，此指死罪。啾唧：細碎的聲音，此指小人的無端議論。避路：指退隱。晉阮籍《詣蔣公》：“方將耕于東皋之陽，輸黍稷之税，以避當塗者之路。”揣質：估量自己的資質、才能。

〔一一〕以上十二句寫自己退職歸隱决心已定。願與妻終老田園。引分：引咎。韓愈《瀧吏》：“官不自謹慎，宜即引分往。”禽鳥性：指自由不羈的天性。樊籠：借喻官場。“今已必”下原注：“一本有‘試思憂與樂，便可齊升黜’兩句。”必：决定，確立。甘藜藿：指滿足于貧賤的生活。藜藿：野菜，窮人的食物。解簪紱：辭官歸隱。簪，冠簪；紱，絲製纓帶，皆古時高官貴人的服飾。蓬蓽：蓬門蓽户，簡陋的草屋。

自河北貶滁州初入汴河聞雁

陽城淀里新來雁，趁伴南飛逐越船〔一〕。野岸柳黄霜正白，五更驚破客愁眠。

慶曆五年作。新政失敗後，歐陽修因上書爲范仲淹等辨誣，更爲新政反對者所惡。其時適歐甥女犯法，諫官錢明逸造爲曖昧之詞彈劾，下開封府獄論治，結果雖證明不實，仍于八月罷歐陽修河北都轉運使，貶知滁州，十月二十二日到任。滁州州治在今安徽滁縣。宋代汴河于河南滎陽北汴口引黄河水，經開封、應天府（今河南商丘）、宿州（今安徽宿縣），在泗州（今江蘇盱眙）入淮。

〔一〕陽城：今山西陽城縣。歐陽修這次旅程當沿沁水渡黄入汴。越船：春秋時越國疆域包括滁州一帶地方，故稱南下滁州之船爲越船。"趁伴南飛逐"下原注："一作'何事來隨南'。"

石篆詩 并序

某啓：近蒙朝恩守此州。州之西南有瑯琊山唐李幼卿庶子泉者，某在館閣時，方國家詔天下求古碑石之文，集于閣下，因得見李陽冰篆《庶子泉銘》〔一〕。學篆者云：陽冰之跡多矣，無如此銘者，常欲求其本而不得〔二〕，于今十年矣。及此來，已獲焉。而銘石之側，又陽冰别篆十餘字，尤奇于銘文，世罕傳焉。山僧惠覺指以示予，予徘徊其下，久之不能去。山之奇跡，古今紀述詳矣，而獨遺此字，予甚惜之，欲有所述，而患文辭之不稱思。予嘗愛其文而不及者，梅聖俞、蘇子美也。因爲詩一首，并封題墨本以寄二君，乞詩刻于石〔三〕。

寒巖飛流落青苔，旁斫石篆何奇哉！其人已死骨已朽〔四〕，此字不滅留山隈。山中老僧憂石泐，印之以紙磨松煤，欲令留傳在人世，持以贈客比瓊瑰〔五〕。我疑此字非筆畫，又疑人力非能爲。始從天地胚渾判，元氣結此高崔嵬，當時野鳥踏山石，萬古遺跡于蒼崖〔六〕。山祇不欲人屢見，每吐雲霧深藏埋；羣仙飛空欲下讀，常借海月清光來〔七〕。嗟我豈能識字法，見之但覺心眼開，辭慳語鄙不足記，封題遠寄蘇與梅。

慶曆五年作。歐陽修《集古録·唐李陽冰庶子泉銘》："右庶子泉銘，李陽冰撰并書。慶曆五年，余自河北都轉運使貶滁陽，屢至陽冰刻石處，未嘗不裴回其下。庶子泉昔爲流溪，今爲山僧填爲平地，起屋于其上。問其泉，則指一大井示余曰：此庶子泉也。可不惜哉！"今瑯琊山開化寺内有井泉，石碣題"庶子泉"。

〔一〕唐李幼卿庶子泉：唐獨孤及《瑯琊溪述》："隴西李幼卿，字長夫，以右庶子領滁州，而滁人之饑者粒，流者召，乃至無訟以聽。故居多暇日，常寄傲此山之下。因鑿石引泉，釃其流以爲溪，溪左右建上下坊，作禪房、琴臺以環之，探異好古故也。"館閣：景祐元年歐陽修官館閣校勘。李陽冰：中唐人，工篆書。同時舒元濟稱其篆法不下秦代李斯。

〔二〕跡：墨跡、拓本。本：拓本，即下文"墨本"。

〔三〕予嘗五句説明作詩緣由。歐陽修自謙文才不如梅堯臣、蘇舜欽，所以寫此詩并封寄拓本，希望兩人寫詩以便刻石。今《蘇舜欽集》有《和永叔瑯琊山庶子泉陽冰石篆詩》，《宛陵先生集》亦有《歐陽永叔寄瑯琊山李陽冰篆十八字并永叔詩一首欲予繼作因成十四韻奉答》。

〔四〕斲：雕琢。其人：指李陽冰。

〔五〕山中四句寫和尚以石篆拓文饋贈游客。泐(lè)：石頭風化剥蝕。

松煤：指墨。《洞天清録》："上古無墨，以竹梃點漆而書；中古以石磨汁；至魏晉始有墨丸，乃漆烟松煤夾和爲之。"瓊瑰：美玉。

〔六〕始從四句謂石篆非人力所爲，仿佛是野鳥留在山石上的爪跡。胚渾：《文選》郭璞《江賦》："類胚渾之未凝。"李善注："言雲氣杳冥，似胚胎渾混，尚未凝結。"判：分。野鳥踏山石：用《説文序》"黄帝之史倉頡，見鳥獸蹄迒之跡，知分理之可相别異也，初造書契"之意。

〔七〕山祇(qí)：山神。四句以山神護衛、羣仙珍視襯托石篆的珍奇。

永陽大雪

清流關前一尺雪，鳥飛不度人行絶〔一〕，冰連溪谷麋鹿死，風勁野田桑柘折。江淮卑濕殊北地，歲不苦寒常疫癘，老農自言身七十，曾見此雪纔三四。新陽漸動愛日輝，微和習習東風吹〔二〕。一尺雪，幾尺泥，泥深麥苗春始肥。老農爾豈知帝力，聽我歌此豐年詩〔三〕。

慶曆五年作。永陽爲滁州古稱。《唐書・地理志》："滁州永陽郡，武德三年析揚州置。"

〔一〕清流關：在滁州西北清流山上，南唐時置關，地極險要。鳥飛不度人行絶：唐柳宗元《江雪》："千山鳥飛絶，萬徑人蹤滅。"

〔二〕新陽：謝靈運《登池上樓》："初景革緒風，新陽改故陰。"愛日：冬日。《左傳》文公七年："趙衰，冬日之日也。"注，"冬日可愛。"唐宋璟《梅花》："愛日烘晴，明蟾凍夜。"習習：形容輕風吹拂。

〔三〕歐陽修《豐樂亭記》："民生不見外事，而安于畎畝衣食，以樂生送死。而孰知上之功德,休養生息,涵煦百年之深也。”帝力:古歌《擊壤歌》:“鑿井而飲,耕田而食,帝力何有于我哉!”

書王元之畫像側

偶然來繼前賢跡,信矣皆如昔日言:諸縣豐登少公事,一家飽暖荷君恩〔一〕。想公風彩常如在,顧我文章不足論,名姓已光青史上,壁間容貌任塵昏〔二〕。

慶曆六年(一〇四六)作。題下原注:“在瑯琊山。”王元之,王禹偁,字元之,宋初著名的古文家。宋太宗至道間(九九五—九九七)官滁州知州,有善政,滁人在瑯琊山立祠奉祀。

〔一〕原注:“公貶滁州謝上表云:諸縣豐登,苦無公事;一家飽暖,共荷君恩。”此謂自己在滁州爲官,情況與王禹偁所言完全相符。前賢:指王禹偁。王在滁州時,寫有不少詩篇,如《今冬》:“休思官職落青雲,且算今冬養病身。白紙糊窗堪聽雪,紅爐着火別藏春。旋篘官醞漂浮蟻,時取溪魚削白鱗。况是豐年公事少,爲郎爲郡似閑人。”故歐陽修引爲同調。

〔二〕末句原注:“畫像在瑯琊山。”王禹偁爲官以剛直敢言著稱,多次因言事貶官,宋真宗咸平間貶黄州時,曾作《三黜賦》以見志:“屈于身而不屈于道兮,雖百謫而何虧。”此謂祠堂壁上的畫像雖然日久暗淡,無妨于其人光被史册。青史:古代在竹簡上記事,因稱史書爲青史。杜甫《贈鄭十八賁》:“古人日以遠,青史字不泯。”

游瑯琊山

南山一尺雪，雪盡山蒼然，澗谷深自暖，梅花應已繁〔一〕。使君厭騎從，車馬留山前，行歌招野叟，共步青林間。長松得高蔭，盤石堪醉眠，止樂聽山鳥，携琴寫幽泉〔二〕。愛之欲忘返，但苦世俗牽，歸時始覺遠，明月高峰巔〔三〕。

慶曆六年作。東晉元帝以瑯琊王渡江，曾駐滁州，所以滁州溪山多瑯琊之名。歐陽修《醉翁亭記》："環滁皆山也。其西南諸峰，林壑尤美。望之蔚然而深秀者，瑯琊也。"

〔一〕南山：指瑯琊山。山在滁州西南，故云。繁：指花朵盛放。

〔二〕使君：漢以後對州郡長官的稱呼，此作者自謂。樂：音樂。寫：譜寫。歐陽修《幽谷晚飲》："山色已可愛，泉聲難久聽，安得白玉琴，寫以朱絲繩。"

〔三〕四句意謂山中景物使人流連忘返，但苦于世務的牽掛，不得不回；而在歸時始覺道遠(暗襯來時乘興，不覺道遠)，這時明月已上峰頂(言時已晚)。

春寒效李長吉體

東風吹雲海天黑，饑龍凍雲雨不滴，嗔雷隱隱愁烟白，宿露無光瑶草寂〔一〕。東皇染花滿春國，天爲花迷借春色,呼雲鎖日恐紅蔫,幾日春陰養花魄〔二〕。悠悠遠絮縈空擲,愁思織春挽不得〔三〕。高樓去天無幾尺,遠岫參差亂屏碧〔四〕。

慶曆六年作。李長吉即唐代詩人李賀,字長吉,作品以新奇瑰麗、幽詭險峭著稱。此詩構思、遣詞、造語等,均可亂真。

〔一〕四句寫春寒,密雲不雨。饑龍凍雲:《淮南子》"土龍致雨"許慎注:"湯遭旱,作土龍,以象雲從龍也。"此云龍饑餓,雲凍結,所以不下雨,構思頗奇特,宿露:昨夜的露水。

〔二〕東皇:司春之神。借春:預領春色。宋陳造《聞師文過錢塘》:"椒酒須分歲,江梅巧借春。"此似爲"惜春"之誤。紅:指春花。蔫:衰萎不振。養花魄:古人稱春陰爲養花天。《花品》:"牡丹開日,多輕雲微雨,謂之養花天。"

〔三〕二句意謂彌天飛舞的柳絮,仿佛要結成一張留春網,但春天是挽留不住的。思,原注:"一作絲"。

〔四〕遠岫:遠山。參差:高低錯落。意謂遠山高低不一,像雜亂放置的碧玉屏風。

啼　　鳥

窮山候至陽氣生,百物如與時節争,官居荒涼草樹密,撩亂紅紫開繁英〔一〕。花深葉暗耀朝日,日暖衆鳥皆嚶鳴,鳥言我豈解爾意,綿蠻但愛聲可聽〔二〕。南窗睡多春正美,百舌未曉催天明;黄鸝顔色已可愛,舌端啞咤如嬌嬰;竹林静啼青竹筍,深處不見惟聞聲;坡田繞郭白水滿，戴勝穀穀催春耕；誰謂鳴鳩拙無用，雄雌各自知陰晴；雨聲蕭蕭泥滑滑，草深苔緑無人行；獨有花上提葫蘆，勸我沽酒花前傾；其餘百種各嘲哳，異鄉殊俗難知名〔三〕。我遭讒口身落此，每聞巧舌宜可憎〔四〕。春到山城苦寂寞，把盞常恨無娉婷〔五〕，花開鳥語輒自醉，醉與花鳥爲交朋。花能嫣然顧我笑，鳥勸我飲非無情，身閒酒美惜光景，惟恐鳥散花飄零〔六〕。可笑靈均楚澤畔，離騷憔悴愁獨醒〔七〕。

慶曆六年作。貶滁州是歐陽修思想上一個轉捩點，以後的詩文中就很少有前此發揚踔厲的感情。梅堯臣在《和永叔啼鳥十八韻》詩中説："我居中土别無鳥，老鸛鸜鴿方縱横，教雛叫噪日羣集，豈有勸酒花下飲。願君切莫厭啼鳥，啼鳥于君無所營。"對歐遭誣被貶有所勸慰。

〔一〕四句寫滁州荒僻，春來官署中開遍野花。候：時令。一候五天，以百物(草木鳥獸)生長變化證驗節候。陽氣：《易·復卦》孔穎達注："冬至一陽生。"繁英：繁花。

〔二〕嚶鳴、綿蠻：鳥鳴聲。《詩·小雅·伐木》："嚶其鳴矣，求其友聲。"又《綿蠻》："綿蠻黄鳥，止于丘阿。"

〔三〕以上十六句描摹山地各類鳥的鳴聲。百舌：即烏鶇，鳴聲多變。唐韓偓《懶起》："百舌惱朝眠，春心動幾般。"黄鸝：即黄鶯、鶬鶊，毛羽鮮明，鳴聲宛轉。啞咤：象聲詞，鳥叫聲。嬌嬰：小女孩。《玉篇》女部引《蒼頡篇》："男曰兒，女曰嬰。"竹林：鳥名。宋蔡絛《西清詩話》："崇寧間有貢士自同谷來，籠一鳥，大如雀，曰此竹林鳥也。"郭：外城。戴勝：俗名山和尚，此指布穀鳥。布穀啼鳴時，長江流域正是插秧季節，故曰"坡田水滿"。鳩：斑鳩，不會營巢，故稱"拙"。參看《班班林間鳩寄内》詩注〔一〕。泥滑滑：即竹鷄，形如鷓鴣而略小，鳴聲如呼泥滑滑。梅堯臣《禽言四首·竹鷄》：

“泥滑滑,苦竹岡,雨蕭蕭,馬上郎。馬蹄凌兢雨又急,此鳥爲君應斷腸。”提葫蘆:鳥名。宋玉質《林泉結契》:“提壺蘆,身麻斑,如鴿而小,嘴彎,聲清重,初稍緩,已乃大激烈。”傾:乾杯。嘲哳:鳥鳴聲。柳宗元《苦竹橋》:“差池下烟日,嘲哳鳴山禽。”

〔四〕二句指被錢明逸誣陷貶官滁州事。讒口:讒佞者之中傷,誣陷之詞。《詩·小雅·十月之交》:“無罪無辜,讒口囂囂。”巧舌:花言巧語。唐盧仝《感古》:“蒼蠅點垂棘,巧舌成錦綺。”宜:實,殆。

〔五〕娉婷:美女,指官妓。宋代官府可以召官妓侑酒。《樂府詩集·春歌》:“娉婷揚袖舞,阿那曲身輕。”

〔六〕光景:風光景物。李白《越女詞》:“新妝蕩新波,光景兩奇絶。”

〔七〕靈均:屈原,字靈均。《史記·屈原列傳》:“屈平疾王聽之不聰也,讒諂之蔽明也,邪曲之害公也,方正之不容也,故憂愁幽思而作《離騷》。”又:“屈原至于江濱,被髪行吟澤畔,顔色憔悴,形容枯槁。漁父見而問之曰:‘子非三閭大夫歟,何故而至此?’屈原曰:‘舉世混濁,而我獨清;衆人皆醉,而我獨醒。是以見放。’”二句表面謂還不如及時行樂,實爲憤慨之語。

題滁州醉翁亭

四十未爲老,醉翁偶題篇,醉中遺萬物,豈復記吾年〔一〕,但愛亭下水,來從亂峯間,聲如自空落,瀉嚮兩檐前〔二〕。流入巖下溪,幽泉助涓涓,響不亂人語,其清非管弦〔三〕。豈不美絲竹,絲竹不勝繁,所以屢攜酒,遠步就潺湲。野鳥窺我醉,溪雲留我眠,山花徒能笑,不解與我言,惟有巖風來,吹我還醒然〔四〕。

慶曆六年作。醉翁亭在瑯琊山。歐陽修有《醉翁亭記》,是傳誦的名篇。記中説:“作亭者誰,山之僧智仙也。名之者誰,太守自謂也。太守與客來飲于此,飲少輒醉,而年又最高,故自號曰醉翁也。”

〔一〕四句叙命名醉翁的由來。歐陽修時年四十歲,實未爲老,後來在《贈沈遵》中説:“我時四十猶强力,自號醉翁聊戲客。”遺萬物:晉劉伶《酒德頌》:“兀然而醉,恍爾而醒,俯觀萬物,擾擾焉如江漢之浮萍。”遺:棄,亡失。《詩・小雅・谷風》“棄予如遺”,傳:“亡也。”

〔二〕亭下水:指瑯琊溪。兩檐前:指醉翁亭前。

〔三〕幽泉:指釀泉。《醉翁亭記》:“釀泉爲酒,泉香而酒洌。”涓涓:細流,也指溪水聲。晉陶潛《歸去來辭》:“泉涓涓而始流。”亂人語:擾亂人們談話。管弦:即“絲竹”,管樂和弦樂。

〔四〕《醉翁亭記》:“宴酣之樂,非絲非竹。”又《贈沈遵》:“翁歡不待絲與竹,把酒終日聽泉聲,有時醉倒枕溪石,青山白雲爲枕屏。花間百鳥唤不覺,日落山風吹自醒。”繁:繁蕪、雜亂。與上文泉聲的“清”相對。就:往、靠近。潺湲(chányuán):溪水緩流貌,此即指溪水。笑:形容花朵盛放,美豔動人。唐太宗《詠桃詩》:“嚮日分千笑,迎風共一香。”此詩寫寄性山林、託跡醉鄉,然于“還醒然”三字,却透出一絲不能忘情世事的哀愁。

幽　谷　泉

踏石弄泉流,尋源入幽谷。泉傍野人家〔一〕,四面深篁竹。溉稻滿春疇,鳴渠繞茅屋。生長飲泉甘,蔭泉栽美木。潺湲無春冬,日夜響山曲。自言今白首,未慣逢朱轂。顧我應可怪,每來聽不足〔二〕。

慶曆六年作。幽谷泉在滁州豐樂亭畔。歐陽修致韓琦書:“山州窮絶,比乏水泉。昨夏秋之初,偶得一泉于州城西南豐山之谷中,水味甘冷。因愛其山勢回抱,構小亭于泉側。”宋吕本中《紫薇雜記》:“歐陽修謫守滁上,明年得醴泉于醉翁亭東南隅。一日,會僚屬于州廨。有以新茶獻者,公敕吏汲泉,未至而汲者仆出水,且慮後期,遽酌他泉以進。公已知其非醴泉也,窮問之,乃得它泉于幽谷山下。”

〔一〕野人:百姓。《論語·先進》:“先進于禮樂,野人也;後進于禮樂,君子也。”劉寶楠正義:“野人者,凡民未有爵禄之稱也。”

〔二〕自言四句意謂山中老人自言生平很少見官,今見歐陽修流連泉畔,應該覺得可怪。朱轂:即朱輪。漢代太守乘朱輪車。《史記·陳餘列傳》:“令范陽令乘朱輪華轂,使驅馳燕趙郊。”

得滕岳陽書大誇湖山之美郡署懷物甚野其意有戀著之趣作詩一百四十言爲寄且警激之

峭巘孤城倚,平湖遠浪來,萬尋迷島嶼,百仞起樓臺〔一〕。太守憑軒處,羣賓奉笏陪,清霜薦丹橘,積雨過黄梅;逸思歌湘曲,遒文繼楚材,魚貪河岫樂,雲忘帝鄉回〔二〕。遥信雙鴻下,新緘尺素裁,因聞誇野景,自笑擁邊埃〔三〕。龍漠方多孽,旄頭久示災,旌旗時映日,鼙鼓或驚雷〔四〕。有志皆嘗膽,何人可鑿坏,儒生半投筆,牧豎亦輸財〔五〕。沮澤辭猶慢,蒲萄館未開,支離莫攘臂,天子正求才〔六〕。

慶曆六年作。滕岳陽即滕宗諒，字子京。他于慶曆二年知涇州時抗擊西夏有功，但事後被奏劾枉費公用錢。范仲淹曾爲之辯護："涇州無兵，賊已到渭州，宗諒起遣人户強壯數千人入城防守，時直苦寒，軍情愁慘，得宗諒管設，環慶路節次軍馬酒食薪柴并足，衆心大喜。雖未有大功，顯是急難可用之人，……如宗諒顯有欺隱入己及乖違大過，臣甘于宗諒同時貶黜。"後因卷入慶曆黨争，滕仍于慶曆四年貶知岳州。他在岳州重修岳陽樓，并請范仲淹作記，即傳世的《岳陽樓記》。

〔一〕四句寫岳州城倚山濱湖，洞庭湖中波濤萬頃，山巒隱現，湖畔岳陽樓聳立。應題中所云"湖山之美"。峭巘：陡峻的峯巒。尋：長度單位，八尺爲尋。仞：高度單位，七尺或八尺爲仞。

〔二〕以上八句應題中"郡署懷物甚野其意有戀著之趣"。太守：州郡長官。宋代知州職務略同漢唐太守，此指滕宗諒。羣賓：指州府僚屬。笏，也稱"手板"，古時官員用以指畫或記事的狹長板，多用玉、象牙或竹製成。薦：進。洞庭湖畔產橘，經霜後橘色變紅。黄梅：江南于梅熟時進入雨季，稱黄梅雨。湘曲：神話傳説湘水女神善鼓瑟。韓愈《送靈師》："四座咸寂默，杳如奏湘弦。"遒：剛勁。楚材：指楚辭作家屈原、宋玉等，岳州古屬楚地。《左傳》襄公二十六年："雖楚有材，晉實用之。"河岫樂：晉陸機《擬行行重行行》："王鮪懷河岫，晨風思北林。"帝鄉回：《莊子・天地》："乘彼白雲，至于帝鄉。"

〔三〕四句應題中"得滕岳陽書"。信中有沉湎湖山、鄙棄戎馬生涯之意。鴻：鴻雁，古人有雁足傳書之説，見《漢書・蘇武傳》。尺素：古代用絹帛書寫，故稱短箋爲尺素。晉王僧孺《詠擣衣》："尺素在魚腸，寸心憑雁足。"擁邊埃：指滕宗諒保衛涇州的戰鬥生活。涇州州治在今甘肅涇川縣，當時是邊區。擁：擁衛。《後漢書・虞延傳》："天下大亂，延常嬰甲冑，擁衛親族。"

〔四〕四句言國事未寧。當時西夏與契丹勾結，宋西北地區全面受到威脅，戰事不息，大戰正在醖釀中。龍漠：北方沙漠。齊謝朓《曲水宴詩》:“願馳龍漠,飲馬懸旌。”旄頭:《史記·天官書》:“昴爲旄頭,胡星也。”古人認爲昴宿特别明亮的時候,預兆戰争。鼙鼓:軍中戰鼓,此謂鼓聲如雷。

〔五〕四句意謂在此國家危急關頭,凡有志之士都應爲國出力,不容規避。嘗膽:春秋時,越王勾踐曾卧薪嘗膽,滅吴報仇。事見《史記·越王勾踐世家》。鑿坏:指隱遁。漢揚雄《解嘲》:“故士或自盛于橐,或鑿坏以遁。”注:“魯君聞顔闔賢,欲以爲相,使者往聘,因鑿後垣而亡。坏,壁也。”投筆:東漢班超曾投筆從戎。事見《後漢書·班超傳》。牧豎:牧童。

〔六〕四句意謂敵國囂張,國事未寧,皇帝正招納賢才,有才者不宜自逸。此暗喻滕仍將受重用,應題中“警激之”之意。沮澤:沼澤地。此指西夏、契丹。辭猶慢:語言不遜,不順服。蒲萄館:漢張騫出使西域,帶回蒲萄種,遍植長安,漢開蒲萄館以接待西域使者。支離:駝背病患者。《莊子·人間世》:“上徵武士,則支離攘臂而游于其間。”疏:“邊蕃有事徵求勇夫,殘病之人不堪征討,自得無懼,攘臂赴游,恃其無用,故不竄匿。”

謝判官幽谷種花

淺深紅白宜相間,先後仍須次第栽。我欲四時攜酒去,莫教一日不花開。

慶曆七年(一〇四七)作。蔡絛《西清詩話》:“歐公守滁陽,築醒心、醉翁兩亭于瑯琊幽谷,且命幕客謝某者雜植花卉其間。謝以狀問名品,公即書紙尾云……。其清放如此。”判官爲州署僚屬。

畫眉鳥

百囀千聲隨意移，山花紅紫樹高低。始知鎖嚮金籠聽，不及林間自在啼。

慶曆七年作。題下原注："一作郡齋聞百舌。"歐陽修于至和初作《書三絶句後》："前一篇，梅聖俞詠泥滑滑；次一篇蘇子美詠黄鶯；後一篇，余詠畫眉鳥。三人者之作也，出于偶然，初未始相知，及其至也，意輒同歸，豈非其精神會通遂暗合耶。自二子死，余殆絶筆于斯矣。翰林東閣書。"梅堯臣有《禽言》四首，其中《竹鷄》云："泥滑滑，苦竹崗；雨蕭蕭，馬上郎。馬蹄凌兢雨又急，此鳥爲君應斷腸。"蘇舜欽有《雨中聞鶯》："嬌騃人家小女兒，半啼半語隔花枝。黄昏雨密東風急，嚮此飄零欲泥誰？"三詩均託物抒情，寓人生坎坷，故曰"意輒同歸"。

贈無爲軍李道士二首（選一）

無爲道士三尺琴〔一〕，中有萬古無窮音。音如石上瀉流水，瀉之不竭由源深〔二〕。彈雖在指聲在意，聽不以耳而以心。心意既得形骸忘，不覺天地白日愁雲陰〔三〕。

慶曆七年作。歐陽修喜琴，亦善操琴，集中有不少聽琴之作。宋張端義《貴耳集》："歐陽《論琴帖》：爲夷陵令得一琴于河南劉璣，常琴也；後作舍人又得一琴，乃張粵琴也；後作學士又得一琴，蓋雷琴也。官愈昌，琴愈貴，而意愈不樂。在夷陵，青山緑水日在目前，無復俗累，琴雖不佳，意則自適；及作舍人、學士，日奔走于塵土間，聲利擾擾，無復清思，琴雖佳，意則昏雜，何由有樂趣？乃知在人不在琴，若心自適，無弦可也。”無爲軍，宋置縣名，縣治今安徽無爲縣。李道士，原注：“名景仙。”

〔一〕三尺琴：《琴操》：伏羲作琴，長三尺六寸六分。
〔二〕琴曲有“石上流泉操”，見《太平御覽》卷五七八引《琴歷》。
〔三〕二句形容聽琴出神的境界。形骸：指人的形體、軀殼。晉何劭《贈張華》：“奚用遺形骸，忘榮在得意。”

豐樂亭游春三首

緑樹交加山鳥啼，晴風蕩漾落花飛。鳥歌花舞太守醉〔一〕，明日酒醒春已歸。

春雲淡淡日輝輝，草惹行襟絮拂衣。行到亭西逢太守，籃輿酩酊插花歸〔二〕。

紅樹青山日欲斜，長郊草色緑無涯。游人不管春將老，來往亭前踏落花。

慶曆七年作。豐樂亭，慶曆六年歐陽修建。《豐樂亭記》記其事曰：“修既治滁之明年，夏，始飲滁水而甘。問諸滁人，得于州南百步之近。其上豐山聳然而特立，下則幽谷窈然而深藏，中有清泉滃然而仰出。俯仰左右，顧而樂之。于是疏泉鑿石，辟地以爲亭，而與滁人往游其間。”其《與梅堯臣書》又曰：“去年夏中，因飲滁水甚甘，問之，有一土泉，在城東百步許。遂往訪之，乃一山谷中，山勢一面高峯，三面竹嶺迴抱，泉上舊有佳木一二十株,乃天生一好景也。遂引其泉爲石池,甚清甘,作亭其上,號豐樂亭,亦宏麗。"

〔一〕太守:歐陽修自稱。《醉翁亭記》:"蒼顔白髮,頽然乎其間者,太守醉也。"

〔二〕籃輿:竹轎。酩酊:大醉。《晉書·山簡傳》:"日夕倒載歸,酩酊無所知。"插花歸:唐杜牧《九日齊山登高》:"塵世難逢開口笑,菊花須插滿頭歸。"

瑯琊山六題(選四)

歸雲洞〔一〕

洞門常自起烟霞,洞穴傍穿透溪谷。朝看石上片雲陰,夜半山前春雨足。

瑯琊溪〔二〕

空山雪消溪水漲,游客渡溪橫古槎〔三〕。不知溪源來遠近,但見流出山中花。

石屏路〔四〕

石屏自倚浮雲外,石路久無人跡行。我來攜酒醉其下,卧看千峯秋月明。

庶　子　泉〔五〕

庶子遺蹤留此地，寒巖徙倚弄飛泉〔六〕。古人不見心可見，一片清光常皎然。

慶曆七年作。寫瑯琊山勝跡。

〔一〕歸雲洞：據縣志，洞在開化寺後清風亭西。
〔二〕瑯琊溪：在瑯琊山中，匯合山間小溪而成。
〔三〕横古槎：指用枯木作渡橋。
〔四〕石屏路：攀登瑯琊山峯頂的山路。瑯琊山峯頂名南天門，舊有石牌坊，今已毁圮。由峯頂俯瞰，羣山起伏。
〔五〕庶子泉：在今開化寺内，由唐代左庶子李幼卿疏鑿得名。詩中“古人”即指李幼卿。注詳《石篆詩》。
〔六〕徙倚：留連徘徊。

重讀《徂徠集》

我欲哭石子，夜開徂徠編，開編未及讀，涕泗已漣漣。勉盡三四章，收淚輒欣歡，切切善惡戒，丁寧仁義言。如聞子談論，疑子立我前，乃知長在世，誰謂已沉泉〔一〕，昔也人事乖，相從常苦艱，今而每思子，開卷子在顔〔二〕。我欲貴子文，刻以金玉聯，金可爍而銷，玉可碎非堅；不若書以紙，六經皆紙傳，但當書百本，傳百以爲千；或落于四夷，或藏在深山，待彼謗焰熄，放此光芒懸〔三〕。人生一世中，長短無百年，無窮在其後，萬世在其先；得長多幾何，得短未足憐，惟彼不可朽，名聲文行然〔四〕。讒誣不須辨，亦止百年間，百年後來者，憎愛不相緣，公議然後出，自然見媸妍。孔孟困一生，毁逐遭百端，後世苟不公，至今無聖賢，所以忠義士，恃此死不難〔五〕。當子病方革，謗辭正騰喧，衆人皆欲殺，聖主獨保全；已埋猶不信，僅免斫其棺，此事古未有，每思輒長嘆〔六〕。我欲犯衆怒，爲子記此冤，下紓冥冥忿，仰叫昭昭天，書于蒼翠石，立彼崔嵬巔〔七〕。詢求子世家，恨子兒女頑，經歲不見報，有辭未能詮〔八〕。忽開子遺文，使我心已寬，子道自能久，吾言豈須鐫〔九〕。

慶曆七年作。慶曆六年歐陽修作有《讀徂徠集》，故此詩題曰“重讀”。《徂徠集》石介所著。石介生平詳見《讀張李二生文贈石先生》題解及詩注。他曾作《怪説》三篇，抨擊西崑體曰：“窮妍極態，綴風月，弄花草，淫巧侈麗，浮華纂組，其爲怪大矣。”他又是慶曆新政的積極支持者，慶曆五年七月去世，死後仍被誣陷交通契丹，幾罹開棺驗尸之禍。此詩特别致意于“謗辭”，一定程度上與歐陽修自己的遭遇有關。宋代言風之弊，正如清初王夫之《宋論》所謂：“其大端有四：曰謀爲叛逆，曰詛咒誹謗，曰内行不修，曰暗通賄賂……王拱辰之以陷蘇舜欽、摇杜衍也……夏竦之以陷石介及富弼也……蔣之奇之以陷歐陽修也……于國計無與也，于官箴無與也，于吏治無與也。”

〔一〕以上十二句寫讀石介遺文，如聞其聲，如見其人。石子：石介。子：古代對男子的美稱。涕泗：涕淚。《詩·陳風·澤陂》：“寤寐無爲，涕泗滂沱。”漣漣：垂淚貌。《詩·衛風·氓》：“不見復關，泣涕漣漣。”切切：責勉。《論語·子路》“切切偲偲”注：“相切責之貌。”丁寧：同“叮嚀”。沉泉：死亡。泉：黄泉、地下。

〔二〕乖：乖違、不如意。在顔：謂就在眼前，對面相晤。

〔三〕以上十二句意謂著作能流傳不滅，石介的精神將重見光芒。歐陽修《徂徠石先生墓志銘》："友人廬陵歐陽修哭之以詩，以謂待彼謗焰熄，然後先生之道明矣。"六經：儒家的六部經典，即《詩》、《書》、《禮》、《樂》、《易》和《春秋》。四夷：古代稱中原以外的四境。藏在深山：用《史記・太史公自序》"藏之名山"之意。光芒懸：唐韓愈《調張籍》："李杜文章在，光焰萬丈長。"

〔四〕歐陽修《送徐無黨南歸序》："草木鳥獸之爲物，衆人之爲人，其爲生雖異，而爲死則同，一歸于腐壞、澌盡、泯滅而已。而衆人之中有聖賢者，固亦生且死于其間，而獨異于草木鳥獸衆人者，雖死而不朽，逾遠而彌存也。其所以爲聖賢者，修之于身，施之于事，見之于言，是三者所以能不朽而存也。"彼：指上文"仁義言"。文行：文章德行。《論語・述而》："子以四教，文行忠信。"此句意謂名聲是由文章德行造成的。

〔五〕以上六句言孔孟爲實現自己的主張，奔波道路，游説諸侯，一生困頓，當時備受毁逐，然後世被尊爲聖賢，可證公議不滅，故忠義之士不憚成仁取義。

〔六〕據《宋史・石介傳》載，新政失敗後，介"不自安，求出通判濮州，未赴卒。會徐狂人孔直温謀反，搜其家得介書。夏竦銜介甚，且欲中傷杜衍等，因言介詐死北走契丹，請發棺以驗。詔下京東訪其存亡。衍時在兖州，以驗介事語官屬，衆不敢答。掌書記龔鼎臣願以闔族保介必死。……提點刑獄吕居簡亦曰：'發棺空，介果走北，孥戮非酷；不然，是國家無故剖人冢墓，何以示後世？且介死必有親族門生會葬及棺斂之人，苟召問無異，即同具軍令狀保之，亦足應詔。'于是衆數百保介已死，乃免斫棺，子弟羈管他州。"以上八句即詠此事。革(jí)：病重。《禮・檀弓》："夫子之病革矣。"

〔七〕六句意謂準備爲石介的遭遇撰文刻石，以申其寃。治平二年(一〇六五)歐陽修始爲石介作墓志。紓：解除。

〔八〕四句謂作墓志須臚述死者的家世，因當時石介子女被連累"羈管他州"，未能提供資料，故未下筆。頑：鈍，謂反應緩慢。報：答復。詮：闡釋、記述。

〔九〕鐫(juān)：刻，指墓志刻石。

滄浪亭

子美寄我滄浪吟，邀我共作滄浪篇，滄浪有景不可到，使我東望心悠然〔一〕。荒灣野水氣象古，高林翠阜相回環，新篁抽筍添夏影，老枿亂發争春妍，水禽閑暇事高格，山鳥日夕相啾喧。不知此地幾興廢，仰視喬木皆蒼烟，堪嗟人跡到不遠，雖有來路曾無緣。窮奇極怪誰似子，搜索幽隱探神仙，初尋一徑入蒙密，豁目異境無窮邊。風高月白最宜夜，一片瑩淨鋪瓊田，清光不辨水與月，但見空碧涵漪漣〔二〕。清風明月本無價，可惜祇賣四萬錢，又疑此境天乞與，壯士憔悴天應憐〔三〕。鴟夷古亦有獨往，江湖波濤渺翻天，崎嶇世路欲脱去，反以身試蛟龍淵；豈如扁舟任飄兀，紅渠渌浪摇醉眠〔四〕。丈夫身在豈長棄，新詩美酒聊窮年，雖然不許俗客到，莫惜佳句人間傳〔五〕。

慶曆七年作。滄浪亭，原注："一本上云'寄題子美'。"蘇舜欽被放廢後，定居蘇州，建滄浪亭，有《滄浪亭記》記其事。其亭至今仍爲蘇州名勝。

〔一〕東望：蘇州在滁州東。悠然：憂思深長貌。《詩·邶風·終風》："莫往莫來，悠悠我思。"

〔二〕以上十八句爲根據《滄浪亭記》懸擬的滄浪亭景色。《滄浪亭記》："一日過郡學，東顧草樹鬱然，崇阜廣水，不類乎城中。並水得微徑于雜花修竹之間,東趨數百步,有棄地,縱廣合五十六尋,三嚮皆水也。杠之南,其地益闊,旁無民居,左右皆林木相虧蔽。訪諸舊老,云錢氏有國,近戚孫承祐之池館也。坳隆勝勢,遺意尚存。予愛而徘徊,遂以錢四萬得之,構亭北碕,號滄浪也。前竹後水,水之陽又竹,無窮極,澄川翠干,光影會合于軒户之間,尤與風月爲相宜。予時榜小舟,幅巾以往,至則灑然忘其歸。箕而浩歌,踞而仰嘯,野老不至,魚鳥共樂,形骸既適而神不煩,觀聽無邪則道以明,返思向之汩汩榮辱之場,日與錙銖利害相磨戛,隔此真趣,不亦鄙哉。"阜:土山。篁:竹。枿:樹木被砍伐後新抽出的枝條。子:指蘇舜欽。瓊田:玉田,形容月光下的大地。空碧涵漪漣:形容水天相映、泛波成趣。蘇軾《宿望湖樓》:"娟娟到湖上,瀲瀲摇空碧。"句下原注:"一有'姑蘇臺邊人響絶,夜静往往聞鳴船'兩句。"

〔三〕以上四句意謂上天同情其不幸,將這個地方給了他。本無價:李白《襄陽歌》:"清風朗月不用一錢買,玉山自倒非人推。"乞與:給與。《左傳》昭公十六年"毋或丐奪"疏:"乞之與丐,一字也。取則入聲,與則去聲也。"壯士:指蘇舜欽。

〔四〕以上六句意謂春秋時范蠡隱遁海上,多有風波之險,遠不如在江南水鄉蕩舟之安全舒適。鴟夷:《史記·越世家》:"范蠡浮海出齊,變姓名,自號鴟夷子皮。"索隱:"韋昭曰:鴟夷,革囊也;或曰生牛皮也。"獨往:指隱居。《淮南子·精神訓》:至人"抱素守精,蟬蜕蛇解,游于太清,輕舉獨往,忽然入冥"。飄兀:飄蕩。兀:摇動。

〔五〕長棄:蘇舜欽當時被削除官籍,其罰比一般貶謫爲重,故曰"長棄"。窮年:盡年,過日子。韓愈《進學解》:"焚膏油以繼晷,恒兀兀以窮年。"不許俗客到:孔稚圭《北山移文》:"請回俗士駕,爲君謝逋客。"人間:人世間,這裏把滄浪亭比作世外桃源。

新霜二首

天雲慘慘秋陰薄,卧聽北風鳴屋角,平明驚鳥四散飛，一夜新霜羣木落，南山鬱鬱舊可愛，千仞巉巖如刻削〔一〕。林枯山瘦失顏色，我意豈能無寂寞，衰顏得酒猶强發，可醉豈須嫌酒濁〔二〕。泉傍菊花方爛漫，短日寒輝相照灼〔三〕。無情木石尚須老，有酒人生何不樂〔四〕。

荒城草樹多陰暗〔五〕。日夕霜雲意濃淡。長淮漸落見洲渚，野潦初清收瀲灧〔六〕。蘭枯蕙死誰復弔，殘菊籬根争艷艷，青松守節見臨危，正色凛凛不可犯，芭蕉芰荷不足數，狼藉徒能污池檻〔七〕。時行收斂歲將窮，冰雪嚴凝從此漸〔八〕。咿呦兒女感時節，愛惜朱顏屢窺鑒，惟有壯士獨悲歌，拂拭塵埃磨古劍〔九〕。

慶曆七年作。此二詩反映作者貶謫中思潮的起伏，意韻幽折，耐人尋味。

〔一〕秋陰薄：秋天陰氣逼人。薄：侵入。《荀子・天論》："寒暑未薄而疾。"平明：天剛亮。南山：指瑯琊山，連下"千仞"句，意謂南山霜後草木凋零，山石顯露，改變了以前鬱鬱葱葱的舊貌。歐陽修另有《秋聲賦》："蓋夫秋之爲狀也，其色慘淡，烟霏雲斂；其容清明，天高日晶；其氣慄冽，砭人肌骨；其意蕭條，山川寂寥。"可與此六句參讀。

〔二〕歐陽修《醉翁亭記》："醉翁之意不在酒，在乎山水之間也。"瑯琊山春夏間景色秀美，如今山林蕭瑟，衹能用酒來解寂寞了。發：顯現，指酒後臉色發紅。蘇軾《海南詩》："兒童誤喜朱顏在，一笑方知是酒紅。"義同。

〔三〕泉：滁州瑯琊山有幽谷泉、釀泉，是作者常游之地。短日寒輝：指深秋的日光。秋後晝短夜長，因稱短日。

〔四〕《秋聲賦》："草木無情，有時飄零；人爲動物，惟物之靈，百憂感其心，萬事勞其形，有動于中，必揺其精。"二句意謂草木山石猶受風侵雨蝕而逐漸蒼老,對于有感情的人來説,何不借酒行樂!

〔五〕荒城:指滁州。

〔六〕長淮漸落:指淮河水位降低。見:顯現。洲渚:水中小島。野潦:田野裏的積水。宋玉《九辯》:"泬寥兮天高而氣清,寂寥兮收潦而水清。"唐王勃《滕王閣序》:"時惟九月,序屬三秋,潦水盡而寒潭清,烟光凝而暮山紫。"

〔七〕以上六句寫深秋各種花木的不同景況,當有寓意。如蘭枯蕙死,似喻知友蘇舜欽的被除名與尹洙于慶曆六年去世。蘭枯:《藝文類聚》卷八一引《文子》:"叢蘭修發,秋風敗之。"殘菊:蘇軾《贈劉景文》:"荷盡已無擎雨蓋,菊殘猶有傲霜枝。"青松守節:梁范雲《詠寒松》:"修條拂層漢,密葉帳天潯,凌風知勁節,負霜見直心。"芰:水生植物,其實爲菱。

〔八〕時行收斂:《荀子·王制》"秋收冬藏",此謂時令由秋而冬,由霜而冰雪。歲將窮:一年將盡。

〔九〕四句謂平常青年男女對鏡感秋,擔心年華早逝,而壯士卻因而悲歌奮發,拂塵磨劍。咿呦:人語聲。韓愈《征蜀聯句》:"迫脅聞雜驅,咿呦叫冤跀。"鑒:鏡子。壯士悲歌:《史記·刺客列傳》:荆軻由燕入秦,渡易水,高漸離擊筑,荆軻和而歌:"風蕭蕭兮易水寒,壯士一去兮不復還。"磨古劍:賈島《劍客》:"十年磨一劍,霜刃未曾試;今日把示君,誰爲不平事。"末二句透露了作者壯心未泯,仍然希望有所作爲。

懷嵩樓晚飲示徐無黨無逸

滁山不通車,滁水不載舟,舟車路所窮,嗟誰肯來游〔一〕。念非吾在此,二子來何求?不見忽三年,見之忘百憂。問其别後學,初若繭緒抽,縱横漸組織,文章爛然浮；引伸無窮極，卒斂以軻丘，少進日如此，老退誠可羞〔二〕。弊邑亦何有，青山繞城樓，泠泠谷中泉，吐溜彼山幽，石醜駭溪怪，天奇瞰龍湫〔三〕。子初如可樂，久乃嘆以愀，云此譬圖畫，暫看已宜收〔四〕。荒涼草樹間，暮館城南陬，破屋仰見星，窗風冷如鎪；歸心中夜起，輾轉卧不周〔五〕。我爲辦酒肴，羅列蛤與蛑，酒酣微探之，仰笑不領頭〔六〕。曰予非比儂，又不負譴尤，自非世不容，安事此爲囚？幸以主人故，崎嶇幾摧輈，一來勤已多，而況欲久留〔七〕。我語頓遭屈，顔慚汗交流。川途冰已壯，霰雪行將稠，羡子兄弟秀，雙鴻翔高秋，嗈嗈飛且鳴，歲暮憶南州〔八〕。飲子今日歡，重我明日愁，來貺辱已厚，贈言愧非酬〔九〕。

慶曆七年作。題下原注："一本作'奉和徐生見示懷嵩樓晚飲'，一本無'見示'字。"懷嵩樓，宋王禹偁《北樓感事》詩序："唐朱崖李太尉衛公（德裕）爲滁州刺史，作懷嵩樓，取懷歸嵩洛之意也。衛公自爲之記。"徐無黨、無逸，兄弟倆，曾從歐陽修學古文辭。徐無黨後爲歐陽修《新五代史》作過注。

〔一〕四句即《豐樂亭記》"今滁介于江淮之間，舟車商賈、四方賓客所不至"意。

〔二〕以上十句以蠶繭抽絲織成錦綉喻别後二人文章學業大進，自愧落後。三年：慶曆四年歐陽修在絳州曾與徐無黨同游嵩巫亭，至此已三年。緒：絲頭。《説文》段玉裁注："抽絲者得緒則可引。"文章：指花紋。卒斂：歸結。軻丘：孟軻、孔丘。歐陽修强調學業應以道爲本，文爲末，故于"文章爛然浮"後接言"卒斂于軻丘"。在至和元年所作《送徐無黨南歸序》中，仍告誡説："今之學者，莫不慕古聖賢之不朽，而勤一生以盡心于文字間者，皆可悲也。”

〔三〕六句寫滁州風物。弊邑：通“敝邑”，自己所在地的謙稱。《左傳》成公二年：“子以君師辱于敝邑。”泠泠：泉水聲。此指幽谷泉。《湘中記》：“衡山有懸泉，滴瀝巖間，泠泠如弦。”吐溜：指水流奔瀉。石醜：指菱溪石，歐陽修有《菱溪石記》及《菱溪大石》詩。龍湫不知何指，或即瑯琊山開化寺佛殿。

〔四〕自“子初”句下寫徐無黨兄弟的思想談吐，均爲歐陽修擬想之詞，借以抒自己幽居之憤。愀：憂懼貌。四句意謂二人初到滁州，覺得風景新奇可喜，日久天長就厭倦了，以爲這仿佛圖畫，看過後該收起來。《醉翁亭記》曰：“四時之景不同，而樂亦無窮也。”此故反其意。

〔五〕以上六句寫二人因滁州簡陋落寞，引起歸鄉之思。陬：隅、角落。鎪：雕刻，形容寒風刺骨。中夜：半夜。曹植《美女篇》：“盛年處房室，中夜起長嘆。”輾轉：心有所思，卧不安席貌。《詩・周南・關雎》：“悠哉悠哉，輾轉反側。”

〔六〕蛤與蝤：蛤蜊和蝤蛑（蟹），都是當地水産。微探之：婉言探詢。頷頭：點頭。以上四句寫置酒餞别。

〔七〕以上八句爲二人回答。意謂自己不比對方，不負什麽罪責，何必在此受拘囚；爲了歐陽修的緣故，纔長途跋涉到這裏來，一次已經够勞苦的了，如何能長期在這裏。譴尤：指因罪貶謫。囚：拘禁。主人：指歐陽修。摧輈：摧折車轅。孟郊《殺氣不在邊》：“道險不在山，平地有摧輈。”勤：辛勤、勞苦。

〔八〕六句用秋雁南飛，比喻二人南歸。冰已壯：《禮記・月令》：“仲冬之月，……冰益壯，地始坼。”霰：原注：“一作霜。”嗈嗈：鳥鳴聲。宋玉《九辯》：“雁嗈嗈而南游兮。”此以秋雁喻二人南歸。南州：指婺州永康（今浙江永康縣），徐無黨兄弟的家鄉，在滁州之南。

〔九〕貺（kuàng）：贈予，此指訪問。辱：屈辱。

别　滁

花光濃爛柳輕明，酌酒花前送我行。我亦且如常日醉，莫教弦管作離聲。

慶曆八年(一〇四八)作。是歲閏正月作者由滁州徙知揚州，于二月二十二日到任。此詩作于滁州餞别時。

贈　歌　者

病客多年掩緑尊〔一〕，今宵爲爾一顔醺。可憐玉樹庭花後，又嚮江都月下聞〔二〕。

慶曆八年作。時歐陽修在揚州。

〔一〕病客：歐陽修自謂。掩緑尊：戒酒。緑尊：酒杯。

〔二〕玉樹庭花後：即《玉樹後庭花》，陳後主作，被視爲亡國之音。杜牧《泊秦淮》："商女不知亡國恨，隔江猶唱後庭花。"江都：《元豐九域志》："淮南道揚州廣陵郡，治江都縣。"

青松贈林子

青松生而直，繩墨易爲功；良玉有天質，少加磨與礱〔一〕。子誠懷美材，但未遭良工；養育既堅好，英華充厥中〔二〕。于誰以成之，孟韓荀暨雄〔三〕。

慶曆八年作。林子：林國華，當時官秘書省校書郎。

〔一〕四句意謂青松、良玉，雖有好的天質，仍須加以繩墨磨礱。青松：《太平御覽》卷九五三引王隱《晉書》："庾凱見和嶠曰：森森如千丈松，雖磥砢多節目，施之大廈，梁棟之用。"繩墨：《離騷》"背繩墨以追曲兮"王逸注："繩墨所以正曲直。"磨：《詩·衛風·淇奧》"如琢如磨"注："治玉曰琢，石曰磨。"礱：《説文》段玉裁注："以石磨物曰礱。"

〔二〕子誠四句謂林國華資質優良，但未經良工陶冶，宜加強修養。歐陽修《與樂秀才書》："竊讀足下之所爲高健，志甚壯而力有餘，譬夫良駿之馬，有其質矣。使駕大輅而王良馭之，節以和鑾而行大道，不難也。"又："然聞古人之于學也，講之深而信之篤，其充于中者足，而後發乎外者大以光。"厥：其。

〔三〕孟、韓、荀、雄：孟軻、韓愈、荀況、揚雄。歐陽修推崇他們的道和文，以爲可作學習榜樣。《答吴充秀才書》也説："先輩之文浩乎沛然，可謂善矣，而又志于爲道，猶自以爲未廣，若不止焉，孟荀可至而不難也。"于：從。劉琪《助字辨略》引《史記·周本紀》"周于秦"，云："于秦，猶云從秦。"

行次壽州寄内

紫金山下水長流，嘗記當年此共游〔一〕。今夜南風吹客夢，清淮明月照孤舟。

皇祐元年(一〇四九)作。是歲元月,歐陽修由揚州徙知潁州(州治今安徽阜陽市),三月十三日抵潁。詩作于沿淮赴任途經壽州(州治今安徽鳳臺縣)時。行次:途經,旅途中臨時停留。内,妻子。

〔一〕紫金山:在今安徽鳳臺縣和壽縣間,濱臨淮河。當年:似指慶曆五年由河北貶滁州時,經汴河、潁水入淮,攜眷經過壽州。

答通判吕太博

千頃芙蕖蓋水平〔一〕,揚州太守舊多情。畫盆圍處花光合,紅袖傳來酒令行〔二〕。舞踏落暉留醉客,歌遲檀板换新聲〔三〕。如今寂寞西湖上,雨後無人看落英〔四〕。

皇祐元年初至潁州作。吕太博,吕公著,時以太常博士通判潁州。宋張邦基《墨莊漫録》:"公(歐陽修)知潁州時,吕公著爲通判,爲人有賢行,而深自晦默,時人未甚知,公後還朝力薦之。"宋葉夢得《避暑録話》:"歐陽文忠公在揚州,作平山堂,壯麗爲淮南第一。堂據蜀岡,下臨江南數百里,真、潤、金陵三州隱隱若可見。公每暑時,輒凌晨攜客往游,遣人走邵伯取荷花千餘朵,插百許盆,與客相間。遇酒行,即遣妓取一花傳,客以次摘其葉,盡處以飲酒,往往侵夜戴月而歸。"詩即寫其事。

〔一〕句下原注:"邵伯(湖名,在江蘇江都縣東北)荷花四望極目。"芙蕖:即荷。《詩·陳風·澤陂》"有蒲與荷"傳:"荷,芙蕖也。"
〔二〕句下原注:"予嘗采蓮千朵,插以畫盆,圍繞坐席。又嘗命坐客傳花,人摘一葉,葉盡處飲,以爲酒令。"紅袖:指侑酒的歌妓。
〔三〕檀板:伴奏的檀木拍板。唐杜牧《自宣州赴官入京路逢裴坦判官歸宣州因題贈》:"畫堂檀板秋拍碎,一飲有時聯十觥。"

〔四〕二句想象自己離開揚州後荷花寂寞,無人欣賞。西湖:指揚州瘦西湖。落英:落花。

西湖戲作示同游者

菡萏香清畫舸浮,使君寧復憶揚州〔一〕?都將二十四橋月,换得西湖十頃秋〔二〕。

皇祐元年作。題下原注:"一作《初泛西湖》。"宋趙令時《侯鯖録》:"歐公自揚州移汝州(應作"潁州"或"汝陰"),作《西湖詩》云……後東坡復自汝移揚,作詩曰:'二十四橋亦何有,换此十頃玻璃風。'用歐公詩也。"

〔一〕菡萏香清:原注:"一作'緑芰紅蓮'。"菡萏:荷花。《爾雅·釋草》:"荷,芙蕖;其花菡萏。"使君:歐陽修自謂。寧:豈、難道。原注:"一作'不'。"潁州西湖多荷花,極爲歐陽修賞愛。歐陽修又有《采桑子》詞曰:"荷花開後西湖好,載酒來時,不用旌旗,前後紅幢緑蓋隨。畫船撑入花深處,香泛金卮,烟雨微微,一片笑歌醉裏歸。"

〔二〕都:張相《詩詞曲語辭匯釋》釋爲"統統"、"不過"。二句謂不過將揚州的美景换得潁州的美景。二十四橋:《方輿勝覽》以爲隋代時揚州已有二十四橋,并以城門坊市爲名。唐杜牧《寄揚州韓綽判官》:"二十四橋明月夜,玉人何處教吹簫。"徐凝《憶揚州》:"天下三分明月夜,二分無賴是揚州。"

西湖泛舟呈運使學士張掞

波光柳色碧溟濛，曲渚斜橋畫舸通。更遠更佳唯恐盡，漸深漸密似無窮。綺羅香裏留佳客，管弦聲來颺晚風〔一〕。半醉回舟迷嚮背〔二〕，樓臺高下夕陽中。

皇祐元年作。張掞字文裕，時以龍圖閣學士官京西北路轉運使。潁州屬京西北路，張爲歐陽修的上級。歐陽修有《采桑子》詞十三首，總寫潁州西湖景色。其一爲："輕舟短棹西湖好，緑水逶迤，芳草長堤，隱隱笙歌處處隨。無風水面琉璃滑，不覺船移，微動漣漪，驚起沙禽掠岸飛。"其三爲："畫船載酒西湖好，急管繁弦，玉盞催傳，穩泛平波任醉眠。行雲却在行舟下，空水澄鮮，俯仰留連，疑是湖中别有天。"刻畫的意境可作本詩的參考。

〔一〕颺：通"揚"。

〔二〕嚮背：正、反面。皇甫冉《雨雪》："山川迷嚮背，氛霧失旌旗。"此指來回方嚮。

飛蓋橋玩月

天形積輕清，水德本虚静，雲收風波止，始見天水性〔一〕。澄光與粹容，上下相涵映，乃于其兩間，皎皎掛寒鏡〔二〕。餘輝所照耀，萬物皆鮮瑩，矧夫人之靈，豈不醒視聽。而我于此時，翛然發孤詠，紛昏欣洗滌，俯仰恣涵泳〔三〕。人心曠而閑，月色高逾迥，惟恐清夜闌，時時瞻斗柄〔四〕。

皇祐元年作。題下原注："一本題上有'六月十四夜'。"宋胡仔《苕溪漁隱叢話後集》卷二十三："歐公作詩，蓋欲自出胸臆，不肯蹈襲前人，亦其才高，故不見牽強之跡耳。如《六月十四夜飛蓋橋玩月》云……"飛蓋橋，《鳳陽府志》："宋皇祐元年，歐陽文忠公守潁，新作三橋，名之曰宜遠、飛蓋、望佳，又爲之詩。"其《飛蓋橋》詩謂："鳴騶入遠樹，飛蓋渡長橋，水闊鷺雙起，波明魚自跳。"當係橋名由來。

〔一〕以上四句意謂雲散風定，纔見天水輕清虛静的本性。輕清：《太平御覽》卷一引《三五歷記》："輕清者上爲天，重濁者下爲地，沖和氣者爲人。"德：此指性狀。

〔二〕澄光：指天。粹容：指水。寒鏡：指滿月。四句寫天光水色，上下相映，月亮掛在天水之間。梁元帝《望江中月詩》："澄江涵皓月，水影若浮天。"

〔三〕而我四句寫玩月時思想開闊，世俗煩擾，得以滌除。翛(xiāo)然：自由自在貌。《莊子・大宗師》："翛然而往。"紛昏：指世俗的煩擾。恣涵泳：指思想在大自然中縱情地遨游、馳騁。唐皮日休《酒船詩》："但知涵泳好，不計風濤惡。"

〔四〕四句謂流連心曠神怡的景色，擔心時間逝去，故不斷觀望星斗的變化。闌：盡、終。斗柄：北斗七星的像柄形的三顆星，斗柄轉動反映時間的變化。隋煬帝《月夜觀星詩》："更移斗柄轉，夜久天河横。"

獲麟贈姚辟先輩

世已無孔子，獲麟意誰知〔一〕？我嘗爲之説，聞者未免非，而子獨曰然，有如塤應篪，惟麟不爲瑞，其意乃可推〔二〕。春秋二百年，文約義甚夷〔三〕。一從聖人没，學者自爲師，崢嶸衆家説，平地生嶮巇；相沿益迂怪，各門出新奇，爾來千餘歲，舉世不知迷〔四〕。焯哉聖人經，照耀萬世疑，自從蒙衆説，日月遭蔽虧〔五〕。常患無氣力，掃除浮雲披，還其自然光，萬物皆見之。子昔已好古，此經手常持，超然出衆見，不爲俗牽卑；近又脱賦格，飛黄擺銜羈，聖門開大道，夷路肆騰嬉〔六〕。便可勦衆説，旁通塞多歧，正途趨簡易，真勿事嶇崎〔七〕。著述須待老，積勤宜少時，苟思垂後世，大禹尚胼胝〔八〕。顧我今老矣，兩瞳蝕昏眵〔九〕，大書難久視，心在力已衰。因思少自棄，今縱悔可追，戒我以勉子，臨文但吁嘻〔一〇〕。

皇祐元年作。獲麟事見《公羊傳》哀公十四年："麟者，仁獸也。有王則至，無王則不至。……西狩獲麟。孔子曰：吾道窮矣。"姚辟字子張，皇祐元年中進士，曾與蘇洵同修《禮書》。姚辟實爲歐陽修的後輩，先輩是科舉時代進士間的互相尊稱。唐李肇《國史補》："得第謂之前進士，互相推敬謂之先輩。"歐陽修是宋代經學的開創者，他力辟漢儒以來對經書的種種曲説，强調撇開傳注直接"師經"。他在《易童子問》中説："若余者，可謂不量力矣。邈然遠出諸儒之後，而學無師授之傳，其勇于敢爲而决于不疑者，以聖人之經尚在，可以質也。"宋人好以議論入詩，歐陽修首開其風，此詩即是一例。

〔一〕關于西狩獲麟，歷來解釋紛紜，有説孔子因見麟而作《春秋》，也有説孔子作《春秋》因獲麟而絶筆，等等。歐陽修一概不信。

〔二〕歐陽修曾作《春秋或問》，認爲麟不是瑞獸，獲麟與作《春秋》無關，不過孔子"得《魯史記》自隱公至于獲麟，遂删修之"。姚辟贊同此説,故以上六句引以爲同調。塤篪(xūn chí):兩種樂器,比喻同聲相和。《詩・小雅・何人斯》:"伯氏吹塤,仲氏吹篪。"瑞:吉祥。古人認爲出現麒麟是祥瑞。

〔三〕二句謂《春秋》一書記魯隱公元年(前七七二)至哀公十四年(前四八一)二百四十二年史事,文字簡約,其義平實。《春秋或問》:"《春秋》謹一言而信萬世者也,予厭衆説之亂《春秋》者也。"

〔四〕以上八句謂自孔子死後,解經者諸家紛呈,標新立異,甚至故弄玄虚,迷惑世人。今存《左傳》、《公羊傳》、《穀梁傳》,都是孔子死後解釋《春秋》的著作。自秦始皇焚書後,漢儒存亡繼絶,傳者更爲紛紜,至唐太宗貞觀間,朝廷命諸儒釋章句爲義疏,定爲一是。玄宗時啖助作《春秋集傳》,以爲《左傳》解釋《春秋》"大義"多誤,後世病其穿鑿,但也開了宋儒懷疑經傳的風氣。

〔五〕四句意同《春秋或問》所謂:"經(《春秋》)不待傳而通者十七八,因傳而惑者十五六。日月萬物皆仰,然不爲盲者明,而有物蔽之者亦不得見也。聖人之意皎然乎經,唯明者見之,不爲他説蔽者見之也。"蔽虧:遮掩,缺蝕。

〔六〕近又四句指姚辟已中進士,可以擺脱時文的羈勒。歐陽修《記舊本韓文後》:"予亦方舉進士,以禮部詩賦爲事。……以爲方從進士干禄以養親,苟得禄矣,當盡力于斯文,以償其素志。"賦格:指駢體詩賦,當時科舉考試的程式。王禹偁《謫居感事》:"賦格輕鸚鵡,儒冠薄鵕鸃。"飛黄:駿馬。《唐書・兵志》:"以尚乘掌天子之御,左右六閑:一曰飛黄,二曰吉良,三曰龍媒,四曰騊駼,五曰駃騠,六曰天苑。"夷路:平坦的大道。

〔七〕勦:破除、消滅。旁通:原注:"一作'異端'。"《易・乾卦・文言》:"六爻發揮,旁通情也。"多岐:即多歧亡羊。《列子・説符》:"楊子曰:亡一羊,何追者之衆?鄰人曰:多歧路。"嶇崎:指迂怪、新奇的解釋。

〔八〕四句意謂著書立説應以老年爲宜,但從少年就該辛勤積累,如想以文傳世,必須刻苦努力。垂後世:曹丕《典論・論文》:"是以古之作者，寄身于翰墨，見意于篇籍，不假良史之辭，不託飛馳之勢，而聲名自傳于後。”胼胝：手脚上因勞動而生的繭子。《世説新語·言語》：“王右軍與謝太傅共登冶城，謝悠然遠想，有高世之志。王謂謝曰：‘夏禹勤王，手足胼胝；文王旰食，日不暇給。’”注：“《帝王世紀》曰：‘禹治洪水，手足胼胝。’”

〔九〕眵：目汁凝結，俗稱眼屎。唐韓愈《短燈檠歌》：“兩目眵昏頭雪白。”

〔一〇〕吁嘻：嘆息聲。

永州萬石亭

天于生子厚，稟予獨艱哉，超淩驟拔擢，過盛輒傷摧〔一〕。苦其危慮心，常使鳴聲哀，投以空曠地，縱横放天才；山窮與水險，下上極沿洄，故其與文章，出語多崔嵬〔二〕。人跡所罕到，遺蹤久荒頹〔三〕。王君好奇士，後二百年來，剪薙發幽薈，搜尋得瓊瑰〔四〕。感物不自貴，因人乃爲材，惟知古可慕，豈免今所咍〔五〕。我亦奇子厚，開編每徘徊，作詩示同好，爲我銘山隈〔六〕。

皇祐元年作。題下原注：“寄知永州王顧。一本上有‘寄題’，注云：‘柳子厚亭’。”唐柳宗元有《永州崔中丞萬石亭記》，此詩當因獲柳碑拓本而作，但今存《集古録》中無《萬石亭記》跋尾。永州州治在今湖南零陵縣。萬石亭爲唐憲宗元和中御史中丞崔能官永州刺史時所建，元和十年（八一五）柳宗元爲之記。

〔一〕子厚：柳宗元字。稟予：猶“賦予”。超淩：越級。拔擢：提升。

過盛輒傷摧：指柳宗元在“永貞革新”前後的遭遇。四句詠柳宗元身世。《唐書·柳宗元傳》：“登進士第，應舉宏辭，授校書郎藍田尉，貞元十九年爲監察御史。順宗即位，王叔文、韋執誼用事，尤奇待宗元與監察呂温，密引禁中，與之圖事，轉尚書禮部員外郎，叔文欲大用之。會居位不久，叔文敗，與同輩七人俱貶，宗元爲邵州刺史，在道再貶永州司馬。”

〔二〕鳴聲：韓愈《送孟東野序》：“大凡物不得其平則鳴。”沿洄：沿，順流而下；洄，逆流而上。崔嵬：山勢高聳貌。此謂出語奇瑰，不同凡響。以上八句謂柳宗元遭貶逐後文章更爲雋拔。韓愈《柳子厚墓志銘》：“例貶州司馬，居閒益自刻苦，務記覽，爲詞章泛濫停蓄，爲深博無涯涘，而自肆于山水間。”柳宗元以古文名世，貶後之作更雄深雅健，正與歐陽修提出的“文章窮而後工”説相合。歐陽修《梅聖俞詩集序》：“凡士之蘊其所有而不得施于世者，多喜自放于山巔水涯，外見蟲魚草木風雲鳥獸之狀類，往往探其奇怪；内有憂思感憤之鬱積，其興于怨刺，以道羈臣寡婦之所嘆，而寫人情之難言，蓋愈窮則愈工。然則非詩之能窮人，殆窮者而後工也。”

〔三〕二句謂唐宋時永州爲荒僻之地，因之萬石亭遺跡毁圮。

〔四〕四句叙王顧于柳文刻石後二百餘年任永州知州清除榛蕪，發現碑記。剪薙：清除灌木雜草。瓊瑰：美玉，此指碑記。

〔五〕咍(hāi)：嗤笑。四句意謂物不自貴，因人而重，如果衹知泥古，就不免爲今人所笑。

〔六〕銘山側：鐫刻在山邊的石壁上。

夢　中　作

夜涼吹笛千山月，路暗迷人百種花。棋罷不知人换世，酒闌無奈客思家〔一〕。

皇祐元年作。蘇軾《東坡題跋》:"南嶽李岩老好睡,衆人飽食下棋,岩老輒就枕,數局一展轉,云:我始一局,君幾局矣?東坡曰:李岩老常用四脚棋盤,着一色黑子,昔與邊韶敵手,今被陳摶争先,着時以有輸贏,着了并無一物。歐陽公《夢中作》詩云云,殆是謂也。"清陳衍《宋詩精華録》評曰:"此詩當真是夢中作,如有神助。"

〔一〕棋罷不知人换世:《述異記》:"晉王質入山採樵,見二童子對弈。童子與質一物如棗核,食之不飢。局終,童子指示曰:汝柯(斧柄)爛矣。質歸鄉里,已及百歲。"酒闌:酒盡筵散。

雪

新陽力微初破萼,客陰用壯猶相薄,朝寒棱棱風莫犯,暮雪緌緌止還作〔一〕。驅馳風雲初慘淡,炫晃山川漸開廓,光芒可愛初日照,潤澤終爲和氣爍〔二〕。美人高堂晨起驚,幽士虚窗静聞落,酒壚成徑集瓶罌,獵騎尋蹤得狐貉〔三〕。龍蛇掃處斷復續,猊虎團成呀且攫,共貪終歲飽麰麥,豈恤空林飢鳥雀〔四〕。沙堤朝賀迷象笏,桑野行歌没芒屩〔五〕,乃知一雪萬人喜,顧我不飲胡爲樂。坐看天地絶氛埃,使我胸襟如洗瀹〔六〕,脱遺前言笑塵雜,搜索萬象窺冥漠〔七〕。潁雖陋邦文士衆,巨筆人人把矛槊,自非我爲發其端,凍口何由發一噱〔八〕?

皇祐二年(一〇五〇)作。題下原注:"時在潁州作。玉、月、梨、梅、練、絮、白、舞、鵝、鶴、銀等事,皆請勿用。"胡仔《苕溪漁隱叢話前集》卷二十九:“六一居士守汝陰日,因雪會客賦詩,詩中玉、月、梨、梅、練、絮、白、舞、鵝、鶴、銀等事,皆請勿用。詩曰……。其後東坡居士出守汝陰,‘禱雨張龍公祠,得小雪,與客會飲聚星堂,忽憶歐陽文忠公作守時雪中約客賦詩,禁體物語,于艱難中特出奇麗,爾來四十餘年,莫有繼者。僕以老門生繼公後,雖不足追配先生,而賓客之美,殆不減當時。公之二子又適在郡,故輒舉前令,各賦一篇’。詩曰:‘窗前暗響鳴枯葉,龍公試手行初雪,映空先集疑有無,作態斜飛正愁絶。衆賓起舞風竹亂,老守先醉霜松折,恨無翠袖點横斜,衹有孤燈照明滅。歸來尚喜更鼓暗,晨起不待鈴索掣,未嫌長夜作衣棱,却怕初陽生眼纈。欲浮大白追餘賞,幸有回飆驚落屑,模糊檜頂獨多時,歷亂瓦溝裁一瞥。汝南先賢有故事,醉翁詩話誰續説? 當時號令君聽取,白戰不許持寸鐵。’自二公賦詩之後,未有繼之者,豈非難措筆乎!”

〔一〕首四句寫春寒雪作。新陽:見前《永陽大雪》詩注。客陰:冬至一陽生,陰已退至客位。薄:侵。棱棱:寒氣逼人貌。鮑照賦:“棱棱霜氣。”風莫犯:寒風凛冽,不敢衝犯。緌緌:紛散下落貌。

〔二〕四句寫初雪、雪盛、雪霽和融雪四種景况。炫晃:晶瑩閃動狀。初日:朝陽。潤澤:指雪化後的水滴。

〔三〕四句寫雪中各種人物的活動。酒壚:酒店。雪天人們多沽酒驅寒,故酒店前踩出雪徑,多集瓶罌。罌:盛酒器,小口大腹。尋蹤:雪封大地,易得狐貉活動蹤跡,便于射獵。

〔四〕四句寫雪中景色。龍蛇:形容人們踩出的雪徑曲折宛轉,如龍盤蛇旋。狠虎:指用雪堆成的動物。呀且攫:張牙舞爪,比喻形象生動。飽麰麥:雪兆豐年。麰麥即大麥。《孟子·告子》:“今夫麰麥,播種而耰之。”空林:指雪後寂静的叢林。

〔五〕沙墀:沙堤。李肇《國史補》:“凡拜相禮,絶班行,府縣載沙填路,自私第至子城東街,名曰沙堤。”象笏:朝臣所執手版。桑野:即田野。没(mò):掩没、陷入。芒屩(jué)草鞋。

〔六〕氛埃:塵埃。洗瀹(yuè):洗滌。

〔七〕脱遺前言：即指作詩禁用玉、月等體物語。由于這些詞語在雪詩中已被用濫，故欲新面貌，須在陳言外多方搜索。冥漠：海洋、沙漠。喻搜尋範圍之廣。後來詩中遂有“禁體”一格，殆爲歐陽修所創。

〔八〕噱：笑。

寄生槐

檜惟凌雲材，槐實凡木賤，奈何柔脆質，累此孤高幹。龍鱗老蒼蒼，鼠耳光粲粲，因緣初莫原，感詫徒自嘆，偷生由附託，得勢争葱蒨〔一〕。方其榮盛時，曾莫見真贋，欲知窮悴節，宜試以霜霰〔二〕。萌芽起微蘖，辨别乖先見，剪除初非難；長養遂成患〔三〕。雖然根性殊，常恐枝葉亂，惟應植者深，幸不習而變。含容固有害，剿絶須明斷，惟當審斤斧，去惡無傷善〔四〕。

皇祐二年作。原注：“一本題上有‘答張推官庭檜’。”槐樹常有寄生在檜柏等樹上的現象，今北京中山公園有槐樹寄生柏，已數百年。

〔一〕六句意謂檜和槐本無因緣，而槐樹却附託偷生，與檜樹互争榮茂。龍鱗：喻松皮斑駁如龍鱗。唐王維《訪吕逸人》：“種松皆作老龍鱗。”此指檜。《爾雅・釋木》：“檜，柏葉松身。”鼠耳：槐葉。《初學記》卷二十八引《莊子》：“槐之生也，入季春五日而兔目，十日而鼠耳。”葱蒨：草木欣欣嚮榮貌。

〔二〕贋(yàn)：僞物。唐韓愈《酬崔少府》：“居然見真贋。”槐非常緑喬木，經霜即落。四句謂衹有經過霜霰的考驗，纔能見出檜和槐的不同節操。

〔三〕四句謂禍患始于忽微,應該防微杜漸。蘖:植物由莖基部新生出的分枝。乖:乖疏、忽略。

〔四〕含容:包涵、寬容。審斤斧:指用斧砍去寄生槐時必須謹慎。審:慎重、謹慎。惡:指槐。善:指檜。以上八句以必須翦伐寄生槐之道,喻去惡應有決心及注意方法。

喜　　雨

大雨雖滂沛,隔轍分晴陰;小雨散浸淫,爲潤廣且深,浸淫苟不止,利澤何窮已;無言雨大小,小雨農尤喜〔一〕。宿麥已登實,新禾未抽秧,及時一日雨,終歲飽豐穰〔二〕。夜響流霢霂,晨暉霽蒼涼,川原浄如洗,草木自生光〔三〕。童稚喜瓜芋,耕夫望陂塘,誰云田家苦,此樂殊未央〔四〕。

皇祐二年作。是歲春旱,朝廷曾于三月初七日"遣官祈雨"。詩作于四五月間,寫久旱喜雨之情。

〔一〕八句寫大雨雨量雖大,雨區却小,小雨雨區大,浸潤深,對作物有利。滂沛:形容大雨的氣勢。《漢書·揚雄傳》:"雲飛揚兮雨滂沛。"轍:車輪的軌跡。浸淫:《説文》徐鍇注:"隨其脈理而浸漬也。"晉王子年《拾遺記》:"甘雨蒙蒙,以露委草木,則滴瀝雨也。"爲潤:指滋潤、雨水分佈。杜甫《春夜喜雨》:"隨風潛入夜,潤物細無聲。"

〔二〕宿麥四句寫麥已收割,秧待插,這時下雨,可望豐收。宿麥:越冬小麥。《漢書·武帝紀》"遣謁者勸有水災郡種宿麥"注:"秋冬種之,經歲乃熟,故云宿麥。”登實:指收穫。豐穰:豐收。《史記·滑稽列傳》:“五穀蕃熟,穰穰滿家。”

〔三〕四句寫夜雨晨晴及雨後山川草木的新鮮景色。霢霂:小雨。《詩·小雅·信南山》:“雨雪雰雰,益之以霢霂。”《説文》段玉裁注:“按霢霂,溟濛之轉語。”蒼涼:形容雨後朝陽初出時給人的一種清爽涼快的感覺。《列子·湯問》:“一兒曰:日初出,滄滄涼涼。”滄亦作蒼。

〔四〕四句寫雨後農家的喜悦。陂塘:池塘,蓄水以灌溉農田。《説文》段玉裁注:“陂得訓池者,陂言其外之障,池言其中所蓄之水。”潁州多陂塘,《水經注》:“漢和帝分汝陰置,多陂塘以溉稻,故曰富陂縣。”未央:未盡,不已。《楚辭·離騷》“時亦猶其未央”王逸注:“央,盡也。”

答原父

炎歊鬱然蒸,午景熾方焰,子來清風興,蕭蕭吹几簟,又如沃瓊漿,遽飲不知厭〔一〕。嗟予學苦晚,白首困鉛槧,危疑奚所質,孔孟久已窆;羣儒窒自私,惟子通且贍,幸時丐贏餘,屢得飽飢歉〔二〕。嚴嚴春秋經,大法誰敢覘〔三〕。三才失綱紀,五代極昏墊,盜竊恣胠篋,英雄争奮劍;興亡兩倉卒,事跡多遺欠,纔能紀成敗,豈暇誅奸僭〔四〕。聞見患孤寡,是非誰證驗,嘗欣同好惡,遂乞指瑕玷,反蒙華衮褒,如譽嫫母豔〔五〕。救非當在早,已暴何由斂,苟能哀廢痼,其可惜針砭〔六〕。風舲或許邀,湖緑方灔灔〔七〕。

皇祐二年作。歐陽修于景祐初官館閣校勘時,開始撰寫《五代史記》,到皇祐五年定稿。在此期間,曾多次就史稿嚮友人求教請益,此詩即是答復劉敞對史稿的稱譽。原父,劉敞字。劉有《觀永叔五代史》詩:"大意晚有屬,先生撥書匯。是非原正始,簡古斥辭費。褒善傷獲麟,疾邪記有蜚。處心必至公,撥亂豈多諱。何必藏名山,端如避羅罻。"

〔一〕劉敞當時在開封官大理院評事,此六句似爲稱譽劉敞之盛夏來信,仿佛清風吹拂,令人愉快;又如渴飲瓊漿玉液,使人不知饜足。炎歊(xiāo):炎熱、暑氣。午景:中午的太陽光。簟:竹席。沃:灌輸。

〔二〕以上八句均爲作者自謙之詞。鉛:鉛粉。槧(qiàn):削木爲牘。鉛、槧均爲古代書寫用具。《西京雜記》:"揚子雲好事,常懷鉛提槧,從諸計吏訪殊方絶域四方之語,以爲裨補輶軒所載。"質:徵詢。窆(biǎn):埋葬。窒:閉塞、不通。通且贍:貫通而又廣博。《宋史·劉敞傳》稱其"學問淵博,自佛老、卜筮、天文、方藥、山經、地志,皆究知大略"。丐贏餘、飽飢歉:意謂時常嚮劉敞討教,得以彌補自己的不足。《宋史·劉敞傳》:"歐陽修每于書有疑,折簡來問,對其使揮筆答之,不停手,修服其博。"

〔三〕二句似因劉敞詩"褒善傷獲麟,疾邪記有蜚",用《春秋》比《五代史記》,所以自謙不敢并比。二句下原注:"一本有'譬猶天之蒼,乃欲學而染'兩句。"嚴嚴:威嚴莊重貌。《荀子·儒效》:"嚴嚴兮其能敬己也。"大法:指"寓褒貶,别善惡"的《春秋》筆法。覘(chān):窺視。古人認爲《春秋》係孔子所修,書法謹嚴,是史書的極則。《宋史·歐陽修傳》:謂其"自撰《五代史記》,法嚴詞約,多取《春秋》遺旨"。

〔四〕以上八句感慨五代史事,自謙僅能粗記興衰,未能盡褒貶之義。三才:指天、地、人。此處當指封建倫常之君、父、夫三綱。綱紀:法制、治理。《詩·大雅·棫朴》:"勉勉我王,綱紀四方。"五代:指唐末的梁、唐、晉、漢、周。昏墊:混亂、淹溺。《尚書·益稷》:"洪水滔天,浩浩懷山襄陵,下民昏墊。"歐陽修《本論》:"前日五代之亂，可謂極矣，五十三年之間易五姓十三君，而亡國被弑者八，長者不過十餘歲，甚者三四歲而亡。”胠（qū）篋：撬開箱子，指偷竊。《莊子》有《胠篋》篇。倉卒：同“倉促”。

〔五〕六句謂自己見聞狹隘，是非難斷，由于劉敞觀點相同，因此請求指正，結果反加褒獎，無異稱醜爲美。孤寡：孤陋寡聞的縮語。《禮記・學記》：“獨學而無友，則孤陋而寡聞。”華衮：古代貴族的禮服。范寧《春秋穀梁傳序》：“一字之褒，寵逾華衮之贈。”嫫母：傳説中的醜女。漢王褒《四子講德論》：“嫫母倭傀，善譽者不能掩其醜。”

〔六〕四句謂恨未在書問世以前獲教，但仍望指正缺失。救非：改正錯誤。暴，呈露。已暴：指書籍行世。斂：收斂。廢痼：疾病，比喻稿件中的缺陷。其：猶“豈”。針砭：古代治病工具，喻指正錯誤。

〔七〕二句邀請劉敞同游潁州西湖。舲：有窗户的小船。

紀德陳情上致政太傅杜相公二首（選一）

儉節清名世絶倫，坐令風俗可還淳〔一〕。貌先年老因憂國，事與心違始乞身〔二〕。四海儀刑瞻舊德，一樽談笑作閑人〔三〕。鈴齋幸得親師席，東嚮時容問治民〔四〕。

皇祐二年作。是歲七月，歐陽修由潁州改知應天府（即宋州，今河南商丘市）兼南京留守司事。杜相公即杜衍，慶曆四年爲樞密使，主持新政，新政失敗後出知兖州，慶曆七年以太子少傅致仕，退居宋州，皇祐元年加封太子太傅。致政，退職。《禮記・王制》“七十致政”注：“致政，還君事。”宋葉夢得《石林詩話》：“杜正獻公自少清羸，若不勝衣，年過四十，鬢髮即盡白。雖立朝孤峻，凛然不可屈，而不爲奇節危行，雍容持守，不以有所不爲爲賢，而以得其所爲爲幸。歐公素出其門。公謝事居宋，歐適來爲守，相與甚歡。公不甚飲酒，惟賦詩歌酬，是時年八十（當爲七十三），然憂國之意猶慷慨不已，每見于色。歐公嘗和詩，有'貌先年老因憂國，事與心違始乞身'，公得之大喜，常自諷誦。當時以爲不惟曲盡公志，雖其形貌亦在模寫中也。"

〔一〕二句用《孟子·萬章》"故聞伯夷之風者，頑夫廉，懦夫有立志"語意，對杜是極高的評價。宋孫升《孫公談圃》："杜祁公爲人清約，平生非賓客不食羊肉。時朝多恩賜，請求無不從，祁公尤抑倖，所請即封還。其有私謁，上曰：'朕無不可，但這白鬚老子不肯。'"

〔二〕二句言杜衍因憂國而早衰，及不得已而告退，事切對工，確爲佳句。歐陽修《祭杜祁公文》："公居于家，心在于國，思慮精深，言辭感激。或達旦不寐，或憂形于色，如在朝廷而有官責。嗚呼！進不知富貴之爲樂，退不忘天下以爲心，故行于己者老益篤，而信于人者久愈深。人之愛公，寧有厭已！"乞身：封建時代將做官看作委身事君，因稱請求退職爲乞身。

〔三〕四海：猶言天下。儀刑：法式、模範。《詩·大雅·文王》："儀刑文王，萬邦作孚。"一樽：一杯酒。

〔四〕二句意謂自己在應天府做地方官，可隨時嚮杜衍請教政事。鈴齋：即鈴閣，官府辦事的地方。《晉書·羊祜傳》："鈴閣之下，侍衛者不過十數人。"師席：歐陽修《答太傅相公見贈長韻》"凋零鶯谷友"自注："修與尹師魯、蘇子美同出門下。"東嚮：古代公侯將相以坐西嚮東爲尊。《列女傳》："今（趙）括一旦爲將，東嚮而朝軍吏。"治民：指地方官的政務。

橄　欖

五行居四時，維火盛南訛，炎焦陵木氣，橄欖得之多，酸苦不相入，初争久方和〔一〕。霜苞入中州，萬里來江波，幸登君子席，得與衆果羅〔二〕。中州衆果佳，朱圓玉光瑳，愧兹微陋質，以遠不見呵。餳飴兒女甜，遺味久則那，良藥不甘口，厥功見沉痾，忠言初厭之，事至悔若何〔三〕。世已無采詩，詩成爲君哦〔四〕。

皇祐二年作。橄欖，《太平御覽》卷九七二引《臨海異物志》："餘甘子，梭形，初入口，舌澀酸，飲水乃甘。又如梅實，核兩頭鋭，呼爲餘甘、橄欖，同一物異名耳。"

〔一〕六句用五行説解釋橄欖的初澀後甜。古人把金木水火土五行配四時、四方等，且各有性味。火爲夏、爲南，性苦，木性酸。因橄欖產南方，所以説是火的炎焦之氣侵入了木氣，纔有酸苦之性，兩性中和後變爲甜。南訛：南方。《尚書·堯典》"平秩南訛"注："訛，化也。掌夏之官平叙南方化育之事。"

〔二〕四句意謂橄欖秋熟，經水程萬里運到中原，纔和中原的名貴果品同列爲筵席上的珍品。

〔三〕六句即諺語"良藥苦口利于病，忠言逆耳利于行"之意。餳飴：飴糖。則那：如何。《左傳》宣公二年："棄甲則那。"厥：其。沉痾：重病。

〔四〕采詩：采集民間詩歌。《漢書·藝文志》："古有采詩之官，王者所以觀風俗、知得失，自考正也。"哦：吟詠。

食　糟　民

田家種糯官釀酒，榷利秋毫升與斗〔一〕。酒沽得錢糟棄物,大屋經年堆欲朽。酒醅瀺灂如沸湯〔二〕,東風來吹酒甕香;累累罌與瓶,惟恐不得嘗。官沽味醲村酒薄,日飲官酒誠可樂。不見田中種糯人,釜無糜粥度冬春,還來就官買糟食,官吏散糟以爲德〔三〕。嗟彼官吏者,其職稱長民,衣食不蠶耕,所學義與仁;仁當養人義適宜,言可聞達力可施。上不能寬國之利,下不能飽爾之飢〔四〕。我飲酒,爾食糟,爾雖不我責,我責何由逃!

皇祐二年作。此詩反映了官府百端取利,農民生活苦難。歐陽修爲身任地方官,不能富國裕民而自疚。

〔一〕宋代酒由政府專賣。據《宋史·食貨志》:"宋榷酤之法,諸州城内皆置務釀酒,縣鎮鄉閭或許民釀,而定其歲課。若有餘利,所在多請官酤。"即鄉村僻遠地區允許民間釀酒,也要繳高額利税。由于利之所在,有時官府還強迫人民買酒。仁宗天聖七年有詔書説:"民間有吉凶酤酒,舊聽自便,毋抑配。而江淮荆湖兩浙酒户,往往豪制良民,至出引目抑使多售,其嚴禁止。"榷利:官府與民争利專賣商品。揚雄《法言·寡見》:"(桑)弘羊榷利而國用足。"升與斗:古代酒以斗升計量。

〔二〕醅:未經過濾之酒。瀺灂:形容酒醅發酵時的泡沫聲。沸湯:沸水。

〔三〕德:德政,指有惠于民。

〔四〕以上八句意謂讀書人學仁學義,爲官爲吏,衣租食税,不親勞動,理當使民生安定,風俗淳厚,而實際上却不能富國裕民。長民:《禮記·緇衣》:"長民者,衣服不貳,從容有常,以齊其民,則民德一。"仁:《孟子·離婁》:"仁者愛人。"義:《禮記·中庸》:"義者宜也。"聞達:指嚮上反映民情。《晉書·安帝紀》:"孝順忠義,隱滯遺逸,必令聞達。"爾:原注:"一作'民'。"指百姓。

蟲　鳴

葉落秋水冷，衆鳥聲已停；陰氣入牆壁，百蟲皆夜鳴〔一〕。蟲鳴催歲寒，唧唧機杼聲〔二〕。時節忽已换，壯心空自驚，平明起照鏡，但畏白髮生〔三〕。

皇祐二年作。此詩與《秋聲賦》題意相近，可參讀以見作者思想變化。《太平御覽》卷二十四引《毛詩傳》："壯士悲秋，感陰氣也。"

〔一〕四句以時令引出蟲鳥鳴聲之消長。《禮記・月令》："仲秋之月……盲風至，鴻雁來，玄鳥歸，羣鳥養羞。……是月也，日夜分，雷始收聲，蟄蟲壞户，殺氣浸盛；陽氣日衰，水始涸。"晋張協《雜詩》："秋夜涼風起，清氣蕩暄濁。蜻蛚吟階下，飛蛾拂明燭。"

〔二〕唧唧：《木蘭辭》："唧唧復唧唧，木蘭當户織，不聞機杼聲，唯聞女嘆息。"機杼：織布機。此形容秋蟲鳴聲。

〔三〕四句感歲月易逝，功業未成。南朝宋鮑照《秋日詩》："枯桑葉易落，疲客心易驚。"

廬山高贈同年劉中允歸南康

廬山高哉幾千仞兮，根盤幾百里，嶻然屹立乎長江〔一〕。長江西來走其下，是爲揚瀾左蠡兮，洪濤巨浪日夕相舂撞〔二〕。雲消風止水鏡浄，泊舟登岸而遠望兮，上摩青蒼以晻靄，下壓后土之鴻厖〔三〕。試往造乎其間兮，攀緣石磴窺空谾〔四〕，千巖萬壑響松檜，懸崖巨石飛流淙，水聲聒聒亂人耳，六月飛雪洒石矼〔五〕。仙翁釋子亦往往而逢兮，吾嘗惡其學幻而言哤。但見丹霞翠壁遠近映樓閣，晨鐘暮鼓杳靄羅幡幢〔六〕。幽花野草不知其名兮，風吹露濕香澗谷，時有白鶴飛來雙。幽尋遠去不可極，便欲絶世遺紛痝〔七〕。羡君買田築室老其下，插秧盈疇兮釀酒盈缸。欲令浮嵐暖翠千萬狀，坐卧常對乎軒窗。君懷磊砢有至寶，世俗不辨珉與玒，策名爲吏二十載，青衫白首困一邦〔八〕。寵榮聲利不可以苟屈兮，自非青雲白石有深趣，其氣兀硉何由降〔九〕？丈夫壯節似君少，嗟我欲説安得巨筆如長杠〔一〇〕。

皇祐三年（一〇五一）作。劉中允，劉渙，字凝之，與歐陽修同年進士，因剛直不合于世，長期屈居下僚，官終太子中允潁上令，歸隱南康（今江西星子縣），歐陽修作詩贈行。同年，科舉時代同榜入第者的稱呼。《苕溪漁隱叢話前集》卷二十九："《王直方詩話》云：'郭功父少時喜誦文忠公詩，一日過梅聖俞，曰：近得永叔書，方作廬山高詩送劉同年，自以爲得意，恨未見此詩。功父爲誦之。聖俞擊節嘆賞曰：使吾更作詩三十年，亦不能道其中一句。功父再誦，不覺心醉，遂置酒又再誦，酒數行，凡誦數十遍，不交一談而罷。明日，聖俞贈功父詩，其略曰：一誦《廬山高》，萬景不得藏，設令古畫師，極意未能詳。'苕溪漁隱曰：余閱《宛陵集》，聖俞于此詩自注云：郭來誦歐陽永叔《廬山高》。"

〔一〕巀（jié）然：高峻矗立貌。

〔二〕揚瀾左蠡：《五燈會元》："廬山栖賢道堅禪師，有官人問如何是祖師西來意？師曰：揚瀾左蠡，無風浪起。"左蠡：左蠡湖，即彭蠡湖，亦即鄱陽湖。廬山在湖畔。舂撞：撞擊、槌搗。

〔三〕青蒼：指天。晻靄：雲氣迷濛。陳徐陵《與李那書》："山澤晻靄，松竹參差。"后土：土神或地神，指大地。《左傳》僖公十五年："君履后土而載皇天。"鴻厖：巨大無涯際。

〔四〕造：訪問、登臨。空谾（lóng）：深峻的山谷。

〔五〕流淙：指瀑布。廬山多瀑布，著名的有石門瀑布、三疊泉等。飛雪：指瀑布激起的水霧。石矼（gāng）：石橋。

〔六〕四句寫廬山佛寺道觀林立。從六朝起，廬山即爲佛教勝地，山中多建築雄偉富麗的佛寺，早晚鐘鼓聲不絶。歐陽修反對佛老，對佛抨擊尤力。宋王辟之《澠水燕談録》記歐陽修"不喜釋氏，士有談佛書者必正色視之。而公之幼子小字和尚。或問公既不喜佛，排浮屠，而以和尚名子何也？公曰：使賤之也，如今人家以牛驢名小兒耳。聞者大笑，且服公之辯也"。故曰其學幻而言哤。釋子：即和尚。哤（máng）：雜亂之言。《國語・齊語》："雜處則其言哤。"晨鐘暮鼓：佛寺中早撞鐘、暮擊鼓以報時。杳藹：深遠貌。羅：羅列。幡幢：佛寺中懸掛的旗幟。

〔七〕極：窮盡。二句謂廬山勝景不能窮盡，令人起棄世歸隱之想。絶世：捐棄世俗。痝（páng）：臃腫。紛痝，指世務叢雜。

〔八〕四句意謂劉涣才高品潔，但不爲世俗所認識，二十多年來屈居下僚，終于縣令。磊砢：樹木多節，喻人有卓識異能。《世説新語・言語》："其人磊砢而英多。"珉：《荀子・儒行》"君子所以貴玉而賤珉者何也"注："珉，石之似玉者。"玒（gōng）：《説文》："玉也。"策名：指姓名被載入官籍。劉涣于天聖八年中進士入仕，至此時已二十二年。青衫：《宋史・輿服志》："七品以上服緑，九品以上服青。"困一邦：指屈居下僚，終老縣令。

〔九〕兀硉：亦作"硉兀"，突出不平貌，見《六書通》。此謂若非廬山青雲白石自有深趣，劉涣的昂藏之氣怎能得以平復。

〔一〇〕壯節：壯烈的節操。《三國志・魏書・臧洪傳》："陳登、臧洪，并有雄氣壯節。"杠（gāng）：旗杆。

奉答子華學士安撫江南見寄之作

百姓病已久，一言難遽陳，良醫將治之，必究病所因〔一〕。天下久無事，人情貴因循，優游以爲高，寬縱以爲仁；今日廢其小，皆謂不足論，明日壞其大，又云力難振；旁窺各陰拱，當職自逡巡，歲月浸隳頹，紀綱遂紛紜〔二〕。坦坦萬里疆，蚩蚩九州民，昔而安且富，今也迫以貧〔三〕。疾小不加理，浸淫將遍身，湯劑乃常藥，未能去深根。針艾有奇功，暫痛勿吟呻，痛定支體胖，乃知針艾神〔四〕。猛寬相濟理，古語六經存，蠹弊革僥倖，濫官絶貪昏。牧羊而去狼，未爲不仁人，俊乂沉下位，惡去善乃伸〔五〕。賢愚各得職〔六〕，不治未之聞，此説乃其要，易知行每艱。遲疑與果決，利害反掌間，捨此欲有爲，吾知力徒煩。家至與户到，飽飢而衣寒，三王所不能，豈特今所難〔七〕。我昔忝諫列，日常趨紫宸，聖君堯舜心，閔閔極憂勤〔八〕。子華當來時，玉音耳嘗親，上副明主意，下寬斯人屯；江南彼一方，巨細到可詢，諭以上恩德，當冬反陽春〔九〕。吾言乃其概，豈止一方云。

皇祐三年作。題下原注："一作'答韓絳'。"子華，韓絳字。《續資治通鑑長編》卷一七一："皇祐三年八月，詔遣使體量安撫諸路，户部判官、太常博士、直集賢院韓絳江南東西路。"此詩力陳宋朝積弊之由來，慨嘆改革之不易，并認爲執行改革措施必須果決，反映了歐陽修一貫的政治觀點。

〔一〕病，指民生疾苦。四句以治病爲喻，指出要拯救百姓疾苦，須搞清其病源。

〔二〕以上十二句論“病因”。宋朝自真宗景德元年（一〇〇四）和契丹訂立澶淵和議後，文恬武嬉，苟且偷安，紀綱蕩然，政事日壞，當政者優柔寡斷，士大夫坐觀成敗，形成積貧積弱的局面。陰拱：《漢書·英布傳》：“今撫萬人之衆，無一人渡淮者，陰拱而觀其若勝。夫託國于人者固若是乎。”注：“言不動摇坐觀成敗也。”當職：在位者，指對某事負有責任的官吏。逡巡：指有所顧慮而徘徊觀望。隳頹：衰敗、廢壞。白居易《短歌行》：“人無根蒂時不駐，朱顔白日相隳頹。”綱紀：法制。

〔三〕四句意謂邊境日益多事，人民日益貧困。蚩蚩：《詩·衛風·氓》“氓之蚩蚩”毛傳：“蚩蚩者，敦厚之貌。”迫：窘急、不安。

〔四〕以上八句指出宋代當時積貧積弱之弊已非一般常藥所能醫治。理：同“治”，即醫療。湯劑：中藥藥劑分湯、散、膏、丸等。針艾：即針灸，用艾來熏灼病穴曰灸。支體：同“肢體”。

〔五〕以上八句針對前“寬縱以爲仁”而言，以爲爲政去惡必須猛，如牧人消滅豺狼，不謂不仁。猛寬相濟：《左傳》昭公二十年：“仲尼曰：善哉！政寬則民慢，慢則糾之以猛；猛則民殘，殘則施之以寬：寬以濟猛，猛以濟寬，政是以和。”古語：即指上述孔子關于施政猛寬相濟的話。蠹弊：指當時宋代的政治經濟，歐陽修在《原弊》中指出有誘民、兼并、力役三弊；又在《准詔言事上書》中指出有不慎號令、不明賞罰、不責功實三弊。蠹：病害。《國策·秦策》注：“蠹者，病其中也。”濫官：《准詔言事上書》曾説：“自古任官之法，無如今日之繆也。”俊乂（yì）：賢能之士。

〔六〕各得職：各安其位。即主張任賢黜愚，治理得人。

〔七〕四句意謂要家給户足，人人温飽，即聖王亦不能，不是單單現在難以做到。《論語·雍也》：“子貢曰：如有博施于民而能濟衆，何如，可謂仁乎？子曰：何事于仁，必也聖乎。堯舜其猶病諸。”三王：指夏禹、商湯和周文王，古代認爲他們是賢君。

〔八〕忝諫列：任諫官。忝：非其才而據其位。紫宸：宫殿名，在開封皇城宣祐門外，皇帝正朔受朝于此。見宋孟元老《東京夢華録》。閔閔：《左傳》昭公十三年"閔閔焉如農夫之望歲"注："憂貌。"憂勤：憂慮辛勞。司馬相如《難蜀父老》："且夫王事固未有不始于憂勤。"

〔九〕以上八句贊韓絳宣達君命，施惠下民。來時：指韓絳皇祐三年離開封時。玉音：指皇帝詔旨。副：相稱、符合。斯人屯：指這裏百姓的疾苦。人：同"民"。屯(zhūn)：艱難。《易·屯》："剛柔始交而難生。"上：指皇帝。當冬：韓絳到江南時是冬天。意謂百姓得到安撫，即在冬天，也覺得如沐春光。

有馬示徐無黨

吾有千里馬，毛骨何蕭森〔一〕。疾馳如奔風，白日無留陰；徐驅當大道，步驟中五音〔二〕。馬雖有四足，遲速在吾心，六轡應吾手，調和如瑟琴；東西與南北，高下山與林，惟意所欲適，九州可周尋〔三〕。至哉人與馬，兩樂不相侵〔四〕。伯樂識其外，徒知價千金；王良得其性，此術固已深〔五〕。良馬須善馭，吾言可爲箴〔六〕。

至和元年(一〇五四)作。皇祐四年(一〇五二)三月，歐陽修因母喪，守制潁州，至是歲五月服除至開封，其間除寫作少量碑記外，"祇整理了《五代史》，成七十四卷"(皇祐五年致梅堯臣書)，没有詩作。此詩以人與馬的關係比喻文與道的關係。歐陽修《與樂秀才書》："竊讀足下之所爲高健，志甚壯而力有餘。譬夫良駿之馬，有其質矣，使駕大輅而王良馭之，節以和鑾而行大道，不難也。夫欲充其中，由講之深，至其深，然後知自守,能如是矣,言出其口而皆文。”與本詩作于同時之《送徐無黨南歸序》,也説“今之學者,莫不慕古聖賢之不朽,而勤一世以盡心于文字間者,皆可悲也”。

〔一〕蕭森:形容千里馬氣象不凡。杜甫《房兵曹胡馬》:“胡馬大宛名,鋒棱瘦骨成,竹批雙耳峻,風入四蹄輕。”

〔二〕四句刻畫千里馬無論奔馳徐步,都極駿良。無留陰:形容奔跑疾速,陽光下未留影子。王子年《拾遺記》記周穆王有八駿馬,其一名“超影”,即此意。中五音:形容步伐整齊而有節奏。中:符合。五音:宫商角徵羽。《孟子・離婁》:“不以六律,不能正五音。”

〔三〕以上八句意謂駿馬須善馭,纔能得心應手,唯意所適。六轡:古代一車套四馬,馬各二轡,共八轡,其中兩驂馬内兩轡繫車軾,駕馭的人執六轡。《詩・秦風・小戎》:“四牡孔阜,六轡在手。”瑟琴:喻和協。《詩・小雅・常棣》:“妻子好合,如鼓瑟琴。”周尋:遍至。

〔四〕歐陽修和宋初古文家重道輕文不一樣,他認爲道和文各有相對的獨立性,道因文而光耀,文因道而不朽。《代人上王樞密求先集序書》曰:“言以載事,而文以飾言。事信言文,乃能表見于後世。《詩》、《書》、《易》、《春秋》,皆善載事而尤文者,故其傳尤遠。”兩樂:指兩得,彼此之間配合默契,没有妨礙。

〔五〕四句意謂伯樂僅識馬的外形,王良纔知馬的品性,伯樂:春秋秦穆公時人,善相馬。《楚辭・九章・懷沙》:“伯樂既没,驥焉程兮?”又《莊子・釋文》:“伯樂姓孫名陽,善馭馬。”價千金:《戰國策・燕策》:“臣聞古之君人,有以千金求千里馬者,三年不能得。”王良:春秋時晉人,善御馬。《淮南子・覽冥》:“昔者王良、造父之御也,上車攝轡,馬爲整齊而斂諧,投足調勻,勞逸若一。”

〔六〕箴:一種以規勸告戒爲主的文體。《文心雕龍・銘箴》:“箴者,針也,所以攻疾防患,喻針石也。”

和劉原父澄心紙

君不見曼卿子美真奇才，久已零落埋黄埃〔一〕。子美生窮死愈貴，殘章斷稿如瓊瑰〔二〕；曼卿醉題紅粉壁，壁粉已剥昏烟煤〔三〕。河傾崑崙勢曲折，雪壓太華高崔巍，自從二子相繼没，山川氣象皆低摧〔四〕。君家雖有澄心紙，有敢下筆知誰哉？宣州詩翁餓欲死，黄鵠折翼鳴聲哀，有時得飽好言語，似聽高唱傾金罍〔五〕。二子雖死此翁在，老手尚能工剪裁；奈何不寄反示我，如棄正論求徘詼〔六〕。嗟我今衰不復昔，空能把卷闔且開〔七〕。百年干戈流戰血，一國歌舞今荒臺，當時百物盡精好，往往遺棄淪蒿萊〔八〕。君從何處得此紙，純堅瑩膩卷百枚。官曹職事喜閑暇，臺閣唱和相追陪〔九〕。文章自古世不乏，間出安知無後來〔一〇〕。

至和二年作。題下原注：“一作‘奉賦澄心堂紙’。”劉原父，劉敞，當時官翰林學士知制誥。澄心紙，《苕溪漁隱叢話前集》卷三十引《王直方詩話》曰：“澄心堂紙，乃江南李後主所製，國初亦不甚以爲貴。自劉貢甫（即劉攽，劉敞之弟）首爲題之，又邀諸公賦之，然後世以爲貴重。貢甫詩云：‘當時百金售一幅，澄心堂中千萬軸，後人聞名寧復得，就令得之當不識。’文忠公詩云：‘君不見曼卿子美真奇才，久矣零落埋黄埃。……君家雖有澄心紙，有敢下筆知誰哉？’梅聖俞云：‘寒溪浸楮春夜月，敲冰舉簾匀割脂，焙乾堅滑若鋪玉，一幅百金曾不疑。’東坡云：‘詩老囊空一不留，一番曾作百金收。’又從宋肇求此紙云：‘知君也厭雕肝腎，分我江南數斛愁。’”

〔一〕曼卿：石延年；子美：蘇舜欽。見前注。零落：指死亡。黄埃：黄土。

〔二〕二句詠蘇。歐陽修《蘇氏文集序》："斯文，金玉也，棄擲埋没糞土，不能消蝕。其見遺于一時，必有收而寶之于後世者。雖其埋没而未出，其精氣光怪已能常自發見，而物亦不能掩也。故方其擯斥摧挫、流離窮厄之時，文章已自行于天下，雖其怨家仇人，及嘗能出力而擠之死者，至其文章，則不能少毁而掩蔽之也。"

〔三〕二句詠石。石延年以詩歌稱豪當時，并喜題壁。僧文瑩《湘山野録》即載有石與僧秘演在繁臺寺閣題壁之事。

〔四〕四句深惜石延年、蘇舜欽二人之死。以爲名山大川亦爲之減色。河傾崑崙：古人認爲黄河源出崑崙之墟。太華：即華山，在今陝西省。

〔五〕宣州詩翁：指梅堯臣，宣州人，當時因母喪居鄉。歐陽修對其極爲推崇，四句嘆其一生沉淪困頓。餓欲死：《漢書・東方朔傳》："侏儒長三尺餘，奉一囊粟，錢二百四十；臣朔長九尺餘，亦奉一囊粟，錢二百四十。侏儒飽欲死，臣朔餓欲死。"黄鵠：大鳥名。《楚辭・卜居》："寧與黄鵠比翼乎？"折翼：比喻受挫、不遇于時。金罍（léi）：酒器。

〔六〕徘詼：調笑、戲謔，與"正論"相對。徘通"俳"。

〔七〕闔：閉，掩。四句寫五代争戰擾攘中，南唐君臣縱情聲色，終歸滅亡。

〔八〕歐陽修《有美堂記》："及聖宋受命，海内爲一，金陵以後服見誅，今其江山雖在，而頹垣廢址，荒烟野草，過而覽者，莫不爲之躊躇而悽愴。"南唐于唐末五代時，廢吴自立，建都金陵（今南京市），宋太祖開寶八年（九七五），宋將曹彬攻破金陵，滅南唐。蒿萊：野草，此猶言廢墟。

〔九〕官曹：官署。歐陽修于至和元年七月復職後，即受讒構，經吴充、范鎮等申辨，結果以翰林學士刊修《唐書》，是個閑職，故曰"閑暇"。臺閣：本指尚書省，此指朝廷重臣。

〔一〇〕間出：錯雜而出。杜甫《别蔡十四著作》："天地則瘡痍，朝廷多正臣，異才復間出，周道日惟新。"

太白戲聖俞

開元無事二十年，五兵不用太白閑；太白之精下人間，李白高歌蜀道難〔一〕。蜀道之難難于上青天〔二〕，李白落筆生雲烟。千奇萬險不可攀，卻視蜀道猶平川。宫娃扶來白已醉，醉裹詩成醒不記〔三〕。忽然乘興登名山，龍咆虎嘯松風寒；山頭婆娑弄明月，九域塵土悲人寰〔四〕。吹笙飲酒紫陽家，紫陽真人駕雲車；空山流水空流花，飄然已去凌青霞〔五〕。下看區區郊與島，螢飛露濕吟秋草〔六〕。

至和二年(一〇五五)作。是歲秋，梅堯臣父喪服滿，由宣城至開封。題下原注："一作'讀李白集效其體'。"

〔一〕四句首揭李白及其《蜀道難》。開元：唐玄宗年號(七一三——七四一)，其時爲唐王朝鼎盛時期。五兵：《漢書・吾丘壽王傳》"作五兵"注："謂矛、戟、弓、劍、戈。"太白：即金星。《史記・天官書》以爲太白星主殺伐。李白《胡無人》："雲龍風虎盡交回，太白入月敵可摧。"蜀道難：唐孟棨《本事詩》記李白至長安，賀知章前往探謁，讀到《蜀道難》，大加贊賞，呼爲謫仙。又唐裴敬《翰林學士李公墓碑》："或曰太白之精下降，故字太白；故賀監號爲謫仙，不其然乎？"

〔二〕蜀道之難難于上青天：李白《蜀道難》中的詩句。唐殷璠《河岳英靈集序》:"李白性嗜酒,志不拘檢,常林棲十數載,故其爲文章率皆縱逸。至如《蜀道難》等篇,可謂奇之又奇,自騷人以還,鮮有此體調也。"

〔三〕《新唐書·李白傳》:"帝坐沉香亭子,意有所感,欲得白爲樂章。召入,而白已醉。左右以水頮面,稍解,援筆成文,婉麗精切,無留思。"

〔四〕四句綜合李白詩句,構成種種奇幻之景。登名山、龍咆虎嘯,見《夢游天姥吟留别》:"熊咆龍吟殷巖泉,慄深林兮驚層巔,……且放白鹿青崖間,須行即騎訪名山。"弄明月、悲人寰,見《古風·西上蓮花山》:"西上蓮花山,迢迢見明星,……俯視洛陽川,茫茫走胡兵,流血塗野草,豺狼盡冠纓。"

〔五〕四句寫李白已仙去。吹笙飲酒:見李白《憶舊遊寄譙郡元參軍》:"紫陽之真人,邀我吹玉笙……我醉横眠枕其股……。"紫陽真人:李白有《冬夜于隨州紫陽先生餐霞樓送烟子元演隱仙城山序》、《漢東紫陽先生碑銘》等作。碑銘曰:"予與紫陽神交,飽餐素論,十得其九。……賢哉仙士,六十而化,光光紫陽,善與時而爲龍蛇,固亦以生死爲晝夜。"駕雲車:仙去,指死。

〔六〕郊、島:中唐詩人孟郊、賈島,以苦吟著稱,爲韓愈賞識。宋嚴羽《滄浪詩話》:"李、杜數公,如金鳷擘海,香象渡河,下視郊、島輩,直蟲吟草間耳。"

奉使契丹初至雄州

古關衰柳聚寒鴉,駐馬城頭日欲斜。猶去西樓二千里〔一〕,行人到此莫思家。

至和二年作。是歲八月,歐陽修奉使契丹,途經雄州。雄州州治在今河北雄縣,北宋時與契丹接壤,渡巨馬河即入契丹界。題下原注:"一作‘過塞’。”

〔一〕西樓：指契丹都城上京。《遼史·地理志》：“會同元年(九三八)，改皇都爲上京臨潢府(今遼寧昭烏達盟巴林左旗)。”

邊户

家世爲邊户，年年常備胡，兒童習鞍馬，婦女能彎弧〔一〕。胡塵朝夕起，虜騎蔑如無，邂逅輒相射，殺傷兩常俱〔二〕。自從澶州盟，南北結歡娱，雖云免戰鬥，兩地供賦租〔三〕。將吏戒生事，廟堂爲遠圖，身居界河上，不敢界河漁〔四〕。

至和二年作。邊户指宋與契丹邊界上宋境内的居民。此詩以邊民的口吻，對宋王朝偷安苟且作了委婉的嘲諷。

〔一〕四句意謂邊民世世生活在邊區，爲防禦契丹，兒童婦女都能馳馬射箭。備胡：防禦胡人。古代蔑稱北方少數民族爲胡。婦女能彎弧：《魏書》載《李波小妹歌》：“李波小妹字雍容，褰裙逐馬似卷蓬。左射右射必疊雙，婦女尚如此，男子安可逢。”即爲邊地風習。

〔二〕四句意謂敵騎不時侵入，邊民并不懼怕，相遇時互有殺傷。胡塵：指契丹騎兵入侵。唐陳陶《隴西行》：“五千錦貂喪胡塵。”蔑：賤視。邂逅：偶然相遇。常俱：常有。

〔三〕四句諷宋朝廷屈和，實增民害。澶州盟：即“澶淵之盟”。宋真宗景德元年(一〇〇四)，遼軍對中原地區大肆掠奪，深入宋境。真宗督戰澶州(今河南濮陽)，與遼簽訂屈辱的和約。至此每年嚮遼輸幣銀十萬兩、絹二十萬匹。兩地：指宋朝和遼國。和議的結果不但没有使邊民得到保護，相反却加重了他們的負擔。

〔四〕四句謂宋王朝上下苟且偷安，膽小怕事。廟堂：指朝廷。爲遠圖：以長遠打算爲借口，在邊境發生争紛時，不顧邊民利益，處處退讓。漁：捕魚。

風吹沙

北風吹沙千里黄，馬行确犖悲摧藏〔一〕。當冬萬物慘顔色，冰雪射日生光芒。一年百日風塵道，安得朱顔常美好。攬鞍鞭馬行勿遲，酒熟花開二月時〔二〕。

至和二年作。歐陽修于八月奉使，十二月抵契丹界松山(今河北易縣)，此詩作于契丹境内。

〔一〕确犖：也作"犖确"，高低不平。韓愈《山石》："山石犖确行徑微，黄昏到寺蝙蝠飛。"摧藏：極度悲痛貌。晉成公綏《嘯賦》："和樂怡懌，悲傷摧藏。"

〔二〕歐陽修這次出使，預定二月返回。《奉使道中作三首》："若無二月還家樂，争奈千山遠客愁。"此二句是希望速去速回。"攬鞍鞭"下原注："一作'起鞭歸'。"

重贈劉原父

憶昨君當使北時〔一〕，我往别君飲君家，愛君小鬟初買得，如手未觸新開花。醉中上馬不知夜，但見九陌燈火人喧嘩〔二〕。歸來不記與君別，酒醒起坐空咨嗟。自言我亦隨往矣，行即逢君何恨邪，豈知前後不相及，歲月匆匆行無涯〔三〕。古北嶺口踏新雪，馬盂山西看落霞，風雲暮慘失道路，磵谷夜静聞麏麚；行迷方嚮但看日，度盡山險方逾沙，客心漸遠誠易感，見君雖晚喜莫加〔四〕。我後君歸衹十日，君先躍馬未足誇。新年花發見回雁，歸路柳暗藏嬌鴉，而今春物已爛漫，念昔草木冰未芽〔五〕。人生每苦勞事役，老去尚能憐物華，從今有暇即相過，安得載酒長盈車〔六〕。

至和三年（一〇五六）作。是歲九月改元嘉祐。題下原注：“一作‘憶昨贈劉原父’。”

〔一〕君當使北時：《宋史》本傳記劉敞曾“奉使契丹……還，求知揚州”。

〔二〕九陌：指京城大道。唐駱賓王《帝京篇》：“三條九陌麗城隈，萬户千門平旦開。”

〔三〕四句可與歐陽修另一首《奉使契丹道中答劉原父桑乾河見寄之作》參讀。詩曰：“憶昨初受命，同下紫宸朝，問君當何之，笑指北斗杓。共念到幾時，春風約回鑣，所持既異事，前後忽相遼。歲月坐易失，山川行知遥，回頭三千里，雙闕在紫霄。”

〔四〕八句寫北地景物及道路苦辛，至契丹上京始與劉會面。古北嶺口：即古北口、虎北口，在今北京密雲縣東北一百二十里。馬盂山：《遼史·地理志》：“臨潢府（即上京，在今遼寧昭烏達盟巴林左旗）有馬盂山。”失道路：迷路。麏麚：麞和鹿。此泛指野獸。度盡山險方逾沙：上京在燕山山脈之北的内蒙草原，東南和西南都有沙漠。

〔五〕以上四句嘆時節在行役中飄逝。我後君歸：《奉使契丹道中答劉原父桑乾河見寄之作》："歸路踐冰雪，還家脱狐貂，君行我即至，春酒待相邀。"新年花發：歐陽修于二月回抵開封，當時已滿目春色。隋薛道衡《人日思歸》："人歸落雁後，思發在花前。"藏嬌鴉：梁簡文帝《楊叛兒》："槐香欲覆井，楊柳正藏鴉。"

〔六〕以上四句以希望與劉敞晤對作結。憐物華：杜甫《曲江陪鄭八丈南史飲》："自知白髮非春事，且盡芳樽戀物華。"憐：愛戀。載酒：唐張説《出湖寄趙冬曦》："何時與美人，載酒游宛洛。"

贈王介甫

翰林風月三千首，吏部文章二百年〔一〕。老去自憐心尚在，後來誰與子争先〔二〕。朱門歌舞争新態，緑綺塵埃試拂弦〔三〕。常恨聞名不相識。相逢樽酒盍留連〔四〕。

至和三年作。王介甫，王安石，字介甫。曾鞏曾屢次嚮歐陽修推薦王安石，歐是歲始與王結識，即在《再論水災狀》中加以薦舉："太常博士羣牧判官王安石，學問文章，知名當世，守道不苟，自重其身，議論通明，兼有時才之用，所謂無施不可者。"但王安石時因家累請求外任，其《奉酬永叔見贈》詩云："欲傳道義心雖壯，強學文章力已窮。他日若能窺孟子，終身何敢望韓公。摳衣最出諸生後，倒屣嘗傾廣座中。衹恐虚名因此得，嘉篇爲貺豈宜蒙。"

〔一〕二句託古人贊美王安石詩文。翰林：文學侍從之官，此指李白，李白玄宗時曾供奉翰林。吏部：官署名，掌文職官吏銓叙勳階黜陟之事。《苕溪漁隱叢話前集》卷三十："《漫叟詩話》云：'歐公有詩與王荆公云：翰林風月三千首，吏部文章二百年。荆公答詩云：他日若能窺孟子，終身何敢望韓公。文忠所謂吏部乃謝吏部也，後人疑荆公有韓公之句，遂以爲韓吏部，非也。此二聯政不相參涉。'苕溪漁隱曰：齊吏部侍郎謝朓，以清詞麗句動于一時，長五言詩，與沈約友善，約嘗謂二百年來無此詩也。歐公所用乃此事，見《南史》。"而曾鞏《與王介甫第一書》云："歐公悉見足下之文，愛嘆誦寫，不勝其勤……甚欲一見足下。……歐公更欲足下開廓其文，勿用造語及模擬前人，請相度示及。歐云：孟韓文雖高，不必似之也，取其自然耳。"由曾鞏書所舉孟韓并"文章"二字合觀，可知吏部似指韓愈，韓愈至當時已逾二百年。

〔二〕二句自表愛才傾慕之心。曾鞏《再與歐陽舍人書》："若鞏之淺狹滯拙，而先生遇之厚，懼己之不稱，則欲得天下之材盡出先生之門以爲報之一端耳。……然居今如安石者尚少也，彼誠自重，不願知于人。然如此人古今不常有，如今時所急，無常人千萬不害也，顧如安石，此不可失也。"心尚在：指推賢進士之心不改。

〔三〕二句喻王安石不徇流俗，追求古道古文。朱門：指豪門貴族。緑綺：琴名。晋傅奕《琴賦序》："楚王有琴曰繞梁，司馬相如有緑綺，蔡邕有焦尾，皆名琴也。"

〔四〕二句致邀見之意。曾鞏致書歐陽修時，適歐有契丹之行，使回後纔贈詩王安石，希望能相逢杯酒聯歡。王安石接此詩後，不久即拜訪了歐陽修，以後二人不斷有書信來往。見王安石《上歐陽永叔書》、《上歐陽永叔書二》等文。

吴學士石屏歌

晨光入林衆鳥驚，腷膊羣飛鴉亂鳴。穿林四散投空去，黄口巢中饑待哺。雌者下啄雄高盤，雄雌相呼飛復還。空林無人鳥聲樂,古木參天枝屈蟠。下有怪石横樹間,烟埋草没苔蘚斑〔一〕。借問此景誰圖寫?乃是吴家石屏者。虢工刳山取山骨,朝鑱暮斵非一日,萬象皆從石中出〔二〕。吾嗟人愚不見天地造化之初難,乃云萬物生自然;豈知鐫鑱刻畫醜與妍,千狀萬態不可殫,神愁鬼泣晝夜不得閑。不然安得巧工妙手憊精竭思不可到,若無若有縹緲生雲烟〔三〕。鬼神功成天地惜,藏在虢山深處石;惟人有心無不獲,天地雖神藏不得〔四〕。又疑鬼神好勝憎吾儕,欲極奇怪窮吾才,乃傳張生自西來〔五〕。吴家學士見且咍,醉點紫毫淋墨煤〔六〕。君才自與鬼神鬥,嗟我老矣安能陪。

嘉祐元年(一〇五六)作。題下原注:"一作'和張生鵶樹屏',一無'和'字。"吴學士:吴奎,字長文,濰州北海(今山東益都壽光等地)人。時官翰林學士知制誥。石屏,石刻屏風。

〔一〕以上十句寫石屏上紋理所自然形成的鳥、樹、石等形象。腷(bì)膊:形容飛鳥撲翅聲。黄口:雛鳥。盤:盤旋飛翔。蟠:曲。

〔二〕虢(guó)工:虢州(州治今河南靈寶縣)工匠。刳(kū):挖掘。山骨:指石。韓愈《石鼎詩》:"巧匠斵山骨,刳中事煎烹。"萬象:宇宙間一切景象。此指石屏上的種種形象。

〔三〕以上七句意謂石屏神奇精美,决非自然生成,也非人力能就,而是鬼神晝夜辛勤的結果。造化:造物者。初難:開始締造時的艱難。殫:窮盡。

〔四〕四句謂石屏經鬼斧神工製成後,天地都加護惜,藏在虢山深處;而人對奇物無求不獲,還是掘了出來。虢山:在今河南盧氏縣(屬虢州)境内。無不獲:歐陽修《集古録目序》:"凡物好之而有力,則無不至也。"藏不得:藏不住,不能埋没。

〔五〕又疑三句爲“惟人有心無不獲”之另一提法。意謂鬼神好勝,想以瑰奇至怪使人竭盡聰明才智,也無法贊美得體。故使張生攜至開封。吾儕:吾輩。張生:似指張景山。歐陽修另有《月石硯屏歌》,序説月石硯屏亦爲張景山所贈。西來:虢州位在開封西。

〔六〕咍(hāi):快樂,歡笑。韓愈《感春五首》之四:“前隨杜尹拜表迴,言笑溢口何歡咍。”紫毫:紫毫筆,以宣城所産最爲名貴。淋墨煤:指蘸墨寫詩。

初食車螯

累累盤中蛤,來自海之涯,坐客初未識,食之先嘆嗟。五代昔乖隔,九州如剖瓜,東南限淮海,邈不通夷華〔一〕。于時北州人〔二〕,飲食陋莫加,鷄豚爲異味,貴賤無等差。自從聖人出,天下爲一家,南産錯交廣,西珍富邛巴;水載每連舳,陸輸動盈車,溪潛細毛髪,海怪雄鬚牙〔三〕。豈惟貴公侯,閭巷飽魚蝦。此蛤今始至,其來何晚邪。螯蛾聞二名〔四〕,久見南人誇。璀璨殼如玉,斑斕點生花,含漿不肯吐,得火遽已呀〔五〕。共食惟恐後,争先屢成嘩,但喜美無厭,豈思來甚遐。多慚海上翁〔六〕,辛苦斲泥沙。

嘉祐元年作。題下原注:“一本題上云‘京師’。”車螯爲貝類食物,産淺海沙灘中。明屠本畯《閩中海錯疏》:“陳藏器云:大蛤也,殼有花文,肉白色,大者如碟,小者如拳。”嘉祐初開封初見車螯,梅堯臣、王安石等都有車螯詩。

〔一〕五代四句言宋朝建國前國土分裂,道路阻塞。唐末大混亂,軍閥割據，繼起的梁、唐、晉、漢、周，史稱五代，僅局處中原，與四境隔絶。當時東南和西南地區分爲十國，計有淮南楊行密的吴，四川王建的前蜀，南海劉隱的南漢，福建王潮的閩，兩浙錢鏐的吴越，湖南馬殷的楚，荆南高季興的南平，四川孟知祥的後蜀，江南李昪的南唐，山西劉旻的北漢。九州：指全國。夷：古代對東方部族的貶稱。華：華夏，指中原地區。

〔二〕北州：指開封及開封以北地區，爲北宋疆域的北部。

〔三〕自從八句謂宋初趙匡胤統一天下，南北西東的物産溝通。實際上宋代疆域最窄，北方和西北的漢唐故土均未恢復。聖人：指宋太祖趙匡胤。錯：雜。交廣：今廣東、廣西一帶地區。邛(qióng)巴：今四川一帶。溪潛：指内陸淡水水産。《左傳》隱公三年："澗溪沼沚之毛。"海怪：指海中水産。

〔四〕螯蛾：車螯、車蛾。原注："車螯一名車蛾。"

〔五〕璀璨四句叙車螯性狀。《本草綱目》："車螯，其殼色紫，璀璨如玉，斑點如花。以火炙之，則殼開，取肉食之。"呀：張口。

〔六〕慚：愧，引申爲謝。海上翁：指漁夫。

盤　車　圖

淺山嶙嶙，亂石矗矗，山石磽聲車碌碌。山勢盤斜隨澗谷，側轍傾轅如欲覆。出乎兩崖之隘口，忽見百里之平陸。坡長坂峻牛力疲，天寒日暮人心速〔一〕。楊褒忍饑官太學〔二〕，得錢買此纔盈幅。愛其樹老石硬，山回路轉，高下曲直，横斜隱見，妍媸嚮背各有態，遠近分毫皆可辨〔三〕。自言昔有數家筆，畫古傳多名姓失，後來見者知謂誰，乞詩梅老聊稱述〔四〕。古畫畫意不畫形，梅詩詠物

無隱情，忘形得意知者寡，不若見詩如見畫〔五〕。乃知楊生真好奇，此畫此詩兼有之，樂能自足乃爲富〔六〕，豈必金玉名高貲？朝看畫，暮讀詩，楊生得此可不饑。

嘉祐元年作。題下原注："一本上題'和聖俞'，下注'呈楊直講'。"盤車圖是古代繪畫中的一個題材。《苕溪漁隱叢話前集》卷三十引《西清詩話》："丹青吟詠，妙處相資，昔人謂詩中有畫、畫中有詩者，蓋畫手能狀，而詩人能言之。唐人有《盤車圖》，畫重岡複嶺，一夫馳車山谷間。永叔賦詩：'坡長坂峻牛力疲，天寒日暮人心速。'……且畫工意初未必然，而詩人廣大之。乃知作詩者徒言其景，不若盡其情，此題品之津梁也。"今故宫博物院繪畫館藏有宋人《盤車圖》，繪牛車在山道上艱難行進之狀，真切動人。

〔一〕九句寫畫上的山石、車、牛、人物等景象。"牛力疲"、"人心速"乃滲入了觀畫人的感情，即《西清詩話》所謂"盡其情"。磽聱：形容山石嵯峨，山路崎嶇。

〔二〕楊褒：字之美，官國子監直講。國子監即太學，一嚮被視爲清苦衙門。杜甫《醉時歌》："諸公衮衮登臺省，廣文先生官獨冷；甲第紛紛厭粱肉，廣文先生飯不足。"

〔三〕愛其六句寫楊褒忍饑買畫的原因，同時刻畫圖畫的精美。

〔四〕四句寫楊褒不知《盤車圖》的作者，曾請教梅堯臣。梅堯臣《觀楊之美盤車圖》："古絲昏晦三尺絹，畫此當是展子虔，坐中識别有公子，意思往往疑魏賢。"展子虔是梁代著名畫家，見《歷代名畫記》。魏賢當作衛賢，南唐畫家，曾爲内供奉，擅長樓觀、殿宇、盤車、水磨。

〔五〕古畫四句：《苕溪漁隱叢話》卷三十引《王直方詩話》："歐公《盤車圖》詩云：'古畫畫意不畫形，梅詩詠物無隱情，忘形得意知者寡，不若見詩如見畫。'東坡作《韓幹馬圖詩》云：'韓生畫馬真是馬，蘇子作詩如見畫，世無伯樂亦無韓，此詩此畫誰當看？'又云：'論畫以形似，見與兒童鄰。賦詩必此詩，定知非詩人。詩畫本一律，天工與清新。'又云：'少陵翰墨無形畫，韓幹丹青不語詩，此畫此詩今已矣，人間駑驥謾争馳。'余以爲若論詩畫，于此盡矣。每誦數過，殆欲常以爲法也。"

〔六〕樂能自足：即知足常樂之意。

贈沈博士歌

沈夫子，胡爲醉翁吟？醉翁豈能知爾琴。滁山高絶滁水深，空巖悲風夜吹林，山溜白玉懸青岑〔一〕，一瀉萬仞源莫尋。醉翁每來喜登臨，醉倒石上遺其簪。雲荒石老歲月侵，子有三尺徽黄金，寫我幽思窮崎嶔〔二〕。自言愛此萬仞水，謂是太古之遺音。泉淙石亂到不平，指下嗚咽悲人心。時時弄餘聲，言語軟滑如春禽〔三〕。嗟乎沈夫子，爾琴誠工彈且止。我昔被謫居滁山，名雖爲翁實少年〔四〕。坐中醉客誰最賢，杜彬琵琶皮作弦；自從彬死世莫傳，玉練鎖聲入黄泉〔五〕。死生聚散日零落，耳冷心衰翁索莫〔六〕。國恩未報慚禄厚，世事多虞嗟力薄。顔摧鬢改真一翁，心以憂醉安知樂〔七〕！沈夫子謂我：翁言何苦悲？人生百年間，飲酒能幾時？攬衣推琴起視夜，仰見河漢西南移〔八〕。

嘉祐元年作。題下原注："一作《醉翁吟》。"歐陽修又有《贈沈遵》詩，自序云："予昔于滁州，作醉翁亭于瑯琊山，有記刻石，往往傳人間。太常博士沈遵，好奇之士也，聞而往游焉。愛其山水，歸而以琴寫之，作《醉翁吟》一調,惜不以傳人者五六年矣。去年冬,予奉使契丹,沈君會予于恩、冀之間,夜闌酒半,出琴而作之。予既嘉君之好尚,又愛其琴聲,乃作歌以贈之。"

〔一〕山溜:指山間瀑布澗水。山:原注:"一作'泉'。"

〔二〕雲荒三句謂雖然時過境遷,但沈遵的琴聲却能反映出自己當年曲折的幽思。三尺:指琴。徽:七弦琴琴面上十三個指示音節的標誌。"徽黄金"即以黄金爲徽。崎嶔:孤直磊落。宋劉敞《種蔬》"聊以資素飽,身世實崎嶔。"

〔三〕以上六句贊沈遵的音樂妙寫自然。《贈沈遵》:"有如風輕日暖好鳥語,夜静山響春泉鳴,坐思千巖萬壑醉眠處,寫君三尺膝上横。"

〔四〕我昔二句:《贈沈遵》:"我時四十猶強力,自號醉翁聊戲客。"

〔五〕以上四句因沈遵而追念杜彬。杜彬:歐陽修謫知滁州時的通判,其時已死。玉練鎖:原注:"東坡詩云:'新客從翻玉連鎖。'練疑當作連。"指琵琶聲。黄泉:地下。《苕溪漁隱叢話前集》卷十六:"《後山詩話》云:'歐陽公謫永陽,聞其倅杜彬善琵琶,酒間請之,正色盛氣而謝不能,公亦不復強也。後彬置酒,數行,遽起還内,微聞絲聲,且作且止而漸近,久之,抱器而出,手不絶彈,盡莫(暮)而罷。公喜甚,過所望也。故公詩云:杜彬琵琶皮作絃,自從彬死世莫傳。皮弦,世未有也。'苕溪漁隱曰:唐賀懷智于明皇時彈琵琶,以石爲槽,鵾雞筋作絃,用鐵爲撥。今杜彬以皮爲絃,各自是一家也。"

〔六〕索莫:枯寂而無生氣。《文心雕龍·風骨》:"索莫乏氣。"

〔七〕虞:憂慮、不測。憂醉:憂思深重貌。唐陳子昂《感遇》:"一繩將何繫,憂醉不能持。"四句自寫心境悲涼。

〔八〕河漢西南移:指夜已深。魏文帝《燕歌行》:"明月皎皎照我床,星漢西流夜未央。"

憶滁州幽谷

滁南幽谷抱千峯，高下山花遠近紅。當日辛勤皆手植，而今開落任春風。主人不覺悲華髮，野老猶能説醉翁〔一〕。誰與援琴親寫取，夜泉聲在翠微中〔二〕。

嘉祐元年作。參見《贈沈博士歌》及注。

〔一〕主人：歐陽修自指。華髮：白髮。《贈沈遵》："沈夫子，君過滁陽今幾時？滁人皆喜醉翁醉，至今人人能道之。長記山間逢太守，籃輿酩酊插花歸。我時四十猶強力，自號醉翁聊戲客，爾來憂患十年間，鬢髮未老嗟先白。滁人思我雖未忘，見我今應不能識。"

〔二〕二句指沈遵作琴曲《醉翁吟》。

感興五首(選二)

清夜雖云長，白日亦易晚，循環百刻中，勢若丸走坂〔一〕。盈虧自相補，得失何足算。餐霞可延年〔二〕，飲酒誠自損。未知辛苦長，孰若適意短？二者一何偷，百年皆不免〔三〕。顔回不著述，後世存愈遠；聖賢非虚名，惟善可爲勉〔四〕。

仕宦希寸禄，庶無饑寒迫〔五〕。讀書事文章，本以代耕織，學成頗自喜，禄厚愈多責〔六〕。挾山以超海，事有非其力,君子貴量能,無輕食人食〔七〕!

嘉祐元年作。題下原注:"齋于醴泉宫作。"是歲三月,歐陽修官判太常寺兼禮儀事,故于年底從事祭祀執事。

〔一〕四句謂日夜循環,時光易逝。百刻:古代以刻漏計時,一晝夜分百刻,見《名義考》。

〔二〕餐霞:古人認爲神仙以霞爲餐,這裏指素食。《南史·褚伯玉傳》:"却粒(穀)之士、餐霞之人,乃可暫致,不宜久羈。"

〔三〕未知四句意謂生活艱困而長壽,不如生活舒適而短命,但無論長短,均不免一死。偷:苟且。《禮記·表記》:"安肆日偷。"百年:一生,指死。杜甫《因崔五侍御寄高彭州》:"百年已過半,秋至轉饑寒。"

〔四〕顔回:孔子弟子,一生没有著述,以德行受到孔子的贊揚並著稱于世。四句言立身修德行爲本。歐陽修《送徐無黨南歸序》:"自《詩》、《書》、《史記》所傳,其人豈必能言之士哉!修于身矣,而不施于事、不見于言亦可也。孔子弟子有能政事者矣,有能言語者矣。若顔回者,在陋巷,曲肱饑卧而已,其羣居則默然終日如愚人。然自當時羣弟子皆推尊之,以爲不敢望而及,而後世更百千歲亦未有能及之者。"

〔五〕二句意爲做官求禄,祇爲免饑寒。寸禄:微薄的俸禄。晉左思《詠史詩》:"外望無寸禄,内顧無斗儲。"歐陽修《荆南樂秀才書》:"僕少孤貧,貪禄仕以養親,不暇就師窮經以學聖人之遺業。"

〔六〕古代以士農工商爲四民,士無恒産,以讀書食禄代耕織;而俸禄愈豐厚,所負的責任愈重大。以上四句所表達的是歐陽修地位日高後經常流露的思想。

〔七〕挾山超海:喻力所不及。《孟子·梁惠王》:"挾太山以超北海,語人曰我不能,是誠不能也。爲長者折枝,語人曰我不能,是不爲也,非不能也。"歐陽修《歸田録序》:"蓋方其壯也,猶無所爲,今既老且病矣。是終負人主之恩,而徒久費大農之錢,爲太倉之鼠也。"四句實際表現了歐陽修有及時引退之意。

禮部貢院閲進士就試

紫案焚香暖吹輕,廣庭清曉席羣英〔一〕。無嘩戰士銜枚勇,下筆春蠶食葉聲〔二〕。鄉里獻賢先德行,朝廷列爵待公卿〔三〕。自慚衰病心神耗,賴有羣公鑑裁精〔四〕。

嘉祐二年(一〇五七)作。是歲正月,歐陽修權知禮部貢舉。他擯斥時文,提倡古文,用行政手段爲古文運動的勝利奠定了基礎。但這次文風改革,也引起以時文邀名譽者的不滿。宋葉夢得《石林燕語》:"至和、嘉祐間,場屋舉子爲文奇澀,讀或不能成句,歐公欲力革其弊,既知貢舉,凡文涉雕刻者皆黜之。時范景仁(鎮)、王禹玉(珪)、梅公儀(摯)等同事,而梅聖俞爲參詳官,未引試前,唱酬詩極多。文忠詩'無嘩戰士銜枚勇,下筆春蠶食葉聲'最爲警策;聖俞有'萬蟻戰時春日暖,五星明處夜堂深',亦爲諸公所稱。及放榜,平日有聲如劉煇輩皆不與選,士論頗洶洶,以爲主司耽酬唱,不暇詳考校,且以五星自比,而以我曹爲蠶蟻,因造爲醜語。自是禮闈不復敢作詩,終元豐末幾三十年;元祐初雖稍稍爲之,要不如前日之盛。然是榜得蘇子瞻(軾)爲第二人,子由(轍)與曾子固(鞏)皆在選,亦不可謂不得人矣。"按這次同知禮部貢舉的除《石林燕語》所記三人外,還有韓子華(絳),見《歸田録》。

〔一〕紫案:紅木案几。暖吹:暖風。羣英:指各地來京的應試者。宋代禮部試場在尚書省。《苕溪漁隱叢話前集》卷二十九引《蔡寬夫詩話》:"故事:春試進士皆在南省中東廂。刑部有樓甚雄壯,旁視宣德，直抵州橋。鎖院每以正月五日，至元夕例未引試，考官往往竊登樓以望御路燈火之盛。"

〔二〕二句寫應試場面和氣氛。銜枚：古代秘密進軍襲擊敵人時，士兵口中皆銜枚防止喧嘩。枚：形如筷子，兩端有帶，可系在頸上。歐陽修《秋聲賦》："又如赴敵之兵，銜枚疾走，不聞號令，但聞人馬之行聲。"春蠶食葉聲：形容試場寂静，衹聽筆與紙相觸發出的聲響。

〔三〕鄉里獻賢：宋代參加進士試的舉子，由各州府和太學選送，德行是入選的重要標準。朝廷列爵：指經禮部考試中式後，再經殿試。由朝廷對中式的進士授官敘爵。

〔四〕羣公：指同知貢舉的范鎮等人。鑑裁：鑒別裁定。唐宋後宰執、翰林等職，多由進士出身的人擔任。

刑部看竹效孟郊體

花妍兒女姿，零落一何速；竹色君子德，猗猗寒更緑〔一〕。京師多名園，車馬紛馳逐，春風紅紫時，見此蒼翠玉〔二〕。凌亂迸青苔，蕭疏拂華屋，森森日影閑，濯濯生意足。幸此接清賞，寧辭薦芳醁。黄昏人去鎖空廊，枝上月明春鳥宿〔三〕。

嘉祐二年作。刑部，尚書省六部之一。詩作于禮部試士時。孟郊，唐代詩人，作品刻劃深細、懇摯動人。韓愈在孟郊死後的挽詩中有"孟郊死葬北邙山，日月風雲暫得閑"之句。此詩即模倣孟郊詩風，梅堯臣有和作。

〔一〕四句以花與竹相較,言竹有“後凋”之德。“兒女姿”、“君子德”比喻花竹品格不同。零落一何速：孟郊《觀種樹》:“君看朝夕花,誰免離别愁。”君子：古代常以稱竹。《晉書・王徽之傳》:“嘗寄居空宅中,便令種竹。或問其故,徽之但嘯詠,指竹曰：何可一日無此君邪?”猗猗：形容竹茂盛美好貌。《詩・衛風・淇奥》:“瞻彼淇奥,緑竹猗猗。”

〔二〕蒼翠玉：指竹。唐人詩中多以竹比玉,如劉禹錫《庭竹》:“露滌鉛粉節,風摇碧玉枝。”劉言史《僧檐前獨竹詠》:“欲以袈裟拂著來,一邊碧玉無輕粉。”

〔三〕以上八句寫各種竹景。濯濯：明净清新貌。薦芳醁：飲美酒。

送梅龍圖公儀知杭州

萬室東南富且繁,羡君風力有餘閑〔一〕。漁樵人樂江湖外,談笑詩成樽俎間〔二〕。日暖梨花催美酒,天寒桂子落空山〔三〕。郵筒不絶如飛翼,莫惜新篇屢往還〔四〕。

嘉祐二年作。是歲,梅摯以龍圖閣直學士知杭州。梅摯字公儀,成都新繁(今屬四川省)人。

〔一〕二句稱譽梅摯的政治才能,治理富饒繁劇的杭州綽有餘裕。宋仁宗《賜梅摯知杭州》:“地有吴山美,東南第一州。”歐陽修《有美堂記》:“今其(杭)民幸富完安樂,又其俗習工巧,邑屋華麗,蓋十餘萬家。”風力：風彩骨力。《宋史・張奎傳》:“奎治身有法度,風力精強,所至有治跡。”

〔二〕二句具體描寫梅摯的風彩和骨力。《宋史》本傳謂“摯性淳静,不爲矯厲之行，政迹如其爲人。平居未嘗問生業，喜爲詩，多警句。"樽俎：古代盛酒和肉的二種器皿。樽爲酒器，俎爲載肉之具。

〔三〕桂子：桂花。唐宋之問《靈隱寺》："桂子月中落，天香雲外飄。"

〔四〕二句下原注："一作'雖然不得陪佳賞，應有新篇慰病顔'。"郵筒：也稱"詩筒"。《唐語林》："白居易爲杭州刺史時，吴興守錢徽、吴郡守李穰，悉平生舊交，日以詩相寄贈。後元稹領會稽，參其酬唱，多以竹筒盛詩往來。"此風後代亦流行。

答梅聖俞大雨見寄

夕雲若頽山，夜雨如决渠，俄然見青天，焱焱升蟾蜍，倏忽陰氣生，四面如吹嘘〔一〕。狂雷走昏黑，驚電照夔魖，搜尋起龍蟄，下擊墓與墟〔二〕。雷聲每軒轟〔三〕，雨勢隨疾徐，初若浩莫止，俄收闃無餘，但掛千丈虹，紫翠横空虚。頃刻百變態，晦明誰卷舒？豈知下土人〔四〕，水潦没襟裾，擾擾泥淖中，無異鴨與猪。嗟我來京師，庇身無弊廬，閑坊僦古屋，卑陋雜里閭〔五〕。鄰注涌溝竇，街流溢庭除，出門愁浩渺，閉户恐爲瀦，牆壁豁四達，幸家無貯儲〔六〕。蝦蟆鳴竈下，老婦但欷歔；九門絶束薪，朝爨欲毁車〔七〕。壓溺委性命，焉能顧圖書？乃知生堯時，未免憂爲魚〔八〕。梅子猶念我，寄聲憂我居，慰我以新篇，琅琅比瓊琚。官閑行能薄，補益愧空疏，歲月行晚矣，江湖盍歸歟〔九〕！吾居傳郵爾，此計豈躊躇〔一〇〕。

嘉祐二年作。歐陽修同時有致梅堯臣書："某啓：自入夏，閭巷相傳以謂今秋水當不減去年。初以爲訛言,今乃信然。兩夜家人皆戽水,并乃翁達旦不寐。街衢浩渺,出入不得,更三數日不止,遂復謀逃避之處。住京况味,其實如此,奈何奈何!方以爲苦,不意公家亦然,且須少忍。特承惠問存恤,多感多感。”

〔一〕六句寫夏秋間雷雨時陰晴不定的景狀。頽山:崩山、墜山,形容陰雲壓地。蟾蜍:指月亮。《後漢書·天文志》注:“羿請無死之藥于西王母,姮娥竊之以奔月,是爲蟾蠩。”吹嘘:噴吐。

〔二〕四句寫雷電交加。漢王充《論衡·雷虚篇》:“盛夏之時,雷電迅疾,擊折樹木,壞敗室屋,時犯殺人。世俗以爲擊折樹木、壞敗室屋者,天取龍;其犯殺人也,謂之陰過。”夔魖(xū):鬼魅。《漢書·揚雄傳》:“梢夔魖而抶獝狂。”

〔三〕軒轟:車輪滚動聲。

〔四〕下土人:即地上人。下土,對上天而言。

〔五〕四句自叙居處。歐陽修當時官攝禮部侍郎判尚書禮部,地位已很高,生活仍艱困。坊:唐宋時城内居民以坊爲區劃。僦:租賃。里閭:民間。

〔六〕六句寫雨中困境。鄰注:指鄰居房屋的檐溜。庭除:庭前階下,即庭院。晉曹攄《思友人》:“密雲翳陽景,霖潦淹庭除。”潴(zhū):積水的池沼。牆壁豁四達:《史記·司馬相如傳》:“相如乃與馳歸,家居徒四壁立。”貯儲:積蓄、餘財。

〔七〕四句寫飲食都發生困難。蝦蟆:即蛙。晉成公綏《陰霖賦》:“百川泛濫潰潦流,竈中生蛙庭運舟。”九門:指京城。絶束薪:没有賣柴草的人。爨(cuàn):炊。

〔八〕生堯時:漢晁錯《論貴粟疏》:“故堯、禹有九年之水,湯有七年之旱。”爲魚:指被水淹溺。《左傳》昭公元年:“微禹,我其魚乎。”

〔九〕官閑四句:自謙任閑官,能力薄弱,無補時政。歲月:指年紀。盍:合,當。

〔一〇〕傳郵:傳舍、旅館。《漢書·蓋寬饒傳》:“富貴無常,忽則易人,此如傳舍,閱人多矣。”此計：指歸隱的打算。

鶴

樊籠毛羽日低摧〔一〕,野水長松眼暫開。萬里秋風天外意,日斜閑啄岸邊苔。

嘉祐二年作。此詩寫被羈樊籠的鶴,毛羽摧頹,空有天外之志,當自抒身世之慨。

〔一〕柳宗元《籠鷹詞》:“羽翼脱落自摧藏。”

雁

來時沙磧已冰霜,飛過江南木葉黄。水闊天低雲暗淡,朔風吹起自成行。

嘉祐二年作。

嘗新茶呈聖俞

建安三千里,京師三月嘗新茶,人情好先務取勝,百物貴早相矜誇〔一〕。年窮臘盡春欲動，蟄雷未起驅龍蛇，夜間擊鼓滿山谷，千人助叫聲喊呀。萬木寒癡睡不醒，惟有此樹先萌芽；乃知此爲最靈物，宜其獨得天地之英華〔二〕。終朝采摘不盈掬，通犀銙小圓復窊；鄙哉穀雨槍與旗，多不足貴如刈麻〔三〕。建安太守急寄我，香蒻包裹封題斜〔四〕。泉甘器潔天色好，坐中揀擇客亦嘉。新香嫩色如始造，不似來遠從天涯。停匙側盞試水路，拭目彎空看乳花。可憐俗夫把金錠，猛火炙背如蝦蟆〔五〕。由來真物有真賞，坐逢詩老頻咨嗟〔六〕。須臾共起索酒飲，何異奏雅終淫哇〔七〕。

嘉祐三年(一〇五八)作。歐陽修《歸田録》:"茶之品，莫貴于龍鳳，謂之團茶，凡八餅重一斤。慶曆中，蔡君謨(襄)爲福建路轉運使，始造小片龍茶以進，其品絶精，謂之小團，凡二十餅重一斤，其價直金二兩，然金可有而茶不可得。每因南郊致齋，中書、樞密院各賜一餅，四人分之，宫人往往縷金花于其上，蓋其貴重如此。"此詩即寫蔡襄所贈福建新茶的精美。

〔一〕四句謂建安距開封三千里，而開封三月份即能品嘗建安新茶，可見宋人飲茶之好尚。建安：地名，即今福建建甌縣。宋趙汝礪《北苑别録》:"建安之東三十里，有山曰鳳凰，其下直北苑，旁聯諸焙，厥土赤壤，厥茶惟上上。太平興國中初爲御焙，歲模龍鳳，以羞貢篚，蓋表珍異。"

〔二〕"年窮"以下寫采茶情景。《北苑别録·開焙》:"驚蟄節萬物始萌，每歲常以前三日開焙，遇閏則反之，以其氣候少遲故也。"又《采茶》:"采茶之法，須是侵晨，不可見日。侵晨則夜露未晞，茶芽肥潤；見日則爲陽氣所薄，使芽之膏腴内耗，至受水而不鮮明。故每日常以五更撾鼓，集羣夫于鳳凰山，監采官人給一牌入山，至辰刻復鳴鑼以聚之，恐其逾時貪多務得也。"

〔三〕四句意謂早春之茶少而名貴,穀雨之後便多不值錢。掬:雙手捧載。通犀:指有孔相通。銙:古腰帶飾物。建安貢茶有貢新銙、試新銙、龍團勝雪、白茶等名稱。窊:凹陷。穀雨:清明後第十五日,二十四節氣之一。槍與旗:宋熊蕃《宣和北苑貢茶録》:"凡茶芽數品,最上者曰小芽,如雀舌鷹爪,以其勁直纖鋭,故號芽茶。次曰中芽,乃一芽帶一葉者,號一槍一旗。次曰大芽,乃一芽帶兩葉者,號一槍兩旗。其帶三葉四葉者,皆漸老矣。"

〔四〕建安太守:指蔡襄,字君謨,時知福州。蒻(ruò):嫩香蒲。

〔五〕泉甘八句寫當時飲茶風習。宋人飲茶之法十分講究,宋徽宗《大觀茶録》等書有詳細記載。宋黄儒《品茶要録》:"然士大夫間爲珍藏精試之具,非會雅好真,未嘗輒出。其好事者又嘗論其采製之出入,器用之宜否,較試之湯火,圖于縑素,傳玩于時。"乳花:烹茶所起的泡沫。唐崔珏《美人嘗茶行》:"銀瓶貯泉水一掬,松雨聲來乳花熟。"又歐陽修《次韻再作》:"泛之白花如粉乳。"金錠:指黄色茶磚。"錠"原注:"一作挺,一作鋌。《茶録》多用挺,字爲古。按《集韻》:錠字去聲,訓鐙;鋌字上聲,訓銅鐵樸。"

〔六〕詩老:指梅堯臣。

〔七〕奏雅終淫哇:本謂奏大雅之樂,而結以邪僻之曲;此喻飲茶本屬高雅之會,而俗夫却以酒筵收歇。奏雅:《漢書·司馬相如傳》:"相如雖多虚辭濫説,然要其歸,引之以節儉,此亦詩之風諫何異?揚雄以爲靡麗之賦,勸百而諷一,猶騁鄭衛之聲,曲終而奏雅,不已戲乎!"淫哇:指邪僻放蕩的歌曲。晋嵇康《養生論》:"目惑玄黄,耳務淫哇。"

送朱職方提舉運鹽

齊人謹鹽筴,伯者之事爾,計口收其餘,登耗以生齒;

民充國亦富，粲若有條理，惟非三王法，儒者猶爲耻〔一〕。後世益不然，榷奪由漢始，權量自操持，屑屑已甚矣〔二〕！穴竈如蜂房，熬波銷海水，豈知戴白民，食淡有至死〔三〕。物艱利愈厚，令出奸隨起，良民陷盜賊，峻法難禁止；問官得幾何，月課煩笞箠，公私兩皆然，巧拙可知已〔四〕。英英職方郎，文行粹而美，連年宿與泗，有政皆可紀；忽來從辟書，感激赴知己，閔然哀遠人，吐策獻天子〔五〕：治國如治身，四民猶四體，奈何窒其一，無異鈦厥趾；工作而商行，本末相表裏，臣請通其流，爲國掃泥滓；金錢歸府藏，滋味飽閭里，利害難先言，歲月可較比〔六〕。鹽官皆謂然，丞相曰可喜〔七〕。適時乃爲才，高論徒譎詭，夷吾苟今出，未以彼易此〔八〕。隋堤樹毿毿，汴水流瀰瀰，子行其勉旃，吾黨方傾耳〔九〕。

嘉祐三年作。題下原注："一本云表臣。"朱職方，朱表臣，時以職方郎中提舉東南鹽運。《續資治通鑑》宋紀五十七，仁宗嘉祐二年："初，三司言商旅于榷貨務人見錢算東南鹽，歲課四百萬緡，諸路搬運不足而資益虧，請選官置司以主之。十一月癸酉朔，置江、淮南、荆湖制置司勾當運鹽公事一員。"

〔一〕八句意謂春秋時齊國曾以魚鹽之利致富，其法爲"霸道"而非"王道"，故爲儒家所鄙棄。筴：同"策"。伯者：指主張霸道（即以武力兼并天下）的人。伯通"霸"。登耗：指增減。生齒：人口。民充國亦富：《史記·貨殖列傳》："故太公望封于營丘，地潟鹵，人民寡。于是太公勸其女功，極技巧，通魚鹽，則人物歸之，繦至而輻輳。故齊冠帶衣履天下，海岱之間斂袂而往朝焉。其後齊中衰，管子修之，設輕重九府，則桓公以霸，九合諸侯，一匡天下。"三王：指夏禹、商湯、周文王，是儒家理想的聖明君主。儒者猶爲耻：《孟子·梁惠王》："齊宣王問曰：齊桓、晉文之事，可得聞乎？孟子對曰：仲尼之徒無道桓、文之事者，是以後世無傳焉，臣未之聞也。無以，則王乎。"

〔二〕四句言後世侵民日甚。榷奪由漢始：指西漢武帝時，桑弘羊提出重農抑商，政府推行鹽、鐵、酒類等專賣政策。榷奪：指利用行政權來剥奪商人利益。權量：稱量物品的輕重。屑屑：勞碌不安貌。《漢書·王莽傳》："晨夜屑屑，寒暑勤勤。"

〔三〕四句意謂沿海雖然大量産鹽，但百姓却有終生吃不到海鹽的。穴竈：古代煮海水煎鹽用的竈坑，鹽民也稱竈户。蜂房：喻鹽竈之多。戴白：白髮老人。《漢書·嚴助傳》："戴白之老。"

〔四〕物艱八句謂因鹽利厚，人民冒死販運，雖嚴刑峻法不能禁止；而官府收入亦微，每月鹽税要用刑催迫纔能徵到，公私兩蒙其害。峻法：嚴厲的刑法。宋代鹽法經常變化，最嚴厲時人有運鹽三斤者即處死刑。課：徵收賦税。笞箠：杖刑。《漢書·刑法志》："笞者，所以教之也，其定箠令。"注："箠，策也，所以擊者也。"巧拙：巧指齊國之法，拙指漢後之法。按：春秋齊國鹽史載不詳。

〔五〕以上八句稱譽朱表臣宿、泗二州政績，以及應詔進京上書言事。英英：雋美。《晉書·荀闓傳》："京師語曰：'洛中英英荀道明。'"職方郎：職方郎中，唐、宋屬兵部，其官源于《周禮》夏官有職方氏，掌天下之地圖，主四方之職貢。此指朱表臣。文行：文章德行。《論語·述而》："子以四教，文行忠信。"宿與泗：宿州（今安徽宿縣）和泗州（今江蘇盱眙縣北）。此句謂朱表臣曾長期在宿泗任地方官。辟書：徵召的文書。遠人：指上文中的鹽民。吐策：謂無顧忌地直言。

〔六〕以上十二句概括朱表臣上書内容。意謂要工商并重，加強商業流通，使政府增加收入、百姓能有鹽吃。其利弊得失，時間自會作出比較。四民：指士、農、工、商。窒其一：指禁止商人經營鹽業。釱厥趾：給脚戴上刑具。《漢書·食貨志》："敢私鑄鐵器鬻鹽者，鈦左趾。”顔師古注：“鈦，足鉗也。”鈦（dì），即脚鐐一類刑具。本末：古代以農爲本、商爲末。此謂工作商行雖有本末之分，但應象有内必有外一樣互相配合。掃泥滓：清除積弊。府藏：政府的金庫。閭里：民間。較比：核對，引申爲證實。

〔七〕鹽官：指掌管鹽鐵之官，屬三司（鹽鐵、度支、户部）。二句謂三司上言，設置勾當運鹽公事獲准。

〔八〕譎詭：變化莫測。夷吾：管仲，字夷吾，齊桓公的宰相。四句意謂因時制宜纔見才能，無根之論不過徒滋紛争，即使管仲復生，也未必不用此法。

〔九〕四句寫送别情景，并望聽到好消息。隋堤：隋煬帝開汴渠時修築，堤上多植柳。毵毵（sān）：柳絲細長濃密狀。唐韋莊《古别離》：“晴烟漠漠柳毵毵，不那離情酒半酣。”瀰瀰：水深大貌。《詩・邶風・新臺》：“新臺有泚，河水瀰瀰。”勉旃（zhān）：勉之。旃：之焉的合音。漢楊惲《報孫會宗書》：“愿勉旃，毋多談。”傾耳：注意聽取。《戰國策・秦策》：“側目而視，傾耳而聽。”

謝觀文王尚書惠西京牡丹

京師輕薄兒，意氣多豪俠，争誇朱顔事年少，肯慰白髮將花插〔一〕。尚書好事與俗殊，憐我霜毛苦蕭颯，贈以洛陽花滿盤，鬥麗争奇紅紫雜〔二〕。兩京相去五百里，幾日馳來足何捷，紫檀金粉香未吐，緑萼紅苞露猶浥〔三〕。謂我嘗爲洛陽客，頗嚮此花曾涉獵〔四〕。憶昔進士初登科，始事相公沿吏牒，河南官屬盡賢俊，洛城池籞相連接。我時年纔二十餘，每到花開如蛺蝶〔五〕，姚黄魏紅腰帶鞓，潑墨齊頭藏緑葉，鶴翎添色又其次，此外雖妍猶婢妾〔六〕。

爾來不覺三十年，歲月纔如熟羊胛〔七〕。無情草木不改色，多難人生自摧拉〔八〕，見花了了雖舊識，感物依依幾抆睫〔九〕。念昔逢花必沽酒，起坐歡呼屢傾榼〔一〇〕，而今得酒復何爲，愛花繞之空百匝。心衰力懶難勉強，與昔一何殊勇怯。感公意厚不知報，墨筆淋漓口徒囁〔一一〕。

嘉祐三年作。題下原注："舉正。"王尚書，王舉正，字伯仲，真定（今河北正定）人，時以觀文殿學士禮部尚書知河南府。西京即洛陽，河南府府治。

〔一〕四句謂開封少年馳逐聲色，無人以花相贈。

〔二〕四句謝王舉正贈花。霜毛：即白髮。杜牧《長安雜題長句》："四海一家無一事，將軍攜鏡泣霜毛。"洛陽花：歐陽修《洛陽牡丹記》："洛陽亦有黄芍藥，緋桃，瑞蓮，千葉李，紅郁李之類，皆不減它出者。而洛陽人不甚惜，謂之果子花，曰某花某花，至牡丹則不名，直曰花，其意謂天下真花獨牡丹，其名之著，不假曰牡丹而可知也。"

〔三〕四句謂自西京送至東京，花猶鮮活。《洛陽牡丹記》："洛陽至東京六驛，舊不進花，自今徐州李相迪爲留守時始進御。歲遣衙校一員乘驛馬，一日一夕至京師。所進不過姚黄、魏花三數朵。以菜葉實竹籠子藉覆之，使馬上不動摇，以蠟封花蒂，乃數日不落。"浥（yì）：濕潤。王維《渭城曲》："渭城朝雨浥輕塵。"

〔四〕涉獵：閱歷、觀賞。

〔五〕六句追憶昔年在洛陽事，即天聖八年舉進士後官西京留守推官時光景，參見《七交》詩及注。相公：指西京留守錢惟演。沿吏牒：謂因襲官職，指作推官。池籞（yù 御）：池苑、園林。洛陽多園林，宋李格非有《洛陽名園記》。

〔六〕以上四句中之姚黄、魏紅、腰帶鞓、潑墨、齊頭、鶴翎紅、添色紅，均爲牡丹名品，參見《洛陽牡丹記》及《洛陽牡丹圖》詩和注。

〔七〕熟羊胛：謂時日短促。《苕溪漁隱叢話》前集卷三十：“余讀《資治通鑑》云：‘唐太宗時，骨利幹遣使入貢。骨利幹于鐵勒諸部爲最遠，晝長夜短，日没後天色正曛，煮羊脾適熟，日已復出矣。’所記與史載小異。此作羊脾，歐公作羊胛，仄聲押韻，未知孰是？”

〔八〕二句慨嘆物猶如此，人事已非。歐陽修《秋聲賦》：“嗟乎，草木無情，有時飄零。人爲動物，惟物之靈；百憂感其心，萬事勞其形，有動于中，必摇其精。……奈何以非金石之質，欲與草木而争榮？”摧拉：摧枯拉朽，此謂多受挫折磨難。

〔九〕了了：清楚貌。李白《秋浦歌》：“桃波一席地，了了語聲聞。”拭睫：拭目，指流泪。杜甫《春望》：“感時花濺泪。”

〔一〇〕榼：古代盛酒器具。

〔一一〕囁：囁嚅，吞吞吐吐之狀。韓愈《送李愿歸盤谷序》：“口將言而囁嚅。”

歸田四時樂春夏二首

春風二月三月時，農夫在田居者稀。新陽晴暖動膏脈〔一〕，野水泛灎生光輝。鳴鳩聒聒屋上啄，布穀翩翩桑下飛。碧山遠映丹杏發，青草暖眠黄犢肥。田家此樂知者誰，吾獨知之胡不歸〔二〕？吾已買田清潁上，更欲臨流作釣磯〔三〕。

南風原頭吹百草，草木叢深茅舍小。麥穗初齊稚子嬌〔四〕，桑葉正肥蠶食飽。老翁但喜歲年熟，餉婦安知時節好〔五〕。野棠梨密啼晚鶯，海石榴紅囀山鳥。田家此樂知者誰，吾獨知之歸不早。乞身當及强健時〔六〕，顧我蹉跎已衰老。

嘉祐三年作。原注:“秋冬二首命聖俞分作。”歐陽修有致梅堯臣書曰:“某啓:經節陰雨,猶幸且晴,不審尊候何似。閑作《歸田樂》四首,祇作得二篇,後遂無意思。欲告聖俞續成之,亦一時盛事。來日食後早訪及爲望。”又:“某啓:承寵惠二篇,欽誦感愧。思之正如雜劇人上名,下韻不來,須勾副末接續爾,呵呵。家人見誚好時節將詩去人家厮攪,不知我輩用以爲樂爾。後日絶早過吃不託,適簡誤云食後,這回不是廳子誤也。”梅堯臣《續永叔歸田樂秋冬二首》:“秋風忽來鳴蟪蛄,豆葉半黄秋水枯,織婦夜作露欲冷,社酒已熟人相呼。坎坎擊鼓坐林下,醉去自有兒童扶。壯男獨獵南山虎,中子已報荒徑狐。田家此樂樂有餘,食肉緝皮裘豈無?我雖愛之乏寸土,待買短艇歸江湖。”“北風如刀割寒骨,穀已成囷不倉猝,任從密雪落交加,旋採乾薪燒榾柮。鋤犁滿屋牛在牢,鵝鴨亂鳴鷄亂發,割烹炊黍待鄰叟,飽嚮茅檐閑兀兀。田家此樂樂無涯,誰道一生空汩没。公希平子定何如,我效梁鴻終適越。”

〔一〕動膏脉:指催動肥沃的土地萌發生物。

〔二〕胡不歸:何不歸。晉陶淵明《歸去來兮辭》:“歸去來兮,田園將蕪胡不歸!”

〔三〕潁上:縣名,屬安徽省,以地在潁水上游而名。磯:水邊石灘或突出之石。唐李賀《南園》詩:“魚擁香鈎近石磯。”歐陽修《續思潁詩序》:“皇祐二年,余方留守南都,已約梅聖俞買田于潁上。其詩曰:優游琴酒逐漁釣,上下林壑相攀躋,及身强健始爲樂,莫待衰病須扶擕。此蓋余之本志也。時年四十有四。其後丁家艱,服除還朝,遂入爲翰林學士,忽忽七八年間,歸潁之志雖未遑也,然未嘗一日少忘焉。”

〔四〕稚子:指小野鷄。杜甫《絶句漫興九首》:“筍根稚子無人見,沙上鳧雛傍母眠。”

〔五〕餉婦:往田中送飯的農婦。

〔六〕乞身:即辭官退職。

送王平甫下第

歸袂摇摇心浩然，曉船鳴鼓轉風灘〔一〕。朝廷失士有司恥，貧賤不憂君子難〔二〕。執手聊須爲醉别，還家何以慰親歡。自慚知子不能薦，白首胡爲侍從官〔三〕。

嘉祐四年(一〇五九)作。王平甫：名安國，王安石弟，神宗熙寧時以材行召試，賜進士及第，曾官崇文院校書、秘閣校理，政見與王安石不合，罷官歸卒。王安石《王平甫墓志》："君臨川王氏，諱安國，字平甫。……自丱角未嘗從人受學，操筆爲戲，文皆成理。年十二，出其所爲銘詩賦論數十篇，觀者驚焉，自是遂以文學爲一時士大夫譽嘆。蓋于書無所不該，于詞無所不工，然數舉進士不售。"

〔一〕二句言王安國落第無愠色，駕舟歸去。袂：衣袖。浩然：《孟子·公孫丑》："予然後浩然有歸志。"鳴鼓：宋代用擊鼓作爲開船的信號。

〔二〕有司：指主考官。貧賤不憂：《論語·衛靈公》："君子憂道不憂貧。"又《雍也》："子曰：賢哉回也，一簞食。一瓢飲，在陋巷，人不堪其憂，回也不改其樂。"

〔三〕歐陽修時方以知開封府調任給事中，故曰侍從官。二句慨嘆自己身爲皇帝侍從官而不能薦賢。

聖俞惠宣州筆戲書

聖俞宣城人，能使紫毫筆。宣人諸葛高，世業守不失〔一〕。緊心縛長毫,三副頗精密,硬軟適人手,百管不差一〔二〕。京師諸筆工,牌榜自稱述,累累相國東,比若衣縫虱;或柔多虛尖,或硬不可屈,但能裝管榻,有表曾無實〔三〕。價高仍費錢,用不過數日。豈如宣城毫,耐久仍可乞〔四〕。

嘉祐四年作。梅堯臣有和作《次韻永叔試諸葛高筆戲書》。宣州州治在今安徽宣城縣。

〔一〕四句以贈筆人引出筆工。宣城是梅堯臣的故鄉,宣城筆在唐代即著名,白居易《紫毫筆》:“宣城石上有老兔,食竹飲泉生紫毫。”諸葛高:宋宣城人,世工製筆,至高尤有名,所製鷄毛、鼠鬚、老兔、散卓等品種,書久而毫仍健。梅堯臣詩:“筆工諸葛高,海内稱第一。”

〔二〕四句贊美諸葛高筆做工細致,軟硬適中,質量可靠。管:筆。《詩·邶風·静女》“貽我彤管”箋:“彤管,筆赤管也。”

〔三〕八句謂開封筆工雖多,而有名無實,不堪書寫,衹能做排筆給拓工使用。相國東:開封相國寺東,當時是筆墨攤販的集中地,見《東京夢華録》。管榻:排筆。榻通“鎝”。

〔四〕仍可乞:謂筆耐用,而且還可無代價地嚮梅堯臣求取。應題“戲書”。

夜坐彈琴有感二首呈聖俞

吾愛陶靖節,有琴常自隨,無弦人莫聽,此樂有誰知〔一〕。君子篤自信,衆人喜隨時,其中苟有得,外物竟何爲〔二〕。寄謝伯牙子，何須鍾子期〔三〕。

鍾子忽已死，伯牙其已乎，絶弦謝世人，知音從此無。瓠巴魚自躍，此事見于書；師曠嘗一鼓，羣鶴舞空虚〔四〕。吾恐二三説，其言皆過歟，不然古今人，愚智邈已殊。奈何人有耳，不及鳥與魚。

嘉祐四年作。歐陽修一嚮認爲彈琴在意不在音，如《奉答原甫見過寵示之作》："君雖不能琴，能得琴意斯爲賢。"此詩更申其説。

〔一〕四句以陶潛無弦琴入題。陶靖節：陶潛，字淵明，世號靖節先生。《蓮社高賢傳》："(潛)性不解音，蓄素琴一張，弦徽不具，每朋酒之會，則撫而叩之曰：但識琴中趣，何勞弦上聲。"

〔二〕外物：身外之物，此指琴聲。唐德宗《題章敬寺》："境幽真慮恬，道勝外物輕。"

〔三〕寄謝：猶寄語。伯牙：俞伯牙，春秋時人，傳説以琴藝著名。《吕氏春秋・本味》記其善鼓琴，惟樵夫鍾子期解其琴意。子期死後，伯牙便終身棄琴不鼓。二句反其意，謂伯牙無須有鍾子期，自可鼓琴自樂。

〔四〕四句引瓠巴、師曠兩古人事，引出下文世無知音之嘆。瓠巴：人名。《列子・湯問》："瓠巴鼓琴，而鳥舞魚躍。"師曠：春秋時晉國樂師。《初學記》卷十六引《韓子》："師曠鼓琴，有玄鶴銜珠于中庭舞。"

明妃曲和王介甫作

胡人以鞍馬爲家，射獵爲俗，泉甘草美無常處，鳥驚獸駭争馳逐〔一〕。誰將漢女嫁胡兒，風沙無情貌如玉，身行不遇中國人，馬上自作思歸曲〔二〕。推手爲琵却手琶〔三〕，胡人共聽亦咨嗟。玉顔流落死天涯，琵琶卻傳來漢家，漢宫争按新聲譜，遺恨已深聲更苦〔四〕。纖纖女手生洞房，學得琵琶不下堂，不識黄雲出塞路，豈知此聲能斷腸〔五〕！

嘉祐四年作。王安石有《明妃曲二首》，一時和者甚衆。據説此詩及《再和明妃曲》、《廬山高》爲歐陽修生平得意之作。《苕溪漁隱叢話》前集卷二十九引《石林詩話》："前輩詩文各有平日得意，不過數篇，然它人未必能盡知也。毗陵正素處士張子厚善書，余嘗于其家見歐公子棐以烏絲欄絹一軸，求子厚書文忠公《明妃曲》兩篇、《廬山高》一篇。略云：'先公平生未嘗矜大所爲文，一日被酒，語棐曰：吾詩《廬山高》，今人莫能爲，惟李太白能之。《明妃曲》後篇，太白不能爲，惟杜子美能之；至于前篇，則子美亦不能爲，惟吾能之也。因欲别録此三篇藏之，以志公意。'余在汝陰見棐問之，亦然。今閲公詩者蓋未嘗獨異此三篇也。"明妃即王昭君，漢元帝時宫女，南郡秭歸人，名嬙，字昭君，晉避司馬昭諱，改稱爲明君或明妃。竟寧元年漢與匈奴和親，昭君遠嫁呼韓邪單于。

〔一〕四句寫北地殊俗。《漢書·晁錯傳》："胡人食肉飲酪，衣皮毛，非有城郭田宅之歸，居如飛鳥走獸，于廣野美草甘水則止，草盡水竭則移。"胡人：指匈奴。李白《戰城南》："胡人以殺戮爲耕作。"

〔二〕四句嘆昭君遠嫁。晉石崇《王明君詞序》："王明君者，本是王昭君，以觸文帝諱（指晉文帝司馬昭）改焉。匈奴盛，請婚于漢，元帝以後宫良家子配焉。昔公主嫁烏孫，令琵琶馬上作樂以慰其道路之思，其送明君亦必爾也。其造新曲多哀怨之聲，故叙之于紙云爾。"思歸曲：今《古詩源》存王昭君《怨詩》一首，相傳爲將入匈奴時作，有詞曰："父兮母兮，道里悠長；嗚呼哀哉，憂心惻傷。"

〔三〕《釋名・釋樂器》:"琵琶本出于胡中,馬上所鼓也。推手前曰琵,引手却曰琶,象其鼓時,因以爲名也。"

〔四〕四句寫王昭君死于匈奴,而琵琶卻傳入中原,漢宫中争造新曲,聲多哀怨。唐劉長卿《王昭君》:"琵琶弦中苦調多,蕭蕭羌笛聲相和。可憐一曲傳樂府,能使千秋傷綺羅。"

〔五〕四句意謂後來宫中的琵琶女生活在洞房曲室,學會琵琶即受寵幸,她們不解出塞的愁苦,哪裏知道琵琶聲中的哀傷呢! 洞房: 深邃的内室。《楚辭・招魂》:"姱容修態,絙洞房些。"下堂: 指婦女被遺棄。《後漢書・宋弘傳》:"貧賤之交不可忘,糟糠之妻不下堂。"黄雲: 指北地風沙。唐薛逢《獵騎》:"豈知萬里黄雲戍,血迸金瘡卧鐵衣。"

再和明妃曲

漢宫有佳人,天子初未識,一朝隨漢使,遠嫁單于國。絶色天下無,一失難再得,雖能殺畫工,于事竟何益〔一〕。耳目所及尚如此,萬里安能制夷狄〔二〕! 漢計誠已拙,女色難自誇〔三〕。明妃去時淚,灑嚮枝上花,狂風日暮起,飄泊落誰家。紅顔勝人多薄命〔四〕,莫怨春風當自嗟。

嘉祐四年作。曹雪芹在《紅樓夢》第六十四回曾以薛寶釵之口評此詩云:"做詩不論何題,衹要善翻古人之意;若要隨人脚蹤走去,縱使字句精工,已落第二義,究竟算不得好詩。即如前人所詠昭君之詩甚多,有悲挽昭君的,有怨恨延壽的,又有譏漢帝不能使畫工圖貌賢臣而畫美人的,紛紛不一。後來王荆公復有'意態由來畫不成,當時枉殺毛延壽',永叔有'耳目所見尚如此,萬里安能制夷狄',二詩俱能各出己見,不與人同。"

〔一〕八句叙昭君遠嫁故事。《西京雜記》:“元帝後宫既多,不得常見,乃使畫工圖其形,案圖召幸。諸宫人皆賂畫工,多者十萬,少者亦不減五萬,獨王嫱自恃容貌,不肯與。工人乃醜圖之,遂不得見。後匈奴入朝,求美人爲閼氏,于是上案圖以昭君行。及去召見,貌爲後宫第一,善應對,舉止嫻雅。帝悔之,而名籍已定,方重信于外國,不復更人。乃窮案其事,畫工皆棄市,籍其家資皆巨萬。”單于國:指匈奴。單(chán)于:匈奴君主的稱號。

〔二〕二句譏嘲漢元帝昏庸,連後宫之事都不能聞見,哪裏還能安邦治國、遏制外來民族的侵擾。

〔三〕二句抨擊漢代和親政策。古人對于和親政策,大多取反對態度,如梅堯臣《和介甫明妃曲》謂“明妃命薄漢計拙,憑仗丹青死誤人”,王安石原詩謂“漢恩自淺胡自深,人生樂在相知心”。對于王昭君的遭遇,古人則多寄深切的同情,如白居易《王昭君》曰:“滿面胡沙滿鬢風,眉銷殘黛臉銷紅。愁苦辛勤憔悴盡,如今却似畫圖中。”

〔四〕紅顔:指婦女的美貌。晉傅毅《七激》:“紅顔呈素,蛾眉不畫。”

【附録】

王安石《明妃曲二首》

明妃初出漢宫時,淚濕春風鬢脚垂,低徊顧影無顔色,尚得君王不自持。歸來却怪丹青手,入眼平生未曾有,意態由來畫不成,當時枉殺毛延壽。一去心知更不歸,可憐著盡漢宫衣,寄聲欲問塞南事,祇有年年鴻雁飛。家人萬里傳消息,好在氈城莫相憶。君不見咫尺長門閉阿嬌,人生失意無南北!

明妃初嫁與胡兒,氈車百輛皆胡姬,含情欲語獨無處,傳與琵琶心自知。黄金捍撥春風手,彈看飛鴻勸胡酒,漢宫侍女暗垂淚,沙上行人却回首。漢恩自淺胡自深,人生樂在相知心。可憐青冢已蕪没,尚有哀弦留至今。

牛

日出東籬黄雀驚,雪消春動草芽生。土坡平慢陂田闊,横載童兒帶犢行。

此詩與以下四首絶句,都作于嘉祐四年,描寫四時景色,生機盎然,宛若圖畫。

釣　者

風牽釣綫裊長竿,短笠輕蓑細草間,春雨濛濛看不見,水烟埋却前邊山。

荷　葉

池面風來波瀲瀲,波間露下葉田田。誰于水上張青蓋,罩卻紅妝唱采蓮〔一〕。

〔一〕田田:荷葉的形狀。樂府古辭:“江南可采蓮,蓮葉何田田。”青蓋:青傘,指荷葉。紅妝:指采蓮女。

小　池

深院無人鎖曲池，莓苔繞岸雨生衣。緑萍合處蜻蜓立，紅蓼開時蛺蝶飛〔一〕。

〔一〕雨生衣：莓苔又名地衣，因多雨潮濕而生，故云。蓼：一種水生植物，花粉紅色，亦名水蓼。

霜

一夜新霜著瓦輕，芭蕉心折敗荷傾。耐寒惟有東籬菊〔一〕，金蕊繁開曉更清。

〔一〕東籬菊：晉陶淵明《飲酒》："採菊東籬下，悠然見南山。"

送吴生南歸

自我得曾子〔一〕，于兹二十年，今又得吴生，既得喜且嘆。古士不并出，百年猶比肩，區區彼江西，其産多材賢〔二〕。吴生初自疑，所擬豈其倫〔三〕。我始見曾子，文章初亦然，崑崙傾黄河，渺漫盈百川；决疏以道之，漸斂收横瀾，東溟知所歸，識路到不難〔四〕。吴生始見我，袖藏新文篇，忽從布褐中，百寶瀉我前，明珠雜璣貝，磊砢或不圓〔五〕。問生久懷此，奈何初無聞？吴生不自隱，欲吐羞俯顔：少也不自重，不爲鄉人憐，中雖知自悔，學問苦貧賤。自謂久而信，力行困彌堅，今來决疑惑，幸冀蒙洗湔〔六〕。我笑謂吴生，爾其聽我言：世所謂君子，何異于衆人，衆人爲不善，積微成滅身，君子能自知，改過不逡巡，惟于斯二者，愚智遂以分〔七〕。顔回不貳過，後世稱其仁；孔子過知更，日月披浮雲；子路初來時，鷄冠佩豭豚；斬蛟射白額，後卒爲名臣〔八〕。子既悔其往，人誰禦其新，醜夫祀上帝，孟子豈不云〔九〕。臨行贈此言，庶可以書紳〔一〇〕。

嘉祐五年(一〇六〇)作。題下原注："一作送吴孝宗，字子京。"按王安石《答吴孝宗書》謂其字子經。是歲七月，歐陽修升任禮部侍郎；九月，兼翰林侍讀學士，十一月，官樞密副使。地位日高，而獎掖後進的作風未變。故蘇軾《錢塘勤上人序》云："故太子少師歐陽公，好士爲天下第一。士有一言中于道，不遠千里求之，甚于士之求公，以故盡致天下之豪俊。"

〔一〕曾子：曾鞏，字子固，歐陽修的得意門生。

〔二〕古士四句謂人材難得，而江西一地卻連續出了曾鞏、吴孝宗這樣的人才。比肩：并肩。《鬻子》："千里而得一士，猶比肩也。"材賢：指曾鞏、吴孝宗。

〔三〕二句謂吴孝宗不相信自己可和曾鞏比擬。倫：同類。《禮記·曲禮》："擬人必于其倫。"

〔四〕八句以黄河漫溢百川，經疏導後收斂横瀾，東流之海爲喻，説明曾鞏的文章經誘導後纔趨嚮精粹。宋張耒《上曾子固龍圖書》："世之號能文章,其出歐陽之門者居十九焉,而……(曾)實爲之冠。”道:通“導”。崑崙:《水經注》:“河源出崑崙之墟。”東溟:東海。

〔五〕六句用明珠雜璣貝比喻吴孝宗投贄之文亦卓犖不凡,但也須再加陶冶。布褐:平民的衣服。百寶、明珠、璣貝:皆喻吴孝宗文章的卓犖不凡。磊砢:樹木多節,此喻吴文有異才。

〔六〕自謂四句意爲自以爲日久學業必然有成。但因乏人誘導,雖力行而多疑難,故嚮歐陽修求教請益。困彌堅:《論語·子罕》記顏淵慨嘆孔子之道不易學到,曰:“仰之彌高,鑽之彌堅,瞻之在前,忽焉在後。”洗湔:洗滌。此猶言拂拭、指教。韓愈《示爽》:“才短難自力,懼終莫洗湔。”

〔七〕世所八句就吴孝宗“少也不自重”而言,以爲君子衆人、愚人智者之别,在于知過是否能改。《論語·學而》:“子曰:君子不重則不威,學則不固。主忠信,無友不如己者,過則勿憚改。”逡巡:遲疑、猶夷。斯二者:指“自知”與“改過”。

〔八〕以上八句舉古人知過能改不影響其成爲聖賢之例作爲證明。不貳過:不重犯同樣的錯誤。《論語·雍也》:“哀公問:弟子孰爲好學?孔子對曰:有顔回者好學,不遷怒,不貳過。”過知更:《論語·述而》:“子曰:德之不修,學之不講,聞義不能徙,不善不能改,是吾憂也。”日月披浮雲:《子張》:“子貢曰:君子之過也,如日月之食(蝕)焉。過也人皆見之,更也人皆仰之。”子路:孔子弟子。鷄冠佩豭豚:《史記·仲尼弟子列傳》:“子路性鄙,好勇力,志伉直,冠雄鷄,佩豭豚,陵暴孔子。孔子設禮稍誘子路,子路後儒服委質,因門人請爲弟子。”集解:“冠以雄鷄,佩以豭豚,二物皆勇,子路好勇,故冠帶之。”豭豚:牡豕。斬蛟:《晉書·周處傳》:周處少年時横行鄉里,鄉人把他和南山虎、長橋蛟合稱三害。後周處决心改過,殺虎斬蛟,入吴,官至御史中丞。白額:白額虎。卒:終于。

〔九〕四句意謂衹要悔過,人和神都不會拒絶。《孟子·離婁》:“雖有惡人,齋戒沐浴,則可以祀上帝。”禦:抗拒,引申爲不歡迎。醜夫:

即惡人。

〔一〇〕書紳：在衣帶上記下重要的話，以誌不忘。《論語・衛靈公》"子張書諸紳"疏："紳，大帶也。子張以孔子之言書之紳帶，意其佩服無忽忘也。"

寄題沙溪寶錫院

爲愛江西物物佳，作詩嘗嚮北人誇〔一〕：青林霜日換楓葉，白水秋風吹稻花，釀酒烹鷄留醉客，鳴機織苧徧山家〔二〕。野僧獨得無生樂，終日焚香坐結跏〔三〕。

嘉祐五年作。沙溪在吉州（州治今江西永豐縣）瀧岡，是歐陽修的故鄉，也是他父母及胥、楊二夫人的墓地所在。

〔一〕北人：指中原地區的人。

〔二〕苧：苧麻，可製綫織布。四句寫沙溪風景優美，土地富饒，農民勤勞好客。

〔三〕無生：佛教以爲萬物無生無滅。《禪燈録》："禪性無往離生，禪寂無生離生。"結跏：佛教徒盤膝的坐法。《大日經》疏："住蓮華坐者結跏坐。"二句點題。

奉送原甫侍讀出守永興

酬君以荆州魚枕之蕉，贈君以宣城鼠鬚之管〔一〕。酒如長虹飲滄海〔二〕，筆若駿馬馳平坂。愛君尚少力方豪，嗟我久衰歡漸鮮。文章驚世知名早，意氣論交相得晚〔三〕。魚枕蕉，一舉十分當覆盞；鼠鬚管，爲物雖微情不淺。新詩醉墨時一揮，别後寄我無辭遠。

嘉祐五年作。題下原注："一作'奉送永興安撫劉侍讀'。"原甫，劉敞字。是歲劉敞"以議論與衆忤"，以翰林侍讀學士出爲永興軍路（今陜西南部、甘肅東南部等地。）安撫使。《苕溪漁隱叢話》前集卷二十九："苕溪漁隱曰：永叔《送原甫出守永興詩》云……黄魯直《送王郎詩》云：'酌君以蒲城桑落之酒，泛君以湘累秋菊之英，贈君以黟川點漆之墨，送君以陽關墮淚之聲。酒澆胸中之磊落，菊製短世之頽齡，墨以傳千古文章之印，歌以寫從來兄弟之情。'近時學者以謂此格獨魯直爲之，殊不知永叔已先有也。"

〔一〕二句寫送行時奉酒贈筆。全詩均自此二句發揮。荆州：即今湖北省江陵縣。魚枕之蕉：用魚頭骨製成的狀如芭蕉的酒杯。宣城：即今安徽省宣城縣。鼠鬚之管：用鼠鬚製成的毛筆。以宣城筆工諸葛高所製最爲著名。

〔二〕長虹：古人認爲虹能飲水。《太平御覽》卷十引《異苑》："晉陵薛願，義熙初，有虹飲其釜㜸，吸響便竭，輦酒灌之，隨投便竭，吐金滿器。"

〔三〕意氣論交：杜甫《贈王二十四侍御契四十韻》："由來意氣合，直取性情真。"論交：結交。

哭聖俞

昔逢詩老伊水頭，青衫白馬渡伊流，灘聲八節響石樓，坐中辭氣淩清秋，一飲百盞不言休，酒酣思逸語更遒〔一〕。河南丞相稱賢侯，後車日載枚與鄒〔二〕。我年最少力方優，明珠白璧相報投，詩成希深擁鼻謳，師魯卷舌藏戈矛〔三〕。三十年間如轉眸，屈指十九歸山丘；凋零所餘身百憂，晚登玉墀侍珠旒，詩老齏鹽太學愁，乖離會合謂無由，此會天幸非人謀〔四〕。頷鬚已白齒根浮，子年加我貌則不，歡猶可强閑屢偷，不覺歲月成淹留〔五〕。文章落筆動九州，釜甑過午無饘餾，良時易失不早收，篋櫝瓦礫遺琳璆〔六〕。薦賢轉石古所尤，此事有職非吾羞；命也難知理莫求，名聲赫赫掩諸幽〔七〕。翩然素旐歸一舟〔八〕，送子有淚流如溝。

嘉祐五年作。梅堯臣于是歲四月病逝。此詩曰哭，又句句押韻，以下平聲十一尤一韻到底，可見是精心結撰。

〔一〕六句叙初交情景。天聖九年歐陽修到洛陽時，在伊水濱先遇梅堯臣。《書懷感事呈梅堯臣》："三月入洛陽，春深花未殘，龍門翠鬱鬱，伊水清潺潺。逢君伊水畔，一見已開顔，不暇謁大尹，相攜步香山。"詩老：指梅堯臣。八節灘、石樓：都是香山名勝。淩清秋：比喻談吐不凡。《楚辭·九辯》："悲哉秋之爲氣也……泬寥兮天高而氣清。"遒：勁健。

〔二〕河南丞相：指錢惟演。《宋史》本傳記其曾"加同中書門下平章事（相當于丞相）"，後又判河南府，故稱。宋魏泰《東軒筆録》："錢文僖（惟演）晚年以使相留守西京，時通判謝絳、掌書記尹洙、留守推官歐陽修，皆一時文士，游宴吟詠，未嘗不同。"枚與鄒：枚乘和鄒陽，西漢文士，同爲梁孝王幕客。此喻當時游宴交往者皆才學之士。

〔三〕四句寫與洛陽名士詩酒唱和，歐陽修在當時名士中年紀最輕，衹二十六歲。明珠、白璧：喻相互唱和的詩文。希深：謝絳字。擁鼻謳：《世説新語·雅量》"方作洛生詠諷"注引宋明帝《文章志》："(謝)安能作洛下書生詠，而少有鼻疾，語音濁。後名流多學其詠而弗能及，手擁鼻而吟也。"師魯：尹洙字。戈矛：喻能言善辯。歐陽修《與梅堯臣書》："師魯之辯，亦仲尼、孟子之功也。"

〔四〕七句寫羣賢凋零及與梅堯臣的遇合。《祭梅聖俞文》："念昔河南，同時一輩，零落之餘，惟予子在。子又去我，余存兀然。"三十年：天聖八年至嘉祐五年整三十年。歸山丘：指死亡。玉墀：指朝廷。珠旒：指皇帝。歐陽修時爲翰林侍讀學士。虀鹽：梅堯臣官國子監直講，生活清苦。韓愈《送窮文》："太學四年，朝虀暮鹽。"

〔五〕加：同"長"。不：同"否"。《祭梅聖俞文》："余狷而剛，中遭多難，氣血先耗，髮鬢早變；子心寬易，在險如夷，年實加我，其顏不衰。"淹留：滯留。《離騷》："時繽紛其變易兮，又何可以淹留。"梅堯臣于嘉祐元年由歐陽修、趙概等推薦，官國子監直講，居開封，常和歐陽修詩酒唱和。四句寫暮歲往還之樂。

〔六〕四句惋惜梅堯臣才華雖高而不爲世人所識。釜甑：煮飯鍋。饙餾：蒸騰的熱氣。韓愈《南山詩》："或若火熺焰，或若氣饙餾。"篋櫝：以箱匣收藏。琳璆：《尚書·禹貢》"厥貢惟璆琳琅玕"傳："璆、琳皆玉名，琅玕，石而似玉。"

〔七〕四句意謂推賢進士爲古來難事，自己雖已盡薦引之責，但梅堯臣的赫赫名聲仍得不到表彰，其原因難以推究。轉石：《漢書·劉向傳》："用賢則如轉石，去佞則如拔山。"尤：怨恨，責難。諸："之于"合音。

〔八〕素旐(zhāo 招)：白色的魂幡，舊時出喪爲棺柩引路的長條旗。

讀　　書

吾生本寒儒〔一〕，老尚把書卷。眼力雖已疲，心意殊未倦。正經首唐虞,僞説起秦漢,篇章異句讀,解詁及箋傳,是非自相攻,去取在勇斷〔二〕。初如兩軍交,乘勝方酣戰,當其旗鼓催,不覺人馬汗,至哉天下樂,終日在几案〔三〕。念昔始從師,力學希仕宦,豈敢取聲名,惟期脱貧賤;忘食日已晡,燃薪夜侵旦,謂言得志後,便可焚筆硯,少償辛苦時,惟事寢與飯〔四〕。歲月不我留,一生今過半,中間嘗忝竊,内外職文翰,官榮日清近,廩給亦豐羡〔五〕。人情慎所習,酖毒比安宴,漸追時俗流,稍稍學營辦,杯盤窮水陸,賓客羅俊彦〔六〕。自從中年來,人事攻百箭,非惟職有憂,亦自老可嘆。形骸苦衰病,心志亦退懦,前時可喜事,閉眼不欲見〔七〕。惟尋舊讀書,簡編多朽斷,古人重温故,官事幸有間;乃知讀書勤,其樂固無限,少而干禄利,老用忘憂患;又知物貴久,至寶見百煉,紛華暫時好,俯仰浮雲散,淡泊味愈長,始終殊不變〔八〕。何時乞殘骸,萬一免罪譴,買書載舟歸,築室潁水岸;平生頗論述,銓次加點竄,庶幾垂後世,不默死芻豢〔九〕。信哉蠹書魚,韓子語非訕〔一〇〕。

嘉祐六年(一〇六一)作。是歲八月,歐陽修由樞密副使轉參知政事,與韓琦、富弼等共掌朝政。

〔一〕寒儒:貧窮的讀書人。歐陽修幼年家貧,《宋史》本傳記其"四歲而孤,母鄭,守節自誓,親誨之學,家貧,至以荻畫地學書"。

〔二〕六句表示自己的經學見解。他以爲六經首自唐虞,秦漢以後的箋傳注解多附會之説,不可信,因此學者必須"師經",强調"勇斷"。唐虞:指《尚書》中的《堯典》、《舜典》。僞説:歐陽修《問進士策》:"自秦漢以來,諸儒所述,荒虚怪誕,無所不有,推其所自,抑有漸乎。"解詁箋傳：指秦漢以來解釋經書的著作。歐陽修《春秋或問》:"經不待傳而通者十七八,因傳而惑者十五六。日月萬物皆仰,不爲盲者明,而有物蔽之者亦不得見也;聖人之意皎然乎經,惟明者見之,不爲他説蔽者見之也。"

〔三〕六句謂讀書鑽研、探究是非如争戰,自有其無窮樂趣。歐陽修曾介紹自己的辨析方法曰:"事有不幸出于久遠而傳乎二説,則奚從？曰從其一之可信者。然則安知可信者而從之？曰：從其人而信之可也。衆人之説如彼,君子之説如此,則舍衆人而從君子。君子博學而多聞矣,然其傳不能無失也,君子之説如彼,聖人之説如此,則舍君子而從聖人。"(《春秋論》上)

〔四〕以上十句寫少年時從師讀書,學習時文,希望由此進身,擺脱貧困;那時讀書祇覺其苦,並想得志以後,便焚棄書硯,吃飯睡覺,以作補償。歐陽修《與荆南樂秀才書》:"僕少孤貧,貪禄仕以養親,不暇就師窮經以學聖人之遺業,而涉獵書史,姑隨世俗作所謂時文者,皆穿蠹經傳,移此儷彼,以爲浮薄,惟恐不悦于時人,非有卓然自立之言如古人者"。晡：申時,即午後三至五時。

〔五〕六句言自己官職升遷。忝竊：非份而據其位,做官的謙辭。内外：宋代翰林學士知制誥有内制外制之分。清近：指皇帝侍從官。廪給：俸禄。是年歐陽修進封開國公,加食邑五百户,食實封二百户。

〔六〕六句自陳居官時生活。歐陽修早年生活放縱。《答孫正之第二書》曰:"僕知道晚,三十以前尚好文華,嗜酒歌呼,知以爲樂,而不知其非也。及後少識聖人之道,而悔其往咎。"慎所習:《論語・陽貨》:"性相近也,習相遠也。"酖毒比安宴：貪圖安逸好比服毒。《左傳》閔公元年:"宴安酖毒,不可懷也。"營辦：鋪張之意。窮水陸：搜羅水陸所産的食物。《晉書・石崇傳》:"絲竹盡當時之選,庖膳窮水陸之珍。"俊彦：才智出衆者。《書・太甲》:"旁求俊彦,啓迪後人。"

〔七〕八句寫中年生活和思想的變化。職：指所擔任的職務、政事。形骸：即身體。

〔八〕以上十四句意謂到這時纔領會讀書的樂趣。簡編：古代無紙，用竹簡書寫，以皮條編聯成書。《史記·孔子世家》："孔子晚而喜《易》，序彖、繫、象、説卦、文言。讀《易》，韋編三絶。"此喻書籍破舊。重温故：《論語·爲政》："温故而知新，可以爲師矣。"干：求。百煉：《文選》劉琨《重贈盧湛詩》"何意百煉鋼，化爲繞指柔"，李善注："金取堅剛，百煉不耗。"俯仰：比喻時間短暫。曹植《雜詩》："俯仰歲將暮，榮耀難久恃。"淡泊：恬静無爲。《漢書·叙傳》："清虚淡泊，歸之自然。"

〔九〕八句謂一旦獲准辭官歸田，當在潁水濱築室讀書，整理舊作，不虚度一生。乞殘骸：意爲要求骸骨得以歸葬故鄉，常作請求退職歸鄉的代用語。《唐書·郭子儀傳》："恩榮已極，功業已成，尋合乞骸，保全餘齒。"罪譴：古代官員稱做官爲待罪，所以有此説法。潁水：指潁州。歐陽修于皇祐二年即與梅堯臣相約歸隱潁州。銓次：同"詮次"，編選整理。陶潛《飲酒詩序》："既醉之後，輒題數句自娱，紙墨遂多，辭無詮次。"點竄：修改字句。《晉紀》："劉琨作《勸進表》，無所點竄。"垂後世：曹丕《典論·論文》："蓋文章，經國之大業，不朽之盛事。年壽有時而盡，榮樂止乎其身，二者必至之常期，未若文章之無窮。"歐陽修在此所表現的正是這種思想。芻豢：《禮記·月令》"共寢廟之芻豢"疏："言芻乃是牛羊，而又云豢，則是犬豕也。宗廟備六牲，故云芻豢也。"此謂不默默無聞地死去。

〔一〇〕蠹書魚：書中的蛀蟲，即蟫，亦名衣魚。《爾雅翼》："蟫，始則黄色，既老則身有粉，視之如銀，故名曰白魚，今俗呼蠹魚。"韓子：韓愈，其《雜詩》云："古史散左右，詩書置後前，豈殊蠹書蟲，生死文字間。"訕：毁謗，譏笑。

夜宿中書東閣

翰林平日接羣公，文酒相歡慰病翁，白首歸田徒有約，黄扉論道愧無功〔一〕。攀髯路斷三山遠，憂國心危百箭攻〔二〕。今夜静聽丹禁漏，尚疑身在玉堂中〔三〕。

嘉祐八年(一〇六三)作。是歲三月，仁宗去世，英宗即位，歐陽修仍官參知政事。中書東閣即中書省東閣，當時是宰相辦事之處。此詩手跡，至今猶存。

〔一〕二句謂備位執政，歸田之願未遂。熙寧四年，歐陽修有《寄韓子華詩》序云："余與韓子華、長文、禹玉同直玉堂，嘗約五十八歲致仕，子華書于柱上。其後薦蒙恩寵，世故多艱，歷仕三朝，備位二府，已過限七年，方能乞身歸老。"黄扉：宰相衙門。《西清詩話》："本朝狀頭入相者，吕文穆蒙正、王文正曾、李文定迪、宋元憲(庠)。元憲登庸，知制誥石揚休賀以詩曰：皇朝四十三龍首，身到黄扉止四人。"愧無功：這是歐陽修的自謙之詞。

〔二〕攀髯：指仁宗死。《史記·封禪書》："黄帝采首山銅，鑄鼎于荆山下。鼎既成，有龍垂胡髯下迎黄帝，黄帝上騎，羣臣後宫從上者七十餘人，龍乃上去。餘小臣不得上，乃悉持龍髯，龍髯拔，墮，墮黄帝之弓。百姓仰望黄帝既上天，抱其弓與胡髯號。"三山：古代神話中的三座神山，即蓬萊、方壺和瀛洲。憂國心危：英宗繼位後，即患病。因太監任守忠離間，仁宗曹后有廢英宗之意，所以歐陽修憂心如焚。

〔三〕丹禁漏：宫廷中銅壺滴漏聲。玉堂：即翰林院。

早朝感事

疏星牢落曉光微，殘月蒼龍闕角西〔一〕。玉勒争門隨仗人，牙牌當殿報班齊〔二〕。羽儀雖接鴛兼鷺，野性終存鹿與麛〔三〕。笑殺汝陰常處士，十年騎馬聽朝鷄〔四〕。

治平元年(一〇六四)作。

〔一〕二句寫曉色。牢落：同"寥落"，稀疏、零落。韓愈《天星送楊凝郎中賀正》："天星牢落鷄喔咿。"蒼龍：東方七宿(角、亢、氐、房、心、尾、箕)的總稱。《三輔黄圖》："蒼龍、白虎、朱雀、玄武，天之四靈，以正四方。"宋王得臣《麈史》："文忠《早朝》詩云'月在蒼龍闕角西'，甚爲美句。然予按漢之四闕，南曰朱雀，北曰玄武，東曰青龍，西曰白虎。今歐之詩意，蓋以當前門闕狀蒼龍，故云月在西也，不用漢闕也。"闕：門觀。

〔二〕二句寫朝儀。玉勒：指朝官所乘之馬。勒：有銜口的馬絡頭。仗：皇帝的儀衛。《新唐書・儀衛志》："凡朝會之仗，三衛番上，分爲五仗，號衙内五仗。"牙牌：朝笏。報班齊：皇帝上朝前，儀衛官先報班齊，見《東京夢華録》。班：位次，指大小官按序排列。

〔三〕二句意謂自己雖隨班入朝，但歸田之念一直未忘。羽儀：指官位。韓愈：《燕喜亭記》："智以謀之，仁以居之，吾知其去是而羽儀于天朝也不遠矣。"鴛兼鷺：即鴛行鷺序，指朝臣。韓愈《和晉公破賊回重拜台司》："鵷鷺欲歸仙仗裏，熊羆還入禁營中。"鹿與麛：唐盧綸《山中一絶》："陽坡軟草原如織，閑與鹿麛相伴眠。"麛(mí)：小鹿，亦用爲小獸的通稱。

〔四〕二句抒羡慕隱士生活的安閑。汝陰：今安徽阜陽，即潁州。常處士：常秩，字夷甫，早年隱居潁州。宋邵博《河南邵氏聞見後録》："歐陽公在政府，寄潁州處士常秩詩云：'笑殺汝陰常處士，十年騎馬聽朝鷄。'公將休致，又寄秩詩云：'賴有東鄰常處士，披蓑戴笠伴春鋤。'蓋公先爲潁州，得秩于民伍中，殊好之。至公休致歸，每接賓客，必返退士初服，秩已從王荆公之招，公獨朝章以見，愧之也。秩入朝極諛佞，遂升次對。蚤日著《春秋》數十卷，自許甚高，以荆公不喜《春秋》,亦絶口不言,匿其書不出。適兩河歲惡,有旨青苗錢權倚閣,王平甫戲秩曰:君之《春秋》亦權倚閣矣。後神宗遇秩浸薄,荆公亦鄙之,秩失節,如病狂易,或云自裁而死。”笑殺句下原注:“墨跡作‘雲林高卧客’。”十年:至和元年歐陽修回開封任翰林學士,至是歲正十年。

馬上默誦聖俞詩有感

興來筆力千鈞勁,酒醒人間萬事空〔一〕。蘇梅二子今亡矣,索寞滁山一醉翁〔二〕。

治平二年(一〇六五)作。是歲歐陽修曾兩次上書要求辭去參知政事,未獲允准。他先在立英宗問題上和富弼有矛盾;接着在議定英宗生父濮王的稱號上,又和司馬光沖突,發生所謂“濮議”之争。故此時思想十分低沉。

〔一〕勁:原注:“一作‘重’。”酒醒:原注:“一作‘醉後’。”

〔二〕蘇梅:蘇舜欽、梅堯臣。索寞:枯寂無生氣。《文心雕龍·風骨》:“思不環周,索莫乏氣。”“索莫滁山一醉”下原注:“一作‘惆悵滁陽一病’。”

秋　懷

節物豈不好,秋懷何黯然。西風酒旗市,細雨菊花天〔一〕。感事悲雙鬢，包羞食萬錢〔二〕。鹿車終自駕，歸去潁東田〔三〕。

治平二年作。

〔一〕四句寫時節雖好，心情不佳。節物：節氣景物。西風二句：《雪浪齋日記》："或疑六一居士詩，以爲未盡妙，以質于子和。子和曰：六一詩祇欲平易耳，西風酒旗市，細雨菊花天，豈不佳？晚烟寒橘柚，秋色老梧桐，豈不似少陵？"

〔二〕感事二句即《歸田録序》所謂"而幸蒙人主之知，備位朝廷，與聞國論者蓋八年于兹矣。既不能因時奮身，遇事發憤，有所建明，以爲補益；又不能依阿取容，以徇世俗。使怨疾謗怒，叢于一身，以受侮于羣小"之意。悲雙鬢：因憂愁而雙鬢髮白。王維《秋夜獨坐》："獨坐悲雙鬢，空堂欲二更。"包羞：承受羞辱。《易・否卦》："包羞，位不當也。"唐韋應物《寄李儋元錫》："身多疾病思田里，邑有流亡愧俸錢。"萬錢：言俸禄之厚。

〔三〕二句寫歸田的决心。鹿車：民間的小推車。《後漢書・趙熹傳》："載以鹿車，身自推之。"注："《風俗通》曰：'俗説鹿車窄小，裁容一鹿。'"潁東田：指潁州。歐陽修于皇祐二年即有買田潁州歸隱之願。

蘇主簿挽歌

布衣馳譽入京都，丹旐俄驚反舊閭〔一〕。諸老誰能先賈誼，君王猶未識相如〔二〕。三年弟子行喪禮，千兩鄉人會葬車〔三〕。我獨空齋掛塵榻，遺編時閲子雲書〔四〕。

治平三年(一〇六六)作。題下原注:“洵。”蘇洵,字明允,曾任秘書省校書郎、霸州文安縣主簿,與其子蘇軾、蘇轍俱以文學知名,世稱“老蘇”,死于治平三年四月二十五日。歐陽修有《故霸州文安縣主簿蘇君墓志銘》。

〔一〕布衣:平民。丹旐:出喪時棺前的招魂幡。舊閭:故鄉。蘇洵爲眉州眉山(今四川眉山)人。《蘇君墓志銘》:“當至和、嘉祐之間,與其二子軾、轍偕至京師,翰林學士歐陽修得其所著書二十二篇獻諸朝。書既出,而公卿士大夫争傳之。”又:“而君以疾卒,……天子聞而哀之,特贈光禄寺丞,敕有司具舟載其喪歸于蜀。”

〔二〕二句寫蘇洵的才華和仕途淹蹇。賈誼:西漢人。《史記·屈原賈生列傳》:“是時(漢文帝時)賈生年二十餘,最爲少。每詔令下,諸老先生不能言,賈生盡爲之對,人人各如其意所欲出。諸生于是乃以爲能,不及也。”相如:司馬相如,西漢人。《史記·司馬相如列傳》:相如爲梁孝王賓客時,作《子虚賦》。後失意歸成都,“居久之,蜀人楊得意爲狗監,侍上(指漢武帝)。上讀《子虚賦》而善之,曰:朕獨不得與此人同時哉!”

〔三〕二句寫蘇洵死後,弟子和友人的哀悼。三年:《史記·孔子世家》:“孔子葬魯城北泗上,弟子皆服(喪)三年。三年心喪畢,相訣而去,則哭,各復盡哀。”千兩:同千輛。《漢書·樓護傳》:“樓護字君卿,結交士大夫,無所不傾,甚交士,長者尤見親。母死,送葬者致車二三千兩。”

〔四〕二句謂賢賓已逝,衹能檢閲其遺篇。掛塵榻:《後漢書·徐穉傳》:東漢陳蕃做豫章太守時,不接待賓客,衹爲徐穉特設一榻,徐穉去後就把榻掛起來。梁沈約《和謝宣城》:“賓至下塵榻,憂來命緑尊。”子雲書:揚雄字子雲,西漢人,博通羣籍,多識古文奇字,著有《太玄》、《法言》、《訓纂篇》等。此用以喻蘇洵的著作。

感　事

故園三徑人成荒,賢路胡爲此坐妨〔一〕。病骨瘦便花蕊暖〔二〕,煩心渴喜鳳團香〔三〕。號弓但洒孤臣血〔四〕,憂國空餘兩鬢霜。何日君恩憫衰朽,許從初服返耕桑〔五〕。

治平四年(一〇六七)作。題下原注:"治平丁未正月二十有六日。"是歲英宗去世,歐陽修年六十一歲,仍官參知政事,退休之心較前更爲急切。

〔一〕二句意謂自己早該歸去,不宜留仕以妨賢路。三徑:陶潛《歸去來辭》:"三徑就荒,松菊猶存。""人"似當作"久"。賢路:指賢者仕進之路。《史記·萬石君列傳》:"願歸丞相侯印,乞骸骨歸,避賢者路。"

〔二〕此句原注:"嘉祐八年,于闐國王遣使來朝貢,恩賜宰臣已下于闐國所獻花蕊布,柔韌潔白如凝脂,而禦風甚温,不減駝褐也。"

〔三〕此句原注:"先朝舊例,兩府輔臣歲賜龍茶一斤而已。余在仁宗朝作學士兼史館修撰,嘗以史院無國史,乞降一本以備檢討,遂命天章閣録本付院。仁宗因幸天章,見書吏方録國史,思余上言,亟命賜黄封酒一瓶、果子一盒、鳳團茶一斤。押賜中使語余云:上以學士校新寫國史不易,遂有此賜。然自後月一賜,遂以爲常。後余忝二府,猶賜不絶。"

〔四〕號弓:《史記·封禪書》:"百姓仰望黄帝既上天,抱其弓與鬍髯號。"後世因以指帝王之死。參看《夜宿中書東閣》注〔二〕。

〔五〕初服:指入仕前的衣服。《離騷》:"退將復修吾初服。"

再至汝陰三絶

黄栗留鳴桑葚美〔一〕，紫櫻桃熟麥風涼。朱輪昔愧無遺愛，白首重來似故鄉〔二〕。

十載榮華貪國寵，一生憂患損天真〔三〕。潁人莫怪歸來晚，新䌹君前乞得身。

水味甘于大明井，魚肥恰似新開湖〔四〕。十四五年勞夢寐，此時纔得少踟躕〔五〕。

治平四年作。是歲正月，神宗即位。二月，御史彭思永、蔣之奇揑造歐陽修家庭曖昧之事，後雖經辯誣，歐陽修仍力求去職。三月出知亳州(州治在今安徽亳縣)，上任時請求便道過潁少留。汝陰即潁州，《元豐九域志》："京西北路潁州汝陰郡治汝陰縣。"

〔一〕黄栗留：黄鳥。《詩·周南·葛覃》陸璣疏："黄鳥，黄鸝留也，或謂之黄栗留。幽州人謂之黄鶯，或謂之黄鳥。一名倉庚，一名商庚，一名鵹黄，一名楚雀，齊人謂之搏黍，關西謂之黄鳥。當葚熟時，來在桑間。故里語曰：黄栗留看我，麥黄葚熟。亦是應節趨時之鳥。"

〔二〕二句意謂昔年曾知潁州，愧無善政，今日重來，卻像回到了故鄉。朱輪：《文選》楊惲《報孫會宗書》"乘朱輪者十人"李善注："二千石皆得乘朱輪。"這裏指知州。遺愛：指去職後留下的善行。《晉書·樂廣傳》："廣所在爲政，無當時功譽，然每去職，遺愛爲人所思。"

〔三〕歐陽修從嘉祐初到治平四年的十年中，由翰林學士逐步升至參知政事，榮華已極，但因世事牽累，雖常有退隱之想，終未遂願。故云"損天真"。二句意即未能脱塵俗,遂本性。天真:指未受禮俗影響的淳樸性格。唐王維《偶然作》:"陶潛任天真,其性頗耽酒。"

〔四〕大明井、新開湖:均在揚州。歐陽修于慶曆八年知揚州,作有《大明水記》。揚州大明寺井水甘美,自唐以來即著名。

〔五〕二句原注:"余時將赴亳社,恩許枉道過潁也。"歐陽修皇祐二年由潁州改知應天府時,家眷留在潁州,皇祐四年,母鄭氏病逝于潁州,至和元年丁母憂期滿離潁,至此時已近十五年。

奉答子履學士見贈之作

誰言潁水似瀟湘,一笑相逢樂未央〔一〕。歲晚君尤耐霜雪,興闌吾欲返耕桑〔二〕。銅槽旋壓清樽美,玉塵閑揮白日長〔三〕。預約詩筒屢來往,兩州鷄犬接封疆〔四〕。

治平四年作于潁州。子履,陸經字,時以翰林學士知潁州。

〔一〕二句寫與陸經在潁州歡晤。潁水似瀟湘:當爲陸經詩中語。瀟湘:瀟水在湖南零陵縣西合湘水,稱瀟湘。一笑:唐王維《齊州送祖三》:"相逢方一笑,相送還成泣。"

〔二〕謂二句謂陸經居官辛勞,而自己已决心歸田。歲晚:指年事已高。霜雪:喻人生官場的挫折磨難。

〔三〕二句寫自己在亳州飲酒清談的生活。銅槽:榨酒工具。李賀《將進酒》:"琉璃鍾,琥珀濃,小槽酒滴珍珠紅。"玉麈(zhǔ):拂塵。《晉書·王衍傳》:"妙善玄言,唯談老莊爲事。每捉玉柄麈尾,與手同色。"

〔四〕詩筒:見《送梅龍圖公儀知杭州》詩注。鷄犬:謂鷄犬之聲相聞。

接封疆：宋代亳州屬淮南東路，潁州屬京西北路，但兩州州境相接。二句意爲潁州亳州鄰接，盼常通音問。

憶　焦　陂

焦陂荷花照水光，未到十里聞花香。焦陂八月新酒熟，秋水魚肥膾如玉〔一〕。清河兩岸柳鳴蟬，直到焦陂不下船。笑嚮漁翁酒家保，金龜可解不須錢〔二〕。明日君恩許歸去，白頭酣詠太平年。

熙寧元年（一〇六八）作。題下注："一本無'憶'字，注'汝陰作'。"是歲歐陽修接連上表求退，并在潁州修建房屋，準備歸休之計。焦陂：據《鳳陽府志》，"在州（潁州城）西南四十里，一名椒陂，（唐）永徽中刺史柳寶積修"。

〔一〕膾：細切的魚肉。古人食魚以膾爲尚。宋葉夢得《避暑録話》："往時南饌未通，京師無能斫膾者，梅聖俞家老婢獨能爲之。歐陽公、劉原甫諸人，每思食膾，必提魚往過聖俞家。"

〔二〕金龜：唐代官員的佩飾。李白《對酒憶賀監詩序》："太子賓客賀公，于長安紫極宫一見余，呼余爲謫仙人，因解金龜换酒爲樂。"

升　天　檜

青牛西出關，老聃始著五千言；白鹿去升天，爾來忽

已三千年〔一〕。當時遺跡至今在，隱起蒼檜猶依然〔二〕。惟能乘變化，所以爲神仙，驅鸞駕鶴須臾間，飄忽不見如雲烟；奈何此鹿起平地，更假草木相攀緣？乃知神仙事茫昧，真僞莫究徒自傳〔三〕。雪霜不改終古色，風雨有聲當夏寒，境清物老自可愛，何必詭怪窮根源〔四〕。

熙寧元年作于亳州。升天檜，《太清記》："亳州太清宫有八檜，老子手植，根株枝幹皆左紐。石曼卿集云：此檜不知年代，李唐之盛一枝再生，至聖朝復有此異。"《宋史·真宗紀》亦載大中祥符六年十月甲子，亳州太清宫枯檜再生。但未見有老子憑以升天的記載。

〔一〕四句叙所傳老子故事。《史記·老子列傳》："老子者，楚苦縣厲鄉曲仁里人也。姓李氏，名耳，字聃，周守藏室之史也。……見周之衰，乃遂去，至（函谷）關，關令尹喜曰：'子將隱矣，強爲我著書。'于是老子乃著書上下篇，言道德之意五千餘言而去，莫知其所終。"索隱引《列仙傳》："老子西游，關令尹喜望見有紫氣浮關，而老子果乘青牛而過也。"白鹿：傳説中仙人的坐騎。白鹿升天之説當是道士的口頭傳聞，不見記載。《初學記》卷二十九引崔玄《山瀨鄉記·李母碑》："老子乘白鹿下託于李母也。"三千年：言西周以來所經時間之久。

〔二〕隱起：昂然矗立貌。

〔三〕歐陽修一嚮擯斥佛老，以上八句指出神仙之事不可信。意謂如果説神仙能乘風御氣，驅鸞駕鶴，爲什麽又説這隻白鹿起于平地，而且還要依託檜樹纔能升天？此當是針對太清宫道士嚮游人誇説升天檜之神異而言。

〔四〕四句意謂古檜終古長青，蕭森宜人，自然可愛，不必從神怪傳説中去追究它的根源。風雨有聲：唐秦韜玉《檜樹》："翠雲交幹瘦輪囷，嘯雨吟風幾百春。"

表 海 亭

望海亭亭古堞間,獨憑危檻俯人寰〔一〕。苦寒冰合分流水〔二〕,欲雪雲垂四面山〔三〕。髀肉已消嗟病骨,凍醪猶可慰愁顔〔四〕。潁田二頃春蕪没,安得柴車自駕還〔五〕。

熙寧元年作。是歲八月,歐陽修由亳州改知青州(州治在今山東益都縣),充京東東路安撫使,九月抵任所。此詩即作于青州,表海亭在青州,春秋時爲齊國地,亭以《左傳》襄公二十九年記季札觀周樂,聽到齊樂,曰“美哉,泱泱乎大風也哉,表東海者,其太公乎? 國未可量也”而得名。

〔一〕二句寫表海亭的高峻。亭亭:高峻聳立貌。堞:城上的女牆。危:高。

〔二〕句下原注:“南洋、北洋河也。一在州中,一在城外。”冰合:凍結。

〔三〕句下原注:“州城四面皆山,東西二面山差遠,唯此亭高,盡見之。”

〔四〕二句謂自己衰病,衹有以酒解愁。髀肉已消:指消瘦,與《三國志・蜀志・先主紀》注引《九州春秋》所記劉備云“吾常身不離鞍,髀肉皆消”的原意不同。凍醪:冷酒。

〔五〕二句意謂自己在潁州的土地將荒蕪,期望能早日辭官歸去。柴車:民間使用的簡陋車子。《韓詩外傳》:“駑馬柴車,可得而乘。”

射 生 户

射生户,前日獻一豹,今日獻一狼,豹因傷我牛,狼因食我羊。狼豹誠爲害人物，縣官賞之縑五匹〔一〕。射生户，持縑歸，爲人除害固可賞，貪功趨利爾勿爲。弦弓毒矢無妄發，恐爾不識麒麟兒〔二〕。

熙寧元年作于青州。題下原注："予初至州，獵户有獻狼豹者。"射生户即獵户，需定期嚮官府繳納獵獲物以代賦税。

〔一〕縑(jiān)：細絹，唐宋時代可代貨幣。

〔二〕麒麟：傳説中一種麋身、牛尾、一角的動物，古人認爲是瑞獸。

留題南樓二絶

偷得青州一歲閑，四時終日面孱顔〔一〕。須知我是愛山者，無一詩中不説山。

醉翁到處不曾醒，問嚮青州作麽生〔二〕？公退留賓誇酒美，睡餘欹枕看山横〔三〕。

熙寧二年(一〇六九)作。

〔一〕面：相對。孱顔：高峻貌，此指山。唐李華《含元殿賦》："峥嶸孱顔，下視南山。"

〔二〕作麽生：作什麽。"生"爲語助詞，宋人詩詞中常用，如楊萬里《題王季安主簿佚老堂》："衹言此老渾無事，種花移竹作麽生。"

〔三〕二句叙官署閑適之狀。公退：指辦畢公事退衙。王禹偁《黄岡竹樓記》："公退之暇。"睡餘：睡醒。

山齋戲書絶句二首

蜜脾未滿蜂采花，麥壠已深鳩唤雨〔一〕。正是山齋睡足時，不覺花間日亭午〔二〕。

經春老病不出門，坐見羣芳爛如雪〔三〕。正當年少惜花時，日日春風吹石裂。

熙寧三年(一〇七〇)作。歐陽修同時作有《題青州山齋》，以爲其處有唐常建《題破山寺後禪院》詩中"曲徑通幽處，禪房花木深"的境界。山齋，書房。

〔一〕蜜脾：蜂房中貯蜂蜜的巢脾。王禹偁《蜂記》："其釀蜜如脾，謂蜂脾。"麥壠已深：指麥已拔節吐穗。鳩唤雨：斑鳩于將雨時啼鳴。二句寫暮春風光。

〔二〕亭午：正午。《文選》孫綽《天台山賦》"爾乃羲和亭午"注："亭，至也。……即直午之義。"

〔三〕爛：爛縵。

嘲少年惜花

紛紛紅蕊落泥沙，少年何用苦咨嗟〔一〕。春風自是無情物，肯爲汝惜無情花？今年花落明年好，但見花開人自老。人老不復少，花開還更新，使花如解語〔二〕，應笑惜花人。

熙寧三年作。

〔一〕咨嗟：嘆息。

〔二〕解語：王仁裕《開元天寶遺事・解語花》："太液池有千葉白蓮數枝盛開，帝與貴戚宴賞焉。左右皆嘆羨久之。帝指貴妃示于左右曰：'争(怎)如我解語花？'"

寄答王仲儀太尉素

豐樂山前一醉翁，餘齡有幾百憂攻〔一〕。平生自持心無愧，直道誠知世不容〔二〕。换骨莫求丹九轉，榮名豈在禄千鍾〔三〕？明年今日如尋我，潁水東西問老農〔四〕。

熙寧三年作。歐陽修熙寧元年知青州，是接替王素的職務。在青州時，因擅止散發秋料青苗錢，被朝廷詰責，求退之心益切；是歲七月，由青州改知蔡州(州治在今河南汝南縣)，于九月至蔡。此詩可能作于蔡州，表示了退隱的决心。王素，字仲儀。太尉是其官階。

〔一〕豐樂山：指滁州的山，歐陽修知滁州時，自稱醉翁，并在豐樂山建有豐樂亭。百憂攻：歐陽修《秋聲賦》："百憂感其心，萬事勞其形。"熙寧初，朝廷推行王安石新法，但在實施過程中，弊竇層出，如一年春秋兩次俵散的夏料、秋料青苗錢，即發生"抑配"(强迫借予)現象，歐陽修曾兩次上札子表示反對，以爲政府不應"放債取利"。此"百憂"同時有個人遭遇、時局隱憂之意。

〔二〕直道：指正直的道德品質和處世方法。《論語・微子》："柳下惠爲士師，三黜。人曰：子未可以去乎？曰：直道而事人，焉往而不三黜;枉道而事人,何必去父母之邦。”

〔三〕二句謂自己不慕長生與榮利。換骨:道家謂服食金丹,可換骨長生。唐李商隱《藥轉》詩:“鬱金堂北畫樓東,換骨神方上藥通。”丹九轉:道家燒煉金丹,把丹砂燒成水銀,水銀煉成丹砂,以爲反復次數愈多,效能愈高。鍾:量器名,每鍾六斛四斗。

〔四〕二句意謂决心于一年内辭官,退居潁州。

寄韓子華 并序

余與韓子華、長文、禹玉同直玉堂,嘗約五十八歲致仕,子華書于柱上。其後薦蒙恩寵,世故多艱,歷仕三朝,備位二府〔一〕,已過限七年,方能乞身歸老。俗諺云:也賣弄得過裏。

人事從來無定處,世途多故踐言難〔二〕。誰如潁水閑居士,十頃西湖一釣竿〔三〕。

熙寧四年(一〇七一)作。是歲歐陽修年六十五,在蔡州任上連章告老,六月,以觀文殿學士太子少師致仕,七月歸潁。韓子華,韓絳,字子華。至和元年,歐陽修曾與韓絳、吴奎(長文)、王珪(禹玉)同官翰林學士,相約于五十八歲退休。此詩反映了詩人辭官後的適意心情。

〔一〕長文:吴奎字。禹玉:王珪字。玉堂:翰林院。《漢書·李尋傳》:“臣隨衆賢待詔,久汙玉堂之署。”致仕:交還官職、退休。薦:屢,重疊。三朝:指仁宗、英宗、神宗三朝。二府:宋代稱中書省和樞密院爲二府,是最高的軍政機構。此指曾官參知政事和樞密副使。

〔二〕世途多故：歐陽修于嘉祐五年五十四歲時任樞密副使，嘉祐六年轉參知政事。嘉祐八年仁宗去世，英宗即位後即患病，不能親政，歐陽修等身爲宰相，責任重大，一時難以辭官踐約。踐言：實踐諾言。《禮記·曲禮》："修身踐言，謂之善行。"

〔三〕閑居士：熙寧三年歐陽修至蔡州後，自號六一居士，見《六一居士傳》。西湖：指潁州西湖。

余昔留守南都，得與杜祁公唱和，詩有答公見贈二十韻之卒章云：報國如乖願，歸耕寧買田，期無辱知己，肯逐利名遷。逮今二十有二年，祁公捐館亦十有五年矣，而余始蒙恩得遂退休之請。追懷平昔，不勝感涕，輒爲短句，置公祠堂

掩涕發陳篇〔一〕，追思二十年。門生今白首，墓木已蒼烟〔二〕。報國如乖願，歸耕寧買田〔三〕。此言今始踐，知不愧黄泉〔四〕。

熙寧四年作。皇祐二年，歐陽修知應天府(即宋州)兼南京留守司事，時杜衍退休後亦居宋州，二人常詩酒唱和。皇祐三年歐陽修作《答太傅相公見贈長韻》，有"報國如乖願"等句。南都即應天府。宋真宗景德三年，以宋州爲太祖舊藩，升爲應天府，大中祥符七年，建爲南京。卒章，詩詞的結尾。白居易《新樂府序》："首句標其目，卒章顯其志。"捐館，即舍棄居住的房屋，借指死亡。杜衍于嘉祐二年(一〇五七)卒，至歐陽修作此詩時已十五年。

〔一〕發：打開。陳篇：指當年與杜衍唱和的詩篇。

〔二〕二句寫二十餘年的變化，自己年老，杜衍墓木成蔭。門生：學生，歐陽修自謂。《答太傅相公見贈長韻》自注："修與尹師魯、蘇子美同出門下。"墓木：猶言拱木。《左傳》僖公三十二年："爾墓之木拱矣。"此指杜衍墓。

〔三〕二句自抒抱負。古代正統儒家以"達則兼濟天下""窮則獨善其身"爲守則，歐陽修《紀德陳情上致政太傅杜相公二首》中之"貌先年老因憂國，事與心違始乞身"，也是此意。乖願：指不能如願實現自己的政治主張。

〔四〕愧黄泉：指愧對死者。黄泉：地下。《左傳》隱公元年："不及黄泉，無相見也。"

答資政邵諫議見寄二首

豪横當年氣吐虹，蕭條晚節鬢如蓬〔一〕。欲知潁水新居士，即是滁山舊醉翁。所樂藩籬追尺鷃，敢言寥廓逐冥鴻〔二〕？期公歸輔岩廊上，顧我無忘畎畝中〔三〕。

欲知歸計久遷延，三十篇詩二十年〔四〕。受寵不思身報效，乞骸惟冀上哀憐〔五〕。相如舊苦中痟渴，陶令猶能一醉眠〔六〕。材薄力殫難勉強，豈同高士愛林泉〔七〕。

熙寧四年作。邵諫議，邵必，字不疑，時以資政殿學士知諫院。

〔一〕二句寫自己早年和晚年思想、氣概的變化。氣吐虹：魏曹植《七啓》："慷慨則氣成虹霓。"鬢如蓬：《晉書・王徽之傳》："（徽之）性卓犖不羈，爲大司馬桓温參軍，蓬首散帶，不綜府事。"

〔二〕二句自謙並表示安於平凡。尺鷃：也作斥鴳，小雀。《莊子·逍遥游》："有鳥也，其名爲鵬，背若泰山，翼若垂天之雲，摶扶摇羊角而上者九萬里，絶雲氣，負青天，然後圖南，且適南冥也。斥鴳笑之曰：彼且奚適也？我騰躍而上，不過數仞而下，翱翔蓬蒿之間，此亦飛之至也。"《文選》曹植《七啓》注："鷃雀飛不過一尺。"冥鴻：高飛之鴻。揚雄《法言》："鴻飛冥冥，弋人何簒焉。"

〔三〕岩廊：殿廡，指朝廷。漢桓寬《鹽鐵論》："陛下優游岩廊，覽羣臣極言。"畎畝：田間。

〔四〕二句意謂自己歸田之計由來已久，因事遷延而未能實現，所以二十年中作了三十篇思潁詩。歐陽修《思潁詩後序》："皇祐元年春，予自廣陵得請來潁，愛其民淳訟簡而物産美，土厚水甘而風氣和，于時慨然已有終焉之意也。爾來俯仰二十年間，歷事三朝，備位二府，寵榮已至而憂患隨之，心志索然而筋骸憊矣。其思潁之念未嘗少忘于心，而意之所存亦時時見于文字也。"又《續思潁詩序》："初，陸子履以余自南都至在中書所作十有三篇爲思潁詩，以刻于石，今又得在亳及青十有七篇以附之。"

〔五〕上：指皇帝。

〔六〕二句寫自己多病和嗜酒。相如：司馬相如，漢代著名的辭賦家，患有消渴症（即糖尿病）。痟通"消"。陶令：晉陶潛，字淵明，曾爲彭澤令，以喜飲酒著稱。

〔七〕二句謂自己歸田是因爲"材薄力殫"，與高士的隱居林泉不同。其實歐陽修歸田的原因很多，憂讒畏譏、政治上不得意是其主要方面，詩文中于此因對象不同而時有流露。林泉：指幽静宜于隱遁之所。

絶　句

冷雨漲焦陂〔一〕，人去陂寂寞。惟有霜前花，鮮鮮對高閣。

熙寧五年(一〇七二)作。題下原注:“臨薨作。”歐陽修于是歲閏七月病逝,此詩爲臨終絶筆。

〔一〕焦陂:見《憶焦陂》題解。

詞選

浪　淘　沙

把酒祝東風，且共從容〔一〕。垂楊紫陌洛城東〔二〕。總是當時攜手處，游遍芳叢〔三〕。　　聚散苦匆匆〔四〕，此恨無窮。今年花勝去年紅〔五〕。可惜明年花更好，知與誰同〔六〕！

歐陽修于天聖九年三月至洛陽任西京留守推官，與尹洙、梅堯臣等爲知友，並于同年末娶胥偃女爲妻。第二年明道元年，尹洙、梅堯臣相繼調離洛陽；明道二年歐陽修因公至開封，三月回洛陽時妻胥氏病逝。此詞當作于明道二年春回洛陽之後，悼亡惜别，感情悲痛低沉。

〔一〕二句寫惜春之情。東風：春風。《禮記・月令》："孟春之月，東風解凍。"司空圖《酒泉子》："黄昏把酒祝東風，且從容。"爲此句所本。又作者《鶴沖天》詞："戴花持酒祝東風，千萬莫匆匆。"

〔二〕紫陌：帝都的道路。洛陽在北宋爲西京。唐劉禹錫《元和十年戲贈看花諸君子》詩："紫陌紅塵拂面來，無人不道看花回。"

〔三〕攜手：《詩・邶風・北風》："惠而好我，攜手同行。"芳叢：花叢。作者《答西京王尚書寄牡丹》詩："西京無由陪勝賞，但吟佳句想芳叢。"

〔四〕聚散：團聚和分離。作者《玉樓春》詞："人生聚散如弦筈，老去風情尤惜别。"

〔五〕花：此專指牡丹。作者《洛陽牡丹記》："洛陽亦有黄芍藥、緋桃、瑞蓮、千葉李、紅郁李之類，……洛陽人不甚惜，谓之果子花，曰某花某花；至牡丹則不名，直曰花。”又作者《戲答元珍》詩：“曾是洛陽花下客，野芳雖晚不須嗟。”

〔六〕二句嘆生死聚散無常。歐陽修于明道元年冬致梅堯臣書：“人生不一歲，參差遂如此。因思百年中，升沉生死，離合異同，不知後會復幾人，得同不得同也。”可惜：一作“料得”。

浪淘沙

今日北池游〔一〕，漾漾輕舟。波光瀲灩柳條柔。如此春來又春去，白了人頭。　　好妓好歌喉，不醉難休。勸君滿滿酌金甌〔二〕。縱使花時常病酒〔三〕，也是風流。

本篇當作于慶曆五年春歐陽修權知真定府時。其時慶曆新政已失敗，主持者范仲淹、韓琦、富弼、杜衍等均解職，作者心情十分苦悶。不久即因上書爲范仲淹等辯白，被誣陷貶滁州。

〔一〕北池：真定府有五代王鎔所建海子園，也稱潭園，園中多池臺之勝，參見詩選《後潭游船見岸上看者有感》及注。

〔二〕金甌：盛酒器。

〔三〕病酒：謂飲酒沉醉如病。

臨江仙

柳外輕雷池上雨，雨聲滴碎荷聲〔一〕。小樓西角斷虹明。欄干倚處，待得月華生〔二〕。　　燕子飛來窺畫棟，玉鈎垂下簾旌〔三〕。涼波不動簟紋平〔四〕。水精雙枕，傍有墮釵横〔五〕。

宋錢愐《錢氏私志》云："歐陽文忠任河南推官，親一妓。時先文僖（錢愐父錢惟演）罷政爲西京留守，梅聖俞、謝希深，尹師魯同在幕下。一日宴于後園，客集，歐與此妓不至，移時方來。在坐相視以目，公責妓云：'末至何也？'妓云：'中暑往涼堂睡着，失金釵，猶未見。'公曰：'若得歐推官一詞，當爲償汝。'歐即席云：'柳外輕雷池上雨……'坐皆稱善，遂命妓滿酌賞歐，而令公庫償釵，戒歐公當少戢。不惟不恤，翻以爲怨。後修《五代史・十國世家》，痛毁吴越，又于《歸田録》説文僖數事，皆非美談。"這一記載表明錢愐對歐陽修很不滿，故所記不一定即此詞本事，但也真實地反映了宋代官場飲宴遊樂生活之一斑。此詞上片寫女主人公懷人待月，深夜不寐，下片寫晝寢，遣詞造語多本李商隱詩。

〔一〕二句寫夏日陣雨。李商隱《無題四首》之二："颯颯東風細雨來，芙蓉塘外有輕雷。"又《宿駱氏亭寄懷崔雍崔衮》："秋陰不散霜飛晚，留得枯荷聽雨聲。"

〔二〕月華：月亮。北周庾信《舟中望月》詩："舟子夜離家，開舲望月華。"

〔三〕二句以燕子不能飛入堂户，點明女主人公垂簾晝寢。簾旌：簾幕。李商隱《正月崇讓宅》："蝙拂簾旌終展轉"。

〔四〕簟(diàn)：竹席，上品織紋精致，表面有光澤。梁簡文帝《答定襄侯餉卧簟書》："乍舒黝素，若屢沾于湖水。"可知涼波即指簟色。

〔五〕水精：即水晶。李商隱《偶題》："水文簟上琥珀枕，旁有墮釵雙翠翹。"

臨　江　仙

記得金鑾同唱第，春風上國繁華〔一〕。如今薄宦老天涯。十年歧路，空負曲江花〔二〕。　　聞説閬山通閬苑〔三〕，樓高不見君家。孤城寒日等閑斜。離愁難盡，紅樹遠連霞〔四〕。

據宋釋文瑩《湘山野録》："歐陽公頃謫滁州，一同年將赴閬倅，因訪之，即席爲一曲以送。曰：'記得金鑾同唱第……'其飄逸清遠，皆李白之品流也。"可知本篇作于慶曆中作者知滁州時。時爲秋天。

〔一〕金鑾：金鑾殿。《宋史·地理志》紀其在天福殿西。唱第：歐陽修于天聖八年正月禮部試第一，三月崇政殿御試中甲科第十四名進士。此詞即贈其同年進士。春風：春風得意，指進士及第。唐孟郊《登科後》詩："春風得意馬蹄疾，一日看盡長安花。"上國：即京師。二句回顧中舉時光景。

〔二〕三句感嘆遭遇。薄宦老天涯：歐陽修于景祐三年爲范仲淹事致書諫官高若訥，貶夷陵令；慶曆五年又因支持范仲淹、韓琦主持的慶曆革新，被貶滁州。十年：從景祐三年至作此詞時恰十年。曲江：曲江池，在今陝西西安市東南。唐代新進士放榜後例于曲江亭會宴，稱曲江宴（宋時稱聞喜宴）。此借指東京開封。

〔三〕閬山：宋閬州閬中郡，今四川閬中縣。閬苑：据《輿地紀勝》，唐初魯王靈夔、滕王元嬰鎮閬州時，建隆苑，後避玄宗李隆基諱，改閬苑，極爲宏大富麗。

〔四〕等閑：無端之意。五代毛熙震《菩薩蠻》："光景暗相催，等閑秋又來。"紅樹遠連霞：既點明送别的時間（有經霜紅葉），又承上"日斜”，言目送行人遠去(閬州在滁州西)。

玉　樓　春

樽前擬把歸期説，未語春容先慘咽〔一〕。人生自是有情癡，此恨不關風與月〔二〕。　離歌且莫翻新闋〔三〕，一曲能教腸寸結。直須看盡洛陽花，始共春風容易別〔四〕。

歐陽修于景祐三年三月，西京留守推官任滿，離別洛陽時曾作有《玉樓春》詞多首。此首當作于離筵上。王國維《人間詞話》云：“永叔‘人間(生)自是有情癡，此恨不關風與月’、‘直須看盡洛城(陽)花，始與(共)東(春)風容易別。’于豪放之中有沉著之致，所以尤高。”

〔一〕二句以不忍説出離別之期，襯出惜別情深。樽前：指離別宴席。春容：美豔的容貌。《子夜歌》：“郎懷幽閨性，儂亦恃春容。”

〔二〕風與月：古代稱男女戀情爲風月情。

〔三〕闋(què)：詞或歌曲的一首曰一闋，此指曲調。

〔四〕二句意謂真應該把洛陽的牡丹都看遍，然後纔與春風一起歸去。直須：真須、應當。花：專指牡丹，參看《浪淘沙》(把酒祝東風)注。

玉　樓　春

去時梅蕚初凝粉，不覺小桃風力損〔一〕。梨花最晚又凋零,何事歸期無定準? 　　欄干倚遍重來憑,淚粉偷將紅袖印〔二〕。蜘蛛喜鵲誤人多,似此無憑安足信〔三〕!

本篇寫春閨離愁。

〔一〕二句以花信轉變,言女主人公懷念行人之久别不歸。梅萼初凝粉,謂梅花初見苞萼。粉:指花苞顔色。梅開花最早,隋江總《梅花》詩:"臘月正月早驚春,衆花未發梅花新。"小桃:桃花的一種,上元節(正月十五)前後即開花,狀如垂絲海棠。作者《小桃》詩:"雪裏花開人未知,摘來相顧共驚疑。便當索酒花前醉,初見今年第一枝。"風力損:花朵被春風吹殘。

〔二〕二句寫多次憑欄垂淚,形容思婦情深。欄干倚遍:五代韋莊《謁金門》:"樓外翠簾高軸,倚遍闌干幾曲?"重來憑:言憑欄眺望不止一次。淚粉:淚流粉面。印:浸,沾。

〔三〕蜘蛛喜鵲:舊俗以爲皆能報喜。有一種小蜘蛛,稱爲"喜蛛",亦稱"蟢子",三國吴陸璣《毛詩草木鳥獸蟲魚疏》云:"此蟲來著人衣,當有親客至,有喜也。"唐韓翃《送襄垣王君歸南陽别墅》詩:"少婦比來多遠望,應知蟢子上羅巾。"後周王仁裕《開元天寶遺事·靈鵲報喜》:"時人之家,聞鵲聲皆爲喜兆,故謂之靈鵲報喜。"五代馮延巳《謁金門》詞:"終日望君君不至,舉頭聞鵲喜。"無憑:没有依據。二句寫"欄干倚遍重來憑",仍不見行人歸來,轉而嗔怪蜘蛛、喜鵲報喜之無信,可見其思之深、盼之切。類似寫法在詩詞中頗常見,如敦煌曲子詞《鵲踏枝》"叵耐靈鵲多謾語,送喜何曾有憑據"等即是。

玉　樓　春

别後不知君遠近,觸目淒涼多少悶。漸行漸遠漸無書，水闊魚沉何處問〔一〕。　夜深風竹敲秋韻，萬葉千聲皆是恨〔二〕。故欹單枕夢中尋，夢又不成燈又燼〔三〕。

本篇寫秋閨離愁。《花間集》顧敻《玉樓春》："月照玉樓春漏促，颯颯風揺庭砌竹。夢驚鴛被覺來時，何處管絃聲斷續。　惆悵少年游冶去，枕上兩蛾攢細緑。曉鶯簾外語花枝，背帳猶殘紅蠟燭。"雖是寫春，意境和本篇接近。

〔一〕水闊魚沉：言相距遥遠，音信隔絶。古代有魚腹傳書的傳説，古樂府《飲馬長城窟行》："呼兒烹鯉魚，中有尺素書。"

〔二〕二句寫秋聲添愁。敲：叩，撞擊。秋韻：秋聲，作者有《秋聲賦》，對此作了細緻的描寫，可參閲。又作者《秋懷二首寄聖俞》詩："琅玕叩金石，清響聽生悚。"萬葉千聲：極言其多而繁雜。恨：離愁别恨。

〔三〕二句形容通宵不眠。欹（qī）：斜靠。單枕：與"雙枕"相對，突出孤眠獨宿。燼（jìn）：燈蕊燒成的灰。燈又燼，意思是油乾燈滅。唐韋應物《對殘燈》詩："獨照碧窗久，欲隨寒燼滅。"

踏　莎　行

候館梅殘，溪橋柳細，草薰風暖摇征轡〔一〕。離愁漸遠漸無窮，迢迢不斷如春水〔二〕。　寸寸柔腸，盈盈粉淚，樓高莫近危欄倚〔三〕。平蕪盡處是春山，行人更在春山外〔四〕。

本篇寫春日的離情别緒。上片寫行人，下片寫家居妻子對行人的懷念。清徐釚《詞苑叢談》題作"離别"。

〔一〕三句寫春日旅途情景。候館：旅舍。《周禮·地官·遺人》："五十里有市，市有候館。"草薰風暖：梁江淹《别賦》："閨中風暖，陌上草薰。"薰：花草香氣。征：遠行。轡(pèi)：駕馭牲口的繮繩。摇征轡，指策馬啓程。

〔二〕二句以春水刻劃離愁。迢迢：遥遠貌。唐杜牧《寄揚州韓綽判官》詩："青山隱隱水迢迢。"如春水：南唐後主李煜《虞美人》詞："問君能有幾多愁，恰似一江春水向東流。"

〔三〕危欄：高樓上的欄杆。唐李商隱《北樓》詩："此樓堪北望，輕命倚危欄。"

〔四〕《詞苑叢談》引王士禛評此二句云："升庵(楊慎)以'平蕪'句擬石曼卿'水盡天不盡，人在天盡頭'，未免河漢；蓋意近而工拙懸殊也。"按此二句與范仲淹《蘇幕遮》詞"山映斜陽天接水，芳草無情，更在斜陽外"，則可稱功力悉敵。平蕪：雜草繁茂的原野。唐高適《田家春望》詩："出門何所見，春色滿平蕪。"

鶴衝天

梅謝粉，柳拖金，香滿舊園林〔一〕。養花天氣半晴陰〔二〕，花好却愁深。　　花無數，愁無數，花好卻愁春去〔三〕。戴花持酒祝東風，千萬莫匆匆〔四〕。

本篇寫惜春之情，即"惜春常恨花開早"之意。

〔一〕三句寫梅殘柳生，花開滿園，春色由淺入深。粉：紅色。金：黄色。

〔二〕養花天氣：《花品》："牡丹開日，多有輕雲微雨，謂之養花天。"故曰“半晴陰”。

〔三〕歐陽修《玉樓春》詞:“人心花意待留春,春色無情容易去。”故曰“愁”。

〔四〕匆匆: 謂春色來去匆忙,時間短暫。南唐李煜《相見歡》:“林花謝了春紅,太匆匆!”

蝶　戀　花

庭院深深深幾許〔一〕? 楊柳堆烟,簾幕無重數〔二〕。玉勒雕鞍遊冶處,樓高不見章臺路〔三〕。　雨横風狂三月暮,門掩黄昏,無計留春住〔四〕。淚眼問花花不語,亂紅飛過秋千去〔五〕。

詞亦見南唐馮延巳《陽春録》,牌名爲《鵲踏枝》。宋李清照《臨江仙》詞序云:“歐陽公作《蝶戀花》,有‘深深深幾許’之語,予酷愛之,用其語作‘庭院深深’數闋。其聲即舊《臨江仙》也。”以爲是歐陽修作。宋黄昇《花庵詞選》亦定爲歐詞。清張惠言以爲此詞有寄託:“庭院深深,閨中既以邃遠也。樓高不見,哲王又不寤也。章臺遊冶,小人之徑。雨横風狂,政令暴急也。亂紅飛去,斥逐者非一人而已,殆爲韓(琦)、范(仲淹)作乎?”(《詞選》)王國維則認爲這種評論是“深文羅織”,穿鑿附會,指出此詞不過是“興到之作”,别無“命意”(《人間詞話删稿》)。

〔一〕深幾許: 猶言“有多深”,用疑問語氣極言庭院之深。

〔二〕楊柳堆烟: 唐宋詩詞中多以烟狀柳,如韓愈《早春呈水部張十八員外》:“最是一年春好處,絶勝烟柳滿皇都。”温庭筠《菩薩蠻》:“江上柳如烟,雁飛殘月天。”韋莊《上行杯》:“芳草灞陵春岸,柳烟深,滿樓弦管。”此處“堆烟”、“無重數”即爲上句“庭院深深”的具體化。它表明詞中人物生活在窈渺幽深之處。

〔三〕二句寫思婦登樓眺望,不見所念之人的行蹤。玉勒雕鞍:嵌玉的馬籠頭和雕花的馬鞍,此代指乘駿馬的人。游冶處:指歌樓舞榭,與下句"章臺路"同義相對。章臺:街名,在漢代長安章臺下,是當時歌伎的集中地。

〔四〕三句以風雨摧花、門掩黄昏之景托出人物的處境和心情。雨横:雨勢大而急。

〔五〕亂紅:落花。唐嚴惲《落花》詩:"春光冉冉歸何處?更嚮花前把一杯;盡日問花花不語,爲誰零落爲誰開!"乃此二句所本。又王國維《人間詞話》評此二句爲"有我之境",並説:"有我之境,以我觀物,故物皆著我之色彩。"

蝶　戀　花

面旋落花風蕩漾,柳重煙深,雪絮飛來往〔一〕。雨後輕寒猶未放〔二〕,春愁酒病成惆悵。　　枕畔屏山圍碧浪〔三〕,翠被花燈,夜夜空相嚮。寂寞起來褰繡幌,月明正在梨花上〔四〕。

詞除意境外,還極講求音樂效果。本篇寫婦女的離情别緒,在《花間》、《尊前》等集中常見,然用字音韻和協鏗鏘,故王國維《人間詞話》謂其"字字沉響,殊不可及"。

〔一〕三句以花落絮舞烘染春愁。面旋落花:謂風吹落花,在人面前打旋。雪絮:柳絮。

〔二〕放:散,消失。

〔三〕床頭圍放着有綵繪水紋的屏風。屏山：屏風。温庭筠《菩薩蠻》："枕上屏山掩"。

〔四〕二句暗喻主人公不寐。褰(qiān)：揭起。繡幌：繡花幔帳。月明、梨花：温庭筠《菩薩蠻》："滿宫明月梨花白，故人萬里關山隔。"

長　相　思

蘋滿溪〔一〕，柳遶堤。相送行人溪水西，回時隴月低〔二〕。　　煙霏霏〔三〕，風凄凄。重倚朱門聽馬嘶，寒鷗相對飛〔四〕。

又

花似伊〔五〕，柳似伊。花柳青春人别離，低頭雙淚垂。
長江東，長江西。兩岸鴛鴦兩處飛，相逢知幾時。

二詞同寫别離，一從送行的女子着筆，一從遠行的男子落想。

〔一〕蘋：一種多年生的水草。

〔二〕隴：通"壟"，田埂。此指平地。此句謂送别歸來已月出隴上。

〔三〕霏霏：濃重貌。

〔四〕聽馬嘶：唐温庭筠《河傳》："若耶溪，溪水西。柳堤，不聞郎馬嘶。"又韋莊《清平樂》："門外馬嘶郎欲别，正是落花時節。"寒鷗：寒溪中的水鳥，以魚爲食。"重倚"句寫盼望行人歸來；"寒鷗"句反襯别後的孤單。

〔五〕伊：第三人稱代詞，即她，遠行男子心中的愛人。

生　查　子

去年元夜時，花市燈如晝〔一〕。月上柳梢頭，人約黄昏後。　　今年元夜時，月與燈依舊。不見去年人，淚滿春衫袖。

本篇寫在元宵節日引起的物是人非之感，亦見宋朱淑真《斷腸詞》。清況周頤《蕙風詞話》云："《生查子》詞，今載《廬陵集》第一百三十一卷，宋曾慥《樂府雅詞》、明陳耀文《花草粹編》並作永叔。慥録歐詞特慎，《雅詞》序云：'當時或作豔曲，謬爲公詞，今悉删除。'此闋適在選中，其爲歐詞甚明。"

〔一〕元夜：農曆正月十五日夜，即元宵節，亦稱上元節。隋唐以來有元夜觀燈的風俗，故又稱燈節。後周王仁裕《開元天寶遺事·百枝燈樹》："韓國夫人置百枝燈樹，高八十尺，豎之高山，上元夜點之，百里皆見，光明奪月色也。"又宋孟元老《東京夢華録·元宵》："至正月七日，人使朝辭出門，燈山上綵，金碧相射，錦繡交輝。面北悉以綵結山沓，上皆畫神仙故事。……綵山左右以綵結文殊、普賢跨獅子、白象，各于手指出五道水，其手搖動；用轆轤絞水上燈山尖高處，用木柜貯之，逐時放下，如瀑布狀。又于左右門上各以草把縛成戲龍之狀，用青幕遮籠，草上密置燈燭數萬盞，望之蜿蜒如雙龍飛走。自燈山至宣德門樓横大街，約百餘丈，用棘刺圍繞，謂之棘盆；内設兩長竿，高數十丈，以繒綵結束，紙糊百戲人物，懸于竿上，風動宛若飛仙。"可見唐宋時元宵觀燈之盛況。

減字木蘭花

歌檀斂袂，繚繞雕梁塵暗起〔一〕。柔潤清圓，百琲明珠一綫穿〔二〕。　　櫻唇玉齒，天上仙音心下事〔三〕。留住行雲，滿坐迷魂酒半醺〔四〕。

本篇着重刻畫歌聲的美妙。宋代官府宴飲，用歌妓侑酒。歌妓中有不少技藝精湛和品格高尚的人物，但由于地位低下，除少數如《宋史·列女傳》所載不願爲叛將榮全侑酒而被殺的毛惜惜等人之外，名字一般都湮没不彰。

〔一〕二句寫歌妓演唱姿態及出口不凡。檀：用檀木製成的拍板。作者《答通判吕太博》詩："舞踏落暉留醉客，歌遲檀板换新聲。"斂袂：整理衣袖，以示恭敬。　繚繞雕梁：形容歌聲優美動聽。《列子·湯問》："昔韓娥東之齊，匱糧，過雍門，鬻歌假食。既去，而餘音繞梁欐，三日不絶。"塵暗起：《太平御覽》卷三十七引《世説》："虞公善歌，發聲動梁塵。"

〔二〕二句形容歌聲清朗流暢如貫珠。琲(bèi)：貫。《文選》左思《吴都賦》"金鎰磊珂，珠琲闌干"注："琲，貫也，珠十貫爲一琲。"

〔三〕心下事：即心中事。唐白居易《琵琶行》："低眉信手續續彈，説盡心中無限事。"

〔四〕二句寫聲情並茂的歌聲所産生的强烈的藝術效果。留住行雲：《列子·湯問》："薛譚學謳于秦青，辭歸，秦青撫節悲歌，聲振林木，響遏(阻止)行雲。薛譚乃謝，求反，終身不敢言歸。"坐：通"座"。醺：醉。

訴衷情

清晨簾幕卷輕霜，呵手試梅粧〔一〕。都緣自有離恨，故畫作遠山長〔二〕。　　思往事，惜流芳〔三〕，易成傷。擬歌先斂，欲笑還顰，最斷人腸〔四〕。

本篇寫離愁别恨。《近體樂府》及宋黄昇《花庵詞選》均題作“眉意”。

〔一〕呵手：呵氣暖手。梅粧：梅花妝，古代婦女的一種面飾，相傳起于南朝宋武帝劉裕之女壽陽公主。《太平御覽·時序部》引《雜五行書》：“宋武帝女壽陽公主人日卧于含章殿簷下，梅花落公主額上，成五出花，拂之不去。皇后留之，看得幾時。經三日，洗之乃落。宮女奇其異，竟效之，今梅花妝是也。”

〔二〕遠山長：喻畫眉的形狀顔色，修長而呈黛色。晉葛洪《西京雜記》：“文君姣好，眉色如望遠山。”韋莊《荷葉杯》：“一雙愁黛遠山眉，不忍更思惟。”

〔三〕流芳：指流逝的青春年華。

〔四〕三句仍從眉字落筆，寫出人物的情態。擬：欲。斂：斂容，猶言正容。顰(pín)：皺眉。

浣溪沙

堤上游人逐畫船，拍堤春水四垂天〔一〕。緑楊樓外出秋千〔二〕。　　白髪戴花君莫笑，六幺催拍盞頻傳〔三〕。

人生何處似樽前〔四〕。

此詞寫潁州西湖春游,當作于知潁州時。

〔一〕二句寫畫船游湖,岸上游人追逐觀看。作者《後潭游船見岸上看者有感》詩:"喧喧誰暇聽歌謳,浪繞春潭逐綵舟。"亦寫此情狀。四垂天:謂天幕四面垂地。韓偓《有憶》詩:"愁腸泥酒人千里,淚眼倚樓天四垂。"

〔二〕秋千:宋高承《事物紀原》引《古今藝術圖》:"北方戎狄愛習輕趫之態,每至寒食爲之。後中國女子高芝蘭乃以綵繩懸樹立架,謂之秋千。"王國維《人間詞話》評此句曰:"歐九《浣溪沙》詞'緑楊樓外出秋千',晁補之謂祇一'出'字便後人所不能道。余謂此本正中(馮延巳)《上行杯》詞'柳外秋千出畫牆',但歐語尤工耳。"

〔三〕二句寫當時遊宴的行酒作樂。六幺:即六幺令,一名緑腰、録要,本唐時琵琶曲,節奏繁急,後用爲詞牌。白居易《琵琶行》:"輕攏慢撚抹復挑,初爲霓裳後六幺。"又《楊柳枝》:"六幺水調家家唱。"

〔四〕作者同時有《去思堂手植雙柳今已成蔭因而有感》詩云:"壯心無復身從老,世事都銷酒半酣。"可見出作者的心情。

夜　行　船

憶昔西都歡縱〔一〕。自别後,有誰能共?伊川山水洛川花〔二〕,細尋思,舊遊如夢。　　今日相逢情愈重。愁聞唱,畫樓鍾動〔三〕。白髮天涯逢此景,倒金樽,殢誰相送〔四〕?

以詞中“白髮天涯”諸句來看,此闋很可能作于潁州任上。是時作者的洛陽舊友尹洙、謝絳等都已去世,僅梅堯臣尚存。梅于皇祐元年應晏殊之聘,任陳州鎮安軍判官廳公事,由宣城去陳州,途中與歐陽修相會于潁州。

〔一〕西都：洛陽,北宋以洛陽爲西京,以別于東都開封。歐陽修早年在洛陽任西京留守推官時,與梅堯臣、尹洙等交游,生活放縱,這在他的詩文中多有反映。

〔二〕伊川山水：指洛陽南面的伊闕山水。伊闕又稱龍門,以有香山與龍門山隔伊水東西夾峙如門而名。龍門山有北魏至唐代石窟造像,香山有白居易墓等名勝,爲歐陽修早年在洛陽時與友人常遊之地。洛川：即洛水,此代指洛陽。

〔三〕唱：此指報時的鍾聲。二句意謂爲了與朋友多聚些時間,怕聽到報時聲,但鍾聲還是響了。

〔四〕殢(tì)：煩擾。柳永《玉蝴蝶》詞：“要索新詞,殢人含笑立樽前。”送：指送酒、勸飲。

聖　無　憂

世路風波險,十年一別須臾〔一〕。人生聚散常如此,相見且歡娱〔二〕。　　好酒能消光景,春風不染髭鬚〔三〕。爲公一醉花前倒,紅袖莫來扶〔四〕。

皇祐初歐陽修官潁州時,作有《秀才歐世英惠然見訪于其還也聊以贈之》詩,中有“相逢十年舊,暫喜一尊同,昔日青衫令,今爲白髮翁”諸句。此詞當作于同時,抒政治上遭遇挫折後的失意心情。

〔一〕世路風波：實指仕途風波。作者《歸田録序》有云："當其驚風駭浪卒然起于不測之淵，而蛟鱷黿鼉之怪方駢首而闖伺，乃措身其間，以蹈必死之禍。"十年：作者自景祐三年貶夷陵令，中間又經慶曆革新的失敗，貶知滁州，至寫此詞時已十年。

〔二〕二句與《浣溪沙》詞"十載相逢酒一卮，故人纔見便開眉"意境相同。

〔三〕二句意謂美酒能與風光景物相配，但春風卻不能使胡鬚轉白爲黑。消：抵也，配也，值也。見張相《詩詞曲語辭匯釋》。

〔四〕紅袖：指侑酒的歌妓。

朝　中　措

平山欄檻倚晴空，山色有無中〔一〕。手種堂前垂柳，別來幾度春風〔二〕。　文章太守，揮毫萬字，一飲千鍾〔三〕。行樂直須年少，樽前看取衰翁〔四〕。

宋葉夢得《避暑録話》："歐陽文忠公在揚州，作平山堂，壯麗爲淮南第一。堂據蜀岡，下臨江南數百里，真、潤、金陵三州隱隱若可見。公每暑時，輒凌晨攜客往遊，遣人走邵伯取荷花千餘朵，插百許盆，與客相間。遇酒行，即遣妓取一花傳，客以次摘其葉，盡處以飲酒，往往侵夜戴月而歸。"歐陽修于慶曆八年(一〇四八)閏正月至十二月任揚州知州。本篇宋黄昇《花庵詞選》題爲"送劉原父出守維揚"，據歐陽修《集賢院學士劉公墓誌銘》，劉敞(原父)于至和三年(一〇五六，即嘉祐元年，九月改元)出知揚州，則當作于至和三年在開封時。

〔一〕平山：平山堂，在揚州西北蜀岡上，歐陽修慶曆八年爲郡守時建。

又宋陸游《老學庵筆記》云:"'水流天地外,山色有無中',王維詩也;權德輿《晚渡揚子江》詩云:'遠岫有無中,片帆煙水上。'已是用維語。歐陽公長短句云:'平山欄檻倚晴空,山色有無中。'詩人至是已三用。然公但以此句施于平山堂爲宜,初不自謂工也。東坡先生乃言:'記取醉翁語,山色有無中。'則仍謂歐陽公創爲此句,何也?"

〔二〕二句寫神馳舊居。宋張邦基《墨莊漫録》:"揚州蜀岡上大明寺平山堂前,歐陽文忠手植柳一株,人謂之'歐公柳',公詞所謂'手植堂前楊柳,别來幾度春風'者。"今平山堂仍爲揚州主要名勝古跡之一。

〔三〕三句稱揚劉敞的詩酒風流。劉敞,字原父,參見詩選《答原父》題解及注。宋邵伯温《邵氏聞見録》云:"劉原父望歐公稍後出,同爲昭陵(宋仁宗)侍臣,學問文章,勢不相下,然相樂也。"太守:宋代的知州等于漢代的太守,指劉敞。揮毫萬字:猶言下筆萬言。

〔四〕衰翁:作者自稱。二句以自己的衰老勸勉劉敞及時行樂,有調侃之意。

少 年 游

闌干十二獨憑春,晴碧遠連雲〔一〕。千里萬里,二月三月,行色苦愁人〔二〕。　　謝家池上,江淹浦畔,吟魄與離魂〔三〕。那堪疏雨滴黄昏,更特地憶王孫〔四〕。

本篇四部叢刊本《歐陽文忠公集》未收,據清朱彝尊所編《詞綜》選録。宋吴曾《能改齋漫録》云:"梅聖俞在歐陽公坐,有以林逋《草》詞'金谷年年,亂生青草誰爲主'爲美者,聖俞别爲《蘇幕遮》一闋。歐公擊節賞之，又自爲一詞云：‘闌干十二獨憑春……’蓋《少年游》令也。不惟前二公所不及雖置諸唐人温、李集中，殆與之爲一矣。今集本不載此篇，惜哉！”南唐後主李煜《清平樂》詞有“離恨恰如春草，更行更遠還生”之句，以春草比離愁，歐詞則着重刻畫春草，烘托離愁，方法各異。

〔一〕二句寫遠眺草色，啓下句行色愁人。憑：憑眺。晴碧：指草色。唐杜牧《江上偶見》詩：“草色連雲人去住”。

〔二〕三句寫行人愁思綿綿。行色：行旅情狀。唐戴叔倫《轉應詞》：“邊草，邊草，邊草盡來兵老。山南山北雪晴，千里萬里月明。明月，明月，胡笳一聲愁絶。”

〔三〕二句用古人詩文典故暗逗草色惹愁。謝家池上：南朝宋謝靈運《登池上樓》詩有“池塘生春草，園柳變鳴禽”之句，據説是因夢見其從弟謝惠連而得，自以爲獲神助。江淹浦畔：南朝梁江淹《别賦》有“春草碧色，春水緑波，送君南浦，傷如之何”之句。吟魄、離魂：指謝詩和江賦。

〔四〕疏雨滴黄昏：王國維《人間詞話》：“人知和靖（林逋）《點絳唇》、聖俞《蘇幕遮》、永叔《少年遊》三闋爲詠春草絶調，不知先有正中（馮延巳）‘細雨濕流光’五字，皆能攝春草之魂者也。”王孫：公子，此指遠游之人。《楚辭・招隱士》：“王孫游兮不歸，春草生兮萋萋。”詩詞中因常以王孫與草連寫，如林逋《點絳唇》：“王孫去，萋萋無數，南北東西路。”梅堯臣《蘇幕遮》：“堪怨王孫，不記歸期早。”二句用“憶王孫”典，繳足首句憑欄望遠。

漁　家　傲

荷葉田田青照水，孤舟挽在花陰底〔一〕。昨夜蕭蕭疏雨墜。愁不寐，朝來又覺西風起〔二〕。　雨擺風摇金蕊碎,合歡枝上香房翠〔三〕。蓮子與人常廝類,無好意,年年苦在中心裏〔四〕。

本篇寫采蓮女因見荷花被風雨凋殘,聯想起自己的心事,不禁憂從中來。

〔一〕二句寫花陰駐舟。田田:荷葉浮在水上之貌。古樂府:"江南可采蓮,蓮葉何田田。"挽:繫。

〔二〕三句寫出駐舟荷塘的原因:因昨夜雨、今晨風而擔心荷花爲風雨所摧殘。蕭蕭:雨聲。

〔三〕二句寫風雨中荷花花瓣落盡,花蕊散亂,枝頭露出了青蓮房。金蕊:黄色的花蕊。合歡枝:指并蒂蓮。香房:指蓮房。

〔四〕苦在中心裏:陸機《爾雅疏》:"蓮,青皮裹白子爲的,的中有青爲薏,味甚苦。故里語云:苦如薏也。"廝類:相似。古代民歌常因蓮戀、薏意諧聲以見意。三句即以蓮心之苦擬人内心的哀怨。

漁　家　傲

正月斗杓初轉勢,金刀剪綵功夫異〔一〕。稱慶高堂歡幼稚〔二〕。看柳意,偏從東面春風至。　十四新蟾圓尚未,樓前乍看紅燈試〔三〕。冰散緑池泉細細,魚欲戲,園林已是花天氣。

歐陽修曾用《漁家傲》詞牌寫了十二闋詠十二月景物的鼓子詞,這裏全部選録。鼓子詞爲民間興起的一種説唱藝術,北宋頗盛行,它以同一詞調重復演唱,或間以説白,來叙事寫景,説唱時以鼓爲節拍。歐陽修這十二闋《漁家傲》和詠潁州西湖景物之十闋《采桑子》,以及趙令畤詠《會真記》故事之十二闋《商調蝶戀花》,同爲宋代鼓子詞流傳下來的稀有作品。《歐陽文忠公全集》卷一百三十二于這組鼓子詞後附録闕名題記云:"荆公(王安石)嘗對客誦永叔小闋云'五綵新絲纏角粽,金盤送,生綃畫扇盤雙鳳',曰:'三十年前見其全篇,今纔記三句,乃永叔在李太尉端愿席上所作十二月鼓子詞,數問人,求之不可得。'嗚呼!荆公之没二紀,余自永平幕召還,過武陵,始得于州將李君誼,追恨荆公之不獲見也。誼,太尉猶子也。□□□□年,中秋日,金陵。"又附録宋朱松題記云:"政和丙申冬,余還自京師,過歙州,太守濠梁許君頌之席上,見許君舉荆公所記三句,且云:'此詞才情□餘,它人不能道也。'後十二年建炎戊申,偶得此本于長樂同官方君。後四年辛亥紹興二月朔,自尤溪避盜宿龍爬以待二弟,適無事,謾録于此。吏部員外郎朱松喬年。"按:李端愿于宋英宗治平初年任職開封,這組詞當作于此時。宋陳晦《行都紀事》云:"某邑宰因預借違旨,遭按而歸,某郡郡將乃宰公之故舊,因留連。有妓慧黠,得宰罷官之由,時方仲秋,忽謳《漁家傲》'十月小春梅蕊破',宰云:'何太早耶?'答云:'乃預借也。'宰公大慚。"由此可見,這組鼓子詞到南宋時還相當流行。

〔一〕斗杓(biāo):北斗星柄部三星之名,又稱斗柄。斗杓在天空四時運轉,周而復始。斗杓初轉勢,意謂星回斗轉,新年伊始。金刀剪綵:《荆楚歲時記》:"正月七日爲人日,以七種菜爲羹,剪綵爲人,或鏤金箔爲人,以貼屏風,亦戴之頭鬢。"温庭筠《菩薩蠻》詞:"藕絲秋色淺,人勝參差剪。"又宋孟元老《東京夢華録·立春》記宋代開封立春日,人們互贈春幡雪柳;宰執親王百官入朝賀春,皆賜金銀幡勝,戴歸私第,均爲當時風習。金刀:剪刀。功夫異:謂剪出各種形狀物品。

〔二〕稱慶高堂:魏曹植《元會》詩:"初歲元祚,吉日惟良,乃爲嘉會,宴此高堂。"晉傅克妻《元正》詩:"元正啓令節,嘉慶肇自兹,咸奏萬年觴,小大同悦熙。"高堂:父母。

〔三〕十四：農曆正月十四。新蟾：指月亮。紅燈試：古代正月十五爲燈節，十四日夜試燈。參見《生查子》詞注。

又

二月春耕昌杏密，百花次第争先出〔一〕。惟有海棠梨第一。深淺拂，天生紅粉真無匹〔二〕。　　畫棟歸來巢未失，雙雙款語憐飛乙〔三〕。留客醉花迎曉日，金盞溢，卻憂風雨飄零疾。

〔一〕昌：通菖，即菖蒲，多年生水草。《吕氏春秋》："冬至後五旬七日，菖始生。菖者，百草之先生者也，于是始耕。"又南齊王融《永明九年策秀才文》之二："將使杏花菖葉，耕穫不愆。"次第：依次，陸績。唐白居易《春風》："春風先發苑中梅，櫻杏桃梨次第開。"二句寫春催花發。

〔二〕二句贊海棠梨。深淺：海棠梨的花色。杜甫《江上獨步尋花七絶句》之五："桃花一簇開無主，可愛深紅愛淺紅？"拂：擺動。無匹：無比。

〔三〕款語：親切交談。乙(yì)：同鳦，燕子。《禮記・月令》"仲春之月，玄鳥至"注："玄鳥，鳦也。"又《爾雅》"燕，燕乙也"注："齊曰燕，梁曰乙。"

又

三月清明天婉娩，晴川祓禊歸來晚〔一〕。況是踏青來處遠〔二〕。猶不倦，秋千别閉深庭院〔三〕。　更值牡丹開欲遍，酴醾壓架清香散〔四〕。花底一樽誰解勸，增眷戀，東風嚮晚無情絆〔五〕。

〔一〕清明：二十四節氣之一。《淮南子・天文》："春分後十五日，斗指乙爲清明。"婉娩(wǎn)：形容女子儀容柔順，《禮記・内則》："女子十年不出，姆教婉娩聽從。"此借喻天氣温和。祓禊(fú xì)：古代習俗，三月三日上巳節在水濱舉行祭祀儀式，以除不祥，稱爲"祓除"或"修禊"，后亦用以指春遊。

〔二〕踏青：春遊。舊時以清明節爲踏青節。《秦中歲時記》："上巳賜宴曲江，都人于江頭禊飲，踐踏青草，謂之踏青履。"孟元老《東京夢華録・收燈都人出城探春》記宋時開封市民春遊盛況云："大抵都城左近，皆是園圃，百里之内，並無閑地。次第春容滿野，暖律暄晴。萬花争出粉牆，細柳斜籠綺陌。香輪暖輾，芳草如茵。駿騎驕嘶，杏花如繡，鶯啼芳樹，燕舞晴空。紅妝按樂于寶樹層樓，白面行歌近畫橋流水。舉目則秋千巧笑，觸處則蹴踘踈狂。尋芳選勝，花絮時墜金樽；折翠簪紅，蜂蝶暗隨歸騎。于是相繼清明節矣。"又于"清明節"條記云："四野如市，往往就芳樹之下，或園囿之間，羅列杯盤，互相勸酬。都城之歌兒舞女，遍滿園亭，抵暮而歸。"

〔三〕二句寫婦女游興未減，踏青歸來後還在院庭中作秋千之戲。秋千：見《浣溪沙》詞註。

〔四〕酴醾：即荼蘼，春末夏初開花，因有"開到荼蘼春事了"之説。

〔五〕此句言東風無情，留不住春天。

又

四月園林春去後，深深密幄陰初茂〔一〕。折得花枝猶在手，香滿袖，葉間梅子青如豆。　　風雨時時添氣候，成行新笋霜筠厚〔二〕。題就送春詩幾首，聊對酒，櫻桃色照銀盤溜〔三〕。

〔一〕二句有“緑肥紅瘦”之意。密幄：指茂密的樹葉。幄：篷帳。

〔二〕添氣候：謂天氣逐漸轉暖。霜筠：新竹上的白粉。

〔三〕溜：形容光澤流動晃眼。邵雍《插花吟》：“酒涵花影紅光溜，争忍花前不醉歸？”《東京夢華録·四月八日》：“四月八日佛生日。……在京七十二户諸正店，初賣煮酒，市井一新。唯州南清風樓最宜夏飲，初嘗青杏，乍薦櫻桃，時得佳賓，觥酧交作。”

又

五月榴花妖豔烘〔一〕，緑楊帶雨垂垂重。五色新絲纏角粽，金盤送，生綃畫扇盤雙鳳〔二〕。　　正是浴蘭時節動，菖蒲酒美清樽共〔三〕。葉裏黄鸝時一哢，猶瞢鬆，等閑驚破紗窗夢〔四〕。

〔一〕烘：燒，形容榴花紅豔如火。

〔二〕三句寫端午節風物。角粽：粽子。生綃：生絲織成的薄綢。《東京夢華録·端午》：“端午節物：百索、艾花、銀樣鼓兒、花巧畫扇、香糖果子、粽子、白團。紫蘇、菖蒲、木瓜，並皆茸切，以香藥相和，用梅紅匣子盛裹。自五月一日及端午前一日，賣桃、柳、葵花、蒲葉、佛道艾，次日家家鋪陳于門首，與粽子、五色水團，茶酒供養，又釘艾人于門上，士庶遞相宴賞。”

〔三〕浴蘭時節：唐韓鄂《歲華記麗》“端午，角黍之秋，浴蘭之月。”注：

"午日以蘭湯沐浴。"菖蒲酒：古代端午日以蒲葉作劍懸門前，飲雄黄酒，以辟惡。

〔四〕三句寫酒後小睡，爲鳥聲驚醒。哢（lòng）：鳥叫。王維《聽宫鶯》詩："忽驚啼還斷，移處哢還長。"瞢（méng）鬆：猶瞢騰，指似醒非醒時的矇矓狀態。唐韓偓《玉山樵人集格卑》詩："自抛懷抱醉瞢騰。"

又

六月炎天時霎雨，行雲涌出奇峯露〔一〕。沼上嫩蓮腰束素〔二〕。風兼露，梁王宫闕無煩暑〔三〕。　畏日亭亭殘蕙炷〔四〕，傍簾乳燕雙飛去。碧碗敲冰傾玉處，朝與莫，故人風快涼輕度〔五〕。

〔一〕二句寫夏天晴雨無定，雲彩多變。奇峯：晉顧愷之《神情詩》："夏雲多奇峯。"

〔二〕寫池蓮隨風摇擺，如美女束腰，婀娜多姿。腰束素：宋玉《登徒子好色賦》："腰如束素，齒如含貝。"素，白色的生絹。

〔三〕二句指王公貴族府第的高敞涼爽。風兼露：《初學記》卷三引潘岳《關中記》："桂宫一名甘泉，又作迎風觀、寒露臺以避暑。"梁王：梁孝王，《史記·梁孝王世家》謂其"築東苑，方三百餘里，廣睢陽城七十里，大治宫室，爲復道，自宫連屬于平臺三十餘里。"《西京雜記》亦有類似記載。

〔四〕畏日：指夏日。《左傳》文公七年："趙衰，冬日之日也；趙盾，夏日之日也。"注："冬日可愛，夏日可畏。"亭亭：悠長貌。蕙炷：指爐中所焚的香。唐陸龜蒙《宫詞》："楓膠蕙炷潔宫房"。

〔五〕碧碗三句寫夏日消暑生活。敲冰傾玉：指以冷飲消夏。《東京夢華録·是月巷陌雜賣》："都人最重三伏，蓋六月中别無時節，往往風亭水榭，峻宇高樓，雪檻冰盤，浮瓜沉李，流杯曲沼，苞鮓新荷，遠邇笙歌，通夕而罷。"莫：同暮。風快：宋玉《風賦》："快哉此風，寡人所與庶人共者邪？"

又

七月新秋風露早，渚蓮尚坼庭梧老〔一〕。是處瓜華時節好〔二〕。金樽倒，人間綵縷争祈巧〔三〕。　萬葉敲聲涼乍到，百蟲啼晚煙如掃〔四〕。箭漏初長天杳杳〔五〕，人語悄，那堪夜雨催清曉。

〔一〕渚：水中小洲，此泛指水池。坼：開。庭梧老：相傳梧桐立秋日即開始落葉，因有"立秋至而梧葉落"之説。

〔二〕是處：到處。華：同"花"。

〔三〕祈巧：即乞巧。《東京夢華録·七夕》記宋時開封七月七日乞巧風俗頗詳，其中有云："至初六日七日晚，貴家多結綵樓于庭，謂之'乞巧樓'。鋪陳磨喝樂、花瓜、酒炙、筆硯、針綫，或兒童裁詩，女郎呈巧，焚香列拜，謂之'乞巧'。婦女望月穿針，或以小蜘蛛安合子内，次日看之，若網圓正，謂之'得巧'。里巷與妓館，往往列之門首，争以侈靡相嚮。"

〔四〕萬葉敲聲：謂樹葉在秋風中撞擊發聲。煙如掃：言秋日天高氣清。

〔五〕寫入秋後夜漸長，日漸短。箭漏：即銅壺滴漏，古代的一種計時器。杳(yǎo)杳：深暗幽遠貌。潘岳《寡婦賦》："時曖曖而嚮昏兮，日杳杳而西匿。"

又

八月秋高風歷亂，衰蘭敗芷紅蓮岸〔一〕。皓月十分光正滿。清光畔，年年常願瓊筵看〔二〕。　　社近愁看歸去燕〔三〕，江天空闊雲容漫。宋玉當時情不淺，成幽怨，鄉關千里危腸斷〔四〕。

〔一〕歷亂：猶散亂，形容風無定嚮。《大戴禮·子張問入官》："歷者，獄之所由生也。"注："歷，曆亂也。"蘭、芷：《楚辭·九歌·湘夫人》："沅有茝兮澧有蘭。"茝一作芷。

〔二〕瓊筵：指珍美的筵席。謝脁《始出尚書省》："既通金閨籍，復酌瓊筵醴。"《東京夢華録·中秋》："中秋夜，貴家結飾臺榭，民間争占酒樓玩月，絲篁鼎沸。近内庭居民，夜深遥聞笙竽之聲，宛若雲外。閭里兒童，連宵嬉戲。夜市駢闐，至于通曉。"

〔三〕社：秋社。古代以立春後第五個戊日爲春社、立秋後第五個戊日爲秋社（約當春分、秋分前後），是春秋兩季祭祀土地神的日子。燕子于春社來，秋社歸。韓偓《不見》詩："此身願作君家燕，秋社歸時也不歸。"

〔四〕宋玉：戰國末期楚國著名的辭賦作家。其《九辯》云："悲哉秋之爲氣也！蕭瑟兮草木摇落而變衰。憭慄兮若在遠行，登山臨水兮送將歸。"鄉關：家鄉。危：憂懼。三句點化宋玉文寫秋氣。

又

九月霜秋秋已盡，烘林敗葉紅相映〔一〕。惟有東籬黄菊盛〔二〕。遺金粉，人家簾幕重陽近〔三〕。　　曉日陰陰晴未定，授衣時節輕寒嫩〔四〕。新雁一聲風又勁，雲欲凝，雁來應有吾鄉信〔五〕。

〔一〕烘：渲染。

〔二〕東籬：晉陶淵明《飲酒詩》："採菊東籬下，悠然見南山。"

〔三〕遺(wèi)：贈與。金粉：黄色花蕊，此指菊花。重陽：古以陰曆九月初九日爲重陽。魏文帝《與鍾繇書》云："歲往月來，忽復九月九日，九爲陽數，而日月並應，故曰重陽。"《東京夢華録・重陽》："九月重陽，都下賞菊有數種，其黄白色蕊若蓮房曰'萬齡菊'，粉紅色曰'桃花菊'，白而檀心曰'木香菊'，黄色而圓者曰'金鈴菊'，純白而大者曰'喜容菊'，無處無之。酒家皆以菊花縛成洞户。"

〔四〕授衣時節：指農曆九月。古代九月製備冬衣，稱授衣。《詩經・豳風・七月》"九月授衣"傳："九月霜始降，婦功成，可以授衣矣。"

〔五〕《禮記・月令》："季秋之月，鴻雁來賓。"雁足傳書的傳説，始于《漢書・蘇武傳》。蘇武在匈奴中，昭帝遣使通和，常惠乃夜見漢使，教使者謂單于，言天子射上林中，得雁，足有繫帛書，言武等在某澤中。使者如其言，單于于是大驚，乃使武還。

又〔一〕

十月小春梅蕊綻〔二〕，紅樓畫閣新裝遍。鴛帳美人貪睡暖，梳洗懶，玉壺一夜輕澌滿〔三〕。　　樓上四垂簾不卷，天寒山色偏宜遠。風急雁行吹字斷〔四〕，红日晚，江天雪意雲撩亂。

〔一〕本篇集中兩見,文字略有差異:"鴛帳美人"作"錦帳美人","梳洗懶"作"羞起晚","輕澌滿"作"冰澌滿","紅日晚"作"紅日短"。

〔二〕小春:《歲時廣記》:"冬月之陽,萬物歸之。以其温暖如春,故謂之小春,亦云小陽春。"

〔三〕此句言漏壺中因天寒而結有薄薄的冰棱。玉壺:指計時的漏壺。澌:隨水流動的冰棱。

〔四〕羣雁飛翔,常在天空中排成"一"字或"人"字,此謂風勁而使雁行散亂。

又

十一月新陽排壽宴,黄鐘應管添宫綫〔一〕。獵獵寒威雲不卷〔二〕。風頭轉,時看雪霰吹人面〔三〕。　南至迎長知漏箭,書云紀候冰生研〔四〕。臘盡探春春尚遠。閑庭院,梅花落盡千千片。

〔一〕二句寫冬至節。新陽:《史記·律書》:"日冬至則一陰下藏,一陽上舒。"古有"冬至一陽生"之説。壽宴:《初學記》卷四引崔實《四民月令》:"冬至之日,薦黍羔,先薦玄冥及祖禰,其進酒肴及謁賀君師耆老,如正日。"黄鐘應管:《禮記·月令》:"仲冬之月,其音羽,律中黄鐘。"注:"黄鐘者,律之始,九寸,仲冬氣至,則黄鐘之律應。"管:指律管。添宫綫:《唐雜録》:"唐宫中以女功揆日之長短,冬至後,日晷漸長,比常日添一綫之功。"《東京夢華録·冬至》:"十一月冬至。京師最重此節,雖至貧者,一年之間,積累假借,至此日更易新衣,備辦飲食,享祀先祖。官放關撲,慶賀往來,一如年節。"

〔二〕獵獵：風聲。鮑照《潯陽還都道中》詩："鱗鱗夕雲起，獵獵晚風遒。"

〔三〕霰：雪珠、雪子。《詩·小雅·頍弁》："如彼雨雪，先集維霰。"

〔四〕二句謂冬至後白晝漸長，于時觀察天象物候以驗來年凶吉。南至：即冬至。《左傳》僖公五年："春，王正月，辛亥，朔，日南至。"杜預注："周正月，今十一月。冬至之日，日南極。"漏箭：即箭漏。書云紀候：《左傳》僖公五年："公既視朔，遂登觀臺以望，而書，禮也。凡分、至、啓、閉，必書雲物，爲備故也。"《易緯通卦驗》："冬至之日，見雲送迎從下鄉來，歲美，民人和，不疾疫；無雲送迎，德薄，歲惡。故其雲赤者旱，黑者水，白者爲兵，黄者有土功，諸從日氣送迎，此其效也。"研：通"硯"。

又

十二月嚴凝天地閉〔一〕，莫嫌臺榭無花卉。惟有酒能欺雪意〔二〕。增豪氣，直教耳熱笙歌沸。　隴上雕鞍惟數騎，獵圍半合新霜裏〔三〕。霜重鼓聲寒不起〔四〕。千人指，馬前一雁寒空墜。

〔一〕天地閉：《禮記·月令》：孟冬之月，"天氣上騰，地氣下降，天地不通，閉塞而成冬"。

〔二〕欺：此指抵擋。《東京夢華録·十二月》："此月雖無節序，而豪貴之家，遇雪即開筵，塑雪獅，裝雪燈雪□，以會親舊。"

〔三〕隴上：指原野。　古代王公貴族在冬季圍獵。《左傳》隱公五年："故春蒐、夏苗、秋獮、冬狩，皆于農隙以講事也。"

〔四〕唐李賀《雁門太守行》詩："霜重鼓寒聲不起。"古代圍獵實兼軍事訓練，故亦備金鼓。

采 桑 子

輕舟短棹西湖好，緑水逶迤〔一〕。芳草長堤，隱隱笙歌處處隨〔二〕。　無風水面琉璃滑〔三〕，不覺船移。微動漣漪，驚起沙禽掠岸飛〔四〕。

此選《采桑子》鼓子詞十首，每首皆以“西湖好”起句，依次描寫潁州西湖四季的不同景色。歐陽修于皇祐元年正月至皇祐二年七月任潁州知州，因愛潁州西湖之勝，遂與梅堯臣相約，買田于潁，以便歸隱後退居。治平四年解參知政事任，知亳州，途經潁州，作《思潁詩後序》云：“乃發舊稿，得自南京以後詩十餘篇，皆思潁之作，以見予拳拳于潁者非一日也。”熙寧四年六月致仕，七月回到潁州，次年閏七月去世。這組詞或非作于一時，從末首“歸來恰似遼東鶴”與每首皆以“西湖好”三字起句以觀，當于熙寧年間退休之後作了通盤的整理潤色。原集詞前有一篇《西湖念語》（“念語”是宋時藝人演唱前的開場白），云：“昔者，王子猷之愛竹，造門不問于主人；陶淵明之卧輿，遇酒便留于道上。况西湖之勝概，擅東潁之佳名。雖美景良辰固多于高會，而清風明月幸屬于閑人。並遊或結于良朋，乘興有時而獨往。鳴蛙暫聽，安問屬官而屬私；曲水臨流，自可一觴而一咏。至歡然而會意，亦傍若于無人，乃知偶來常勝于特來，前言可信；所有雖非于己有，其得已多。因翻舊闋之詞，寫以新聲之調。敢陳薄技，聊佐清歡。”可見這組詞是供歌妓在筵前演唱的。

〔一〕此詞寫乘小舟游湖的情趣，可與第三首“畫船”對比。棹（zhào）：船槳。逶迤：綿延曲折貌。

〔二〕隱隱：猶隱約。

〔三〕琉璃：天然的有光寶石。《漢書・西域傳》注引孟康曰：“流離青色如玉。"後人即常以琉璃來比喻平滑如鏡的水面。唐白居易《新池》詩:"忽看不似水,一泊稀琉璃。"作者《初至潁州西湖種瑞蓮黄楊寄淮南轉運吕度支發運許主客》詩亦云:"平湖十頃碧琉璃,四面清陰乍合時。"

〔四〕漣漪:水面微波。《詩·魏風·伐檀》:"河水清且漣漪"。沙禽:水鳥。作者《伊川泛舟》詩:"春溪漸生溜,演漾迴舟小。沙禽獨避人,飛去青林杪。"

又

春深雨過西湖好,百卉争妍。蝶亂蜂喧,晴日催花暖欲然〔一〕。　蘭橈畫舸悠悠去〔二〕,疑是神仙。返照波間,水闊風高揚管絃〔三〕。

〔一〕然:同"燃",形容花紅似火。杜甫《絶句二首》之二:"江碧鳥逾白,山青花欲燃。"

〔二〕蘭橈(ráo):用蘭木做的船槳。梁簡文帝《采蓮曲》:"桂楫蘭橈浮碧水"。畫舸(gě):繪有綵飾的遊船。

〔三〕二句寫畫舸遠去後,在夕陽返照的湖面上,風中傳來悠揚的樂聲。

又

畫船載酒西湖好,急管繁絃。玉盞催傳〔一〕,穩泛平波任醉眠。　行雲卻在行舟下,空水澄鮮〔二〕。俯仰流連，疑是湖中别有天〔三〕。

〔一〕傳：傳杯，指行令勸酒。唐上官婉兒《九日登慈恩寺應制》詩："獻壽菊傳杯。"

〔二〕行雲卻在行舟下：杜甫《小寒食舟中作》詩："春水船如天上坐"。空水澄鮮：天水清澈明浄。謝靈運《登江中孤嶼》詩："空水共澄鮮。"

〔三〕二句寫遊者俯仰觀賞，難分天水。

又

羣芳過後西湖好，狼籍殘紅〔一〕。飛絮濛濛〔二〕，垂柳欄干盡日風。　　笙歌散盡遊人去，始覺春空〔三〕。垂下簾櫳，雙燕歸來細雨中〔四〕。

〔一〕狼籍殘紅：落花散亂。

〔二〕飛絮濛濛：五代牛希濟《中興樂》："濛濛柳絮輕飛"。

〔三〕春空：春天已過。

〔四〕簾櫳：窗簾。櫳：窗牖。雙燕歸來：五代馮延巳《羅敷豔歌》："日暮疏鐘，雙燕歸來畫閣中。"

又

何人解賞西湖好？佳景無時〔一〕。飛蓋相追，貪嚮花間醉玉卮〔二〕。　　誰知閒憑欄干處？芳草斜暉〔三〕。水遠煙微，一點滄洲白鷺飛〔四〕。

〔一〕佳景無時：景色無時不佳。

〔二〕二句寫湖上遊人行樂盛況。蓋：車蓋。飛蓋指奔馳中的車輛。曹植《公讌詩》"清夜游西園，飛蓋相追隨。"玉卮：玉製酒器，此借指酒。

〔三〕斜暉：夕陽。五代張泌《河傳》："夕陽芳草千里"。

〔四〕這類寫景詞語，歐陽修之前不多見，可與之比擬的，有唐張志和《漁父》："西塞山前白鷺飛，桃花流水鱖魚肥"，和五代皇甫松《天仙子》："晴野鷺鷥飛一隻，水葓花發秋江碧。"滄洲：水邊地。

又

清明上巳西湖好〔一〕，滿目繁華。争道誰家，緑柳朱輪走鈿車〔二〕。　　游人日暮相將去〔三〕，醒醉喧嘩。路轉堤斜，直到城頭總是花。

〔一〕清明、上巳：注見《漁家傲·三月清明天婉娩》。

〔二〕争道：湖濱游人車輛擁擠，紛紛争先而行。朱輪、鈿車：形容車輛華美。古代高官乘用朱紅漆輪的車子，貴族婦女乘用螺鈿鑲嵌的車子。

〔三〕相將：相隨。

又

荷花開後西湖好〔一〕，載酒來時。不用旌旗，前後紅幢緑蓋隨〔二〕。　畫船撑入花深處，香泛金卮。煙雨微微，一片笙歌醉裏歸。

〔一〕西湖多荷花。作者有《西湖戲作示同游者》詩："菡萏香清畫舸浮，使君寧復憶揚州。都將二十四橋月，换得西湖十頃秋。"

〔二〕紅幢緑蓋：指荷花和荷葉。

又

天容水色西湖好，雲物俱鮮。鷗鷺閑眠，應慣尋常聽管絃〔一〕。　風清月白偏宜夜，一片瓊田〔二〕。誰羨驂鸞，人在舟中便是仙〔三〕。

〔一〕二句謂水鳥聽慣了游船上的樂聲，悠閑地棲息安眠。

〔二〕瓊田：即玉田。《搜神記》載：伯雍種石于田中，遂生白璧，其處地可一頃，名爲玉田。此形容西湖在月光輝映下水面一片清澈澄碧。作者《祈雨曉過湖上》詩："清晨驅馬思悠悠，渺渺平湖碧玉田。"

〔三〕二句寫西湖月夜泛舟，其樂勝仙。驂鸞：傳説仙人乘鸞鳳。驂：乘，駕馭。韓愈《送桂州嚴大夫》詩："遠勝登仙去，飛鸞不假驂。"

又

殘霞夕照西湖好，花塢蘋汀〔一〕。十頃波平，野岸無人舟自横〔二〕。　西南月上浮雲散,軒檻凉生〔三〕。蓮芰香清,水面風來酒面醒。

〔一〕花塢:花木叢。汀:水中或水邊平地。
〔二〕唐韋應物《滁州西澗》詩:"春潮帶雨晚來急,野渡無人舟自横。"
〔三〕軒檻:窗前欄杆。

又

平生爲愛西湖好,來擁朱輪〔一〕。富貴浮雲,俯仰流年二十春〔二〕。　歸來恰似遼東鶴,城郭人民〔三〕。觸目皆新,誰識當年舊主人〔四〕!

〔一〕來擁朱輪:指到潁州任知州。
〔二〕富貴浮雲:將榮華富貴看作過眼煙雲。《論語·述而》:"子曰:飯疏食飲水,曲肱而枕之,樂亦在其中矣。不義而富且貴,于我如浮雲。"二十春:作者于治平四年作《思潁詩後序》中云:"皇祐元年春,予自廣陵得請來潁,愛其民淳訟簡而物産美,土厚水甘而風氣和,于時慨然已有終焉之意也。爾來俯仰二十年間,歷事三朝(仁宗、英宗、神宗),竊位二府(中書省、樞密院),寵榮已至而憂患隨之,心志索然而筋骸憊矣。"
〔三〕遼東鶴二句:《搜神後記》載:丁令威在靈虚山學道成仙,後化作白鶴飛回遼東,落于城門華表上,有少年挽弓欲射之,白鶴遂在空中盤旋而歌:"有鳥有鳥丁令威,去家千年今始歸;城郭如故人民非,何不學仙塚累累!"歌畢飛入高空。
〔四〕舊主人:指往日曾任地方官的作者自己。

文選

叢翠亭記

九州皆有名山以爲鎮，而洛陽天下中，周營漢都〔一〕，自古常以王者制度臨四方，宜其山川之勢雄深偉麗，以壯萬邦之所瞻。由都城而南以東，山之近者，闕塞、萬安、轘轅、緱氏，以連嵩室〔二〕，首尾盤屈逾百里。從城中因高以望之，衆山靡迤，或見或否，惟嵩最遠、最獨出，其嶄巖聳秀，拔立諸峯上，而不可掩蔽。蓋其名在祀典，與四嶽俱，備天子巡狩望祭，其秩甚尊〔三〕，則其高大殊傑當然。

城中可望而見者，若巡檢署之居洛北者爲尤高。巡檢使内殿崇班李君，始入其署，即相其西南隅而增築之，治亭于上〔四〕，敞其南北嚮以望焉。見山之連者、峯者、岫者，駱驛聯亘，卑相附，高相摩，亭然起，崒然止〔五〕，來而嚮，去而背，頹崖怪壑，若奔若蹲，若鬥若倚，世所傳嵩陽三十六峯者，皆可以坐而數之。因取其蒼翠叢列之狀，遂以叢翠名其亭。

亭成，李君與賓客以酒食登而落之〔六〕，其古所謂居高明而遠眺望者歟。既而，欲紀其始造之歲月，因求修辭而刻之云。

明道元年(一〇三二)作。歐陽修致力古文,發端於天聖九年(一〇三一)到洛陽後受尹洙的影響,他在《記舊本韓文後》中説:“官于洛陽,而尹師魯之徒皆在,遂相與作爲古文。”宋邵伯温《邵氏聞見録》也説:“錢文僖公(惟演)……因府第起雙桂樓,西城建閣臨圜驛,命永叔、師魯作記。永叔文先成,凡千餘言。師魯曰:某止用五百字可記。及成,永叔服其簡古。永叔自此始學爲古文。”可知明道初爲作者始作古文時期。叢翠亭是一個普通園亭,其主人亦非作者同道,題目較難敷衍,文章結合洛陽雄偉的山川入手,寫得生動有氣勢,已見出構思運筆的才能。

〔一〕九州:泛指全國。鎮:重、壓。古稱一方之主山爲鎮。《尚書·舜典》“封十有二山”孔傳:“每州之名山殊大者,以爲其州之鎮。”天下中:歐陽修《洛陽牡丹記》:“夫洛陽于周所有之土,四方入貢道里均,乃九州之中。”周營:西周初周公營建洛陽,平王東遷後以爲都城。漢都:西漢都長安,東漢都洛陽。

〔二〕都城:北宋稱洛陽爲西京。闕塞:山名。《河南府志》:“在府城正南二十五里,郡之朝山也。一名伊闕,俗名龍門。”萬安:山名。《河南府志》:“在府城東南四十里,一名大石山,漢時名石林。馬融《廣成苑賦》云:‘金門石林殷起乎其中’是也。山高二千丈,危峯邃谷,冠于洛陽。”轘轅、緱(gōu)氏:皆山名,在今河南偃師縣東南。轘轅以山道盤旋峻險著名。緱氏在伊洛平原東部嵩山口。嵩室:《一統志》:“嵩山三十六峯,東曰太室,西曰少室,相去七十里,嵩其總名也。謂之室者,以其下各有石室。”

〔三〕名在祀典:《禮記·王制》:“天子祭名山大川,五岳比三公。”嵩山爲中嶽,與東嶽泰山、西嶽華山、南嶽衡山、北嶽恆山同受崇祀。巡狩:皇帝離開京都,巡游各地。《孟子·梁惠王》:“天子適諸侯曰巡狩。巡狩者,巡所守也。”望祭:《尚書·舜典》“望于山川”注:“九州名山大川、五嶽四瀆之屬,皆一時望祭之。”秩:次序、地位。

〔四〕内殿崇班:宋代武官的品級名。相:選擇。治:理,指建築。

〔五〕駱驛：通"絡繹"。卑：低。摩：摩蕩，指氣勢雄偉。亭然：亭亭聳立貌。崒：通"猝"，突然。

〔六〕落之：落成祭典。《左傳》昭公七年"楚子成章華之臺，願與諸侯落之"，注："宮室新成祭之，爲落。"

送梅聖俞歸河陽序

至寶潛乎山川之幽，而能先羣物以貴于世者，負其有異而已〔一〕。故珠潛于泥，玉潛于璞，不與夫蜃蛤珉石混而棄者，其先膺美澤之氣〔二〕，輝然特見于外也。士固有潛乎卑位，而與夫庸庸之流俯仰上下，然卒不混者〔三〕，其文章才美之光氣，亦有輝然而特見者矣。然求珠者必之乎海，求玉者必之乎藍田〔四〕，求賢士者必之乎通邑大都。據其會，就其名，而擇其精焉爾。

洛陽，天子之西都，距京師不數驛，縉紳仕宦雜然而處，其亦珠玉之淵海歟〔五〕。予方據是而擇之，獨得于梅君聖俞，其所謂輝然特見而精者邪。聖俞志高而行潔，氣秀而色和，嶄然獨出于衆人中。初爲河南主簿，以親嫌移佐河陽，常喜與洛之士游，故因吏事而至于此。余嘗與之徜徉于嵩洛之下，每得絶崖倒壑、深林古宇，則必相與吟哦其間，始而歡然以相得，終則暢然，覺乎熏蒸浸漬之爲益也〔六〕。故久而不厭。既而，以吏事訖言歸。余且惜其去，又悲夫潛乎下邑，混于庸庸。然所謂能先羣物而貴于世者，特其異而已，則光氣之輝然者，豈能掩之哉！

明道元年作。梅聖俞,梅堯臣字聖俞,是宋詩革新的創始人之一,也是歐陽修到洛陽後最早結識的知友。當時梅官河南縣主簿,因其妻兄謝絳官河南府通判,需要避嫌,當年秋調任河陽縣(今河南孟縣,宋屬孟州)主簿。次年春重返洛陽,歐陽修曾與之遍游洛陽名勝,并同登嵩山。歐陽修對梅堯臣的人品才華十分傾倒,集中多兩人唱和之作,並把他比作明珠美玉。如嘉祐五年(一〇六〇)作的《依韻奉酬聖俞二十五兄見贈之作》:“念君懷中玉,不及市上珉,珉賤易爲價,玉棄久埋塵。”同年梅堯臣卒,作《哭聖俞》:“良時易失不早收,篋櫝瓦礫棄琳球。”足見此序對梅堯臣的稱揚不是泛泛之譽。

〔一〕至寶:無價之寶,此用以喻梅堯臣的人品才華。潛:藏、沉埋。負:恃、依靠。

〔二〕《初學記》卷二十七引任嘏《道論》:“丹泉之珠,沉于黄泥;璠璵之寶,藏于裔石。”潛于泥:指孕珠的蚌藏于水底泥中。蜃蛤:大蛤蜊。《周禮·天官·鱉人》“以時簎魚鱉龜蜃”注:“蜃,大蛤。”珉石:似玉之石。膺:受。《尚書·武成》:“誕膺天命,以撫方夏。”

〔三〕卑位:指梅堯臣當時所任主簿之職。唐宋時士人輕視州縣佐吏,因有如下之説。如唐高適作封丘縣尉時,有《封丘作》:“我本漁樵孟諸野,一生自是悠悠者,乍可狂歌草澤中,那堪作吏風塵下。”卒:終于。

〔四〕藍田:山名,在今陝西藍田縣東南,亦名覆車山,產美玉。唐李商隱《無題》:“藍田日暖玉生煙。”

〔五〕驛:驛站,古代官員旅途中换馬歇息之所。開封至洛陽相距約五百里,宋時設六驛。縉紳仕宦:均指官員。淵海:深厚廣大的意思。陳徐陵《與李那書》:“才壯風雲,義深淵海。”

〔六〕“余嘗”七句寫與梅堯臣等人嘗共游嵩洛。作者另有《書懷感事寄梅聖俞》等詩,見本集詩選,可參閲。熏蒸浸漬:于不知不覺間受到感染熏陶。

述夢賦

夫君去我而何之乎？時節逝兮如波。昔共處兮堂上，忽獨棄兮山阿〔一〕。

嗚呼！人羨久生，生不可久，死其奈何。死不可復，惟可以哭。病予喉使不得哭兮，況欲施乎其他。憤既不得與聲而俱發兮，獨飲恨而悲歌。歌不成兮斷絶，淚疾下兮滂沱。行求兮不可過，坐思兮不知處。可見惟夢兮，奈寐少而寤多〔二〕。或十寐而一見兮，又若有而若無；乍若去而若來，忽若親而若疏〔三〕。杳兮倏兮，猶勝于不見兮，願此夢之須臾〔四〕。尺蠖憐予兮爲之不動，飛蠅閔予兮爲之無聲；冀駐君兮可久，恍予夢之先驚〔五〕。夢一斷兮魂立斷，空堂耿耿兮華燈〔六〕。

世之言曰：死者澌也〔七〕。今之來兮，是也非也？又曰：覺之所得者爲實，夢之所得者爲想。苟一慰乎予心，又何較乎真妄。緑髮兮思君而白，豐肌兮以君而瘠，君之意兮不可忘，何憔悴而云惜〔八〕。願日之疾兮，願月之遲〔九〕；夜長于晝兮，無有四時。雖音容之遠矣，于恍惚以求之！

明道二年(一〇三三)作。是歲正月，歐陽修因公赴開封，事後又往隨縣探望叔父歐陽曄，于三月回洛陽。其時胥氏夫人産子後未逾一月，卒，詩人十分悲痛，作爲《述夢賦》及《緑竹堂獨飲》詩悼念，感情深厚，凄切感人。

〔一〕四句寫胥氏夫人之死。夫：發語詞。君：對對方的尊稱，古代通用于男女性。山阿：山陵、坟墓。晉陶潛《挽歌詩》："死去何所道，托體同山阿。"

〔二〕行求四句謂行坐都無從尋覓，衹有夢中能相見，無奈睡時少，醒時多。過：原注："疑是'遇'字。"寐：睡着。寤：睡醒。

〔三〕四句連用六個"若"字，極寫其夢之迷離恍惚。

〔四〕杳兮倏兮：杳冥、倏忽，言夢景之難以捉摸和稍縱即逝。須臾：片刻，言時間之短促。以上意謂夢境雖然短暫朦朧，但仍勝于無。

〔五〕四句謂昆蟲亦憐閔作者的思憶，而停止活動，希望胥氏夫人能在夢中多耽一會，可是自己卻驚醒了。尺蠖：尺蠖蛾的幼蟲，爬行時身體嚮上彎曲成弧形，像人用大拇指和中指量長度，故名。閔：通憫，惋惜、同情。冀：希望。駐：留。怳：忽然。晉劉伶《酒德頌》："兀然而醉，怳爾而醒。"

〔六〕耿耿：微明貌。

〔七〕澌：盡、滅。《禮記·曲禮》注："死之言澌也。"

〔八〕四句意猶古詩"思君令人老"，並言眷念之情，不惜憔悴。緑髮：即緑鬢，黑色鬢髮。唐吴均《閨怨》："緑鬢愁中改。"瘠：消瘦。

〔九〕二句謂希望太陽快些移動，月亮慢些移動，以便有更多的時間在夜夢中與亡妻相見。

與張秀才第二書

修頓首白，秀才足下。前日去後，復取前所貺古今雜文十數篇〔一〕，反復讀之，若《大節賦》、《樂古》、《太古曲》等篇，言尤高而志極大。尋足下之意，豈非閔世病俗，究古明道，欲拔今以復之古，而剪剗齊整凡今之紛淆駁冗者歟〔二〕。然後益知足下之好學，甚有志者也。然而述三皇太古之道，捨近取遠，務高言而鮮事實，此少過也〔三〕。

君子之于學也，務爲道，爲道必求知古，知古明道，而后履之以身，施之于事，而又見于文章而發之，以信後世〔四〕。其道，周公、孔子、孟軻之徒常履而行之者是也；其文章，則六經所載〔五〕，至今而取信者是也。其道易知而可法，其言易明而可行。及誕者言之，乃以混蒙虚無爲道，洪荒廣略爲古；其道難法，其言難行〔六〕。孔子之言道，曰“道不遠人”；言《中庸》者，曰“率性之謂道”，又曰“可離非道也”〔七〕。《春秋》之爲書也，以成隱讓，而不正之；傳者曰：《春秋》信道不信邪，謂隱未能蹈道〔八〕。齊侯遷衛，書城楚丘，與其仁不與其專封；傳者曰：仁不勝道〔九〕。凡此所謂道者，乃聖人之道也。此履之于身，施之于事，而可得者也，豈如誕者之言者耶。

堯、禹之書，皆曰“若稽古傳説”，曰“事不師古，匪説攸聞”；仲尼曰，“吾好古，敏以求之者”〔一〇〕。凡此所謂古者，其事乃君臣上下、禮樂刑法之事，又豈如誕者之言者邪。此君子之所學也。

夫所謂捨近而取遠云者，孔子曰生周之世〔一一〕，去堯舜遠，孰與今去堯舜遠也。孔子删書，斷自《堯典》，而弗道其前；其所謂學，則曰“祖述堯舜〔一二〕”。如孔子之聖且勤，而弗道其前者，豈不能邪？蓋以其漸遠而難彰，不可以信後世也。今生于孔子之絶後〔一三〕，而反欲求堯舜之已前，世所謂務高言而鮮事實者也。

唐虞之道爲百王首，仲尼之嘆曰“蕩蕩乎”，謂高深閎大而不可名也〔一四〕。及夫二典，述之炳然，使後世尊崇仰望不可及，其嚴若天，然則《書》之言豈不高邪〔一五〕！然其事不過于親九族、平百姓，憂水患，問臣下誰可任，以女妻舜，及祀山川，見諸侯，齊律度，謹權衡，使臣下誅放四罪而已〔一六〕。孔子之後，惟孟軻最知道，然其言不過于教人樹桑麻、畜雞豚，以爲養生送死爲王道之本〔一七〕。夫二典之文，豈不爲文；孟軻之言道，豈不爲道？而其事乃世人之甚易知而近者，蓋切于事實而已。

今之學者，不深本之〔一八〕，乃樂誕者之言，思混沌于古初，以無形爲至道者，無有高下遠近。使賢者能之，愚者可勉而至，無過不及，而一本乎大中，故能亙萬世可行而不變也〔一九〕。今以謂不足爲，而務高遠之爲勝，以廣誕者無用之説，是非學者之所盡心也。宜少下其高而近其遠，以及乎中，則庶乎至矣。

凡僕之所論者，皆陳言淺語，如足下之多聞博學，不宜爲足下道之也。然某之所以云者，本欲損足下高遠而俯就之，則安敢務爲奇言，以自高邪。幸足下少思焉。

明道二年作。張秀才，張棐，河中府(府治今山西永濟縣蒲州)人。張棐曾以其所作詩賦雜文投贈歐陽修，請求指導。先此，歐陽修有信説：自己雖居洛陽都邑，但“官位學行無動人也，是非可否不足取信也”，所以“不能塞所求”。此信是再次答復。尊經明道，本是儒家一貫主張，而先進的人物，往往能根據時代的變化，提出合乎實際的要求。歐陽修之尊經，主張“聖人之言，在人情不遠”(《答宋咸書》)，“堯舜三王之治，必本于人情”(《縱囚論》)；他之明道，主張學者應該關心世間“百事”(《答吴充秀才書》)。本篇説：“爲道必求知古，知古明道，而后履之以身，施之于事，而又見于文章而發之，以信後世。”其重點也在于今。他反對泥古，反對“務高言而鮮事實”，反對“好異以取高”(《答石推官書》)，力摒漢唐以來經疏的拘牽和穿鑿。他對“宋學”的開創有篳路藍縷之功，而且他的觀點,和後來南宋道學家的空談性理,有明顯的區别。此信不僅反映了歐陽修的學術思想,也體現了他對後進學者的循循善誘。

〔一〕足下:古人書信中對同輩人的敬稱。前日去後:指發出第一次復信之後。貺(kuàng):賜、贈。

〔二〕尋:尋求、探索。閔世病俗:憂慮、不滿于世俗的浮薄。拔:移易、改變。《易·乾》:"確乎其不可拔。"紛淆駁冗:指當時學風、文風的趨繁務瑣,混亂駁雜。

〔三〕三皇:傳説中遠古的帝王,一般指伏羲、神農、黄帝。鮮:少。過:過分。

〔四〕八句表述了歐陽修對道和文關係的基本觀點。他認爲道(人情、政事)是核心,文的作用是體現、闡明道的根本,衹有"其充于中者足,而後發乎外者大以光",否則不過"巧其詞以爲華,張其言以爲大"而已(《與樂秀才書》)。在《答吴充秀才書》中也説:"夫學者未始不爲道,而至者鮮焉。非道于人遠也,學者有所溺焉爾。蓋文之爲言,難工而可喜,易悦而自足。世之學者往往溺之,一有工焉,則曰吾學足矣。甚者至棄百事不關于心,曰吾文士也,職于文而已。此其所以至之鮮也。"履:實踐。施:用。

〔五〕六經:指《詩》、《書》、《禮》、《樂》、《易》、《春秋》。

〔六〕誕者:虚妄不切實際的人。此指老莊玄學。混蒙虚無爲道:《老子道德經》二十五:"有物混成,先天地生。寂兮寥兮,獨立而不改,周行而不殆,可以爲天下母。吾不知其名,字之曰道。"洪荒廣略爲古:《莊子·馬蹄》:"當是時也,山無蹊隧,澤無舟梁,萬物羣生,連屬其鄉,……同與禽獸居,族與萬物並,……同乎無知,其德不離;同乎無欲,是謂素樸。"

〔七〕孔子之言道:《禮記·中庸》:"子曰:道不遠人,人之爲道而遠人,不可以爲道。"又:"天命之謂性,率性之謂道,修道之謂教。道也者,不可須臾離也,可離非道也。"五句釋儒家的道存於人的思想。

〔八〕春秋六句:據《史記·魯世家》,魯隱公名息,是惠公的庶子。惠公死時，以幼子允爲太子，而魯人共立隱公攝政。後來公子揮對隱公説：你祇要讓我做相，我可以去殺掉太子。隱公説：當時攝政是由于太子年幼，現在我將要立他爲君，自己告老。公子揮害怕了，反在太子前説隱公要謀害太子，結果隱公被殺。太子立，稱桓公。《春秋》于隱公元年正月祇書"春王正月"，不書隱公"即位"。對此，《春秋》三傳各有説法。《左傳》："不書即位，攝也。"《公羊傳》："不言即位，成公意也。"《穀梁傳》："不言即位，成公志也。……讓桓正乎？曰不正。《春秋》成人之美，不成人之惡。隱不正而成之何也？將以惡桓也。其惡桓何也？隱將讓而桓弑之，則桓惡矣。桓弑而隱讓，則隱善矣。善則其不正焉何也？《春秋》貴義不貴惠，信道而不信邪。孝子揚父之美，不揚父之惡，先君之欲與桓，非正也，邪也。……若隱者，可謂輕千乘之國，蹈道則未也。"歐陽修有《春秋論》，專辨其事。

〔九〕齊侯五句：《春秋》僖公二年："春王正月，城楚丘。"《左傳》："春，諸侯城楚丘而封衞焉，不書所會，後也"。《穀梁傳》："其言城之者，專辭也。故非天子不得專封諸侯。諸侯不得專封諸侯，雖通其仁，以義而不與也，故曰仁不勝道。"意謂《春秋》不書齊桓公救衞而祇書"城楚丘"，是贊許齊桓公的仁德而不贊許他專擅封衞國。因爲封地是周天子的權力，諸侯不應僭越。與：贊同。

〔一〇〕堯禹七句：《尚書·堯典》有"若稽古帝堯"，《舜典》有"若稽古帝舜"，《大禹謨》有"若稽古大禹"之句。又《説命》："事不師古，以克永世，匪説攸聞。"《論語·述而》："子曰：我非生而知之者，好古，敏以求之者也。"

〔一一〕曰：原注："疑。"按：當爲衍字。

〔一二〕孔子删書：《史記·孔子世家》："孔子之時，周室微而禮樂廢、《詩》、《書》缺。追迹三代之禮，序《書傳》，上紀唐、虞之際，下至秦繆，編次其事。"《尚書》始自《堯典》，傳説爲孔子所删修。祖述堯舜：《禮記·中庸》："仲尼祖述堯、舜，憲章文、武。"

〔一三〕絶後：極後。

〔一四〕唐虞：陶唐氏和有虞氏，即堯和舜。《論語・泰伯》："大哉堯之爲君也！巍巍乎，唯天爲大，唯堯則之。蕩蕩乎，民無能名焉；巍巍乎，有其成功也。焕乎其有文章。"

〔一五〕二典：指《尚書》中的《堯典》和《舜典》。　嚴：尊嚴、高大

〔一六〕然其事十句係概述《堯典》、《舜典》的内容。律度：音律標準。誅放四罪：《舜典》："流共工于幽州，放驩兜于崇山，竄三苗于三危，殛鯀于羽山，四罪而天下咸服。"

〔一七〕其言二句：《孟子・梁惠王》："不違農時，穀不可勝食也；數(shuò)罟不入洿池，魚鱉不可勝食也；斧斤以時入山林，材木不可勝用也。穀與魚鱉不可勝食，材木不可勝用，是使民養生喪死無憾也。養生喪死無憾，王道之始也。五畝之宅，樹之以桑，五十者可以衣帛矣。鷄豚狗彘之畜，無失其時，七十者可以食肉矣。百畝之田，勿奪其時，數口之家可以無飢矣。……七十者衣帛食肉，黎民不飢不寒，然而不王者，未之有也。"本：始。

〔一八〕本：根據、掌握。

〔一九〕無形爲至道、無有高下遠近：見《老子》："有物混成，先天地生。寂兮寥兮，獨立而不改。周行而不殆，可以爲天下母。吾不知其名，字之曰道。"王弼注："寂寥，無形體也。"周行，即"無高下遠近"。又《莊子・大宗師》："夫道，有情有信，無爲無形；可傳而不可受，可得而不可見；自本自根，未有天地，自古以固存。"歐陽修排佛老，故稱老、莊爲"誕者之罟"。無過不及：《論語・先進》："子貢問：師與商也孰賢？子曰：師也過，商也不及。曰：然則師愈與？子曰：過猶不及。"大中：也稱大中之道或中道，是儒家的一個重要概念，意謂恰如其份。唐柳宗元《斷刑論下》："經也者，常也，權也者，達經者也，皆仁智之事也。離之，滋惑矣。經非權則泥，權非經則悖，是二者，强名也，曰當，斯盡之矣。當也者，大中之道也。離而爲名者，大中之器用也。"

李秀才東園記

修友李公佐，有亭在其居之東園，今年春，以書抵洛，命修志之。

李氏世家隨。隨，春秋時稱漢東大國〔一〕。魯桓之後，楚始盛，隨近之，常與爲鬥國，相勝敗〔二〕。然怪其山川土地，既無高深壯厚之勢，封域之廣，與鄖、蓼相介〔三〕，纔一二百里，非有古強諸侯制度，而爲大國何也？其春秋世未嘗通中國盟會朝聘，僖二年方見于經，以伐見書；哀之元年，始約列諸侯一會而罷〔四〕。其後乃希見。僻居荆夷，蓋于蒲騷鄖蓼小國之間特大而已〔五〕。故于今雖名藩鎮，而實下州。山澤之産無美材，土地之貢無上物。朝廷達官大人自閩陬嶺徼出而顯者，往往皆是，而隨近在天子千里内。幾一百年間未出一士〔六〕。豈其庳貧薄陋自古然也〔七〕。

予少以江南就食居之，能道其風土〔八〕。地既瘠枯，民給生不舒愉，雖豐年，大族厚聚之家，未嘗有樹林池沼之樂，以爲歲時休暇之嬉；獨城南李氏爲著姓，家多藏書，訓子孫以學〔九〕。予爲童子，與李氏諸兒戲其家，見李氏方治東園，往求美草，一一手植，周視封樹，日日去來園間甚勤〔一〇〕。李氏壽終，公佐嗣家，又構亭其間，益修先人之所爲。予亦壯，不復至其家。已而去客漢沔，游京師，久而乃歸，復行城南〔一一〕。公佐引予登亭上，周尋童子時所見，則樹之孽者抱，昔之抱者枿，草之茁者叢，荄之甲者今果矣；問其游兒，則有子如予童子之歲矣；相與逆數昔時，則于今七閏矣〔一二〕。然忽忽如前日事，因嘆嗟徘徊不能去。

噫！予方仕宦奔走，不知再至城南登此亭，復幾閏？幸而再至，則東園之物又幾變也！計亭之梁木其蠹，瓦甓其溜，石物其泐乎〔一三〕？隨雖陋，非予鄉；然予之長也，豈能忘情于隨哉〔一四〕！

公佐好學有行，鄉里推之。與予友，蓋明道二年十月十二日也。

景祐元年（一〇三四）作。李秀才，李堯輔，字公佐，歐陽修童年居隨州時的游伴。歐陽修四歲時，父親歐陽觀去世，“叔公曄時任隨州推官，因卜居焉。公母夫人鄭氏年方二十九，攜公往依之，遂家于隨。貧無資，以荻畫地教公書字。”（宋胡柯《廬陵歐陽文忠公年譜》）

〔一〕隨：春秋時國名，在漢水東岸，其領地約當今湖北隨縣。

〔二〕魯桓：魯桓公。《左傳》桓公八年（公元前七〇三）：“楚師伐隨”，楚國開始強大。

〔三〕鄖（yún）、蓼：皆春秋時國名，後爲楚所滅。鄖地在今湖北安陸，蓼地在今河南唐河西南，隨在鄖、蓼之間。介：處于二者之間。

〔四〕朝聘：古代諸侯定期朝見天子曰朝，諸侯間通問修好曰聘。僖二年：當爲僖二十年（公元前六四〇）之誤。《春秋》僖公二十年：“楚人伐隨。”按《左傳》在桓公八年即有“楚師伐隨”的記載，歐陽修不信傳，以爲“經不待傳而通者十七八，因傳而惑者十五六”（《春秋或問》），所以記《春秋經》始見隨的記載。哀之元年：《春秋》哀公元年（公元前四九四）：“楚子、陳侯、隨侯、許男圍蔡。”此指隨地偏僻，不受重視。

〔五〕荆夷：即荆州，古九州之一，地當今湖南、湖北全省及四川、貴州、廣東、廣西部分地區。夷：古代稱中原以外地區爲四夷。蒲騷地屬鄖國。《左傳》桓公十一年："敗鄖師于蒲騷。"

〔六〕朝廷四句意謂隨州雖然離開封不遠，但還不如福建和廣東、廣西這些邊遠地區，宋朝立國後隨地人没有做官的。閩陬：指福建。陬：角落。嶺徼（jiào）：五嶺以外，今廣東、廣西地區。

〔七〕庳：低下。

〔八〕歐陽修父親死前官泰州（治所在今江蘇泰縣）軍州判官，父死後由泰州往隨縣依靠叔父生活，故熟悉隨州情況。

〔九〕地既以下九句入題。歐陽修《記舊本韓文後》："予少家漢東。漢東僻陋，無學者；吾家又貧，無藏書。州南有大姓李氏者，其子堯輔頗好學，予爲兒童時多游其家，見有弊筐貯故書在壁間，發而視之，得唐《昌黎先生文集》六卷，脱落顛倒無次序，因乞李氏以歸。"

〔一〇〕治：治理、修建。封樹：聚土爲坟稱封，植樹爲記稱樹，可知所謂東園原爲李姓的墓地。

〔一一〕去客漢沔：指離開隨州。隨州在漢水流域，沔水是漢水的上游。久而乃歸：歐陽修于明道二年春抵隨州探望叔父。

〔一二〕孽：當作"櫱"，樹木的萌芽。抱：兩臂合圍的長度，常用來形容樹木粗大。司馬相如《子虚賦》："欃檀木蘭，豫章女貞，長千仞，大連抱。"枿：樹木被砍伐後根部新抽出的枝條。茁：草初生冒出地面。叢：茂密。荄之甲：果樹初生時萌芽上所帶的種子表皮。七閏：農曆三年一閏月，五年置二閏，十九年置七閏。此指相距已十九年。

〔一三〕蠹：指朽蝕。甓：瓴。溜：原義是光滑，此指磚瓦因風雨剥落。泐：（lè）：石塊風化、開裂。《考工記·總序》："石有時以泐。"

〔一四〕意謂隨州雖不是自己的故鄉，但在那里長大，自然不能忘懷。

與石推官第二書

修頓首白，公操足下。前同年徐君行，因得寓書，論足下書之怪〔一〕。時僕有妹居襄城，喪其夫，匍匐將往視之，故不能盡其所以云者，而略陳焉〔二〕。足下雖不以僕爲狂愚而絶之，復之以書，然果未能諭僕之意。非足下之不諭，由僕聽之不審〔三〕，而論之之略之過也。

僕見足下書久矣，不即有云，而今乃云者何邪？始見之，疑乎不能書，又疑乎忽而不學。夫書一藝爾，人或不能，與忽不學時，不必論，是以默默然。及來京師，見二像石本，及聞説者云足下不欲同俗，而力爲之，如前所陳者，是誠可諍矣〔四〕。然後一進其説。及得足下書，自謂不能，與前所聞者異，然後知所聽之不審也。

然足下于僕之言，亦似未審者。足下謂世之善書者，能鍾、王、虞、柳，不過一藝；己之所學，乃堯、舜、周、孔之道，不必善書；又云因僕之言，欲勉學之者〔五〕。此皆非也。夫所謂鍾、王、虞、柳之書者，非獨足下薄之，僕固亦薄之矣。世之有好學其書而悦之者，與嗜飲茗、閲畫圖無異，但其性之一僻爾，豈君子之所務乎〔六〕。然至于書，則不可無法。

古之始有文字也，務乎記事，而因物取類爲其象，故《周禮》六藝有六書之學，其點畫曲直皆有其説〔七〕。揚子曰："斷木爲棋，梡革爲鞠，亦皆有法焉。"〔八〕而況書乎。今雖隸字已變于古，而變古爲隸者非聖人，不足師法，然其點畫曲直猶有准則，如毋母、彳亻之相近，易之則亂，而不可讀矣〔九〕。今足下以其直者爲斜，以其方者爲圓，而曰我第行堯、舜、周、孔之道〔一〇〕，此甚不可也。譬如設饌于案，加帽于首，正襟而坐然後食者，此世人常爾；若納足于帽，反衣而衣，坐乎案上，以飯實酒巵而食，曰我行堯、舜、周、孔之道者。以此之于世，可乎？不可也。則書雖末事，而當從常法，不可以爲怪，亦猶是矣。然足下了不省僕之意，凡僕之所陳者，非論書之善，不但患乎近怪自異，以惑後生也〔一一〕。若果不能，又何必學，僕豈區區勸足下以學書者乎。

足下又云：我實有獨異于世者，以疾釋、老，斥文章之雕刻者。此又大不可也〔一二〕。夫釋、老，惑者之所爲；雕刻文章，薄者之所爲〔一三〕。足下安知世無明誠質厚君子之不爲乎？足下自以爲異，是待天下無君子之與己同也。仲尼曰："後生可畏，安知來者之不如今也。"〔一四〕是則仲尼一言，不敢遺天下之後生；足下一言，待天下以無君子。此故所謂大不可也。夫士之不爲釋、老與不雕刻文章者，譬如爲吏而不受貨財，蓋道當爾，不足恃以爲賢也。

屬久苦小疾，無意思，不宣〔一五〕。某頓首。

景祐二年（一〇三五）作。石推官，石介（參見詩選《讀張李二生文贈石先生》題解及注），時任南京（宋州應天府，今河南商丘）留守推官。歐陽修在《徂徠石先生墓志銘》中論其著作曰："其斥佛老時文，則有《怪説》、《中國論》，曰去此三者，然后可以有爲；其戒奸臣宦女，則有《唐鑑》，曰我非爲一世鑑也。其餘喜怒哀樂，必見于文，其辭博辯雄偉，而憂思深遠。"先是，歐陽修有信對石文"自許太高，詆時太過"，以及書法的"始見之駭然不可識，徐而視定，辨其點畫，乃可漸通"，提出意見，認爲不宜"昂然自異，以驚世人"。這是收到復信後致石的第二次信，見出古人友好間相互切磋責善之道。

〔一〕公操：石介又字公操。同年：科舉時代同榜中式的人稱同年。徐君：未詳。歐陽修與石介亦同于天聖九年中進士。寓書：托人帶信。《左傳》襄公二十四年:“鄭伯如晉,子産寓書于子西,以告宣子。”書:指書法。

〔二〕襄城:今河南襄城縣。景祐二年七月,歐陽修妹夫張龜正病卒,曾往襄城探望。陳:陳述。

〔三〕聽之不審:歐陽修前書説,在君貺(王拱宸)家看到石的書信及所書《二像記》石刻拓本,因書法怪僻不能辨字迹,曾詢他人,“是不能書(不通書法,字寫得不好)者邪?曰非不能也。書之法當爾邪?曰非也。古有之乎?曰無。今有之乎?亦曰無也。然則何謂而若是?曰特欲與世異而已。”審:詳細、確實。

〔四〕京師:指開封。諍:争辯,規誡。

〔五〕鍾、王、虞、柳:晉鍾繇、王羲之,唐虞世南、柳公權,都是著名的書法家。欲勉學之:指願意勉力學習書法。

〔六〕僻:通“癖”,嗜好。務:致力、從事。

〔七〕古之五句意謂古人創造文字,目的在于記事,所以有一定法則。《周禮》六藝有六書之學:《周禮·地官·保氏》:“保氏掌諫王惡,而養國子以道,乃教之六藝:一曰五禮,二曰六樂,三曰五射,四曰五馭,五曰六書,六曰九數。”鄭衆注“六書”爲“象形、會意、轉注、處事、假借、諧聲”。點畫曲直皆有其説:漢許慎《説文解字序》對六書都有解説,如説指事爲“視而可識,察而見義‘上’‘下’是也。”

〔八〕揚子:漢揚雄。引文見《法言·吾子》。梡:刮磨。鞠:球。

〔九〕隸字:即隸書,秦書八體之一,傳説爲程邈所創。晉衞恆《四體書勢》:“秦既用篆,奏事繁多,篆書難成,即令隸人佐書,曰隸字。”此指當時通行的正書,由隸書發展而來,故又稱“今隸”。《唐六典》:“校書郎、正字,掌讎校典籍,刊正文字,其體有五……五曰隸書,典籍、表奏、公私文疏所用。”毋毌彳(chí)亻:毋和毌(通貫)的區别,在中間的一撇或一直;彳(小步)和亻的區别,在相差一撇,均以形近而易誤。

〔一〇〕第:但。

〔一一〕了不省：絲毫不覺察、完全不理解。以惑後生：前信説："古之教童子者，立必正，聽不傾，常視之，無妄動，謹乎其始，惟恐其見異而惑也。今足下端然居乎學舍，以教人爲師，而反率然以自異，顧學者何所法哉。"

〔一二〕足下五句：石介復信中以抨擊釋（佛教）、老（道教），排斥駢儷自許，認爲獨異于世。歐陽修不同意此説，以爲這兩點爲有識者所同，不應該自異于世人。下文即申説此意。

〔一三〕惑者：指不明事理的胡塗人。薄者：指淺薄、趨時取譽的人。

〔一四〕孔子語見《論語·子罕》："後生可畏，焉知來者之不如今也。四十、五十而無聞焉，斯亦不足畏也已。"

〔一五〕屬：適值、正當。無意思：指思想不專致、不集中。不宣：不盡，古人書信中的常語，漢楊修《答臨淄侯牋》："反答造次，不能宣備。"

原　弊

孟子曰：養生送死，王道之本〔一〕。管子曰：倉廩實而知禮節〔二〕。故農者，天下之本也，而王政所由起也，古之爲國者未嘗敢忽〔三〕。而今之爲吏者不然，簿書聽斷而已矣，聞有道農之事，則相與笑之曰鄙〔四〕。夫知賦斂移用之爲急，不知務農爲先者，是未原爲政之本末也；知務農而不知節用以愛農，是未盡務農之方也〔五〕。

古之爲政者，上下相移用以濟，下之用力者甚勤，上之用物者有節〔六〕。民無遺力，國不過費，上愛其下，下給其上，使不相困〔七〕。三代之法皆如此，而最備于周。周之法曰：井牧其田，十而一之〔八〕。一夫之力督之必盡其所任，一日之用節之必量其所入，一歲之耕供公與民食，皆出其間而常有餘，故三年而餘一年之備〔九〕。今乃不然，耕者不復督其力，用者不復計其出入，一歲之耕供公僅足，而民食不過數月。甚者，場功甫畢，簸糠麩而食秕稗，或採橡實畜菜根以延冬春〔一〇〕。夫糠覈橡實，孟子所謂狗彘之食也，而卒歲之民不免食之〔一一〕。不幸一水旱，則相枕爲餓殍〔一二〕，此甚可嘆也！

夫三代之爲國，公卿士庶之禄廩，兵甲車牛之材用，山川宗廟鬼神之供給，未嘗闕也，是皆出于農〔一三〕。而民之所耕不過今九州之地也，歲之凶荒〔一四〕，亦時時而有，與今無以異。今固盡有向時之地，而制度無過于三代者；昔者用常有餘，而今常不足，何也？其爲術相反而然也。昔者知務農又知節用，今以不勤之農，贍無節之用故也〔一五〕。非徒不勤農，又爲衆弊以耗之；非徒不量民力以爲節，又直不量天力之所任也。

何謂衆弊？有誘民之弊〔一六〕，有兼并之弊，有力役之弊。請詳言之：今坐華屋享美食而無事者，曰浮圖之民〔一七〕；仰衣食而養妻子者，曰兵戎之民〔一八〕。此在三代時，南畝之民也〔一九〕。今之議者以浮圖并周孔之事曰三教〔二〇〕，不可以去；兵戎曰國備，不可以去。浮圖不可并周孔，不言而易知，請試言兵戎之事〔二一〕。國家自景德罷兵，三十三歲矣〔二二〕。兵嘗經用者，老死今盡；而後來者未嘗聞金鼓〔二三〕、識戰陣也，生于無事而飽于衣食也，其勢不得不驕惰。今衞兵入宿，不自持被而使人持之，禁兵給糧，不自荷而雇人荷之，其驕如此，況肯冒辛苦以戰鬥乎〔二四〕！前日西邊之吏，如高化軍、齊宗舉兩用兵而輒敗，此其效也〔二五〕。夫就使兵耐辛苦而能鬥戰，惟耗農民，爲之可也；奈何有爲兵之虚名，而其實驕惰無用之人也。

古之凡民長大壯健者皆在南畝，農隙則教之以戰〔二六〕。今乃大異，一遇凶歲，則州郡吏以尺度量民之長大而試其壯健者，招之去爲禁兵；其次不及尺度而稍怯弱者，籍之以爲廂兵。吏招人多者有賞，而民方窮時争投之。故一經凶荒，則所留在南畝者惟老弱也。而吏方曰：不收爲兵，則恐爲盜〔二七〕。噫！苟知一時之不爲盜，而不知其終身驕惰而竊食也。古之長大壯健者任耕，而老弱者游惰；今之長大壯健者游惰，而老弱者留耕也。何相反之甚邪〔二八〕！然民盡力乎南畝者，或不免乎狗彘之食，而一去爲僧、兵，則終身安佚而享豐腴，則南畝之民不得不日減也。故曰有誘民之弊者，謂此也。其耗之一端也。

古者計口而受田，家給而人足〔二九〕。井田既壞，而兼并乃興〔三〇〕。今大率一户之田及百頃者，養客數十家，其間用主牛而出己力者，用己牛而事主田以分利者，不過十餘户；其餘皆出産租而僑居者曰浮客，而有畬田〔三一〕。夫此數十家者，素非富而畜積之家也，其春秋神社婚姻死葬之具，又不幸遇凶荒與公家之事，當其乏時，嘗舉債于主人而後償之，息不兩倍則三倍〔三二〕。及其成也，出種與稅而後分之，償三倍之息，盡其所得，或不能足〔三三〕。其場功朝畢而暮乏食，則又舉之。故冬春舉食則指麥于夏而償，麥償盡矣，夏秋則指禾于冬而償也。似此數十家者，常食三倍之物，而一户常盡取百頃之利也〔三四〕。夫主百頃而出稅賦者一户，盡力而輸一户者數十家也；就使國家有寬徵薄賦之恩，是徒益一家之幸，而數十家者困苦常自如也〔三五〕。故曰有兼并之弊者，謂此也。此亦耗之一端也。

民有幸而不役于人，能有田而自耕者，下自二頃至一頃，皆以等書于籍〔三六〕。而公役之多者爲大役，少者爲小役，至不勝，則賤賣其田或逃而去〔三七〕。故曰有力役之弊者，謂此也。此亦耗之一端也。

夫此三弊，是其大端。又有奇邪之民，去爲浮巧之工；與夫兼并商賈之人，爲僭侈之費；又有貪吏之誅求〔三八〕，賦斂之無名，其弊不可以盡舉也。既不勸之使勤，又爲衆弊以耗之。大抵天下中民之士富且貴者，化粗糲爲精善〔三九〕，是一人常食五人之食也。爲兵者養父母妻子，而計其饋運之費，是一兵常食五農之食也。爲僧者養子弟而自豐食，是一僧常食五農之食也。貧民舉倍息而食者，是一人常食二人三人之食也。天下幾何其不乏也！

何謂不量民力以爲節？方今量國用而取之民，未嘗量民力而制國用也。古者冢宰制國用，量入以爲出，一歲之物三分之，一以給公上，一以給民食，一以備凶荒〔四〇〕。今不先制乎國用，而一切臨民而取之〔四一〕。故有支移之賦，有和糴之粟，有入中之粟，有和買之絹，有雜料之物，茶鹽山澤之利，有榷有徵〔四二〕。制而不足，則有司屢變其法，以争毫末之利〔四三〕。用心益勞而益不足者，何也？制不先定而取之無量也。

何謂不量天力之所任？此不知水旱之謂也。夫陰陽在天地間，騰降而相推，不能無愆伏〔四四〕；如人身之有血氣,不能無疾病也。故善醫者不能使人無疾病,療之而已;善爲政者不能使歲無凶荒,備之而已。堯、湯大聖,不能使無水旱,而能備之者也〔四五〕。古者豐年補救之術,三年耕必留一年之蓄,是凡三歲期一歲以必災也。此古之善知天者也。今有司之調度,用足一歲而已,是期天歲歲不水旱也。故曰不量天力之所任。是以前二三歲連遭旱蝗,而公私乏食,是期天之無水旱,卒而遇之〔四六〕,無備故也。

夫井田什一之法,不可復用于今。爲計者莫若就民而爲之制〔四七〕,要在下者盡力而無耗弊,上者量民而用有節,則民與國庶幾乎俱富矣。今士大夫方共修太平之基,頗推務本以興農,故輒原其弊而列之,以俟興利除害者採于有司也〔四八〕。

本篇有"景德罷兵三十三歲矣"的話,當作于景祐三年(一〇三六)作者貶謫夷陵前。《原弊》的"原",是推究事物本源之意,《吕氏春秋》有《原道》,《淮南子》有《原亂》,韓愈亦有《原道》、《原性》、《原毁》等作,歐陽修著《原弊》,目的在于分析宋朝積貧積弱的原因。這篇文章就農本思想立論,并無新穎的見解;所謂"誘民之弊""兼并之弊""力役之弊",其内容亦不及後來慶曆二年(一〇四二)作的《准詔言事上書》所舉的"三弊五事"全面深刻。但文章以真實懇摯的筆觸,寫出了政府財政入不敷出,軍政的腐敗,統治者奢侈靡費和剥削的殘酷,人民生活的苦難,見出作者對民生問題確有深入的了解。在與歐陽修同時人的著作中,這樣切實的文章是僅見的。因此本文可以視爲後來由范仲淹等主持而歐陽修積極參與的"慶曆新政"的輿論準備。

〔一〕孟子:名軻,戰國時思想家,儒家的代表人物,他的言論由他的弟子輯成《孟子》一書。《孟子・梁惠王》:"養生喪死無憾,王道之始也。"本:開端、本原。

〔二〕管子:名仲,春秋時齊國的宰相,著名的政治家。記載管仲言論的《管子》,係後人所輯,中多附益之詞。"倉廩實而知禮節,衣食足而知榮辱",是管仲的話,意謂充裕的物資是社會安定的基礎。倉廩實:倉庫中積滿糧食。

〔三〕故農者四句:古代以農業爲本,工商爲末。《漢書・文帝紀》:"夫農,天下之本也,其開籍田,朕親率耕,以給宗廟粢盛。"王政:儒家的理想政治。《孟子・梁惠王》:"王曰:王政可得聞與?對曰:昔者文王之治岐也,耕者九一,仕者世禄,關市譏而不徵,澤梁無禁,罪人不孥。"爲國者:執政者,忽:忽略、不經心。

〔四〕簿書:登記財穀賦税的册子,此即指下文的"賦斂移用。"聽斷:古代地方官兼理司法,此指審判案件。鄙:粗俗。

〔五〕夫知五句:西漢晁錯《論貴粟疏》:"人情一日不再食則饑,終歲不製衣則寒。夫腹饑不得食,膚寒不得衣,雖慈母不能保其子,君安能以有其民哉!明主知其然也,故務民于農桑,薄賦斂,廣畜積,以實倉廩、備水旱,故民可得而有也。"以上五句推衍其意,強調農業的重要。移用:一作"財用"。方:方法。

〔六〕濟:調劑、補充。　節:節制,法度。

〔七〕民無遺力五句是歐陽修的政治理想,要求上下相處都有適度。作者在《本論》中説:"三王之爲治也,以理數均天下,以爵地等邦國,以井田域民,以職事任官。天下有定數,邦國有定制,民有定業,官有定職,使下之共(供)上勤而不困,上之治下簡而不勞。"

〔八〕三代:指夏、商、周,是古代思想家認爲的治世。《荀子・王制》:"道不過三代,法不貳後王。"井牧其田:《周禮・地官・小司徒》:"乃經土地,而井牧其田。"意謂測量、規劃境内的土地,或用井田法耕種,或用爲放牧。十而一之:以十抽一的税法。《孟子・滕文公》:"夏后氏五十而貢,殷人七十而助,周人百畝而徹,其實皆什一也。"

〔九〕一夫五句意謂官府督責每一個農民盡力耕種，日常的費用限制在每天收入數字之内，一年的收獲除供給官府和農民自己食用外，經常有節餘，所以連續耕種三年可以積存够食用一年的糧食儲備。《禮記·王制》："三年耕必有一年之食。"

〔一〇〕場功：收穫農作物的勞動。《國語·周語》："野有庾積，場功未畢。"甫：始。橡實：一種可以充饑的野果子。《晉書·摯虞傳》："糧絶饑甚，拾橡實而食之。"

〔一一〕狗彘之食：猪狗吃的東西。西漢董仲舒《説武帝限民名田》："古之貧民，常衣牛馬之衣，而食犬彘之食。"《孟子·梁惠王》有"狗彘食人食而不知檢"的話，指的是靡費，此當係作者從"狗彘"二字取義。卒歲：度過年關。《詩經·豳風·七月》："無衣無褐，何以卒歲。"

〔一二〕餓殍：餓死的人。《孟子·梁惠王》："塗有餓殍而不知發。"

〔一三〕夫三代六句指出古代政府各項費用也全部來自農民，但没有匱乏不足的情況。公卿：古代中央官制有三公九卿，此泛指朝廷官吏。士庶：一般指士子和庶民兩個等級，這里"庶"當指官府的吏役，《尚書·胤征》"庶人走"注："蓋是庶人在官者，謂諸侯胥徒也。"禄廩：古代官員俸給都以糧食計算，所以稱"禄廩"。供給：指祭祀。古代統治者祭祀山川宗廟鬼神，規模隆重巨大，耗費大量財力。《本論》記宋代郊祀禮，除鋪張揚厲的設備外，按例給士兵的賞賜即需錢八九百萬。《宋史·沈括傳》記神宗時沈括經辦一次南郊禮，經他籌劃，僅儀仗費用一項就"所省萬計"，可見其耗資之巨。故于此特别將它提出。

〔一四〕九州：傳説夏禹治水，分天下爲九州。《禹貢》、《爾雅》、《周禮》都載有九州之名，但不一致。此泛指全國。　凶荒：災荒。凶：穀物失收。

〔一五〕贍：供給。無節：没有節制。

〔一六〕誘民：指引誘農民脱離農業生産，即下文所指農民勞苦貧窮，而和尚、士兵坐享其勞動果實。

〔一七〕浮圖之民：指和尚。浮圖爲梵語音譯。宋代佛教盛行，全國有不少著名寺院，建築弘麗，僧侶多者達數千人。當時人民要繳納身丁税、服勞役，而和尚不僅不生産，也不負擔賦役，故曰"無事"。

〔一八〕兵戎之民：指士兵。　仰：依賴。《史記・平準書》："衣食仰給縣官。"

〔一九〕南畝：田壟東西的叫東畝，南北的叫南畝，此泛指農田。《詩經・豳風・七月》："饁彼南畝。"佛教是東漢時從印度傳入的，古代兵農合一，没有職業士兵，故宋時的和尚和士兵，在三代時都是農民。

〔二〇〕周孔：周公(姬旦)、孔子，指儒教。　三教：指儒、道、佛三家學説。歐陽修辟佛，認爲儒家的禮義是勝佛之本(《本論》)。

〔二一〕請試言兵戎之事：原作"請試言之"，據底本校語改。

〔二二〕景德罷兵：指宋真宗景德元年(一〇〇四)澶淵之役後的宋遼(契丹)和議。當時遼南侵至澶淵(今河南濮陽縣)，宋方主戰派寇準力促真宗親征，僥幸獲勝，擊斃遼方主將撻覽，而真宗仍以歲輸銀絹二十萬的代價乞和。遼方因實力受損，同意罷兵，史稱"澶淵和議"，從此形成了南北長期相持的局面。

〔二三〕金鼓：古代戰争以鑼(金)鼓作爲進退的號令。此指戰争。

〔二四〕衛兵入宿：指禁軍輪番宿衛皇宫。禁兵：即禁軍。宋初立國後，鑒于唐末藩鎮跋扈之弊，命令各州府選健勇的士兵送京城，名爲禁軍；其餘留在州府，不加訓練，衹充勞役，稱廂軍。因此禁軍尤其驕縱。《宋史・沈括傳》記沈括知延州時，"朝廷出宿衛之師(禁軍)來戍，賞賚至再，而不及鎮兵(廂軍)。括以爲衛兵雖重，而無歲不戰者鎮兵也，今不均若是，且召亂。"可見軍制的腐敗。宋太祖規定軍需糧食必須由部隊自己背運，而這一制度在當時亦已廢弛。荷：背負。

〔二五〕西邊：指陝西路。據《宋史紀事本末・夏元昊拒命》：景祐元年秋，西夏國主元昊"寇慶州，緣邊都巡檢楊遵與戰，敗績。環慶都監齊宗矩援之，次節義峯，伏發被執，既而放還"，五句當指此事。

高化軍：慶州州治安化郡，“高”字似誤。齊宗舉：《宋史》作“齊宗矩”。

〔二六〕古代兵農合一，冬季農隙訓練作戰。《禮記·月令》：“孟冬之月，天子乃命將帥，講武習射御角力。”

〔二七〕不收二句，説明宋王朝于災荒之年擴軍，目的在于緩和矛盾，分散農民的反抗力量。

〔二八〕參見《答楊辟喜雨長句》詩及注。

〔二九〕古代受田制度，見《周禮·大司徒·遂人》，一般每户受上田一百畝。家給而人足：家家充裕，人人富足。

〔三〇〕井田既壞：《孟子》等古籍都記載有井田制，近代學者頗多置疑；古書所記井田面積也各代不同，但古代徭役制租税剥削的方式無疑是有的。據説周制以方九百畝之地爲一里，劃爲九塊，如“井”字形，每塊百畝，中間一塊是公田，由分配給四外八塊土地的八家人共同耕種，收穫歸公，此外不再納税。有人認爲《詩經·小雅·大田》之“雨我公田，遂及我私”，即反映了井田制的情况。春秋時各國先後實行畝税制，土地開始私有，井田制遂遭破壞。

〔三一〕今大率以下諸句，反映了當時土地占有情况。唐、宋時户籍有主户、客户的區别，主户即地主，客户也稱莊客。少數客户是本地人，尚有一定生産資料，或有牛無田，或有田無牛，嚮地主租賃，受剥削較輕；多數客户由外地逃亡而來，一無所有，衹能租種剛開墾的貧瘠土地，受剥削最重。　僑居：寄居。浮客：指由外地逃亡而來的客户。　畬(yú)田：新開墾的荒地。《正字通》：“一歲爲菑，始反(翻)草也；二歲爲畬，漸和柔也；三歲爲新，謂已成田而尚新也；四歲則曰田。”《宋史·食貨志》：“真宗景德初詔，諸州不堪牧馬閑田，依職田例，招主客户多方種蒔，以沃瘠分三等輸課。”

〔三二〕春秋神社：春秋祭神，即春社、秋社。公家之事：指徭役。宋代的公役，是人民的沉重負擔，百姓往往因之家破人亡，故與“凶荒”并舉。後來王安石推行代役法，就是讓人民普遍出錢雇人服役。舉債：借債，下文之“舉”，亦是此意。息：利息。

〔三三〕成：收穫。當時收穫的分配，扣除種子和繳納官府賦税後，"己(莊主)得其半，耕者(莊客)得其半"(蘇洵《嘉祐集・田制》)，故莊客的全部收入尚不够還債。

〔三四〕常食三倍之物：莊客食用一斤借來的糧食，因爲要加兩倍三倍的利息，實際等于吃了三斤四斤糧食。一户常盡取百頃之利：莊主名義上把土地上的收穫和莊客對分，因有高利貸的剥削，實際占有全部收穫。

〔三五〕四句意謂莊主向官府繳納一户的賦税，而數十户莊客卻將全部收入繳給了莊主。即使國家有時豁免賦税，獲利的是莊主，莊客卻并無利益可言。

〔三六〕不役于人：指不做佃户、不當莊客。皆以等書于籍：宋代民户分五等，由官府根據土地、財産、人口等狀況登記入籍，每户按等第納税服役。

〔三七〕大役：如衙前役，規定二等以上户充當，據宋鄭獬《鄖溪集・論安州差役狀》：州縣定役之日，吏胥帶着簿籍到各户去，把民户所有物品全部估價，凑够數額就差作衙前，服役的人必須辦過差事後纔能告退，因此要行賄求差事；而被差至他州外府辦事，亦需處處納賄，所以服役者往往"全家破産，棄賣田業，父子離散"，最後乞丐逃亡纔了結。小役：如充當弓手，官府隨時調遣，不能正常從事生産，等于終生服役。至不勝：指到了無法應付勒索的時候。

〔三八〕奇邪之民：指製造奢侈品的手藝人。僭侈：超過本身身份的享受。誅求：以勢勒索。《左傳》襄公三十一年"誅求無時"杜預注："誅，責也。"

〔三九〕化粗糲爲精善：意謂不吃普通的糧食而改吃精美的食品。宋代城市食品的精美，富人食用的靡費，孟元老《東京夢華録》等書多有記載。

〔四〇〕古者六句：《禮記・王制》："冢宰制國用，必于歲之杪，五穀皆入，然後制國用。用地小大，視年之豐耗，以三十年之通，制國用，量入以爲出。"冢宰：周代官名，爲六卿之首。《尚書・周官》："冢宰掌邦治,統百官,均四海。"

〔四一〕二句意謂當時政府不量入爲出,種種靡費的支出隨時向人民榨取。下文即列述有關事實。

〔四二〕支移之賦:指規定農民把應繳的賦税糧食不繳本州本縣,而繳到缺糧的他州他縣,所謂"移此輸彼,移近輸遠"。和糴之粟:指在正賦以外,政府以預購糧食爲名,對農民的額外掠奪。當時農民因"和糴"而棄家逃亡,史不絶書。入中之粟:《宋史·食貨志》載天聖元年,行陝西、河北入中芻糧現錢法,其法爲:"凡商賈入錢于京師者,給南方茶;入芻糧于邊者,給京師及諸州錢。"目的在于充實朝廷的財力,供應邊地的軍需,推行以後弊竇叢生。和買之絹:宋王朝每年要輸送遼國和西夏大批絹帛,所謂和買,名義上由官府先時貸錢給農民,次年收取絹匹,實際與"和糴"一樣,是賦税外的一種掠奪方式。雜料之物:指有名目的賦税之外,隨時增收的各項雜税。《宋史·食貨志》稱之爲"雜變"。榷(qué):官府專賣。宋代鹽、茶、銅、鐵等都由官府專賣。

〔四三〕三句意謂即使這樣多方榨取,還是彌補不了浩大的支出,于是一再改變辦法,無孔不入地和百姓争利,一絲一毫也不放過。有司:古代設官分職,各有專司,因稱官吏爲"有司"。宋代朝廷總領財賦的是三司使。

〔四四〕三句意爲,一切物質都由陰陽二氣所構成,陰陽二氣不停地運動,形成種種變化。這是我國古代哲學家的對客觀事物傳統認識。歐陽修《答楊辟喜雨長句》:"我聞陰陽在天地,升降上下無時窮,環回不得不差失,所以歲時無長豐。"騰降:上升下降。相推:互相擠壓、滲透。愆伏:指時序寒暖失調。《左傳》昭公四年"冬無愆陽,夏無伏陰"杜預注:"愆,過也,謂冬温。伏陰,謂夏寒。"

〔四五〕以上諸句意謂自然災害難免,貴在有備。晁錯《論貴粟疏》:"故堯、禹有九年之水,湯有七年之旱,而國無捐瘠者,以蓄積多而備先具也。"梁簡文帝《謝敕示苦旱詩啓》:"伏以九年之水,不傷堯政;七載之旱,無類湯朝。"

〔四六〕前二三歲連遭旱蝗：宋仁宗明道、景祐間關中旱蝗，史書亦有記載。卒：同“猝”，突然。

〔四七〕就民而爲之制：即量入爲出，根據農民所能負擔的實際情況，訂立相應的賦税制度。

〔四八〕今士大夫諸句反映了當時朝野有識之士已在醖釀改革，而且大多認爲改革應從農業這一根本問題着手。

與高司諫書

修頓首再拜白司諫足下。某年十七時，家隨州，見天聖二年進士及第榜，始識足下姓名〔一〕。是時予年少，未與人接，又居遠方，但聞今宋舍人兄弟與葉道卿、鄭天休數人者，以文學大有名，號稱得人〔二〕。而足下廁其間，獨無卓卓可道説者〔三〕，予固疑足下不知何如人也。

其後更十一年，予再至京師〔四〕。足下已爲御史裏行，然猶未暇一識足下之面，但時時于予友尹師魯問足下之賢否〔五〕。而師魯説足下正直有學問，君子人也，予猶疑之。夫正直者，不可屈曲；有學問者，必能辨是非。以不可屈之節，有能辨是非之明，又爲言事之官，而俯仰默默〔六〕，無異衆人，是果賢者耶？此不得使予之不疑也。

自足下爲諫官來，始得相識，侃然正色〔七〕，論前世事歷歷可聽，褒貶是非無一謬説。噫！持此辯以示人，孰不愛之？雖予亦疑足下真君子也〔八〕。

是予自聞足下之名及相識，凡十有四年，而三疑之。今者，推其實跡而較之〔九〕，然後决知足下非君子也。

前日范希文貶官後，與足下相見于安道家，足下詆誚希文爲人〔一〇〕。予始聞之，疑是戲言；及見師魯，亦説足下深非希文所爲，然後其疑遂决。希文平生剛正，好學通古今，其立朝有本末〔一一〕，天下所共知，今又以言事觸宰相得罪。足下既不能爲辨其非辜，又畏有識者之責己，遂隨而詆之，以爲當黜，是可怪也！

夫人之性，剛果懦軟稟之于天，不可勉強，雖聖人亦不以不能責人之必能〔一二〕。今足下家有老母，身惜官位，懼飢寒而顧利禄，不敢一忤宰相以近刑禍，此乃庸人之常情；不過作一不才諫官爾，雖朝廷君子，亦將閔足下之不能，而不責以必能也。今乃不然，反昂然自得，了無愧畏，便毁其賢以爲當黜〔一三〕，庶乎飾己不言之過。夫力所不敢爲，乃愚者之不逮；以智文其過，此君子之賊也〔一四〕。

且希文果不賢邪？自三四年來，從大理寺丞至前行員外郎；作待制日，日備顧問，今班行中無與比者〔一五〕。是天子驟用不賢之人？夫使天子待不賢以爲賢，是聰明有所未盡。足下身爲司諫，乃耳目之官〔一六〕，當其驟用時，何不一爲天子辨其不賢，反默默無一語，待其自敗，然後隨而非之？若果賢邪，則今日天子與宰相以忤意逐賢人〔一七〕，足下不得不言。是則足下以希文爲賢，亦不免責；以爲不賢，亦不免責。大抵罪在默默爾。

昔漢殺蕭望之與王章，計其當時之議，必不肯明言殺賢者也〔一八〕；必以石顯、王鳳爲忠臣，望之與章爲不賢而被罪也。今足下視石顯、王鳳果忠邪，望之與章果不賢邪？當時亦有諫臣，必不肯自言畏禍而不諫，亦必曰當誅而不足諫也。今足下視之，果當誅邪？是直可欺當時之人,而不可欺後世也。今足下又欲欺今人,而不懼後世之不可欺邪?況今之人未可欺也。

伏以今皇帝即位已來,進用諫臣,容納言論〔一九〕。如曹修古、劉越,雖歿猶被褒稱,今希文與孔道輔皆自諫諍擢用〔二〇〕。足下幸生此時,遇納諫之聖主如此,猶不敢一言,何也?前日又聞御史臺榜朝堂,戒百官不得越職言事,是可言者惟諫臣爾〔二一〕。若足下又遂不言,是天下無得言者也。足下在其位而不言,便當去之,無妨他人之堪其任者也。昨日安道貶官、師魯待罪,足下猶能以面目見士大夫,出入朝中稱諫官,是足下不復知人間有羞恥事爾〔二二〕!所可惜者,聖朝有事,諫官不言,而使他人言之,書在史册,他日爲朝廷羞者,足下也。

《春秋》之法,責賢者備〔二三〕。今某區區猶望足下之能一言者,不忍便絶足下而不以賢者責也〔二四〕。若猶以謂希文不賢而當逐,則予今所言如此,乃是朋邪之人爾〔二五〕。願足下直攜此書于朝,使正予罪而誅之,使天下皆釋然知希文之當逐,亦諫臣之一效也〔二六〕。

前日足下在安道家召予往論希文之事,時坐有他客,不能盡所懷,故輒布區區〔二七〕,伏惟幸察,不宣。修再拜。

景祐三年作。景祐初年,吕夷簡以老病在相位日久,政事多廢弛,不思振治,因而時和有志改革的士大夫發生矛盾。景祐三年,吏部員外郎、權知開封府范仲淹以當時官吏進用多出吕夷簡私門,遂上《百官圖》,指出居官者誰爲當,誰爲不當,并建議近臣進退不宜全出之宰相,觸怒了吕夷簡。不久,范又與吕因論建都事發生衝突,吕評范爲“迂闊,務名無實”,范進獻“帝王好尚”、“選賢任能”、“近名”、“推委”四論,譏切朝政,且指責吕夷簡敗壞宋朝家法。吕于是攻擊范“越職言事,離間君臣,引用朋黨”,并以辭職相要挾,由是范仲淹被貶爲饒州知州。當范被貶時,朝臣紛紛論救,而左司諫高若訥傾向吕夷簡,因而緘默不言,并在余靖家中詆毁范,《與高司諫書》即爲此事而作。作者後來在《與尹師魯書》中説,當時“發于極憤而切責之,非以朋友待之也”,見出歐陽修嫉惡如仇、不避險難的正義感。文章議論風發,鞭辟入裏,高若訥見到後憤怒難堪,遂上此書于朝廷,指控“恐中外聞之,謂天子以廷意逐賢人,所損不細”。作者因此貶爲夷陵令。其時集賢校理余靖、館閣校勘尹洙亦上疏言范仲淹事,同時被貶。

〔一〕天聖二年:公元一〇二四年,高若訥于是年進士及第。

〔二〕未與人接:意謂未與社會名流交往。遠方:指隨州,古人多以京城爲中心計算距離遠近。宋舍人兄弟:指宋庠、宋祁兄弟,二人均曾官翰林學士、知制誥,相當于中書舍人之職,故稱。葉道卿:葉清臣,字道卿,當時官太常丞。鄭天休:鄭戩,字天休。以上四人都于天聖二年中進士,宋庠爲此科狀元,皆以文學知名。得人:指天聖二年進士試取中的人才衆多。

〔三〕廁(cé)其間:參與其中、列名其中。卓卓:優秀突出的成就。

〔四〕其後更十一年:指景祐元年(一〇三四),天聖二年至景祐元年前後十一年。歐陽修西京留守推官任滿,由樞密使王曙推薦,官館閣校勘,至開封。在此之前,歐陽修在天聖六年至八年應進士試及明道元年(一〇三二)因公亦到過開封,故曰“再至”。就上下文觀之,此當指明道元年至開封時。

〔五〕御史裏行:即侍御史裏行,爲御史中丞之副,是定額之外添派的御史。尹師魯:尹洙,字師魯,天聖、明道間官河南府户曹參軍,和歐陽修同在洛陽。否(pǐ):壞,不肖。

〔六〕言事之官:指御史,掌彈劾糾察之權。俯仰默默:指隨人進退,不發一言。

〔七〕侃然：耿直貌。

〔八〕疑：此指猜想，側重于肯定。

〔九〕推其實迹而較之：意即以高若訥的實際行爲和他的言論相比較。

〔一〇〕范希文：范仲淹，字希文。安道：余靖，字安道。

〔一一〕立朝：處理朝政。本末：樹木的根和梢，此指光明磊落、政績赫然。《易·繫辭》："其初難知，其上易知，本末也。"《禮記·大學》："物有本末，事有終始。"

〔一二〕能和爲是兩個不同概念，《孟子·梁惠王》："挾太山以超北海，語人曰我不能，是誠不能也。爲長者折枝，語人曰我不能，是不爲也，非不能也。"故曰"雖聖人亦不以不能責人之必能"。

〔一三〕便毀：隨意詆毀。

〔一四〕不逮：不及，達不到。文：文飾、遮掩。賊：害蟲、敗類。

〔一五〕五句寫范仲淹官位升遷之速，獲皇帝信任，朝廷官員無人與他相比。大理寺丞：《宋史》本傳記范仲淹曾"監泰州西溪鹽稅，遷大理寺丞"，未詳年代。按此文"三四年"以推，當在明道元年或二年之間。大理寺：古代中央掌管刑獄的官署。丞：佐官之稱。前行員外郎：宋代尚書六部分爲三行，吏、兵爲前行，户、刑是中行，禮、工是後行。《宋史》本傳："拜尚書禮部員外郎、天章閣待制，召還，判國子監，遷吏部員外郎、權知開封。"從大理寺丞至前行員外郎，官資升遷十五階。待制：即指范曾"拜尚書禮部員外郎、天章閣待制"。日備顧問：經常接受皇帝的咨詢。班行：同列，指朝廷百官。

〔一六〕耳目之官：指諫官。掌規諫朝政缺失，可以對大臣及百官的任用，政府各部門的措施，提出意見，所以説是皇帝的耳目。

〔一七〕忤意：違背意志，此有惱怒之意。

〔一八〕蕭望之：漢宣帝時任太子太傅，因反對宦官弘恭、石顯爲中書令，元帝即位後，被弘恭、石顯誣告下獄，自殺。王章：漢元帝時官左曹中郎將，因反對石顯被罷官，成帝時官京兆令，時外戚大將軍王鳳擅權，王章上奏言王鳳不可信用，被誣陷下獄，死于獄中。

〔一九〕今皇帝：指宋仁宗趙禎，公元一〇二三年即位。仁宗于明道元年設置諫院，擴大諫官權力，古人認爲“進用諫臣，容納言論”，是皇帝的美德。

〔二〇〕曹修古。曾官監察御史，《宋史》本傳説他“立朝慷慨有風節，當太后臨朝(仁宗即位時年幼，由章獻太后垂簾聽政)，權幸用事，人人顧望畏忌，而修古遇事輒言，無所回撓”。仁宗親政時，曹修古已死，“帝思修古忠，特贈右諫議大夫”。劉越：曾官秘書丞，與滕宗諒上疏請太后還政，仁宗親政時，劉越已死，贈官右司諫。孔道輔：明道二年因論廢郭后事被貶，三年後復召爲御史中丞。《宋史》本傳説他“性鯁挺特達，遇事彈劾無所避，出入風采肅然”。

〔二一〕御史臺榜朝堂：事見《宋史紀事本末·慶曆黨議》：范仲淹被貶後，“御史韓縝希夷簡旨，請以仲淹朋黨榜朝堂，戒百官越職言事者。從之”。即規定除了諫官，其他官員不准議論超越本職範圍的事。

〔二二〕安道貶官：余靖因上言論范仲淹事，貶爲監筠州酒税。師魯待罪：尹洙亦因論范仲淹事，義憤填膺地自承是范仲淹之黨，尚未處理，因稱“待罪”。後貶爲監郢州酒税。余靖、尹洙都是高若訥的友人，他們非諫官，因論范仲淹事被貶，即下文“諫官不言，而使他人言之”，故斥高“不復知人間有羞恥事”。

〔二三〕《新唐書·太宗本紀》贊：“《春秋》之法，常責備于賢者。”意謂孔子作《春秋》的義理，在于對賢者要求高，多所責難。《春秋》原爲魯國的史書，據説曾經孔子修纂，在我國封建時代被看作經典。備：完美無缺。

〔二四〕二句意謂我如今仍望你能以諫官的身份出來説話的原因，是因爲不忍就此對你失望而不用賢者的標準來要求你。區區：不重要，自謙之詞。下文的“區區”指自己的心意、看法。

〔二五〕朋邪：歐陽修于慶曆三年作《朋黨論》，認爲君子、小人都有黨，祇有小人之黨才是應該反對的。此謂如果高若訥仍以范仲淹爲奸邪，則自己就正屬于奸邪之黨，是反話。

〔二六〕亦諫臣之一效：這也算是你作爲諫臣的一件功勞，是譏刺高若訥的話。

〔二七〕盡所懷：充分表達心中的意見。輒：便。布：表達。

湘潭縣修藥師佛殿記

湘潭縣藥師院新修佛殿者，縣民李遷之所爲也。

遷之賈江湖，歲一賈，其入數千萬〔一〕。遷之謀曰：夫民，力役以生者也。用力勞者其得厚，用力媮者其得薄，以其得之豐約〔二〕，必視其用力之多少而必當，然後各食其力而無慚焉。士非我匹，若工農則吾等也〔三〕。夫琢磨煎煉、調筋柔革〔四〕，此工之盡力也；斤劚鋤夷、畎畝樹藝〔五〕，此農之盡力也：然後所食皆不過其勞。今我則不然，徒幸物之廢興而上下其價，權時輕重而操其奇贏，游嬉以浮于江湖，用力至逸以安，而得則過之，我有慚于彼焉〔六〕。凡誠我契而不我欺，平我斗斛權衡而不我逾，出入關市而不我虞。我何能焉，是皆在上而爲政者以庇我也。何以報焉〔七〕？

聞浮屠之爲善，其法曰：有能捨己之有，以崇飾尊嚴我，則能陰相之，凡有所欲，皆如志〔八〕。乃曰：盍用我之有所得于此，施以報焉，且爲善也。于是得此寺廢殿而新之，又如其法作釋迦佛、十六羅漢塑像皆備〔九〕。凡用錢二十萬，自景祐二年十二月癸酉，訖三年二月甲寅以成〔一〇〕。

其秋，會予赴夷陵，自真州假其舟，行次潯陽，見買一石，礱而載于舟〔一一〕。問其所欲用之，因具言其所爲，且曰：欲歸而記其始造歲月也。視其色〔一二〕，若欲得予記而不敢言也。因善其以賈爲生，而能知夫力少而得厚以爲幸，又知在上者庇己而思有以報，顧其所爲之心又趨爲善，皆可喜也，乃爲之作記。問其寺始造之由，及其歲月，皆不能道也〔一三〕。

九月十六日記。

景祐三年作。藥師佛，菩薩名，即藥師琉璃光如來。這篇碑記記述了一個往來于長江沿岸的商人的談吐，反映了在重本抑末的社會制度下一個安分守己的商人的思想活動。湘潭縣今屬湖南省。

〔一〕賈江湖：在江湖上經商，做買賣。歲一賈：每年在長江和洞庭湖上來往經商一次。入：收入，贏利。

〔二〕媮：怠惰、苟且。豐約：多少。

〔三〕古代士農工商稱四民。二句謂士(官員)地位高，非我商人所能比擬，而工農的地位和我經商者相等。匹：比并、相當。

〔四〕琢磨：雕玉刻石。煎煉：熬鹽煉鐵。 調筋柔革：指製作弓箭鎧甲。

〔五〕斤劚(zhǔ)：用斧砍伐。鋤夷：用鋤平地。畎畝樹藝：謂在田間耕植。

〔六〕今我七句由漢晁錯《論貴粟疏》"而商賈大者積貯倍息，小者坐列販賣，操其奇贏，日游都市，乘上所急，所賣必倍"變化而來，是李遷對自己出力少而收入多的自疚之辭。彼：指工農。

〔七〕經營商業，需要安定的社會秩序、統一的度量衡制度、有節制的稅率和保障契約的履行等，六句強調這些條件均爲朝廷和官府所創，自己對此覺得無法報答。逾：超過。虞：欺騙。報：報答。

〔八〕聞浮屠七句：寫李邏自述得於佛教徒的宣傳。古代不少莊嚴弘麗的佛寺之能建成，即是這種施捨求福的欺騙宣傳的效果。《藥師琉璃光如來本願功德經》："彼世尊藥師琉璃光如來本行菩薩得道時，發十二大願，令諸有情所願皆得。"浮屠：即佛教。陰相：暗中護祐。

〔九〕釋迦佛：即釋迦牟尼，佛教的始祖。十六羅漢：佛教稱釋迦的高足弟子爲羅漢，宋人詩文、繪畫中大多是十六人，但也有十八羅漢之説。

〔一〇〕景祐二年十二月癸酉到三年二月甲寅，前後不過四十二天，可見當時建造寺院的工程，效率是很高的。

〔一一〕予赴夷陵：見詩選《江行贈雁》題解。真州：今江蘇儀徵縣。假：借，雇用。行次：旅途中暫時停留。潯陽，今江西九江。據歐陽修《于役志》，七月十一日抵真州，八月十三日抵潯陽。礱：磨平，指斫削。

〔一二〕色：臉色。

〔一三〕問其三句：碑記一般都須詳叙所記事物的由來，而李邏不知藥師院的沿革，故作此交代。

讀李翺文

予始讀翺《復性書》三篇，曰：此《中庸》之義疏爾〔一〕。智者誠其性，當讀《中庸》；愚者雖讀此不曉也，不作可焉〔二〕。又讀《與韓侍郎薦賢書》，以謂翺特窮時憤世無薦己者，故丁寧如此；使其得志，亦未必；然以韓爲秦漢間好俠行義之一豪俊，亦善論人者也〔三〕。最後讀《幽懷賦》，然後置書而嘆，嘆已復讀、不自休。恨翺不生于今，不得與之交;又恨予不得生翺時,與翺上下其論也〔四〕。

凡昔翺一時人〔五〕,有道而能文者莫若韓愈。愈嘗有賦矣,不過羨二鳥之光榮,嘆一飽之無時爾〔六〕。此其心使光榮而飽,則不復云矣。若翺獨不然,其賦曰:“衆囂囂而雜處兮,咸嘆老而嗟卑;視予心之不然兮,慮行道之猶非。”〔七〕又怪神堯以一旅取天下,後世子孫不能以天下取河北,以爲憂〔八〕。嗚呼,使當時君子皆易其嘆老嗟卑之心爲翺所憂之心,則唐之天下豈有亂與亡哉!

然翺幸不生今時,見今之事〔九〕,則其憂又甚矣。奈何今之人不憂也!余行天下,見人多矣,脱有一人能如翺憂者,又皆賤遠,與翺無異〔一〇〕。其餘光榮而飽者〔一一〕,一聞憂世之言,不以爲狂人,則以爲病癡子,不怒則笑之矣。嗚呼,在位而不肯自憂,又禁他人使皆不得憂,可嘆也夫!

景祐三年十月十七日,歐陽修書。

景祐三年抵達夷陵前夕作。李翺(七七二—八四一),字習之,韓愈的門人,有《李文公集》。歐陽修論文,強調明道致用,以期達到古人立言不朽的高度。而古代文人失意時,往往多作愁怨之文,作者《與尹師魯書》説:“又常與安道(余靖)言,每見前世有名人,當論事時,感激不避誅死,真若知義者,及到貶所,則戚戚怨嗟,有不堪之窮愁形于文字,其心歡戚無異庸人,雖韓文公(韓愈)不免此累。用此戒安道,慎勿作戚戚之文。”這時作者雖在貶謫中,關懷的仍是國家安危,所以讀到李翺《幽懷賦》中“衆囂囂而雜處兮,咸嘆老而嗟卑;視予心之不然兮,慮行道之猶非”,便視爲不世知己。并進一步指出當時的形勢較之李翺所處的中唐時期還險惡,而主張變革的范仲俺等人卻紛紛貶斥,不由發出“可嘆也夫”的悲憤。

〔一〕《復性書》：李翱研究人性的著作，有上中下三篇。關于人性，自孟子的性善説、荀子的性惡説、漢代揚雄的性善惡混説出現後，歷代思想家多有專門著述。李翱闡揚韓愈的觀點，主張性善，他以《中庸》作爲理論根据，把性和情分割開來，認爲"情有善有不善，而性無不善也"，强調去情復性。這個見解，是宋代理學的先導。歐陽修主張"修身治人"，强調後天教學的作用，反對空談人性，參見本書《答李詡書》。《中庸》：《禮記》中的一篇，傳説是孔子的孫子孔伋所著。義疏：説明、注解。

〔二〕四句意謂聰明的人瞭解性的涵義，應該讀《中庸》原文，愚笨的人即使讀了《復性書》，仍然搞不清楚性是什麽東西，因此大可以不寫這樣的文章。誠：原注："一作之識。"讀：原注："一作復。"

〔三〕《與韓侍郎薦賢書》：即李翱《答韓侍郎書》。下面七句是對此文的評價。以爲文中對推薦賢才的反復鄭重囑託，不過是由于李翱不遇于時，没有人推薦，所以憤世嫉俗；如果得志，也就不會寫這樣的文章。但是評韓愈爲秦漢間的游俠之士，見識還不錯。李翱《答韓侍郎書》："如兄者頗亦好賢，必須甚有文辭，兼能附己順我之欲，則汲汲孜孜無所憂惜，引拔之矣。如或力不足，則分食食之，無不至矣。若有一賢人或不能，然則將乞丐不暇，安肯汲汲孜孜爲之先後。此秦漢間尚俠行義之一豪儁耳，與鄙人似同而實異。"韓侍郎：韓愈，曾官吏部侍郎。

〔四〕上下其論：指討論古今政事的得失。

〔五〕一時人：同時人。

〔六〕愈嘗有賦三句：韓愈于唐德宗貞元十一年五月未入仕前，作《感二鳥賦》曰："感二鳥之無知，方蒙恩而入幸。惟進退之殊異，增余懷之耿耿。彼中心之何嘉，徒外飾焉是逞。余生命之湮阨，曾二鳥之不如。汩東西與南北，恆十年而不居。辱飽食其有數，况策名于薦書。時所好之爲賢，庸有謂余之非愚。"主題是借有人向皇帝獻二鳥事，以抒發自己不得志的不平。

〔七〕其賦五句：唐代自德宗、順宗以後，政治形勢江河日下，戰亂不息,朝廷逐漸失去對全國的控制,人民生活困苦。李翱在《幽懷賦》中表現的思想和當時的士大夫不同,他不爲個人遭遇不幸而愁嘆,擔心的是國家的命運和前途。

〔八〕三句指《幽懷賦》:“當高祖之初起兮,提一旅之羸師;能順天而用衆兮,竟掃寇而戡隋”数語。神堯,指唐高祖。《唐書·高祖紀》:“謚大武,廟號高祖,上元元年改謚神堯皇帝。”一旅,一支軍隊,古代五百人爲一旅。此指唐王朝發祥地的太原部隊。後世子孫:唐代自安史亂後,河北、河南諸重鎮相繼被藩鎮割據,戰亂頻仍,唐王朝始終未能收復。

〔九〕今之事:指宋王朝積貧積弱,國外強鄰壓境,國内民變紛起,岌岌可危。參見《原弊》及注。

〔一〇〕脱有:縱有。賤遠:指地位卑微、爲朝廷擯斥于遠方的人。與翱無異:李翱因性格鯁直,論議不屈,官位不顯,多任地方官,很少留在朝廷。這是作者對當時朝廷貶斥范仲淹等人的感慨之詞。

〔一一〕光榮而飽者:指顯貴的當權者。這是作者對吕夷簡等人的斥責。

峽州至喜亭記

蜀于五代爲僭國,以險爲虞,以富自足,舟車之迹不通乎中國者五十有九年〔一〕。宋受天命,一海内,四方次第平,太祖改元之三年,始平蜀〔二〕。然後蜀之絲枲織文之富,衣被于天下,而貢輸商旅之往來者,陸輦秦、鳳,水道岷江,不絶于萬里之外〔三〕。

岷江之來,合蜀衆水,出三峽爲荆江〔四〕。傾折回直,捍怒鬥激,束之爲湍,觸之爲旋,順流之舟頃刻數百里,不及顧視,一失毫釐與崖石遇,則糜潰漂没,不見蹤迹〔五〕。

故凡蜀之可以充内府、供京師而移用乎諸州者，皆陸出；而其羨餘不急之物〔六〕，乃下于江，若棄之然，其爲險且不測如此。夷陵爲州，當峽口，江出峽，始漫爲平流。故舟人至此者，必瀝酒再拜相賀，以爲更生。

尚書虞部郎中朱公再治是州之三月〔七〕，作至喜亭于江津，以爲舟者之停留也；且志夫天下之大險，至此而始平夷，以爲行人之喜幸。夷陵固爲下州，廩與俸皆薄，而僻且遠〔八〕，雖有善政，不足爲名譽以資進取。朱公能不以陋而安之，其心又喜夫人之去憂患而就樂易，詩所謂"愷悌君子"者矣〔九〕。自公之來，歲數大豐，因民之餘，然後有作，惠于往來。以館以勞，動不違時〔一〇〕，而人有賴，是皆宜書。故凡公之佐吏，因相與謀，而屬筆于修焉。

景祐四年(一〇三七)作。峽州州治夷陵，轄夷陵、宜都、長陽、遠安四縣，宋代屬京西南路。夷陵位當長江三峽東口，東流湍急的江水，至此始平衍。李白《渡荆門送别》："渡遠荆門外，來從楚國游，山隨平野盡，江入大荒流。"詩中的"荆門"，即在夷陵與宜都之間。長江從來就是東南地區與蜀地水上交通的唯一通道，以"至喜"名亭，反映了當時舟行的艱險。

〔一〕蜀地富庶險要，有"天府之國"之稱。唐末混亂，先由王建于唐哀帝天祐四年(九〇七)稱帝，史稱前蜀，于後唐莊宗同光三年(九二五)爲後唐所滅；莊宗任孟知祥爲西川節度使，至閔帝明德元年(九三四)，孟自稱帝，史稱後蜀。宋太祖乾德三年(九六五)滅後蜀，前後共五十九年。以上四句叙五代時蜀地割據之勢。僭國：割據自封、不是正統的國號。虞：《國語·晉語》"衛文公有邢、翟之虞"注："備也。"

〔二〕宋太祖乾德二年命王全斌伐蜀，三年春蜀主孟昶降。五句叙宋平蜀。改元：宋太祖年號始稱建隆，後改乾德。

〔三〕六句意謂宋平蜀之後，蜀地的財富得以通過陸路和水路，惠及全國。枲(xǐ)：麻。衣被：指施惠于人。歐陽修《夫子罕言利命仁論》："衣被羣生，贍足萬類。"輦：以車輛運輸。秦：秦州，州治今甘肅天水市。鳳：鳳州，州治今陝西鳳縣。岷江：發源于岷山北麓，經樂山入大渡河，經宜賓入長江。此即指長江。

〔四〕岷江三句叙三峽上下水系。《荆州記》："江出岷山，其源若甕口，可以濫觴。在益州建寧滿江縣，潛行地底，數里至楚都，遂廣十里，名南江。初在犍爲，與青衣水、汶水合；至洛縣，與洛水合；東北至巴郡，與涪水、漢水、白水合。"荆江：指長江出三峽後至湖南岳陽的一段，即《荆州記》中的"南江"。

〔五〕傾折九句寫三峽江水水流湍急，驚險異常。《水經・江水注》："自三峽七百里中，兩岸連山，略無闕處。……有時朝發白帝，暮到江陵，其間千二百里，雖乘奔御風，不以疾也。"後明人宋濂《送天台陳庭學序》："水行則江石悍利，波惡渦詭，舟一失勢尺寸，輒糜碎土沉，下飽魚鱉。"顯然由於歐陽修這篇文章的啓發。

〔六〕内府：皇宫的倉庫。羡餘：超額的賦税收入。

〔七〕虞部：官署名，屬工部，掌山澤、苑囿、草木、薪炭、供頓等事。朱公：朱慶基，當時官峽州知州。再治：宋代地方官三年一任，任滿後受命連任或調他處，後再調回本地，稱再治。

〔八〕下州：宋代州分上中下三等。據《宋史・地理志》，峽州爲中州。廩：指糧餉給養。僻且遠：地處偏僻，遠離京城。

〔九〕不以陋而安之：歐陽修《夷陵縣至喜堂記》："然夷陵之僻，……故爲吏者多不欲遠來，而居者往往不得代，至歲滿或自罷去。"這裏稱譽朱慶基能安于僻陋之地。愷悌君子：《詩・大雅・泂酌》："豈弟君子，民之父母。""豈弟"同"愷悌"，和樂簡易貌。

〔一〇〕館：住宿。勞：慰問。動不違時：動用勞役不影響農事。《孟子・梁惠王》："不違農時，穀不可勝食也。"

易或問三首(選一)

或問:《繫辭》果非聖人之作,前世之大儒君子不論,何也〔一〕?

曰:何止乎《繫辭》。舜之塗廪、浚井,不載于六經,不道于孔子之徒,蓋俚巷人之語也;及其傳也久,孟子之徒道之。事固有出于繆妄之説〔二〕。其初也,大儒君子以世莫之信,置而不論;及其傳之久也,後世反以謂更大儒君子而不非,是實不誣矣,由是曲學之士溺焉者多矣〔三〕。自孔子殁,周益衰,王道喪而學廢,接乎戰國,百家之異端起,十翼之説不知起于何人? 自秦漢以來,大儒君子不論也〔四〕。

或者曰:然則何以知非聖人之作也?

曰:大儒君子之于學也,理達而已矣。中人已下,指其迹、提其耳而譬之〔五〕,猶有惑焉者,溺于習聞之久。曲學之士,喜爲奇説以取勝也。何謂"子曰"者? 講師之言也,吾嘗以譬學者矣〔六〕。"元者善之長,亨者嘉之會,利者義之和,貞者事之幹",此所謂《文言》也;方魯穆姜之道此言也,在襄公之九年,後十有五年而孔子生〔七〕。左氏之傳《春秋》也,固多浮誕之辭,然其用心,亦必欲其書之信後世也〔八〕。使左氏知《文言》爲孔子作也,必不以追附穆姜之説,而疑後世。蓋左氏者,不意後世以《文言》爲孔子作也。孟子曰:"盡信書不如無書。"孟子豈好非六經者? 黜其雜亂之説,所以尊經〔九〕。

景祐四年作。歐陽修尊崇《春秋》、《易》。對于《春秋》,他不信《左氏》、《公羊》、《穀梁》三傳,以爲“三子者,博學而多聞矣,其傳不能無失者也。孔子之于經,三子之于傳,有所不同,則學者寧捨經而從傳,不信孔子而信三子,甚哉其惑也。”(《春秋論》)對于《易》,《易乾鑿度》有“仲尼五十究《易》,作十翼”之説,十翼爲《彖辭》上下、《象辭》上下、《繫辭》上下、《文言》、《説卦》、《序卦》、《雜卦》,歐陽修以爲除《彖辭》、《象辭》外,都非孔子所作。(据近人考證,“十翼”大致是戰國末期或秦漢之際的作品。)《繫辭》等多讖緯、筮占等迷信之説,這類迷信宋仁宗時也十分流行,如《續資治通鑒長篇》卷一三五記慶曆二年天章閣侍講林瑀“奉詔撰《周易天人會元記》,其説用天子即位年月日辰占所直卦,以推吉凶。”歐陽修反對天命,注重人事,在《新五代史・司天考序》中説:“未有人心悦于下,而天意怒于上者;未有人理逆于下,而天道順于上者。”他的反對《繫辭》,也和現實政事有關。作者同年另有一篇《易或問》,長達一千餘字,即突出論述“修人事”的重要性。

〔一〕聖人:指孔子。不論:指前代學者對此没有提出過懷疑。

〔二〕舜之七句:《孟子・萬章》:“萬章曰:父母使舜完廩(修理倉庫),捐階(舜到了屋上後抽去梯子),瞽叟(舜父)焚廩;使浚井,出,從而掩(用土塞井口)之。”歐陽修認爲此係民間傳説,不見六經紀載,故不可信;或許是孟子的學生輯集《孟子》時,不辨真僞收進去的。

〔三〕更:經歷、經過。曲學:邪曲阿世之學。《史記・轅固生列傳》:“(公孫弘)側目而視固,固曰:公孫子務正學以言,無曲學以阿世。”溺:沉湎不反。

〔四〕自孔子八句是歐陽修一貫的經學觀點。《獲麟贈姚辟先輩》詩曰:“《春秋》二百年,文約義甚夷,一從聖人没,學者自爲師,峥嶸衆家説,平地生嶮巇。”《讀書》詩曰:“正經首唐虞,僞説起秦漢。”《問進士策》曰:“自秦漢以來,諸儒所述,荒虚怪誕,無所不有。”皆是其例。西漢末年,緯書盛行,提出《易》有“十翼”之説的《乾鑿度》,即係《易緯》中的一篇。緯書多述天人感應的讖緯迷信,向爲正統儒家所擯斥。

〔五〕指迹、提耳:指明實物、懇切開導。《詩·大雅·抑》:"於乎小子,未知臧否。匪手攜之,言示之事;匪面命之,言提其耳。"

〔六〕三句重申《易或問》另篇中語:"或問曰:今之所謂《繫辭》者,果非聖人之書乎?曰:是講師之傳,謂之大傳,其源蓋出于孔子,而相傳于《易》師也。"意謂《繫辭》係講師闡述孔子之意,其中"子曰"的子,不是指孔子,而是指講師。

〔七〕"元者"四句見于《易·乾·文言》,但更早見于《左傳》襄公九年(公元前五六四),而孔子出生于魯莊公三年(公元前五五一),由此可證四句决非孔子之語。魯穆姜:魯襄公的夫人,姓姜。

〔八〕左氏:左丘明,傳爲《左傳》和《國語》的作者。唐柳宗元《非國語》曾斥左氏浮誕,但僅指《國語》,歐陽修則認爲即《左傳》亦多浮誕。信後世:爲後代人所信奉。

〔九〕孟子曰五句:《孟子·盡心》:"孟子曰:盡信書則不如無書,吾于《武成》,取二三策而已矣。仁人無敵于天下,以至仁伐至不仁,而何其血之流杵也?"據《尚書正義》,《尚書·武成》在東漢建武(光武帝年號)時已亡失,今存《武成》是僞書,其述"血流漂杵"係商紂兵倒戈後自相殘殺,非謂周武王殺之,與《孟子》語不合。此謂要區别剔去經文中"雜亂之説",這纔是真正的"尊經"。

送田晝秀才寧親萬州序

五代之初,天下分爲十三四,及建隆之際,或滅或微,其在者猶七國,而蜀與江南地最大〔一〕。以周世宗之雄,三至淮上,不能舉李氏〔二〕;而蜀亦恃險爲阻,秦隴、山南皆被侵奪，而荆人縮手歸、峽，不敢西窺以争故地〔三〕。及太祖受天命，用兵不過萬人，舉兩國如一郡縣吏，何其偉歟〔四〕！

當此時，文初之祖從諸將西平成都，及南攻金陵，功最多，于時語名將者，稱田氏〔五〕。田氏功書史，官禄世于家，至今而不絶；及天下已定，將率無所用其武，士君子争以文儒進，故文初將家子，反衣白衣從鄉進士舉于有司〔六〕。彼此一時〔七〕，亦各遭其勢而然也。

文初辭業通敏，爲人敦潔可喜；歲之仲春，自荆南西拜其親于萬州，維舟夷陵〔八〕。予與之登高以遠望，遂游東山，窺緑蘿溪，坐磐石，文初愛之，數日乃去〔九〕。

夷陵者，其地志云北有夷山以爲名，或曰巴峽之險至此，地始平夷。蓋今文初所見，尚未爲山川之勝者。由此而上，泝江湍，入三峽，險怪奇絶，乃可愛也〔一〇〕。當王師伐蜀時，兵出兩道，一自鳳州以入，一自歸州以取忠、萬以西〔一一〕。今之所經，皆王師向所用武處，覽其山川，可以慨然而賦矣〔一二〕。

景祐四年作。田畫，字文初，當時從荆南(今湖北江陵)往萬州(今四川萬縣)探親，舟經夷陵，歐陽修作此序贈别。由于田畫是一個普通讀書人(秀才)，且與作者萍水相逢，文章無處落筆，所以從宋的統一寫起；又因田畫的祖先在宋代開國時立有戰功，指出他入蜀的道路即爲當年平蜀的戰場，并抒世異時遷的感慨。一篇一般的贈别序文，寫得如此慷慨多氣，可見作者構思命筆之跌宕。寧親即省親。

〔一〕六句叙五代形勢。唐末混亂，羣雄割據，中原有梁、唐、晉、漢、周，四境有吴、南唐、吴越、前蜀、後蜀、南漢、北漢、閩、楚、南平，先後兼并更迭，史稱五代十國。建隆：宋太祖趙匡胤年號，九六〇年至九六三年。其時四境尚有南唐、後蜀、南漢、北漢、楚、吴越、南平七國。其中後蜀據蜀、南唐據江淮一帶，占地最大。

〔二〕周世宗：柴榮，《舊五代史》稱其"頃在仄微，尤務韜晦，及天命有屬，嗣守鴻業，不日破高平之陣，逾年復秦、鳳之封，江北、燕南，取之如拾芥，神武雄略，乃一代之英主也。"三至淮上：宋太祖趙匡胤仕周爲將時，曾三次隨周世宗柴榮征伐南唐，都未能將南唐消滅。　舉：攻拔、消滅。李氏：指南唐中主李璟。

〔三〕而蜀四句原注："一本注云：往時忠、萬、夔、施皆屬荆南（即南平），五代之際爲蜀所侵。"秦隴、山南：今陝西、湖北、四川、甘肅接壤的地區，唐代屬山南道。　荆人：指南平。歸、峽：歸州（州治今湖北秭歸）、峽州（州治今湖北宜昌），秦隴、山南初爲南平主高季興所有，被蜀侵占後，南平即困處歸、峽。

〔四〕宋于乾德三年（九六五）平蜀，蜀主孟昶降；開寶八年（九七五）平南唐，俘南唐後主李煜。四句謂宋太祖以寡克衆，攻滅二國，就像撤换州縣地方官一樣容易。

〔五〕田氏：指田晝祖田欽祚，乾德二年平蜀時爲北路先鋒都監，乾德三年攻金陵時爲昇州西南路行營馬軍兼左廂戰櫂都監，《宋史》有傳。

〔六〕田氏八句意謂田姓雖爲武將，但通文事，世代爲官，由于天下平定，朝廷重文輕武，故田晝以平民身分參加進士考試。功：通"攻"。將率：同"將帥"。進：進身，指做官。白衣：古代平民衣白衣。鄉進士：唐宋時代由州府選拔讀書人參加禮部進士試，稱進士，獲第後稱前進士，見李肇《國史補》。有司：主持具體政務的機構，此指禮部試官。

〔七〕彼此一時：指前後時勢不同。《孟子·公孫丑》："彼一時，此一時也。五百年必有王者興，其間必有名世者。"

〔八〕辭業：辭指談吐，業指文章。敦潔：品行敦厚清高。仲春：二月。維舟：停船繫纜。

〔九〕東山：在夷陵，風景優美。歐陽修《冬至後三日陪丁元珍游東山寺》詩："幕府文書日已稀，清尊歲晏喜相攜。寒山帶郭穿松路，瘦馬尋春踏雪泥。翠蘚蒼崖森古木，緑蘿盤石暗深溪。爲貪賞物來猶早，迎臘梅花吐未齊。"

〔一〇〕由此五句：江行過夷陵，山峽奇險，是著名勝景。泝：逆流而上。三峽：一般指瞿塘峽、巫峽、西陵峽。

〔一一〕王師四句叙宋伐蜀路綫。宋軍伐蜀時，王全斌、崔彦進由鳳州（今陝西鳳縣）陸路進軍，劉光義、曹彬由歸州水路進軍。忠、萬：忠州（州治今四川忠縣）和萬州，都在長江沿岸。王師：王者之師，此指宋兵。

〔一二〕賦：指創作詩歌。

與荆南樂秀才書

修頓首白，秀才足下。前者舟行往來，屢辱見過，又辱以所業一編，先之啓事，及門而贄〔一〕。田秀才西來，辱書；其後予家奴自府還縣，比又辱書〔二〕。僕有罪之人〔三〕，人所共棄，而足下見禮如此，何以當之。當之未暇答，宜遂絶，而再辱書；再而未答，宜絶，而又辱之。何其勤之甚也！如修者，天下窮賤之人爾，安能使足下之切切如是邪？蓋足下力學好問，急于自爲謀而然也，然蒙索僕所爲文字者，此似有所過聽也〔四〕。

僕少從進士舉于有司，學爲詩賦，以備程試，凡三舉而得第〔五〕。與士君子相識者多，故往往能道僕名字；而又以游從相愛之私，或過稱其文字。故使足下聞僕虚名，而欲見其所爲者，由此也。

僕少孤貧，貪禄仕以養親，不暇就師窮經以學聖人之遺業〔六〕。而涉獵書史，姑隨世俗作所謂時文者，皆穿蠹經傳〔七〕，移此儷彼，以爲浮薄，惟恐不悦于時人，非有卓然自立之言如古人者。然有司過採，屢以先多士〔八〕。及得第已來，自以前所爲不足以稱有司之舉而當長者之知，始大改其爲，庶幾有立〔九〕。然言出而罪至，學成而身辱。爲彼則獲譽，爲此則受禍，此明效也〔一〇〕。

夫時文雖曰浮巧，然其爲功，亦不易也。僕天資不好而強爲之，故比時人之爲者尤不工。然已足以取禄仕而竊名譽者，順時故也。先輩少年志盛，方欲取榮譽于世，則莫若順時〔一一〕。天聖中，天子下詔書，敕學者去浮華，其後風俗大變〔一二〕。今時之士大夫所爲，彬彬有兩漢之風矣〔一三〕。先輩往學之，非徒足以順時取譽而已，如其至之，是直齊肩于兩漢之士也。若僕者，其前所爲既不足學，其後所爲慎不可學，是以徘徊不敢出其所爲者，爲此也。

在《易》之《困》曰："有言不信。"謂夫人方困時，其言不爲人所信也。今可謂困矣，安足爲足下所取信哉〔一四〕。辱書既多且切，不敢不答。幸察。

景祐四年作。歐陽修于景祐三年作有《與樂秀才書》，由這封信所説"再而未答"來看，前信寫成後并未寄發，其原因當由于樂某方欲取譽于時，覺得所寫缺乏針對性。在前信中作者強調學者必須對古人的道德文章"深講而篤信"，能"自立""自守"，才可以做到"其充于中者足，而後發乎外者大以光"。此信更進一步提出"卓然自立"和"順時取譽"兩種對立態度,并以自己的經歷,對"穿蠹經傳,移此儷彼,以爲浮薄"的時文,作了有力抨擊。"爲彼則獲譽,爲此則受禍",對學者是一個嚴峻的考驗,故歐陽修以"先輩少年志盛,方欲取榮譽于世,則莫若順時"作反面警激,可見作者因人施教的苦心。

〔一〕前者:指歐陽修由開封被貶至夷陵,舟經荆南(今湖北江陵縣)時,四句即追述此事。其時歐陽修因庭參轉運使,停留十餘天,樂某曾多次過訪,并投贈詩文。辱:屈尊、承蒙之意。所業:同"所爲",指詩文。贄:進見的禮物。

〔二〕田秀才:即田畫。參見《送田畫秀才寧親萬州序》。府:指江陵府。比:近。

〔三〕有罪之人:歐陽修當時在貶謫中,故云。

〔四〕切切:懇摯。《論語·子路》:"朋友切切偲偲。"過聽:誤聽傳聞。過:誤,自謙之辭。下文"過稱""過採"義同。

〔五〕程試:科舉考試。凡三舉而得第:歐陽修于天聖元年應隨州州試,未中;天聖四年州試獲解應禮部試,又未中;天聖八年始中進士。

〔六〕三句言自己小時家中貧窮,需俸禄養親,故未能真正研求學問。歐陽修《記舊本韓文後》:"以謂方從進士干禄以養親,苟得禄矣,當盡力于斯文以償素志。"孤貧:指父親去世後家中貧困。窮經:鑽研經典。梁武帝《會三教詩》:"少時學周孔,弱冠窮六經。"

〔七〕涉獵:淺嘗輒止,學不專精。《漢書·賈山傳》:"涉獵書記,不能爲醇儒。"時文:《記舊本韓文後》:"是時天下學者,楊(億)劉(筠)之作,號爲時文,能者取科第,擅名聲,以誇榮當世,未嘗有道韓文者。"穿蠹經傳:石介《怪説》:"今楊億窮妍極態,綴風月,弄花草,淫巧侈麗,浮華纂組,刓鎪聖人之經,破碎聖人之言,離析聖人之意,蠹傷聖人之道。"

〔八〕屢以先多士:天聖七年歐陽修應國子監試獲第一,又應國學解試獲第一,第二年應禮部試又獲第一。

〔九〕五句言及第後深悟以駢儷時文取士的弊端。他後來于慶曆四年上《論更改貢舉事件劄子》,曰:"今貢舉之失者,患在有司取人先詩賦而後策論,使學者不根經術,不本道理,但能誦詩賦,節抄《六帖》、《初學記》之類者,便可剽盜偶儷,以應試格。而童年新學、全不曉事之人,往往幸而中選。此舉子之弊也。"稱:相當、符合。長者:年高有德的人。

〔一〇〕然言出五句,言爲時文時,獲"屢以先多士"之譽,而爲經世致用之道時,卻受貶謫之辱。

〔一一〕三句可見樂秀才熱心功名利祿,與歐陽修爲道不同。先輩:對樂的敬稱。唐李肇《國史補》:"得第謂之前進士,互相推敬謂之先輩。"

〔一二〕天聖中四句:指仁宗天聖七年下詔戒除文弊,并規定禮部貢舉不取浮華雕飾的文字。

〔一三〕彬彬:文質相稱貌。《論語·雍也》:"質勝文則野,文勝質則史,文質彬彬,然後君子。"兩漢:西漢、東漢,是古文鼎盛的時期。下文"兩漢之士",指司馬遷、揚雄、班固等人。

〔一四〕六句引《易》,自謙所言不足取信。《易·困卦》"有言不信"。孔穎達正義:"處困求濟,在于正身修德,若巧言能辭,人所不信,則其道彌窮。故誡之以有言不信也。"

答孫正之第二書

某再拜。人至〔一〕,辱書甚勤。前年丁元珍得所示書,喜吾子之好學自立〔二〕,然未深相知,及得今書,乃知吾子用心如此。僕與吾子生而未相識面,徒以一言相往來,而吾子遽有愛我之意,欲戒其過,使不陷于小人。此非惟朋友之義〔三〕,乃吾父兄訓我者不過如此也。

僕自知何足愛，而吾子所愛者道也；世之知道者少，幸而有焉，又自爲過失以取累，不得爲完人，此吾子之所悉也〔四〕。僕知道晚，三十年前尚好文華，嗜酒歌呼，知以爲樂而不知其非也；及後少識聖人之道，而悔其往咎，則已布出而不可追矣〔五〕。聖人曰：勿謂小惡爲無傷〔六〕。言之可慎也如此，爲僕計者，已無奈何，惟有力爲善以自贖爾。《書》曰“改過不吝”，《書》不譏成湯之過，而稱其能改，則所以容後世之能自新者〔七〕。聖人尚爾，則僕之改過而自贖，其不晚也。

吾子以謂如此可乎？尚爲未可，則願有可進可贖之説見教。吾子待我者厚，愛我者深，惜乎未得相見，以規吾子之所未至者，以報大惠，蓋其他不足爲報也〔八〕。值多事，不子細〔九〕。

寶元二年(一〇三九)作。孫正之即孫侔，字正之，又字少述，和王安石、曾鞏有交往。慶曆二年王安石作《送孫正之序》：“予官于揚，得友曰孫正之。正之行古之道，又善爲古文，予知其能以孟、韓之心爲心而不已者也，……以正之之不已而不至焉，予未之信也。一日得志于吾君，而真儒之效不白于當世，予亦未之信也。”可知孫爲揚州人，乃有志之士，慶曆時仍未中進士。先是，孫侔有信及雜文二篇通過峽州判官丁寶臣(字元珍)投贈歐陽修，歐陽修曾復信曰：“僕愚，學不足以自立，而氣力不足以動人，而言不見信于世，不知足下何爲而見及？”又曰：“學者不謀道久矣，然道固不茀廢，而聖人之書如日月，卓乎其可求，苟不爲刑禍禄利動其心者，則勉之皆可至也。惟足下力焉而不止，則不必相見以目而後可知其心，相語以言而後可盡其説也。以所示文求足下之志，苟不惑而止，則僕將見足下大發于文，著于行，而質于行事，以要其成焉。”孫收到信後又致書歐陽修，在進一步表示關心和愛護的同時，對歐陽修也有所批評。歐陽修在這封復信中熱情地贊揚了對方的友誼,並以"朋友之義"與之互勉。

〔一〕人至：指送信人到達。

〔二〕丁元珍：見詩選《和丁寶臣游甘泉寺》題解及注。吾子：古代朋友間親密的稱呼。《孟子·告子》:"吾子過矣。"

〔三〕朋友之義:《白虎通》:"朋友之道有四：近則正之,遠則稱之,樂則思之,患則死之。"

〔四〕所愛者道：歐陽修《答吴充秀才書》也説,"夫學者未始不爲道",語義本韓愈《送陳秀才彤序》"蓋學所以爲道,文所以爲理"。完人：完美無缺的人。悉：深知。

〔五〕七句自責往咎。歐陽修早年生活放縱,在洛陽時王曙曾批評他"游飲無節"(見《續資治通鑑》宋紀三十九),王辟之《澠水燕談録》也説上官"恐其廢職事,欲因微戒之"。三十年：三十歲,即景祐三年貶夷陵令時。"年"字下原注:"一作'以'。"布出：指已經傳播出去。

〔六〕勿謂小惡爲無傷：語見《易·繫辭》:"善不積不足以成名,惡不積不足以滅身。小人以小善爲無益,而弗爲也;以小惡爲無傷,而弗去也。故惡積而不可掩,罪大而不可解。"按：歐陽修認爲《繫辭》不是孔子所作,但其中有孔子的話。

〔七〕書曰四句:"改過不吝"見《尚書·仲虺之誥》。商湯放逐夏桀後,擔心爲後世人譏評,于是仲虺作誥,認爲這是正義之舉。

〔八〕以上六句感謝孫侔對自己的批評,但由于與孫不相熟,不能投桃報李,以規正孫的缺失爲補報。

〔九〕子細：同"仔細",縝密、周到之意。

答陜西安撫使范龍圖辭辟命書

修頓首再拜啓。急脚至,得七月十九日華州所發書,伏審即日尊體動止萬福〔一〕。戎狄侵邊，自古常事，邊吏無狀，至煩大賢〔二〕。伏惟執事忠義之節，信于天下，天下之士得一識面者，退誇于人以爲榮耀；至于游談布衣之賤〔三〕，往往竊託門下之名。況今以大謀小，以順取逆，濟以明哲之才，有必成功之勢，則士之好功名者于此爲時，孰不願出所長，少助萬一，得託附以成其名哉！況聞狂虜猖獗，屢有斥指之詞，加之輕侮購募之辱，至于執戮將吏，殺害邊民，凡此數事，在于修輩尤爲憤恥，每一思之，中夜三起〔四〕。

不幸修無所能，徒以少喜文字，過爲世俗見許，此豈足以當大君子之舉哉！若夫參决軍謀，經畫財利，料敵制勝，在于幕府苟不乏人，則軍書奏記一末事耳，有不待修而堪者矣〔五〕。由此始敢以親爲辭〔六〕。況今世人所謂四六者，非修所好，少爲進士時不免作之，自及第，遂棄不復作〔七〕。在西京佐三相幕府，于職當作，亦不爲作，此師魯所見〔八〕。今廢已久，懼無好辭以辱嘉命，此一端也。

伏見自至關西，辟士甚衆。古人所與成事者，必有國士共之〔九〕。非惟在上者以知人爲難，士雖貧賤，以身許人，固亦未易；欲其盡死，必深相知，知之不盡，士不爲用。今奇怪豪儁之士，往往蒙見收擇，顧用之如何爾。然尚慮山林草莽，有挺特知義、慷慨自重之士，未得出于門下也〔一〇〕。宜少思焉。

若修者，恨無他才以當長者之用，非敢效庸人苟且，樂安佚也。幸察。

康定元年(一〇四〇)作。是歲，范仲淹在知越州(州治今浙江紹興市)任上召爲龍圖閣直學士、陜西經略安撫副使,以抗擊西夏的侵擾。范徵辟歐陽修爲經略府掌書記,歐陽修辭不往。《宋史・歐陽修傳》記此事爲:"仲淹使陜西,辟掌書記,修笑而辭曰:昔者之舉(指范與宰相吕夷簡發生衝突,歐陽修支持范,與范同時被貶),豈以爲己利哉,同其退不同其進可也。"而實際是不願意做經略府的文字工作,他在致梅堯臣信中説:"安撫見辟不行,非惟奉親避嫌而已。從軍常事,何害奉親;朋黨蓋當世俗見指,吾徒寧有黨耶。直以見召掌箋奏,遂不去矣。"

〔一〕急脚:宋代軍郵,分步遞、馬遞、急脚遞三等,急脚遞日行四百里,速度最快。華州:州治今陜西華縣。伏審:獲悉的敬辭。伏表敬意。下文"伏惟"、"伏見",考慮、瞭解之意。

〔二〕戎狄:古代對中原以外四境民族的蔑稱。當時宋正和西北的西夏作戰。無狀:《漢書・賈誼傳》"自傷爲傅無狀"注:"無狀,猶言不肖。"大賢:指范仲淹。

〔三〕執事:侍從之人,古代書信常用以稱對方,意思是不敢直接陳説,請執事者轉告,表示尊敬。游談:不實之辭,此指以口舌招摇謀生者。布衣:平民。

〔四〕狂虜:指西夏。斥指之詞:指妄自尊大、不避宋朝忌諱的言語。輕侮購募:指一再戰敗宋朝的部隊。《漢書・高帝紀》"乃多以金購(陳)豨將"注:"購,設賞募也。"中夜:半夜。

〔五〕若夫六句:參見題解中致梅堯臣信。歐陽修的願望在于參贊軍機,在此也是直言不諱的。苟不乏人:如果不缺人。堪:能够承擔。

〔六〕以親爲辭:用母親年老爲理由辭謝徵辟。

〔七〕況今五句:參見《與荆南樂秀才書》及注。四六:駢儷文,當時稱時文。爲進士:指從事舉子業。

〔八〕三相:指錢惟演、王曙、王曾,三人在歐陽修初到洛陽任西京留守推官時,先後爲西京留守,並均有宰相職銜。師魯:尹洙字,時尹洙已在范仲淹部下。

〔 九 〕關西：函谷關以西，指陜西地區。成事：謂建立功業。國士：國中杰出的人才。《史記·刺客列傳》記豫讓對趙襄子説："至于智伯，國士遇我，我故國士報之。"

〔一〇〕挺特知義，慷慨自重之士：似指梅堯臣，歐陽修于次年梅堯臣赴湖州監税任時，作有《聖俞會飲》詩云："詩工鑱刻露天骨，將論縱横輕玉鈐，遺編最愛孫武説，往往曹杜遭夷芟，關西幕府不能辟，隴山敗將死可慚，嗟余身賤不敢薦，四十白髪猶青衫。"在此之前，梅堯臣一貫支持范仲淹，但不知何故他的軍事才能不爲范所器重。挺特：特出。

答吴充秀才書

修頓首白，先輩吴君足下。前辱示書及文三篇，發而讀之，浩乎若千萬言之多，及少定而視焉，纔數百言爾〔一〕。非夫辭豐意雄，沛然有不可禦之勢，何以至此！然猶自患倀倀莫有開之使前者〔二〕，此好學之謙言也。

修材不足用于時，仕不足榮于世，其毁譽不足輕重，氣力不足動人〔三〕。世之欲假譽以爲重，借力而後進者，奚取于修焉〔四〕。先輩學精文雄，其施于時，又非待修譽而爲重，力而後進者也。然而惠然見臨，若有所責，得非急于謀道〔五〕，不擇其人而問焉者歟？

夫學者未始不爲道，而至者鮮焉；非道之于人遠也，學者有所溺焉爾〔六〕。蓋文之爲言，難工而可喜，易悦而自足〔七〕。世之學者往往溺之，一有工焉，則曰：吾學足矣。甚者至棄百事不關于心，曰：吾文士也，職于文而已。此其所以至之鮮也。

昔孔子老而歸魯，六經之作，數年之頃爾〔八〕。然讀《易》者如無《春秋》，讀《書》者如無《詩》，何其用功少而至于至也〔九〕！聖人之文雖不可及，然大抵道勝者文不難而自至也。故孟子皇皇，不暇著書，荀卿蓋亦晚而有作〔一〇〕。若子雲、仲淹，方勉焉以模言語，此道未足而强言者也〔一一〕。後之惑者〔一二〕，徒見前世之文傳，以爲學者文而已，故愈力愈勤而愈不至。此足下所謂"終日不出于軒序，不能縱横高下皆如意"者，道未足也〔一三〕。若道之充焉，雖行乎天地，入于淵泉，無不之也〔一四〕。

先輩之文浩乎沛然〔一五〕，可謂善矣。而又志于爲道，猶自以爲未廣，若不止焉，孟、荀可至而不難也。修學道而不至者，然幸不甘于所悦，而溺于所止。因吾子之能不自止，又以勵修之少進焉。幸甚幸甚！修白。

康定元年作。是年六月，作者由武成軍節度判官任上召回開封，復任館閣校勘。吴充，字沖卿，建州浦城(故城在今福建松溪縣北)人，應進士試到開封，投書與文向歐陽修請益。宋代古文運動，到康定初已取得很大進展，歐陽修的影響也日益擴大。本篇闡述文與道的關係，反映了歐陽修論文的基本觀點。所謂道，雖係儒家傳統的提法，而作者所看重道的具體内容，是現實政治和社會生活中的"百事"，因此論文道關係接近論文學與現實的關係。文章指出，如果"棄百事不關于心"，以爲人以文傳，學好寫文章就能達到傳世的目的，那就"愈力愈勤而愈不至"。但作者同時也重視文相對于道的獨立性，此文强調"道勝者文不難而自至也"，並不是説有道即有文，而在于救正當時讀書人爲文而文，"勤一世以盡心于文字間"的弊病。

〔 一 〕浩乎三句謂吴充文章汪洋恣肆,給人以繁富的印象,等定神細看,纔知不過幾百字而已。

〔 二 〕倀倀:無所適從貌。開之使前:謂開導自己,使自己取得進步。

〔 三 〕仕不足榮于世:歐陽修當時官館閣校勘,是翰林院的低級職務,所以這樣説。毁譽:猶言批評表揚。氣力:才力。南齊謝赫《古畫品録·夏瞻》:"雖氣力不足而精彩有餘。"

〔 四 〕三句自謙人微言輕。當時應進士舉的士人多用文章向權貴或有力者干謁,以求得推薦進身,歐陽修認爲自己的名望和地位都不符合干謁者的要求。奚:何。

〔 五 〕責:一本作"求",義同。謀道:此有尋求學問真諦之意。

〔 六 〕學者未始不爲道:韓愈《送陳秀才彤序》:"蓋學所以爲道,文所以爲理也。"未始:未嘗。至:當,達到要求。鮮:少。溺:沉迷不悟。

〔 七 〕三句言文常足以蔽道。歐陽修認爲當時文弊的癥結,在于把文章作爲順時取譽、獵取功名富貴的工具,文士一旦通過科舉,就容易自喜自足。故下文有"職於文"而鮮至道之説。

〔 八 〕數年之頃:據《史記·孔子世家》,"孔子之去魯,凡十四歲而返乎魯","然魯終不能用孔子,孔子亦不求仕",開始著書,時間約共五年。

〔 九 〕然讀《易》者三句,語本李翺《答朱載言書》:"創意造言,皆不相師。故其讀《春秋》也,如未嘗有《詩》也;其讀《詩》也,如未嘗有《易》也;其讀《易》也,如未嘗有《書》也;其讀屈原、莊周也,如未嘗有六經也。"此謂孔子作六經用時不多,但著作卻各有特色,達到了極高的境界,其原因在于下文所説的"道勝"。作者在《與樂秀才書》中説:"古之學者非一家,其爲道雖同,言語文章未嘗相似。"與此意相近,都立論于道與文的完美結合。至于至也:一本作"自然于至也"。

〔一〇〕皇皇:通"遑遑",匆忙貌。《漢書·董仲舒傳》:"皇皇求仁義,常恐不能化民者,大夫之意也。"注:"皇皇,急速之貌。"孟軻一生游説諸侯，奔波道路，没有著作，《孟子》七篇爲其弟子萬章等所記述。荀卿：荀況，先仕齊，後適楚，晚年依春申君爲蘭陵令，春申君死後，退居蘭陵，著《荀子》。

〔一一〕子雲：西漢揚雄，字子雲，曾擬《易》作《太玄》，擬《論語》作《法言》等。仲淹：隋代王通，字仲淹，號文中子，曾擬《論語》作《中説》等。强：勉强。

〔一二〕惑者：胡塗、愚昧的人。

〔一三〕軒序：指屋子。軒是窗，序是房屋中堂兩旁的隔牆。所引爲吴充信中語，二句意謂終日埋頭苦學而文章不能揮灑如意，原因在于見聞不廣。

〔一四〕天地：原注："一作天下。"之：至。

〔一五〕"浩乎沛然"與上文"浩乎有千萬言之多"、"沛然有不可禦之勢"相應，實際涵有文雖可喜，道猶未足之意。

答祖擇之書

修啓。秀才人至，蒙示書一通，并詩賦雜文兩策，諭之曰："一覽以爲如何？"〔一〕某既陋，不足以辱好學者之問；又其少賤而長窮，其素所爲，未有足稱以取信于人〔二〕。亦嘗有人問者，以不足問之愚，而未嘗答人之問。足下卒然及之〔三〕，是以愧懼不知所言。雖然，不遠數百里走使者以及門，意厚禮勤，何敢不報〔四〕。

某聞古之學者必嚴其師，師嚴然後道尊，道尊然后篤敬，篤敬然後能自守，能自守然後果于用，果于用然後不畏而不遷〔五〕。三代之衰，學校廢〔六〕。至兩漢，師道尚存，故其學者各守其經以自用〔七〕。是以漢之政理文章與其當時之事，後世莫及者，其所從來深矣。後世師法漸壞〔八〕，而今世無師。則學者不尊嚴，故自輕其道。輕之則不能至，不至則不能篤信，信不篤則不知所守，守不固則有所畏而物可移。是故學者惟俯仰徇時，以希禄利爲急，至于忘本趨末，流而不返〔九〕。夫以不信不固之心，守不至之學，雖欲果于自用，莫知其所以用之之道，又况有禄利之誘，刑禍之懼以遷之哉〔一〇〕。此足下所謂志古知道之士世所鮮，而未有合者〔一一〕，由此也。

足下所爲文，用意甚高，卓然有不顧世俗之心，直欲自到于古人〔一二〕。今世之人用心如足下者有幾？是則鄉曲之中能爲足下之師者謂誰？交游之間能發足下之議論者謂誰〔一三〕？學不師則守不一，議論不博則無所發明而究其深。足下之言高趣遠，甚善，然所守未一而議論未精，此其病也〔一四〕。竊惟足下之交游能爲足下稱才譽美者不少，今皆捨之，遠而見及，乃知足下是欲求其不至〔一五〕。此古君子之用心也，是以言之不敢隱。

夫世無師矣，學者當師經〔一六〕，師經必先求其意。意得則心定，心定則道純，道純則充于中者實，中充實則發爲文章輝光，施于世者果致〔一七〕。三代、兩漢之學，不過此也。足下患世未有合者，而不棄其愚，將某以爲合，故敢道此。未知足下之意合否？

康定元年作。祖無擇字擇之，上蔡（今河南省上蔡縣）人，少年時曾從穆修學爲文章，當時尚未中進士。本篇針對當時讀書人俯仰徇時，望風影從，缺乏操守，强調必須從師，學有所得，纔能信篤守固而果于用，在禄利之誘、刑禍之懼前不遷不畏；在師法已壞的情况下，學者當師經，而師經必先求其意,掌握其精神實質,不盲從前人的注疏。作者在《易童子問》中說:"若余者,可謂不量力矣。邈然遠出諸儒之後,而學無師授之傳,其勇于敢爲而決于不疑者,以聖人之經尚在,可以質也。"作者又認爲師經還須輔以朋友間的廣泛討論,没有這樣的討論,對六經"則無所發明而究其深",因而也就不能做到信篤守固。文中"道純則充于中者實,中充實則發爲文章輝光",與《答吴充秀才書》"道勝者文不難而自至也"之意相同,可看作是對韓愈《答李翊書》中"根之茂者其實遂;膏之沃者其光曄,仁義之人,其言藹如也"的繼承和發揮。

〔一〕秀才人至:指祖無擇的使人來到。諭:吩咐,指來信中提出的問題。

〔二〕陋:淺陋、不才,自謙之詞。少賤而長窮:出身低微、仕途失意。其時歐陽修剛從貶所召回京師。窮:困乏,不得志。素:向,平時。

〔三〕卒然及之:突然來問。"卒"同"猝"。

〔四〕數百里:指上蔡與開封間的距離。報:答復。

〔五〕某聞六句:韓愈《師説》:"古之學者必有師,師者,所以傳道受業解惑也。"果于用:任事有決斷。《論語·子路》:"言必信,行必果。"不畏:指不爲刑禍所懼。不遷:指不爲禄利所誘。

〔六〕三代:夏、商、周。《孟子·滕文公》:"設有庠序學校以教之。庠者,養也;校者,教也,序者,射也。夏曰校,殷曰序,周曰庠,學則三代共之,皆所以明人倫也。"

〔七〕各守其經:兩漢六經都有師傳,如西漢田何傳《易》,伏生傳《書》,齊、魯、韓、毛四家傳《詩》等;東漢傳經大師有馬融、鄭玄等。

〔八〕後世師法漸壞:韓愈《師説》:"嗟乎!師道之不傳也久矣,欲人之無惑也難矣。"

〔九〕俯仰徇時:指隨波逐流,順從時尚。《漢書·司馬遷傳》:"故且從俗浮沉,與時俯仰,以通其狂惑。"徇:順從。流而不返:指完全失去古人信道守固的操守。《孟子·梁惠王》:"從流下而忘反,謂之流;從流上而忘反,謂之連。"

〔一〇〕禄利之誘:指唐以來科舉以文章取士,學者學文而棄道。刑禍之懼:指直道而行,則觸犯時忌,身遭刑禍。作者《與尹師魯書》:"可嗟世人不見如往時事久矣!往時砧斧鼎鑊,皆是烹斬人之物,然士有死不失義,則趨而就之,與几席枕藉之無異。"

〔一一〕志古:立志于效法古代君子的言行。知道:深明古道。合者:同道者、知音。

〔一二〕直欲自到于古人:意謂要求自己達到像古人一樣信篤守固而果于用的程度。

〔一三〕三句意謂祖擇之志趣高遠,難爲世人所知,不易找到同道的師友。鄉曲:故鄉。《漢書·司馬遷傳》:"長無鄉曲之譽。"

〔一四〕趣:志趣、志向。病:缺陷。

〔一五〕竊惟:古人發表自己看法時的謙辭。惟:想、思考。求其不至:指向人請教自己文章之所以不至的原因。

〔一六〕師經:以儒家六經爲師。

〔一七〕中充實則發爲文章輝光:作者《與樂秀才書》:"然聞古人之于學也,講之深而信之篤,其充于中者足,而後發乎外者大以光。譬夫金玉之有英華,非由磨飾染濯之所爲,而由其質性堅實,而光輝之發自然也。"果致:因堅持而達到預期的效果。

答李詡書

修白。前辱示書及《性詮》三篇,見吾子好學善辯,而文能盡其意之詳〔一〕。今世之言性者多矣,有所不及也,故思與吾子卒其説〔二〕。

修患世之學者多言性,故常爲説曰:夫性,非學者之所急，而聖人之所罕言也。《易》六十四卦不言性，其言者，動静得失吉凶之常理也〔三〕；《春秋》二百四十二年不言性，其言者，善惡是非之實録也〔四〕；《詩》三百五篇不言性，其言者，政教興衰之美刺也〔五〕；《書》五十九篇不言性，其言者，堯舜三代之治亂也〔六〕；《禮》《樂》之書雖不完，而雜出于諸儒之記，然其大要，治國修身之法也〔七〕。六經之所載〔八〕，皆人事之切于世者，是以言之甚詳。至于性也，百不一二言之，或因言而及焉，非爲性而言也，故雖言而不究〔九〕。

予之所謂不言者，非謂絶而無言，蓋其言者鮮，而又不主于性而言也。《論語》所載七十二子之問于孔子者，問孝、問忠、問仁義、問禮樂、問修身、問爲政、問朋友、問鬼神者有矣，未嘗有問性者〔一〇〕。孔子之告其弟子者，凡數千言，其及于性者，一言而已〔一一〕。予故曰：非學者之所急，而聖人之罕言也。

《書》曰“習與性成”〔一二〕，《語》曰“性相近習相遠”者，戒人慎所習而言也。《中庸》曰“天命之謂性，率性之爲道”者，明性無常，必有以率之也〔一三〕。《樂記》亦曰“感物而動，性之欲”者，明物之感人無不至也〔一四〕。然終不言性果善果惡，但戒人慎所習與所感，而勤其所以率之者爾。予故曰：因言以及之，而不究也。

修少好學，知學之難〔一五〕。凡所謂六經之所載，七十二子之所問者，學之終身，有不能達者矣；于其所達，行之終身，有不能至者矣〔一六〕。以予之汲汲于此而不暇乎其他〔一七〕，因以知七十二子亦以是汲汲而不暇也。又以知聖人所以教人垂世，亦皇皇而不暇也〔一八〕。今之學者，于古聖賢所皇皇汲汲者，學之行之，或未至其一二，而好爲性説，以窮聖賢之所罕言而不究者，執後儒之偏説，事無用之空言，此予之所不暇也。

或有問曰〔一九〕：性果不足學乎？予曰：性者，與身俱生而人之所皆有也。爲君子者，修身治人而已〔二〇〕，性之善惡不必究也。使性果善邪，身不可以不修，人不可以不治；使性果惡邪，身不可以不修，人不可以不治。不修其身，雖君子而爲小人，《書》曰"惟聖罔念作狂"是也；能修其身，雖小人而爲君子，《書》曰"惟狂克念作聖"是也〔二一〕。治道備，人斯爲善矣，《書》曰"黎民于變時雍"是也；治道失，人斯爲惡矣，《書》曰"殷頑民"，又曰"舊染污俗"是也〔二二〕。故爲君子者，以修身治人爲急，而不窮性以爲言。夫七十二子之不問，六經之不主言〔二三〕，或雖言而不究，豈略之哉，蓋有意也。

或又問曰：然則三子言性，過歟〔二四〕？曰：不過也。其不同何也〔二五〕？曰：始異而終同也。使孟子曰人性善矣，遂怠而不教，則是過也；使荀子曰人性惡矣，遂棄而不教，則是過也；使揚子曰人性混矣，遂肆而不教，則是過也〔二六〕。然三子者，或身奔走諸侯以行其道，或著書累千萬言以告于後世，未嘗不區區以仁義禮樂爲急〔二七〕。蓋其意以謂善者一日不教，則失而入于惡；惡者勤而教之，則可使至于善；混者驅而率之，則可使去惡就善也。其説與《書》之"習與性成"，《語》之"性近習遠"，《中庸》之"有以率之"，《樂記》之"慎物所感"皆合。夫三子者，推其言則殊〔二八〕，察其用心則一，故予以爲推其言不過始異而終同也。凡論三子者，以予言而一之，則嘵嘵者可以息矣〔二九〕。

予之所説如此，吾子其擇焉〔三〇〕。

慶曆間作。李詡(xǔ 許)，據歐陽修《尚書比部員外郎陳君墓志銘》，知其于至和二年官秘書丞。當時他以所著《性詮》三篇投書請教歐陽修。但其人少年盛氣，在信中宣稱雖"夫子(孔丘)與孟(軻)、荀(況)、揚(雄)、韓(愈)復生，不能奪吾言"。歐陽修爲了少摧抑之，曾復信指出："夫自信篤者，無所待于人；有質于人者，自疑者也。……既吾子之自信如是，雖夫子不能奪，使修何所説焉。"因此對他的作品"未知所答"。不久，又寫了這封長信，闡釋自己對性的見解，這反映了作者對後學循循善誘的負責精神。關于人性問題，自從孟子提出性善説後，引起了思想界長期争論，到歐陽修時，争論主要圍繞在孟子的性善説、荀子的性惡説、揚雄的性善惡混説和韓愈的性三品説等分歧上。然而這些主張，都是先驗的人性論，他們都不能認識到社會存在决定人的意識這一真理。所謂善惡，是一種道德觀念，這個觀念是隨着社會的改變而改變的，作爲一個人，先天不可能有這類觀念。因此抽象地討論性善性惡，不僅没有意義，也是得不到結果的。歐陽修見解高明之處，是能指出這種争論是"執後儒之偏説，事無用之空言"，認爲"爲君子者，修身治人而已，性之善惡不必究也"。然而由于當時思想發展的限制，他祇能把各派分歧的學説揉而爲一，以爲"始異而終同"，目的都在于通過教育使人去惡就善，而未能形成自己的理論，所以影響不大。嗣後不久，理學家的"存天理，滅人欲"觀點席捲思想界，這不過是性善説的發揮，因此歐陽修還受到理學家的攻擊。如宋王得臣《麈史》説："性，學者之所先，聖人之所欲言，永叔卒貽後世誚者，其在此書(即指《答李詡書》)矣。"

〔一〕辱示書：承蒙來信。文能盡其意之詳：意謂文章寫得好，能把要説的意思都表達得清楚透徹。

〔二〕卒其説：終其説，把問題説透。

〔三〕《易》三句：《周易》共有六十四卦，每卦除卦辭外，有彖辭、象辭和文言等，合稱《易》，是古代記載占卜的書。每卦根據爻的變化，推算得失吉凶。

〔 四 〕《春秋》三句：《春秋》傳説爲孔子根據魯國史書所修纂，始自魯隱公元年（前七二二），終于魯哀公十六年（前四七九），共記載二百四十二年史事，着重褒貶人物言行的是非善惡。

〔 五 〕《詩》三句：《詩經》亦傳爲孔子所删存，分風、雅、頌三部分，共三百五篇，分民歌、朝廷樂歌、宗廟頌歌，其中多頌揚諷刺時政得失盛衰之作。

〔 六 〕《書》三句：《尚書》有今古文之别，篇數不一。今存共六十目，其中《肆命》、《徂后》兩篇已散佚，實存五十八篇。内容主要爲虞、夏、商、周幾代統治者的詔誥命令，是我國最早的一部歷史文件匯編。

〔 七 〕《禮》《樂》四句：《禮》有《周禮》、《儀禮》、《禮記》三種，《樂》已佚，今《禮記》中存《樂記》一篇，這些書都是後世儒家纂輯的。治國修身：《禮記・大學》"古之欲明明德于天下者，先治其國；欲治其國者，先齊其家，欲齊其家者，先修其身；欲修其身者，先正其心；欲正其心者，先誠其意；欲誠其意者，先致其知。致知在格物。"

〔 八 〕六經：指上述《易》等六種著作，儒家尊爲"經"。歐陽修以經典爲立論根據，是當時情勢的必然。

〔 九 〕至于五句：六經中也偶涉及"性"字，故作此補充。不究：不探根尋源。

〔一〇〕《論語》三句：《論語》係孔子弟子所記孔子與弟子的問答，問孝、問忠等是其主要内容。《史記・孔子世家》："孔子以詩書禮樂教，弟子蓋三千焉，身通六藝者七十有二人。"

〔一一〕孔子四句：《論語・陽貨》："子曰：性相近也，習相遠也。"

〔一二〕習與性成：見《尚書・太甲上》："兹乃不義，習與性成。"孔穎達注："言習行不義，將成其性。"按：《尚書》中最早出現"性"字的，是《湯誥》"惟皇上帝降衷于下民，若有恒性"。

〔一三〕《中庸》四句：《中庸》原係《禮記》中的一篇，南宋時抽出來和《大學》、《論語》、《孟子》并稱“四書”。《中庸》:“天命之謂性,率性之謂道,修道之謂教。”率:鄭玄注:“循也,循性行之是謂道。”而歐陽修把它解釋作規範、誘導之意。

〔一四〕《樂記》四句:《禮記·樂記》:“人生而静,天之性也。感于物而動,性之欲也。物至知知,然後好惡形焉。”

〔一五〕知學之難:在答李詡的前一信中曾曰:“修非知道者,好學而未至者也。”

〔一六〕七句自述學習經驗。意謂自己終身學六經,其中尚有未能瞭解透徹之處,就其瞭解的内容而言,仍有未能實踐運用之處。達:明白、通曉。至:指達到完美的境界。

〔一七〕汲汲于此:指專心致志于實行古聖先賢的教導。汲汲:急切貌。《禮記·問喪》:“其往送也,望望然,汲汲然,如有追而弗及也。”

〔一八〕垂世:流傳後世,指立德、立功、立言三不朽。皇皇:急迫、匆遽貌。

〔一九〕或有問曰:猶曰“也許有人會問”,這是古代議論文中剖析問題層層深入時常用的一種寫法。

〔二〇〕治人:猶言治民。古代讀書人多以修養身心、爲官作宦爲追求的目的。

〔二一〕上引“《書》曰”兩句:均見《尚書·多方》篇。孔傳:“惟聖人無念于善,則爲狂人;惟狂人能念于善,則爲聖人。言桀、紂非實狂愚,以不念善故滅亡。”

〔二二〕上引“《書》曰”三句:首句見《尚書·堯典》。黎民:百姓。雍:和樂。次句見《尚書·多士》序:“成周既成,遷殷頑民。”末句見《尚書·胤征》:“舊染污俗,咸與維新。”(商湯征葛伯時語)幾句意謂政治清明,人人爲善;政治混亂,人人爲惡。

〔二三〕不主言:即上文“不主于性而言也”。與上文“因言而及焉,非爲性而言也”相應。

〔二四〕三子:指孟子、荀子和揚雄。過:不正確。

〔二五〕其不同何也:句前省略一“曰”字,這種句法在古文問答中常見。

〔二六〕使：假使、倘若。這三個反意假設句意謂孟子等三人不管主張性善性惡，其重點都在强調對人的教育，因此他們并没有不正確的地方。肆：放任。

〔二七〕三句評述三子言行。孟子一生奔走列國，游説諸侯，推行他的主張；荀子、揚雄著作繁富，流傳後世。他們所極力主張和推行的無不是仁義禮樂。區區：專一不二貌。《古詩十九首》："一心抱區區，懼君不識察。"

〔二八〕推其言則殊：從字面上看確有所不同。

〔二九〕嘵嘵者：吵嚷、争論不休的人。韓愈《重答張籍書》："擇其可語者誨之，猶時與我悖，其聲嘵嘵。"

〔三〇〕擇：揀選。猶今語"請參考"之意。

爲君難論上

語曰爲君難者，孰難哉？蓋莫難于用人。

夫用人之術，任之必專，信之必篤，然後能盡其材，而可共成事。及其失也，任之欲專，則不復謀于人而拒絶羣議，是欲盡一人之用，而先失衆人之心也；信之欲篤，則一切不疑而果于必行，是不審事之可否、不計功之成敗也。夫違衆舉事，又不審計而輕發，其百舉百失而及于禍敗，此理之宜然也。然亦有幸而成功者。人情成是而敗非，則又從而贊之：以其違衆爲獨見之明，以其拒諫爲不惑羣論，以其偏信而輕發爲决于能斷。使後世人君，慕此三者以自期，至其信用一失而及于禍敗，則雖悔而不可及。此甚可嘆也！

前世爲人君者，力拒羣議，專信一人，而不能早悟，以及于禍敗者多矣。不可以遍舉，請試舉其一二。

昔秦苻堅地大兵強，有衆九十六萬，號稱百萬，蔑視東晉，指爲一隅，謂可直以氣吞之耳。然而舉國之人皆言晉不可伐，更進互説者不可勝數；其所陳天時人事，堅隨以強辯折之，忠言讜論皆沮屈而去。如王猛、苻融老成之言也，不聽；太子宏、少子詵至親之言也，不聽；沙門道安，堅平生所信重者也，數爲之言，不聽。惟聽信一將軍慕容垂者〔一〕。垂之言曰：陛下内斷神謀足矣，不煩廣訪朝臣，以亂聖慮。堅大喜曰：與吾共定天下者，惟卿爾。于是決意不疑，遂大舉南伐〔二〕。兵至壽春，晉以數千人擊之，大敗而歸，比至洛陽，九十六萬兵亡其八十六萬〔三〕。堅自此兵威沮喪，不能復振，遂至于亂亡。

近五代時，後唐清泰帝患晉祖之鎮太原也，地近契丹，恃兵跋扈，議欲徙之于鄆州〔四〕。舉朝之士皆諫，以爲未可。帝意必欲徙之，夜召常所與謀樞密直學士薛文遇問之，以決可否。文遇對曰：臣聞作舍道邊，三年不成〔五〕。此事斷在陛下，何必更問羣臣。帝大喜曰：術者言我今年當得一賢佐，助我中興，卿其是乎！即時命學士草制，徙晉祖于鄆州。明旦宣麻〔六〕，在廷之臣皆失色。後六日而晉祖反書至，清泰帝憂懼不知所爲，謂李崧曰：我適見薛文遇，爲之肉顫，欲自抽刀刺之。崧對曰：事已至此，悔無及矣。但君臣相顧涕泣而已〔七〕。

由是言之，能力拒羣議，專信一人，莫如二君之果也；由之以致禍敗亂亡，亦莫如二君之酷也。方苻堅欲與慕容垂共定天下；清泰帝以薛文遇爲賢佐，助我中興：可謂臨亂之君，各賢其臣者也。

或有詰予曰：然則用人者不可專信乎？應之曰：齊桓公之用管仲，蜀先主之用諸葛亮，可謂專而信矣，不聞舉齊、蜀之臣民非之也〔八〕。蓋其令出而舉國之臣民從，事行而舉國之臣民便，故桓公、先主得以專任而不貳也。使令出而兩國之人不從，事行而兩國之人不便，則彼二君者其肯專任而信之，以失衆心而斂國怨乎〔九〕！

慶曆二年（一〇四二）作。《論衡·自然篇》："或復于桓公，公曰：以告仲父（管仲）。左右曰：一則仲父，二則仲父，爲君乃易乎？公曰：我未得仲父，故難；已得仲父，何爲不易。"歐陽修作《爲君難論》上、下篇，論列皇帝應如何用人、聽言，目的在于提倡言事之風，爲"慶曆新政"作輿論準備。全文具有歐陽修政論文邏輯嚴密、説理透辟的特點。

〔一〕昔秦苻堅至慕容垂者一段：《晉書·苻堅載記》："晉將軍朱綽焚踐沔北屯田，掠六百餘户而還。堅引羣臣會議，曰：'吾統承大業垂二十載，芟夷逋穢，四方略定，惟東南一隅未賓王化。吾每思天下不一，未嘗不臨食輟餔。今欲起天下兵以討之，略計兵杖精卒，可有九十七萬。吾將躬先啓行，薄伐南裔，于諸卿意何如？'"除秘書監朱肜、冠軍將軍慕容垂附和外，羣臣一致反對。號稱百萬：《苻堅載記》：（苻堅謂羣臣曰）"今有勁卒百萬，文武如林，鼓行而摧遺晉，若商風之隕秋籜。朝廷内外，皆言不可，吾實未解所由。"一隅：一隅之地，一個角落。王猛：苻堅的謀臣，著名的政治家。苻融：苻堅的弟弟，官中軍將軍。沙門道安：釋道安，爲苻堅所崇奉。苻堅曾曰："安公道冥至境，德爲時尊，朕舉天下之重，未足以易之。"

〔二〕垂之言九句：亦見《晉書·苻堅載記》。《晉書》于"以亂聖慮"之下有"昔晉武之平吴也，言可者張、杜數賢而已，若采羣臣之言，豈能建不世之功"。

〔三〕兵至五句：即著名的秦晉"淝水之戰"，東晉謝石、謝玄、劉牢之等以寡勝衆，大敗秦兵于淝水，苻堅從此一蹶不振。壽春：今安徽壽春縣。

〔四〕近五代五句：唐五代時，篡奪頻仍，君臣猜忌。後唐廢帝李從珂，是唐明宗的養子，殺明宗子從厚後繼位，年號清泰。由于石敬瑭以河東節度使駐太原，實力最強，廢帝視爲腹心之疾，遂于清泰三年五月下詔徙石敬瑭爲天平節度使，石敬瑭由是舉兵反。廢帝兵敗，逃至河陽後自殺，石敬瑭稱帝，爲晉高祖。鄆州：今山東鄆縣，天平節度治所。

〔五〕作舍道邊，三年不成：《詩·小雅·小旻》："如彼築室于道謀，是用不潰于成。"意謂和過路人商量蓋房子，必然辦不成事。

〔六〕術者：指占卜一類人。草制：擬寫詔書的底稿。宣麻：唐宋時任免將相，用黄白麻紙寫詔書，在朝廷宣讀。

〔七〕後六日十句：石敬瑭獲徙鎮消息後，即云："我不興亂，朝廷發之，安能束手死于道路乎！"于是上表斥廢帝爲"（明）帝養子，不應承祀，請傳位許王。"《舊五代史·唐書·末帝紀》："（廢帝逃至鄴城）帝以李崧與范延光相善，召入謀之。薛文遇不知而繼至，帝變色，崧躡文遇足，乃出。帝曰：我見此物肉顫，適擬抽刀刺之。崧曰：文遇小人，致誤大事，刺之益丑。"

〔八〕齊桓公四句：春秋時齊桓公任用管仲，"九合諸侯，一匡天下"，成爲春秋五霸之一；劉備任用諸葛亮，建立了蜀漢政權，都是君主專信重用朝臣的典型事例。

〔九〕斂國怨：《詩·大雅·蕩》："女炰烋于中國，斂怨以爲德。"此指招致人民對朝廷的怨恨。

爲君難論下

嗚呼！用人之難難矣，未若聽言之難也。

夫人之言非一端也。巧辯縱横而可喜，忠言質樸而多訥，此非聽言之難，在聽者之明暗也；諛言順意而易悦，直言逆耳而觸怒，此非聽言之難，在聽者之賢愚也：是皆未足爲難也。若聽其言則可用，然用之有輒敗人之事者；聽其言若不可用，然非如其言不能以成功者：此然後爲聽言之難也。請試舉其一二。

戰國時，趙將有趙括者，善言兵，自謂天下莫能當。其父奢，趙之名將，老于用兵者也，每與括言，亦不能屈。然奢終不以括爲能也，嘆曰：趙若以括爲將，必敗趙事。其後奢死，趙遂以括爲將。其母自見趙王，亦言括不可用，趙王不聽，使括將而攻秦。括爲秦軍射死，趙兵大敗，降秦者四十萬人，阬于長平。蓋當時未有如括善言兵，亦未有如括大敗者也。此聽其言可用，用之輒敗人事者，趙括是也〔一〕。

秦始皇欲伐荆，問其將李信，用兵幾何？信方年少而勇，對曰：不過二十萬足矣。始皇大喜。又以問老將王翦，翦曰：非六十萬不可。始皇不悦曰：將軍老矣，何其怯也！因以信爲可用，即與兵二十萬使伐荆。王翦遂謝病，退老于頻陽。已而，信大爲荆人所敗，亡七都尉而還。始皇大慚，自駕如頻陽謝翦，因强起之。翦曰：必欲用臣，非六十萬不可。于是卒與六十萬而往，遂以滅荆。夫初聽其言若不可用，然非如其言不能以成功者，王翦是也〔二〕。

且聽計于人者宜如何？聽其言若可用，用之宜矣，輒敗事；聽其言若不可用，捨之宜矣，然必如其説則成功：此所以爲難也。

予又以謂秦、趙二主非徒失于聽言，亦由樂用新進、忽棄老成，此其所以敗也〔三〕。大抵新進之士喜勇鋭，老成之人多持重。此所以人主之好立功名者，聽勇鋭之語則易合，聞持重之言則難入也。

若趙括者，則又有説焉。予略考《史記》所書，是時趙方遣廉頗攻秦，頗，趙名將也，秦人畏頗，而知括虚言易與也，因行反間于趙曰〔四〕：秦人所畏者，趙括也，若趙以爲將，則秦懼矣。趙王不悟反間也，遂用括爲將以代頗。藺相如力諫以爲不可，趙王不聽，遂至于敗。由是言之，括虚談無實而不可用，其父知之，其母亦知之，趙之諸臣藺相如等亦知之，外至敵國亦知之，獨其主不悟爾。

夫用人之失，天下之人皆知其不可，而獨其主不知者，莫大之患也。前世之禍亂敗亡，由此者不可勝數也。

慶曆二年作。

〔一〕戰國時一段叙趙括事，見《史記·廉頗藺相如列傳》。其中記括母與趙王對話如下："及括將行，其母上書言于王曰：括不可使將。王曰：何以？對曰：始妾事其父，時爲將，身所奉飯飲而進食者以十數，所友者以百數，大王及宗室所賞賜者盡以予軍吏士大夫，受命之日，不問家事。今括一旦爲將，東向而朝，軍吏無敢仰視之者，王所賜金帛，歸藏于家，而日視便利田宅可買者買之。王以爲何如其父？父子異心，願王勿遣。王曰：母置之，吾已决矣。括母因曰：王終遣之，即有如不稱，妾得無隨坐乎？王許諾。"

〔二〕秦始皇一段叙王翦事，見《史記·白起王翦列傳》。荆：楚國。頻陽：縣名，故城在今陝西富平縣東北。都尉：郡治武官。

〔三〕老成：《詩·大雅·蕩》"雖無老成人，尚有典刑"疏："年老成德之人。"歐陽修主張改革弊政,但又認爲改革必須鄭重,這個觀點是前後一致的。與《論君難》同時作的《准詔言事上書》説:"夫言多變則不信,令頻改則難從。今令出之初,不加詳審,行之未久,尋又更張。以不信之言,行難從之令,故每有處置之事,州縣知朝廷未是一定之命,……旦夕之間,果然又變。"慶曆新政失敗後,又在《與田元均論財計書》中說:"建利害,更法制,甚易;若欲其必行而無沮改,則實難。"晚年在《論逐路取人札子》中更認爲:"傳曰:無作聰明亂舊章。又曰:利不百者不變法。今言事之臣,偶見一端,即議更改,此臣所區區欲爲陛下守祖宗之法也。"這也許是神宗熙寧初歐陽修不能和王安石合作的主要原因。

〔四〕反間:挑撥離間。《孫子·用間》:"反間者,因其敵間而用之。"

釋秘演詩集序

予少以進士游京師〔一〕,因得盡交當世之賢豪。然猶以謂國家臣一四海,休兵革,養息天下以無事者四十年〔二〕,而智謀雄偉非常之士,無所用其能者,往往伏而不出,山林屠販,必有老死而世莫見者。欲從而求之不可得,其後得吾亡友石曼卿。曼卿爲人,廓然有大志,時人不能用其材,曼卿亦不屈以求合,無所放其意,則往往從布衣野老,酣嬉淋漓,顛倒而不厭〔三〕。予疑所謂伏而不見者,庶幾狎而得之,故嘗喜從曼卿游,欲因以陰求天下奇士〔四〕。

浮屠秘演者,與曼卿交最久,亦能遺外世俗〔五〕,以氣節相高,二人歡然無所間。曼卿隱于酒,秘演隱于浮屠,皆奇男子也〔六〕。然喜爲歌詩以自娱，當其極飲大醉〔七〕，歌吟笑呼，以適天下之樂，何其壯也！一時賢士皆願從其游，予亦時至其室。十年之間，秘演北渡河，東之濟、鄆，無所合，困而歸〔八〕。曼卿已死〔九〕，秘演亦老病。嗟夫，二人者予乃見其盛衰，則余亦將老矣夫！

曼卿詩辭清絶，尤稱秘演之作，以爲雅健〔一〇〕，有詩人之意。秘演狀貌雄傑，其胸中浩然，既習于佛，無所用，獨其詩可行于世，而懶不自惜〔一一〕。已老，胠其橐，尚得三四百篇，皆可喜者〔一二〕。曼卿死，秘演漠然無所向，聞東南多山水，其巔崖崛峍，江濤洶湧，甚可壯也，遂欲往游焉。足以知其老而志在也〔一三〕。于其將行，爲叙其詩，因道其盛時以悲其衰。

慶曆二年十二月二十八日，廬陵歐陽修序。

歐陽修一生力辟佛老，曾作《本論》，提出"禮義者，勝佛之本也"，應該修本以勝之。葉夢得《避暑録話》認爲這是接受了石介的影響，"（石）始倡爲辟佛老之説，行之天下，文忠初未有是意，而守道（石介字）力論其然，遂相與協力。蓋同出韓退之（愈）"。但是歐陽修對談吐清雅、能詩善藝的和尚卻相當敬重，以爲他們"雖學于佛而通儒術"（僧惟儼），"世本儒家子"（僧鑒聿），"亦嘗學問于士大夫"（僧慧勤），甚至認爲是"遺賢"（僧居訥）；而且總是希望他們能還俗，"子佛與吾儒，異轍難同輪，……苟能知所歸，固有路自新"（《酬學詩僧惟悟》）。在贈慧勤的《山中之樂》中則提出要"動蕩其心意，而卒反之于正"。可是没有一個和尚接受歐陽修的感化，相反，像宋代不少士大夫一樣，歐陽修晚年的思想卻逐漸向禪宗靠攏，這是時代的悲劇。此序譽秘演爲"奇男子"，因"無所用其能"而隱于佛，處處以英才磊落、超脱世俗的石延年作比，渲染盛衰變化，抒發人才不遇的感慨。

〔一〕以進士游京師：歐陽修于天聖五年、八年兩次往開封應禮部進士試。

〔二〕無事者四十年：指宋真宗景德元年(一〇〇四)與契丹訂立澶淵和議後,南北罷兵,至慶曆二年約四十年。

〔三〕曼卿：即石延年,見詩選《哭曼卿》題解及注。顛倒：指痛飲劇醉。韓愈《醉後》:"淋漓身上衣,顛倒筆下字。"

〔四〕庶幾：或許,近似。狎：親近。《禮記·曲禮》:"賢者狎而敬之。"陰求：暗中求索。

〔五〕浮屠：此指和尚。遺外世俗：超脱世俗。

〔六〕奇男子：歐陽修傾賞石曼卿。其《石曼卿墓表》云:"曼卿寧自混以爲高,不少屈以合世,可謂自重之士矣！士之所負者愈大,則其自顧也愈重;自顧愈重,則其合愈難。然欲與共大事、立奇功,非得難合自重之士,不可爲也。古之魁雄之人,未始不負高世之志,故寧或毁身污迹,卒困于無聞,或老且死;而幸一遇,猶克少施于世。"

〔七〕極飲大醉：原注:"一作'臨水望月'。"

〔八〕十年之間：指明道初年歐陽修在洛陽時始與秘演相識,至作序之時。河：黄河。濟：濟州,州治在今山東巨野縣。鄆：鄆州,州治在今山東鄆城縣。

〔九〕曼卿已死：石延年死于康定二年二月四日,是歲十一月改元慶曆。歐陽修作有《哭曼卿》詩。

〔一〇〕詩辭清絶：歐陽修《六一詩話》稱石延年"詩格奇峭"。稱：稱許。雅健：高古而有風骨。

〔一一〕胸中浩然：胸懷開闊、富有節操。《孟子·公孫丑》:"我善養吾浩然之氣。"懶不自惜：懶指不願多作;不自惜指隨作隨棄,不加保存。

〔一二〕胠其橐：打開他的行囊。胠(qū)：打開。可喜：指詩作秀麗可讀,令人喜愛。序文至此方入詩集序正題。

〔一三〕老而志在：應上文第二段,意謂秘演至老不遇,而壯志尚存。

王彦章畫像記

太師王公諱彦章，字子明，鄆州壽張人也〔一〕。事梁，爲宣義軍節度使，以身死國，葬于鄭州之管城〔二〕。晉天福二年，始贈太師〔三〕。公在梁，以智勇聞。梁晉之争數百戰，其爲勇將多矣，而晉人獨畏彦章；自乾化後，常與晉戰，屢困莊宗于河上〔四〕。及梁末年，小人趙巖等用事，梁之大臣老將多以讒不見信，皆怒而有怠心；而梁亦盡失河北，事勢已去〔五〕。諸將多懷顧望，獨公奮然自必〔六〕，不少屈懈，志雖不就，卒死以忠。公既死，而梁亦亡矣。悲夫！

五代終始，纔五十年，而更十有三君，五易國而八姓，士之不幸而出乎其時，能不污其身，得全節者鮮矣〔七〕。公本武人，不知書，其語質〔八〕，平生嘗謂人曰："豹死留皮，人死留名。"蓋其義勇忠信出于天性而然。

予于《五代書》，竊有善善惡惡之志，至于公傳，未嘗不感憤嘆息，惜乎舊史殘略，不能備公之事〔九〕。康定元年，予以節度判官來此，求于滑人，得公之孫睿所録家傳，頗多于舊史，其記德勝之戰尤詳〔一〇〕。又言敬翔怒末帝不肯用公，欲自經于帝前；公因用笏畫山川，爲御史彈而見廢〔一一〕。又言公五子，其二同公死節。此皆舊史無之。又云公在滑，以讒自歸于京師；而史云"召之"〔一二〕。是時梁兵盡屬段凝，京師羸兵不滿數千，公得保鑾五百人之鄆州，以力寡敗于中都；而史云將五千以往者，亦皆非也〔一三〕。公之攻德勝也，初受命于帝前，期以三日破敵，梁之將相聞者皆竊笑；及破南城，果三日。是時莊宗在魏，聞公復用，料公必速攻，自魏馳馬來救，已不及矣〔一四〕。莊宗之善料，公之善出奇，何其神哉！

今國家罷兵四十年，一旦元昊反，敗軍殺將，連四五年，而攻守之計至今未決〔一五〕。予嘗獨持用奇取勝之議，而嘆邊將屢失其機；時人聞予説者，或笑以爲狂，或忽若不聞，雖予亦惑不能自信。及讀公家傳，至于德勝之捷，乃知古之名將必出于奇，然後能勝。然非審于爲計者不能出奇，奇在速，速在果，此天下偉男子之所爲，非拘牽常算之士可到也〔一六〕。每讀其傳，未嘗不想見其人。

後二年，予復來通判州事〔一七〕。歲之正月〔一八〕，過俗所謂鐵槍寺者，又得公畫像而拜焉。歲久磨滅，隱隱可見，亟命工完理之〔一九〕，而不敢有加焉，懼失其真也。公善用槍，當時號王鐵槍。公死已百年，至今俗猶以名其寺，童兒牧豎皆知王鐵槍之爲良將也。一槍之勇，同時豈無，而公獨不朽者，豈其忠義之節使然歟！

畫已百餘年矣，完之，復可百年。然公之不泯者，不繫乎畫之存不存也，而予尤區區如此者〔二〇〕，蓋其希慕之至焉耳。讀其書尚想乎其人〔二一〕，况得拜其像，識其面目，不忍見其壞也。畫既完，因書予所得者于後而歸其人，使藏之。

慶曆三年（一〇四三）作。王彦章出身士伍，積戰功爲梁節度使，死于梁晉之役。歐陽修《新五代史》把王彦章和裴約、劉仁贍三人寫入《死節傳》，并加贊語説："自古忠臣義士之難得也。五代之亂，三人者或出于軍卒,或出于僞國之臣,可勝嘆哉!可勝嘆哉!”作者認爲,在混亂的五代時期,不少文臣武將朝秦暮楚,棄弱奉強,寡廉鮮耻,故王彦章的節操顯得特别可貴。本文則對王彦章的善于用兵、能够出奇制勝,備加贊揚,同時結合現實來評論歷史人物與歷史事件,表現出作者史論文簡而明、信而通的特色。

〔一〕鄆州壽張:今山東壽張縣。《新五代史》壽張:誤作“壽昌”。

〔二〕梁:朱温篡唐後建立的王朝(九〇七—九二三)。梁宣義軍,治滑州,王彦章後人因居滑州。後唐改宣義軍爲義成軍,宋改爲武成軍。管城:在今河南鄭州市。

〔三〕晉天福二年:公元九三七年。石敬瑭滅後唐,國號晉(史稱後晉),年號天福(九三六—九四四)。太師:古代“三公”之一。舊時新王朝往往以褒揚爲前朝死難者來收拾民心,激勵部屬,王彦章即以此贈太師的封號。

〔四〕梁晉之争:指梁軍與晉王李克用之間進行的争戰。乾化:梁太祖朱温年號(九一一—九一五)。莊宗:李克用子李存勗,滅梁建立後唐,年號同光(九二三—九二六)。

〔五〕及梁六句:乾化二年,朱温爲其子朱友珪所殺,次年二月,朱友貞殺朱友珪繼位,爲梁末帝。這時,晉攻拔梁燕、順、薊、檀八州,到年底,全失河北之地;末帝由于帝位係殺奪所得,猜忌老臣宿將,梁朝人心離散,岌岌可危。趙巖:當時官駙馬都尉。

〔六〕自必:自誓以身殉國。

〔七〕五代七句:唐亡後,繼起的梁、唐、晉、漢、周,史稱“五代”,共五十四年(九〇七—九六〇),其間有十三個皇帝,八個姓氏(後唐明宗李嗣源,是李克用的養子;廢帝李從珂,是明宗的養子,故後唐實有三姓。後周郭威的繼位者柴榮,是郭威内侄,故後周有二姓),混亂已極。歐陽修慨嘆士大夫生活在這樣的時期,很難從一而終。

〔八〕公本武人:《新五代史·死節傳》:王彦章“少爲軍卒,事梁太祖,爲開封押衙、左親從指揮使、行營先鋒馬軍使”。質：質樸。

〔九〕五代書：即歐陽修所著《五代史記》，今稱《新五代史》，七十四卷。善善惡惡：褒善貶惡。《史記·太史公自序》：“善善惡惡，賢賢賤不肖。”舊史：指宋太祖開寶年間宰相薛居正編纂的《五代史》，今稱《舊五代史》，一百五十卷。備：詳備。歐陽修認爲，“史者，國家之典法也”，而《舊五代史》有“繁猥失實”處，不宜于“垂勸戒，示後世”，故發願重編。

〔一〇〕康定元年：公元一〇四〇年。是歲春，歐陽修由乾德令升任武成軍節度判官。滑人：滑州人，滑州州治在今河南滑縣。宋太宗太平興國初改滑州爲武成軍。德勝之戰：《新五代史·死節傳》：“是時晉已盡有河北，以鐵鎖斷德勝口，築河南北爲兩城，號夾寨。……龍德三年(九二三)夏，晉取鄆州，梁人大恐，宰相敬翔顧事急，以繩納靴中入見末帝，泣曰：先帝取天下，不以臣爲不肖，所謀無不用；今敵未滅，陛下棄忽臣言，臣身不用，不如死。乃引繩將自經，末帝使人止之，問所欲言。翔曰：事急矣，非彦章不可。末帝乃召彦章爲招討使，以段凝爲副。末帝問破敵之期，彦章對曰：三日。左右皆失笑。彦章受命而出，馳兩日，至滑州，置酒大會，陰遣人具舟于楊村，命甲士六百人，皆持巨斧，載冶者，具鞴炭，乘流而下。彦章會飲酒半，佯起更衣，引精兵數千，沿河以趨德勝。舟兵舉鎖燒斷之，因以巨斧斬浮橋，而彦章引兵急擊南城。浮橋斷，南城遂破，蓋三日矣。”這段記載即據所得《家傳》寫成。德勝城舊址在今河南濮陽縣，原名德勝渡，是黄河要隘。

〔一一〕公因二句：據《新五代史》，王彦章于德勝城獲勝後，又攻楊劉未克，而副使段凝卻冒德勝之捷爲己功，誣陷王彦章使酒輕敵，以至于敗。于是末帝罷王彦章，任段凝爲招討使。“彦章馳至京師入見，以笏畫地，自陳勝敗之迹。(趙)巖等諷有司劾彦章不恭，勒還第。”

〔一二〕又云三句：《舊五代史·王彦章傳》：“七月，晉王至楊劉，彦章軍不利，遂罷彦章兵權，詔令歸闕。”“詔令歸闕”在王彦章是被動的，而"自歸于京師"纔見出他雖被讒毁,仍以國家大事爲重,急于自陳破敵决心,故作者對此力加辯正。

〔一三〕是時六句:據《新五代史》,王彦章罷職後,晉兵攻下兖州,梁勢危急,末帝不得不再起用王守捉東路。"是時梁之勝兵皆屬段凝,京師只有保鑾五百騎,皆新捉募之兵,不可用,乃以屬彦章,而以張漢杰監之。彦章至遞坊,以兵少戰敗,退保中都,又敗,以其牙兵百餘騎死戰。"《舊五代史》記此事作:"末帝急遣彦章領保鑾騎士數千,于東路守捉。"這裏對王彦章所部爲不能作戰的五百騎,而不是"數千",作了辯正,指出戰敗之因在于兵微力寡。羸(léi)兵:老弱的士兵。保鑾:皇帝的禁衛軍。中都:今山東汶上縣。

〔一四〕是時莊宗五句:《新五代史》:"是時莊宗在魏(今河北大名縣),以朱守殷守夾寨,聞彦章爲招討使,驚曰:彦章驍勇,吾嘗避其鋒,非守殷敵也。然彦章兵少,利于速戰,必急攻我南城。即馳騎救之,行二十里,而得夾寨報者曰:彦章兵已至。比至,而南城破矣。"

〔一五〕今國家五句:宋真宗景德元年(一〇〇四)與契丹訂立澶淵和議,至慶曆三年整四十年。元昊反:宋仁宗寶元元年(一〇三八),西夏元昊稱帝,宋軍與戰屢敗,至此亦已五年,戰事形成相持局面。

〔一六〕審:明决。果:果斷。拘牽常算:拘泥于通常的辦法,不能突破現成的框框。算:謀畫。

〔一七〕後二年:指上文"康定元年"之"後二年",即慶曆二年。歐陽修于康定元年六月,由滑州通判任上召回開封任館閣校勘;慶曆二年,因諫阻吕夷簡任命富弼出使契丹,并應詔上書力主改革積弊,都未獲重視,于是自請外任,同年九月,再次任命爲滑州通判。

〔一八〕歲:指慶曆三年。

〔一九〕完理之:指整修畫像。下文"完之"指修復。

〔二〇〕不泯:不被滅没。區區:懇切貌。

〔二一〕讀其書尚想乎其人:《史記·孔子世家》:"太史公曰:《詩》有之:高山仰止,景行行止。雖不能至,然心嚮往之。余讀孔氏書,想見其爲人。"

黄夢升墓志銘

予友黄君夢升，其先婺州金華人，後徙洪州之分寧〔一〕。其曾祖諱元吉，祖諱某，父諱中雅，皆不仕。黄氏世爲江南大族，自其祖父以來，樂以家貲賑鄉里，多聚書以招四方之士。夢升兄弟皆好學，尤以文章意氣自豪。

予少家隨〔二〕，夢升從其兄茂宗官于隨。予爲童子，立諸兄側〔三〕，見夢升年十七八，眉目明秀，善飲酒談笑。予雖幼，心已獨奇夢升。後七年，予與夢升皆舉進士于京師〔四〕。夢升得丙科，初任興國軍永興主簿，怏怏不得志，以疾去〔五〕。久之，復調江陵府公安主簿。時予謫夷陵令，遇之于江陵〔六〕。夢升顔色憔悴，初不可識，久而握手嘘嚱，相飲以酒，夜醉起舞，歌呼大噱〔七〕。予益悲夢升志雖衰而少時意氣尚在也。後二年，予還乾德令，夢升復調南陽主簿，又遇之于鄧間〔八〕。常問其平生所爲文章幾何，夢升慨然嘆曰："吾已諱之矣。窮達有命，非世之人不知我，我羞道于世人也。"求之不肯出，遂飲之酒，復大醉起舞歌呼。因笑曰："子知我者。"乃肯出其文，讀之，博辨雄偉，其意氣奔放，猶不可禦。予又益悲夢升志雖困而獨其文章未衰也。是時謝希深出守鄧州，尤喜稱道天下士，予因手書夢升文一通，欲以示希深，未及而希深卒，予亦去鄧〔九〕。後之守鄧者皆俗吏，不復知夢升。夢升素剛，不苟合，負其所有，常怏怏無所施，卒以不得志死于南陽〔一〇〕。

夢升諱注，以寶元二年四月二十五日卒〔一一〕，享年四十有二。其平生所爲文，曰《破碎集》、《公安集》、《南陽集》，凡三十卷。娶潘氏，生四男二女，將以慶曆四年某月某日葬于董坊之先塋。其弟渭泣而來告曰："吾兄患世之莫吾知，孰可爲其銘？"〔一二〕予素悲夢升者，因爲之銘曰：

予嘗讀夢升之文，至于哭其兄子庠之詞，曰："子之文章，電激雷震，雨雹忽止，闃然滅泯。"〔一三〕未嘗不諷誦嘆息而不已。嗟夫夢升，曾不及庠，不震不驚，鬱塞埋藏〔一四〕。孰與其有，不使其施？吾不知所歸咎〔一五〕，徒爲夢升而悲。

慶曆三年作。黄注(九九八—一〇三九)，字夢升，負才盛氣，是歐陽修童年時歆慕的朋友，與歐同舉天聖八年進士。宋包恢《自識》記："文忠嘗稱黄夢升之文，謂其辯博雄偉，其意奔放，尤不可禦，獨恨求其全稿，竟不肯出，雖僅得其數語，亦爲諷誦嘆息而不已。"但黄于中進士後的十年間，轉徙于卑微的職位，鬱鬱不得志以終。這篇墓志銘感情懇摯，從黄注的"尤以文章意氣自豪"，寫到他"志雖衰而少時意氣尚在"，又進而寫到他"志雖困而獨其文章未衰"，通過幾次會面的印象，寫出了黄因一再遭受挫折而日趨頹唐的情狀。最後作者提出了讀書人"負其所有，常怏怏無所施"的問題："孰與其有，不使其施？"末以"吾不知所歸咎"作結，涵義深長。

〔一〕婺州金華：今浙江省金華市。洪州分寧：今江西省修水縣。

〔二〕予少家隨：歐陽修四歲時父死，時叔父歐陽曄任隨州推官，因隨母徙家于隨(今湖北省隨縣)。

〔三〕諸兄：歐陽修有異母兄，但寓家黄陂(見《于役志》)，不在隨州，此當指歐陽曄之子。

〔四〕後七年：歐陽修于天聖八年(一〇三〇)舉進士甲科第十四名，其時黄注已三十一歲,“後七年”與上文“年十七八”不合,一本作“八九年”,亦未能彌縫這個矛盾。

〔五〕興國軍永興:今湖北省陽新縣。以疾去:稱病辭職。

〔六〕予謫夷陵令:歐陽修于景祐三年(一〇三六)由館閣校勘貶夷陵令,乘船溯長江赴任,九月壬辰(十七日)抵公安(今湖北省公安縣)。江陵:府治今湖北省江陵縣,公安屬江陵府。

〔七〕大噱:大笑。原注:“一作自若。”

〔八〕後二年:指寶元元年(一〇三八),歐陽修景祐四年十二月由夷陵令調任乾德(今湖北省光化縣)令。寶元元年三月赴任,與黄注相遇于鄧州。南陽:今河南省南陽市,當時屬鄧州。

〔九〕謝希深:謝絳,字希深,歐陽修在洛陽時的詩友。謝于寶元二年二月由知制誥出守鄧州,十一月死于鄧。黄注是謝絳的下屬,歐陽修欲將黄的文章抄送謝,有推薦介紹之意。予亦去鄧:歐陽修于寶元二年六月升任滑州判官,規定第二年二月赴任,離乾德後曾暫住南陽,至冬季離鄧州。

〔一〇〕負:恃。快快:不樂貌。卒以:終以。

〔一一〕觀上文“未及而希深卒”、“後之守鄧者皆俗吏”,夢升“卒以不得志死于南陽”諸語,黄注當卒于謝絳之後,而此曰“以寶元二年四月二十五日卒”,則卒于謝之前,未知史書所記與歐陽修行文有誤否,俟考。

〔一二〕莫吾知:無人瞭解我。本屈原《離騷》“已矣哉,國無人莫我知兮”之意。孰:誰。

〔一三〕子之文章四句,爲黄注哀挽其姪子黄庠早死詩,意謂其才華像雷電一樣奔放迅捷,但因早死,很快就收聲滅跡了。闃(qù)然:寂静。

〔一四〕四句由黄注哀挽黄庠詩進一步推及黄注本人,意謂黄注的遭遇還不如黄庠,終生潦倒,默默無聞。

〔一五〕歸咎:指造成黄注懷才難施的原因、過失所在。

南陽縣君謝氏墓志銘

慶曆四年秋，予友宛陵梅聖俞來自吴興，出其哭内之詩而悲曰：吾妻謝氏亡矣。丐我以銘而葬焉〔一〕。予未暇作〔二〕。

居一歲中，書七八至，未嘗不以謝氏銘爲言。且曰："吾妻，故太子賓客諱濤之女，希深之妹也〔三〕。希深父子，爲時聞人，而世顯榮，謝氏生于盛族，年二十以歸吾〔四〕，凡十七年而卒。卒之夕，斂以嫁時之衣。甚矣，吾貧可知也。然謝氏怡然處之，治其家有常法，其飲食器皿雖不及豐侈，而必精以旨；其衣無故新，而澣濯縫紉必潔以完；所至官舍雖庳陋，而庭宇灑掃必肅以嚴；其平居語言容止〔五〕，必怡以和。吾窮于世久矣，其出而幸與賢士大夫游而樂，入則見吾妻之怡怡而忘其憂，使吾不以富貴貧賤累其心者，抑吾妻之助也〔六〕。吾嘗與士大夫語，謝氏多從户屏竊聽之，間則盡能商搉其人才能賢否及時事之得失，皆有條理〔七〕。吾官吴興，或自外醉而歸，必問曰：今日孰與飲而樂乎？聞其賢者也，則悦；否則嘆曰：君所交皆一時賢儁，豈其屈己下之耶？惟以道德焉，故合者尤寡〔八〕，今與是人飲而歡邪！是歲，南方旱，仰見飛蝗而嘆曰：今西兵未解，天下重困，盜賊暴起于江淮，而天旱且蝗如此，我爲婦人，死而得君葬我，幸矣〔九〕！其所以能安居貧而不困者，其性識明而知道理，多此類〔一〇〕。嗚呼！其生也，迫吾之貧；而没也，又無以厚焉〔一一〕。謂惟文字可以著其不朽，且其平生尤知文章爲可貴，殁而得此，庶幾以慰其魂，且塞予悲〔一二〕。此吾所以請銘于子之勤也。”若此，予忍不銘〔一三〕？

夫人享年三十七，用夫恩封南陽縣君，二男一女，以其年七月七日卒于高郵。梅氏世葬宛陵，以貧不能歸也，某年某月某日葬于潤州之某縣某原〔一四〕。銘曰：

高崖斷谷兮京口之原，山蒼水深兮土厚而堅，居之可樂兮卜者曰然〔一五〕，骨肉雖土兮魂氣則天，何必故鄉兮然後爲安！

慶曆五年作。梅堯臣妻謝氏，係謝絳之妹。慶曆四年梅解監湖州鹽稅任乘舟回開封時，謝氏于七月七日卒于高郵三溝途中。謝氏出生富貴家庭，但深明大義，能安于貧窶生活，夫妻間感情極爲融洽；死后，梅堯臣十分悲痛，寫有大量悼亡詩，其中《懷悲》一首云：“自爾歸我家，未嘗厭貧窶，夜縫每至子，朝飯輒過午。十日九食齏，一日儻有脯，東西十八年，相與共甘苦。本期百歲恩，豈料一夕去，尚念臨終時，拊我不能語。此身今雖存，竟當共爲土。”即和這篇墓志銘的内容相合。梁劉勰《文心雕龍·誄碑》：“其序則傳，其文則銘。”碑志文一般由傳和銘兩部分組成，立在墓道上的稱神道碑或阡表，立在坟墓上的稱墓表，埋在壙内的稱墓志。縣君，宋代對職官妻子的封號。《宋史·職官志》：“庶子、少卿監、司業、京府少尹、赤縣令……母封縣太君，妻封縣君。”

〔一〕宛陵：即安徽宣城，梅堯臣的故鄉。吴興：湖州州治吴興（今浙江吴興市）。内：妻子。丐：乞求，給予、施予。

〔二〕予未暇作：予下原注：“一有‘諾之’二字。”當時歐陽修正奉使河東，接着又任河北都轉運按察使，都是公務繁劇之職。

〔三〕謝濤：字濟之，淳化進士。故：已去世的人稱故。諱：古代不稱尊者之名，必要時寫“諱某”，以示尊敬。希深：謝絳字。

〔四〕聞人：名人。《荀子·宥坐》："少正卯，魯之聞人也。"謝濤官至太子賓客，謝絳官至知制誥，父子皆以文學知名。年二十：梅堯臣與謝氏于天聖五年(一〇二七)結婚，時謝二十歲。歸：古代稱女子出嫁曰歸。

〔五〕旨：滋味美。完：完好、不破爛。平居：平時、素常。容止：態度舉動。《左傳》襄公三十一年："周旋可則，容止可觀。"

〔六〕吾窮五句意謂自己于世不遇，但外有良友，内有賢妻，故能樂以忘憂，心胸開朗，這全是由于謝氏的助力。窮：遭遇困厄。抑：嘆詞，表示贊美。

〔七〕吾嘗四句寫謝氏不僅擅治家，而且通達世務。語：談論。間：空暇的時候。《左傳》昭公五年："間而以師討焉。"

〔八〕以上十二句寫謝氏關心丈夫的交游，鼓勵丈夫進德修業。或：有時。孰與飲：和誰飲酒。屈己下之：即《論語·學而》"無友不如己者"之意。《吕氏春秋·觀世》："故周公旦曰：不如吾者，吾不與處，累我者也；與我齊者，吾不與處，無益我者也；惟賢者必與賢于己者處。"合者尤寡：梅堯臣信守道德，與世落落寡合。

〔九〕南方：指湖州一帶江浙地區。西兵：當時西夏雖請和，宋歲輸銀、綺、絹、茶二十五萬五千，但形勢仍不穩定，宋在陝西依舊駐有重兵。重困：内憂外患交困。盜賊：指民變，飢民鋌而走險。我爲婦人：古代婦女不預外事，但謝氏關心國事。故如此説。

〔一〇〕三句是梅堯臣對謝氏的總評價。將上舉諸例歸之于謝氏的明達知理。

〔一一〕迫：窘、逼。厚：厚葬，應前"斂以嫁時之衣"的困乏。

〔一二〕庶幾：或許可以。塞：堵、制止。

〔一三〕忍：豈忍。

〔一四〕高郵：今屬江蘇。梅堯臣祖坟在宣城，因貧窮不能歸葬，故將謝氏葬于潤州(州治今江蘇鎮江市)。

〔一五〕京口：鎮江市的别稱。卜者：指選擇墓地的人。

豐樂亭記

修既治滁之明年，夏，始飲滁水而甘〔一〕。問諸滁人，得于州南百步之近。其上豐山聳然而特立，下則幽谷窈然而深藏，中有清泉，滃然而仰出。俯仰左右，顧而樂之。于是疏泉鑿石，闢地以爲亭，而與滁人往游其間〔二〕。

滁于五代干戈之際，用武之地也。昔太祖皇帝嘗以周師破李景兵十五萬于清流山下，生擒其將皇甫暉、姚鳳于滁東門之外，遂以平滁〔三〕。修嘗考其山川、按其圖記，升高以望清流之關，欲求暉、鳳就擒之所，而故老皆無在者〔四〕。蓋天下之平久矣。自唐失其政，海内分裂，豪杰并起而争，所在爲敵國者，何以勝數〔五〕！及宋受天命，聖人出而四海一〔六〕。向之憑恃險阻，剗削消磨，百年之間，漠然徒見山高而水清〔七〕。欲問其事，而遺老盡矣。

今滁介于江淮之間，舟車商賈、四方賓客之所不至。民生不見外事，而安于畎畝衣食，以樂生送死〔八〕。而孰知上之功德，休養生息，涵煦百年之深也〔九〕。

修之來此，樂其地僻而事簡，又愛其俗之安閑。既得斯泉于山谷之間，乃日與滁人仰而望山，俯而聽泉。掇幽芳而蔭喬木，風霜冰雪，刻露清秀，四時之景無不可愛〔一〇〕。又幸其民樂其歲物之豐成，而喜與予游也。因爲本其山川，道其風俗之美，使民知所以安此豐年之樂者，幸生無事之時也。夫宣上恩德，以與民共樂，刺史之事也〔一一〕。遂書以名其亭焉。

慶曆丙戌六月日〔一二〕，右正言知制誥知滁州軍州事歐陽修記。

慶曆六年(一〇四六)作。慶曆五年春，執政大臣杜衍、范仲淹、韓琦、富弼相繼罷去，他們推行的“新政”因侵害官僚利益，遭到守舊勢力阻撓破壞，一年多即告失敗。《宋史紀事本末》記此事説：“仲淹亦以天下爲己任，與富弼日夜謀慮，興致太平。然更張無漸，規模闊大，論者籍籍，以爲難行。及按察使出，多所舉劾，衆心不悦，任子之恩薄，磨勘之法密，僥幸者不便。由是謗毀寖盛，而朋黨之論滋不可解。”歐陽修這時任河北都轉運使，上《論杜衍范仲淹等罷政事狀》極力爲四人辯誣，于是觸惱了新政的反對派，傅致以罪，貶知滁州。滁州宋代屬淮南東路，州治今安徽滁縣，在五代時這裏是用武之地，兵連禍結。經宋朝立國以來近百年的休養生息，雖然賦役繁重，但江淮地區較之河東、河北諸路相對安定。“民生不見外事，而安于畎畝衣食”，這在當時，已是世外桃源般的境界。文章極力強調這個安定來之不易，建亭名“豐樂”，即有紀念之意。

〔一〕飲滁水而甘：作者《與韓忠獻王(琦)書》：“山川窮絶，比乏水泉，昨夏秋之初，偶得一泉于州城之西南豐山之谷中，水味甘冷，因愛其山勢回抱，構小亭于泉側。”又有《幽谷泉》詩記其環境之美，可參看。

〔二〕闢地以爲亭，即豐樂亭，在滁州幽谷紫薇泉上。《滁州志》引吕元中記：“歐陽修謫守滁上，明年得醴泉于醉翁亭東南隅。一日，會僚屬于州廨，有以新茶獻者，公敕吏汲泉，未至而汲者仆出水，且慮後期，遽酌他泉以進。公已知其非醴泉也，窮問之，乃得它泉于幽谷山下。文忠博學多識而又好奇，既得是泉，乃作亭以臨泉上，名之曰‘豐樂’。”滃然：水勢盛大貌。仰出：由下向上噴涌而出。

〔三〕昔太祖三句：宋太祖趙匡胤在後周時官殿前都虞候，據《資治通鑑》後周紀三，世宗顯德三年(九五六)，“上命太祖皇帝倍道襲清流關，皇甫暉陣于山下，方與前鋒戰，太祖皇帝引兵出山後，暉等大驚,走入滁州,欲斷橋自守。太祖皇帝躍馬麾兵涉水,直抵城下。……暉整衆而出,太祖皇帝擁馬頸突陣而入,大呼曰:吾止取皇甫暉,他人非吾敵也。手劍擊暉中腦,生擒之,并擒姚鳳,遂克滁州。"李景:南唐中主,原名璟,避周廟諱改。皇甫暉、姚鳳爲南唐大將。

〔四〕考:考察、踏勘。按其圖記:查索滁州的地理圖書。清流之關:清流關在滁縣西北清流山上,宋太祖大破南唐軍處,爲江淮要隘,宋時在此設清流縣。故老:即下文之"遺老",指經歷過當時事件的人。

〔五〕自唐五句:自唐末大亂之後,全國分裂,大的割據者有五代十國,占據一小塊地方稱王稱霸、互相攻伐的不計其數。失其政:政權衰敗,失去統治力。

〔六〕受天命:古帝王假托神權以鞏固統治,故輒稱受命于天。《詩經·大雅·皇矣》:"天立厥配,受命既固。"聖人:指宋太祖。四海一:天下統一。

〔七〕四句意謂昔日割據稱霸者,或被誅殺,或已老死,祇有山川依舊。

〔八〕樂生送死:指過太平日子。《孟子·離婁》:"養生者不足以當大事,惟送死可以當大事。"樂生指樂于贍養父母;送死指爲父母送終。

〔九〕三句意謂這樣的好日子全賴皇帝的恩德。涵煦:滋潤覆育。《宋史·徐禧傳》:"真宗、仁宗,深仁厚澤,涵煦生民。"

〔一〇〕掇幽芳四句:寫豐樂亭四時景色。掇幽芳指春,蔭喬木指夏,風霜冰雪指秋冬,秋冬草枯葉落,山勢巉巖畢露,故曰"刻露清秀"。作者有《謝判官幽谷種花》詩:"淺深紅白宜相間,先後仍須次第開,我欲四時攜酒去,莫教一日不花開。"即作于滁州。

〔一一〕刺史:漢,唐時郡的主管官稱太守,州的主管官稱刺史,和宋的知州地位相等,故用爲代稱。

〔一二〕慶曆丙戌:慶曆六年的干支。

醉翁亭記

環滁皆山也〔一〕。其西南諸峯，林壑尤美。望之蔚然而深秀者，瑯琊也〔二〕。山行六七里，漸聞水聲潺潺，而瀉出于兩峯之間者，釀泉也〔三〕。峯回路轉，有亭翼然〔四〕，臨于泉上者，醉翁亭也。作亭者誰？山之僧智仙也。名之者誰？太守自謂也。太守與客來飲于此，飲少輒醉〔五〕，而年又最高，故自號曰醉翁也。醉翁之意不在酒，在乎山水之間也。山水之樂，得之心而寓之酒也。

若夫日出而林霏開，雲歸而巖穴暝，晦明變化者，山間之朝暮也〔六〕。野芳發而幽香，佳木秀而繁蔭，風霜高潔，水落而石出者，山間之四時也〔七〕。朝而往，暮而歸，四時之景不同，而樂亦無窮也。

至于負者歌于途，行者休于樹，前者呼，後者應，傴僂提攜〔八〕，往來而不絶者，滁人游也。臨溪而漁，溪深而魚肥；釀泉爲酒，泉香而酒洌〔九〕；山肴野蔌〔一〇〕，雜然而前陳者，太守宴也。宴酣之樂，非絲非竹〔一一〕。射者中，弈者勝，觥籌交錯〔一二〕，起坐而喧嘩者，衆賓歡也。蒼顏白髮，頹然乎其間者，太守醉也。

已而，夕陽在山，人影散亂，太守歸而賓客從也。樹林陰翳，鳴聲上下，游人去而禽鳥樂也。然而禽鳥知山林之樂，而不知人之樂；人知從太守游而樂，而不知太守之樂其樂也〔一三〕。醉能同其樂，醒能述以文者，太守也。太守謂誰，廬陵歐陽修也。

慶曆六年作。時作者四十歲,即自稱“醉翁”,并作《題滁州醉翁亭》詩云:“四十未爲老,醉翁偶題篇,醉中遺萬物,豈復記吾言,……惟有巖風來,吹我還醒然。”透露出被貶後在政治上的壓抑心情,但他牢記在貶所“不作戚戚之文”的信條,借詩酒山水以自放,故文中“醉翁之意不在酒,在乎山水之間也”、“蒼顔白髮,頽然乎其間者,太守醉也”諸語,直有長歌當哭之意。此記駢散結合,每句結尾基本用“也”字,爲作者傳世之力作。宋羅大經《鶴林玉露》云:“韓、柳猶用奇字、重字,歐陽唯用平常輕虚字,而妙麗古雅,自不可及。”據《滁州志》:“歐陽公記成,遠近争傳,疲于摹打。山僧云:寺庫有毡,打碑用盡,至取僧室卧毡給用。凡商賈來,亦多求其本,所遇關徵,以贈監官,可以免税。”歐陽修此記爲世人所重如此。

〔一〕環滁皆山:《朱子語類》卷一三九:“歐公文,亦多是修改到妙處。頃有人買得他《醉翁亭記》稿,初説滁州四面有山,凡數十字,末後改定,祇曰‘環滁皆山也’五字而已。”按:此句實爲夸張的寫法,滁州祇在州的西南部有叢山。錢鍾書《管錐編》引郎瑛《七修類稿》卷三:“孟子曰‘牛山之木嘗美矣’,歐陽子曰‘環滁皆山也’。余親至二地,牛山乃一崗石小山,全無土木,恐當時亦難以養木;滁州四望無際,祇西有瑯琊。不知孟子、歐陽何以云然。”又引何紹基《東洲草堂詩鈔》卷十八《王少鶴白蘭巖招集慈仁寺拜歐陽文忠公生日》第六首:“野鳥溪雲共往還,《醉翁》一操落人間。如何陵谷多遷變,今日環滁竟少山。”

〔二〕瑯琊:東晉元帝以瑯琊王渡江後稱帝,曾駐滁州,故滁州溪山都有瑯琊之名。

〔三〕釀泉:瑯琊溪源頭之一,又名醴泉。瑯琊山多泉水,舊時最有名的是庶子泉,唐大曆中李幼卿以右庶子領滁州刺史,發現此泉,因而得名。歐陽修《石篆詩》序:“近蒙朝恩守此州,州之西南有瑯琊山,唐李幼卿庶子泉者。”又《瑯琊山六題·庶子泉》詩:“庶子遺蹤留此地,寒巖徙倚弄飛泉。古人不見心可見,一片清光長皎然。”

〔四〕翼然：鳥展翅飛翔貌，用以形容醉翁亭高翥的飛檐。

〔五〕飲少輒醉：意謂酒量雖小，飲必盡醉。與下文"醉翁之意不在酒"、"頹然乎其間"相應。

〔六〕若夫四句寫醉翁亭早晚景色。林霏：林間的霧靄。

〔七〕野芳五句寫醉翁亭四時景色。與《豐樂亭記》"掇幽芳而蔭喬木，風霜冰雪，刻露清秀，四時之景無不可愛"比較，其寫法之錯落變化，于此可見。

〔八〕負者：挑擔或背物的人，一般指樵夫和商販。傴僂：脊梁彎曲，此指老年人。提攜：孩子。傴僂提攜即扶老攜幼。

〔九〕泉香而酒洌：指用釀泉水釀酒，酒色淳美純正。洌（liè）：清徹貌。

〔一〇〕蔌：菜的總稱。《爾雅·釋器》注："蔌者，菜茹之總名也。"《詩·大雅·韓奕》："其蔌維何，維筍及蒲。"

〔一一〕非絲非竹：古代官府宴會，用樂工、歌妓彈唱侑酒。此謂有潺潺的泉水助興，用不着樂器。《題滁州醉翁亭》詩："但愛亭下水，來從亂峯間。聲如自空落，瀉向兩檐前。流入巖下溪，幽泉助涓涓。響不亂人語，其清非管弦。豈不美絲竹，絲竹不勝繁。所以屢攜酒，遠步就潺湲。"絲：弦樂器。竹：管樂器。

〔一二〕射者中：射，一般指投壺。但作者在致韓琦的信中説，豐樂亭畔辟有射圃，"時集州兵、弓手，閱其習射"，醉翁亭畔或當亦如此。弈：圍棋。觥（gōng）籌：酒杯和計數的酒籌。

〔一三〕樂其樂：意謂以他人之樂爲樂，即《豐樂亭記》"又幸其民樂其歲物之豐成，而喜與予游也"。

祭尹師魯文

維年月日，具官歐陽修，謹以清酌庶羞之奠，祭於亡友師魯十二兄之靈曰〔一〕：嗟乎師魯！辯足以窮萬物，而不能當一獄吏；志可以狹四海，而無所措其一身〔二〕。窮山之崖，野水之濱，猿猱之窟，麋鹿之羣，猶不容於其間兮，遂即萬鬼而爲鄰〔三〕。嗟乎師魯！世之惡子之多，未必若愛子者之衆，何其窮而至此兮，得非命在乎天，而不在乎人？

方其奔顛斥逐，困厄艱屯，舉世皆冤，而語言未嘗以自及，以窮至死，而妻子不見其悲欣〔四〕。用舍進退，屈伸語默，夫何能然，乃學之力〔五〕。至其握手爲訣，隱几待終，顏色不變，笑言從容；死生之間，既已能通於性命，憂患之至，宜其不累於心胸〔六〕。自子云逝，善人宜哀；子能自達〔七〕，予又何悲！惟其師友之益，平生之舊，情之難忘，言不可究〔八〕。

嗟乎師魯！自古有死，皆歸無物，惟聖與賢，雖埋不没，尤於文章，焯若星日〔九〕。子之所爲，後世師法，雖嗣子尚幼，未足以付予；而世人藏之，庶可無於墜失〔一〇〕。子於衆人，最愛予文，寓辭千里，侑此一尊，冀以慰子〔一一〕，聞乎不聞？尚饗〔一二〕。

慶曆八年（一〇四八）作。尹洙字師魯，歐陽修初官洛陽時與之相識，即成爲政治、文學上的知友，在《尹師魯墓志銘》中又稱之爲“兄弟交”。歐陽修寫作古文，即受其影響（《記舊本韓文後》：“官于洛陽，而尹師魯之徒皆在，遂相與作爲古文”）。慶曆七年，尹洙卒于貶所，享年四十六，身後家無餘資，子女皆幼。歐陽修深爲惋惜和同情，除撰寫墓志銘外，又作了這篇祭文。祭文和墓志銘一樣，基本用韻，爲作者精心結撰。

〔一〕維：發語詞，無義。具官：文稿上個人官職的省寫。清酌：清酒。庶羞：衆多的佳肴。四句爲古代祭文開頭的套語。

〔二〕辯足四句意謂尹洙辯才無礙，卻不能辯明自己無罪；志量宏大，其身卻不能爲世所容。《尹師魯墓志銘》："初，師魯在渭州，將吏有違其節度者，欲按軍法斬之而不果。其後吏至京師，上書訟師魯以公使錢貸部將，貶崇信軍節度副使，徙監均州酒税。得疾，無醫藥，舁至南陽求醫。"辯：有口才。尹洙在歐陽修洛陽友人中以辯才著稱，歐陽修致梅堯臣書曾稱"師魯之辯，亦仲尼、孟子之功也"。措身：安身，置身。《逸周書・官人》："事變而能治，效窮而能達，措身立方而能遂，曰有知者也。"

〔三〕六句意謂天地之大，竟無處可以容身，祇能就鬼爲鄰。

〔四〕方其四句極寫其身家困厄而不改其淵默。《尹師魯墓志銘》："師魯凡十年間三貶官，喪其父，又喪其兄。有子四人，連喪其三。女一適人，亦卒。而其身終以貶死。一子三歲，四女未嫁，家無餘資，客其喪於南陽不能歸。"又："疾革，隱几而坐，顧稚子在前，無甚憐之色；與賓客言，終不及其私。"

〔五〕用舍進退：指被任用和遭貶棄，即下句之伸和屈。四句寫其冲淡自守，深得古人仁義之道。歐陽修《論尹師魯墓志》："其大節乃篤於仁義，窮達禍福，不愧古人。其事不可遍舉，故舉其要者一兩事以取信，如上書論范公而自請同貶，臨死而語不及私，則平生忠義可知也，其臨窮達禍福不愧古人又可知也。"

〔六〕至其八句寫其知命不累。宋沈括《夢溪筆談》：師魯"後移鄧州，是時范文正公守南陽，師魯忽手書與文正别，仍屬以後事。文正極訝之，使掌書記朱炎詣見。師魯已沐浴衣冠而坐，見炎來道文正意，乃笑曰：何希文（范仲淹字）猶以生人見待，洙死矣。遂隱几而卒。炎使人馳報，文正至，哭甚哀。師魯忽舉頭曰：早已與公别，安用復來？文正驚問所以，師魯笑曰：死生常理，希文豈不達此。又問其後事，尹曰：此在公耳。乃揖希文，復逝。俄頃又舉頭顧文正曰：亦無鬼神，亦無恐怖。言訖長往。"隱几：憑几而坐。

〔七〕云：語助詞，無義。達：通達、達觀。

〔八〕師友：凡可以求教請益的人，統稱師友。究：窮盡。意謂與師魯的友誼深摯，非言語所能表達和窮盡。

〔九〕自古六句表達了歐陽修文章可垂世不朽的一貫思想。其《雜説》："人之死，骨肉臭腐，螻蟻之食爾。其貴乎萬物者，亦精氣也。其精氣不奪於物，則蘊而爲思慮，發而爲事業，著而爲文章，昭乎百世之上而仰乎百世之下，非如星之精氣隨其斃而滅也。"又《祭石曼卿文》："其同乎萬物生死而復歸於無物者，暫聚之形；不與萬物共盡而卓然其不朽者，後世之名。此自古聖賢莫不皆然，而著在簡册者，昭如日星。"焯：顯明。

〔一〇〕所爲：指所作詩文。尹洙著作今存《河南文集》。嗣子尚幼：尹洙子尹構，尹洙死時年僅三歲，後亦早亡。

〔一一〕寓辭千里：尹洙是洛陽人，因死時"家無餘資，客其喪於南陽不能歸"，所以"平生故人無遠邇皆往賻之（贈送財物幫助辦理喪事），然後妻子得以其柩歸河南（即西京河南府洛陽郡）"（《尹師魯墓志銘》）。此文作於尹歸葬洛陽之後，作者是時方由滁州改知揚州，故曰相距千里。寓：托人寄信。侑：勸，輔助。冀：希望。

〔一二〕尚饗：祭文結尾時的習慣用語，意謂祈請亡靈前來享用祭物。

祭蘇子美文

維年月日，具官歐陽修，謹以清酌庶羞之奠，致祭於亡友湖州長史蘇君子美之靈曰〔一〕：哀哀子美，命止斯邪；小人之幸，君子之嗟〔二〕！

子之心胸，蟠屈龍蛇，風雲變化，雨雹交加，忽然揮斧，霹靂轟車；人有遭之，心驚膽落，震仆如麻；須臾霽止，而回顧百里，山川草木，開發萌芽。子於文章，雄豪放肆有如此者，吁可怪邪〔三〕！

嗟乎世人，知此而已，貪悦其外，不窺其内；欲知子心，窮達之際，金石雖堅，尚可破壞，子於窮達，始終仁義〔四〕。惟人不知，乃窮至此，藴而不見，遂以没地，獨留文章，照耀後世。嗟世之愚，掩抑毁傷，譬如磨鑑，不滅愈光；一世之短，萬世之長，其間得失，不待較量〔五〕。哀哀子美，來舉予觴。尚饗。

慶曆八年作。蘇舜欽字子美，宋代詩文革新的創導者之一，詩風豪俊，以超邁横絶爲奇，歐陽修在《水谷夜行寄子美聖俞》詩中稱譽道："子美氣尤雄，萬竅號一噫，有時肆顛狂，醉墨洒滂沛。譬如千里馬，已發不可殺，盈前盡珠璣，一一難柬汰。"作古文亦早于歐陽修："子美之齒少于予，而予學古文反在其後。天聖之間，予舉進士于有司，見時學者務以言語聲偶擿裂，號爲時文，以相誇尚，而子美獨與其兄才翁及穆參軍伯長，作爲古歌詩雜文，時人頗共非笑之，而子美不顧也。"(《蘇氏文集序》)蘇舜欽是慶曆革新運動的犧牲者，被削除官籍，慶曆八年十二月卒于蘇州。歐陽修除作此祭文外，嘉祐元年還撰寫了《湖州長史蘇君墓志銘》。

〔一〕湖州長史：蘇舜欽於慶曆四年被削除官籍，革職爲民之後，定居蘇州，慶曆八年復官湖州長史，然未赴任。

〔二〕小人：指慶曆新政的反對者。君子：指新政的推行和擁護者。慶曆四年春，蘇舜欽因范仲淹薦舉，官集賢校理監進奏院。五月，致書范仲淹，責難他"因循姑息，不肯建明大事"，并諮目七事，極論弊政當革，是新政的積極支持者。加以蘇的岳父杜衍，與范仲淹、韓琦、富弼同爲新政主持者之一，因而爲新政反對者嫉恨。九月，蘇舜欽在進奏院"循例祀神，以伎樂娱賓。集賢校理王益柔，曙之子也，於席上戲作傲歌。御史中丞王拱辰聞之，以二人皆仲淹所薦，而舜欽又衍婿，欲因是傾衍及仲淹，乃諷御史魚周詢、劉元瑜舉劾其事。拱辰及張方平列狀請誅益柔,蓋欲因益柔以累仲淹也。賈昌朝陰主拱辰等議,韓琦言於帝曰:益柔狂語,何足深計?方平等皆陛下近臣,同國休戚,今西陲用兵,大事何限,一不爲陛下論列,而同狀攻一王益柔,此其意可見矣。帝感悟,乃止黜益柔監復州酒税,而除舜欽名,同席被斥者十餘人,皆知名之士。拱辰喜曰:吾一網打盡矣"(《宋史紀事本末》)。

〔三〕子之一段,形容蘇舜欽文思恢奇豪健、變幻倏忽,令人氣懾。歐陽修於慶曆三年作《黄夢升墓志銘》其銘文有云:"予嘗讀夢升之文,至於哭其兄子庠之詞曰:子之文章,電擊雷震,雨雹忽止,闃然滅泯。"這幾句無疑有黄夢升的影響。

〔四〕嗟乎十句:慨嘆世俗衹知愛賞蘇舜欽的文章,而不瞭解他的品質;蘇氏獨立特行,信守仁義,其志節堅逾金石。

〔五〕嗟世八句:《蘇氏文集序》:"子美,杜氏婿也,遂以其集歸之,而告於公曰:斯文,金玉也,棄擲埋没糞土,不能消蝕。其見遺於一時,必有收而寶之於後世者。雖其埋没而未出,其精氣光怪已能常自發見,而物亦不能掩也。故方其擯斥摧挫、流離窮厄之時,文章已自行於天下,雖其怨家仇人,及嘗能出力而擠之死者,至其文章,則不能少毁而掩蔽之也。凡人之情,忽近而貴遠,子美屈於今世猶若此,其伸於後世宜如何也。公其可無恨。"鑑:鏡子。古代鏡子大多用青銅製成,日久昏暗,須加磨治。蘇舜欽今存《滄浪集》。

送秘書丞宋君歸太學序

陋巷之士,甘藜藿而修仁義,毁譽不干其守,飢寒不累其心,此衆人以爲難,而君子以爲易〔一〕。生於高門,世襲軒冕,而躬布衣韋帶之行〔二〕,其驕榮佚欲之樂,生長於其間而不溺其習，日見於其外而不動乎其中，此雖君子，猶或難之。學行足以立身而進不止，材能足以高人而志愈下，此雖聖人，亦以爲難也。《書》曰："不自滿假。"又曰："汝惟不矜不伐。"〔三〕以舜禹之明，猶以是爲相戒懼，況其下者哉！此誠可謂難也已。

廣平宋君，宣獻公之子〔四〕。公以文章爲當世宗師，顯於朝廷，登於輔弼，清德著於一時，令名垂於後世〔五〕。君少自立，不以門地驕於人；既長，學問好古，爲文章，天下賢士大夫皆稱慕其爲人，而君慊然，常若不足於己者〔六〕。守官太學，甘寂寞以自處，日與寒士往來，而從先生、國子講論道德〔七〕，以求其益。

夫生而不溺其習，此蓋出其天性；其見焉而不動於中者，由性之明，學之而後至也。學而不止，高而愈下〔八〕，予自其幼，見其長，行而不倦，久而愈篤，可知其將無所不至焉也。孟子所謂"孰能禦之"者歟〔九〕！予陋巷之士也，遭時奮身，竊位於朝，守其貧賤之節，其臨利害禍福之際，常恐其奪也〔一〇〕。以予行君子之所易者猶若是，知君行聖賢之所難者爲難能也。

歲之三月，來自京師，拜其舅氏〔一一〕。予得延之南齋〔一二〕，聽其論議，而慕其爲人，雖與之終身久處而不厭也。留之數日而去，於其去也，不能忘言，遂爲之序。

廬陵歐陽修述。

皇祐元年(一〇四九)作。宋君，宋敏求，字次道，參知政事宋綬之子。慶曆四年因參與蘇舜欽進奏院宴會被貶，後召回任官太學，累遷龍圖閣直學士。《宋史・宋敏求傳》記其"家藏書三萬卷，皆略誦習，熟于朝廷典故,士大夫疑議,必就正焉。補唐武宗以下六世實録百四十八卷,它所著書甚多,學者多咨之”。宋朱弁《曲洧舊聞》:“宋次道居春明坊,昭陵(仁宗)時士大夫喜讀書者多居其側,以便于借置故也。當時春明宅子比他處僦值(租金)常高一倍。陳叔易常爲余言此事,嘆曰: 此風豈可復見耶!”此序開始用三個比喻,極寫宋敏求品格和好學之難能可貴,最後還以己作比,見出確爲由衷的欽佩,不是泛泛的應酬之作。

〔一〕陋巷六句: 化用《論語・雍也》:“子曰: 賢哉,回(顔淵)也。一簞食,一瓢飲,在陋巷,人不堪其憂,回也不改其樂。賢哉,回也!”陋巷: 貧民的居處。甘藜藿:《文選》曹植《七啓》“余甘藜藿”注:“藜藿,賤菜,布衣之所食。”毁譽不干其守:《列子》認爲至人“舉世譽之不加勸,舉世非之不加阻。”干: 冒犯,衝撞。守: 節操。《尚書・洪範》:“凡厥庶民,有猷、有爲、有守。”

〔二〕軒冕: 指官職。古代大夫以上乘軒服冕。李白《贈孟浩然》:“紅顔棄軒冕,白首卧松雲。”躬: 身親其事。布衣韋帶: 平民的服式,此指平民。

〔三〕《書》曰所引二句見《尚書・大禹謨》:“(舜對禹説)克勤於邦,克儉於家,不自滿假,惟汝賢。汝惟不矜,天下莫與汝争能;汝惟不伐,天下莫與汝争功。”滿假: 自滿自大。矜: 自以爲賢能。伐: 自我誇耀。

〔四〕廣平: 府名,今河北廣平縣。宣獻: 宋綬死後的謚號。

〔五〕公: 指宋綬。輔弼: 宰相。令名: 好名聲。《宋史》本傳稱其“性孝謹清介,言動有常。……博通經史百家,其筆札尤精妙。……楊億稱其文沈莊淳麗,曰‘吾殆不及也。’”

〔六〕慊然: 不滿足貌。《後漢書・五行志》:“慊慊常苦不足。”

〔七〕國子:《漢書・禮樂志》:“國子者,卿大夫之子弟也。”此似指太學的學生。

〔八〕下: 謙遜。

〔九〕孰能禦之:《孟子・梁惠王》記孟子游説梁襄王,以爲實行王政,可以無敵於天下，並以時雨滋潤禾苗爲喻，曰："王知夫苗乎？七八月之間旱，則苗槁矣。天油然作雲，沛然下雨，則苗浡然興之矣。其如是，孰能禦之。"

〔一〇〕遭時：遭逢時機。奮身：即奮不顧身。司馬遷《報任安書》："常思奮不顧身，以徇國家之急。"竊位於朝：在朝廷做官的謙辭。奪：剥奪、改變。

〔一一〕歲：指皇祐元年。其時歐陽修在潁州任知州，宋敏求探親過潁，兩人得以相晤。

〔一二〕延：邀請，引進。

真州東園記

真爲州，當東南之水會，故爲江淮、兩浙、荆湖發運使之治所〔一〕。龍圖閣直學士施君正臣、侍御史許君子春之爲使也，得監察御史裏行馬君仲塗爲其判官。三人者樂其相得之歡，而因其暇日，得州之監軍廢營以作東園〔二〕，而日往游也。

歲秋八月，子春以其職事走京師〔三〕，圖其所謂東園者來以示予曰：園之廣百畝，而流水横其前，清池浸其右〔四〕，高臺起其北。臺，吾望以拂雲之亭；池，吾俯以澄虚之閣；水，吾泛以畫舫之舟；敞其中以爲清宴之堂，闢其後以爲射賓之圃〔五〕。芙渠芰荷之的歷，幽蘭白芷之芬芳，與夫佳花美木列植而交陰，此前日之蒼烟白露而荆棘也；高甍巨桷、水光日景，動摇而下上，其寬閑深靚，可以答遠響而生清風，此前日之頹垣斷塹而荒墟也；嘉時令節，州人士女嘯歌而管弦，此前日之晦冥風雨、鼪鼯鳥獸之嘷音也〔六〕。吾於是信有力焉〔七〕。凡圖之所載，蓋其一二之略也。若迺升於高以望江山之遠近，嬉於水而逐魚鳥之浮沉，其物象意趣，登臨之樂，覽者各自得焉〔八〕。凡工之所不能畫者，吾亦不能言也。其爲我書其大概焉。

又曰：真，天下之衝也〔九〕，四方之賓客往來者，吾與之共樂於此，豈獨私吾三人者哉。然而池臺日益以新，草樹日益以茂，四方之士無日而不來，而吾三人者有時而皆去也，豈不眷眷於是哉。不爲之記，則後孰知其自吾三人者始也。

予以謂三君子之材賢足以相濟，而又協於其職，知所後先，使上下給足，而東南六路之人無辛苦愁怨之聲〔一〇〕；然後休其餘閑，又與四方之賢士大夫共樂於此。是皆可嘉也，乃爲之書。

廬陵歐陽修記。

皇祐三年(一〇五一)作。真州州治在今江蘇儀徵縣。歐陽修之子歐陽發，撰其父《事迹》云："公之文，備盡衆體，變化開闔，因物命意，各極其工，或過退之(韓愈)。如《醉翁亭記》、《真州東園記》，創意立法，前世未有其體。"對此文評價極高。《醉翁亭記》每句用"也"字，《真州東園記》連用二十餘"之"字，這正如羅大經《鶴林玉露》所説："韓、柳猶用奇字、重字，歐陽唯用平常輕虚字，而妙麗古雅，自不可及。"表現出歐文的特色。然而曾鞏曾指出《真州東園記》中"泛以畫舫之舟"，在句法上有些牽強(見邵伯温《邵氏聞見録》)。可見即使作者精心結撰，有時也未免露出斧鑿之痕。

〔一〕水會：水上交通的總匯。發運使：宋初置江淮水陸發運於開封，漕運米粟;其後於江南、淮南、兩浙、荆湖諸路常置發運使。慶曆七年,詔發運副使更不置正使,置司真州,歲漕運江湖粟六百萬斛以給中原。

〔二〕相得:謂關係契合、融洽。漢王褒《聖主得賢臣頌》:"聚精會神,相得益彰。"監軍:唐和五代一般都用宦官作監軍使,作爲皇帝在軍隊中的耳目,監視將帥。

〔三〕歲:指皇祐三年。以其職事走京師:因轉運司的公事到開封。

〔四〕廣:寬闊,指面積。前:古代衙門一般朝南,故多指南方。右:西方。

〔五〕以上八句寫在臺上建拂雲亭,池畔建澄虚閣,水面置畫舫,園中建清宴堂,堂後爲射圃。清宴:取河清海宴、時和年豐頌聖之義。射賓之圃:宋代園囿中多設射圃,爲主人習射和娱賓之用。

〔六〕以上十五句對比建園前後的景物變化:從前荆棘縱横,烟籠露濕,如今花草芬芳,樹木茂密;從前牆倒屋坍,一片廢墟,如今高樓畫棟,摇影水中;從前幽暗陰森,野獸出没,如今游人連袂,歌管飄漾。芙渠芰荷:都指荷花。《詩·鄭風·山有扶蘇》"隰有荷華"箋:"未開曰菡萏,已發曰芙渠。"《離騷》:"制芰荷以爲衣兮,集芙蓉以爲裳。"的歷:鮮明絢麗貌。《千字文》:"芰荷的歷。"甍:屋脊。桷:《釋文》:"榱也。方曰桷,圓曰椽。"靚:同"静"。答遠響而生清風:形容房宇寬敞高大,可以産生回聲和清風。晦冥:昏暗。《詩·鄭風·風雨》:"風雨如晦,鷄鳴不已。"鼪鼯:黄鼠狼。

〔七〕有力:指有力能改變環境。《禮記·聘義》:"日幾中而後禮成,非强有力者弗能行也。"

〔八〕物象:景物的形象、氣象。自得:自己體會、感受。

〔九〕衝:衝要,交通樞紐。

〔一〇〕相濟:互相補助、增益。協於其職:職務上調和融洽。知所後先:《禮記·大學》:"物有本末,事有終始,知所先後,則近道矣。"此指在從政的餘暇修治園亭。上下:指朝廷和民間。東南六路:指江南東西路、荆湖南北路、淮南路、兩浙路,均爲當時供應中原糧食的主要産地。此謂發運司工作有成績，不僅中原糧食不匱乏，而且東南産糧區人民的負擔也並不過重。

蘇氏文集序

予友蘇子美之亡後四年，始得其平生文章遺稿於太子太傅杜公之家〔一〕，而集録之以爲十卷。

子美，杜氏婿也，遂以其集歸之，而告於公曰："斯文，金玉也，棄擲埋没糞土，不能消蝕。其見遺於一時〔二〕，必有收而寶之於後世者。雖其埋没而未出，其精氣光怪已能常自發見，而物亦不能掩也〔三〕。故方其擯斥摧挫、流離窮厄之時，文章已自行於天下，雖其怨家仇人，及嘗能出力而擠之死者，至其文章，則不能少毁而掩蔽之也。凡人之情，忽近而貴遠，子美屈於今世猶若此，其伸於後世宜如何也。公其可無恨。"

予嘗考前世文章政理之盛衰，而怪唐太宗致治幾乎三王之盛，而文章不能革五代之餘習，後百有餘年，韓、李之徒出，然後元和之文始復於古〔四〕。唐衰兵亂，又百餘年而聖宋興，天下一定，晏然無事，又幾百年，而古文始盛於今〔五〕。自古治時少而亂時多，幸時治矣，文章或不能純粹，或遲久而不相及〔六〕。何其難之若是歟！豈非難得其人歟？苟一有其人，又幸而及出於治世，世其可不爲之貴重而愛惜之歟。嗟吾子美，以一酒食之過，至廢爲民而流落以死〔七〕。此其可以嘆息流涕，而爲當世仁人君子之職位宜與國家樂育賢材者惜也！

子美之齒少於予〔八〕，而予學古文反在其後。天聖之間，予舉進士於有司，見時學者務以言語聲偶相擿裂，號爲時文，以相誇尚〔九〕。而子美獨與其兄才翁及穆參軍伯長〔一〇〕，作爲古歌詩雜文，時人頗共非笑之，而子美不顧也。其後天子患時文之弊，下詔書諷勉學者以近古，由是其風漸息，而學者稍趨於古焉〔一一〕。獨子美爲於舉世不爲之時，其始終自守，不牽世俗趨舍，可謂特立之士也。

子美官至大理評事、集賢校理而廢，後爲湖州長史以卒〔一二〕，享年四十有一。其狀貌奇偉，望之昂然而即之温温，久而愈可愛慕〔一三〕。其材雖高，而人亦不甚嫉忌，其擊而去之者，意不在子美也〔一四〕。賴天子聰明仁聖，凡當時所指名而排斥，二三大臣而下，欲以子美爲根而累之者，皆蒙保全，今并列於榮寵〔一五〕。雖與子美同時飲酒得罪之人，多一時之豪俊，亦被收采，進顯於朝廷〔一六〕。而子美獨不幸死矣，豈非其命也。悲夫！

廬陵歐陽修序。

皇祐三年作者整理、編集其亡友蘇舜欽遺稿後作。蘇舜欽被貶事見《祭蘇子美文》注引《宋史紀事本末》。本文着重抒寫蘇舜欽不可掩抑的才華以及獨立不移、不追逐時尚的品格，並對其被貶流落而死，表示了由衷的惋惜和哀悼。作者同時認爲文章是“立言”不朽的事業，一代文章的興衰，除了政治條件外，還需要有一大批有識有才的作家通同努力。所以國家應該樂育賢材，而不愛惜蘇舜欽這樣難得的人才，實在是令人嘆息的。

〔一〕平生文章遺稿：蘇舜欽作品，今存《蘇學士文集》。蘇氏卒於慶曆八年(一〇四八),後四年爲皇祐三年,即此序寫作之年。杜公:杜衍,蘇舜欽岳父,慶曆四年任宰相,推行"新政",五年,因蘇舜欽事罷知兖州。六年在兖州以太子少師致仕,皇祐元年進爵太子太傅。

〔二〕見遺於一時:即暫時不爲時人所知。作者《水谷夜行》詩:"蘇豪以氣鑠,舉世徒驚駭;梅(堯臣)窮獨我知,古貨今難賣。"即感慨蘇、梅的不遇於時。

〔三〕雖其三句:《晉書·張華傳》記張華見斗牛二星座間常有紫氣,問雷焕,焕説是寶劍之精上徹於天。華問在何處,焕説在豐城。於是張華派雷焕爲豐城令,焕到縣後即掘獄屋基,得龍泉、太阿兩寶劍。此三句借以喻蘇舜欽詩文雖被埋没一時,然其光華鋭氣如豐城之劍,卒不可掩。

〔四〕六句以歷史爲例,説明政治和文章的盛衰并不完全一致。唐太宗貞觀之治,是歷史上著名的治世,但當時詩文仍承齊梁衰靡之弊,後詩雖有陳子昂、李白、杜甫等振起,而文直到中唐憲宗元和間纔有韓愈等起來倡導古文運動。幾乎三王之盛:《新唐書·太宗本紀》贊:"其除隋之亂,比迹湯武;致治之美,庶幾成、康。"五代:指宋、齊、梁、陳、隋,一作梁、陳、齊、周、隋。韓、李:韓愈及其弟子李翱,兩人主要活動時期在憲宗元和間。

〔五〕六句以近事證明政治文章盛衰之不一致。唐代後期藩鎮割據,天下分裂,唐亡後又經五代大亂,宋太祖趙匡胤統一中國,初期詩文繼晚唐之弊,雖有柳開等提倡古文,但影響不大,至歐陽修時纔開始盛行。幾:幾乎、將近。

〔六〕或遲久而不相及:意謂文章的興盛時期往往來得很慢,因而未能與太平盛世並至。

〔七〕酒食之過:指在進奏院飲酒宴會的過失。魏泰《東軒筆録》載此事,曰:"京師百司庫務,每年春秋賽神,各以本司餘物貿易以具酒食,至其時吏史列坐,合樂終日。慶曆間,蘇舜欽提舉進奏院,至秋賽,承例賣拆封紙以充。舜欽欲因其舉召館閣同舍,遂自以十千助席，預會之客亦醵金有差。酒酣，命去優伶却吏史，而更召兩軍女伎。先是，洪州人李定願預醵廁會，而舜欽不納，定銜之，遂騰謗於都下。既而御史劉元瑜有所希合，彈奏其事，事下右軍窮治。舜欽以監守自盗論，削籍爲民，坐客皆斥逐。”

〔八〕齒少於予：年齡小於我。

〔九〕五句追述仁宗天聖年間文風。歐陽修《與荆南樂秀才書》：“僕少孤貧，貪禄仕以養親，不暇就師窮經以學聖人之遺業。而涉獵史書，姑隨時俗，作所謂時文者，皆穿蠹經傳，移此儷彼以爲浮薄，惟恐不悦於時人，非有卓然自立之言如古人者。”聲偶：指講究音韻平仄對偶。擿（tī 踢）裂：割裂。

〔一〇〕才翁：蘇舜欽兄蘇舜元，字才翁。《宋史・文苑傳》謂才翁“爲人精悍任氣節，爲歌詩亦豪健，尤善草書，舜欽不能及。官至尚書度支員外郎、三司度支判官。”穆参軍伯長：穆修，字伯長，宋初古文運動的先驅者，參軍是其官職。《宋史・文苑傳》：“舜欽少慷慨有大志，狀貌怪偉。當天聖中，學者爲文多病偶對，獨舜欽與河南穆修好爲古文、歌詩，一時豪俊多從之游。”

〔一一〕其後四句：指宋仁宗曾於天聖七年、明道二年、慶曆四年多次下詔禮部貢舉戒文弊，文風漸有轉變。

〔一二〕後爲湖州長史以卒：蘇舜欽被廢後，曾寄寓蘇州，今蘇州滄浪亭是其居處遺址。兩年後政局轉變，受命爲湖州長史，即去世。

〔一三〕其狀三句：贊譽蘇舜欽的風貌《論語・子張》：“君子有三變：望之儼然，即之也温，其言也厲。”邢昺疏：“常人遠望之，則多懈惰；即近之，則顔色猛厲；聽其言，則多佞邪。唯君子則不然，人遠望之，則正其衣冠，尊其瞻視，常儼然也；就近之，則顔色温和，及聽其言辭，則嚴正而無佞邪也。”温温：和柔貌。《詩經・小雅・小宛》：“温温恭人。”

〔一四〕擊：攻擊、排擠。御史中丞王拱辰，一嚮支持吕夷簡，他所以誣陷蘇舜欽，目的在於打擊杜衍、范仲淹，排擠新政支持者，故有“一網打盡”之説。

〔一五〕二三大臣而下：指杜衍、范仲淹、富弼以及新政支持者。其時除杜衍退休外，均已恢復官位。

〔一六〕同時飲酒得罪之人：指王洙、王益柔、吕溱、宋敏求、蔡襄、刁約等人，也都先後復職。

祭資政范公文

月日，廬陵歐陽修，謹以清酌庶羞之奠，致祭於故資政殿學士尚書户部侍郎范文正公之靈曰：嗚呼公乎！學古居今，持方入圓，丘、軻之艱，其道則然〔一〕。公曰彼惡，公爲好訐；公曰彼善，公爲樹朋；公所勇爲，公則躁進；公有退讓，公爲近名：讒人之言，其何可聽〔二〕！先事而斥，羣譏衆排；有事而思，雖仇謂材；毁不吾傷，譽不吾喜；進退有儀，夷行險止〔三〕。

嗚呼公乎！舉世之善，誰非公徒；讒人豈多，公志不舒〔四〕。善不勝惡，豈其然乎？成難毁易，理又然歟！

嗚呼公乎！欲壞其棟，先摧桷榱；傾巢破鷇，披折傍枝。害一損百，人誰不罹，誰爲黨論，是不仁哉〔五〕！

嗚呼公乎！易名謚行，君子之榮〔六〕；生也何毁，没也何稱？好死惡生，殆非人情；豈其生有所嫉，而死無所争〔七〕？自公云亡，謗不待辨，愈久愈明，由今可見。始屈終伸，公其無恨。寫懷平生，寓此薄奠〔八〕。

皇祐四年（一〇五二）作。資政，范仲淹卒前官資政殿學士，皇祐四年五月二十日去世。范仲淹是“慶曆新政”的主持者，由于新政損害了權貴的利益，受到強烈的反對和誣陷，死時尚在貶謫中。歐陽修是新政的積極支持者，不少改革措施出于他的建議，故對范仲淹的死十分悲痛。祭文曰"善不勝惡"、"成難毁易"，《資政殿學士户部侍郎文正范公神道碑銘》又曰："初匪其難，在其終之，羣言營營，卒壞于成。"充分反映了范仲淹一身關係着新政的存亡，故祭文之悲痛激越，決非僅限個人友誼。

〔一〕學古四句意謂范仲淹奉行古聖先賢之道，爲當世所不容，正如古代孔子、孟子爲了推行王道，雖奔走諸侯而終於無成。持方入圓：謂范仲淹所持之道，與世格格不入。宋玉《九辯》："圓鑿而方枘兮，吾固知其鉏鋙而難入。"丘：孔丘。軻：孟軻。

〔二〕公曰十句寫對范仲淹的誣陷攻擊無孔不入。訐：《論語·陽貨》"惡訐以爲直者"注："訐，謂攻發人陰私也。"樹朋：扶植親信、樹立朋黨。近名：邀取名聲。《莊子·養生主》："爲善無近名，爲惡無近刑。"讒人：專門説别人壞話的人。《莊子·漁父》："好言人惡謂之讒。"

〔三〕先事八句意謂謀患於未然之先，則爲衆人所不諒，加以誹謗和排擠；患難發生以後，大家又想念他，即使仇人也不得不承認他的材能。而他却從不爲稱譽或讒毁所動摇，總是按照一定的原則辦事，避險就夷。先事：漢劉向《説苑》："謀先事則昌，事先謀則亡。"夷：平坦。

〔四〕讒人豈多：謂誹謗范的人是極少數。舒：伸展。

〔五〕欲壞八句：指反對新政者用蘇舜欽進奏院之獄來傾毁杜衍、范仲淹，杜、范罷相後，凡支持新政者如尹洙、歐陽修、石介、余靖、孫復等都被貶黜。棟：棟梁。桷榱：椽子。傾巢破鷇（qué）：即覆巢之下無完卵之意。鷇：鳥卵。罹：遭遇。黨論：即朋黨之論。宋代黨論始自景祐三年吕夷簡用以攻擊范仲淹，慶曆四年歐陽修作《朋黨論》專辯其事，并在《唐六臣傳》中説："嗚呼！始爲朋黨之論者誰歟？甚乎作俑者也，真可謂不仁之人哉！"

〔六〕易名二句：《禮記·檀弓》："死謚，周道也。"疏："殷以上有生號，仍爲死後之稱;周則死後别立謚。"范仲淹死後根據他生前的品行,謚"文正",這是一種極高的褒揚。

〔七〕生也六句意謂范生前被讒毁,死後受稱譽,其因或者由於活的時候有人嫉妒,死後就無所争了。没:同"殁"。

〔八〕寫懷:抒發胸懷。寫:宣泄。魏明帝《苦寒行》:"賦詩以寫懷,伏軾淚沾纓。"寓:寄托。

唐六臣傳論

嗚呼〔一〕!始爲朋黨之論者誰歟?甚乎作俑者也,真可謂不仁之人哉〔二〕!

予嘗至繁城,讀《魏受禪碑》,見漢之羣臣稱魏功德、而大書深刻,自列其姓名,以誇耀於世〔三〕;又讀《梁實録》,見文蔚等所爲如此〔四〕,未嘗不爲之流涕也。夫以國予人而自誇耀,及遂相之〔五〕,此非小人,孰能爲也!漢唐之末,舉其朝皆小人也,而其君子者何在哉?當漢之亡也,先以朋黨禁錮天下賢人君子,而立其朝者,皆小人也,然後漢從而亡〔六〕;及唐之亡也,又先以朋黨盡殺朝廷之士,而其餘存者,皆庸懦不肖傾險之人也,然後唐從而亡〔七〕。

夫欲空人之國而去其君子者,必進朋黨之説;欲孤人主之勢而蔽其耳目者,必進朋黨之説;欲奪國而與人者,必進朋黨之説。夫爲君子者,故嘗寡過〔八〕,小人欲加之罪,則有可誣者,有不可誣者,不能遍及也;至欲舉天下之善,求其類而盡去之,惟指以爲朋黨耳。故其親戚故舊,謂之朋黨可也；交游執友，謂之朋黨可也；宦學相同，謂之朋黨可也；門生故吏，謂之朋黨可也〔九〕。是數者，皆其類也，皆善人也。故曰：欲空人之國而去其君子者，惟以朋黨罪之，則無免者矣。

夫善善之相樂，以其類同，此自然之理也〔一〇〕。故聞善者必相稱譽，稱譽則謂之朋黨；得善者必相薦引，薦引則謂之朋黨。使人聞善不敢稱譽，人主之耳不聞有善於下矣；見善不敢薦，則人主之目不得見善人矣。善人日遠而小人日進，則爲人主者，倀倀然誰與之圖治安之計哉〔一一〕！故曰：欲孤人主之勢而蔽其耳目者，必用朋黨之説也。

一君子存，羣小人雖衆，必有所忌，而有所不敢爲。惟空國而無君子，然後小人得肆志於無所不爲，則漢魏、唐梁之際是也。故曰：可奪國而予人者，由其國無君子；空國而無君子，由以朋黨而去之也。

嗚呼！朋黨之説，人主可不察哉！傳曰"一言可以喪邦"者，其是之謂歟〔一二〕。可不鑒哉，可不戒哉！

《唐六臣傳》是《新五代史》中一篇合傳，記唐哀帝時中書侍郎張文蔚、禮部尚書蘇循、中書侍郎楊涉、翰林學士張策、御史大夫薛貽矩、尚書左丞趙光逢六人事跡。哀帝被迫遜位，張文蔚等以朝廷重臣奉傳國璽于梁太祖朱温，并稱臣于梁，唐亡。故作者著論痛斥張等爲"以國予人而自誇耀"的小人。朋黨之説，宋代始于景祐三年范仲淹和吕夷簡之争，吕在仁宗前訴范"越職言事，離間君臣，引用朋黨"，于是"以仲淹朋黨榜朝堂，戒百官越職言事"。當時不少范仲淹的支持者，自認爲范之黨，如館閣校勘尹洙上疏説："仲淹忠諒有素，臣與之誼兼師友，則是仲淹之黨也。今仲淹以朋黨被罪，臣不可苟免。"集賢校理王質也説："希文賢者，得爲朋黨,幸矣!”這反映了黨論初起時羣情憤激,不以爲諱。後來黨論時起時伏,歐陽修于慶曆三年作《朋黨論》,曰“小人無朋,惟君子則有之”,實際亦爲急切之言。作爲封建專制政體,雖有儒家“君君臣臣”之説爲其基礎,但帝位總不是穩固的,特别在政權衰弱之時,皇帝總擔心大權旁落,懷疑大臣,因而極易聽信朋黨之説。慶曆五年,章得象等即以范仲淹等“多挾朋黨”進讒。韓琦、尹洙、劉敞等則力辯并無朋黨;歐陽修上《論杜衍范仲淹等罷政事狀》,也只强調小人用朋黨之説誣陷正人君子,指出杜、范、韓、富“議事多不相從”的事實,意圖亦在證明他們非黨。結果仍未能釋仁宗的疑忌,慶曆新政的主持者及支持者均被貶謫。此論作于慶曆、皇祐間,進一步論證朋黨之説爲害可致亡國。由于是作者切身痛感,故議論較之《朋黨論》尤爲剴切。

〔一〕嗚呼:感嘆詞。據宋陳振孫《直齋書録解題》引歐陽修語曰:“昔孔子作《春秋》,因亂世而立法;余爲本紀,以治法而正亂君,發論必以‘嗚呼’,曰:此亂世之書也。”

〔二〕始爲三句:《孟子·梁惠王》:“仲尼曰:始作俑者,其無後乎。”俑:古代殉葬的偶人。孔子認爲俑殉導致人殉,故痛恨開始製作俑的人。歐陽修《本論》下:“昔孔子嘆爲俑者不仁,蓋嘆乎啓其漸而至於用殉也。”指創爲“朋黨之論”者,其遺禍之烈甚於作俑。

〔三〕繁城:故址在今河南臨潁縣西北。魏文帝曹丕於此受漢禪。其地有魏受禪臺、魏文帝廟和受禪碑、上尊號碑。

〔四〕《梁實録》:今佚。文蔚等所爲:據《新五代史·唐六臣傳》:天祐四年(九〇七)“四月甲子,文蔚等自上源驛奉册寶、乘輅車,導以金吾仗衛、太常鹵簿,朝梁於金祥殿。(梁)王袞冕南面,臣文蔚、臣循奉册升殿,進讀已;臣涉、臣策奉傳國璽,臣貽矩、臣光逢奉金寶,以次升,進讀已。降,率文武百官北面舞蹈,再拜賀”。

〔五〕及遂相之:謂張文蔚、楊涉、張策、趙光逢、薛貽矩先後任梁相。

〔六〕當漢五句:東漢末年,宦官專政,士人李膺、郭泰等加以抨擊,於是在桓帝延熹九年(一六六)、靈帝熹平二年(一七六)兩次釀成黨錮之禍，反對宦官的士人被稱作"黨人"，其門生故吏、父子兄弟以及五族，皆免官禁錮。

〔七〕及唐五句：哀帝天祐三年，朱温欲任命其親信張廷範爲太常卿，被宰相裴樞反對，朱温十分忌恨。是年四月，天空出現彗星，宰相柳璨阿附朱温，誣陷裴樞、獨孤損，崔遠、趙崇、王贊、王溥、陸扆等忠臣，以爲天象示譴，是由於這些人的緣故，於是全部貶黜，并殺害於白馬驛，史稱"白馬之禍"。朝廷官員凡不附朱温者，皆稱爲朋黨，貶死者數百人。第二年朱温即篡唐。

〔八〕寡過：很少有過失。

〔九〕執友：志同道合的朋友。宦學相同：同僚、同學。門生故吏：學生、僚屬。此謂朋黨株連之廣，遍及衆人。

〔一〇〕夫善善三句意猶物以類聚。歐陽修《准詔言事上書》："大凡善惡之人，各以類聚。故守廉慎者各舉清幹之人，有贓污者各舉貪濁之人，好徇私者各舉請求之人，性庸暗者各舉不材之人。"

〔一一〕倀倀然：無所適從貌。《荀子・修身》"人無法則倀倀然"楊倞注："倀倀，無所適貌，言不知所措履。"圖：謀畫。

〔一二〕傳：聖經賢傳。一言可以喪邦。見《論語・子路》："定公問……一言而喪邦，有諸？孔子對曰：言不可若是其幾（簡單、機械）也。人之言曰：予無樂乎爲君，唯其言而莫予違也（没有人敢違背我的話）。如其善而莫之違也，不亦善乎；如不善而莫之違也，不幾乎一言而喪邦乎。"《論語》原指"言莫予違"足以亡國，此借指"朋黨之論"。

論杜衍范仲淹等罷政事狀

臣聞士不忘身不爲忠，言不逆耳不爲諫。故臣不避羣邪切齒之禍，敢干一人難犯之顔〔一〕，惟賴聖明，幸加省察。

臣伏見杜衍、韓琦、范仲淹、富弼等，皆是陛下素所委任之臣，一旦相繼罷黜，天下之士皆素知其可用之賢，而不聞其可罷之罪。臣雖供職在外，事不盡知；然臣竊見自古小人讒害忠賢，其説不遠：欲廣陷良善，則不過指爲朋黨〔二〕；欲動摇大臣，則必須誣以專權。其故何也？

夫去一善人而衆善人尚在，則未爲小人之利；欲盡去之，則善人少過，難爲一二求瑕，惟有指以爲朋，則可一時盡逐。至如大臣已被知遇，而蒙信任，則難以他事動摇，惟有專權是上之所惡，故須此説，方可傾之〔三〕。臣料衍等四人各無大過，而一時盡逐，弼與仲淹委任尤深，而忽遭離間，必有以朋黨專權之説，上惑聖聰。臣請試辨之。

昔年仲淹初以忠言讜論聞於中外〔四〕，天下賢士争相稱慕，當時奸臣誣作朋黨，猶難辨明。自近日陛下擢此數人，并在兩府〔五〕，察其臨事，可以辨也。蓋衍爲人清慎而謹守規矩，仲淹則恢廓自信而不疑，琦則純正而質直，弼則明敏而果鋭〔六〕。四人爲性，既各不同，雖皆歸於盡忠，而其所見各異，故於議事多不相從。至如杜衍欲深罪滕宗諒，仲淹則力争而寬之；仲淹謂契丹必攻河東，請急修邊備；富弼料以九事，力言契丹必不來；至如尹洙，亦號仲淹之黨，及争水洛城事，韓琦則是尹洙而非劉滬，仲淹則是劉滬而非尹洙〔七〕。此數事尤彰著，陛下素已知者。

此四人者，可謂天下至公之賢也。平日閒居，則相稱美之不暇；爲國議事，則公言廷諍而不私。以此而言，臣見衍等真得《漢史》所謂忠臣有不和之節〔八〕；而小人讒爲朋黨，可謂誣矣。

臣聞有國之權，誠非臣下之得專也。然臣竊思仲淹等自入兩府已來，不見其專權之迹，而但見其善避權也。權者，得名位則可行，故好權之臣必貪位。自陛下召琦與仲淹於陝西，琦等讓至五六，陛下亦五六召之；富弼三命學士，兩命樞密副使，每一命，皆再三懇讓；讓者愈切，陛下用之愈堅〔九〕。臣見其避讓大繁，不見其好權貪位也。及陛下堅不許辭，方敢受命，然猶未敢别有所爲。陛下見其皆未作事，乃特開天章，召而賜坐，授以紙筆，使其條事〔一〇〕。然衆人避讓，不敢下筆，弼等亦不敢獨有所述。因此又煩聖慈，特出手詔，指定姓名，專責弼等條列大事而施行，弼等遲回又近一月，方敢略條數事〔一一〕。

然仲淹深練世事，必知凡百難猛更張，故其所陳，志在遠大而多若迂緩，但欲漸而行之以久，冀皆有效；弼性雖鋭，然亦不敢自出意見，但多舉祖宗故事〔一二〕，請陛下擇而行之。自古君臣相得，一言道合，遇事便行。臣方怪弼等蒙陛下如此堅意委任，督責丁寧，而猶遲緩自疑，作事不果。然小人巧譖，已曰專權者，豈不誣哉！

至如兩路宣撫，聖朝常遣大臣〔一三〕。況自中國之威近年不振，故元昊叛逆一方，而勞困及於天下；北虜乘釁，違盟而動，其書辭侮慢，至有貴國祖宗之言〔一四〕。陛下憤恥雖深，但以邊防無備，未可與争，屈志買和，莫大之辱〔一五〕。弼等見中國累年侵凌之患，感陛下不次進用之恩，故各自請行，力思雪國家之前恥，沿山傍海〔一六〕，不憚勤勞，欲使武備再修，國威復振。臣見弼等用心，本欲尊陛下威權，以禦四夷，未見其侵權而作過也。

伏惟陛下睿哲聰明，有知人之聖，臣下能否，洞見不遺，故於千官百辟之中特選得此數人〔一七〕，驟加擢用。夫正士在朝，羣邪所忌；謀臣不用，敵國之福也。今此數人一旦罷去，而使羣邪相賀於内，四夷相賀於外，此臣所爲陛下惜之也。

伏惟陛下聖德仁慈，保全忠善，退去之際，恩禮各優，今仲淹四路之任，亦不輕矣〔一八〕。惟願陛下拒絶羣謗，委任不疑，使盡其所爲，猶有裨補。方今西北二虜交争未已，正是天與陛下經營之時，如弼與琦，豈可置之閒處〔一九〕。伏望陛下，早辨讒巧，特加圖任〔二〇〕，則不勝幸甚！

臣自前歲召入諫院，十月之内，七受聖恩，而致身兩制〔二一〕。方思君寵至深，未知報效之所。今羣邪争進讒巧，正士繼去朝廷，乃臣忘身報國之秋，豈可緘言而避罪。敢竭愚瞽，惟陛下擇之。臣無任祈天待罪，懇激屏營之至。臣修昧死再拜〔二二〕。

慶曆五年(一〇四五)作。慶曆四年十一月，蘇舜欽進奏院宴會獄成，與會者同時罷黜十餘人(參見《祭蘇子美文》)，仁宗下詔書戒朋黨相訐，范仲淹自知不免，請罷参知政事出守陝西，“慶曆新政”已岌岌可危。慶曆五年正月，仁宗又聽信章得象、陳執中等誣陷范仲淹等朋黨擅權，甚至陰謀廢立的讒言，罷参知政事范仲淹知邠州、樞密副使富弼知鄆州、樞密使杜衍知兖州；三月，樞密副使韓琦上書論富弼等不當罷，即罷韓知揚州，“慶曆新政”遂告徹底失敗。其時歐陽修任河北都轉運使在鎮定府，聽到這個消息，心情異常悲憤壓抑，曾在《班班林間鳩寄内》詩中説：“近日讀除書，朝廷更輔弼，君恩優大臣，進退禮有秩。小人妄希旨，議論争操筆，又聞説朋黨，次第推甲乙。而我豈能逃，不若先自劾，上賴天子聖，未必加斧鑕。一身但得貶，羣口息啾唧，公朝賢彦衆，避路當揣質。苟能因謫去，引分思藏密，還爾禽鳥性，樊籠免驚怵。子意其謂何？吾謀今已必。”歐陽修雖然明知新政反對者勢力強大、手段惡劣，但爲挽救新政，還是決心冒險上了這篇《論杜衍范仲淹等罷政事狀》，“于是，邪黨益忌修，因其孤甥張氏獄傳致以罪，左遷知制誥知滁州”(《宋史·歐陽修傳》)。此文從一個側面反映了慶曆黨争的真實情況。

〔一〕犯顏：冒犯皇帝威嚴。當時罷杜衍等已有成命，所以這樣説。《韓非子·外儲左》：“桓公問置吏於管仲，曰：犯顏極諫，臣不如東郭牙，請立以爲諫臣。”

〔二〕供職在外：歐陽修於慶曆四年三月奉使河東，返開封後即任命河北都轉運按察使。説：原注：“一作‘識’。”其説不遠：意謂見識淺近。朋黨：《晉書·郤詵傳》：“動則争競，争競則朋黨，朋黨則誣誷，誣誷則臧否失實，真僞相冒，主聽用惑，奸之所會也。”宋代朋黨之説始於景祐初范仲淹與吕夷簡之争，吕訴范“離間君臣，引用朋黨”，歐陽修曾作《朋黨論》以辯。

〔三〕知遇：賞識信用。唐白居易《爲人上宰相書》：“某伏觀先皇帝之知遇相公也，雖古君臣道合者無以加也。”上：皇帝。傾：覆，除去。

〔四〕讜論：直言。中外：朝廷内外、中央和地方。

〔五〕擢(zhuó)：選拔、提升。兩府：宋稱中書省、樞密院爲兩府，是當時最高的軍政機關。

〔六〕蓋衍四句：論杜衍、范仲淹、韓琦、富弼四人的品質，所引都是皇帝制誥上的話，後分别寫入各人傳記。

〔七〕以上十一句舉四人政見之分歧。滕宗諒：字子京，慶曆二年知涇州時，值宋兵在定川寨被西夏戰敗，西夏兵長驅渭州，涇州危急，滕爲保障州城，曾動用公錢武裝農民、犒賞士兵，存恤戰死者家屬，事後被奏劾枉費公用錢。杜衍主張嚴懲，而范仲淹嚮仁宗説：“如宗諒顯有欺隱入己及乖違大過，臣甘與宗諒同行貶黜。”歐陽修時爲諫官，曾兩次上疏認爲不宜深罪滕宗諒。契丹必攻河東：

西夏起兵後,即與契丹勾結,慶曆二年三月,契丹揚言起兵南下,范仲淹主張增兵防衛,富弼以爲宋無力與西夏、契丹同時作戰,仁宗派富弼使契丹議和,許每年增輸絹十萬匹,銀十萬兩。料以九事:未詳。《宋史》本傳記其曾“上當世之務十餘條及安邊十三策”。尹洙:字師魯。亦號仲淹之黨:景祐三年范仲淹被貶時,尹官館閣校勘,上疏説:“仲淹忠諒有素,臣與之誼兼師友,則是仲淹之黨也。今仲淹以朋黨被罪,臣不可苟免。”因此亦被貶。争水洛城事:慶曆初尹知渭州時,鄭戩爲陝西四路都總管,遣劉滬、董士廉在水洛(今甘肅莊浪縣)築城,以通秦渭援兵。而尹以爲城寨多會分散兵力,奏罷之,劉滬等不聽命令,尹逮捕劉、董下獄。韓琦支持尹洙,而范仲淹支持劉滬,歐陽修亦兩次進言,認爲應保全劉滬,不同意尹洙的處理。上舉四人之間的政見分歧,以證其“所見各異”而“歸於盡忠”。

〔八〕廷諍:在朝廷上相互争論。漢史:當指班固《漢書》。“不和之節”,俟查。

〔九〕自陛下九句:慶曆三年四月,詔韓琦、范仲淹爲樞密副使;八月,以范仲淹參知政事,復以富弼爲樞密副使。范仲淹被召前,官環慶路經略安撫招討使兵馬都部署,被召後曾“五讓不許”。

〔一〇〕陛下五句:歐陽修《文正范公神道碑銘》:“既至,數月,以爲參知政事,每進見,必以太平責之。公嘆曰:上之用我者至矣,然事有先後,而革弊於久安,非朝夕可也。既而,上再賜手詔,趣使條天下事;又開天章閣召見,賜坐,授以紙筆,使疏於前。公惶恐避席,始退而條列時所宜先者十數事上之。”

〔一一〕弼等二句:《宋史紀事本末·慶曆黨議》:“帝以平治責成輔相,命弼主北事,仲淹主西事。弼上當世之務十餘條及安邊十三策,大略以進賢,退不肖,止僥倖,去宿弊,欲漸易監司之不才者,使澄汰所部吏,於是小人始不悦矣。”

〔一二〕練:熟悉、了解。祖宗故事:指宋代歷朝皇帝處理政務的成規。

〔一三〕兩路宣撫:慶曆五年,范仲淹罷參知政事後官知邠州兼陝西四路緣邊安撫使，十一月罷安撫使改知鄧州；富弼罷樞密副使後官京東西路安撫使。聖朝：指本朝。

〔一四〕况自七句：指宋朝積弱，以致西夏和契丹威脅西北邊境。元昊叛逆：指西夏元昊稱帝。北虜：指契丹。違盟：契丹和宋在景德初訂立澶淵和議，至慶曆初又揚言要舉兵南下。貴國祖宗：契丹書詞中語，對宋朝不恭。《四部叢刊》本文後有編者跋云："至如'貴國'二字，注一作'責'，蓋用綿本及李燾《長編》。今真迹元用'貴國'。按慶曆二年契丹求關南書云：貴國祖先……仁宗命王拱辰草答書云：……當時貴國，亟發援兵……則是'貴國'二字彼此用之，公此奏後改爲'責'耳。"

〔一五〕屈志買和：指宋朝向契丹、西夏歲輸銀絹，屈辱求和。

〔一六〕不次進用：不按正常的次序提拔任用。《漢書・東方朔傳》"待以不次之位"注："不拘常次，言超擢也。"各自請行：范、富實際都因不安於位，自請外任。《文正范公神道碑銘》："會邊奏有警，公即請行，乃以公爲河東陝西宣撫使。"沿山：指陝西四路。傍海：指京東西路。

〔一七〕千官百辟：指衆多的臣僚。辟(bì)：原指諸侯、國君。《詩・大雅・假樂》："百辟卿士，媚於天子。"

〔一八〕恩禮各優：宋代朝臣被貶，一般出任地方官。但貶任地方副職的，實際等於被監視。范仲淹罷參知政事後仍兼陝西四路緣邊安撫使之重任，故曰"亦不輕矣"。

〔一九〕方今西北二虜交争未已：指慶曆年間西夏與契丹之間不斷發生的小規模戰事。閒處：指不加重用，任非所用。

〔二〇〕讒巧：讒人巧言。圖任：《尚書・盤庚》"古我先王亦惟圖任舊人共政"注："先王謀任久老成人共治其政。"

〔二一〕四句自承受恩深重。歐陽修自慶曆三年三月任太常丞知諫院，九月賜緋衣銀魚，又同評定國朝勛臣名次、同修三朝典故，十月擢同修起居注，十二月以右正言知制誥仍供諫職，并賜紫章服。兩制：内制和外制，代皇帝的命令擬稿。

〔二二〕三句係古代臣僚上書中的套語。無任：非常、十分。屏營：誠惶誠恐貌。昧死：冒死，不避死罪。

送徐無黨南歸序

草木鳥獸之爲物，衆人之爲人，其爲生雖異，而爲死則同，一歸於腐壞、澌盡、泯滅而已〔一〕。而衆人之中有聖賢者，固亦生且死於其間，而獨異於草木鳥獸衆人者，雖死而不朽，逾遠而彌存也。其所以爲聖賢者，修之於身，施之於事，見之於言，是三者所以能不朽而存也〔二〕。

修於身者，無所不獲；施於事者，有得有不得焉；其見於言者，則又有能有不能也。施於事矣，不見於言可也〔三〕。自《詩》、《書》、《史記》所傳，其人豈必皆能言之士哉？修於身矣，而不施於事，不見於言，亦可也。孔子弟子有能政事者矣，有能言語者矣〔四〕。若顔回者，在陋巷，曲肱飢卧而已，其羣居則默然終日如愚人〔五〕。然自當時羣弟子皆推尊之，以爲不敢望而及〔六〕，而後世更千百歲亦未有能及之者。其不朽而存者，固不待施於事，况於言乎！

予讀班固《藝文志》、唐《四庫書目》，見其所列，自三代、秦、漢以來〔七〕，著書之士多者至百餘篇，少者猶三四十篇；其人不可勝數，而散亡磨滅，百不一二存焉。予竊悲其人，文章麗矣，言語工矣，無異草木榮華之飄風，鳥獸好音之過耳也〔八〕。方其用心與力之勞，亦何異衆人之汲汲營營〔九〕？而忽焉以死者，雖有遲有速，而卒與三者同歸於泯滅〔一〇〕。夫言之不可恃也蓋如此。今之學者，莫不慕古聖賢之不朽，而勤一世以盡心於文字間者，皆可悲也。

東陽徐生，少從予學，爲文章，稍稍見稱於人。既去而與羣士試於禮部，得高第〔一一〕，由是知名。其文辭日進，如水涌而山出。予欲摧其盛氣而勉其思也，故於其歸，告以是言〔一二〕。然予固亦喜爲文辭者，亦因以自警焉〔一三〕。

至和元年（一〇五四）作。徐無黨，婺州東陽永康（今浙江省永康縣）人，曾從歐陽修學古文辭，并爲歐陽修修纂的《新五代史》作過注。徐中進士後歸鄉，因稱“南歸”，作者爲之作序贈行。其中“三不朽”的提法，最早見于《左傳》襄公二十四年：“太上有立德，其次有立功，其次有立言，雖久不廢，此之謂不朽。”在本序中，作者一方面把文章提到“立言”的高度，同時又以顔淵爲例，指出“修于身矣，而不施于事，不見于言，亦可也”。就是説，爲人必須以德行（修身）爲本，有了德，即使没有言，亦可揚名後世；否則即使“文章麗矣，言語工矣”，也“無異草木榮華之飄風，鳥獸好音之過耳”。爲文而文，以文自喜，是文弊的根源，故作者一再提醒後學，不能“勤一世以盡心於文字間”。其時徐無黨文章已爲世所稱，又中進士甲科，由是知名。如果以此自滿，像作者《答吴充秀才書》所謂“蓋文之爲言，難工而可喜，易悦而自足。世之學者往往溺之，一有工焉，則曰吾學足矣，甚者至棄百事不關於心”，就不能繼續進步，因而要“摧其盛氣而勉其思”。

〔一〕澌盡、泯滅：均爲消滅之意。

〔二〕三者所以能不朽而存：即《左傳》所謂之三不朽。唯能不朽，纔能成爲聖賢。

〔 三 〕八句意謂修身(即立德)是個人的事,衹要身體力行,必然有收穫;施事(即立功)是關係社會的事,不能完全取決於個人,如歐陽修《范公神道碑銘》所云"爲之自我者當如是,其成與否有不在我者,雖聖賢不能必";立言(即文章)則因各人的才能不同,有能和不能之别。

〔 四 〕孔子弟子:《史記·仲尼弟子列傳》:"孔子曰:受業身通者七十有七人,皆異能之士也。德行:顔淵、閔子騫、冉伯牛、仲弓;政事:冉有、季路;言語:宰我、子貢;文學:子游、子夏。"

〔 五 〕顔回:即顔淵。《史記·仲尼弟子列傳》:"孔子曰:賢哉回也,一簞食,一瓢飲,在陋巷,人不堪其憂,回也不改其樂。回也如愚,退而省其私,亦足以發,回也不愚。……回年二十九,髮盡白,早死,孔子哭之慟,曰:自吾有回,門人益親。魯哀公問:弟子孰爲好學?孔子對曰:有顔回者好學,不遷怒,不貳過,不幸短命死矣,今也則亡(無)。"

〔 六 〕然自二句:《論語·公冶長》:"子謂子貢(姓端木,名賜。)曰:汝與回也孰愈(優)?對曰:賜也何敢望回!回也聞一知十,賜也聞一知二。"

〔 七 〕班固《藝文志》即《漢書·藝文志》。唐四庫書目:唐代多次整理内庫圖書,官修目録除玄宗時的《羣書四録》外,據《崇文總目》二三所記,尚有《開元四庫書目》等。四庫指經、史、子、集四部書分庫收藏。三代:指夏、商、周。

〔 八 〕草木榮華、鳥獸好音。指《漢書·藝文志》、唐《四庫書目》所載之書,其散失佚落,如同草木開花,隨風飄散,鳥獸鳴聲,過耳即逝。榮:草類開花或穀類結穗。

〔 九 〕汲汲營營:匆遽急迫地經營謀劃。

〔一〇〕三者:指草木、鳥獸、衆人。

〔一一〕禮部:尚書省六部之一,宋代主持進士試。高第:名列前茅。

〔一二〕予欲三句:徐無黨少年進士,文辭擅名,故歐陽修在序中有意加以摧抑,促使其在學業上繼續進步。

〔一三〕歐陽修當時官翰林學士兼史館修撰,奉詔修《唐書》,在文壇上已居領導地位。故二句以自警作結,以增重懇摯之意。

答宋咸書

修頓首白:州人至,蒙惠書及補注《周易》,甚善。世無孔子久矣,六經之旨失其傳,其有不可得而正者,自非孔子復出,無以得其真也〔一〕。

儒者之於學,博矣;而又苦心勞神於殘篇朽簡之中,以求千歲失傳之謬,茫乎前望已遠之聖人而不可見,杳乎後顧無窮之來者,欲爲未悟決難解之惑,是真所謂勞而少功者哉〔二〕!然而經非一世之書也〔三〕;其傳之謬,非一日之失也;其所以刊正補緝,亦非一人之能也。使學者各極其所見,而明者擇焉,十取其一,百取其十,雖未能復六經於無失而卓如日月之明,然聚衆人之善以補緝之,庶幾不至於大繆,可以俟聖人之復生也。然則學者之於經,其可已乎〔四〕!

足下於經勤矣,凡其所失〔五〕,無所不欲正之,其刊正補緝者衆,則其所得亦已多矣。修學不敏明,而又無強力以自濟〔六〕,恐終不能少出所見以補六經之萬一,得足下所爲,故尤區區而不能忘也。屬奉使出疆,匆匆不具〔七〕。惟自愛。廬陵歐陽修再拜。

至和二年(一〇五五)作。宋咸,字貫之,天聖進士,致力經學,著有

《易訓》、《毛詩正紀外義》、《論語增注》等。歐陽修尊崇《易》和《春秋》,但對歷來的傳注持懷疑態度。他主張學者必須"師經",又認爲"聖人之言,在人情不遠",故强調推理,强調個人研究與經世致用。慶曆二年曾有詩説:"聖言簡且直,慎勿迂其求,經通道自明,下筆如戈矛。"(《送黎生下第還蜀》)此文還反映了他希望集思廣益,以求六經本意的意見。這些見解比較通達,活躍了當時的學術風氣。

〔一〕五句言六經之旨難得真解。歐陽修認爲"經不待傳而通者十七八,因傳而惑者十五六"(《春秋或問》)其不可通者十一二,因孔子已死,後世不能獲得真解。他在《獲麟贈姚辟先輩》詩中也説:"一從聖人没,學者自爲師,峥嶸衆家説,平地生嶮巇。"

〔二〕儒者八句:司馬遷《史記·太史公自序》引其父司馬談《論六家要旨》:"夫儒者以六藝爲法,六藝經傳以千萬數,累世不能通其學,當年不能究其禮,故曰:'博而寡要,勞而少功。'"歐陽修曾分析秦漢以來"僞説亂經"的原因爲儒者誇誕、争奇好勝,"經簡而直,傳新而奇。簡直無悦耳之言,新奇多可喜之論,是以學者樂聞而易惑也。"(《春秋論》上)

〔三〕經非一世之書:歐陽修《廖氏文集序》:"夫六經非一世之書,其將與天地無終極而存也。"

〔四〕使學者十句:歐陽修於至和三年曾再次復書宋咸,有云:"天日之高,以其下臨於人者不遠,而自古至今,積千萬人之智測驗之,其得如此,故時亦有差者,由不得其真也;聖人之言,在人情不遠,然自戰國及今,述者多矣,所以吾儕猶不能默者,以前人未得其真也。然亦當積千萬人之見,庶幾得者多而近是,此所以學者不可以止也。"卓:同"焯",鮮明貌。

〔五〕凡其所失:指傳疏中的各種錯誤。

〔六〕自濟:自助。此指因體衰而精力不濟。

〔七〕屬奉使出疆:歐陽修於至和二年秋出使契丹,書作於出使之前。屬(zhǔ):適值。不具,不完備,信末常用語。

删正黄庭經序

無仙子者，不知爲何人也？無姓名，無爵里〔一〕，世莫得而名之；其自號爲無仙子者，以警世人之學仙者也。

其爲言曰：自古有道無仙，而後世之人知有道而不得其道〔二〕，不知無仙而妄學仙，此我之所哀也。道者，自然之道也，生而必死，亦自然之理也。以自然之道，養自然之生，不自戕賊夭閼，而盡其天年〔三〕，此自古聖智之所同也。禹走天下，乘四載，治百川，可謂勞其形矣，而壽百年；顔子蕭然卧於陋巷，簞食瓢飲，外不誘於物，内不動於心，可謂至樂矣，而年不及三十〔四〕。斯二人者，皆古之仁人也，勞其形者長年，安其樂者短命。蓋命有長短，稟之於天〔五〕，非人力之所能爲也。惟不自戕賊，而各盡其天年，則二人之所同也。此所謂以自然之道，養自然之生。

後世貪生之徒，爲養生之術者，無所不至〔六〕。至茹草木，服金石，吸日月之精光；又有以謂此外物不足恃，而反求諸内者，於是息慮絶欲，煉精氣，勤吐納，專於内守，以養其神〔七〕。其術雖本於貪生，及其至也，尚或可以全形而却疾，猶愈於肆欲稱情以害其生者〔八〕，是謂養内之術。故上智任之自然，其次養内以却疾，最下妄意而貪生。

世傳《黄庭經》者，魏晉間道士養生之書也。其説專於養内，多奇怪，故其傳之久，則易爲訛舛，今家家異本，莫可考正。無仙子既甚好古，家多集録古書文字，以爲玩好之娱〔九〕。有《黄庭經》石本者，乃永和十三年晉人所書〔一〇〕，其文頗簡，以較今世俗所傳者，獨爲有理，疑得其真。

於是喟然嘆曰：吾欲曉世以無仙而止人之學者，吾力顧未能也〔一一〕。吾視世人執奇怪訛舛之書，欲求生而反害其生者，可不哀哉！矧以我玩好之餘，拯世人之謬惑，何惜而不爲？乃爲删正諸家之異，一以永和石本爲定，其難曉之言，略爲注解，庶幾不爲訛謬之説惑世以害生，是亦不爲無益。若大雅君子〔一二〕，則豈取於此。

歐陽修《與蔡君謨求書集古録序書》："蓋自慶曆乙酉（五年，一〇四五）逮嘉祐壬寅（七年，一〇六二）十有八年，而得千卷，顧其勤至矣，然亦可謂富哉。"文内提及"有《黄庭經》石本，……疑得其真"。當作於慶曆、嘉祐間。宋代道教盛行，不少皇帝都信奉神仙。宋真宗即受王欽若、丁謂等蠱惑，大搞天書、封禪，後來宋徽宗更相信道士林靈素，弄神弄鬼，斷送了北宋王朝。《黄庭經》係道教經典，全名《太上黄庭内景經》、《太上黄庭外景經》，是講道家養生修煉方法的書。歐陽修借删正此書之機，對神仙長生的虚妄，作了有力抨擊。

〔一〕無仙子：歐陽修的託名。爵里：官位、籍貫。

〔二〕有道無仙：有道家没有仙家。道家是先秦以老子、莊子學説爲中心的學派，崇尚自然，反對人爲。後世道教徒即崇奉老子爲祖師，實際是勉強牽附。故曰"知有道而不得其道"。

〔三〕戕賊：殘害。《孟子·告子》："子能順杞柳之性而爲桮棬乎？將戕賊杞柳而後以爲桮棬也。"夭閼：摧折阻逆。梁劉峻《辨命論》："故性命之道，窮通之數，夭閼紛綸，莫知其辨。"天年：自然的壽命。《韓非子·解老》："行端直則無禍害，無禍害則盡天年，……

盡天年則全而壽。"

〔 四 〕禹走十一句以夏禹和顔回作比：夏禹治水操勞而長年，顔回幽卧安閑而短命，證明生命長短不在人爲。古人認爲操勞能促壽，故云。乘四載：《史記·夏本紀》記禹對舜説："予陸行乘車，水行乘舟，泥行乘橇，山行乘檋。"顔子：顔回，孔子弟子。《論語·雍也》："子曰：賢哉，回也。一簞食，一瓢飲，在陋巷，人不堪其憂，回也不改其樂。賢哉，回也！"

〔 五 〕稟：稟賦、承受。

〔 六 〕養生：《莊子》有《養生主》篇，清王先謙集解："順事而不滯於物，冥情而不攖於天，此莊子養生之宗旨也。"後世衍爲長生之術。無所不至：指想盡一切辦法，用盡一切手段。

〔 七 〕至茹十句指道家服食修煉之法。茹：吃。《黄庭經》專主修煉，晉葛洪《抱朴子》則側重服食丹藥。古詩十九首："服食求神仙，多爲藥所誤。"吐納：魏嵇康《養生論》："又呼吸吐納，服食養身，使形神相親，表裏俱濟也。"

〔 八 〕其術四句意謂如能掌握好修煉養内之法，或許還能收到健全軀體、抗病祛疾的效果，較之服食丹藥戕賊生命要强得多。愈：勝過。

〔 九 〕無仙子三句：歐陽修《集古録目序》："予性顓而嗜古，凡世人之所貪者皆無欲於其間，故得一其所好於斯。好之已篤，則力雖未足，猶能致之。"

〔一〇〕《黄庭經》石本：今流傳的晉王羲之書《黄庭經》是《黄庭外景經》，很可能即爲歐陽修所見之石本。但晉穆帝永和年號僅十二年(三四五——三五六)，次年正月壬戌朔，太后還政，即改元升平，此"永和十三年"疑爲"十二年"之誤。石本：石碑拓本。

〔一一〕曉：曉喻、告訴。下文"難曉"之"曉"，則爲理解之意。顧：但，特。

〔一二〕大雅君子：才高有德的人。漢班固《兩都賦》："大雅宏達，於兹爲羣。"

祭杜祁公文

維嘉祐二年三月日，具官歐陽修謹遣驅使官趙日宣，以清酌庶羞之奠，致祭於故太子太師贈司徒侍中杜公之靈曰〔一〕：士之進顯於榮禄者，莫不欲安享於豐腴；公爲輔弼，飲食起居如陋巷之士、環堵之儒，他人不堪，公處愉愉〔二〕。士之退老而歸休者，所以思自放於閒適；公居於家，心在於國，思慮精深，言辭感激，或達旦不寐，或憂形於色，如在朝廷，而有官責〔三〕。

嗚呼！進不知富貴之爲樂，退不忘天下以爲心。故行於己者老益篤，而信於人者久愈深。人之愛公，寧有厭已，壽胡不多，八十而止。自公之喪，道路嗟咨，況於愚鄙〔四〕，久辱公知。繫官在朝，心往神馳，送不臨穴，哭不望帷，銜辭寫恨，有涕漣洏〔五〕。尚饗。

嘉祐二年(一〇五七)作。杜祁公，杜衍，封祁國公，卒於嘉祐二年二月五日。杜慶曆初官樞密使，爲"慶曆新政"主持者之一，新政失敗後不久，即告老，退居南京(應天府，今河南商丘市)。歐陽修出杜衍門下，皇祐初官知應天府兼南京留守司事時，還不斷嚮杜衍請益。除這篇祭文外，歐陽修在同年還作有《太子太師致仕杜祁公墓志銘》，并在《與杜訢(杜衍子)論祁公墓志書》中曰："修雖遲緩，當自作文一篇紀述。平生知己先相公最深，别無報答，衹有文字是本職，固不辭。雖足下不見命，亦自當作。……緣修文字簡略，止記大節，期於久遠，恐難滿孝子意。但自報知己，盡心於紀録，則可耳。"此文即着重寫了杜衍在立身、處事兩方面的特色。

〔一〕維嘉祐四句：嘉祐二年，歐陽修在開封官太常卿，杜衍卒於南京，故祇能派人前往致祭。

〔二〕公爲五句言杜衍嚴於律己，生活儉樸。輔弼：宰相。本《尚書大傳》："古者天子必有四鄰。前曰疑，後曰丞，左曰輔，右曰弼。"陋巷：《論語·雍也》記顔淵居陋巷，一簞食、一瓢飲。環堵：四圍土牆。《莊子·讓王》："原憲居魯，環堵之室，茨以生草，蓬户不完。"《杜祁公墓志銘》説："公自布衣至爲相，衣服飲食無所加，雖妻子亦有常節。家故饒財，諸父分産，公以所得悉與昆弟之貧者，俸禄所入，分給宗族，賙人急難。"

〔三〕以上十句言杜衍歸老後仍不忘國事。《杜祁公墓志銘》又曰："至其歸老，無屋以居，寓於南京驛舍者久之。自少好學，工書畫，喜爲詩讀書，雖老不倦。推獎後進，今世知名士多出其門。居家見賓客，必問時事。聞其善，喜若己出；至有所不可，憂見於色，或夜不能寐，如任其責者。凡公所以行之終身者，有能履其一，君子以爲人之所難，而公自謂不足以名後世，遺戒子孫，無得記述。"《宋史》本傳亦曰："衍清介，不殖私産，既退，寓南都凡十年，第室卑陋，纔數十楹，居之裕如也。"又曰："戒其子努力忠孝，斂以一枕一席，小壙庳冢以葬。自作遺疏，……語不及私。"

〔四〕道路：路上行人，指與杜衍没有關係的人，聞杜之死，亦爲悲愴。愚鄙：笨拙淺陋，爲作者自謙之辭。

〔五〕以上六句謂自己爲官職所羈，不能親臨哭奠，抱恨撰文，涕泪交流。穴：墓室。《詩·王風·大車》："穀則異室，死則同穴"疏："穴，謂冢壙中也。"帷：帷堂。《禮記·檀弓》："曾子曰：尸未設飾，故帷堂，小斂而撤帷。"漣洏(ré)：涕泪交流貌。王粲《贈蔡子篤詩》："中心孔悼，涕泪漣洏。"

秋聲賦

歐陽子方夜讀書，聞有聲自西南來者〔一〕。悚然而聽之，曰：異哉！初淅瀝以蕭颯，忽奔騰而砰湃，如波濤夜驚，風雨驟至。其觸於物也，鏦鏦錚錚，金鐵皆鳴；又如赴敵之兵，銜枚疾走，不聞號令，但聞人馬之行聲〔二〕。余謂童子〔三〕："此何聲也？汝出視之。"童子曰："星月皎潔，明河在天〔四〕，四無人聲，聲在樹間。"

余曰："噫嘻悲哉！此秋聲也，胡爲而來哉？蓋夫秋之爲狀也：其色慘淡，烟霏雲斂；其容清明，天高日晶；其氣慄冽，砭人肌骨；其意蕭條，山川寂寥〔五〕。故其爲聲也，淒淒切切，呼號憤發。豐草緑縟而争茂，佳木葱蘢而可悦；草拂之而色變，木遭之而葉脱〔六〕。其所以摧敗零落者，乃其一氣之餘烈〔七〕。

"夫秋，刑官也，於時爲陰；又兵象也，於行用金〔八〕。是謂天地之義氣，常以肅殺而爲心〔九〕。天之於物，春生秋實，故其在樂也，商聲主西方之音，夷則爲七月之律〔一〇〕。商，傷也，物既老而悲傷；夷，戮也，物過盛而當殺〔一一〕。

"嗟乎！草木無情，有時飄零〔一二〕。人爲動物，惟物之靈，百憂感其心，萬事勞其形，有動於中，必摇其精〔一三〕。而況思其力之所不及，憂其智之所不能，宜其渥然丹者爲槁木，黟然黑者爲星星〔一四〕。奈何以非金石之質〔一五〕，欲與草木而争榮？念誰爲之戕賊，亦何恨乎秋聲。"〔一六〕。

童子莫對〔一七〕，垂頭而睡。但聞四壁蟲聲唧唧，如助余之嘆息。

嘉祐四年（一〇五九）作。這年春天，作者辭去兼權知開封府的職務,復官翰林學士兼龍圖閣學士提舉在京諸司庫務。自嘉祐以後,歐陽修獲仁宗信用,官位不斷升遷,但由於現實政治的矛盾,他深知守舊則日趨因循,改革則徒滋紛擾,思想十分苦悶,故於詩文中經常流露出衰病無能的情緒。"思其力之所不及,憂其智之所不能","奈何以非金石之質,欲與草木而争榮",正是這種苦悶情緒的反映。後於治平二年(一〇六五)又作《秋懷》詩曰:"節物豈不好,秋懷何黯然,西風酒旗市,細雨菊花天。感事愁雙鬢,包羞食萬錢,鹿車終自駕,歸去潁東田。"意較《秋聲賦》更爲直截。宋人寫賦較唐更趨於散文化,但仍保留賦的主客對問、抑揚頓挫、音韻鏗鏘的特點,故文學史上稱爲"文賦"。此類賦體,實創自相傳爲宋玉所作的《高唐》、《神女》諸賦,後來駢賦、律賦盛行,至宋已不多見,歐陽修作此賦後,又有蘇軾的前後赤壁之作,實爲此類賦作的後勁。此賦讀來朗朗上口,將難以捉摸的秋聲描繪得有聲有色,而中間又融會着作者對政治生活的深沉感慨,所以成爲傳誦不衰的名篇。

〔一〕歐陽子:作者自稱。方:正在。西南來者:指秋風。《太平御覽》卷九引《易緯》"立秋涼風至"注:"西南方風。"

〔二〕以上十一句明爲寫聲,實爲寫風,寫秋風之由小漸大、由遠而近。宋玉有《風賦》一篇寫風,即爲其所本。不同的是宋玉寫風,形聲皆備,歐陽修寫風,全從聲字入手,自有一番新意。鏦鏦錚錚:金鐵相撞之聲。銜枚:見詩選《禮部貢院閱進士就試》注。

〔三〕童子:書童,年幼的侍從。

〔四〕明河:銀河。

〔五〕蓋夫九句:宋玉《九辯》:"悲哉,秋之爲氣也!蕭瑟兮草木摇落而變衰,憭慄兮若在遠行,登山臨水兮送將歸,泬寥兮天高而氣清,寂寥兮收潦而水清。"此即概括略變其意而成。烟霏:烟氣飄散。《晉書·王羲之傳論》:"烟霏露結。"

〔六〕草拂二句中兩"之"字均指秋氣。

〔七〕一氣之餘烈:古人認爲秋主殺,摧殘草木是殺氣威烈之餘。

〔八〕刑官:古代稱刑部爲秋官。於時爲陰:《漢書·律曆志》:"秋爲陰中,萬物以成。”兵象:古代秋季練兵。《漢書·刑法志》“秋治兵以獮”顔師古注:“治兵,觀威武也。獮(狩獵),應殺氣也。”行:金、木、水、火、土五行。古人認爲秋在五行中屬金,陳子昂《感遇》:“金天方肅殺,白露始專征。”

〔九〕義氣:《禮記·鄉飲酒義》:“天地嚴凝之氣,始於西南而盛於西北,此天地之尊嚴氣也,此天地之義氣也。”

〔一〇〕商聲:宫、商、角、徵、羽五聲之一。與五行相配,金爲商;與四方相配,西爲商。夷則:十二樂律名之一。《禮記·月令》:“孟秋之月,其音商,律中夷則。”

〔一一〕“商”、“傷”音同,故曰“商,傷也”。《太平御覽》卷二十四引《釋名》:“七月謂之夷則,何?夷者,傷也;則者,法也。言萬物始傷被刑法也。”這些都是古人附會之説。

〔一二〕二句謂草木爲無情之物,尚不免凋敗墜落,以引起下文對人生的感慨。

〔一三〕人爲六句:歐陽修認爲萬物均爲“精氣之聚”(《雜説》),而“人稟天地氣,乃物中最靈”(《贈學者》)。人有思想、有智慧,但也有無窮的憂慮和操勞影響人的情感和體質,祇要内心被外物所觸動,就一定會損害聚合的精氣。

〔一四〕宜其二句謂人往往想辦其能力辦不到、憂其智力所及之外的事,這樣必然使鮮潤的膚色變成蒼老,烏黑的鬚髮變成花白。渥(wò)沾潤。《詩經·秦風·終南》:“顔如渥丹。”黟(yī):黑色。星星:形容毛髮花白。左思《白髮賦》:“星星白髮,生於鬢垂。”

〔一五〕金石之質:堅固不壞的素質。《古詩十九首》:“人生非金石,焉能常壽考。”

〔一六〕二句反歷代文人怨秋之意而言之,認爲人生遭受摧殘自有其因,正不必去怨恨蕭瑟的秋聲,言外正隱含着對人事的無限感慨。戕賊:殘害。

〔一七〕莫對:不知所答。

梅聖俞詩集序

予聞世謂詩人少達而多窮〔一〕,夫豈然哉！蓋世所傳詩者,多出於古窮人之辭也。凡士之蘊其所有而不得施於世者,多喜自放於山顛水涯,外見蟲魚草木風雲鳥獸之狀類,往往探其奇怪：内有憂思感憤之鬱積,其興於怨刺,以道羈臣寡婦之所嘆,而寫人情之難言,蓋愈窮則愈工〔二〕。然則非詩之能窮人,殆窮者而後工也。

予友梅聖俞,少以蔭補爲吏,累舉進士,輒抑於有司〔三〕。困於州縣凡十餘年,年今五十,猶從辟書,爲人之佐〔四〕。鬱其所蓄,不得奮見於事業。其家宛陵〔五〕,幼習於詩,自爲童子,出語已驚其長老。既長,學乎六經仁義之説,其爲文章,簡古純粹,不求苟説於世,世之人徒知其詩而已〔六〕。然時無賢愚,語詩者必求之聖俞;聖俞亦自以其不得志者,樂於詩而發之〔七〕。故其平生所作,於詩尤多。世既知之矣,而未有薦於上者〔八〕。昔王文康公嘗見而嘆曰:"二百年無此作矣!"〔九〕雖知之深,亦不果薦也。若使其幸得用於朝廷,作爲雅頌,以歌咏大宋之功德,薦之清廟,而追商、周、魯頌之作者,豈不偉歟〔一〇〕!奈何使其老不得志,而爲窮者之詩,乃徒發於蟲魚物類、羈愁感嘆之言？世徒喜其工,不知其窮之久而將老也,可不惜哉!

聖俞詩既多,不自收拾。其妻之兄子謝景初懼其多而易失也,取其自洛陽至於吴興已來所作,次爲十卷〔一一〕。予嘗嗜聖俞詩,而患不能盡得之,遽喜謝氏之能類次也,輒序而藏之〔一二〕。其後十五年,聖俞以疾卒於京師,余既哭而銘之,因索於其家,得其遺稿千餘篇,并舊所藏,掇其尤者六百七十七篇爲一十五卷〔一三〕。嗚呼,吾於聖俞詩,論之詳矣〔一四〕,故不復云。

廬陵歐陽修序。

嘉祐六年(一〇六一)作。梅堯臣,字聖俞,宣城(今安徽省宣城縣)人,著有《宛陵先生集》。宋代詩文革新運動,自明道初年歐陽修在洛陽時和梅堯臣、蘇舜欽等發難,至此時已取得徹底勝利。對於宋詩革新,梅堯臣起了很重要的作用,歐陽修始終稱之爲“詩老”。陸游《書宛陵集後》評梅爲唐代李白、杜甫後的第一位作家,有“突過元和作”之譽。劉克莊《後村詩話》則更推爲宋詩之“開山祖師”。梅堯臣一生仕途坎坷,此序作於梅去世後第二年,作者提出詩歌“殆窮者而後工”,認爲詩人“内有憂思感憤之鬱積,其興於怨刺”,纔能寫出“人情之難言”的作品來。也就是説,詩人必須有真情實感,纔能把難以描摹的感情形之於詩篇。這個見解與司馬遷《報任少卿書》“詩三百篇,大抵聖賢發憤之所爲作也”、韓愈《荆潭唱和詩序》“夫和平之音淡薄,而愁思之聲要妙;歡愉之辭難工,而窮苦之言易好也”,是一脈相承的。

〔一〕少達而多窮:杜甫《天末懷李白》:“文章憎命達,魑魅喜人過。”關於梅堯臣因詩而窮的説法當時很流行,曾敏行《獨醒雜志》記蘇軾在海南時,歐陽辟(歐陽修子)告以當年梅堯臣曾賞識蘇軾及其父蘇洵,蘇軾説:“天下皆言聖俞以詩窮,吾二人又窮於聖俞之詩,不可大笑乎。”達:通顯。窮:困厄。

〔二〕九句叙窮而後工的原因,謂讀書人懷才不遇,没有施展才能的機會,於是就以山水自遣,將其所見所感發爲詩歌,故能寫出難以描摹的怨思幽情。作者由此得出結論:詩人的遭遇愈困頓,其詩作則愈深刻、愈成熟。蟲魚草木風雲鳥獸：《論語・陽貨》："小子何莫學夫詩，詩可以興，可以觀，可以羣，可以怨，邇之事父，遠之事君，多識於鳥獸草木之名。"怨刺：《漢書・禮樂志》："周道始缺，怨刺之詩起。"羈臣寡婦之所嘆：指去國懷鄉、憂讒畏譏的感慨和嘆息。羈臣：被貶謫的官員。

〔三〕四句言梅氏科舉不售。宋代有任子（恩蔭）制度，梅堯臣叔父梅詢官翰林侍讀學士，其爲官即因其叔父之蔭。他自己曾多次應進士試都未中式，故終生不得志。

〔四〕困於州縣四句：梅堯臣做過桐城、河南、河陽三縣主簿，建德、襄城縣令，監湖州鹽稅和忠武、鎮安軍節度判官。到嘉祐元年，纔由趙概推薦，官國子監直講。主簿、判官等職都是州縣的佐吏。辟書：徵召的文書。

〔五〕宛陵：宣城舊名。

〔六〕既長六句：兼叙梅堯臣的道德文章。簡古純粹：針對時文之雕琢柔靡而言。説：通"悦"，意謂不迎合世俗潮流。梅堯臣也是古文運動的發起者之一，然其詩名較著。

〔七〕然時四句：歐陽修《梅聖俞墓志銘》："至聖俞遂以詩聞，自武夫貴戚童兒野叟，皆能道其名字，雖妄愚人不能知詩義者，直曰'此世所貴也，吾能得之'，用以自矜。故求者日踵門，而聖俞詩遂行天下。"

〔八〕薦於上：嚮朝廷推薦。

〔九〕王文康公：王曙，景祐元年繼錢惟演官西京留守，當時歐、梅都是他的下屬。二百年無此作：指梅詩直追中唐詩人，這是很高的評價。

〔一〇〕若使六句：《梅聖俞墓志銘》："（嘉祐）三年冬，祫於太廟。御史中丞韓絳言：天子且親祠，當更制樂章，以薦祖考，惟梅某爲宜。亦不報。"此謂梅如獲任用，定能寫出登歌清廟的大著作。雅頌：指盛世的詩歌。《詩經》中有《大雅》、《小雅》、《商頌》、《周頌》、《魯頌》。清廟：太廟，皇帝的祖廟。

〔一一〕謝景初：謝絳子。梅堯臣的妻子是謝絳的妹妹。謝景初是謝絳之子。梅堯臣於天聖九年(一〇三一)官河南縣主簿，在洛陽，慶曆二年到四年(一〇四二——四年)在吴興官湖州監税，謝景初所輯者當爲梅堯臣作於其間十餘年的詩作。次：編排。

〔一二〕予嘗四句：歐陽修於明道元年(一〇三二)作有《書梅聖俞稿後》，此處提及之序，今文集中不存。

〔一三〕其後七句：嘉祐五年(一〇六〇)春開封大疫，梅堯臣即卒於此時。哭而銘之：歐陽修有《梅聖俞墓志銘》，與本篇作於同一年。掇其尤者：選擇其中優秀的作品。關於梅堯臣集，此處謂十五卷，《墓志銘》稱"其文集四十卷"，今存明正統本《宛陵先生集》六十卷，無文，存詩約二千九百首。

〔一四〕論之詳矣：歐陽修詩文中多有評價梅詩之作，兩人唱和之作尤多。

集古録目序

物常聚於所好，而常得於有力之强〔一〕。有力而不好，好之而無力，雖近且易，有不能致之。象犀虎豹，蠻夷山海殺人之獸，然其齒角皮革，可聚而有也〔二〕。玉出崑崙流沙萬里之外，經十餘譯乃至乎中國〔三〕。珠出南海，常生深淵，采者腰絙而入水，形色非人，往往不出，則下飽蛟魚〔四〕。金礦於山，鑿深而穴遠，篝火餱糧而後進，其崖崩窟塞，則遂葬於其中者，率常數十百人〔五〕。其遠且難而又多死禍，常如此。然而金玉珠璣，世常兼聚而有也。凡物好之而有力，則無不至也。

湯盤，孔鼎，岐陽之鼓，岱山、鄒嶧、會稽之刻石，與夫漢、魏已來聖君賢士桓碑、彝器、銘詩、序記，下至古文籀篆分隸諸家之字書〔六〕，皆三代以來至寶，怪奇偉麗，工妙可喜之物。其去人不遠，其取之無禍。然而風霜兵火，湮淪磨滅，散棄於山崖墟莽之間未嘗收拾者，由世之好者少也。幸而有好之者，又其力或不足，故僅得其一二，而不能使其聚也。

夫力莫如好，好莫如一〔七〕。予性顓而嗜古，凡世人之所貪者皆無欲於其間，故得一其所好於斯〔八〕。好之已篤，則力雖未足，猶能致之。故上自周穆王以來，下更秦、漢、隋、唐、五代，外至四海九州，名山大澤，窮崖絶谷，荒林破冢，神仙鬼物，詭怪所傳，莫不皆有，以爲《集古録》〔九〕。以謂轉寫失真，故因其石本軸而藏之〔一〇〕。有卷帙次第而無時世之先後，蓋其取多而未已，故隨其所得而録之〔一一〕。又以謂聚多而終必散，乃撮其大要，别爲録目，因并載夫可與史傳正其闕謬者，以傳後學，庶益於多聞〔一二〕。

或譏予曰：物多則其勢難聚，聚久而無不散，何必區區於是哉〔一三〕？予對曰：足我所好，玩而老焉可也。象犀金玉之聚，其能果不散乎？予固未能以此易彼也。

廬陵歐陽修序。

嘉祐七年(一〇六二)作。古代的青銅器和碑碣，除了藝術價值外，還有很高的史學價值。漢代以後，就有人專門收集這類文物，但當時或視爲古玩，或僅着眼於文字、書法，從歐陽修始，金石纔成爲一門專門的學科。《四庫全書總目提要》説："古人法書，惟重真迹，自梁元帝始集録碑文，爲《碑英》一百二十卷，見所撰《金樓子》，是爲金石文字之祖，今其書不傳。曾鞏欲作《金石録》而未成,僅制一序,存《元豐類稿》中。(歐陽)修始采摭佚遺,積至千卷,撮其大要,各爲之説。”歐陽修所收,均爲金石文字的直接拓本,殊堪貴重。據其《與蔡君謨求書集古録序書》曰,“蓋自慶曆乙酉逮嘉祐壬寅,十有八年,而得千卷,顧其勤至矣,然亦可謂富哉”。《集古録》今存十卷,收作者四百餘篇跋文,並有部份描摹的原文,以及作者的闡釋和考訂文字。

〔一〕好:指愛好者。力:勢力、財力。

〔二〕象犀虎豹四句謂象犀虎豹這類猛獸都生活在偏遠荒僻之地,然而象牙、犀角和虎豹的皮毛卻爲世貴重,有力者可以大量占有。蠻夷:指文化落後的僻遠地區。

〔三〕玉出崑崙:《尚書·胤征》“火炎昆岡,玉石俱焚”注:“昆山出玉。”昆山即崑崙山。流沙:大沙漠。十餘譯:指十多處語言不同的地區。

〔四〕珠出南海六句寫采珠的艱苦和危險。《藝文類聚》卷八十四引萬震《南州異物志》:“合浦民善游,采珠兒年十餘歲便教入水,官禁民采珠,巧盜者蹲水底,刮蚌得好珠,吞而出。”腰絚(gēng):腰間繫繩。

〔五〕金礦於山六句寫掘金的困難和危險。礦:此爲蘊藏之意。篝(gōu)火餱(hóu)糧:執着火炬,帶着乾糧。

〔六〕以上九句寫古代文物的可貴。湯盤:相傳爲商湯沐浴之盤,《禮記·大學》載其銘文爲:“苟日新,日日新,又日新。”孔鼎相傳爲孔子先世正考父之鼎,上亦有銘文。李商隱《韓碑》詩:“湯盤孔鼎有述作,今無其器存其辭。”岐陽之鼓:唐初在陝西鳳翔發現的石鼓,共十枚,刻有長篇文字(籀文),歷代詩人多有歌咏,爲我國今存最早的石刻文字,相傳是周宣王時所刻,但攷定爲秦代所刻者近是。岱山:即泰山。秦始皇巡游泰山、鄒嶧山、會稽(浙江紹興)時,都刻石碑記載功德。桓碑:猶言豐碑。桓:大。彝器:古代宗廟祭祀之器,如鐘、鼎、樽、罍等。銘詩:古代統治者在立有功業或死後，立碑製器，銘刻事迹，作爲紀念。古文：指秦以前的文字。籀：籀書，即大篆。篆：篆書，即小篆。分：八分書，隸書的變體，接近楷書。隸：隸書。

〔七〕二句意謂對於古代文物，有力（勢力、財力）不如愛好，泛愛不如專一，才能積聚珍藏。一：專一。

〔八〕顓（zhuān）：愚蒙、顓謹。《漢書·揚雄傳》"倥侗顓蒙"顔師古注："鄭氏曰：童蒙無所知也。"世人之所貪者：即指上文所謂象牙、犀角、金玉等物。斯：指金石拓本等古代文物。

〔九〕以上十句叙《集古録》中所收材料時間綿長，搜羅廣泛，内容多樣。周穆王：西周的第五代帝王。按：今《集古録》著録的最早拓本是《毛伯敦銘》，據説是周武王時的彝器。作者跋文説："蓋余集録最後得此銘，當作《録目序》時，但有《伯冏銘》'吉日癸巳'字最遠，故叙言'自周穆王以來'。叙已刻石，始得斯銘，乃武王時器也。"神仙鬼物，詭怪所傳：指書中《謝仙火》等傳爲鬼神所書的碑文拓本。

〔一〇〕石本：即拓本。用薄紙蒙在碑刻等器物上，覆以毡片，經過拍打，使之凹凸分明，然後上墨，在紙上顯出文字、圖象。

〔一一〕三句意謂《集古録》祇分卷編次，不按時代先後排列，原因是要不斷收集，隨收隨録。按：今本《集古録》（又稱《集古録跋尾》）已由後人按時代先後編次。

〔一二〕庶益於多聞：希望能有助於增廣見聞。《論語·爲政》："多聞闕疑"，"多見闕殆。"

〔一三〕區區：此爲專心致志之意。

記舊本韓文後

予少家漢東〔一〕。漢東僻陋，無學者；吾家又貧，無藏書。州南有大姓李氏者，其子堯輔頗好學，予爲兒童時多游其家〔二〕。見有弊筐貯故書在壁間，發而視之，得唐《昌黎先生文集》六卷〔三〕，脱落顛倒無次序。因乞李氏以歸，讀之，見其言深厚而雄博。然予猶少，未能悉究其義，徒見其浩然無涯若可愛〔四〕。

是時，天下學者楊、劉之作，號爲時文，能者取科第〔五〕、擅名聲，以夸榮當世，未嘗有道韓文者。予亦方舉進士，以禮部詩賦爲事〔六〕。年十有七，試於州，爲有司所黜〔七〕。因取所藏韓氏之文復閲之，則喟然嘆曰：學者當至於是而止爾〔八〕！因怪時人之不道，而顧己亦未暇學，徒時時獨念於予心；以謂方從進士干禄以養親，苟得禄矣，當盡力於斯文，以償其素志〔九〕。

後七年，舉進士及第，官於洛陽，而尹師魯之徒皆在，遂相與作爲古文〔一〇〕。因出所藏《昌黎集》而補綴之，求人家所有舊本而校定之。其後天下學者亦漸趨於古，而韓文遂行於世。至於今，蓋三十餘年矣，學者非韓不學也，可謂盛矣。

嗚呼！道固有行於遠而止於近〔一一〕，有忽於往而貴於今者，非惟世俗好惡之使然，亦其理有當然者。而孔、孟惶惶於一時，而師法於千萬世〔一二〕。韓氏之文，没而不見者二百年，而後大施於今。此又非特好惡之所上下，蓋其久而愈明，不可磨滅，雖蔽於暫而終耀於無窮者，其道當然也。

予之始得於韓也，當其沉没棄廢之時，予固知其不足以追時好而取勢利，於是就而學之。則予之所爲者，豈所以急名譽而干勢利之用哉！亦志乎久而已矣。故予之仕，於進不爲喜、退不爲懼者，蓋其志先定而所學者宜然也〔一三〕。

集本出於蜀〔一四〕，文字刻畫頗精於今世俗本，而脱謬尤多。凡三十年間，聞人有善本者，必求而改正之〔一五〕。其最後卷秩不足，今不復補者，重增其故也〔一六〕。予家藏書萬卷，獨《昌黎先生集》爲舊物也。嗚呼！韓氏之文之道，萬世所共尊，天下所共傳而有也〔一七〕。予於此本，特以其舊物而尤惜之。

歐陽修於天聖八年（一〇三〇）中進士，本篇作於中進士後三十餘年，約當英宗治平年間（一〇六四—一〇六七）。宋初風行楊億、劉筠的"時文"（駢儷文），古文不受重視，韓愈的文集因無人注意而湮没。宋代古文運動的先驅者柳開、穆修等首先提出尊韓，并刊刻韓愈、柳宗元的文集，但影響不大。後經歐陽修大力提倡和積極創作，古文運動纔蓬勃展開，并最終壓倒駢文。正如陸游在《入蜀記》中指出："本朝楊、劉之文擅天下、傳夷狄，亦駢儷也；及歐陽公起，然後掃蕩無餘。後進之士雖有工拙，要皆近古。"在古文大行於世、"學者非韓不學"之時，歐陽修回顧自己三十餘年學習韓文的經過，強調學文不能"以急名譽而干勢利之用"，涵義是頗爲深刻的。對於韓文舊本，他十分珍視，其《唐田弘正家廟碑》曾曰："自天聖以來，古學漸盛，學者多讀韓文，而患集本訛舛，惟余家本屢更校正，時人共傳，號爲善本。"此記即爲此善本而作。

〔一〕漢東：隨州在漢水以東，宋有漢東郡。

〔二〕州南三句參見本集《李秀才東園亭記》及注。

〔三〕《昌黎先生文集》：唐代古文運動主要倡導者韓愈的文集，爲其弟子李漢所編。韓愈，河南河陽人，郡望昌黎，常自稱"昌黎韓愈"。

〔四〕悉究：盡力探求，全部理解。浩然無涯：形容韓文狂放恣肆、揮灑自如。若：此作連詞，同"而"。

〔五〕楊、劉之作：楊億、劉筠的作品。《四庫全書總目提要》："田況《儒林公議》稱億在兩禁，變文章之體，劉筠、錢惟演輩皆從而學之，時號楊、劉。"其文以華靡著稱，石介《怪說》評爲"窮妍極態，綴風月，弄花草，淫巧侈麗，浮華纂組"。時文：科舉考試的程式文章。取科第：科舉獲得中式。

〔六〕以禮部詩賦爲事：宋代進士考試由禮部主持，考試科目主要是駢體文和試帖詩。歐陽修爲了應試，不得不以之爲事。

〔七〕爲有司所黜：指作者於天聖元年，應隨州州試（入選者稱舉人，由州郡推薦至京應禮部試），因賦卷出韻而未被録取。

〔八〕當至於是而止：謂作文當以能達到韓文的程度爲滿足。

〔九〕因怪七句：作者在《與荆南樂秀才書》中亦曰："僕少孤貧，貪禄仕以養親，不暇就師窮經以學聖人之遺業，而涉獵書史，姑隨時俗，作所謂時文者，皆穿蠹經傳，移此儷彼，以爲浮薄，惟恐不悦於時人，非有卓然自立之言如古人者。"干禄：謀取官職俸禄。

〔一〇〕後七年五句：指天聖八年，作者中進士後，任西京留守推官，即拋棄時文，在洛陽和尹洙、梅堯臣、蘇舜欽、謝絳等交游，一起作古文歌詩，遂以文學知名。

〔一一〕道：此指由韓愈所繼承和發展的以孔孟爲代表的儒家學説。下文"其道當然也"的"道"，是道理的意思。

〔一二〕惶惶：不安貌。師法於千萬世：孔孟死後，受到歷代統治者的尊崇，被樹爲"萬世師表"。梁沈約《辨聖論》："當仲尼在世之時，世人不言爲聖人也，伐樹削迹，干七十君而不一值，或以爲東家丘，或以爲喪家犬。"

〔一三〕故予之仕三句：歐陽修一生曾多次遭受貶斥，此自謂能不因官職的升降而喜懼，原因在於志不在"急名譽"、"干勢利"，同時也得力於韓文。

〔一四〕集本出於蜀：蜀，今四川地區，當五代中原混亂之際，王氏、孟氏控制的前、後蜀相對安定，不少文人趨往避亂，一時成爲文化薈萃之區，刊刻了不少書籍。著名的刻書家有後蜀的毋昭裔等。

〔一五〕善本：珍貴罕有、校勘精確的版本。穆修《唐柳先生集後序》曾談到他校訂韓文的情況："韓則雖目其全，至所缺墜，亡字失句，獨於集家爲甚。志欲補其正而傳之，多從好事訪善本，前後累數十，得所長，輒加注竄。遇行四方遠道，或他書不暇持，獨賫韓以自隨，幸會人所寶有，就假取正。凡用力於斯已蹈二紀外，文始幾定。"

〔一六〕三句意謂因係舊本，爲保持原本面貌，除校勘字句外，殘缺的卷數就不再配補。重增其故：不肯輕率地增補原本。重：難，不輕率。

〔一七〕萬世所共尊、天下所共傳：歐陽修極力推崇韓愈的文章和思想，認爲它們能傳之萬世，受到人們的廣泛重視。後來蘇軾將這一觀點概括成"匹夫而爲百世師，一言而爲天下法"(《潮州韓文公廟碑》)，并在《居士集序》中把歐陽修稱爲"今之韓愈"。如柳開《應責》曰"吾之道，孔子、孟軻、揚雄、韓愈之道；吾之文，孔子、孟軻、揚雄、韓愈之文也"，石介《尊韓》曰"孔子之《易》、《春秋》，自聖人以來未有也；吏部(韓愈)《原道》、《原人》、《原毁》、《行難》、《禹問》、《佛骨表》、《諍臣論》，自諸子以來未有也"，可見宋代古文家都以繼承韓愈的道統、文統自命。

歸田録序

《歸田録》者，朝廷之遺事，史官之所不記，與夫士大夫笑談之餘而可録者，録之以備閒居之覽也。

有聞而誚余者曰：何其迂哉！子之所學者，修仁義以爲業，誦六經以爲言，其自待者宜如何〔一〕？而幸蒙人主之知，備位朝廷，與聞國論者，蓋八年於兹矣〔二〕。既不能因時奮身，遇事發憤，有所建明，以爲補益；又不能依阿取容，以徇世俗，使怨嫉謗怒叢於一身，以受侮於羣小〔三〕。

當其驚風駭浪，卒然起於不測之淵，而蛟鰐黿鼉之怪，方駢首而闖伺，乃措身其間，以蹈必死之禍〔四〕。賴天子仁聖，惻然哀憐，脱於垂涎之口而活之，以賜其餘生之命，曾不聞吐珠銜環，效蛇雀之報〔五〕。蓋方其壯也，猶無所爲，今既老且病矣，是終負人主之恩，而徒久費大農之錢，爲太倉之鼠也〔六〕。爲子計者，謂宜乞身於朝，退避榮寵，而優游田畝，盡其天年，猶足竊知止之賢名〔七〕。而乃裴回俯仰，久之不決，此而不思，尚何歸田之録乎！

余起而謝曰：凡子之責我者，皆是也。吾其歸哉，子姑待。

治平四年九月乙未〔八〕，廬陵歐陽修序。

《歸田録》是歐陽修晚年追記政事軼聞的筆記，成稿於治平四年（一〇六七）。早在皇祐元年歐陽修知潁州時，已萌買田退休之意，後來歷盡政治風波，憂譏畏讒之心不斷反映於詩文，即使在仕途順利之時，亦時時想到退步。如至和初（一〇五四）官翰林學士時，即與韓絳、吴奎、王珪相約於五十八歲退休；嘉祐六年（一〇六一）官參知政事，官位顯達，其作《讀書》詩仍曰："自從中年來，人事攻百箭，非惟職有憂，亦自老可嘆。形骸苦衰病，心志亦退懦，前時可喜事，閉眼不欲見。"可見其心情之一斑。治平四年，英宗死，神宗即位，歐陽修被御史彭思永、蔣之奇誣以家庭醜事，更促成了他退休的决心。序中所言自訟，即反映了未能及時歸隱的悔恨。據宋王明清《揮麈後録》載，《歸田録》初成，神宗即派中使宣取，其時歐陽修已退休，迺删去其中若干違礙的文字，又加以雜記戲笑之事進之，不敢再存原本。

〔一〕子之四句：儒家的信條是"達則兼濟天下，窮則獨善其身"，歐陽修在《與尹師魯書》中曾曰："往時砧斧鼎鑊，皆是烹斬人之物，然士有死不失義，則趨而就之，與几席枕藉之無異。"而自愧不能實踐。本文設爲問答結構,受有韓愈《進學解》的影響。

〔二〕八年於兹:歐陽修自嘉祐六年官參知政事(副宰相),歷仁宗、英宗、神宗三朝,至此已八年。

〔三〕八句寫自己在朝廷進退維谷,處於小人攻擊誹謗之中。宋代自歐陽修開創言事之風後,逐漸走嚮反面,誹謗盛行。宋楊時《龜山先生語録》曰:“至如歐陽,先爲諫官,後爲侍從,尤好立論,士之有言者皆依以爲重,遂以成俗。及濮園議起,未知是非所在,而傾國之人反回戈嚮之,平日盛舉,一朝隳損,善人君子無不化爲仇敵,至今不定。然則歐陽氏之所以攻人者,亦其所以受攻而不自知也。”清初王夫之《宋論》也指出:言風之弊,“其大端有四:曰謀爲叛逆,曰詛咒誹謗,曰内行不修,曰暗通賄賂。……王拱辰之以陷蘇舜欽摇杜衍也……夏竦之以陷石介及富弼也……蔣之奇之陷歐陽修也……於國計無與也,於官箴無與也,於吏治無與也。”歐陽修即深受其禍。奮身:奮不顧身。依阿:晉干寶《晉紀・總論》:“其倚杖虚曠,依阿無心者,皆名重海内”唐張銑注:“依阿無心,謂曲從不察。”徇:順從。《史記・項羽本紀》:“今不恤士卒而徇其私,非社稷之臣。”

〔四〕當其六句:歐陽修身經多次政治風波。景祐三年因支持范仲淹貶夷陵令,慶曆五年因支持新政貶滁州知州,治平二年因議英宗生父濮王封號被斥爲奸邪,治平四年又被彭思永等誣陷。其中被誣的罪狀,大多足以殺身。卒然:突然。卒:通“猝”。闖伺:昂首注視。闖:《公羊傳》哀公六年“則闖然公子陽生也”注:“闖,出頭貌。”

〔五〕賴天子六句:意謂幸得皇帝憐憫,纔至於不死,可又不知報答。此爲古人習慣的頌聖之辭。垂涎之口:指誣陷者的讒言。吐珠:《搜神記》卷二十:“隋侯出行,見大蛇被傷中斷,疑其靈異,使人以藥封之,蛇乃能走,因號其處斷蛇丘。歲餘,蛇銜明珠以報之。”銜環:《後漢書・楊震傳》注引《續齊諧記》:“(楊)寶年九歲時,至華陰山北,見一黄雀爲鴟梟所搏,墜於樹下,爲螻蟻所困。寶取之以歸，置巾箱中，唯食黄花，百餘日毛羽成，乃飛去。其夜有黄衣童子嚮寶再拜曰：'我西王母使者，君仁愛救拯，實感成濟。'以白環四枚與寶：'令君子孫潔白，位登三事，當如此環矣。'"

〔六〕大農：漢代大司農、大農丞、治粟内史等官，都稱大農，此指國庫。太倉：京城的糧倉。唐曹鄴《官倉鼠》："官倉老鼠大如斗，見人開倉亦不走，健兒無糧百姓饑，誰遣朝朝入君口？"

〔七〕知止：適可而止。《老子》："知足不辱，知止不殆，可以長久。"

〔八〕九月乙未：九月二十二日。

瀧岡阡表

嗚呼！惟我皇考崇公卜吉於瀧岡之六十年，其子修始克表於其阡〔一〕。非敢緩也，蓋有待也〔二〕。

修不幸，生四歲而孤〔三〕。太夫人守節自誓，居窮，自力於衣食，以長以教，俾至于成人〔四〕。太夫人告之曰〔五〕："汝父爲吏廉，而好施與，喜賓客，其俸禄雖薄，常不使有餘，曰：'毋以是爲我累。'〔六〕故其亡也，無一瓦之覆、一壠之植，以庇而爲生，吾何恃而能自守邪〔七〕？吾於汝父，知其一二，以有待於汝也〔八〕。自吾爲汝家婦，不及事吾姑，然知汝父之能養也〔九〕；汝孤而幼，吾不能知汝之必有立，然知汝父之必將有後也〔一〇〕。吾之始歸也，汝父免於母喪方逾年〔一一〕，歲時祭祀，則必涕泣曰：'祭而豐不如養之薄也。'〔一二〕間御酒食〔一三〕，則又涕泣曰：'昔常不足而今有餘，其何及也！'〔一四〕吾始一二見之，以爲新免於喪適然耳〔一五〕。既而，其後常然，至其終身未嘗不然。吾雖不及事姑，而以此知汝父之能養也。汝父爲吏，嘗夜燭治官書，屢廢而嘆〔一六〕。吾問之，則曰：'此死獄也〔一七〕，我求其生不得爾。'吾曰：'生可求乎?'曰：'求其生而不得，則死者與我皆無恨也，矧求而有得邪〔一八〕！以其有得，則知不求而死者有恨也。夫常求其生，猶失之死，而世常求其死也。'〔一九〕回顧乳者抱汝而立於旁〔二〇〕，因指而嘆曰：'術者謂我歲行在戌將死〔二一〕，使其言然，吾不及見兒之立也。後當以我語告之。'其平居教他子弟常用此語〔二二〕，吾耳熟也，故能詳也。其施於外事，吾不能知；其居於家無所矜飾，而所爲如此，是真發於中者邪〔二三〕。嗚呼！其心厚於仁者邪，此我知汝父之必將有後也，汝其勉之！夫養不必豐，要於孝；利雖不得博於物，要其心之厚於仁〔二四〕。吾不能教汝，此汝父之志也。"修泣而志之，不敢忘。

先公少孤力學，咸平三年進士及第，爲道州判官，泗、綿二州推官，又爲泰州判官，享年五十有九，葬沙溪之瀧岡〔二五〕。太夫人姓鄭氏，考諱德儀〔二六〕，世爲江南名族。太夫人恭儉仁愛而有禮，初封福昌縣太君，進封樂安、安康、彭城三郡太君〔二七〕。自其家少微時，治其家以儉約，其後常不使過之，曰："吾兒不能苟合於世〔二八〕，儉薄所以居患難也。"其後修貶夷陵〔二九〕，太夫人言笑自若，曰："汝家故貧賤也，吾處之有素矣，汝能安之，吾亦安矣。"

自先公之亡二十年，修始得禄而養〔三〇〕。又十有二年，列官於朝，始得贈封其親〔三一〕。又十年，修爲龍圖閣直學士、尚書吏部郎中，留守南京，太夫人以疾終於官舍，享年七十有二〔三二〕。又八年，修以非才，入副樞密，遂參政事，又七年而罷〔三三〕。自登二府，天子推恩，褒其三世，故自嘉祐以來，逢國大慶，必加寵錫〔三四〕。皇曾祖府君累贈金紫光禄大夫、太師、中書令，曾祖妣累封楚國太夫人。皇祖府君累贈金紫光禄大夫、太師、中書令兼尚書令，祖妣累封吴國太夫人。皇考崇公累贈金紫光禄大夫、太師、中書令兼尚書令，皇妣累封越國太夫人〔三五〕。今上初郊，皇考賜爵爲崇國公，太夫人進號魏國〔三六〕。

於是，小子修泣而言曰：嗚呼！爲善無不報，而遲速有時，此理之常也。惟我祖考，積善成德，宜享其隆，雖不克有於其躬，而賜爵受封，顯榮褒大，實有三朝之錫命〔三七〕。是足以表見於後世，而庇賴其子孫矣。迺列其世譜〔三八〕，具刻於碑。既，又載我皇考崇公之遺訓，太夫人之所以教而有待於修者，并揭於阡〔三九〕。俾知夫小子修之德薄能鮮，遭時竊位，而幸全大節，不辱其先者，其來有自〔四〇〕。

熙寧三年歲次庚戌四月辛酉朔十有五日乙亥，男推誠保德崇仁翊戴功臣、觀文殿學士、特進、行兵部尚書、知青州軍州事、兼管内勸農使、充京東東路安撫使、上柱國、樂安郡開國公，食邑四千三百户、食實封一千二百户修表〔四一〕。

歐陽修父歐陽觀卒於大中祥符三年(一〇一〇)，作者於皇祐五年(一〇五四)護母喪歸葬吉州瀧岡時，即作有《先君墓表》，未刻石。《瀧岡阡表》是熙寧三年(一〇七一)在青州任上就《先君墓表》精心改寫而成，時作者已六十四歲。《瀧岡阡表》嚮以感情真摯、刻劃細膩見稱，生動地寫出了作者幼年喪父，家境貧寒，依靠母親辛勤撫育，以及父親爲官處世宅心仁厚、表裏如一的態度；并真切地表達了作者爲官作宰能堅持操守，不苟合於世，完全有賴於父親的遺訓和母親的教誨。顯然，作者在一定程度上能同情人民、有志改革弊政思想的形成，和幼年貧困的生活經歷與母親的教育有關，但文中反復强調光宗耀祖和爲善必報的因果報應思想，則并不可取。瀧(shuāng)岡在今江西永豐縣南。阡表即墓表，樹在墓道上的石碑碑文，和碑碣有所區别：碑碣須有一定官位纔能樹立，而阡表則不論官民均可使用，記載表彰死者的“學行德履”。

〔一〕皇考：父死稱考，皇爲尊稱。屈原《離騷》：“朕皇考曰伯庸。”但南宋後即爲皇室專稱，一般人就不准用了。崇公：歐陽觀於熙寧元年神宗即位後追封崇國公。卜吉：選擇吉祥的葬地。六十年：歐陽觀於大中祥符四年(一〇一一)葬於瀧岡，至熙寧三年立阡表時已六十年。克：能。表於其阡：在墓前立碑。

〔二〕二句申説所以葬後六十年纔立阡表的原因。古代高官顯爵可追封祖先三代，而且隨着本人官位的遷升，祖先的封贈也隨之不斷提高，這被認爲是很光榮的事。有待：即指等待皇帝的封贈。

〔三〕孤：《孟子·梁惠王》：“幼而無父曰孤。”

〔四〕守節：封建社會稱婦女於丈夫死後不改嫁爲守節。長：養育。《詩經·小雅·蓼莪》：“長我育我。”俾：使。

〔五〕之：指作者自己。

〔六〕爲吏廉：爲官廉潔。歐陽觀官位不顯，一生衹做過幾任州縣的推官、判官等輔佐官，故稱“吏”。喜賓客：古人認爲招接賓客是美德，作者《七賢畫序》：“某爲兒童時，先妣嘗爲某曰：吾歸汝家時極貧，汝父爲吏至廉，又於物無所嗜，喜賓客，不計其家有無以具酒食。在綿州三年，他人皆多買蜀物以歸，汝父不營一物，而俸禄待賓客亦無餘。”

〔七〕無一瓦之覆、一壠之植：意謂房無一間、地無一壠。恃：憑藉、依靠。

〔八〕三句即“有德者必有後”之意。歐陽修《孫氏碑陰記》曰：“爲善之效無不報,然其遲速不必問也。故不在身者,必在子孫,或晦於當時者,必顯於後世。”一二:指下文孝母、仁厚。

〔九〕三句謂鄭氏嫁到歐陽家時,婆婆已死,但在生活中知丈夫能行孝道。姑:丈夫的母親。能養:指盡孝道。《禮記·祭義》:“曾子曰:孝有三,大孝尊親,其次弗辱,其下能養。”

〔一〇〕立:建樹,有成就。有後:指子孫能光大門楣。

〔一一〕歸:女子出嫁稱于歸,簡稱歸。《詩經·周南·桃夭》:“之子于歸,宜其室家。”免於母喪:除去母親的喪服,古代父母死後規定服喪三年。

〔一二〕祭而豐不如養之薄:《韓詩外傳》七:“曾子曰:往而不可還者,親也;至而不可加者,年也。是故孝子欲養而親不待也,木欲直而時不待也。是故椎牛而祭墓,不如鷄豚逮親存也。”

〔一三〕間御酒食:《先君墓表》作“間居而御酒食盛饌”。間:有時。御:食用。

〔一四〕二句意謂母親在世時因經濟困難不能很好奉養,如今生活好了,可是怎麽也不能補救以往對母親奉養的不足。

〔一五〕適然:《漢書·賈誼傳》“以爲是適然耳”顔師古注:“適,當也,謂事理當然。”

〔一六〕治官書:處理官府文書。歐陽觀任推官,負責辦理刑獄之事。屢廢:多次停下來。

〔一七〕死獄:該判死刑的案件。

〔一八〕矧(shěn):況且。

〔一九〕三句意謂自己雖然經常存心爲罪犯開脱,冀其不死,有時仍不免誤判死刑,何況世上治獄者多欲治人死罪呢。《宋史》本傳記歐陽修“貶夷陵時,無以自遣,因取舊案反復觀之,見其枉直乖錯不可勝數,於是仰天嘆曰:以荒遠小邑且如此,天下固可知。自爾,遇事不敢忽”。也反映出當時獄治的黑暗。

〔二〇〕乳者:奶媽。

〔二一〕術者:占卜、算命、巫醫一類人。歲行在戌:古代以干支紀年,指戌年。大中祥符三年爲庚戌年。

〔二二〕平居：平時、平素。

〔二三〕施於外事：指在社會上活動，古代婦女不預聞外事，故曰“吾不能知”。矜飾：裝模作樣。發於中：發自内心。

〔二四〕利雖不得博於物，要其心之厚於仁：意謂爲百姓謀利，雖限於條件，不能博施，重要的是要有深厚的仁愛之心。

〔二五〕咸平三年：公元一〇〇〇年。咸平，宋真宗趙恆年號（九九八—一〇〇三）。道州：州治在今湖南道縣。泗州：州治在今安徽泗縣。綿州：州治在今四川綿陽縣。泰州：州治在今江蘇泰縣。沙溪：在今江西吉安縣，是歐陽修的祖居。

〔二六〕考諱德儀：鄭氏父親名德儀。

〔二七〕三句叙鄭氏封贈。宋代制度：朝廷卿監和地方知州等官的母親封縣太君，朝廷侍郎、學士和地方觀察、留後等官的母親封郡太君。

〔二八〕少微時：年青地位低下、生活貧困時。不使過之：指不超過少微時的生活。吾兒不能苟合於世：《先君墓表》作“吾兒多不合於世”，這一改動見出歐陽修地位和思想與皇祐時不同，這時他爲三朝元老，並已决心退休，故不怕得罪於世。

〔二九〕修貶夷陵：指歐陽修景祐三年因致書責高若訥事貶夷陵令，其母隨之江行赴任。

〔三〇〕得禄而養：天聖八年（一〇三〇）歐陽修舉進士，爲西京留守推官，始得官禄，奉養母親。

〔三一〕又十有二年三句：慶曆元年（一〇四一）十一月，仁宗行郊祀（祭天）禮，歐陽修攝太常博士，十二月，加騎都尉，纔符合封贈親屬的規定。

〔三二〕又十年五句：皇祐四年（一〇五二），歐陽修官知應天府兼南京留守司事，鄭氏卒於應天府官舍。南京：即應天府，原名宋州（宋代發祥地），州治在今河南商丘市。

〔三三〕又八年五句：嘉祐五年（一〇六〇），歐陽修官樞密副使，第二年任參知政事，治平四年（一〇六七）罷相知亳州。非才：不才，古人自謙之辭。

〔三四〕二府：《宋史·職官志》："宋初循唐五代之制，置樞密院，與中書對持文武二柄，號爲二府。"必加寵錫：宋代遇國家慶典、祭祀，官員都有封賞，并及祖先，稱推恩。錫：同"賜"。

〔三五〕府君：對祖先的敬稱。妣：母死稱妣，也可稱祖母以上的女性祖先。累贈、累封：指最後的封贈。

〔三六〕今上初郊：指熙寧元年十一月神宗即位後舉行第一次郊祀。國公：宋代異姓很少封王，國公是僅次於王的封爵。進號魏國：即封魏國夫人。

〔三七〕不克有於其躬：意謂不能自己獲得封爵。躬：自身。三朝：指仁宗、英宗、神宗。

〔三八〕列其世譜：《歐陽文忠公集》有《歐陽氏譜圖》。歐陽修與蘇洵均以修家譜著名，其影響直至近代。宋王得臣《麈史》："歐陽文忠公、蘇洵明允各爲世譜，文忠依漢年表，明允效禮，以大宗小宗爲次。雖例不同，皆足以考究其世次也。"

〔三九〕并揭於阡：在阡表上一起詳細記載。揭：列舉事實明告於衆。

〔四〇〕俾知夫五句意謂讓人知道自己并無道德才能，而能有今天的地位，未遭不測之禍，未辱没祖先的原因，是在於祖宗積德的緣故。遭時竊位：爲官作宰的謙詞。

〔四一〕辛酉朔：古代以干支紀日，每月初一的干支下加朔字，以便推算。乙亥：當年四月十五日的干支，即歐陽修寫此表的日期。男：兒子對父母的自稱。自"推誠保德"至"食實封一千二百户"是歐陽修當時的全部封號、官銜、職務和官爵。宋代官員因不時有所謂封贈，有不少封號、官爵十分煩瑣細密，這裏除了"知青州軍州事、兼管内勸農使、充京東東路安撫使"爲差遣（實際職務）外，一般都是空頭名義，連所謂"食邑""食實封"等，也并不像古代諸侯那樣真的享有幾千户的租税。

六一居士傳

六一居士初謫滁山，自號醉翁〔一〕。既老而衰且病，將退休於潁水之上〔二〕，則又更號六一居士。

客有問曰："六一，何謂也？"居士曰："吾家藏書一萬卷，集三代以來金石遺文一千卷〔三〕，有琴一張，有棋一局，而常置酒一壺。"客曰："是爲五一爾，奈何？"居士曰："以吾一翁，老於此五物之間，是豈不爲六一乎。"客笑曰："子欲逃名者乎，而屢易其號，此莊生所誚畏影而走乎日中者也；余將見子疾走大喘渴死，而名不得逃也。"〔四〕居士曰："吾固知名之不可逃，然亦知夫不必逃也；吾爲此名，聊以志吾之樂爾。"客曰："其樂如何？"居士曰："吾之樂可勝道哉〔五〕！方其得意於五物也，太山在前而不見，疾雷破柱而不驚〔六〕；雖響九奏於洞庭之野，閱大戰於涿鹿之原〔七〕，未足喻其樂且適也。然常患不得極吾樂於其間者，世事之爲吾累者衆也。其大者有二焉，軒裳珪組勞吾形於外，憂患思慮勞吾心於内，使吾形不病而已悴，心未老而先衰，尚何暇於五物哉〔八〕。雖然，吾自乞其身於朝者三年矣，一日天子惻然哀之，賜其骸骨，使得與此五物偕返於田廬，庶幾償其夙願焉〔九〕。此吾之所以志也。"客復笑曰："子知軒裳珪組之累其形，而不知五物之累其心乎？"居士曰："不然，累於彼者已勞矣，又多憂；累於此者既佚矣，幸無患。吾其何擇哉。"於是與客俱起，握手大笑曰："置之，區區不足較也。"

已而嘆曰："夫士少而仕，老而休，蓋有不待七十者矣，吾素慕之，宜去一也〔一〇〕。吾嘗用於時矣，而訖無稱焉〔一一〕，宜去二也。壯猶如此，今既老且病矣，乃以難強之筋骸，貪過分之榮禄，是將違其素志而自食其言，宜去三也〔一二〕，吾負三宜去〔一三〕，雖無五物，其去宜矣，復何道哉！"

熙寧三年九月七日，六一居士自傳。

熙寧三年（一〇七〇）七月，歐陽修由知青州改知蔡州，九月至蔡（州治在今河南汝陽縣），自號六一居士，作此傳以明改號之由。從熙寧元年始，歐陽修即接連上表請求退休，熙寧二年秋在青州因擅止散發青苗錢，被朝廷詰責，退休之願更迫，到蔡州後，又多次上章告老，於熙寧四年六月獲准，七月退居潁州，熙寧五年閏七月在潁去世。作者經過數十年宦海浮沉，到晚年意志已十分消沉，正如他在治平四年（一〇六七）所作《歸田録序》中所曰："既不能因時奮身，遇事發憤，有所建明，以爲補益；又不能依阿取容，以徇世俗。使怨疾謗怒叢於一身，以受侮於羣小。"因此，"窮則獨善其身"已成爲作者當時思想中的主導。此傳採取漢賦常用的主客問對形式，筆調雖然悠閑紆緩，但字裏行間仍透露出作者無可奈何的苦悶心情。

〔一〕自號醉翁：慶曆六年歐陽修貶知滁州，於四十歲時自號"醉翁"。參見《醉翁亭記》。

〔二〕將退休於潁水之上：退休潁水之意歐陽修早已有之。早在皇祐元年歐陽修知潁州時，即稱賞潁州西湖風景，因與梅堯臣相約，作爲晚年退休之地，嘉祐後期，作了大量思潁詩，並編有《思潁詩集》，作了序文。治平四年歐陽修由參知政事出知亳州，曾便道過潁（今安徽阜陽縣），在那裏修建房屋，準備退居。此謂"滁山""潁水"，即有急切擺脱憂勞煩擾，寄情山水之意。

〔三〕金石遺文：即指《集古録》中所收的金石拓本。

〔四〕子欲五句設爲問題：改名無助於事。逃名：耿介之士避名而不居。《後漢書·法真傳》："逃名而名我隨。"畏影而走日中：《莊子·漁父》："人有畏影惡迹而去之走者，舉足愈數而迹愈多，走愈疾而影不離身。自以爲尚遲，疾走不休，絶力而死。不知處陰可以休影，處静可以息迹，愚亦甚矣。"

〔五〕可勝道哉：難以盡述。

〔六〕太山在前而不見，疾雷破柱而不驚：語本《鶡冠子·天則》："一葉蔽目，不見太山；兩耳塞豆，不聞雷霆。"此稍化其意，表示心有專注，外物概不預聞。

〔七〕響九奏於洞庭之野：《莊子·至樂》："咸池九韶之樂，張之洞庭之野。"九奏：即九韶，傳爲虞舜時的音樂。閱大戰於涿鹿之原。《史記·五帝本紀》記黄帝曾與蚩尤大戰於涿鹿之野。涿鹿：地名，在今河北省。

〔八〕以上六句意即《秋聲賦》所謂"人爲動物，惟物之靈，百憂感其心，萬事勞其形，有動於中，必摇其精。而况思其力之所不及，憂其智之所不能，宜其渥然丹者爲槁木，黟然黑者爲星星"。軒裳珪組：官員的車馬、服式、印信等，代指官場的事務。

〔九〕雖然六句：歐陽修在治平間多次乞求由參知政事外任，熙寧元年知亳州後，即一再上表告老。"乞其身"和"賜其骸骨"，均爲告老退休的代詞。償其夙願：歐陽修一嚮主張做官不宜"老不知止"，所以如此説。

〔一〇〕夫士五句：《禮記·檀弓》："七十不俟朝。"杜衍即於六十九歲時告退，皇祐二年歐陽修在南京作詩贈杜，内有"報國如乖願，歸耕寧買田，期無辱知己，肯逐利名遷"之句。

〔一一〕用於時：指身居二府，爲宰執，受皇帝信用。訖無稱焉：謂終於不能有所建樹而爲人稱道。《宋史》本傳亦曰："修用矣，亦弗克究其所爲，可爲世道惜也哉！"

〔一二〕壯猶六句：歐陽修四十歲時貶滁州，即萌退志，詩文中常有流露。

熙寧四年作《寄韓子華》詩,序曰:"余與韓子華、長文、禹玉同直玉堂,嘗約五十八歲致仕,書於柱上,其後薦蒙恩寵,世故多艱,歷仕三朝,備位二府,已過限七年,方能乞身歸老。俗諺云:'也賣弄得過裏。'詩爲:'人事從來無處定,世途多故踐言難,誰知潁水閑居士,十頃西湖一釣竿。'"可知其嘉祐初五十二歲官翰林學士時,即和韓絳、王珪等相約五十八歲退休,故有"違其素志""自食其言"之説。

〔一三〕負:有、具備。

歐陽修簡譜

宋真宗景德元年甲辰(一〇〇四)

十二月,宋與契丹(一〇六六年改國號爲遼)在澶淵(今河南省濮陽縣西)訂立和約,議定宋每年輸送契丹銀十萬兩、絹二十萬匹。雙方罷戰休兵,從此開始了“民不見兵革者幾四十年”(歐陽修《本論》)的安定局面。澶淵和議,宋王朝無疑受到莫大屈辱,而且北方的威脅依然存在。但是,統治者并没有利用這個喘息時機,勵精圖治,整軍經武;相反,君臣上下文恬武嬉,諂諛成風,苟且偷安,於是形成積貧積弱的政治危機。仁宗時由范仲淹主持的新政,神宗時由王安石主持的變法,都力圖挽救這一危局,最後都失敗了。馴致欽宗靖康二年(一一二七),金兵破開封,徽、欽二帝被俘,北宋滅亡。

景德四年丁未(一〇〇七)　一歲

六月二十一日,歐陽修生於綿州(州治今四川省綿陽縣)。父歐陽觀,時任綿州軍事推官。

范仲淹十九歲。　杜衍二十歲。　富弼四歲。　梅堯臣五歲。　石介三歲。　謝絳二十三歲。　石延年十四歲。　余靖八歲。

真宗大中祥符元年戊申(一〇〇八)　二歲

真宗用王欽若謀,僞造天書、符瑞,封禪泰山,以粉飾太平。并命丁謂、李宗諤等編修《封禪記》。

韓琦生。　蘇舜欽生。

大中祥符三年庚戌(一〇一〇)　四歲

父歐陽觀卒於泰州軍事判官任。母鄭氏攜歐陽修往依叔父隨州推官歐陽曄,定居隨州。鄭氏家貧,自力衣食,并以荻畫地教歐陽修書字(歐陽修子歐陽發所編《事迹》)。

八月,契丹封西夏李德明爲夏國王。十月,丁謂等修《大中祥符封禪記》五十卷成。

大中祥符四年辛亥(一〇一一)　五歲

葬歐陽觀於吉州吉水縣沙溪瀧岡。

大中祥符九年丙辰(一〇一六)　十歲

在隨州。家貧無書,城南大姓李氏家多藏書,常往借讀,并嚮李氏乞得唐韓愈文集六卷(《李秀才東園記》、《記舊本韓文後》)。所作詩賦文字,下筆已如成人,叔父歐陽曄見後,在鄭氏前贊爲“奇童”,以爲將來必定“名重當世”(《事迹》)。

蔡襄五歲。

仁宗天聖元年癸亥(一〇二三)　十七歲

應隨州州試,因賦不合官韻,被黜落。

王安石三歲。　曾鞏五歲。　劉敞五歲。　司馬光五歲。

天聖四年丙寅(一〇二六)　二十歲

隨州州試中式,薦名禮部。

天聖五年丁卯(一〇二七)　二十一歲

春,應禮部試,未中。

天聖六年戊辰(一〇二八)　二十二歲

在漢陽,以文章投謁學士胥偃,獲胥偃賞識,留置門下。冬,隨胥偃往開封。

天聖七年己巳(一〇二九)　二十三歲

在開封,試國子監獲第一,補廣文館生。秋,赴國學解試,又獲第一。

天聖八年庚午(一〇三〇)　二十四歲

正月,赴禮部試,翰林學士晏殊主試,獲第一。三月,御試崇政殿,中甲科第十四名。五月,授將仕郎試秘書省校書郎充西京留守推官。

沈括生。

天聖九年辛未(一〇三一)　二十五歲

三月,抵洛陽任職。時錢惟演官西京留守,幕府多文學之士,歐陽修與之交往,有《七交詩》七首。與尹洙、梅堯臣尤爲親密,經常作古文詩歌唱和,於是以文章知名天下。

是歲往東武(今山東)迎娶胥偃女爲妻。

契丹以興平公主下嫁西夏李德明之子元昊(西夏國主本姓拓拔氏,唐太宗貞觀初歸唐,賜姓李,宋初又賜姓趙),并封元昊爲夏國公。

仁宗明道元年壬申(一〇三二)　二十六歲

二月,與梅堯臣、楊子聰、張應之、陳經秀才等游嵩山;九月,又與謝絳、楊子聰、尹洙、王幾道等再游嵩山，有《嵩山十二首》詩。

西夏德明卒，子元昊繼位。

梅堯臣由河南縣主簿調河陽縣主簿。歐陽修有《送梅聖俞歸河陽序》。

明道二年癸酉(一〇三三)　二十七歲

正月，因公往開封，繼而往隨州探望叔父歐陽曄。三月，回洛陽，胥氏夫人去世，時生子尚未滿月，有《緑竹堂獨飲》詩記喪妻的悲痛。九月，莊獻劉后、莊懿李后祔葬真宗定陵，至鞏縣陪祭。十二月，升官階爲承奉郎。

劉太后死，仁宗親政。廢郭后，范仲淹爲諫阻廢郭后事，貶睦州。錢惟演因阿附劉太后，奪平章事(宰相)銜，還崇信軍本鎮，西京留守由王曙接任。吕夷簡爲門下侍郎兼吏部尚書、同平章事。

仁宗景祐元年甲戌(一〇三四)　二十八歲

三月，洛陽任滿，回襄城。五月，至開封，由王曙推薦召試學士院。閏六月，授宣德郎試大理評事兼監察御史充鎮南軍節度掌書記、館閣校勘，編《崇文總目》。再娶諫議大夫楊大雅女。

七月，錢惟演卒。九月，范仲淹改知蘇州。西夏元昊自稱嵬名吾祖，建元開運，後改廣運，開始入侵宋境，殺掠居民。

景祐二年乙亥(一〇三五)　二十九歲

七月，妹夫張龜正卒於襄城，請假前往探視。九月，楊氏夫人去世。

二月，范仲淹爲禮部員外郎、天章閣待制；十二月，改爲吏部員外郎、權知開封府。

景祐三年丙子(一〇三六)　三十歲

五月,范仲淹上《百官圖》及《帝王好尚》、《選賢任能》、《近名》、《推委》四論,并在仁宗前與宰相吕夷簡論辯,貶饒州。集賢校理余靖、館閣校勘尹洙論范仲淹不當貶,亦被貶黜。歐陽修在余靖家聞右司諫高若訥詆誚范仲淹,作《與高司諫書》,高若訥上此書於朝廷,於是被貶爲峽州夷陵令。蔡襄爲此事作《四賢一不肖詩》,四賢謂范、歐陽、余、尹,一不肖謂高若訥,京師傳誦。十月,江行抵夷陵,有《于役志》記這次行程。侍御史韓縝阿諛吕夷簡,請以朋黨榜示朝堂,戒百官越職言事,宋代的黨論由此開始。

西夏元昊改元大慶,制成西夏文十二卷頒行,規定境内記事用西夏文;并攻取回紇瓜、沙、蘭三州,盡有河西地,準備侵宋。

蘇軾生。

景祐四年丁丑(一〇三七)　三十一歲

正月,致書尹洙,約分撰《五代史》。三月,請假往許昌再娶户部侍郎薛奎女;九月,還夷陵。十二月,遷官光化軍乾德令。

范仲淹遷知潤州。西夏元昊署置百官,有兵五十萬。

仁宗寶元元年戊寅(一〇三八)　三十二歲

三月,赴乾德任。是歲胥氏夫人所生子死。

十月,元昊稱帝,建國號爲大夏,改元天授禮法延祚。

寶元二年己卯(一〇三九)　三十三歲

五月,請假往襄城會晤謝絳、梅堯臣。時梅堯臣爲襄城令,謝絳出守鄧州,途經襄城;謝絳同年十一月死於鄧州,歐陽修有《知制誥謝公墓志銘》。六月,起復舊官,權武成軍節度判官廳公事,奉母至南陽待舊官任滿後接任。

范仲淹遷知越州。元昊反書送至宋京,宋奪元昊官爵,并知會契丹。十一月,西夏侵宋保安軍。

蘇轍生。

仁宗康定元年庚辰(一〇四〇)　三十四歲

春,至滑州接任武成軍節度判官。時范仲淹受命爲陝西經略安撫副使,辟歐陽修爲掌書記,辭不赴。六月,召還開封,復館閣校勘,修《崇文總目》。是歲,子歐陽發生。

正月,元昊攻陷金明寨,侵延州,宋兵大敗。五月,又陷塞門寨、安遠塞。范仲淹初遷知永興軍,未至永興改陝西都轉運使,遂又任陝西經略安撫副使,并自請兼知延州。時韓琦亦任陝西經略安撫副使,尹洙任涇原秦鳳經略安撫司判官,都在抗擊西夏前線。九月,以晏殊爲樞密使,杜衍等爲樞密副使。

仁宗慶曆元年辛巳(一〇四一)　三十五歲

十二月,《崇文總目》成,改官集賢校理。

二月,宋夏戰於好水川,宋大敗。七月,西夏攻麟、府二州,自後雙方作戰互有勝負。十二月,契丹以宋屢敗,下伐宋詔,會師南京(今北京市),準備侵宋。

石延年卒。歐陽修有《石曼卿墓表》、《哭石曼卿》詩。

慶曆二年壬午(一〇四二)　三十六歲

三月,契丹遣使蕭特默、劉六符至開封,索晉陽及瓦橋關南地。宰相呂夷簡薦右正言富弼出使契丹,歐陽修上書引唐顏真卿使李希烈事諫阻,不報。五月,仁宗下詔三館臣僚上封事及聽請對,歐陽修上《准詔言事上書》,言三弊五事,力陳當世之患,亦不報。於是自請外任,九月通判滑州,十月到任。

四月,遣富弼至契丹議和;九月,和議成,宋增輸歲幣銀絹各十萬。閏九月,宋兵與西夏戰於定川寨,大敗,夏兵長驅直至渭州,大掠而退。

王安石舉進士,簽書淮南判官。

慶曆三年癸未(一〇四三)　三十七歲

三月,由滑州召回開封,以太常丞知諫院。時陝西師老兵頓,京東、西路民變紛起,吕夷簡既罷相,仁宗欲革天下弊事,故增置諫官。歐陽修、王素、余靖、蔡襄同任諫職。七月,上言參知政事王舉正懦默不任事,請以樞密副使范仲淹代之,時王舉正亦自求罷,於是任范仲淹爲參知政事,富弼爲樞密副使。范以執政不應由諫官得,辭不拜,富弼亦納還誥命,至八月始受命。冬,擢同修起居注,以右正言知制誥,仍供諫職。

正月,契丹遣使至西夏,諭夏與宋和,夏遣六宅使賀從勖至宋謀和。三月,吕夷簡罷相,以晏殊爲平章事兼樞密使,韓琦、范仲淹爲樞密副使。四月,以杜衍爲樞密使。五月,沂州軍卒王倫起事。七月,西夏遣使契丹,請會師伐宋,爲契丹所拒。九月,仁宗召輔臣及知雜御史以上於天章閣,問御邊大略;先此,仁宗已多次下手詔令大臣條對當世事務。於是范仲淹上明黜陟、抑僥倖、精貢舉等十條,韓琦亦上清政本、念邊事、擢材賢等七事,爲新政實行之始。

慶曆四年甲申(一〇四四)　三十八歲

新政推行,首減磨勘、任子,爲反對者不滿。時石介作《慶曆聖德詩》,言進賢退奸之不易,於是反對者造爲黨論,目杜衍、范仲淹、歐陽修等爲黨人。歐陽修爲之作《朋黨論》。四月，奉使河東計度麟州存廢及盜鑄鐵錢并礬課虧額利害，有《河東奏草》二卷。七月，還開封。八月，以龍圖閣直學士爲河北都轉運按察使，時保州兵叛，契丹盛兵集雲州，需加强河北防務。

九月，晏殊罷平章事，以杜衍爲同中書門下平章事兼樞密使；是年契丹多次攻夏，均大敗。十月，宋夏和議成，元昊嚮宋稱臣，爲夏國王；宋輸夏歲幣銀絹茶等二十餘萬。

蘇舜欽係杜衍之婿，三月，因范仲淹薦授集賢校理監進奏院。秋，蘇舜欽在進奏院援例賽神，以伎樂娱賓，賣拆封廢紙錢以充費用不足之數，與會者各出錢十千助席。會上，王曙之子王益柔戲作傲歌，御史中丞王拱辰聞之，以爲兩人皆范仲淹所薦，且蘇爲杜衍婿，於是唆使御史魚周詢、劉元瑜彈劾，新政反對者更羣起而攻。十一月，蘇舜欽以監主自盜罪，減死一等，除名爲民。與會者王洙、王益柔、吕溱、刁約、宋敏求等人，亦紛紛貶黜。是時已露新政失敗的跡象。

慶曆五年乙酉（一〇四五）　三十九歲

正月，代真定帥田況權知真定府事。三月，因范仲淹、杜衍、富弼、韓琦罷任，上《論杜衍范沖淹等罷政事狀》，指出杜衍等無可罷之罪，引起新政反對者嫉恨，恰甥女張氏（已死妹夫張龜正之女）犯法，諫官錢明逸借端彈劾，下開封府鞫治。後雖辯明，仍因此事於八月貶知滁州，十月到任。是歲子歐陽奕生。

正月，仁宗聽信章得象、陳執中攻擊新政主持者朋黨專權讒言，罷范仲淹參知政事、富弼樞密副使平章事、杜衍樞密使職。二月，劉元瑜奏罷磨勘、保任之法，新政徹底失敗。三月，韓琦上疏論富弼不當罷，罷韓琦樞密副使。五月，余靖罷知制誥。七月，貶知潞州尹洙爲崇信軍節度副使。新政支持者大多或罷或斥。

黄庭堅生。石介卒於兖州,時新政反對者誣以詐死潛逃契丹,下詔開棺檢核虚實,知兖州杜衍力保其已死。歐陽修有《徂徠石先生墓志銘》。蘇舜欽在蘇州建滄浪亭。

慶曆六年丙戌(一〇四六)　四十歲

在滁州,於豐山建豐樂亭、於瑯琊山作醉翁亭,自號醉翁。有《豐樂亭記》、《醉翁亭記》。

尹洙卒,歐陽修有《尹師魯墓志銘》。

慶曆七年丁亥(一〇四七)　四十一歲

在滁州,日游山水,寫作詩文。在致梅堯臣書簡中説:"某此愈久愈樂,不獨爲學之外有山水琴酒之適而已,小邦爲政期年,粗若有成,固知古人不忽小官,有以也。"是歲,子歐陽棐生。

正月,杜衍在兖州任上以太子少師退休,時年七十。十一月,貝州王則起事,自稱東平王,建國號曰安陽。

慶曆八年戊子(一〇四八)　四十二歲

閏正月,轉起居舍人依舊知制誥徙知揚州,二月抵揚。在揚州,建無雙亭於城東,因瓊花一枝天下無雙而得名;建平山堂於城西北,據蜀岡,臨邗江,名勝爲淮南第一。

正月,夏國主元昊被其子寧令格殺死,後由遺腹子諒祚繼位。閏正月,文彦博、明鎬攻貝州,王則於城破時被俘,從起事到敗亡,共六十六日。四月,崇政殿親從官顔秀、郭逵、王勝、孫利四人起事,殺軍校奪取武器,攻入禁中寢殿,後四人死於混戰中,終於未能查明事件起因。六月,澶州商胡埽黄河决口。

蘇舜欽卒於蘇州。歐陽修有《祭蘇子美文》。

仁宗皇祐元年己丑(一〇四九)　四十三歲

正月,徙知潁州,二月抵潁。因愛潁州西湖風景,有定居潁州的打算。是歲,子歐陽辯生。

正月,契丹準備攻夏,并遣使至宋告伐夏事。五月,擢宋祁爲《唐書》刊修官。七月,儂智高在廣西起事,自稱南天國。

秦觀生。

皇祐二年庚寅(一〇五〇)　四十四歲

七月,改知應天府兼南京(今河南商丘市)留守司事,同月到任。是歲,約梅堯臣買田於潁,以作定居準備。

夏與契丹戰,互有勝負。十二月,夏國主諒祚遣使上表契丹,乞依舊爲契丹臣屬。

皇祐三年辛卯(一〇五一)　四十五歲

在南京。

五月,宰相文彦博推薦舒州通判王安石,召安石赴開封,安石辭不赴。十月,殿中侍御史里行唐介因彈劾文彦博,被貶春州别駕。文彦博亦罷相知許州。

皇祐四年壬辰(一〇五二)　四十六歲

三月,母鄭氏夫人去世,歸潁州守制。四月,起復舊官,固辭不赴。

五月,范仲淹在徐州途中卒。歐陽修有《祭資政范公文》。儂智高破邕州,建大南國,自稱仁惠皇帝,連陷廣南東、西路州府。起復余靖、唐介,并命余靖知桂州廣南東、西路安撫使,經制廣南東、西路防務。九月,以樞密副使狄青爲荆湖南、北路宣撫使,提舉廣南東、西路盜賊事,擊儂智高。

張耒生。

皇祐五年癸巳(一〇五三)　四十七歲

八月,護母鄭氏夫人喪歸葬吉州瀧岡,胥、楊二夫人附葬。冬,復至潁州。

正月,狄青在廣西於上元節奇襲崑崙關,大破儂智高。四月,狄青還開封,遷樞密使;余靖亦擢工部侍郎,賞破儂智高功也。八月,復唐介爲殿中侍御史充言事御史。

仁宗至和元年甲午(一〇五四)　四十八歲

五月,母喪服除,至開封。六月,入朝見仁宗,請求任地方官,仁宗説:"此中見人多矣,爲小官時則有肯盡言,名位已高則多顧藉。如卿且未要去。"七月,權判流内銓,爲反對者僞造請汰内侍奏議,激怒宦官,判銓甫六日,即爲宦者楊永德讒言所中,於是有知同州的任命。判吏部南曹吴充、知諫院范鎮等爲之力辯,其時參知政事劉沆主持修《唐書》,亦請留,未赴任。八月,劉沆拜相,詔歐陽修修《唐書》。九月,遷翰林學士兼史館修撰,又差勾當三班院。

五月,因歐陽修之薦,以殿中丞王安石爲羣牧判官。十二月,陳執中家女奴迎兒被杖死,陳因而罷相。

至和二年乙未(一〇五五)　四十九歲

三月,同孫抃考試諸司寺監人吏。六月,因上書論宰臣陳執中事,請求外任,出知蔡州;侍御史趙抃、知制誥劉敞上疏乞留,八月復領舊職。八月,以右諫議大夫名義充賀契丹國母生辰使,時契丹興宗死,改充賀登位國信使。

二月,知并州武康軍節度使韓琦因病自請改知相州,由富弼接任。先是宋禁開墾沿邊地,歐陽修在河北時曾請開禁,有《請耕禁地札子》,後爲明鎬所阻;韓琦在并州,亦主張開懇,琦去,詔富弼相度,富亦同意開墾,於是得民户四千,墾地九千六百頃。三月,授王安石集賢校理,王固辭不拜。六月,文彦博、富弼任宰相。十二月,修六塔河以回黄河故道,富弼主其議,歐陽修因曾使河北,知河決根本,上《論修河狀》反對。

高若訥卒。晏殊卒。歐陽修有《觀文殿大學士贈司空晏公神道碑銘》。

仁宗嘉祐元年丙申(一〇五六)　五十歲

二月,使契丹還,進《北使語録》。閏三月,判太常寺兼禮儀事,孟夏薦饗,攝太尉行事。五月,知通進銀臺司兼門下封駁事,免勾當三班院。八月,因新任三司使張方平在途中未及至任,暫代發遣三司公事。

正月元旦,仁宗於大慶殿受朝時中風失語。四月朔,六塔河始修復,即潰決。五月,知諫院范鎮首上疏建儲,因仁宗無子,以後司馬光、文彦博、富弼、樞密使王德用、歐陽修等紛紛上疏,均留中不報。八月,狄青罷樞密使加同平章事判陳州。時仁宗病,太子未立,因狄青材武,開封訛言籍籍,以爲狄青當天命,劉敞、歐陽修都有奏疏請出狄青以保全之,故有是命。

嘉祐二年乙丑(一〇五七)　五十一歲

正月,與韓絳、王珪、范鎮、梅摯同知禮部貢舉,辟梅堯臣爲小試官,凡鎖院五十日。時士子尚爲險怪奇澀之文,號太學體,歐陽修痛排抑之,榜出,囂薄之士候歐陽修晨朝,聚噪於馬首,街卒不能制。是科蘇軾、蘇轍、曾鞏、程顥、張載、朱光庭、吕大鈞皆舉進士,號爲得人。九月,兼判秘閣秘書省。十一月,權判史館并暫代胡宿知審刑院。十二月,權判三班院。

二月,杜衍卒。歐陽修有《太子太師致仕杜祁公墓志銘》。三月,狄青卒,贈中書令。

嘉祐三年戊戌(一〇五八)　五十二歲

三月,任命兼侍讀學士,以學士員多,辭不拜;充宗正寺同修玉牒官;同陳旭考試在京百司人吏。六月,兼龍圖閣學士權知開封府。時權貴犯禁令,多求朝廷内降苟免,歐陽修上奏論列,乞今後求内降以免罪者,更加本罪二等。既而内臣梁舉直私役官兵,付開封府勘問,梁求得内降放罪,凡三次内降,終執而不行。

六月,文彦博罷相,以韓琦繼任;宋庠、田况并爲樞密使。十月,王安石上《上仁宗皇帝言事書》。

嘉祐四年己亥(一〇五九)　五十三歲

二月,免權知開封府,轉給事中同提舉在京諸司庫務;充御試進士詳定官。四月,兼充羣牧司。

五月,王安石由度支判官改直集賢院。

嘉祐五年庚子(一〇六〇)　五十四歲

七月,上新修《唐書》二百五十卷,推恩賞轉禮部侍郎。初,歐陽修奉敕撰《唐書》,專成紀、志、表,而列傳則宋祁所撰;朝廷恐其體不一,令歐陽修看詳,删爲一體,受命而退,曰:“宋公於我爲前輩，且人所見不同，豈可悉如己意。”於是一無所易。書成奏上，按規定惟列官最高者一人，歐陽修官高當列名，但曰：“宋公於傳功深而日久，豈可掩其名而奪其功。”於是紀、志、表書歐陽修名，列傳書宋祁名。宋庠聞之，贊嘆説：“自古文人好相凌掩，此事前所未有也。”九月，兼翰林院侍讀學士。十一月，拜樞密副使。

五月，王安石爲三司度支判官。十一月，司馬光、王安石同修起居注。十二月，孫琳在河中府用方田法打量均税，百姓驚慌，紛紛斫伐桑柘，歐陽修與知永興軍劉敞奏止之。

梅堯臣卒。歐陽修有《梅聖俞墓志銘》。

嘉祐六年辛丑（一〇六一）　五十五歲

閏八月，以户部侍郎參知政事，辭户部侍郎銜。九月，同修《中書時政記》，將中書省應知政務集爲總目，使在應對時無須臨時向有關機構查詢。

三月，富弼因母喪守制去相位。六月，同修起居注王安石知制誥。閏八月，因富弼堅辭起復，以韓琦爲首相。是歲，知諫院司馬光等反復建言早立太子，韓琦復力主建儲，於是仁宗始有建儲之意。

嘉祐七年壬寅（一〇六二）　五十六歲

九月，進階正奉大夫加柱國。

八月，仁宗立侄趙宗實爲皇子，賜名曙。

嘉祐八年癸卯（一〇六三）　五十七歲

上元夜，賜筵中書省、樞密院於相國寺羅漢院，是日宰相韓琦、曾公亮，樞密使張昇都在假期中，惟參知政事歐陽修、趙概，樞密副使胡宿、吴奎在席，四人前此同時任翰林學士，此時相繼執政，爲一時盛事。四月，轉户部侍郎進階金紫光禄大夫。

三月晦日，仁宗暴疾卒。四月朔日，使皇子入内，使嗣立，皇子驚惶説："某不敢爲，某不敢爲。"英宗嗣位後即發病，不知人事，語言失次，曹太后與英宗同朝聽政。後帝與太后失睦，太后有廢立意，召韓琦、歐陽修議。韓琦説："此病故耳，疾已必不然。子疾，母可不容之乎？"太后不悟。歐陽修説："太后事先帝數十年，仁德著於天下。昔温成之寵，太后處之裕如，今母子之間反不能容邪。"太后意稍和。修又説："先帝在位日久，德澤在人，故一日晏駕，天下奉戴嗣君，無一人敢異同者。今太后深居房闥，臣等五六書生爾，若非先帝遺意，天下誰肯聽從。"太后始默然而止。五月，富弼除喪服，授樞密使，禮部尚書同平章事。七月，契丹皇太叔重元與子尼嚕古合謀殺道宗耶律洪基自立，謀泄，尼嚕古戰死，重元自殺。九月，英宗立趙仲鍼爲皇子，賜名頊。

英宗治平元年（一〇六四）　五十八歲

閏五月，遷轉吏部侍郎，固辭不受。

五月，英宗疾稍痊，親政，曹太后撤簾。秋，西夏出兵侵秦鳳、涇原等路，殺掠人畜以萬計。

余靖卒。

治平二年（一〇六五）　五十九歲

正月，三次上表乞外任，不允。二月，因西北告警，建言以七十歲已退休户部侍郎孫沔守河中府。三月，除仁宗喪服，於是開始議英宗生父濮安懿王（已卒）的稱號典禮，翰林學士王珪議："濮王於仁宗爲兄，於皇帝宜稱皇伯而不名。"歐陽修引《喪服記》以爲"爲人後者,爲其父母降服三年爲期,而不没父母之名,以見服可降而名不可没也。若本生之親改稱皇伯,歷考前世,皆無典據;進封大國,則又禮無加爵之道。請下尚書集三省御史臺議"。於是濮議之争開始。八月,以雨水爲災待罪,三上表乞避位,不允。九月,主持編纂的太常禮書百卷成,詔名《太常因革》。

二月,三司使蔡襄出知杭州,以蔡在曹太后垂簾時支持廢立之議,歐陽修在英宗前爲蔡辯誣。七月,以文彦博爲樞密使。先是,韓琦、曾公亮欲遷歐陽修爲樞密使,當時仁宗未葬,太后垂簾,歐陽修以不宜二三大臣自相位置,力辭;至此樞密使張昇因病去職,英宗又欲任歐陽修,歐陽修又力辭不拜,故由淮南召回文彦博而有是命。

治平三年丙午(一〇六六)　六十歲

正月,曹太后手詔中書:宜尊濮王爲皇,夫人爲后,皇帝稱親。英宗下詔謙讓,不受尊號,但稱親,即墓園立廟。時論以爲太后之追崇,英宗之謙讓,都出於中書之謀。於是諫官吕誨等彈劾韓琦專權導諛,歐陽修首倡邪説。因此又三次上表求外任,不允,今文集中有《濮議》四卷記其事。

正月,契丹改國號爲大遼。二月,蘇軾直史館。三月,以太常博士蔣之奇爲監察御史裏行,歐陽修素厚蔣之奇,蔣前舉制科不入等,嘗謁歐陽修,盛言追崇濮王爲是,因力薦之,故有是命。四月,命龍圖閣直學士兼侍講司馬光編歷代君臣事迹,司馬光薦劉恕、趙君錫同修,後趙君錫因父喪不赴,改命劉敞之弟劉攽,至神宗元豐七年完成,歷時十九年,定名《資治通鑑》。十二月,英宗病劇,立皇子潁王頊爲皇太子。

蘇洵卒。歐陽修有《蘇主簿挽歌》、《文安縣主簿蘇君墓志銘》。

治平四年丁未(一〇六七)　六十一歲

二月,子歐陽棐中進士。御史蔣之奇因濮議事欲撇清與歐陽修的關係,串通御史中丞彭思永造爲帷薄不修之謗彈劾歐陽修。在事件辯明後,連上表力求去職。三月,以觀文殿學士、刑部尚書出知亳州。閏三月,請便道過潁州少留。六月抵亳州。

正月,英宗卒,太子即位,是爲神宗。閏三月,王安石知江寧府。司馬光爲翰林學士,不久又轉權御史中丞。九月,韓琦罷相。以吕公弼爲樞密使,張方平、趙抃并參知政事。十二月,夏國主諒祚卒,子秉常即位。

蔡襄卒。歐陽修有《端明殿學士蔡公墓志銘》。

神宗熙寧元年戊申(一〇六八)　六十二歲

是歲接連上表乞退休,不允。八月,轉兵部尚書,改知青州,充京東東路安撫使,九月抵青州。建房屋於潁州,以備退居。

四月,王安石被召越次入對,至開封,上《本朝百年無事札子》。七月,韓琦自永興復請相州。

劉敞卒。歐陽修有《集賢院學士劉公墓志銘》。

熙寧二年己酉(一〇六九)　六十三歲

在青州。冬,請求調壽州(臨近潁州),不允。

二月,由汝州召富弼爲尚書右僕射兼門下侍郎、平章事。翰林學士王安石爲右諫議大夫、參知政事。設制置三司條例司,議變舊法以通天下之利,命陳升之、王安石主持其事;王安石薦吕惠卿爲條例司檢詳文字。三月,以蘇轍爲制置三司條例司檢詳文字。四月,遣劉彝等八人視察全國各路農田水利賦役,作變法準備。七月行均輸法;九月行青苗法;十一月頒農田水利約束,置諸路提舉官。

富弼因與王安石不合,常以病不視事,并一再請退,十月罷相,以陳升之同平章事。五月,王安石請罷詩賦、明經諸科,專以經義論策取進士,爲蘇軾所反對,神宗欲用蘇軾修中書條例,王安石因與蘇議論不合,改蘇軾爲權開封府推官。八月,條例司檢詳文字蘇轍因與吕惠卿論事動輒不合,罷。是歲因沮新法罷黜的朝官有滕甫、鄭獬、王拱宸、錢公輔、吕誨、范純仁、祖無擇等。

熙寧三年庚戌(一〇七〇)　六十四歲

在青州,於實際推行青苗法中見出此法之弊端,曾兩次上札子請免除利息、制止強迫攤派,并建議止發秋料青苗錢,因未獲批復,即在京東東路停止發放,爲朝廷詰責,求退愈切。四月,除檢校太保宣徽南院使、判太原府、河東路經略安撫監牧使兼并代澤潞麟府嵐石路兵馬都總管,命赴開封朝見,堅辭不受。王安石知歐陽修不能爲己助,於是不復用。七月,改知蔡州,九月抵蔡。是歲,改號六一居士,有《六一居士傳》。

二月,河北安撫使韓琦上疏,請罷青苗法。神宗初同意韓琦之議,王安石不悦,稱病不出;後將韓琦奏疏付條例司疏駁,頒告天下。韓琦再疏申辯,不報。三月,集英殿策試進士,罷詩、賦、論三題。五月,罷制置三司條例司,其職權歸中書,應文彦博之請也。十二月,以王安石、韓絳并同中書門下平章事,王珪参知政事。立保甲法,行免役法。是歲朝臣因沮新法罷黜者有張方平、韓琦、孫覺、吕公著、趙抃、宋敏求、蘇頌、李大臨、程顥、張戩、李常、胡宗愈、吕公弼、孔文仲、司馬光、范鎮等。

熙寧四年辛亥(一〇七一)　六十五歲

在蔡州累章請退,六月,以觀文殿學士太子少師致仕。七月,歸穎州。

正月,立京東、河北"賊盜"重法,以鎮壓人民反抗。二月,罷詩賦及明經諸科,以經義、論、策試進士。三月,夏攻陷撫寧等堡,宋兵大敗。四月,蘇軾由開封府推官出判杭州,是歲因沮新法罷黜者還有韓維、富弼、楊繪、劉摯等人。

熙寧五年壬子(一〇七二)　六十六歲

閏七月二十三日於汝陰病逝。七月,贈太子太師。

三月,行市易法。富弼罷相後出知汝州,因不悦新法,致仕。五月,行保馬法。八月定方田均税法。

神宗元豐八年乙丑(一〇八五)贈太師,追封康國公。哲宗紹聖三年丙子(一〇九六)追封兖國公。徽宗崇寧三年甲申(一一〇四)追封秦國公。又政和三年癸巳(一一一三)追封楚國公。

《中國古典文學名家選集》已出書目

王維孟浩然選集 ／王達津選注

高適岑參選集 ／高文、王劉純選注

李白選集 ／郁賢皓選注

杜甫選集 ／鄧魁英、聶石樵選注

韓愈選集 ／孫昌武選注

柳宗元選集 ／高文、屈光選注

白居易選集 ／王汝弼選注

杜牧選集 ／朱碧蓮選注

李商隱選集 ／周振甫選注

歐陽修選集 ／陳新、杜維沫選注

蘇軾選集 ／王水照選注

黄庭堅選集 ／黄寶華選注

楊萬里選集 ／周汝昌選注

陸游選集 ／朱東潤選注

辛棄疾選集 ／吴則虞選注

陳維崧選集 ／周韶九選注

朱彝尊選集 ／葉元章、鍾夏選注

查慎行選集 ／聶世美選注

黄仲則選集 ／張草紉選注